Heather Graham

Ruf der Leidenschaft

MIRA®

MIRA® TASCHENBUCH
Band 25031
1. Auflage: November 2002

MIRA® TASCHENBÜCHER
erscheinen in der Cora Verlag GmbH & Co. KG,
Axel-Springer-Platz 1, 20350 Hamburg
Deutsche Taschenbucherstausgabe

Titel der nordamerikanischen Originalausgaben:
Double Entendre
Snowfire

erschienen bei: Silhouette Books, Toronto
Published by arrangement with
Harlequin Enterprises II B.V., Amsterdam

Konzeption/Reihengestaltung: fredeboldpartner.network, Köln
Umschlaggestaltung: pecher und soiron, Köln
Titelabbildung: The Image Bank, München
Autorenfoto: © by Harlequin Enterprise S. A., Schweiz
Satz: Berger Grafikpartner, Köln
Druck und Bindearbeiten: Elsnerdruck, Berlin
Printed in Germany
ISBN 3-89941-040-8

www.mira-taschenbuch.de

Die Spur führt nach Marrakesch

Der Mord an dem alten Sam Tyrell bringt die Journalistin Colleen McAllistair auf die Spur einer heißen Story: Er musste sterben, weil er vor vierzig Jahren zusammen mit drei Freunden einen Diamantenraub beging und die Beute bis heute verschwunden blieb. Ein geheimnisvolles Puzzle in vier Teilen hilft Colleen bei der Suche nach der Wahrheit, die sie in die fremde Welt Marrakeschs und in die Vergangenheit Österreichs führt. Sie ahnt nicht, dass sie nur Teil eines Meisterplans ist, der sie in Lebensgefahr bringt – aus der ihr Mann Bret, von dem sie sich längst entfremdet glaubte, sie rettet ...

Schneesturm

Mit letzter Kraft schleppt die Reporterin Kristin Kennedy sich durch einen Schneesturm zu einem einsam gelegenen Haus. Doch der Mann, der ihr die Tür öffnet, ist so unfreundlich, dass sie flieht – und wenig später bewusstlos zusammenbricht. Als sie erwacht, findet sie sich zärtlich umsorgt von Justin Magnasun wieder, der sich für sein unfreundliches Verhalten entschuldigt. Kristin spürt, dass sie dieser Mann, der sie zuvor fast hasserfüllt betrachtet hat, magisch anzieht. Noch in dieser Nacht wird sie seine Geliebte – und erfährt, dass Justin vor fünf Jahren unter Mordanklage stand und niemals seine Unschuld beweisen konnte ...

MIRA®

Der Preis dieses Bandes versteht sich einschließlich der gesetzlichen Mehrwertsteuer.

Umwelthinweis:
Dieses Buch wurde auf chlor- und säurefreiem Papier gedruckt.

Heather Graham

Die Spur führt nach Marrakesch

Roman

Aus dem Amerikanischen von
Maria Sehy

MIRA®

1. KAPITEL

Mit den Händen in den Taschen ging er eilig die Straße hinab. Vor dem Haus an der Einfahrt zur Sackgasse blieb er stehen. Der frische Abendwind wehte eine dichte Strähne seines sandfarbenen Haares von der Stirn hoch. Er achtete nicht darauf. Genauso wenig, wie er auf den wolkenbeschatteten Mond über sich achtete. Aufmerksam blickte er zu dem Haus hinüber.

Sie war nicht zu Hause. Der Ferrari stand in der Auffahrt, aber er wusste, dass sie nicht da war. Im Wohnzimmer brannte nur eine kleine Lampe, die ein stummes Licht auf den gepflegten Rasen warf. Wenn sie zu Hause war, erstrahlte immer alles in hellem Licht.

Bret wartete nicht, sondern eilte den gepflasterten Weg zur Tür hinauf. Er suchte an seinem Bund nach dem Schlüssel, probierte ihn ... aber die Tür ging nicht auf. Colleen hatte offenbar das Schloss auswechseln lassen!

Er schnaubte verärgert. Dann suchte er in seiner Jackentasche nach einer Feile. In wenigen Minuten war er drinnen.

Einen Moment lang betrachtete er die hohe Decke, die beigefarbenen Möbel, die weißen Brücken auf dem gefliesten Boden, die Glastüren an der hinteren Wand, die den Blick auf die gewölbte Überdachung des Swimmingpools freigaben. Wenn er die Türen öffnete und um die Ecke der Terrasse ginge, käme er zum großen Wohnzimmer, dessen Glasschiebetüren ebenfalls auf den Pool hinausführten.

Zwischen Wohn- und Schlafzimmer lag die Küche, hell und modern eingerichtet wie der Rest des Hauses. Von der Frühstücksecke aus sah man in einen kleinen Rosengarten mit Springbrunnen.

Brets Blick blieb nicht lange am Kamin hängen, an den endlosen Bücherborden oder der Fernseh- und Musikanlage. Er eilte zum Schreibtisch und überflog ihre Papiere. Vergeblich. Weder der Terminkalender noch eine der vielen Notizen für Verabredungen oder Mitteilungen – auch von „The World“, der Zeitung, für die sie beide arbeiten – enthielt einen Hinweis auf Rutger Miller.

Bret ging ins Schlafzimmer. Die Vorhänge waren nicht zugezogen, sodass er durch die Palmblätter am Beckenrand den sich im Wasser des Pools spiegelnden Mond sehen konnte. Daneben die Gartenstühle, den Glastisch und die korallenfarbene Pool-Bar. Kalifornischer Lebensstil, eine wundervolle Nacht, eine herrliche Umgebung.

Auf dem breiten Bett lag eine kirschrote Tagesdecke mit hellen Kissen darauf. Die weißen Vorhänge hatten ein rotes Palmenmuster, der dicke Teppich ein rot-weiß-goldenes Muster. Das Bad war in Rot, Weiß und Schwarz gekachelt, hatte goldfarbene Armaturen, eine tiefe Marmorwanne und ein großes Fenster, das ebenfalls zum Garten hinausführte.

Bret vermied lieber einen Blick auf das Bett, setzte sich neben den Anrufbeantworter und hörte ihn ab. Nichts Besonderes. Seufzend stellte er den Apparat wieder ein und überlegte, wo sie sonst geheime Informationen aufbewahren könnte.

Plötzlich hörte er die Eingangstür gehen und ihr Lachen – ihr wunderbares Lachen. Er schlich in den Flur, von wo aus er sie unauffällig beobachten konnte.

Sie trug ein weißes Korsagenkleid mit roten Accessoires: Sandaletten, Tasche und rote lange Ohrringe. Ihr blauschwarzes Haar, das einen starken Kontrast zum Kleid bildete, fiel ihr in weichen Wellen über die Schultern. Als sie das Oberlicht im Wohnzimmer anknipste, konnte Bret ihre grünen Augen mit den Goldflecken darin erkennen. Sie hatte ein fein geschnittenes, herzförmiges Gesicht und wirkte sowohl weiblich als auch kraftvoll. Ihr Gang, die Haltung ihrer Schultern, der weiche Schwung ihrer Hüften und die energischen Schritte ihrer langen Beine, alles zeigte Selbstbewusstsein.

Gerade drehte sie sich nach dem Mann um, der ihr gefolgt war. Am liebsten hätte Bret ihn davor gewarnt, sich in sie zu verlieben. Denn sie würde ihn unweigerlich wieder fallen lassen, sobald sie erreicht hatte, was sie wollte.

Bret lehnte sich an den Türrahmen und verschränkte die Arme. Durch das helle Licht im Wohnzimmer stand er im Schatten. Sicher würde sie das, was nun kam, genießen. Aber sein spöttisches Lächeln verschwand sogleich. Vielleicht beurteilte er die Situation falsch? Vielleicht bedeutete dieser Mann mit dem bewundernden Ausdruck in seinen Augen ihr doch etwas?

Na ja, egal. Falls sich hier etwas entwickeln sollte, was ihm nicht gefiel, könnte er ja eingreifen.

Er zog sich ein bisschen weiter in den Schatten zurück, während sie mit sanfter Stimme zu dem jungen Mann sprach.

„Vielen Dank, Jerry, es war ein wunderbarer Abend." Sie berührte kurz seine Wange. Er nahm ihre Hand und küsste sie.

„Ich freue mich sehr, dass es dir gefallen hat. Das Stück war wirklich gut", meinte er.

Lächelnd entzog sie ihm die Hand und ging in die Küche. Bret drückte sich an die Wand.

„Was kann ich dir anbieten, Jerry? Kaffee? Oder einen Drink? Ich glaube, ich habe alles."

„Ja, das hast du, Colleen", murmelte Jerry, als sie sich gerade mit leicht gerunzelter Stirn umdrehte. Bret spürte, wie sich seine Laune verschlechterte – obgleich er dazu natürlich kein Recht hatte.

„Was war das, Jerry?" fragte Colleen.

„Nichts", antwortete Jerry. „Äh, ich hätte gern einen Kaffee."

Colleen lächelte vage, stellte in der Küche die Kaffeemaschine an und holte Tassen aus dem Schrank.

Jerry beobachtete sie vom Wohnzimmer aus mit ergebenem Gesichtsausdruck. Sie sah ihn freundlich an. „Ich mache die Tür auf, dann können wir uns hinaussetzen."

Gleich würde sie die Vorhänge öffnen. So schlüpfte Bret schnell durchs Schlafzimmer ins Bad. Er hörte, wie Colleen vor sich hinsummend die Glastür zur Terrasse öffnete. Gut, dachte er. Vorsichtig verließ er wieder das Bad. Aus dem Schlafzimmer konnte er sie unauffällig beobachten.

Kurz darauf trug Colleen ein Tablett hinaus, stellte es auf dem Tisch ab und setzte sich in einen der Gartenstühle. Jerry nahm neben ihr Platz und bedankte sich artig für den Kaffee. Er sieht eigentlich ganz nett aus, dachte Bret. Er mochte so um die dreißig sein, ein konservativer Typ, gepflegt und vermutlich wohl erzogen und sportlich durchtrainiert.

Der Gedanke behagte ihm nicht. So lehnte er sich auf den Ellbogen und lauschte dem Gespräch. Jerry lobte gerade die Einrichtung und wie schön es sei, dass man von überall her aufs Wasser schauen konnte. Bret war gespannt auf Colleens Antwort und zog innerlich ein Gesicht, als sie leichthin antwortete: „Ja, das Design ist hübsch."

‚Hübsch!' dachte er. Na ja, von ihm aus sollte es eben hübsch sein.

Dann sprach Jerry über das Theaterstück, und Colleen lobte seine Wahl des Restaurants, in dem sie zu Abend gegessen hatten. Gelangweilt trommelte Bret mit den Fingern auf den roten Bettüberwurf. Ihm wurde allmählich warm, vielleicht sollte er seinen Pullover ausziehen. So wie es aussah, konnte er es sich auch bequem machen. Nun sprachen sie über den Nachtisch.

Er streifte seine Schuhe ab und legte sich mit hinter dem Kopf verschränkten Armen aufs Bett. Mousse au chocolat hatten sie also gegessen.

Plötzlich spannten sich alle Muskeln in Bret, denn Jerry lehnte sich nahe an Colleen, streichelte ihre Wange und begann ihr zu sagen, wie schön und faszinierend sie sei und wie sehr er sich den ganzen Abend danach gesehnt habe, sie zu berühren.

Dann legte er die Arme um sie und küsste sie.

Bret packte die Überdecke, bereit, wie ein wütender Tiger loszustürmen. Sie würde es doch wohl nicht wagen ... Wehe, sie erwiderte den Kuss von diesem ...!

Aber gerade, als seine Toleranzschwelle erreicht war, sah er, dass Colleen ihren Verehrer abwehrte. „Jerry!" sagte sie leise vorwurfsvoll, „du hast doch versprochen ... Du weißt doch, wie ich darüber denke. Im Augenblick jedenfalls ..."

„Aber Colleen ...", beklagte Jerry sich enttäuscht.

„Jerry, ich mag dich, du bist wirklich sehr nett. Aber im Augenblick brauche ich vor allem deine Freundschaft." Dabei lächelte sie ihn ganz lieb an.

Oh, wie gut ich dieses liebe Lächeln kenne! dachte Bret.

Jerry seufzte und stand auf. „Ich gehe wohl besser." Er blieb aber stehen, als erwartete er Widerspruch.

Den bekam er jedoch nicht. Colleen stand ebenfalls auf. Da sie ihre hochhackigen Sandaletten ausgezogen hatte, wirkte sie kleiner, wie eine biegsame Elfe. Aber der Eindruck täuschte. Auch barfuß war sie immerhin noch einen Meter zweiundsiebzig groß.

Einen Moment lang drehte sie sich weg, und Bret bemerkte ihren fast schmerzlichen Gesichtsausdruck. Vielleicht vermisst sie mich, hoffte er. Ein bisschen zumindest.

Nein, er durfte sich nichts vormachen. Sie hasste ihn, und wahrscheinlich hatte er ihr oft auch reichlich Grund dazu gegeben. Wenn ihr doch klar wäre, dass er sie nur aus Angst um sie angebrüllt hatte!

Wenn er das nur selbst verstanden hätte ...

Aber die Wenn und Aber waren nun nutzlos. Und die Vergangenheit lag hinter ihnen. Sie waren wohl nur – wie Funken auf Metall – ganz kurz aufeinander geprallt. Und es war unsinnig, sich einzubilden, dass sie seinetwegen noch Schmerz empfand.

Sie sah Jerry an, mit einem angedeuteten Lächeln, und legte ihm die Arme um die Taille. „Es war ein schöner Abend, vielen Dank." Sie stellte sich auf die Zehenspitzen und gab ihm einen Kuss, ließ ihn dann los und ging ihm voran zur Tür.

Bret hörte, wie die Tür zuschnappte und der Riegel vorgelegt wurde. Nun musste er sich entscheiden, ob er verschwinden sollte oder nicht.

Er legte sich aufs Bett zurück und begann, mit geschlossenen Augen nachzudenken. Er brauchte ein paar Minuten mit ihr. Normalerweise würden sie jetzt gemeinsam am Pool sitzen, mit einer Tasse Tee oder einem Glas Wein. Und ganz entspannt miteinander reden.

Er hatte keinen Grund, sich zu ärgern, also warum ...?

Beinahe gab er einen Laut von sich, als ihm etwas ins Gesicht flog. Er zog es von seinen Augen, nahm den Duft wahr ...

Es war ihr Kleid.

Colleen stand nur wenige Schritte entfernt. Außer einer Lampe im Wohnzimmer waren alle anderen ausgeknipst. Sie starrte nach draußen auf den Widerschein des Mondes im Poolwasser und zog sich gedankenverloren aus. Gerade glitt ihr Unterrock wie eine seidige Wolke herab, sodass sie nur noch in ihrer weißen Spitzenwäsche dastand, zwar mit dem Rücken zu ihm, aber schon dessen Anblick ließ Bret ganz heiß werden vor Begehren.

Und das nach all dieser Zeit. Er hatte angenommen, die Sehnsucht nach ihr inzwischen überwunden zu haben.

Er atmete tief auf aus, schob das Kleid von sich weg und legte sich mit verschränkten Armen wieder zurück. Er musste die Situation nehmen, wie sie war. Immerhin hatte er ja noch einige Rechte.

Sie würde das allerdings anders sehen.

Aber Kühnheit und Selbstbewusstsein führten oft zum Erfolg.

Colleen schaute noch einige Sekunden lang auf den Pool und strich dabei mit den Fingern durch ihr dichtes, langes Haar. Sie seufzte kurz und drehte sich um. Eine Sekunde lang stand sie im Mondlicht, sodass sich die Konturen ihrer Brüste über der schmalen Taille und der wunderbare Schwung ihrer Hüften trotz der Spitzenwäsche deutlich abzeichneten.

Bret presste die Finger so fest in die Handfläche, dass es wehtat. Colleen hatte ihn immer noch nicht entdeckt. Geblendet vom gleißenden Mondlicht blinzelte sie in die Dunkelheit.

Er musste etwas sagen – und würde sie damit vermutlich zu Tode erschrecken! Eine Lektion, viel vorsichtiger zu sein, verdiente sie schon, aber nicht heute Abend.

Blind griff sie nach dem Bettüberwurf – Bret zog ihn für sie zur Seite. Erschrocken hielt sie inne und wollte gerade zu einem durchdringenden Schrei ansetzen. Aber obwohl die Nachbarn zu weit weg waren, um den hören zu können, wollte Bret das nicht riskieren. Er packte ihr Handgelenk und rief: „Pst ... Colleen, ich bin's."

Sie schnappte nach Luft. Und dann kam der Zorn. „Du?" Sie versuchte mit aller Kraft, sich loszureißen. „Was machst du denn hier? Raus aus meinem Bett, aus meinem Haus. Wie kannst du es wagen ... Lass mich los!"

Bret grinste, hielt sie aber weiter fest und versuchte, den Schalter der Nachttischlampe zu erreichen. Colleen brüllte etwas, das einen Seemann hätte erröten lassen, aber er lachte nur und ließ nun seine Blicke in Ruhe über sie schweifen.

„Bret McAllistair, das sag ich dir, ich rufe die Polizei, lasse dich verhaften und lebenslänglich einsperren, wenn du mich nicht sofort loslässt!“ schrie sie, wehrte sich und griff gleichzeitig nach dem Bettüberwurf, um sich zu bedecken.

Er lachte wieder. Colleen hatte sich nicht verändert, kein bisschen. Selbst wenn sie oft unüberlegt handelte, wirkliche Angst empfand sie höchst selten. Mit ihren langen Nägeln krallte sie sich in seine Handgelenke, obgleich sie hätte wissen müssen, dass sie mit physischer Kraft bei ihm nichts ausrichten konnte. Schon gar nicht, nachdem er eine solche Szene wie vorhin beobachtet hatte!

„Bret, verdammt noch mal, lass mich los! Ich meine es ernst!“

„Wenn du still bist und dich beruhigst, lasse ich dich los!“ Er musste erneut lachen, weil sie mit ihrer aufgelösten wilden Mähne und ihrem wütenden Gesichtsausdruck viel gefährlicher aussah als er.

„Hey, beruhig dich“, befahl er. Dann ließ er ihre Handgelenke los und rollte sich schnell weg, um einem möglichen Angriff auszuweichen. Noch immer lachend sprang er auf, ging quer durchs Zimmer und blieb mit dem Rücken zu ihr einen Moment stehen, um die Fassung wiederzugewinnen. Denn plötzlich war ihm schmerzlich bewusst geworden, dass er sie noch immer liebte, dass aber alles vorbei war.

Eilig bedeckte Colleen sich mit der Tagesdecke. Bret drehte sich wieder um und sah sie – nun wieder ernst – an. Er lehnte sich an die Terrassentür, steckte die Hände in die Taschen und sagte ruhig: „Übertreibst du nicht ein bisschen? Ich habe dich schließlich schon unter ganz anderen Umständen gesehen.“

Colleen warf ihm einen giftigen Blick zu. „Was machst du hier überhaupt?“

Mit einer Handbewegung wies er zum Pool hin. „Ich habe diese rührende Szene beobachtet.“

„Was fällt dir ein!“ Den Bettüberwurf wie eine Toga um sich geschlungen, ging sie auf ihn zu. Geradezu königlich sah sie aus ... bis sie über die Decke stolperte und an seiner Brust landete. Bret lachte und versuchte, sie festzuhalten, aber Colleen riss sich gleich wieder los. „Ich meine es ernst, Bret. Ich weiß nicht, was du hier tust, möchte aber, dass du auf der Stelle wieder verschwindest."

Er zog eine Augenbraue hoch und fragte höflich: „Sonst rufst du die Polizei?"

Einen Moment war sie verunsichert und senkte die dichten Wimpern. Dann hob sie das Kinn. „Nein. Nicht die Polizei, sondern Jerry."

„Jerry? Jerry?" wiederholte Bret amüsiert. Dann lachte er los. So komisch war dieser Jerry eigentlich gar nicht, aber er hatte das Bedürfnis, ihn lächerlich zu machen, nachdem der es gewagt hatte, Colleen zu küssen. „Diesen mageren kleinen Typen, der gerade gegangen ist?"

Hochaufgerichtet und in ihrer etwas albernen Verkleidung stand Colleen vor ihm. „Jerry verbringt nicht sein Leben damit, sich als Macho zu produzieren, und ist trotzdem sehr männlich, das kannst du mir glauben."

Am liebsten hätte er wieder gelacht, aber das wäre ziemlich verkrampft herausgekommen. So ließ er es bleiben. Schließlich war es nicht fair, einfach so bei ihr aufzutauchen. Nun war er aber da – und wieder lief alles schief.

Müde strich er sich durch sein zerzaustes Haar. „An deiner Stelle würde ich Jerry nicht rufen, Colleen." Er schaute sie ruhig an. „Das wäre doch ziemlich überflüssig, nicht wahr?"

Trotzig und von Gefühlen hin und her gerissen, biss sie sich auf die Lippe.

Ihr war anzusehen, dass sie sich um Beherrschung bemühte, auch wenn es ihr bei ihrem heftigen Temperament manchmal schwer fiel.

„Verschwinde, Bret." Das war beinahe geflüstert. Aber dann überwog wieder der Zorn. „Ich weiß nicht, was du hier zu suchen hast. Ich dachte, du seist im Nahen Osten. Ich will, dass du jetzt gehst. Aus meinem Schlafzimmer, aus meinem Haus."

„Vergisst du nicht etwas?" fragte er mit leicht bitterem Unterton.

„Was?"

„Hmm", er stand auf und machte zwei Schritte auf sie zu, „immerhin ist das zur Hälfte auch mein Haus, mein Zimmer, selbst mein Bett."

„Jetzt nicht mehr!" rief sie wütend. „Du wolltest gehen und bist gegangen!"

„Es gehört immer noch mir, war sogar mein eigener Entwurf – was du übrigens vergessen hast, Jerry mitzuteilen." Er machte einen weiteren Schritt auf sie zu, und Colleen, die die rote Decke an sich presste, wich zurück. Er lächelte, als sie erneut auf einen Zipfel trat, stolperte und aufs Bett fiel.

Die Gelegenheit wollte er nicht ungenutzt lassen. Schnell warf er sich auf sie und packte sie bei den Hüften. An ihren zu schmalen Schlitzen zusammengezogenen Augen erkannte er, dass sie zu allem entschlossen war. So hielt er ihre Arme so fest, dass sie sich nicht losreißen konnte, und beugte sich dicht über sie.

„Lass uns ein paar Dinge klarstellen, Mrs. McAllistair. Ich ..."

„Ich bin nicht mehr deine Frau, Bret", unterbrach sie ihn erregt und kämpfte, um sich loszureißen.

„Doch, das bist du noch", verbesserte Bret sie und lächelte grimmig. „Bis zum 28. dieses Monats, sagen meine Anwälte. Bis dahin lädst du Jerry also bitte nicht in mein Haus ein, ja? Er tut mir Leid, weißt du, aber ich will ihn hier nicht haben."

„Bret McAllistair, geh runter von mir!" Ihre grünen Augen funkelten.

Beim Anblick ihrer schwarzen, glänzenden Mähne auf dem Bett und dem Gedanken an ihre Leidenschaftlichkeit musste Bret sich schwer beherrschen, der Versuchung nicht nachzugeben ...

„Was glaubst du, wer du bist, hier einfach so aufzutauchen?" wollte sie wissen und bemühte sich weiter, Bret von sich zu schieben. Er nahm sein Gewicht etwas von ihr, hielt sie aber weiter fest. „Und was fällt dir ein, mir zu sagen, was ich tun darf oder was nicht? Es ist mein Haus, ich lebe nämlich hier."

„Ach so. Ich bin aber nicht verschwunden, Colleen, wie du anzunehmen scheinst. Ich bin nur beruflich unterwegs gewesen. Du hast alles beendet!"

„Was für eine alberne Diskussion! Du hast wohl den Verstand verloren! Na gut, dann ist es eben dein Haus. Lass mich los, dann verschwinde eben ich!"

„Auf keinen Fall", entgegnete er in einem Ton, in dem sowohl eine Drohung lag als auch ein Versprechen.

Colleen musterte ihn misstrauisch. Himmel, wie schön sie war. Er betrachtete ihre delikaten Gesichtszüge, ihre weiche Haut, ihre ausdrucksvollen Augen. Einen Moment lang konnte er kaum sprechen. Bei all ihrer Schönheit war sie auch intelligent, energisch, geschickt, mutig und humorvoll. Er durfte sein Herz nicht noch einmal an sie verlieren!

„Was willst du, Bret?" fragte sie knapp.

„Die Rutger-Miller-Geschichte."

Colleen lachte bitter auf. „Ah, ja, natürlich, eine Geschichte, was könnte es sonst sein! Nur darum geht es dir im Leben, nicht wahr? Du gibst mir die Ehre eines Besuchs wegen einer Geschichte. Wie bekannt mir das vorkommt! Dann blühst du wieder auf und glaubst, du seist der Einzige, der alles in den Griff bekommt. Tu das nicht wieder", sagte sie kühl, „dies hier ist meine Geschichte!"

„Nicht mehr, Colleen, es hat sich geändert."

„Wieso? Was soll dass heißen: ‚geändert'?"

Er befreite sie von seinem Gewicht, stand vom Bett auf und stellte sich vor sie hin. „Weil man gestern Nacht Rutger Millers Leiche aus dem Fluss gefischt hat."

„Was?" Colleen war so blass geworden, dass es Bret sofort Leid tat, es ihr so unvorbereitet gesagt zu haben. Andererseits musste es sein. Wenn sie nicht lernte, sich aus der Gefahrenzone zu halten, geriet sie unweigerlich selbst hinein.

„Tot?" sagte sie mit zitternden Lippen und krallte die Hände in den Bettüberwurf. Sie hatte Miller gemocht, das war offensichtlich. Und es passte zu ihr. Denn bei aller Professionalität schaffte sie es nie, unbeteiligt zu bleiben.

„Er ist tot, Colleen. Rutger Miller ist tot." Bret wollte nicht grausam sein, aber sie musste die Konsequenzen begreifen. „Hör zu, ich möchte alles sehen, was du über ihn hast, jedes Band abhören, jede Kleinigkeit, die er dir privat gesagt hat."

„Es ... es ist meine Geschichte", flüsterte sie. An ihren blicklosen Augen erkannte er, dass sie nur reflexartig protestierte, da sie noch unter Schock stand.

„Colleen?" Er beugte sich zu ihr hinunter und strich mit den Handknöcheln freundlich über ihre Wange. Sie sah ihn völlig hilflos mit großen Augen an.

Aber dann schaute sie weg und machte einen Schritt zur Seite. „Lass mich allein, Bret. Rutger war mein Freund, die Geschichte gehört noch immer mir."

„Nein, Colleen. Und je länger du mich deswegen bekämpfst, um so länger hast du mich am Hals. In deinem Haus. Und wer weiß, vielleicht lande ich auch wieder in deinem Bett. Sei also artig, ja? Ich gebe dir ein paar Minuten zum Anziehen, und dann zeigst du mir die Videos, okay?"

Er wartete nicht auf Antwort, sondern durchquerte das Wohnzimmer und ging in die Küche, um sich ein Bier zu holen.

Dann lehnte er sich an die Wand und schloss die Augen. Er kannte Colleen. Zweifellos überlegte sie fieberhaft, ob sie Bret erwürgen oder die Großzügige spielen sollte und ihre Informationen mit ihm teilen wollte. Er hoffte, sie würde begreifen, dass sie ihn nicht loswurde.

Er seufzte. Auf jeden Fall würde er bleiben. Colleen wusste noch nicht, worauf sie sich eingelassen hatte, und erkannte die Gefahr nicht, in der sie sich befand.

Er würde bleiben. Auch weil er sie noch immer liebte – ob ihm das nun gefiel oder nicht.

2. KAPITEL

Colleen starrte an die Decke. Ihre Gedanken rasten. Rutger war tot. Der arme alte Rutger, dessen Vergangenheit ihm so auf der Seele gelegen hatte. Sein Bedürfnis, Rechenschaft abzulegen, hatte ihn das Leben gekostet!

Und das musste sie ausgerechnet von Bret erfahren.

Was machte der eigentlich hier? Darüber mochte sie gar nicht nachdenken, sonst würde sie noch weinen oder sich so aufregen, dass sie es nicht mehr aushielte. Wie konnte er nur so grausam sein? Ohne auch nur einen Blick zurückzuwerfen, hatte er sie verlassen und kam nun mit einer Unverfrorenheit ohnegleichen zurück ...

Ach ja, die Geschichte. Hinter der war er her. Wie immer.

In ihren Augen brannten Tränen. Schnell stand sie auf und blinzelte sie weg. ‚Diesmal nicht, Bret', nahm sie sich vor. Du bist so verdammt sicher, dass ich wieder angelaufen komme und dir alles auf dem Silbertablett serviere. Diesmal nicht!

Sie musste jetzt nachdenken. Eilig zog sie Jeans, Pulli und Slippers an. Ihr Gesicht drückte Entschlossenheit aus.

Bret hatte unbedingt heiraten wollen, also hatten sie geheiratet. Sein Wort war Gesetz. Und wenn sie einmal etwas einzuwenden hatte, reagierte er eiskalt ablehnend. Was für ein Dummkopf war sie gewesen! Sie hätte ihn nie heiraten dürfen! Er war weit herumgekommen, war sehr erfahren, darum hatte sie sich neben ihm auch oft unsicher gefühlt. Und wann immer sie auf einer Party – in London, Madrid, Paris, New York oder sonst wo – waren, garantiert kam eine schlanke Schönheit auf ihn zu, und Colleen fragte sich, wie deren Beziehung zu Bret wohl war.

Oder jetzt wieder sein würde, dachte sie bitter.

Noch nie hatte sie jemandem wehtun wollen – außer Bret. Aber sie war außer von Bret auch noch nie von jemandem so verletzt worden. Da schaffte man sich eine harte Schale an. Eine Fassade war hilfreich! ‚Diesmal nicht!' schwor sie sich. Diese Geschichte würde sie ihm nicht geben, das schuldete sie schon Rutger Miller.

Leise ging Colleen in die Küche und warf einen Blick ins Wohnzimmer. Das war wieder typisch für Bret. Er saß mit behaglich ausgestreckten Beinen auf dem Sofa und trank ein Leichtbier. Seine nackten braunen Schultern glänzten im warmen Lampenlicht.

Und trotz allen Kummers, den er ihr bereitet hatte, sehnte sie sich plötzlich danach, ihn zu berühren, seine Muskeln zu spüren, von ihm in den Arm genommen zu werden. Seine Stärke und Zärtlichkeit zu erfahren. Seine Leidenschaft zu genießen und das Gefühl, geliebt zu werden.

Das war jedoch reine Illusion! Wenn sie dumm genug war, sich darauf einzulassen, obgleich er zweifellos nur wegen der Geschichte zurückgekommen war, hatte sie selbst Schuld. Nicht noch einmal!

Sie schluckte und ging ins Schlafzimmer zurück. In ihr Schlafzimmer. Bret hatte sie verlassen! Er hatte kein Recht mehr auf ihr Leben!

Ihre Handtasche war – leider – im Wohnzimmer. Wie ärgerlich. Im Nachttisch lagen nur fünfundzwanzig Dollar. Aber für einen Kaffee irgendwo würde das reichen. Für die Hintertür hatte sie Ersatzschlüssel ... wie war er überhaupt hereingekommen? Für den Ferrari allerdings nicht. Wenn sie verschwand, würde Bret sicher auch nicht bleiben.

Sie blickte noch einmal zu ihm hin. Er saß noch immer bequem auf der Couch. Dann ging sie in ihr Zimmer. Sie musste sich möglichst leise davonmachen. Als sie auf die Terrasse trat, stolperte sie und lauschte einen Moment erschrocken ihrem klopfenden Herzen. Aber Bret schien nichts gehört zu haben. Auf Zehenspitzen schlich sie zur Gartentür, öffnete sie behutsam – und war draußen.

„Viel Spaß, McAllistair!“ flüsterte sie höhnisch. Von ihr aus konnte er ewig warten. Sie würde ihm keine Informationen geben!

Als sie an ihrem Ferrari vorbei zum Bürgersteig eilte, verflog ihr Übermut gleich wieder. Was fiel ihm eigentlich ein, erneut in ihr Leben zu treten, nachdem sie gerade gelernt hatte, ohne ihn auszukommen? Oh, es tat noch immer so weh ...

Colleen biss sich auf die Lippe. Es war fast Mitternacht, die Straße war menschenleer, und die meisten Häuser lagen ruhig und dunkel da. Vielleicht war es sogar riskant, hier allein herumzulaufen. Aber bei der

Stimmung, in der sie war, würde einer, der vorhatte, sie zu überfallen, keinen Spaß an ihr haben!

Als sie am Haus des Ehepaares Lord vorbeikam, schaute sie auf. Über der Haustür brannte eine Lampe. Joe und Marge waren vermutlich im Kino. Colleen erschrak leicht, als sie entdeckte, dass Marges Vater aus Minnesota, der hier Ferien machte, trotz der Frische der Nacht im Schaukelstuhl draußen saß. Er winkte ihr zu, zog dann plötzlich die Brauen hoch.

Colleen hatte nichts gehört, nur einen Windhauch gespürt. Dann wurden ihre Füße vom Boden gerissen, und sie wurde so brutal gepackt, dass sie nicht einmal mehr schreien konnte. Eine Hand presste sich auf ihren Mund, und sie wurde an eine nackte Brust gedrückt.

„Verdammtes Biest", hörte sie Bret wütend flüstern.

Colleen versuchte sich zu befreien. „Lass mich los, Bret!" brachte sie heraus. „Sonst schreie ich die Nachbarschaft zusammen!" Marges Vater war sicher Zeuge dieses Vorfalls. „Mr. Pierson ...!" wollte sie rufen, aber Bret kam ihr zuvor. „Was macht ein Mann mit seiner Frau in der heutigen Zeit, Mr. Pierson? Colleen hat einfach keine Ahnung, wie gefährlich es ist, nachts allein herumzulaufen! Sie hört nicht auf mich."

Das klang, als hoffte er auf das Verständnis des Erfahreneren.

Colleen hörte, wie Pierson kicherte. „Ich glaube, Sie machen das ganz richtig, junger Mann! Bringen Sie sie wieder nach Hause, und zeigen Sie ihr, wie besorgt Sie um sie sind, aber liebevoll!"

„Ja, Sir", antwortete Bret respektvoll.

So schmerzhaft wie möglich zog Colleen an Brets Brusthaar.

„Autsch!" brüllte er.

Als sie auch noch die Zähne in seine Schulter schlug, erstarb sein Lächeln. „Schon gut!" zischte er ihr zu, packte sie aber so fest, dass Colleen ganz gekrümmt in seinen Armen hing. Dann zog er ihren Kopf an den Haaren zurück, sah sie an und beugte seinen Mund dicht über ihren. „Du dummes Ding, du hast wohl überhaupt nicht verstanden, dass dein Leben in Gefahr ist!"

„Deins auch, wenn du mich nicht endlich loslässt", gab Colleen zornig zurück. In ihren Augen brannten Tränen, aber niemals würde sie vor ihm weinen!

„Immer droht sie einem!“ sagte er, dann senkten sich seine Lippen auf ihre. Sie schmeckten nach Leichtbier – und nach ihm. Und obgleich Colleen sich weiterhin wehrte, spürte sie, wie sie innerlich weich wurde vor diesem inneren Aufruhr, gemischt aus Zorn, Überraschtheit und Leidenschaft, die sie offenbar beide empfanden. Die Berührung seiner Lippen, der samtene Druck seiner Zunge in ihrem Mund ließen ihren Körper von oben bis unten erbeben – in der Erinnerung daran, wie einzigartig dieser Mann gewesen war.

Einen Moment lang gab Colleen sich ganz diesem wundervollen Gefühl hin. Oh, wie sie ihn geliebt hatte! Und wie zerstört sie gewesen war, als er sie verließ! Und nun spielte er vor dem Nachbarn den besorgten Ehemann! Benutzte sie wieder einmal! Nutzte seine Verführungskünste, um ihr Blut wieder in Wallung zu bringen!

Erneut versuchte sie, sich loszureißen, hatte aber wenig Chancen gegen ihn. Bret presste ihren Kopf an seine Brust und rief fröhlich: „Mr. Pierson, ich glaube, ich schaffe es! Gute Nacht!“

Die Nase in sein blondes Brusthaar gepresst, drang Colleens Fluchen sicher nicht bis zu dem alten Mann. Sie spürte, wie Brets Brustmuskeln spielten, während er mit ihr in den Armen wie ein ungestümes Füllen nach Hause eilte.

Als Colleen endlich ihren Kopf wieder freibekam und ihn lauthals beschimpfen wollte, waren sie schon wieder im Haus, und ihr Protest störte ihn wenig. „Du bist unmöglich! Ich glaube, du würdest deine eigene Mutter für eine Geschichte verkaufen!“

Weiter kam sie nicht, denn sie landete auf dem Sofa, auf dem er vor kurzem genüsslich sein Bier getrunken hatte. Bevor sie Atem schöpfen konnte, beugte er sich über sie und stützte die Arme zangengleich zu beiden Seiten auf, ohne sie zu berühren. „Halt deinen Mund, Colleen“, sagte er grimmig.

„Und wenn ich es nicht tue, McAllistair?“ gab sie zurück.

„Das wirst du schon tun“, sagte er ruhig, aber in seiner Stimme schwang eine Drohung mit.

Colleen schwieg, sah ihn aber mit böse funkelnden Augen an.

Er seufzte und zog sich dann zurück. Endlich, dachte sie, denn obgleich sie nicht vergessen durfte, was er ihr angetan hatte, machte seine Nähe ihr noch zu schaffen, war seine Anziehungskraft noch immer groß – durch seine längere Abwesenheit und die heimliche Sehnsucht nach ihm vielleicht sogar gewachsen. Kein Mann hielt einem Vergleich mit ihm stand!

Nie hätte sie gedacht, dass sie Bret so vermissen würde. Dabei war sie doch intelligent und hatte immer gedacht, dass nur Dummköpfe an einem Menschen hingen, der ihnen nichts zurückgab!

Einen langen Moment schaute er sie an, dann rieb er seinen Nacken und trat in den Innenhof. „Colleen, du verstehst anscheinend nicht die gefährliche Bedeutung dessen, was passiert ist."

Meinte er die Geschichte oder sich selbst?

„Und du verstehst nicht, dass du nichts mehr in meinem Leben zu suchen hast! Ich wusste nicht einmal, dass du wieder im Land bist. Und selbst wenn dir gesetzlich die Hälfte des Hauses gehört, hattest du kein Recht, hier einfach so einzudringen!" gab sie empört zurück, sprang auf und folgte ihm nach draußen. „Das da draußen war ein regelrechter Überfall! Ich hätte die Polizei rufen sollen! Mr. Pierson hat keine Ahnung, dass wir in Scheidung leben, aber Marge weiß es, und ... und du kannst nicht einfach herumlaufen und solche Dinge tun, Bret!"

Hinter seinem spöttischen Blick versuchte er, seine Bitterkeit zu verbergen. Er war seit einem Monat zurück. Er hatte versucht, sich zurückzuhalten, bis er von Rutgers Tod hörte und auch, dass Colleen darin verwickelt war. Und egal, wie es zwischen ihnen stand, er konnte den Gedanken nicht ertragen, dass sie sich in Gefahr befand.

„Du bist doch vorhin davongejagt", wies er sie hin.

„Ich bin davongejagt!"

„Ja, statt ins Wohnzimmer zu kommen."

„Du meine Güte!" Colleen rang die Hände, „ich bin dir doch nicht verpflichtet, Bret McAllistair. Du bist in mein Haus eingedrungen ..."

„Warum hast du die Schlösser ausgetauscht?"

„Weil ich dich nicht wieder hier haben wollte."

„Das Haus gehört zur Hälfte mir."

„Diese Debatte führt doch zu nichts!"

„Wie wahr", erwiderte er trocken. „Setz dich, Colleen, und sprich endlich."

„Ich habe dir nichts zu sagen."

Er lachte freudlos. „Das, meine liebe Mrs. McAllistair, nehme ich dir nicht ab. Du hattest immer viel zu sagen, ob ich es hören wollte oder nicht."

„Irrtum. Du warst immer derjenige, der was zu sagen hatte."

Bret wollte widersprechen, unterließ es aber, ging quer durchs Zimmer und packte sie an den Schultern.

„Colleen, diese Sache ist ernst. Kannst du mir denn nie vertrauen? Ich bin nicht hier, um dir etwas wegzunehmen."

Sie trat zurück, die Hände in die Hüften gestemmt. „Was tust du denn gerade, Bret? Und warum um alles in der Welt sollte ich dir wohl vertrauen?"

Er seufzte entnervt, ging zum Sofa zurück, ließ sich in ein Kissen sinken und nahm die Dose Bier hoch. „Viel zu warm", murmelte er und stellte es wieder zurück.

„Möchtest du ein neues?" fragte Colleen süßlich.

„Oh, wenn du so entgegenkommend bist, muss ich immer vorsichtig sein."

„Zu meinen Gästen bin ich immer höflich."

„Ein Gast bin ich ja wohl nicht ganz, oder?"

„Dann hol dir das Bier selbst."

„Ich wusste, dass ich dir nicht trauen kann", sagte er trocken und stand auf. Bevor er an ihr vorbeiging, blieb er kurz stehen. „Ich bin froh, dass auch dir klar ist, dass ich in meinem eigenen Haus kein Gast bin."

Colleen runzelte die Stirn und eilte Bret in die Küche nach, wo er im Kühlschrank hinter dem Karton mit Joghurt nach Bier suchte.

„Bret, du planst doch nicht etwa, hier zu bleiben, oder?"

Er schloss die Kühlschranktür, zog zischend die Lasche der Bierdose auf und sah sie ruhig an. „Colleen, ich wohne hier! Ich habe dich nur fast ein Jahr lang allein leben lassen."

„Knappe acht Monate, und ..."

„Um es klarzustellen – ja, ich werde ein paar Tage hier bleiben."

„Das wirst du nicht!"

„Colleen, sei vernünftig. Ich habe dir nie Schwierigkeiten gemacht. Ich war die ganze Zeit weg. Aber ich habe dieses verdammte Haus hier gebaut! Es ist mein Eigentum, mein Entwurf."

„Deins, ja! Es war niemals unseres, nicht wahr?"

„Hör auf, Colleen! Natürlich ist es auch deins! Ich bin derjenige, der keine Bleibe mehr hat, oder?"

„Du bist ja schließlich auch gegangen."

„Stimmt nicht: Ich ging wegen eines Auftrags."

„Wegen meines Auftrags!"

Er schnaubte ungeduldig und verließ die Küche. Wenn sie doch nur einmal fünf Minuten lang eine Riesin sein könnte! Lang genug, um ihn hochzunehmen und ihn aus dem Fenster zu werfen!

Von der gerade ausgestandenen physischen Begegnung mit ihm war sie jedoch noch viel zu zitterig, um überhaupt auch nur daran zu denken, ihn hinauszuwerfen. Und die Polizei zu rufen hätte auch keinen Zweck, schließlich war es ja wirklich sein Haus, und an rechtliche Verfügungen hatte sie nicht gedacht. Die bekam sie, wenn sie in einem Monat legal geschieden waren.

Sie ging ins Schlafzimmer und rief: „Wenn du hier bleibst, gehe ich eben", und holte einen Koffer aus dem Schrank. „Und nicht über die Hintertür. Ich werde meine Sachen packen, meine Handtasche, meine Schlüssel nehmen und ..."

Sie warf den Koffer aufs Bett und sprach nicht weiter. Bret lehnte bequem am Türrahmen, die eine Hand in der Hüfte, in der anderen das Bier. Mit seinen silbergrauen, leicht zugekniffenen Augen sah er sie an. „Du gehst nirgendwohin, Colleen."

„Daran wirst du mich nicht hindern, Bret. Wir leben im 20. Jahrhundert, weißt du? Oder hat man vergessen, dir das mitzuteilen?"

fügte sie süßlich hinzu. Mit hämischer Miene ging sie zurück zum Schrank und nahm irgendetwas heraus.

Als sie sich schwungvoll wieder zu ihrem Koffer umdrehte, landete sie an Brets nackter Brust.

„Bret! Geh mir bitte aus dem Weg! Außerdem könntest du dir ruhig dein Hemd wieder anziehen. Ich komme mir schon vor wie von Johnny Weissmüller verfolgt."

„Du kannst wohl die Hitze nicht ertragen, was?" fragte er amüsiert.

„Würdest du mich bitte durchlassen? Ich bitte dich gar nicht mehr zu gehen. Das tue ich freiwillig selbst."

Er schüttelte den Kopf. Sein Gesicht war ernst, vielleicht sogar ein wenig traurig.

„Colleen, du verlässt nicht das Haus. Du kommst mit mir ins Wohnzimmer, und dann erzählst du mir alles, was du über Rutger Miller weißt."

Sie schloss die Augen, aber das half nichts. Nichts passierte – außer dass sie seinen wunderbaren und ganz besonderen Duft – maskulin und frisch – wahrnahm, der ihre Sinne betörte ...

Er würde sie bestimmt wieder nur benutzen – und sie dann erneut verlassen. Es sei denn, sie ließe es gar nicht erst zu.

„Bret, es gibt keinen Grund, dass ich weiterhin das tue, was du befiehlst. Ich muss dir nicht einmal aus Höflichkeit zuhören, denn zwischen uns läuft nichts mehr. Du bist nur noch ein rivalisierender Journalist, weiter nichts."

„Colleen ..."

Sie erschrak, als er sie erneut fest in die Arme nahm und sie dicht an sich presste. Seine Stimme war rau und seine Augen ganz dunkel. Colleen versuchte, seinem Blick standzuhalten. Wenn er wollte, konnte Bret Menschen, die ihm im Weg standen, sehr gefährlich werden. Das hatte er mehrfach bewiesen. Auch wenn er ihr – körperlich jedenfalls – niemals schaden würde.

„Du hörst mir jetzt zu, Colleen. Ich möchte nämlich nicht, dass du umkommst, glaub es mir oder auch nicht, du schöne Hexe."

„Bret ..."

„Das meine ich ernst, Colleen."

„Du kannst gar nichts tun!" rief sie empört und versuchte vergeblich, sich aus seinem Griff zu befreien.

„Hör endlich auf, dir etwas vorzumachen, Colleen. Das ermüdet mich allmählich. Sei vernünftig!"

„Vernünftig! Was ist vernünftig? Bret sagt, spring, und Colleen fragt, wie hoch denn?"

„Im Augenblick stimmt das so ungefähr."

„Ich denke gar nicht daran ..."

„Colleen", sagte er mit erzwungener Ruhe, „ich bitte dich so nett, wie ich es kann, mir keine Schwierigkeiten zu machen. Sonst ..."

„Was sonst?"

Er zuckte mit den Schultern. „Dann müsste ich dich auf eine Art überzeugen, die dir keine Wahl ließe."

Sie starrte ihn eine Minute lang an, dann begann sie zu lachen.

„Du glaubst wohl, ich mache Spaß."

„Nein."

„Möchtest du es ausprobieren?"

Das hatte er in einer Weise gefragt, die Colleen zweifeln ließ. Sie versuchte, mehr Abstand von ihm zu bekommen.

Er aber zog sie enger an sich, sodass sie seinen muskulösen Körper von oben bis unten spürte.

Da sie keinen BH trug, wurden ihre Brüste an seine Brust gepresst, und die Spitzen waren durch den weichen Kaschmirpullover vermutlich spürbar.

Leise Röte stieg ihr ins Gesicht. „Bret ..."

„Du glaubst, ich mache Spaß, Colleen, aber du irrst dich. Ich würde zur Not drastische Maßnahmen ergreifen. Aber es ist viel einfacher, ein braves Mädchen zu sein und bei einem Glas Wein mit mir zu reden. Vertraue mir."

In seinen Augen erschien wieder das amüsierte Glitzern. Er wusste verdammt gut, dass sie nach einem Glas Wein schon plapperte wie ein Wasserfall. „Dir soll ich vertrauen?"

„Wäre doch das Beste, wenn du ohnehin kaum eine Wahl hast, nicht?“

„Ich mache Kaffee, Bret.“

Er ließ sie los. „Von mir aus.“

Erst jetzt begriff sie, dass sie damit einem Gespräch zugestimmt hatte.

„Wo sind die Interview-Tonbänder?“ wollte er wissen.

Colleen lächelte süßlich. „Tut mir Leid, Bret. Die sind nicht hier. Die sind im Büro.“

„Na gut, dann lass uns hinsetzen und reden“, erwiderte er ungerührt. „Beweg deinen süßen Hintern. Es sei denn, du möchtest, dass ich es für dich tue?“

Colleen warf ihm einen warnenden Blick zu und ging in die Küche. Als sie die Kaffeekanne hochnahm, zitterten ihre Hände.

Bret griff von hinten danach und nahm sie ihr ab. Dann schob er sie sanft ins Wohnzimmer zurück.

„Du brauchst einen Wein“, sagte er, und Colleen protestierte nicht.

Am liebsten hätte sie eine ganze Karaffe geleert, um das Bewusstsein zu betäuben, dass er wie ein Blitzschlag wieder in ihr Leben getreten war, als sei nichts passiert.

Im Wohnzimmer zog sie ihre Slipper aus, setzte sich auf die Couch und zog die Beine unter sich. Sie hörte, wie Bret in der Küche mit der Weinflasche hantierte. Ihm passierte es nie, dass der Korken in kleine Stücke zerbröselte ... Er schien nie mit irgendetwas Probleme zu haben.

Sie lehnte sich zurück und schloss die Augen.

Wie damals, als sie sich kennen gelernt hatten. Eine ganze Gruppe von Reportern war an einem Ort in Südamerika gewesen. Sie hatten alle große Angst, weil eine Guerilla-Bande mit Macheten sie verfolgt hatte. Bret war der Einzige gewesen, der die Ruhe bewahrte. Als eine Machete beinahe seinen Kopf streifte, hatte er einfach ausgeholt und seinen Angreifer mit einer flachen Rechten niedergestreckt.

„Bitte.“

Colleen öffnete die Augen und nahm den Wein entgegen. Bret

setzte sich ein Stück entfernt von ihr im Schneidersitz auf die Couch. Sie blickte auf seine Zehen, und ihr fiel ein, wie sie einmal an einem Abend über diese Zehen gelacht hatten. Wie auf seiner Brust wuchsen auch dort kleine Büschel braungoldener Härchen. Wenn er geistesabwesend zu sein schien und sie seine Aufmerksamkeit erregen wollte, hatte sie daran gezupft ...

„Colleen?"

Sie hob resigniert die Schultern. Eigentlich könnte sie ihm auch diese harmlose Geschichte erzählen.

„Rutger Miller hat mich vor etwa drei Monaten in der Redaktion angerufen. Erst wusste ich gar nicht, wer er war, hatte nur vage etwas über die Heimond-Diamanten gehört, die während des Zweiten Weltkrieges verschwunden waren. Aber irgendwie wusste ich bei Miller gleich, dass es um etwas Wichtiges ging, und begann sofort, in alten Zeitschriften nach einer entsprechenden Geschichte zu forschen." Colleen sah Bret an.

„Weiter."

„Du hättest natürlich gewusst, wer er war, oder?" Es klang ein wenig bitter.

„Ich habe immer alles über den Krieg verschlungen. Diese Geschichte interessierte mich von Anfang an. Dabei hat die Öffentlichkeit diesen Skandal längst vergessen. Aber bitte weiter."

Colleen nahm einen großen Schluck Wein.

„Er behauptete, meinen Schreibstil zu mögen, und war der Ansicht, ich hätte ein Gespür für Menschen." Bret schnaubte missbilligend. Colleen warf ihm einen giftigen Blick zu.

„Entschuldige", sagte er trocken. „Sprich weiter."

„Zwei Wochen später traf ich ihn zum ersten Mal. Seine Bedingung: keine Tonbandaufnahme, keine Notizen. Er lud mich zum Lunch ein. Ich stimmte zu, begeistert von der Gelegenheit zu einer solchen Begegnung."

„Worüber habt ihr gesprochen?"

Colleen überlegte, wie das Treffen abgelaufen war. Rutger Miller war vor ihr in dem Restaurant angekommen und hatte sich erhoben, als sie erschien. Er war ein hoch gewachsener Mann gewesen und sehr schlank und hatte etwas von der Würde einer Statue an sich gehabt. Sein Haar war weiß, seine Augen kristallblau. Sein Gesicht war faltendurchzogen, sein Händedruck warm und herzlich. Als sie zu sprechen begannen, erkannte Colleen in seinen Augen einen Ausdruck von quälendem Schmerz. Etwas bedrückte ihn.

„Erst unterhielten wir uns über banale Dinge“, erklärte sie. „Er erwähnte seine Enkelkinder in Deutschland und fragte, ob ich auch Kinder hätte. Er ...“

„Hast du ihm geantwortet, für so etwas seist du zu beschäftigt?“ unterbrach Bret sie kühl.

Sie sah ihn überrascht an. Er war doch derjenige gewesen ...

„Entschuldige. Sprich weiter.“

‚Sei schnippisch‘, nahm sie sich vor. Es war der einzige Weg, um mit Bret fertig zu werden. „Wofür?“ fragte sie leichthin, ohne eine Antwort abzuwarten. „Dann fingen wir an, über den Krieg zu sprechen. Aber nur so ganz allgemein an dem Tag. Und ... von dem Moment an begann ich, ihn zu mögen. Du denkst sicher, ich sei albern. Oder unprofessionell.“

Bret schüttelte ungeduldig den Kopf. „Unsinn, das dachte ich nie, Colleen. Erzähl mir, woran du dabei dachtest.“

Auf einmal empfand sie so etwas wie Bitterkeit. Wie oft hatten sie so gesessen und sich gegenseitig über ihre Aufträge beraten, um Anerkennung geworben oder um Unterstützung.

Oder nein, genau genommen hatte nur sie das gesucht. Bret McAllistair hatte anscheinend nie etwas gebraucht! Wenn er etwas wollte, nahm er es sich. Genau wie jetzt wieder!

Es spielte keine Rolle. Sie wollte ihm ihren Eindruck von diesem Mann schildern, weil sie hoffte, dass Bret sie dann vielleicht verstehen könnte.

„Er war genauso, wie ich mir immer jemanden wie Lincoln oder Robert E. Lee vorgestellt habe. Ich meine, einer, der in schreckliche Dinge verwickelt ist, Zeuge war vom Krieg, von Schlachten, vom Tod, und der jedes Mal selbst ein bisschen stirbt. Als er zum Beispiel über die Normandie sprach, nahm ihn das sichtlich mit. Er konnte noch alle Bilder vor sich sehen, all die Gefallenen – Deutsche wie Alliierte. Er fand das alles grauenhaft und unnötig. Und er erklärte mir, wie das deutsche Volk sich gefühlt hatte, wie sie geglaubt hatten, dass das Dritte Reich ihnen nach der entsetzlichen Demütigung Ende des Ersten Weltkriegs ihre Selbstachtung wiedergeben würde."

Bret hätte Colleen am liebsten die Wange gestreichelt. „Ich halte dich nicht für dumm, Colleen. Ich verstehe dich." Er rieb sich die Schläfe. „Und es verdeutlicht Tatsachen."

„Welche Tatsachen?"

„Seine Ermordung", murmelte Bret. „Worüber sprach er außerdem noch?"

„Nur über den Krieg. An dem Tag jedenfalls."

„Und wann erzählte er von den Heimond-Diamanten?"

Colleen zögerte nur kurz. Sie musste ja nicht alles sagen. Die meisten Gespräche mit Rutger waren ohnehin auf Band aufgezeichnet und sozusagen öffentliches Eigentum – oder zumindest das der Zeitung. Bret hätte ohnehin Zugang zu ihnen.

„Bei der ersten Tonbandaufzeichnung. Zu dem Zeitpunkt vertraute er mir bereits. Oder er wollte einfach alles loswerden."

„Was denn?"

Aber Colleen antwortete nicht gleich.

„Hör mal, in der Schlacht von Brainevrault kamen Hunderte von Soldaten um, alliierte und deutsche", forderte Bret sie heraus. „Die Geschichte bewies, dass es sinnlos war. Zwei Befehlshaber hätten das verhindern können, aber sie waren zu sehr damit beschäftigt, französische Diamanten zu stehlen."

„Genau das ist nicht wahr!" ereiferte sich Colleen. „Rutger hatte nichts damit zu tun – jedenfalls nicht so. Er war nur stellvertretender Befehlshaber und hatte den Auftrag, am Eingang des Tunnels abzuwarten. Genau wie Captain Sam Tyrell."

„Oh, ja, richtig! Deswegen kam Sam Tyrell auch vors Kriegsgericht und wurde wegen Hochverrats erschossen!"

„Er diente doch nur als Sündenbock, Bret. Genau das wollte Rutger sagen. Die wahren Schuldigen waren die Generäle MacHowell und der Deutsche Rudi Holfer."

Bret nahm einen Schluck Bier. „Und wo sind nun die Diamanten?" fragte er schließlich.

„Ich weiß es nicht."

„Du konntest noch nie gut lügen, Colleen."

„Ich lüge nicht!" rief Colleen empört. „Benutz doch deinen Verstand! Wenn Rutger mir die Diamanten gegeben hätte, dann wüsste es jetzt die Öffentlichkeit! Dann hätte man Rutger Miller ja wohl nicht mehr umbringen müssen!"

„Das stimmt." Mit der Eleganz eines Panthers bewegte Bret sich nach vorn und nahm Colleen das Weinglas ab. „Es ist leer", stellte er fest und wandte sich um, weil er es nachfüllen wollte.

„Belass es dabei."

Bret grinste nur, ging in die Küche und kam mit dem Wein zurück. Colleen nahm das gefüllte Glas entgegen und trank daraus einen langen Schluck. Sie lachte über seinen missbilligenden Blick. „Genau das ist doch dein Plan, McAllistair: mich betrunken zu machen, damit ich plaudere."

„Sehr schlau, Colleen."

„Und die Wahrheit."

„Das wird dir aber nicht viel nützen."

Colleen gähnte. „Natürlich nicht. Wer überlebt schon einen Abend mit dem Großinquisitor?"

„Ich bin kein Inquisitor", widersprach er ärgerlich. „Ich versuche nur, dir zu helfen."

„Hmmm", machte sie. O Himmel, was wollte sie nur beweisen? Ihr drehte sich schon der Kopf.

„Du Dummchen", murmelte er. Und Colleen fragte sich, ob seine Stimme tatsächlich liebevoll geklungen hatte oder ob sie sich das einbildete. Bret beugte sich über sie, ganz dicht, und Colleen sah seine breiten Schultern vor sich und genoss diesen wundervollen Duft, der von ihm ausging...

Sie zuckte zusammen und schloss die Augen ganz fest. Damit ich dich besser fressen kann, hatte der große Wolf gesagt. Auch das war Bret McAllistair. Sie war die einzige Frau, mit der er verheiratet gewesen war, aber wie hatte das Ende ausgesehen? Niemand zum Festhalten in der Nacht. Niemand zum Liebhaben. Nichts, was ihn noch an sie band ...

‚Wehr dich gegen ihn', warnte sie sich. ‚Lass dir nicht wieder wehtun.'

„Colleen!" hörte sie ihn sagen. Sie öffnete die Augen und musste lachen. Er sah verschwommen aus.

„Colleen, was hast du außer Joghurt zu dir genommen? Du musst irgendetwas essen."

„Versuch es doch mit Schlaftabletten", schlug sie bitter vor.

„Das bewahre ich mir als letzte Möglichkeit auf", entgegnete er trocken.

Sie hob leicht die Hand. „Es ist alles mögliche da, Knäckebrot, Käse, Aufschnitt. Bedien dich. Machst du ja sowieso."

„Genau wie du!" behauptete er ungeduldig.

Daran, dass sie seine Körperwärme nicht mehr wahrnahm, merkte Colleen, dass Bret sich entfernt hatte. Wie albern, dass ihr das bewusst wurde. Er hatte sie verlassen, und sie hatte das akzeptiert. Nachdem sie sich die Augen ausgeweint und zehn Kilo Gewicht verloren hatte, war sie davon überzeugt gewesen, ihn zu hassen.

Ein winziger Schluchzer entrang sich ihr, aber schnell nahm sie sich wieder zusammen. Bret war nur wegen der Geschichte hier! Sie durfte keinen Moment die Kontrolle verlieren und nicht daran denken, wie schön alles mit ihm gewesen war!

Sie öffnete die Augen, schloss sie aber gleich wieder, denn alles drehte sich um sie. Sie lehnte sich zurück und streckte sich auf dem Sofa aus.

Es tat so gut, zu liegen und den Kopf auf dem weichen Kissen zu haben. Sie war todmüde. Das war sie schon gewesen, bevor sie mit Jerry ausging, und erschöpft, als sie sich fürs Bett fertig machte, nur um herauszufinden, dass ihr Beinahe-Exmann darin lag und entschlossen war, sie wahnsinnig zu machen.

Oh, wie angenehm war diese graue Dunkelheit! Silbergrau und schwarz. Wie seine Augen ...

Fünf Minuten später kam Bret mit einem Tablett voller Knäckebrot, Schinkenscheiben und pikantem Cheddar-Käse aus der Küche zurück. „Colleen ...“ Er erschrak, als er ihre schwarzen Haare nicht mehr über die Sofalehne hängen sah. Dann entdeckte er sie.

Sie lag auf dem Bauch, eine Hand unter dem Gesicht, und atmete tief und gleichmäßig. Ihr Haar war wie ein Fächer um sie gebreitet. Ihre Füße hingen über das Sofaende hinaus.

Einen Moment lang ärgerte er sich darüber, dass sie den Wein absichtlich runtergekippt hatte. Aber dann musste er lächeln. Er stellte das Tablett auf den Kaffeetisch und kniete sich neben sie. „Colleen?“ Er berührte ihre Wange.

Dann stand er auf und hob sie hoch. Sie war leicht, keine hundertfünf Pfund – und alles da, wo es hingehörte. Ihr Kopf sank nach hinten, und er wusste, dass sie fest schlief.

Er trug sie ins Schlafzimmer, schob die zerknautschte Tagesdecke aus dem Weg und legte sie aufs Bett. Gerade wollte er sie zudecken, als er innehielt. In den Jeans zu schlafen, würde sicher unbequem sein.

„Colleen“, flüsterte er an ihrem Ohr. „Ich will dir nur die Jeans ausziehen.“ Sie murmelte etwas. Als er die Gürtelschnalle öffnete, bereute er seinen Entschluss beinahe. Es erinnerte ihn zu sehr an frühere Zeiten der Vertrautheit.

Ob sie ihn je geliebt hatte? Er presste die Lippen zusammen, zog an den Jeans und schaffte es schließlich, sie auszuziehen. Aber er konnte den Blick nicht von ihren wohl geformten langen Beinen wenden. Als er sanft ihren Schenkel berührte, stöhnte Colleen leise, aber unmissverständlich. Er musste lachen. „Kleines Biest“, sagte er grinsend. Liebevoll strich er ihr eine Locke aus dem Gesicht, mochte sich aber kaum von ihr lösen.

Einen Moment lang kniete er sich neben sie und betrachtete sie. Wie gut, dass sie nicht sah, welche Gefühle in ihm tobten ...

Sie hatten so schöne Zeiten miteinander erlebt. Wenn es noch wie früher gewesen wäre, hätte er sie jetzt wecken dürfen, sie in die Arme genommen und ihr den Rücken gestreichelt, bis sie ganz wach wäre, in vollem Bewusstsein, gleich verführt zu werden ...

Sie war so unglaublich schön. Dennoch war es nicht ihre Schönheit, die ihn verzaubert hatte, sondern ihr Lachen, ihre Lebendigkeit, ihre Herzenswärme, die Art, wie sie auf ihn reagierte. Bewegt presste er die Hände zusammen und schloss die Augen.

Es war alles Illusion, denn ihre Ehe bestand nur noch auf dem Papier und würde bald auch offiziell beendet sein. Sie sollte weiterhin denken, er sei aus Stein. Dabei war er alles andere als das, sobald es um sie ging. Sie könnte ihn – wenn sie wollte – wie eine Eierschale zerdrücken.

Aber es wäre so schön, einfach nur neben ihr zu liegen.

„Ich muss hier raus", sagte er laut vor sich hin. Aber als sie etwas murmelte, kniete er sich wieder dicht neben sie, um es zu verstehen. „Was?"

„Heiß", sagte sie. „Pulli. Mir ist so heiß."

„Mir auch", stöhnte er bei dem Gedanken daran, was ihm bei dieser Äußerung alles durch den Kopf ging. Mit beiden Händen packte er das Bündchen ihres Pullovers und zog ihn ihr über den Kopf. Sie öffnete kurz die Augen und lächelte ihn mit verschwommenem Blick an. Dann schloss sie sie wieder und drehte den Kopf gegen das Kissen.

Bret stand wieder auf und blieb noch kurz mit geballten und sich öffnenden Händen neben ihr stehen. Sie sah so verletzlich aus, so aufregend sinnlich. Das Licht fiel auf ihre Brust, die sich mit jedem Atemzug hob und senkte. Die Knospen schimmerten rosig-braun und einladend durch den feinen Spitzenstoff ihrer Wäsche, ihre Taille war so schmal, und wie dunkler Samt lag ihr lockiges Haar ungeordnet auf dem Kissen, sodass er versucht war, es vorsichtig zu berühren.

„Ich sollte mich wirklich neben dich legen, Colleen", sagte er laut. „Es wäre genauso deine Schuld wie meine!"

Sie reagierte nicht.

„Kannst du nicht wenigstens schnarchen oder sonst irgendetwas tun, damit du nicht so verdammt reizvoll bist?"

Sie gab einen kleinen Laut von sich und rollte sich auf die Seite. Energisch nahm er das Laken und deckte sie damit zu.

Seine Hände zitterten so sehr, dass er die Lampe beim Ausknipsen beinahe herunterriss.

Unmutig stöhnte er auf, drehte sich auf dem Absatz um und ging ins Bad.

Die Dusche gehörte schließlich noch immer auch ihm. Und das kalte Wasser!

3. KAPITEL

Das Telefon klingelte – schrill wie eine Million Sirenen auf einmal.

Colleen zog sich das Kissen übers Gesicht, um das Geräusch zu dämpfen. Gleich würde der Anrufbeantworter anspringen. Aber wer rief nur so gnadenlos früh am Samstagmorgen an?

Hör auf, hör auf, dachte sie flehend.

Dann erschrak sie plötzlich. Bret! Er war hier gewesen und war vermutlich noch immer irgendwo. Gleich würde er mithören, was da jemand auf Band sprach!

Mit einem Ruck setzte sie sich auf, verwundert darüber, wie schnell Panik einen aus tiefster Bewegungslosigkeit aufschrecken konnte. Gerade wollte sie schlaftrunken nach dem Hörer greifen, als sie warme Haut berührte. Und schon griff Bret nach dem Hörer.

Er trug nur Jeans, sein Haar war feucht, und um die Schultern war ein Handtuch geschlungen.

„Dürfte ich wohl mein eigenes Telefon beantworten?" fuhr Colleen ihn wütend an.

Er schüttelte nur ihre Hand ab und nahm den Hörer ans Ohr.

„Bret, das ist für mich!"

Er sah sie mit einem amüsierten Blick an. „Dein Bettuch rutscht herunter."

„Wie? Oh!"

Sie war richtig verlegen, als ihr bewusst wurde, dass sie halb nackt mit dem Mann im Bett saß, der sie verlassen hatte. Energisch griff sie nach dem Laken, bedeckte sich und versuchte erneut, an den Hörer zu gelangen.

Zu spät. Er raunte gerade ein „Hallo?“ hinein.

Dann runzelte er die Brauen. „Wer ist da? Einen Moment, bitte. Hier ist Bret McAllistair, ihr Ehemann. Wenn Sie nur ...“

Er unterbrach sich, starrte auf den Hörer, sah Colleen an und legte nachdenklich auf.

„Wer war es?“ wollte Colleen wissen.

„Weiß ich nicht.“

„Was heißt hier, weiß ich nicht? Hör mal, Bret, ich habe dich gebeten, nicht an meinen Apparat zu gehen.“

Er stand auf, achtete nicht weiter auf ihren Vorwurf und sagte nur: „Ich stehe noch unter dieser Nummer im Telefonbuch. Das habe ich überprüft.“

„Aber ...“

„Hör schon auf, Colleen. Sie wird zurückrufen.“

„Sie?“

„Ja, es war eine Frau. Wo sind übrigens all meine Sachen?“

Der schnelle Themenwechsel verwirrte sie. „Deine Sachen?“

„Ja, meine Sachen, all diese Dinge aus Baumwolle, Wolle, Leinen und was nicht alles, mit denen man seinen Körper bedeckt, weißt du? Es hat den Anschein, als wäre meine Kleiderschrankseite mit lauter Seidensachen wieder aufgefüllt.“

Seufzend lehnte Colleen sich zurück, wobei sie sorgsam darauf achtete, bedeckt zu bleiben. „Deine Sachen passten mir nicht, Bret. Die Farben standen mir nicht.“

„Sehr witzig. Aber ich bin nicht in Stimmung für so etwas. Wo sind sie also?“

„Ruf mal bei der Heilsarmee an.“

„Bei der Heilsarmee?“ Er war so schockiert, dass er ihr einen Moment richtig Leid tat.

„Bret ...“

„Du hast meine grüne Navy-Jacke weggegeben?“ Er fing an, empört zu klingen.

„Du meinst dieses alte Ding mit all den Löchern drin?“

„Das hast du getan! Du hast meine grüne Jacke weggegeben!“

Nervös, aber ohne den Blick von ihm zu lassen, fummelte Colleen auf dem Nachttisch nach ihren Zigaretten und zündete sich eine an. Tief atmete sie den Rauch ein und lehnte sich wieder zurück.

„Tut mir Leid, Bret. Du hättest es mich wissen lassen sollen, dass ich all deinen Kram aufbewahren soll, sodass du noch vor der Scheidung vorbeikommen könntest, um ihn abzuholen. Wenn ich das gewusst hätte, hätte ich ihn mir gern jeden Morgen angeschaut, Tag für Tag, in dem freudigen Bewusstsein, dass du nicht mehr hier wohnst.“ Ihre Stimme hatte sarkastisch und leicht geklungen, sehr gut! Das war ihr besser gelungen als erwartet.

Bret schien das aber entgangen zu sein. Er sank aufs Fußende des Bettes und starrte sie entsetzt an.

„Du hast tatsächlich meine grüne Jacke weggegeben?“

„Bret! Da waren tausend Löcher drin. Die Jacke war zehn Jahre alt.“

Er seufzte, schüttelte den Kopf und stand auf. Dann begann er, ums Bett herumzuwandern.

Colleen war etwas beunruhigt. Wenn ihm einmal etwas gegen den Strich ging, konnte er ziemlich entnervend sein!

Aber er kam nicht in ihre Nähe, schaute nur nach dem Sweatshirt, das er abends irgendwo hatte fallen lassen, zog es über und sah Colleen einen Moment mit dem Blick eines Kindes an, dessen Eltern gerade seinen Lieblingshund weggegeben hatten. Der Ausdruck wich aber gleich wieder völliger Sachlichkeit. „Auf, auf, Mrs. McAllistair, wir müssen da weitermachen, wo wir gestern Abend aufgehört haben.“

„Bret ...“

„Ich habe Kaffee gemacht und werde im Garten sein und alle Ausgänge im Auge haben. Du hast fünf Minuten, um mich da zu treffen. Andernfalls komme ich wieder herein zu dir.“

Colleen überlegte hektisch, wie sie wohl verschwinden könnte.

Dann fiel ihr plötzlich ein, wie sie am Vorabend wohl ins Bett gelangt war – halb nackt.

Und ob sie dort wohl allein geschlafen habe.

Sie blickte sich nach einem Aschenbecher um, wo sie dann die Zigarette ausdrückte. „Ich bin in fünf Minuten draußen", verkündete sie eisig.

„Gut."

Er drehte sich schon zur Tür, aber plötzlich, obwohl sie nicht wusste, warum, wollte sie ihn zurückrufen.

„Bret?"

„Was ist?" Er drehte sich wieder um.

„Ich, äh, ich habe doch nicht alles weggegeben. Auf dem Dachboden ist ein Karton mit Sachen von dir. Vielleicht ist auch die grüne Jacke dabei."

Er sah sie mit einem unergründlichen Blick seiner silbergrauen Augen an. „Danke." Dann drehte er sich wieder um und ging. Aber er schloss nicht die Tür hinter sich. So sah sie, wie er das Wohnzimmer durchquerte, den Flur und zur Küche ging. Und sie konnte noch seinen breiten Rücken und seinen im Schatten dunklen Kopf sehen, während er eine Tasse nahm und sich Kaffee eingoss.

Einen Moment lang blieb sie noch sitzen. Es war einfach nicht fair! Wie konnte er ihr das antun! Es tat weh, ihn wieder hier zu haben, und doch war all das so lächerlich normal. Er tat gerade so, als gehörte er noch immer hierher und als wäre er nie gegangen. Er bewegte sich im Haus mit völliger Selbstverständlichkeit, so als wäre das hier noch immer sein Zuhause.

Und während sie ihm nachblickte, sehnte sie sich danach, dass es so wäre. Ihr Herz tat weh bei der quälenden Erinnerung.

Am liebsten wäre sie aufgesprungen, ihm in die Küche nachgelaufen, hätte ihm die Arme um den Hals gelegt und so getan, als wäre alles noch wie früher.

Lieber Himmel! Das war das Schlimmste von allem. Dass sie ein so pathetischer Dummkopf sein konnte. Er hatte sie ohne die geringsten Skrupel ausgenutzt und war seelenruhig gegangen. Wie konnte sie das auch nur eine Sekunde lang vergessen! Wo zum Teufel war nur ihre Selbstachtung geblieben?

Es war traurig, aber es mangelte ihr an Selbstachtung, was Bret McAllistair betraf. Doch nicht diesmal. Diesmal würde sie sich wehren. Es war ihr egal, ob er sie für die zickigste Person der Welt hielt!

Colleen wusste nicht genau, was er mit seiner Drohung gemeint hatte, wollte das aber auch gar nicht herausfinden. Sobald sie sicher war, dass er ihr den Rücken zuwandte, sprang sie aus dem Bett, schloss die Tür, griff nach T-Shirt und Shorts und eilte ins Bad – nur um gleich wieder irritiert zu sein. Er war hier gewesen! Die Spiegel waren noch beschlagen, und er hatte ihren Rasierer benutzt! Irgendwie war ihr plötzlich zum Weinen zumute.

„Hättest du nicht das andere Bad benutzen können?" flüsterte sie. Aber dann legte sie ihre Sachen zur Seite und stellte entschlossen die Dusche an, die sie kalt und in breitem Strahl auf sich niederprasseln ließ. Sie wollte hellwach sein und ihren vom Wein noch leicht benebelten Kopf klären.

Während sie unter der Dusche stand, dachte sie noch über den Telefonanruf nach und wurde immer ärgerlicher. Bret war in ihr Leben zurückgekehrt, und schon hatte sie ihre Arbeit vergessen!

Wenn doch alles nur ein böser Traum gewesen wäre. Rutger Miller ... tot. Sie erschauerte. Vielleicht war es doch ganz gut, mit Bret darüber reden zu können. Er wusste immer, was zu tun war, und verlor nie die Tatsachen aus dem Auge. Wenn Rutger tot war, hieß es, dass weit mehr dahinter steckte.

Die Diamanten. Es musste um die Diamanten gehen.

Colleen stellte das Wasser ab, trocknete sich schnell ab, zog sich an und verließ das Bad.

Die Vorhänge wehten in der leichten Brise zur offenen Terrassentür hinaus. Die Sonne stand bereits hoch und glitzerte auf dem Wasser des Pools.

Bret saß am Tisch daneben. Auf einem Tablett standen zwei Tassen, die Kaffeekanne und frische Toastscheiben.

Colleen ging hinaus, setzte sich, sah aber mehr auf den Pool als zu

Bret hinüber. Der Kaffee duftete verführerisch. Sie schenkte sich ein und nahm die Tasse in die Hand.

„Nun komm schon, Colleen“, sagte Bret mit einem Knurren, das er von einem Dobermann gelernt haben musste.

„Ich weiß nicht mehr, wo ich gestern Abend stehen geblieben war“, entgegnete sie unwirsch.

Er lachte. „Du batest mich, dir den Pullover auszuziehen.“

„Stimmt nicht“, protestierte sie hitzig.

„Wir waren bei den Diamanten“, sagte Bret lächelnd.

Colleen nahm einen Schluck Kaffee und schaute Bret über den Tassenrand hinweg an. „Auf die bist du wohl selbst scharf, was?“

Er schnaubte ungeduldig. „Die Diamanten sind der Schlüssel zu dem Mord, Colleen. Das hast du gestern Abend selbst erkannt. Wenn dir etwas an Rutger Miller lag, müsstest du daran interessiert sein, dass der Mörder gefunden wird. Und klug genug, den nicht auf eigene Faust entdecken zu wollen.“

„Ich weiß nicht, worauf du hinauswillst.“

„Spiel lieber nicht den Schnüffelreporter, Colleen. Das könnte bei dieser Sache ins Auge gehen.“

„Ah, ja. Ich kann das nicht, aber du kannst es natürlich.“

„Hör schon auf.“

Colleen starrte aufs Wasser. So war es schon vorher gewesen, warum also nicht jetzt? Ein Auftrag, den er für sie als zu gefährlich betrachtete, schien für ihn gerade perfekt zu sein. Und Grund genug, sich wieder einmal aus ihrem gemeinsamen Leben hinauszustehlen.

Sie holte tief Atem. „Bret, ich bin nicht dumm.“

„Das habe ich nie behauptet. Aber du bist sehr hartnäckig, und wenn du auf eine Geschichte aus bist, übersiehst du oft Dinge, die dazugehören.“

Colleen schaute ihn nicht an. Er saß bestimmt bequem da, genoss seinen Kaffee und wirkte – mit halb geschlossenen Augen – völlig entspannt, wie eine Katze. Und war in Wirklichkeit hellwach!

Mit seinem blonden Haar, seiner sonnengebräunten Haut und seinen hellen Augen sah er beinahe wie ein kalifornischer Beach-Boy aus.

Aber dafür waren seine Gesichtszüge zu hart, und einige Narben hier und da wiesen auf das raue Leben hin, das er geführt hatte. Wenn er lächelte, sah er keinen Tag älter als seine fünfunddreißig aus, wenn er grimmig dreinschaute, allerdings eher wie vierzig.

Im Moment schaute er garantiert mit einem einschmeichelnden Blick zu ihr herüber. Auf den war sie schon einmal hereingefallen ... und hatte dafür einen bitteren Preis gezahlt!

Colleen schenkte sich erst einmal Kaffee nach, begann dann aber zu sprechen.

„Bei der Bandaufzeichnung ging Rutger auf den Tag der Entscheidungsschlacht ein. Anscheinend gab es dort ein Mitglied des französischen Untergrunds, der als Spion enttarnt worden war und exekutiert werden sollte. Rutger schickte eilig eine Mitteilung an Holfer, und der verstand, dass der Mann eine wichtige Aussage zu machen hatte. Der französische Partisan teilte Holfer also mit, dass in dem Tunnel genügend Diamanten vergraben seien, um sie alle in Luxus leben zu lassen.

Inzwischen war Holfer mit den alliierten Befehlshabern vor Kampfbeginn übereingekommen, dass die Stadt, komme, was da wolle, verschont bleiben solle. Er und MacHowell kannten sich persönlich, schienen aber zur selben Meinung über den Krieg und darüber gekommen zu sein, dass sie alle nur zu Tötungsmaschinen degradiert waren und genug vom Krieg hatten.

Innerhalb weniger Stunden begriffen alle vier Verantwortlichen, dass die Abneigung gegen den Krieg sie verband. Holfer vermittelte den Anschein, als wollten auch die Deutschen eine Lösung. Sie würden aber nicht gewinnen. So verbündete er sich mit MacHowell, dem Vorgesetzten von Tyrell. Gemeinsam beschlossen sie, die Diamanten zu stehlen, wobei MacHowell und Holfer ausschlaggebend waren. Sie würden Diebe sein, nicht aber Verräter."

„Jedenfalls behauptete Rutger das", warf Bret ein.

„Ich glaubte Rutger", versicherte Colleen. „Ich sagte dir schon, dass ich ihn mochte. Zurück zur Geschichte. Die Dinge entwickelten sich anders als erhofft. Eine Marinebrigade erschien, lange bevor die eigentlichen Truppen Unterstützung erwartet hatten. Das Feld war mit Toten übersät, unsere Täter aber damit beschäftigt, die französischen Diamanten zu stehlen und sie zu verstecken. Inmitten größter Verwirrung wurden die vier getrennt. Rutger und General Holfer – den man übrigens zur SS transferieren wollte – flohen, und man vermutete, dass sie nach Südamerika entkommen seien. MacHowell beschwor seine Unschuld und lenkte alle Schuld auf die Deutschen und auf Sam Tyrell. Sam wurde hingerichtet, MacHowell freigesprochen. Aber noch vor Kriegsende war auch MacHowell verschwunden."

Nachdenklich klopfte Bret an seine Tasse. „Tyrell stirbt, und alle anderen verschwinden. Die Diamanten tauchen nie wieder auf. Dann, gut vierzig Jahre später, ruft Rutger Miller einen Journalisten an und wird plötzlich ermordet. Das ist alles ziemlich verwirrend."

„Na ja, Bret, vielleicht macht es doch Sinn. Rutger war alt, und ich glaube, das Ganze lag ihm schwer auf der Seele. Er wollte es noch loswerden. Er war charakterlich integer, hatte nur – nach Meinung der Alliierten – auf der falschen Seite gestanden. Er sorgte sich sehr um seine Leute, und ich glaube, es belastete ihn all die Jahre ungemein, dass Tyrell vom Kriegsgericht verurteilt und hingerichtet worden war."

„Wieso wurde er umgebracht?" wunderte Bret sich und rieb sich in vertrauter Weise die Schläfen. „Wer hatte denn die Diamanten?"

Colleen zögerte. Das, was sie ihm bislang erzählt hatte, war ohnehin auf Band, also als Information für ihn erreichbar. Wenn sie aber fortfuhr, geriete sie in die Welt der Geheimnisse.

Ihr Kaffee schwappte beinahe über, als Bret plötzlich ihr Handgelenk packte. In seinen grauen Augen glitzerte es gefährlich. Colleen kannte ihn gut genug, um dieses Warnzeichen zu erkennen – abgesehen von dem schmerzenden Griff an ihrer Hand.

„Tyrell hatte die Diamanten", erklärte sie.

Bret runzelte die Stirn, ließ ihre Hand los und lehnte sich zurück. „Tyrell ist seit über vierzig Jahren tot."

„Richtig. Und genau das macht Sinn, Bret. Seitdem hat jeder versucht herauszubekommen, was mit den Steinen geschah. Tyrell hat sie vermutlich irgendwo versteckt. Hast du nicht all die Meldungen gelesen? Tyrell weigerte sich, irgendetwas zu sagen, außer dass er des Verrats nicht schuldig sei. MacHowell hat sich aus der ganzen Sache herauslaviert, und sowohl Rutger Miller als auch General Holfer sind verschwunden.

Tyrell muss sehr verbittert gewesen sein. Er machte keinerlei Aussage. Aber Rutger ist sicher, dass Sam der letzte war, der die Diamanten gehabt hat. Und sie sind tatsächlich nie wieder aufgetaucht. Weder auf dem Schwarzen Markt noch sonst wo. Sam Tyrell hat sie wahrscheinlich versteckt und ist in dem Bewusstsein in den Tod gegangen, dass die, die ihn verrieten, wenigstens nicht auch noch die Belohnung dafür erhielten."

Bret zuckte mit den Schultern und goss sich frischen Kaffee ein. „Die Steine können dennoch aufgeteilt, zerschnitten oder sogar neu gefasst worden sein, bevor er sie versteckte. Und sie könnten überall sein. Aber wieso wurde Rutger umgebracht, wenn er sie gar nicht hatte?"

„Keine Ahnung." Colleen stellte die Tasse ab, ging barfuß zum Pool, setzte sich ans niedrige Ende und steckte die Füße ins Wasser. Das war schon von der Sonne erwärmt.

Wie spät mochte es sein? Sie hatte anscheinend wie ein Stein geschlafen und wusste fast nichts mehr vom vergangenen Abend – außer dass Bret sie hatte zum Reden bringen wollen und sie genauso entschlossen war, ihm ein nächtliches Abenteuer zu verderben.

„So", sagte sie und schaute aufs Wasser, „jetzt weißt du alles, was ich weiß. Warum gehst du nicht auf den Dachboden, suchst deine grüne Jacke und lässt mich dann in Ruhe?"

„Nicht ums Verrecken, Schätzchen."

Colleen schwang so heftig herum, dass sie Bret durch die herausgezogenen Füße mit Wassertropfen besprühte. Das Stück Toast, das er gerade essen wollte, war nun feucht, und er legte es weg.

„Bret, ich habe dir alles gesagt. Du bist der Fachmann. Wenn du mehr wissen willst, beschaffe es dir selbst. Nachdem Rutger tot ist, habe ich keinen Grund mehr, die Geschichte weiterzuverfolgen."

Bret zog ein Gesicht. „Colleen, ob ich das glaube oder nicht, spielt keine Rolle. Keines deiner Interviews ist bislang veröffentlicht worden, aber es gibt schon zu viele, die von deinem Kontakt zu Rutger Miller wissen. In allen großen Zeitungen gab es Anspielungen auf ‚Die Wahrheit, die ans Licht kommt'. Lass uns einmal annehmen, dass Rutger wegen der Diamanten umgebracht wurde. Und wenn sie bislang nicht gefunden wurden, wird derjenige, der zu so drastischen Maßnahmen fähig war, es wieder tun."

Colleen erschauerte, versuchte aber, das vor Bret zu kaschieren, indem sie schnell aufstand. „Das Haus ist elektronisch gesichert."

„So gut, dass ich letzte Nacht ohne geringste Schwierigkeiten mit einer simplen Feile eindringen konnte."

„Ich könnte mir ein paar Kampfhunde anschaffen."

„Sinnlos, Colleen. Ob es dich glücklich macht oder nicht, dein Ehemann wird hier bleiben, bis die Sache ausgestanden ist."

„Das ist unfair!" Der Gedanke, dass er nun ständig da sein und wieder auf ihren Gefühlen herumtrampeln würde, machte sie ganz krank.

„Wer behauptet, das Leben sei fair?" meinte er leichthin.

„Wie bist du überhaupt an die Sache herangekommen?"

Bret stand auf, reckte sich und ging zu einem der Zwergfarne an der Seite des Hauses, dem er missmutig einen welken Zweig abbrach.

„Bret?"

Er blinzelte in die Sonne. „Man rief mich an, nachdem die Leiche gefunden worden war. Der Kommissar des Morddezernats ist ein Freund von mir. Und Carly freute sich, mich hinzuschicken. Die Polizei möchte wohl ganz gern, dass darüber geschrieben wird, damit nicht noch mehr passiert."

Carly – Carlton Füller – war der Chefredakteur von „The World", der Zeitung, für die sie beide arbeiteten. Colleen bekam meistens die anspruchslosen Artikel, während Bret mit so genannten ‚Specials' beauftragt wurde. Von ihm hielt alle Welt große Stücke – was sicher übertrieben war –, und er bekam immer die Geschichten, auf die er scharf war.

Dabei war Carly eigentlich mit ihnen beiden befreundet, und es kränkte Colleen, dass man sie nicht darüber informiert hatte, dass Bret mitbeauftragt – und überhaupt zurück im Land war.

„Ich dachte, du seist immer noch im Nahen Osten."

Er sah sie mit schief gelegtem Kopf an. „Ich bin seit fast einem Monat wieder zurück."

„Und wo wohnst du?" wollte sie wissen.

Er zögerte eine Sekunde. „Bei Carly."

Colleen drehte sich um und ging zum Haus.

„He, warte einen Moment!"

Colleen ging weiter. Es kam ihr vor, als hätten sich beide Männer gegen sie verschworen. Dieses Gefühl kannte sie bereits!

„Colleen!"

Er packte sie bei den Schultern, drehte sie zu sich herum und schaute sie mit grimmigem Ausdruck an.

„Carly wollte nicht, dass du Rutgers Leiche siehst."

„Wieso?"

„Weil dir etwas an Rutger lag."

„Ich bin ein großes Mädchen, Bret, und solche Dinge kenne ich seit langem."

„Hör zu, Colleen, du warst beteiligt, mochtest ihn, und er ... ist nicht gerade sanft aus dem Leben geschieden. Jemand hat ihm verdammt hart zugesetzt, um ihm vor seinem Tod das Geheimnis über das Versteck zu entlocken."

„Schon gut", flüsterte sie. „Vielleicht war es besser, ihn nicht so zu sehen. Aber Carly hätte den Anstand besitzen können, mich davor zu warnen, dass du dich herumtreiben könntest und dich an meinen Schlössern zu schaffen machst."

„An meinen Schlössern", antwortete er scharf.

„Du kannst deine verdammten Schlösser nehmen und ..."

„Vorsicht, Colleen. Ich habe keine Lust auf diese Art Krieg!"

„Was du zu sagen hast, interessiert mich nicht, Bret McAllistair. Du hast unrecht gehandelt, und das weißt du. Du hattest kein Recht, hier einzubrechen, nachdem du so lange weg warst und unsere Scheidung in knapp vier Wochen durch ist. Der Anstand hätte dich daran hindern sollen, mein Schlafzimmer zu betreten. Abgesehen davon hätte ich vor Schreck einen Herzanfall bekom..."

„Colleen", unterbrach Bret sie trocken, „ich habe großes Vertrauen in deine Überlebenskraft. Und ich wollte dich nicht zu Tode erschrecken. Ich bat Carly, dir nicht davon zu erzählen, dass ich zurück sei. Erinnerst du dich? Das letzte Mal wolltest du mich unbedingt sehen. Warst ganz lieb und sanft – nur um mir dann von der Scheidung zu berichten. Weißt du nicht mehr? Na, ich weiß es jedenfalls noch. Ein zweites Mal wollte ich mir das ersparen."

„Du hast mich verlassen", erinnerte sie ihn eisig.

„Ich bin nur zur Arbeit gegangen", entgegnete er kurz angebunden.

„Könntest du bitte die Hände von meinen Schultern nehmen?"

Er schloss kurz die Augen, ließ sie dann aber los. Mit einem Seufzer, als spräche er mit einem Kind, sagte er: „Also gut, ich weiß, dass dich das nicht sehr glücklich machen wird, aber wir müssen versuchen, damit wie Erwachsene umzugehen. Du bist so beteiligt wie ich. Ich werde dein Schatten sein, bis das Ganze vorbei ist. Aus zwei Gründen: Du magst zwar eine Hexe sein, aber eine verdammt gut aussehende, und wenn ich mich anstrenge, fallen mir noch ein oder zwei andere nette Eigenschaften ein. Darum bin ich nicht scharf darauf, dich unter Umständen als Flussleiche identifizieren zu müssen."

„Wie nett, dass du so besorgt bist", entgegnete Colleen giftig.

„Und zweitens", fuhr er unbeirrt fort, „traue ich dir keinen Meter weit."

„Dir geht es doch nur um die Geschichte, nicht wahr, Bret?"

„Colleen, ich versuche, vernünftig zu sein."

„Vernünftig? Und höflich, ja?"

„Wir können uns bemühen, miteinander auszukommen. Ich könnte dir nach Möglichkeit aus dem Weg gehen. Und ich verspreche dir sogar, dass, wenn du dich ordentlich verhältst, ich nach Kräften alles tun werde, um, wenn alles vorbei ist, für immer zu verschwinden.

Vor Gericht werde ich nichts bestreiten, und du wirst frei sein wie der Wind."

Colleen lächelte und strich ihm eine Locke aus dem Gesicht. „Bestimmt?"

Sein Blick verengte sich, aber er antwortete freundlich: „Ganz bestimmt."

Ihre Hände fielen auf seine Brust, und sie fuhr mit den Nägeln leicht über den weichen Pullover.

„Ich muss also nur die gegenwärtige Situation akzeptieren?" Sie sah ihn mit ihren hellen, von samtdunklen Wimpern umstandenen Augen an und lächelte geheimnisvoll.

„Ja", flüsterte er. Oh, warum hatte sie nur immer diese Wirkung auf ihn? Sie konnte ihn genauso besänftigen wie schlagartig in Wut versetzen. Und sie konnte in ihm Empfindungen auslösen, dass er sich vorkam wie ein Teenager bei seiner ersten Verabredung.

„Ja", wiederholte er noch einmal. Colleen lehnte sich an ihn. Sie war leicht, aber der Druck ihrer weichen Brüste war genug, um ihn einen Schritt zurücktreten zu lassen. „Es könnte beinahe wie in alten Zeiten sein, nicht, Bret? Wir sprechen über alles, bestellen uns mitten in der Nacht Pizza, trinken mitten im Sommer Brandy vorm Kamin ..."

„Äh ... ja", sagte er unsicher. Dann grinste er. „Und wenn du ein bisschen zu viel trinkst, trage ich dich ins Bett ..."

Colleen wurde ein bisschen blasser, lächelte aber tapfer weiter. „Bret, wo hast du eigentlich letzte Nacht geschlafen?"

Die Erinnerung daran, wie er sie zu Bett brachte, machte ihn ganz schwach. Aber er durfte ihr auf keinen Fall zeigen, wie anfällig er für sie war. Wenn sie so sanft wirkte, musste er auf der Hut sein. „Das werde ich niemals verraten. Weißt du es denn nicht?"

Ihre Wangen färbten sich rosig. „Nein, keine Ahnung", murmelte sie.

Er lächelte breit. „Weißt du wirklich nicht mehr, wie du mich angefleht hast, dir deinen Pullover auszuziehen? Weil dir so heiß war ..."

Ihre Augen funkelten ihn an. „Empfindest du überhaupt so etwas wie Hitze?"

„Ich habe nichts gegen sie", erwiderte er und hatte nicht übel Lust, sie, so warm und weich, wie sie war, in die Arme zu ziehen und ihr zu beweisen, dass Worte nichts waren gegen die einfache Schönheit der körperlichen Anziehungskraft.

Das war der Moment, wo sie handelte. Mit beiden Händen stieß sie gegen seine Brust. Er verlor das Gleichgewicht ... und landete im Pool.

Gerade hörte er noch, wie sie rief: „Dann kühl dich ab!"

Vor Wut außer sich und prustend, tauchte er sogleich auf. Was für ein Idiot war er doch wieder gewesen! Wenn sie auch nur ein Fünkchen Verstand hätte, würde sie ins Haus laufen und vor seinem Zorn in Deckung gehen! Diese kleine Hexe!

Aber sie stand noch da, mit den Händen in den Hüften.

„Bleib mir vom Leibe, Bret! Ich bin kein Spielzeug. Ich war es nie, und ich lehne es ab, von dir wieder als solches behandelt zu werden! Ich hab dir bereits gesagt ..."

Mit einem entschiedenen Zug war er am Beckenrand. Seine grauen Augen waren dunkel vor Zorn.

Beide hielten in der Bewegung inne, als das Telefon ging.

Der Anrufbeantworter ist eingeschaltet, fiel Colleen ein. Aber wenn das die Frau war, die schon einmal angerufen hatte, wollte sie sie lieber gleich sprechen. Allerdings, ohne dass Bret mithörte! Beim nächsten Klingeln war sie schon im Schlafzimmer und riss den Hörer hoch.

„Hallo!" meldete sie sich gerade noch, bevor der Anrufbeantworter ansprang.

„Mrs. McAllistair?" Es war eine sanfte, junge Frauenstimme.

„Ja, hier ist Colleen McAllistair."

„Ich bin Sandy Tyrell. Ich ... ich glaube, Rutger Miller hat mich Ihnen gegenüber erwähnt."

„Ja, ja", bestätigte Colleen. „Hören Sie, Sandy, ich würde Sie gern treffen, Ihnen helfen, so gut ich k..." Sie unterbrach sich. Bret stand tropfnass da und beobachtete sie. Freundlich, als handelte es sich um eine Freundin, sagte sie: „Sandy, wollen wir uns nicht zum Lunch treffen?"

Noch bevor Sandy antworten konnte, hatte Bret den Lautsprecher eingeschaltet, sodass er alles mithören konnte. Sandy sagte gerade: „Ich ... na ja, aber ... ich denke, es sollte etwas privater sein. Haben Sie es nicht gehört, Mrs. McAllistair? Rutger ist tot. Laut Zeitungsberichten muss es schrecklich gewesen sein. Ich habe solche Angst."

Colleen biss die Zähne zusammen und warf Bret einen bitterbösen Blick zu, während er sie ansah, als hätte er nicht übel Lust, sie grün und blau zu prügeln für die Lügen, die sie verzapfte.

„Sandy, bitte beruhigen Sie sich. Ich bin sicher, dass niemand über Ihre Verbindung zu ..."

„Jeder könnte etwas über meine Verbindung herausfinden!" Sandys Stimme hob sich. „Ich habe sie nie geleugnet. Meine Mutter hat ihr halbes Leben damit zugebracht, meinen Großvater reinzuwaschen. Rutger habe ich unzählige Male gesehen. Wir waren gute Freunde geworden, und Mrs. McAllistair ..." Sie flüsterte nun. „Ich habe eines dieser Puzzle-Stücke. Genauso eins wie Sie."

Colleen stockte der Atem. Bret machte einen Schritt auf sie zu, und sie wich instinktiv zurück.

„Sandy, darüber sollten wir in Ruhe sprechen. Vielleicht brauchen Sie Polizeischutz."

„Kann ich zu Ihnen kommen?"

Brets Augen verengten sich warnend. Colleen überlegte hastig. Als er nickte, räusperte Colleen sich. „In Ordnung, kommen Sie hierher."

„Sind Sie da allein?"

„Ja, wir werden allein sein."

Sandy klang unsicher. „Sonst komme ich nicht. Als ich vorhin anrief, war ein Mann am Apparat."

„Er ist weggegangen", log Colleen. „Wir werden allein sein, das verspreche ich." Beschwörend sah sie Bret an.

„Also gut. In einer Stunde?"

„In einer Stunde. Ich erwarte Sie."

„Vielen Dank!“ flüsterte Sandy ein wenig verzweifelt und legte auf.

Colleen hielt den Hörer noch umklammert, bis Bret ihn ihr langsam aus der Hand nahm und den Lautsprecher der Anlage ausstellte.

Sie sah ihn an, als wäre er eine Giftschlange, vor der man sich gar nicht genug in Acht nehmen konnte. Kaum wollte sie vorsichtig aufstehen, warf er sich auf sie und presste sie aufs Bett. „Bret, du tust mir weh!“ schrie sie. „Du machst alles ...“

„Das Einzige, was ich mache, ist, dich festzuhalten, bis du endlich zu einem wirklichen Gespräch bereit bist!“

Colleen schloss die Augen. Aber damit verschwand nicht das Gefühl seines kräftigen Körpers auf ihrem, der trotz der nassen Kleidung Wärme ausstrahlte und alle Barrieren zwischen ihnen schlagartig zunichte machte. Oh, wie schön es war, seinen festen Körper zu spüren, die angespannten Muskeln seiner Oberschenkel, die Kraft seiner Arme...

Als er mit dem Finger über ihre Wange strich, öffnete sie die Augen.

„Colleen“, sagte er heiser, „du musst mir alles erzählen, was passiert ist.“

„Also gut“, lenkte sie ein. Und fügte mit einem Seufzer hinzu: „Bitte, Bret, du bist schwer und nass, und es ist heiß, und alles dampft schon richtig.“

„Du kannst Hitze nicht vertragen, was?“ neckte er sie und rückte von ihr ab, sodass sie erleichtert aufatmete. Aber dann spürte sie plötzlich, wie sie hochgehoben und wie ein Paket über seine Schulter gelegt wurde. Mit dem Kopf nach unten hängend, beschimpfte sie ihn, sagte, er sei verrückt, während er mit schnellem Schritt nach draußen trat – und Colleen mit hohem Schwung in den Pool warf.

Spuckend und nach Luft ringend kam sie wieder an die Oberfläche. Sie würde ihn bekämpfen, wo sie nur konnte. Er würde schon sehen! Aber er stand seelenruhig am Beckenrand, hatte einen Fuß auf die Reling gestellt und den Ellbogen lässig auf das Knie gestützt.

„Nun sind wir beide ganz lieb und abgekühlt, nicht? Kommen Sie heraus, Mrs. McAllistair. Ich denke, wir haben eine Menge zu besprechen in einer kurzen Spanne Zeit."

Mit zusammengepressten Lippen schwamm Colleen zur Treppe. Dort hielt Bret ihr hilfreich eine Hand entgegen. Sie wollte sie übersehen, aber er packte einfach zu.

„Wir stecken da zusammen drin, Colleen, ich sagte es schon. Und ich will etwas über diesen Puzzle-Stein hören. Sofort."

4. KAPITEL

Colleen keuchte noch immer, aber als ihr bewusst wurde, wie lächerlich sie beide gerade aussahen – nass in voller Kleidung und zankend wie ungezogene Kinder – musste sie lachen.

Bret zweifelte an ihrer Fröhlichkeit. „Wir müssen unbedingt miteinander reden!" wiederholte er energisch.

„Natürlich werden wir das", sagte sie gleichmütig, aber sie überlegte schnell. Das hier war ihre Geschichte, und das sollte sie auch bleiben. So leicht würde sie Bret allerdings nicht loswerden. Erst einmal musste sie sein Misstrauen einschläfern, dann würde sie weitersehen.

Eigentlich wäre es schön, wieder mit ihm zusammenzuarbeiten, dachte sie wehmütig. Sie haben immer alles gemeinsam durchdiskutiert, und wenn Colleen ratlos oder frustriert war, hatte Bret sie beruhigt, abgelenkt oder einen Ausweg gefunden.

Der Gedanke an früher tat weh. Was war nur mit ihnen geschehen? Wieso hatte sich alles nur so bitter entwickelt?

Er hatte sie verlassen und hatte ihr dabei einen ihrer Aufträge weggenommen. Der Artikel war ihm wichtiger als die Ehe mit ihr gewesen!

Nur nicht darüber nachdenken, befahl sie sich, das war zu schmerzlich. Und sich nicht wieder von ihm einwickeln lassen!

Er war nur wegen einer neuen Geschichte zurückgekommen.

Soweit sie ihn kannte, würde er jetzt an ihr kleben. Die einzige Möglichkeit war also, ihm etwas vorzuspielen. Nun ja, er hatte ohnehin schon mitbekommen, was Sandy gesagt hatte. Genauso gut konnte sie ihm auch den Rest erzählen.

„Colleen ..." Seine Stimme klang wie das warnende Knurren eines Katers.

„Hilf mir heraus", bat sie mit einem Anflug von Seufzen. „Wenn du versprichst zu verschwinden, sobald Sandy hier auftaucht, verspreche ich, dir den Rest zu erzählen."

„Ich komme wieder", erinnerte er sie und hielt ihr erst die Hand hin, nachdem sie ergeben zugestimmt hatte.

Sie war kurz davor, ihn wieder in den Pool zu befördern. Aber diesmal passte Bret auf und sagte in schönster Bogart-Manier: „Diesmal nicht, Kleines."

Eine Sekunde später hatte er die Hand um Colleens Taille gelegt und ihr aus dem Wasser geholfen. Die Sicherheit und Geborgenheit, die er für sie ausstrahlte, und die Zärtlichkeit, die kurz in seinen Augen lag, als er sie anblickte, hinterließen in ihr Wehmut und Schmerz.

Aber sobald sie oben war, ließ er sie los und war wieder ganz sachlich. „Was ist mit den Puzzle-Steinen?" hakte er nach.

„Hast du etwas dagegen, wenn ich mich erst einmal umziehe?" fragte sie scharf.

„Ja, das hab ich. Denn du hältst mich hin."

„Das tue ich nicht!"

„Also gut, zieh dich um. Aber wenn ich verschwinden soll, bevor Sandy Tyrell kommt, solltest du dich beeilen."

„Machst du inzwischen frischen Kaffee?" bat sie scheinfreundlich, eilte tropfend ins Bad, spülte schnell das Chlorwasser ab und überlegte hastig.

Sie war ein Dummkopf. Sie durfte nicht in seiner Nähe bleiben. Nicht einmal für eine Stunde. Seine körperliche Anziehungskraft – oder was immer es war – war zu stark. Sie hatte ja nie aufgehört, ihn zu lieben, hatte nie aufgehört, sich nach ihm zu sehnen!

Eilig zog sie trockene Jeans und ein T-Shirt an. Irgendwo im Schrank musste noch eine Tasche mit Polohemden und abgeschnittenen Hosen von ihm sein. So brauchte er nicht in nassen Sachen herumzulaufen. Zumal seine Figur darin nur noch mehr hervorgehoben wurde ...

Bret war in der Küche und brühte Kaffee auf. So beiläufig wie möglich stellte Colleen die Tasche mit der Kleidung auf die Anrichte. „Ich habe noch ein paar Sachen von dir gefunden. Du brauchst also nicht in dem nassen Zeug herumzulaufen, bis du gehst." Hastig nahm sie einen Schluck heißen Kaffee.

„Danke." Er verschwand mit der Tasche im Schlafzimmer und kam bald in einem roten Polohemd und schwarzen abgeschnittenen Jeans wieder. Das noch feuchte Haar war glatt zurückgekämmt.

Diese Farbkombination hatte ihm immer gut gestanden. Colleen konzentrierte sich lieber auf Sachliches. „Sam Tyrell kam mit einem von vier Puzzle-Stücken an. Eins gehörte ihm, ein anderes Rutger, eins MacHowell und eins Holfer. Angeblich wurde seines mit ihm begraben."

„Aber das stimmt nicht, oder? Das hat vermutlich Sandy."

Colleen nickte und ging ins Wohnzimmer. Es war groß genug, um von Bret Distanz zu halten. Bret folgte ihr. Sie setzte sich auf die Couch, während er sehr nahe stehen blieb.

„Du hast also einen Teil dieses Puzzles. Und Sandy hat einen Teil. MacHowell und Holfer haben vermutlich die anderen beiden Teile."

„Das ist so ungefähr alles", meinte Colleen.

„Das ist beileibe nicht alles!" widersprach Bret. Er stellte seine Kaffeetasse ab, setzte sich neben Colleen und packte sie bei den Schultern. Colleen schrie auf, weil sie befürchtete, dass ihr Kaffee überschwappte. Bret nahm ihr die Tasse ab und stellte sie auf den Tisch. „Colleen, begreif doch, das ist beileibe nicht alles, du kleiner Idiot. Wer immer Rutger umgebracht hat, war garantiert hinter dem Teil dieses dummen Puzzles her. Verdammt, Colleen, du bist in ernster Gefahr!"

Am liebsten hätte sie ihn angeschrieen, er solle sie loslassen und sie nicht so ansehen. Sie wollte sich an ihn kuscheln und ihm gestehen, dass sie sich fürchtete, dass sie ihn brauchte ...

Aber sie wollte sein Mitleid nicht. Sie wollte geliebt werden. Mit weniger konnte sie sich nicht zufrieden geben. Alles andere würde nur zu Bitterkeit führen.

Sie schüttelte seine Hände ab. „Ich weiß wirklich nicht, warum du dir solche Sorgen um mich machst. Denk doch nur an die sensationelle Geschichte, die du hast, wenn der Mörder mich findet. Damit kannst du glatt den Pulitzer-Preis gewinnen."

Er nahm sich viel Zeit für seine Antwort. So viel Zeit, dass ihr ihre scharfe Bemerkung anfing, Leid zu tun. „Das war unser beider nicht würdig, Colleen", flüsterte er.

Colleen stand auf, ging zur Terrassentür und starrte auf den Pool. „Stimmt", sagte sie genauso ruhig, „tut mir Leid."

Trotz der räumlichen Distanz schien es plötzlich eine innere Nähe zwischen ihnen zu geben, und es war, als könnte sie jetzt zu ihm gehen und ihm sagen, dass ihr alles Leid tue, sehr Leid tue, und ob sie nicht alles vergessen könnten und einfach eine Pizza bestellen, um sie im Bett zu essen, oder besser noch, am Flughafen anrufen und einen Platz für einen Trip auf eine einsame Insel buchen wollten, wo es nur sie beide gab und sie Zeit hätten, sich zu lieben und alles wieder gutzumachen und fortfahren könnten mit ihrem Leben und ihrer Liebe ...

Seufzend schloss sie die Augen. Einmal hatte sie einen ausführlichen Artikel über misshandelte Ehefrauen geschrieben. Es war herzzerreißend gewesen, mit ihnen zu sprechen. „Sie müssen ihn verlassen", hatte Colleen gemahnt, aber die Frauen hatten nur traurig den Kopf geschüttelt und weiter ihre schreckliche Situation ertragen, nur um nicht auf das bisschen Liebe zu verzichten. Bret würde sie niemals körperlich verletzen, aber als er sie damals verließ, hatte sie sich genauso wie diese armen Frauen gefühlt. Es war verrückt, aber sie liebte ihn trotz allem, was passiert war.

Sie hatte auch Frauen interviewt, die todunglücklich waren, weil sie keinen passenden Partner fanden, und die zu Männern zurückgingen, von denen sie nur benutzt wurden und die nicht einmal vorgaben, sie zu lieben. Wie sie die bedauert hatte! Sie hatte sich vorgenommen, immer stark zu sein und sich niemals von einem Mann abhängig zu machen, der sie nicht wirklich liebte.

„Weißt du, was ich nicht verstehe, Bret?" fragte sie so ruhig, dass es sie selbst erstaunte, „wieso passiert das alles nach so langer Zeit?"

„Du meinst, wieso die Überlebenden erst jetzt wieder nach den Diamanten suchen?"

Colleen nickte.

„MacHowell und Holfer müssten jetzt um die siebzig sein und sind womöglich inzwischen ebenfalls tot."

„Rutger glaubte nicht, dass sie tot seien. Er war sicher, irgendwann von ihnen zu hören."

„Niemand weiß anscheinend die Aufenthaltsorte von MacHowell und Holfer. Einige meinen, es sei Südamerika, andere vermuten, dass sie sich in Nordafrika aufhalten. Vielleicht geschah ihre Flucht nach dem Krieg so im Geheimen, dass sie keine Möglichkeit hatten, sich wiederzufinden. Holfer war gerade erst in die SS aufgenommen worden und hatte wahrscheinlich Angst, in die Nürnberger Prozesse hineingezogen zu werden."

Bret stand auf und stellte sich neben Colleen. Er berührte ihre Wange. „Ich werde einen Freund, den ich bei der Polizei habe, anrufen, okay?"

„Wozu?"

„Damit man dich hier auch allein lassen kann."

„Aber wenn Sandy irgendjemanden sieht ..."

„Hey, hab ein bisschen Vertrauen zur Polizei."

Bret ging zum Küchentelefon, und Colleen hörte ihn kurz sprechen. Als er zurückkam, wirkte er erleichtert. „Sie schicken eine Zivilstreife."

„Gut", sagte Colleen. Sie überlegte. „Du bist nicht in deinem Wagen gekommen, oder?"

„Nein, Carly hat ihn. Seiner ist in der Werkstatt."

„Willst du den Ferrari nehmen?"

Ein leichtes Lächeln zuckte um seine Mundwinkel. „Du bist ja enorm großzügig. Nur um mich schnell loszuwerden?"

„Ja, ganz recht", bestätigte sie, lächelte aber. „Sandy wird bald da sein", erinnerte sie ihn, gab ihm die Schlüssel und brachte ihn zur Tür.

Bret zögerte einen Moment. „Bis ich zurück bin, öffne bitte niemandem außer Sandy."

Colleen nickte. Er strich ihr eine feuchte Locke aus dem Gesicht und berührte dabei mit dem Daumen ihre Lippen. Sie wollte ihn abwehren, aber der nachdenkliche Ausdruck in seinen Augen hielt sie davon ab.

„Pass auf dich auf, Kleines. Ich bin bald zurück", sagte er weich. Und schon war er gegangen.

Und Colleen musste sich setzen, weil ihr die Knie zitterten.

Carlton – Carly – Füller briet sich gerade Speck, als Bret zu ihm zurückkam. Er hatte noch seinen dunklen, abgetragenen Frottierbademantel an, seine goldgeränderte Brille saß ihm tief auf der Nase, und seine grauen Koteletten standen buschig ab. Er sieht aus wie ein in die Jahre gekommener Wissenschaftler, dachte Bret. Nur die blitzenden blauen Augen wirkten zu jung dafür.

Als Chef war er autoritär und ziemlich ruppig, aber Bret hatte erst von ihm gelernt, was ein wirklicher Journalist war, wie man die Wahrheit hinter dem Schein erkannte und dass man eine Sache immer von vielen Seiten betrachten musste.

Dazu war Carly – gut zwanzig Jahre älter als Bret und Colleen – absolut zuverlässig, versprach nie etwas, was er nicht halten konnte, und war ein treuer Freund. Er schmeichelte niemandem, hatte einen scharfen Verstand und sagte immer unverblümt, was er dachte. Auch dafür mochten Colleen und Bret ihn.

Aber weder als sie heirateten, noch als sie sich trennten, hatte er etwas dazu bemerkt

„Ich habe nie begriffen, wie man Frühstücksspeck richtig brät", grummelte Carly vor sich hin.

Bret lachte. „Dafür ist es ohnehin reichlich spät, es ist ja bereits Mittag."

Carly schüttelte den Kopf, wobei seine Brille immer weiter auf der Nase herunterrutschte. „Deine Frau kann das perfekt. Ohne verbrannte Stellen, ohne fettige Ecken, knusprig und gut." Er schaute auf. „Und wie geht es Colleen? Sie muss dein Erscheinen freundlicher als erwartet aufgenommen haben, nachdem du nicht mehr bei mir aufgetaucht bist."

Bret zog ein Gesicht, nahm Carly die Gabel aus der Hand und versuchte, das Durcheinander in der Pfanne zu ordnen. „Sie war nicht gerade begeistert, mich zu sehen."

„Ach so", sagte Carly nur. „Möchtest du Kaffee?"

„Nein, danke. Ich hatte schon zu viel."

„Wie wäre es mit einem Scotch? Ich habe einen sehr guten."

„Keine schlechte Idee", sagte Bret. „Ja, ich könnte einen guten Scotch gebrauchen."

Und er war gut, fand Bret einige Minuten später, nachdem er den ersten Schluck genommen hatte. Verdammt besänftigend nach der Nacht und dem Morgen, die er verbracht hatte.

„Obgleich Colleen wütend war, bist du also dageblieben?" fragte Carly nebenbei.

„Sie zog es vor, sich einen anzutrinken, statt mit mir zu reden", antwortete Bret ein wenig bitter.

Carly lächelte. „Aber du hast deine Geschichte bekommen, nehme ich an?"

„Ja."

„Und?"

Bret berichtete Carly nun, was er erfahren hatte, und auch, dass Sandy Tyrell gerade bei Colleen war. „Sie ist alles andere als glücklich darüber, aber ich kann sie diese Sache auf keinen Fall allein übernehmen lassen. Nicht nach dem, was Rutger passiert ist."

„Fragst du mich das, oder teilst du es mir nur mit?"

Bret sah seinen Freund empört an. „Carly! Da läuft ein brutaler Mörder herum. Du glaubst doch nicht etwa, dass ich das ignoriere!"

„Lass uns die Sportschau ansehen", lenkte Carly ab.

Texas spielte Handball gegen Los Angeles. Bret und Carly schauten interessiert zu, brüllten gelegentlich auf – und hatten zur Halbzeit schon fast die Whiskyflasche geleert.

Trotz allem musste Bret dauernd an Colleen denken. Er hatte ihr schon einmal eine Geschichte weggenommen ... Und sie hatte ihm dafür die Scheidungspapiere auf den Tisch geknallt ...

Er hob sein Glas und schaute in die bernsteinfarbene Flüssigkeit. Manchmal hatten ihre Augen diese Farbe. Fast wie Gold ...

Er hatte doch richtig gehandelt! Die Situation damals war beängstigend, Colleen wäre in ständiger Gefahr gewesen. In Lebensgefahr! Wieso verstand sie das nicht? Ihm war ihr Leben wichtiger als sein eigenes. Und die Guerillas hatten gnadenlos Leute umgebracht, Zivilpersonen ... Journalisten. Nun war Rutger Miller getötet worden, und sie erkannte einfach nicht die enorme Gefahr!

„Bret, siehst du nicht, was auf dem Spielfeld los ist?“

„Wie? Oh, ja, großartig!“

Carly schwieg einen Moment. „Du liebst Colleen noch immer, nicht?“

Bret zögerte. Carly kannte ihn zu gut. „Ich weiß es nicht. Ja, vielleicht“, gab er schließlich zu,

„Sie hat dir gefehlt, was?“

Oh ja, das hatte sie ...

„Sie ist ja auch eine schöne Frau“, meinte Carly, „und äußerst sexy. Bist du sicher, dass es nicht nur das ist?“

„Nein, verdammt.“

„Empfindest du etwa keine Lust mehr?“ Carly grinste. „Dann hab ich dich wohl zu lange im Dschungel herumlaufen lassen.“

„Was zum Teu...“ setzte Bret an, aber Carly lachte nur. „Trink noch einen, Bret. Lass sehen, ob wir die Dinge in die richtige Perspektive rücken können.“

Bret war sich nicht sicher, ob er das wollte. Er war vom Whisky gerade so angenehm benebelt ...

Doch Carly ließ das Thema nicht ruhen. „Es begann alles im letzten Winter. Sie sollte diese Sache im Nahen Osten machen. Aber dann kamst du zu mir und sagtest, du wolltest nicht, dass sie dahin führe – du würdest das tun. Ich stimmte dir zu, da die Situation nicht gerade sicher wirkte und weil du meistens auf die Füße fällst, egal was ist.“

„Das ist die Geschichte." Bret starrte blicklos auf den Fernseher.

„Und Colleen war wütend."

Bret schnaubte verächtlich. „Sie war wie eine Furie. In der Gesellschaft der Guerillas zu sein wäre angenehmer gewesen."

„Weil sie glaubte, dass du ihr absichtlich ihren besten Auftrag gestohlen hattest", fuhr Carly fort.

„Ganz richtig."

„Also das glaube ich nicht."

„Du glaubst es nicht?" fuhr Bret auf. „Sie erklärte mir, wenn ich ginge, sei alles aus zwischen uns. Und als ich mit der ersten Geschichte zurückkam, rief sie mich an, sprach mit sanftester Stimme, tauchte in atemberaubender Aufmachung in der Redaktion auf und teilte mir mit, dass ich mir um die Scheidung keine Gedanken machen müsse, sie habe schon alles eingeleitet."

„Ah, ja", sagte Carly. „Das hat sie mir auch erzählt."

„Ja, du wusstest es, bevor ich es erfuhr." Bret lehnte sich auf dem Sofa zurück und schloss die Augen. Alles drehte sich leicht um ihn.

„Weißt du, ich habe dieses Gefühl, dass du ihr die Situation einfach nicht richtig erklärt hast. Vermutlich bist du wütend geworden und einfach gegangen, noch während sie versuchte, mit dir darüber zu reden."

„Zu schreien", warf Bret ein. „Sie schrie nur!"

„Nun ja, das tun Frauen hin und wieder. Männer ebenso. Bret, ist dir denn nie eingefallen, dass sie Recht hatte, durch dein Verhalten verunsichert zu sein?"

„Verunsichert?" schnaubte Bret. „Wieso denn? Sie ist intelligent und schön und hat alle Möglichkeiten der Welt."

„Sie will nicht die Welt. Sie will dich. Und du musst zugeben, Bret, dass dir ein Ruf vorauseilt ..."

„Wie ...?"

„Was den Job angeht. Du gehörst mit zu den Top-Leuten. Da ist es schwer, mitzuhalten. Nicht dass sie das muss – du gehörst zu einer besonderen Sorte von Journalisten. Sie wollte dir gleichwertig sein, und du hast das nicht zugelassen. Und im Privatleben spielt sie die Eiskönigin, aber in Wirklichkeit ist sie weich und lieb. Du bist der erste Mann, den sie wirklich geliebt hat. Wohingegen du ganze Küstenstriche voller heißer Affären hattest ..."

„Das stimmt nicht!" protestierte Bret heftig.

„Ich sage ja nicht, dass du sie noch hast, mein Junge, aber für eine Frau ist es nicht so leicht, damit zu leben."

„Sie ist nicht unsicher ..." beharrte Bret. Er musste beim Gedanken an ihre erste Begegnung lächeln. Für Colleen war es der erste gefährliche Job gewesen, und sie starb beinahe vor Angst, zeigte es aber nicht. Sie war nur ziemlich blass, aber sie sagte kein einziges Mal, wie beklommen ihr zumute war.

Zwei Wochen später hatten sie ihr erstes Date. Er wusste, dass sie sich niemals, niemals mit Kollegen traf, hatte aber einer Verabredung mit ihm zugestimmt.

Es war ein wundervoller Abend gewesen. Sie hatte gekocht und er den Champagner mitgebracht. Sie waren ins Kino gegangen und hatten dann bis in die Nacht über den Film und tausend andere Dinge diskutiert.

Zwei Wochen danach schliefen sie zum ersten Mal miteinander. Diese Nacht würde er nie vergessen. Alles war langsam und behutsam gegangen. Sosehr er Colleen auch begehrte, hatte er sie doch keinesfalls drängen mögen. Aber sie hatte den ersten Schritt getan, mit einem zarten kleinen Lächeln auf den Lippen.

Danach schien alles um ihn herum zu bersten wie ein farbenfrohes Feuerwerk. Für ihn war es auch wie ein erstes Mal gewesen, weil Colleen so köstlich gewesen war. Er würde niemals ihren Anblick vergessen, wie es war, sie zu berühren, dieses wundervolle Gefühl, dass sie sein war, weil sie es gewollt hatte. Er war ihr erster Geliebter gewesen – weil sie es gewollt hatte. Da war seitdem nichts gewesen, das mit dem Gefühl, danach neben ihr zu liegen, sie zu halten, verglichen werden konnte. Sie waren sich so nahe gewesen, in jeglicher Beziehung. Mit der Zeit gingen sie völlig ungehemmt miteinander um. Sie lachten miteinander, spielten miteinander, waren so verdammt gut zueinander.

Du verdienst sie nicht, mein Freund, dachte er wehmütig.

Nein, aber er begehrte sie noch immer, wollte, dass die Dinge wieder so wurden, wie sie gewesen waren. Und er fragte sich wieder einmal, was genau schief gelaufen war. Wenn es so gut war, wie konnte es so völlig auseinander fallen und so schnell.

„Noch einen Whisky, Carly", sagte er.

„Hältst du das für eine gute Idee?"

Während Colleen auf Sandy wartete, saß sie auf dem Wohnzimmersofa und starrte in die Feuerstelle im Kamin. Ein Lächeln spielte um ihre Lippen, als Erinnerungen aufkamen.

Sie hatte jenen Tag so klar vor sich: Bret hatte sich im Hubschrauber auf den einzigen freien Platz neben sie gesetzt und kurz aus dem Fenster geblickt, wo man sehen konnte, wie sie sich immer weiter vom Boden entfernten. Dann hatte er sich zu ihr umgedreht und sie angeschaut.

„Alles in Ordnung mit Ihnen?" hatte sie besorgt gefragt.

„Ich habe mich nie besser gefühlt", hatte er mit schiefem Lächeln geantwortet. Der warme Blick aus seinen grauen Augen hatte ihr gleich gefallen. Und sie mochte auch sein freches Grinsen.

Dann lag seine Hand auf ihrer. Sie streckte die Finger aus, und er legte die Hand darum, beruhigend, liebevoll. Sie hatte ihn wieder angesehen, und obgleich sie in ihrem ganzen Leben dem Tod nie näher gewesen war als damals, hatte sie sich wunderbar gefühlt.

Natürlich wusste sie, wer er war. Wäre sie ihm doch nur nie begegnet ...

Sie hörte noch das Geräusch der Hubschrauberpropeller, die im selben Takt dröhnten wie ihr Herz ...

Heftiges Klopfen an der Tür ließ Colleen zusammenzucken und hellwach werden. Sie sprang auf, eilte zur Tür und öffnete sie – ohne den mindesten Gedanken an eine mögliche Gefahr.

Und es gab auch keine, zumindest keine sichtbare. Die Frau, die vor ihr stand, war nicht sehr groß, aber schlank und zart. Obgleich es sich nur um ein privates Treffen handelte, war Sandy Tyrell äußerst elegant gekleidet. Sie trug ein dunkelblaues Sommerkleid, dessen Rock ihre langen Beine betonte, und ein weicher dunkelblauer Hut mit tiefer Krempe betonte ihre großen braunen Augen. Ihr feines Gesicht war sorgfältig geschminkt.

„Mrs. McAllistair?" fragte sie mit etwas rauer Stimme.

„Ja, kommen Sie herein, Sandy."

Nachdem Colleen die Tür geschlossen hatte, blieb Sandy, die nervös mit ihrer Perlenkette spielte, vor ihr stehen.

„Ich hatte solche Angst!" sagte sie.

„Möchten Sie einen Drink?" schlug Colleen vor.

„Nein. Oder doch. Ja, gern."

Colleen bemühte sich darum, für Sandy eine angenehme Atmosphäre zu schaffen, und plauderte, während sie ihr einen Wodka-Tonic bereitete. Dann lud sie Sandy, die im Wohnzimmer nervös hin und her lief, ein, auf dem Sofa Platz zu nehmen.

„Der arme Rutger!" rief Sandy aus – von Colleen dazu animiert, einfach drauflos zu erzählen, was ihr in den Sinn kam. „Er suchte mich auf, wissen Sie. Er hatte so lange im Versteck gelebt, aber sein Gewissen ließ ihm keine Ruhe. Er hatte nach mir gesucht, um meine Einstellung gegenüber meinem Großvater zu revidieren. Aber ich wusste es schon: Mein Großvater war kein Verräter! Möglich, dass er etwas mit den Diamanten zu tun hatte, aber nie hätte er seine Leute verraten!"

„Ganz bestimmt nicht absichtlich, Sandy", beruhigte Colleen sie und fuhr behutsam fort: „Sandy, bitte verzeihen Sie meine Frage, aber am Telefon sagten sie mir, dass Ihre Mutter ihr ganzes Leben versucht habe, Ihren Großvater zu entlasten. Wenn Sie Sam Tyrells Enkelin sind ..."

„Wieso ich dann auch Tyrell heiße?" beendete Sandy die Frage und erklärte mit Bitterkeit: „Weil mein Vater meine Mutter nicht geheiratet hat, Mrs. McAllistair. Er fand heraus, dass sie die Tochter eines ‚Verräters' sei, und ließ sie noch vor meiner Geburt sitzen. Ich weiß nicht einmal, wer er ist."

„Das tut mir Leid", murmelte Colleen betroffen.

„Nun, das braucht es nicht. Jetzt macht es mir nichts mehr aus", sagte Sandy mit einer Beiläufigkeit, die Colleen berührte. Denn es war offensichtlich, dass es Sandy noch immer schmerzte.

Die junge Frau stand wieder auf, lief herum, nippte an ihrem Drink und spielte an ihrer Perlenkette. „Rutger und ich wurden gute Freunde", sagte sie leise, und Colleen fürchtete, Sandy würde gleich in Tränen ausbrechen. „Wir sprachen über die Diamanten, und Rutger sagte, er wolle nicht, dass sie je wieder gefunden würden. Aber ihm war an der Richtigstellung der Geschichte gelegen, selbst wenn alles schon über vierzig Jahre her war. Darum rief er Sie an. Er wollte, dass Sam entlastet würde ... und dann war er plötzlich tot!"

Colleen schwieg, und Sandy fuhr fort. „Mrs. McAllistair ..."

„Sie können mich gern Colleen nennen."

Sandy lächelte sie kurz an. Es war ein hübsches Lächeln. Colleen dachte, dass sie ein gutes Fotomodell abgegeben hätte.

„Also gut: Colleen", sagte Sandy und setzte sich wieder. „Ich sagte Rutger, dass ich das vierte Teil des Puzzles hätte, und er sagte, dass er Ihnen seins gegeben habe. Aber ich bin sicher, dass er wegen dieses Puzzle-Stückes umgebracht wurde."

Colleen stellte ihr Glas vorsichtig ab. „Glauben Sie, dass Holfer und McHowell hier sind und Rutger getötet haben?"

Sandy sprang wieder auf. „Nein, nein. Die haben jemanden beauftragt. Sie wissen schon, einen ... äh ..."

„Killer?"

„Ja, so etwas Ähnliches."

„Wie kommen Sie darauf?"

Sandys Unterlippe zitterte leicht. „Weil", antwortete sie atemlos, fand dann aber ihre Stimme wieder, „weil Rutger seine Fühler ausgestreckt hatte, die anderen wiederzufinden. Er hatte einen Marokkaner kontaktiert, einen, der wusste, wo MacHowell war, und der andeutete, dass Holfer ebenfalls in der Nähe sei."

Colleens Nerven waren angespannt. Wenn sie doch nur einen von den anderen finden könnte ... Aber das war sicher riskant, wie Bret warnen würde. Dabei hätte er selbst bestimmt schon längst einen Flug nach Marokko gebucht ...

„Können Sie mir den Namen des Mannes sagen?“ fragte sie scheinbar beiläufig.

„Wie? Oh, ja. Es ist Eli Alibani.“

Colleen befeuchtete ihre Lippen. „Und wissen Sie, wie Rutger mit ihm in Verbindung trat?“

„Ja, da ist ein Hotel. In Marrakesch. Rutger hat über den Besitzer eine Nachricht hinterlassen, wenn es nötig war. Eli Alibani meldete sich dann bei ihm.“

„Wissen Sie, wie das Hotel heißt?“

„Ja, das ‚Bête Noire‘.“

‚Das schwarze Tier‘ auf Französisch. Ein unheimlicher Name.

Aber Colleen wusste, dass sie dorthin fahren würde.

„Verdammt. Es ist sechs Uhr!“ sagte Bret und zuckte zusammen, als er hörte, wie undeutlich seine Worte herauskamen.

Carly sah auf die Uhr. „Du fährst besser zurück.“

Stöhnend erhob Bret sich. „Betrunken, Carly!“ sagte er und schwankte ein wenig. Er presste die Hände an die Schläfen, denn Carlys Lachen tat seinem Kopf weh.

„Ach, mach dir nichts draus. Dafür ist sie ja die letzte Nacht ausgefallen.“

„Das hat damit nichch... zu tun, ich ... beschsch...ützе sie nur“, sagte Bret entrüstet.

„Ach ja, du bist über die pure Lust hinausgewachsen.“

Bret machte eine Bemerkung, die deutlich machte, wohin Carly sich scheren sollte. Der lachte wieder. „Keine Sorge, ich rufe das Polizeirevier an und bitte um eine Streife. Die schulden uns noch einen Gefallen.“

„Oh, je“, stöhnte Bret. „In dem Zustand soll ich einen Po...Polizisten treffen?“

„Nein, das brauchst du nicht. Du nimmst ein Taxi, und wenn du ankommst, gehst du direkt ins Haus hinein, ohne dich umzusehen.

Konzentrier dich nur aufs Gehen und tu, als wenn du nüchtern wärst. Das kannst du, wie ich weiß."

„Colleen wird denken, ich hätte den Wagen zusch...zuschanden gefahren", sagte Bret düster.

„Sie wird wissen, warum du nicht selbst fährst", beruhigte Carly ihn. „Ich rufe sie vorher an."

Bret gab Carly einen freundschaftlichen Schlag auf den Rücken, der Carly beinahe zu Boden sandte. „Den Wagen habe ich ihr geschenkt, weißt du. Sie hat versucht, ihn mir wiederzugeben."

Carly sah den Schmerz in den Augen des Freundes. Wenn Colleen ihn so sähe, wüsste sie, wie sehr Bret sie noch liebte.

Als er ins Taxi stieg, drehte er sich noch einmal um. „Warum zum Teufel musstest du diese Frau nur einstellen, Carly?"

„Weil sie eine gute Journalistin ist. Und ein nettes Mädchen. Ich habe sie eingestellt, Bret, aber du hast sie geheiratet."

„Ja, das habe ich", sagte Bret mit einer Grimasse, die seinen benebelten Zustand verriet. „Und ich bin noch immer mit ihr verheiratet, Carly, jedenfalls noch mindestens einen Monat lang."

5. KAPITEL

Colleen saß mit aufgerollten Jeans am Pool und zog mit den nackten Fußspitzen kleine Kreise im Wasser, in der Hand eine Tasse mit Tee.

Sandy Tyrell war vor gut einer Stunde gegangen und Bret noch nicht zurück. Sie wusste nicht, ob sie sich darüber ärgern oder beunruhigt sein sollte.

Sandy hatte einen sehr nervösen Eindruck gemacht. Colleen hatte ihr angeboten, bei ihr zu bleiben, aber das lehnte Sandy ab. Die Polizei hatte sie wegen Rutgers Tod verhört und überwachte ihr Stadthaus.

„Aber von dem Puzzle-Teil habe ich lieber nichts erzählt", gestand sie. „Sie sind die Einzige, die weiß, dass ich das Stück von meinem Großvater habe. Sie können es natürlich haben."

Sandy holte es heraus, und beide hatten es genau betrachtet. Auf Colleens Teil war eine Zeichnung von einem Berg und der französische Satz: „N'oubliez pas" – vergessen Sie nicht.

Auf Sandys Teil sah man einen Ski-Lift und die Inschrift: „Die Erde ist die Mutter."

Lange hatten sie über die Bedeutung nachgedacht, aber alles, worauf sie gekommen waren, war, dass die Diamanten an einem nicht vergessenen Ort im Erdboden versteckt waren, irgendwo in der Nähe eines Ski-Lifts.

„Ich wollte, Sie würden sich darum kümmern", sagte Sandy mit zitternder Lippe. „Vielleicht versuchen Sie, Rutgers marokkanischen Kontaktmann zu finden?"

„Ja, ich werde herausfinden, was passiert ist. Sie brauchen sich keine Sorgen zu machen, Sandy." Colleen tat zuversichtlicher, als ihr zumute war.

Dann hatte Sandy noch einen wunden Punkt berührt. „Ich möchte nicht indiskret sein, aber der Mann, der heute Morgen am Telefon war, war das Ihr Ehemann? Bret McAllistair?"

Colleen zögerte einen Moment. Sandy hatte ihr großes Vertrauen entgegengebracht, so wollte sie nicht abweisend sein. „Ja."

„Er ist auch darin verwickelt, nicht?"

„Nicht wirklich."

Sandy nickte nur. „Ein sehr attraktiver Mann", sagte sie leichthin. „Ich habe ... äh, ein Foto von ihm gesehen, und er war ein paar Mal in den Nachrichten zu sehen."

„Ja, das tut er gelegentlich."

Sandy sah sie direkt an. „Er ist großartig. Ich hätte nichts dagegen, wenn er bei der Geschichte mitmacht."

„Danke."

„Ich hörte, Sie lassen sich scheiden?"

„Ja."

Sandy zog eine ihrer hübschen Brauen hoch und sah verlegen drein. „Tut mir Leid, ich wollte nicht taktlos sein."

„Oh, nein, nein, keine Sorge", sagte Colleen etwas spitz, bereute das aber gleich wieder, weil Sandy so anteilnehmend aussah. Schnell bestätigte sie noch einmal, dass sie alles tun werde, um Sam Tyrell von allem Verdacht reinzuwaschen, war aber doch erleichtert, als Sandy gegangen war.

Natürlich war sie entschlossen, ihr mitgenommenes Herz nicht noch einmal an ihren Mann zu verlieren, aber sie war nicht in der Laune, mit anzusehen, wie sich eine andere Frau nach ihm verzehrte!

Doch wo zum Kuckuck blieb er nur?

Colleen sah zum Schlafzimmer hinüber, wo die Glastüren offen standen und die Vorhänge sich sanft im Wind bauschten.

Dort war alles zu Ende gegangen.

Bret war nach einer zweiwöchigen Auftragsreise aus London zurückgekommen. Während seiner Abwesenheit wurde sie von der Redaktion zum Nahen Osten beordert, und als Bret wiederkam, war sie gerade beim Packen gewesen.

Sie war auf ihn zugelaufen, um ihn zu umarmen, aber er war steif wie ein Brett gewesen. Und als sie vom Nahen Osten erzählen wollte, hatte er sie unterbrochen. „Ich fliege dorthin."

„Wie bitte? Du meinst, wir fliegen zusammen ..."

„Nein. Ich meine, ich fliege allein. Du bleibst hier. Ich bin mit Carly alles durchgegangen. Ich fliege, du bleibst hier."

Sie hatte lange wie erstarrt geschwiegen. „Wieso?"

„Meine Güte, Colleen, manchmal benimmst du dich, als könntest du nicht bis drei zählen! Es ist zu gefährlich dort!"

„McAllistair, du scheinst zu vergessen, dass ich dich inmitten einer wirklich gefährlichen Situation kennen gelernt habe. Ich bin kein Idiot. Ich gehe nicht unnötige Risiken ein. Ich gerate nicht in Panik, und ich schreie nicht!"

„Jetzt tust du es gerade!"

„Ich glaube es einfach nicht: Du nimmst mir meine Story weg!"

Er sah sie mit einem verächtlichen Blick an. „Ganz richtig, Colleen, ich nehme dir deine Story weg. Von mir aus kannst du glauben, was du willst, du fliegst jedenfalls nicht!"

Es war ihr nicht möglich, es zu glauben: der kühle Blick aus seinen eisgrauen Augen, der totale Mangel an Rücksicht auf ihre Gefühle. Und dann stürzten alle anderen kleinen Ängste, die sie normalerweise unterdrücken konnte, auf sie ein: Er war gerade aus London gekommen. Kurz bevor sie sich kennen lernten, war er mit einer Engländerin liiert gewesen. Lady irgendetwas. Colleen hatte sie einmal bei einem glanzvollen Empfang getroffen, zu dem sie und Bret in Washington eingeladen worden waren. Die Lady war zierlich, reizvoll und delikat – und der Gipfel der Vornehmheit.

Nicht dass Colleen Grund hatte, da irgendetwas zu vermuten. Aber wenn Bret weg war, kamen in ihrer Einsamkeit doch Ängste, ob sie einen Mann wie Bret würde halten können.

Und nun war er verreist gewesen, sie würden sich gleich wieder trennen, und er hatte sie kaum berührt! Ohne Pause hüpfte er von einer Story zur anderen, ignorierte sie – und begann in aller Seelenruhe zu packen!

„Wenn du jetzt dieses Haus verlässt, Bret“, hatte sie gesagt und versucht, so distanziert zu wirken, wie er es war, und nicht zu heulen wie ein Schlosshund, „dann ist es aus mit uns. Das meine ich ernst.“

Er hatte nicht einmal zu ihr hingeschaut, sondern seine Sachen aus London in den Wäschekorb gestopft und sich frische Wäsche herausgesucht. Und die einzige Antwort war das Anspannen seiner Wangenmuskeln, etwas, von dem sie wusste, dass es absolute Entschlossenheit signalisierte.

„Bret! Ich meine es ernst, und du hörst mir nicht einmal zu!“

„Colleen, du benimmst dich wie ein verzogenes Kind.“

„Du hast mir meine Geschichte gestohlen. Sie scheint dir wichtiger zu sein als ich!“

„Was dort drüben los ist, ist tatsächlich weit wichtiger als deine kleinliche Eifersucht.“

„Kleinliche Eifersucht? Ich bin nicht eifersüchtig, ich bin außer mir vor Zorn!“

Er hatte einen dieser genervten Seufzer von sich gegeben, die sie die Wände hochtreiben konnte. „Colleen, wir reden darüber, wenn ich zurück bin.“

„Wenn du jetzt gehst, wird es nichts mehr zu bereden geben."

„Wenn ich nicht gehe, wird es dich vielleicht gar nicht mehr geben."

„Bret, das ist ..."

„Halt den Mund, Colleen."

„Bret! Verdammt noch mal, wenn du mir nicht endlich zuhörst, werde ich ..."

„Hör zu, Colleen. Du tust einfach das, wonach dir ist, okay?"

Und das war es gewesen. Er hatte nicht versucht, sie zu berühren. Er war einfach gegangen.

Nachdem er die Tür hinter sich geschlossen hatte, war Colleen in Tränen ausgebrochen.

Zwei Wochen später hatte sie die Scheidung eingereicht. In den folgenden Tagen und Wochen hatte sie schließlich aufgehört, sich jede Nacht in den Schlaf zu weinen. Aber während all dieser Zeit hatte sie sich nicht daran gewöhnt, ohne ihn zu schlafen, ohne ihn zu leben.

Und nun war er zurück.

Unwillkürlich seufzte sie. Er war zurück gewesen und hatte kein einziges Mal angerufen oder versucht, sie zu sehen!

Erst nachdem Rutger tot war. Erst nachdem da wieder eine Titelgeschichte wegzunehmen war ... Nichts hatte sich geändert. Gar nichts.

Leider auch nicht ihr Gefühl für ihn.

Colleen zuckte zusammen, als das Telefon klingelte. Sobald der Anrufbeantworter ansprang, hörte sie die Stimme ihres Chefs.

„Hier ist Carly, nimm bitte ab. Los, Colleen, geh schon dran, okay?"

Inzwischen war sie am Apparat. „Hallo, Carly, was ist?"

„Wie ist es gelaufen?"

„Gut."

„Hast du etwas erfahren?"

Colleen wollte Carly nicht belügen, aber diesmal würde sie nicht zu Hause bleiben und Däumchen drehen!

„Nein, nicht viel. Noch nicht. Nur, dass Sandy Tyrell schreckliche

Angst hat. Aber ich hoffe, ich erfahre bald mehr." Sie zögerte einen Moment. „Wo ist Bret?"

„Auf dem Weg nach Hause. Darum rufe ich auch an." Carly zögerte. „Colleen, sei heute Abend verständnisvoll, okay? Wir haben, äh, uns beim Fernsehen ein bisschen hinreißen lassen."

„Wovon sprichst du, Carly?"

„Das wirst du schon sehen. Ach ja, hör zu, mach dir über das andere keine Sorgen. Ich möchte, dass ihr beiden euch in die Sache richtig reinhängt, okay? Ihr habt unbeschränkte Vollmacht für Ausgaben. Den anderen sind wir meilenweit voraus. Vielleicht schlagen wir darin sogar die Tageszeitungen!"

„Danke", murmelte Colleen, deren Gedanken durcheinander wirbelten. „Du sagtest, Bret sei auf dem Weg zurück?"

„Ja."

Sie tauschten ein paar Höflichkeiten aus und legten auf. Eilig rief Colleen den Flughafen an und buchte einen Flug – erster Klasse – nach Marrakesch.

Sie kaute am Bleistift und überlegte, wie sie Bret am nächsten Morgen ausweichen könnte. Erst musste sie noch ins Büro, um das Puzzle-Teil zu kopieren, und dann ab zum Flughafen. Er würde dann hoffentlich noch in aller Seelenruhe schlafen. Sie musste es tun, egal wie! Dabei hätte sie am liebsten einen Vorwand gefunden, bei ihm zu bleiben ...

‚Denk nicht darüber nach!' befahl sie sich, ging in die Küche und bereitete sich eilig ein warmes Abendessen. Im Kühlschrank stand noch ein trockener Weißwein.

Inzwischen hatte es schon mehrmals laut am Eingang geklopft. Der große, böse Wolf. Wenn sie nicht endlich öffnete, würde Bret die Tür wohl eintreten!

Colleen zögerte noch eine Sekunde und ermahnte sich, heute Abend charmant zu ihm zu sein!

Sie öffnete die Tür. Er stand da mit einem schiefen Grinsen und leicht schwankend. Unsicher ging er an ihr vorbei, ließ sich aufs Sofa fallen, verschränkte die Hände hinterm Kopf und legte die Beine auf den Kaffeetisch. „Okay, wie ist es gegangen?" Er grinste noch immer und sprach jedes Wort bemüht deutlich aus.

„Es ging gut", erklärte Colleen, die den Whiskygeruch wahrnahm. „Du hast getrunken", bemerkte sie sachlich.

„Ja, ein bisschen. Was war mit Sandy Tyrell?"

Colleen setzte sich auf eine Ecke des Kaffeetisches und sah ihn an. Wunderbar! Wenn sie ihm noch ein bisschen mehr zu trinken gäbe, würde er wie ein Stein schlafen!

Ganz freundlich sein und ihn einwickeln, nahm sie sich vor.

„Sandy Tyrell ist total verängstigt. Das ist so ungefähr alles, was ich erfahren habe. Die Arme ist ziemlich verbittert, da ihr Vater, nachdem er von dem Großvater hörte, ihre Mutter nicht heiratete. Sie hat mir übrigens ihr Puzzle-Teil gegeben."

„Tatsächlich?"

„Ja, ich zeige es dir."

Er sah sie überrascht an. Sie lächelte nur und holte es. Er schien noch immer erstaunt, aber Colleen lächelte weiter, schon weil sie sich im Stillen amüsierte. Brets Haar war zerzaust, und seine grauen Augen schienen rot gerändert – was seinem guten Aussehen allerdings keinen Abbruch tat.

„Du scheinst ja ziemlich hinüber zu sein. Möchtest du ein Kissen haben?"

So betrunken war er nicht, und sein Blick wurde misstrauisch. Sie musste vorsichtig sein! Aber sein Interesse wechselte sogleich zu dem Päckchen, das sie in der Hand hielt. „Nein, ich brauche kein Kissen. ‚Die Erde ist die Mutter'", murmelte er, als er das Puzzle-Teil betrachtete. „Sehr gut, die Diamanten sind also in der Erde vergraben. Und was steht auf deinem?"

„‚N'oubliez pas', und es zeigt einen Berg, so wie dieser einen Ski-Lift zeigt. Sagt nicht viel, oder?" fragte sie beiläufig.

Wieder blickte er sie aufmerksam an, und Colleen sagte hastig: „Bret, wir könnten Sandy gemeinsam treffen. Sie kennt dich und hat nichts dagegen, wenn du mitmachst."

Er lächelte kalt. „Okay, Colleen, und was verschweigst du mir?"

„Nichts!“ Nervös stand sie vom Sofa auf.

„Colleen!“

Er war offenbar nicht betrunken genug, denn er stand auf und streckte einen Arm aus, um sie festzuhalten. Colleen wich ihm geschickt aus, obwohl ihr klar war, dass er sie in zwei Schritten erreicht haben würde.

Nur tat er es nicht. Er stolperte und sank mit einem dumpfen Laut zu Boden. „Ohhh“, stöhnte er schmerzvoll auf und rieb sich die Schläfe.

Colleen versuchte, ernst zu bleiben, kniete sich neben ihn und tat besorgt. „Oh, Bret, ist alles in Ordnung mit dir?“

„Ja, ganz wunderbar“, behauptete er.

„Du lügst!“ warf sie ihm vor. „Carly und du, ihr habt den ganzen Nachmittag getrunken. Und ich wette, du hast nichts gegessen!“

„Speck“, murmelte er.

„Speck und Scotch?“ fragte sie ungläubig. „Komm, ich helfe dir auf. Hast du dir am Kopf wehgetan? Ich hole dir Eiswürfel.“

Sie versuchte, ihn hochzuziehen, aber er schien eine Tonne zu wiegen. Trotz der Alkoholfahne roch er so gut wie früher, und Erinnerungen tauchten auf ...

„Du bist sturzbetrunken, McAllistair“, sagte sie ihm. Sie fing an zu lachen, sie genoss die Situation. Bret betrank sich nie. Er wurde sogar nie beschwipst.

Immerhin schaffte es Bret, sich wieder aufs Sofa zu setzen. „Du bist so schrecklich nett, Colleen. Ich traue dir nicht, wenn du nett bist.“

Sie tat beleidigt. „Also wirklich, Bret ...“

„Nun gut, warum gibst du dich plötzlich so besorgt?“

„Ich versuche nur, freundlich zu sein, nur der vergangenen Zeiten wegen. Ich hol dir Eis.“

„Nicht nötig.“

Aber Colleen holte trotzdem welches, zog ihm die Schuhe aus und stopfte ihm ein Kissen in den Rücken. Dann holte sie ihm noch ein übrig gebliebenes gebratenes Steak und servierte es ihm auf dem Couchtisch. Er wunderte sich nur, protestierte aber erst, als sie eine Flasche Wein öffnete. „Ich brauche keinen Drink mehr."

„Na gut", sagte sie steif und leerte auch ihr eigenes Glas wieder in die Flasche. „Allein trinke ich nicht."

„Ach, komm schon, Colleen."

„Wie sollte ich wissen, nachdem ich den ganzen Tag mit diesen Steaks herumgewartet habe, dass du den Tag damit verbringen würdest, bei Carly den Macho zu spielen und ..."

„Schon gut, schon gut, dann trinke ich ein Glas Wein!" Er war auf eine zu angenehme Weise träge, um sich zu wehren ... wenn auch noch wach genug, um ihr nicht zu trauen. Aber irgendwie gefiel ihm die Situation.

Mit süßlichem Lächeln goss Colleen ihm also Wein ein, den Bret entgegennahm.

„Morgen früh rufst du gleich Sandy Tyrell an und verabredest ein Treffen für uns drei."

„Das mache ich, Bret."

Das Essen schmeckte ihm köstlich, und der Wein war milde und trocken. Bret beobachtete Colleen weiterhin misstrauisch, aber sie plauderte über Sandy, und er begann, sich zu entspannen. Vielleicht bot sie ihm wirklich die Friedenspfeife an, wenn auch nur vorübergehend.

Als er den Teller abstellte und sich den schmerzenden Nacken rieb, begann Colleen eilfertig, ihm die Schultern zu massieren. Erst vorsichtig, dann fester ... und so, dass Bret plötzlich heftiges Begehren empfand und nur noch daran denken konnte, sie auf seinen Schoß zu ziehen.

Aber er bewegte sich nicht. Das hier war ihr Spiel, und ohnehin war er nicht in der Verfassung, klar zu denken. Zu lange hatte er sich nach ihr gesehnt, nach ihrer Berührung, ihrem Flüstern. „Weißt du, diesen Auftritt der Supergastgeberin hast du dennoch nicht perfekt geplant."

„Nein?"

Er sah sie träge aus seinen silbergrauen Augen an. „Du müsstest dazu etwas Weiches ... Seidiges tragen."

Sie lachte leise. „Das lässt sich arrangieren."

Gerade wollte sie gehen, als er ihre Hand festhielt. „Das können wir doch zusammen machen ..."

Sie versuchte, sich loszureißen. „Übereile nichts, Bret."

„Ich dachte – an den Whirlpool."

„Den Whirlpool!" Beinahe verlor sie die Fassung, hatte sich aber schnell wieder in der Gewalt. „Bret, ich versuche nur, mich wie eine Freundin zu verhalten, nichts weiter."

„Ich behalte meine Shorts an. Du ziehst einen Badeanzug an."

„Oh", murmelte sie. „Ich weiß nicht recht, ob der Whirlpool in deinem Zustand das Richtige ist." Aber er konnte es förmlich sehen, in welche Richtung ihre Gedanken verliefen: warmes Wasser, beruhigend, entspannend, einschläfernd ... Sie versuchte, ihn für die Nacht auszuschalten. Warum?

Er hob eine Hand. „Vielleicht hilfst du mir?"

Sie strich ihm leicht über die Wange. „Also gut, Bret. Ich stelle ihn nur eben an und ziehe mir etwas Passenderes an."

Er lächelte mit geschlossenen Augen, während Colleen verschwand. Es war fast wie in alten Zeiten. Ihre heisere Stimme war wie eine Liebkosung, und wenn sie so zusammen redeten und lachten und sich berührten ... dann könnte Colleen sicherlich nicht immun gegen die Erinnerung sein.

Er öffnete die Augen. Colleen war zurück, trug einen weißen Bikini, der sich wundervoll von dem Goldton ihrer Haut und ihren nachtschwarzen Haaren abhob. Ihre langen Beine waren schlank und lang, und ihre vollen Brüste schienen das Oberteil sprengen zu wollen, sodass es ihm in den Fingern juckte, sie mit den Händen zu umschmiegen ... Er lächelte sie an. „Alles fertig?"

„Hmm-mm."

„Hilfst du mir?"

Als Colleen das tat, lehnte er sich schwer gegen sie und atmete tief den Duft ihres Haares ein.

„Pass auf, wo du hintrittst", mahnte Colleen.

Er lächelte wieder, diesmal verstohlen. „Keine Sorge."

Im Badezimmer sprudelte das Wasser, und der aufsteigende Dampf, der sich auf die gläserne Trennfläche legte, wirkte wie in den Tropen. Mit einem lauten Platschen stieg Bret in die Wanne. Colleen wirkte etwas unentschlossen. Aber als sie seinen misstrauischen Blick auffing, setzte sie schnell eine freundliche Miene auf. „Gut?"

Er lehnte sich zurück und schloss die Augen. „Wunderbar. Entspannend." Dabei fühlte er sich alles andere als entspannt, denn das warme, sprudelnde Wasser weckte ganz andere Gelüste ...

Er öffnete ein Auge. „Kommst du nicht mit herein?"

„Doch, doch."

„Vergiss den Wein nicht."

Und dann saß Colleen ihm gegenüber, ihre Knie streiften einander. Bret richtete sich auf, hakte den Arm in ihren ein und nippte am Wein, wobei sein Gesicht nur Zentimeter von ihrem entfernt war.

„Erinnerst du dich, wie wir es gemacht haben?"

„Was?" fragte sie beinahe erschrocken.

Er lächelte. „Wie wir Wein tranken. Immer aus dem Glas des anderen ..."

„Ach so." Freundlich nippte sie an seinem Glas, und plötzlich waren sie sich ganz nahe, und sein Arm streifte ihre Brust, und er erinnerte sich daran, wie voll die sich anfühlte ...

‚Vorsicht!' ermahnte er sich, legte sich wieder zurück und ließ die Augenlider sinken. „Man wird hier ganz schläfrig."

Er liebte es, sie zu beobachten. Die glatte Haut ihres Dekolletees, das Heben und Senken ihrer Brust, das Glitzern in ihren bernsteinfarbenen Augen. Sie wirkte nervös, andererseits auch erregt. Bret streckte ein Bein aus und fuhr mit dem Zeh leicht über Colleens Schenkel.

„Weißt du noch, unsere Flitterwochen?" fragte er.

„Ja, du trugst mich über die Schwelle einer Skihütte, bist mit dem Fuß an einen Schrank gestoßen und hast dir drei Zehen gebrochen."

„Nun ja, ich hatte zum Skifahren ohnehin nicht viel Lust."

„Wir haben das Haus auch gar nicht verlassen."

„War herrlich, nicht wahr?"

„Du bist ganz schön eingebildet."

„Und du warst großartig, Colleen. Du hast dich über jede Bewegung von mir aufgeregt, mir Frühstück ans Bett gebracht und mich traumhaft massiert."

„Du hättest besser Florence Nightingale heiraten sollen."

Wieder kam er dicht an sie heran, bis seine Lippen ihre berührten, er den Wein darauf schmeckte und spürte, wie sie leicht zitterte. „Du warst immer so schön, Colleen." Er rutschte wieder nach hinten. „Uh, diese Wärme, dazu Wein, Weib und Gesang, ich schlafe gleich ein."

„Ja?" Das klang so zweifelnd wie erfreut.

„Hmm ... hmm ..." Er rollte den Kopf zurück.

„Bret! Hör zu!" Diesmal klang sie wie eine nüchterne Person, die mit einem Betrunkenen vorsichtig umging. „Dann musst du hier lieber heraus. Komm schon, ich kann dich nicht tragen."

Colleen stieg aus der Wanne, stellte den Hahn ab, nahm ein Handtuch und seinen Arm. „Komm, Bret."

Mühsam stieg er heraus und lehnte sich schwer an ihre Schulter. „Du bist so gut zu mir, Colleen."

„Natürlich. Und du meinst das sicher ganz ernst."

„Na, hör mal, ich bin empört. Glaubst du etwa, ich sage das nur so daher?"

„Du bist betrunken. Nun komm."

Er ließ sich wieder von ihr führen. Einen halben Meter vom Bett entfernt blieb er stehen und zerrte an seinen abgeschnittenen Jeans. „Darin kann ich nicht schlafen, die sind ganz nass!"

Dass Colleen so verunsichert wirkte, fand er insgeheim erregend. Er ließ die nassen Hosen einfach auf den Boden fallen und kletterte ins Bett. „Völlig erschöpft", murmelte er.

„Natürlich bist du das", sagte sie verständnisvoll und deckte ihn zu.

Es war an der Zeit für ihn, den ersten Schritt zu tun. Das schon beinahe schmerzhafte wachsende Begehren, die Lust, die in ihm aufstieg wie rauschendes Wasser, waren doch stärker als seine Müdigkeit.

Noch bevor Colleen sich wieder aufrichten konnte, legte er den Arm um sie. „Einen Gutenachtkuss", bat er, „so wie früher."

Sie hätte ihn wohl nicht küssen dürfen, aber es schien so harmlos zu sein ... genau wie Bret selbst. Dabei sehnte sie sich nach mehr, je öfter sie ihn berührte, seine Stimme hörte, seine Körperwärme spürte. Und es schien Ewigkeiten her zu sein, seit er sie in den Armen gehalten hatte, seit sie dieses berauschende Gefühl der Liebe empfunden hatte. So lange war er weggewesen ... und niemand hatte ihn ersetzen können.

Der kleine Kuss besiegelte ihr Schicksal.

Sein Mund war warm und schmeckte gut und war so fest, und seine samtene Zunge spielte herausfordernd an ihren Zähnen. Er hielt sie warm an sich gedrückt, und Colleen hörte ihr eigenes Herz klopfen. Er berührt mich, und ich bin wie elektrisiert, dachte sie.

Er drehte sich zur Seite, streichelte ihren nackten Arm, ihre Schulter, an ihrer Wirbelsäule entlang, und Colleen spürte, wie es heiß in ihr aufstieg, als er mit geübtem Griff ihr Bikini-Top aufhakte und seine Hand ihre volle Brust umfing. Oh, nein! Sie durfte sich nicht so leicht verführen lassen!

„Bret!“ Atemlos löste sie sich von seinem Mund, stemmte die Handflächen gegen seine Brust, sah in seine verhangenen grauen Augen und schüttelte fast unmerklich den Kopf.

„Nur ein Kuss!“ brachte sie heraus. „Das hier wollte ich nicht!“ flüsterte sie.

„Nein?“ fragte er. Klang das nicht leicht spöttisch?

„Nein“, behauptete sie und wollte doch diese Zärtlichkeit, diese Sehnsucht in seinem Blick.

„Nur der alten Zeiten zuliebe“, flüsterte er und verschränkte ihre Finger mit seinen. Er sah sie kurz an, dann küsste er sie wieder und zog sie eng an seinen warmen, festen, kraftvollen Körper, der unter der Decke nackt war und den sie immer deutlicher spürte, in allen Fasern und Muskeln, mit seinem wundervollen männlichen Duft, der gleichzeitig fremd und vertraut war und der Erinnerungen in ihr weckte, die aus endloser Feme zu kommen schienen.

Colleen erwiderte seinen Kuss, ließ ihre Zunge mit seiner spielen, und Lust stieg in ihr auf, heiß und plötzlich wie ein Wüstenwind.

Er presste die Lippen an ihren Hals, auf ihr Dekolletee, und kurz musste Colleen denken: Warum? Warum hatte sie ihn nur so geliebt, ihn so verzweifelt gebraucht ... und dann verloren? Hatte der Verlust ihrer Eltern sie so getroffen, dass sie sich zu sehr an den geliebten Mann klammerte und eine erneute Trennung nicht verkraftete? Hatte ihn das vielleicht dazu gebracht, sie zu verlassen? Und nun wollte sie ihn erneut, machte sie denselben Fehler?

Als seine Lippen die Spitze ihrer Brust umschlossen, um daran zu saugen, durchfuhr es sie glühend, genussvoll, und ihr Atem ging schwer. Ihre Hände hatte sie längst von seinen gelöst und in seinem Haar vergraben. Bret strich über ihren Bauch, ihre Hüften, knöpfte seitlich den Bikini-Slip auf, und mit den Handknöcheln fuhr er langsam über die Innenseite ihrer Schenkel, bis sie anfing zu zittern vor Begierde.

Und plötzlich war er in ihr, und Colleen stöhnte auf, da alles in ihr wie schmelzende Lava zu sein schien.

Wieder küsste er ihren Mund und umschlang ihre Zunge mit seiner, während sie seine muskulösen Schultern umklammerte und mit den Nägeln sacht über seinen Rücken fuhr.

Etwas, das so schön ist, kann doch nicht falsch sein, dachte sie flüchtig. Er war der einzige Mann, den sie je geliebt hatte. Und sie liebte ihn noch immer – und würde ihn immer lieben. Und selbst wenn das hier nur für einen Moment war, sie war ja noch immer seine Frau und wollte es, wollte ihn festhalten, ihn spüren, in seinen Armen liegen – nur diese eine Nacht noch.

Ihre Gedanken wurden überflutet von einer Welle der Lust, denn Bret liebkoste ihren Körper überall, und seine Zunge fuhr fort, in ihren Mund einzudringen, und Colleen war nur zu dem einen Gedanken fähig: ‚Kaum berührt er mich, stehe ich in Flammen!'

Bret fragte sich, ob ihr auffiel, dass er bei jeder Bewegung, bei jeder Berührung zitterte, seine Leidenschaft immer von neuem erglühte, seinen Körper überschwemmte und die Gier seiner Lenden nur steigerte. Warum war es mit ihr nur alles so anders? War das die Liebe, die einerseits so wehtat und andererseits die Lust so unendlich wachsen ließ?

Er hob den Kopf und sah sie an, während er sich in gleich bleibendem Rhythmus bewegte. Ja, das war es, was ihn so unendlich faszinierte: Es war etwas in ihrem Blick, der jetzt so begehrlich war, es war die delikate Schönheit ihres Gesichtes, ihrer Lippen, die jetzt durch ihr heftiges Atmen ausgetrocknet waren.

Er feuchtete sie mit seiner Zungenspitze an, dann versanken sie wieder in einem tiefen Kuss, rollten, fest und immer tiefer miteinander verschlungen, auf die Seite. Wenn er nur noch diese Nacht mit ihr hatte, so sollte Colleen sie nie vergessen und nie, dass er sie liebte und sie lieben konnte wie niemand sonst.

Es war unglaublich schön. Sie zögerten noch den Moment hinaus, aber dann wussten beide, dass ihr Gefühl explodieren musste und wie in winzige Stücke zerbrechen und wie silberne Funken in ihnen niederregnen musste.

Ausgepumpt, still und eng umschlungen lagen sie da. Colleen hatte seinen Namen hervorgestoßen und damit unwillkürlich all das ausgedrückt, was sie nicht auszusprechen wagte. Bret hatte sie nur kurz angesehen, ohne sie loszulassen, und geflüstert: „Colleen, meine Schöne, meine Einzigartige, meine Frau."

Vieles lag ihr auf der Zunge. Warum er gegangen war, wieso er sie so leidenschaftlich lieben und dann so einfach gehen konnte. Nur wegen einer Story!

Plötzlich fröstelte sie. „Bret?" Das hatte halb wie ein schmerzvoller Schluchzer geklungen, die bittere Frage, was denn schief gegangen war. „Bret?"

Er antwortete nicht. Colleen richtete sich auf und sah in sein schönes Gesicht, das noch die Verklärung des Genusses spiegelte. Sein Haar war zerzaust, ein Lächeln angedeutet, seine Augen geschlossen.

„Bret!" Colleen rüttelte an ihm, aber er bewegte sich nicht. Dann seufzte er kurz, und sein Kopf rollte zur Seite. „Bret!" Sie hob seine Hand, aber die fiel schlaff aufs Bett zurück.

Sie rief ihn noch einmal, aber er rührte sich nicht. Und plötzlich kamen ihr die Tränen. Oh, ja, er hatte sein Ziel erreicht. Und sie ihres: Er war schlagartig eingeschlafen. Aber leider war es nun zu spät. Jedenfalls für sie!

6. KAPITEL

Colleens Wecker ging um Viertel vor fünf. Hastig drückte sie auf den Ausstellknopf und drehte sich nach Bret um. Dem Himmel sei Dank, er schlief noch tief und fest.

Seine Beine lagen auf der Decke, das zerzauste Haar, das über die Brauen hing, ließ die herben Züge weicher erscheinen. Von der weißen Bettwäsche hob sich seine Sonnenbräune besonders gut ab. Beinahe wirkte er wie ein Teenager – wären da nicht die breiten Schultern gewesen, das dichte Brusthaar, die Muskeln ...

„Mistkerl!“ flüsterte Colleen in plötzlichem Zorn, deckte ihn hastig zu und vergaß beinahe, dass sie ihn auf keinen Fall wecken wollte! Aber zum Glück regte er sich nicht.

Als sie aufstand, merkte sie, dass ihr vom nächtlichen Lieben noch einiges wehtat, und wurde erst recht wütend. Beim Packen ihrer Sachen beschimpfte sie ihn im Stillen und sagte ihm deutlich, was sie von ihm hielt.

Nachdem sie geduscht hatte, war sie ganz wach und besser gelaunt. Und angezogen fühlte sie sich auch sicherer vor Bret.

Schon war sie fertig. In Rock, Bluse und Pumps ging sie vorsichtig zum Bett zurück. Halb sechs. Wenn sie Glück hatte, würde er etwa bis mittags schlafen.

Aber sie konnte ihre Augen kaum von ihm wenden. Ausgestreckt in dem zerwühlten Bett sah er so hinreißend aus ...

Als sie noch zusammen waren, hatte sie es geliebt, vor ihm aufzuwachen – was allerdings selten vorkam, da er beim leisesten Geräusch wach wurde – und ihn von den Zehen bis zum Kopf anzuschauen. Manchmal hatte sie sich dann an ihn gekuschelt, begonnen, ihn zu streicheln, und wenn er dann sacht zu sich kam und sie lächelnd an sich zog ...

Auch jetzt hatte er eine Andeutung dieses amüsierten Lächelns im Gesicht. „Du Ekel!“ sagte sie beinahe laut. Am Liebsten hätte sie einen Eimer eiskaltes Wasser über ihm ausgegossen. Er hatte ihr schön etwas vorgemacht und war keineswegs so betrunken gewesen, wie er schien, und sie hatte sich ohne den geringsten Widerstand von ihm verführen lassen!

Beinahe hätte sie ihm auch noch gesagt, dass sie ihn nach wie vor liebe und dass es ihr Leid tue, dass sie die Scheidung eingereicht hatte!

Aber dem Himmel sei Dank hatte sie das nicht getan, und im Tageslicht war es ein wenig leichter, stark zu sein, und ihr fiel wieder ein, dass er sie wegen einer Titelgeschichte verlassen hatte – und nur wegen einer anderen Story auch wieder in ihr Leben getreten war.

Eine Sekunde lang regte sich bei ihr das Gewissen. Sie glaubte, dass er sich Sorgen um ihre Sicherheit machte. Doch sie konnte für sich selbst sorgen, und das würde sie auch tun. Wenn ihn jetzt ihr Verhalten ärgerte, war das nur gerecht. Er verdiente nichts anderes. Immerhin hatte er ja eine königliche Verabschiedung gehabt ...

Dennoch kostete es sie Mühe, sich von ihm abzuwenden. Es wäre so viel einfacher gewesen, sich wieder neben ihn zu legen, an ihn zu kuscheln und die Phantasie laufen zu lassen ... Aber genau das war es: Liebe war eine Illusion. Und wenn sie nicht so müde gewesen wäre, hätte der Gedanke sie in Tränen ausbrechen lassen.

Als sie das Haus verließ und in der Auffahrt stand, wurde sie wieder wütend. Der Wagen war nicht da! „Verdammter Trunkenbold“, schimpfte sie, „er hat mein Auto nicht zurückgebracht!“

Hastig ging sie ins Haus zurück und rief vom Küchentelefon aus ein Taxi, so leise wie möglich, um nicht auf Anhieb ihren Plan misslingen zu lassen. Aber aus dem Schlafzimmer kam kein Laut. Nun gut, es war erst sechs Uhr morgens, und nach einem solchen Alkoholkonsum und einer solchen Nacht würde Bret so früh auf keinen Fall aufwachen, beruhigte sie sich.

Sie kaute nervös auf ihrer Unterlippe und hoffte, dass das Taxi bald käme, denn sie hatte von Bret schon gehört, bevor sie ihn kannte, und er war dafür bekannt gewesen, dass er Dinge vorher spürte und Gefahren erahnte.

Auf Zehenspitzen schlich sie zur Schlafzimmertür. Sein Arm lag über dem Gesicht, als wollte er das Tageslicht abschirmen.

Leise nahm Colleen ihre Tasche und verließ das Haus, um den Taxifahrer abzufangen. Rastlos ging sie auf und ab. Hoffentlich kam er bald!

„Colleen!" Sie hörte Bret brüllen, als das Taxi gerade um die Ecke kam und vor dem Haus anhielt. Schnell nahm sie ihre Reisetasche und rannte den Weg hinunter.

„Ich stelle sie in den Kofferraum", schlug der junge Taxifahrer freundlich vor und wollte aussteigen.

„Nein, nein!" kreischte Colleen beinahe, „ich behalte die Tasche. Bitte fahren Sie los! Ich bin in Eile!" Schnell gab sie ihm die Anschrift der Redaktion. Colleen sah noch, wie Bret, das Bettlaken um die Hüften geschlungen, mit empörtem Gesichtsausdruck in der Haustür stand.

Das Taxi fuhr los. Colleen verzog das Gesicht zu einem spöttischen Lächeln und winkte Bret zu. Er wollte ihr nach, verfing sich mit den Füßen im Laken und verlor es beinahe. Ihr Lächeln wurde breiter, als sie noch mitbekam, wie er rot wurde. Offensichtlich wurde ihm jetzt erst bewusst, dass er darunter nackt war. Doch seine Augen schienen Funken zu sprühen – vor hilflosem Zorn.

Colleen zitterte die Unterlippe. Ihm ging es ja nur um die Story, und diesmal würde er sie nicht bekommen!

„Was haben Sie denn in der Tasche, Lady, Diamanten?"

Colleen sah im Rückspiegel den Blick des Taxifahrers. „Wie?"

„Das hier ist doch nicht etwa eine Art Juwelenraub oder so?"

„Himmel, nein!" widersprach Colleen.

Der Fahrer schwieg eine Weile. Dann fragte er weiter: „Aber Sie laufen vor irgendwas davon?" Als Colleen nicht antwortete, räusperte er sich. „Wenn der Mann Sie angegriffen hat oder ..." Er wurde richtig verlegen. „Ich meine, falls Sie vergewaltigt wurden, sollten Sie das melden."

Das war zu viel, Colleen musste lachen. Dann entschuldigte sie sich. Der Taxifahrer schien zu den wenigen Menschen zu gehören, die sich noch um andere sorgten. „Nein, er hat mich nicht vergewaltigt", erklärte sie. Das Biest hat mich verführt, fügte sie im Stillen hinzu. „Er ist mein Mann", fügte sie hinzu. Immerhin stimmte das ja noch. „Wir haben uns wegen einer geschäftlichen Sache gestritten, das ist alles."

„Ach so." Er schien erleichtert. „Na ja, das ist ja heute auch ein Problem, nicht? Frauen wollen sich wie Frauen fühlen, Männer wie Männer, und dann ist da all dieser Gleichberechtigungskram, das ist schon schwierig, nicht?"

„Hmmm." Colleen lehnte sich nach vorn, „glauben Sie nicht daran? Ich meine, sollte eine Frau, wenn sie eine Arbeit tun kann, sie nicht auch machen dürfen?"

„Na ja, ich denke schon. Aber ich hätte sicher ziemliche Schwierigkeiten, wenn meine Frau mehr verdienen würde als ich."

Colleen lehnte sich zurück. „Das kann es nicht sein, er bekommt mehr Geld als ich."

Der Taxifahrer sah sie wieder im Rückspiegel an. „Ich hoffe, Sie vertragen sich wieder mit ihm, Lady."

„Danke."

Colleen ließ das Taxi vor dem Redaktionshaus warten und rannte hinein. Sie war die einzige im Haus, die magere Nachtbeleuchtung brannte noch. Es war ein bisschen unheimlich, so kopierte sie eilig die Puzzle-Teile und verschloss die Originale sorgfältig im Schreibtisch. Gerade wollte sie verschwinden, als das Telefon ging. Das war garantiert Bret.

Das Klingeln war schmerzhaft schrill, das flackernde rote Lämpchen am Apparat wie ein Spiegelbild ihres Herzens. Machte sie einen Fehler? Hätte sie, wenn sie hier bliebe, eine Chance, ihre Ehe mit Bret zu kitten?

Aber nein: Er war ja nur wegen der Story zurückgekommen, da gab es nichts zu retten. Und sie würde sich nicht wieder von ihm übervorteilen lassen. Und mit jedem Meter, den sie sich von ihm entfernte, würde sie auch ihre Gefühle unter Kontrolle bekommen!

Das Telefon klingelte unermüdlich, und es kostete sie einige Anstrengung, nicht dranzugehen, sondern den Raum zu verlassen.

Vierzig Minuten später war sie in der Luft. Fünf Stunden bis zur Ostküste, gute sechs bis Madrid, dann weiter bis Marrakesch. Zeit genug, um Bret zu vergessen. Und die Sehnsucht nach ihm. Und den seelischen Schmerz.

Leise fluchend raffte Bret das Bettlaken um sich und ging ins Haus zurück. Er hatte den schlimmsten Kater seit Jahren. Vor allem der Wein, den Colleen ihm aufgedrängt hatte – und den er aus neuerlicher Verliebtheit wie ein Idiot in sich hineingoss –, hatte ihm den Rest gegeben.

Wo zum Teufel war sie nur hin? Begriff sie denn nicht, dass diese Geschichte eine Nummer zu groß für sie war? Sein Kopf schien platzen zu wollen. Mühsam zog er sich an und rief Carly an. Als der völlig verschlafen an den Apparat kam, begriff Bret, dass es erst sechs Uhr morgens war.

„Ich bin's, Carly, tut mir Leid, aber ich muss mit dir reden. Hast du gestern Abend mit Colleen gesprochen?"

„Ja, ich habe sie angerufen."

„Und?"

„Und was? Ich habe ihr erzählt, dass du zurückkommen würdest und sie nett mit dir sein sollte. Wieso? Hattet ihr Krach?"

„Nein", sagte Bret trocken. „Sie war zahm wie ein Lamm."

„Na und, wo liegt das Problem?"

„Sie ist weg. Hast du irgendwas zu ihr gesagt? Ihr einen Auftrag gegeben? Ihr eine Nachricht übermittelt?"

„Nein ... ach, doch. Ich sagte ihr, dass ihr beide euch anstrengen sollt und Kosten keine Rolle spielen. Wieso?"

„Weil sie weg ist."

„Vielleicht ist sie einkaufen."

„Doch nicht zu dieser Uhrzeit." Bret fasste sich an den schweren Kopf. „Carly, sie hat einen Koffer dabei. Wo kann sie hingefahren sein?"

„Vielleicht nur in ein Hotel."

„Nein, dazu ist sie viel zu raffiniert. Oh, ich könnte ihr den Hals umdrehen!" Er versuchte, den Abend zu rekonstruieren, mit all seinen verrückten Freuden ... „Sandy Tyrell", sagte er plötzlich. „Kannst du für mich herausfinden, wo die wohnt, Carly? Die muss wissen, wo Colleen ist. Ich rufe auch für alle Fälle mal die Redaktion an."

„Ich melde mich bei dir", versprach Carly.

Bret versuchte es im Büro, aber nirgendwo nahm jemand ab. Selbst wenn sie da gewesen wäre, hätte sie garantiert nicht abgenommen. Nicht, wenn sie mit einem Koffer unterwegs war.

Er stellte die Kaffeemaschine an und legte sich wieder aufs Bett. Dort war noch der Abdruck ihres Körpers zu sehen ...

„Colleen, du dummes kleines Ding", murmelte er besorgt. Meine Güte, was für einen Preis bezahlten sie beide für diese Nacht.

Er presste die Hände an die Schläfen. In diesem Zimmer hatten sie so vieles erlebt, Gutes und manchmal Schlechtes.

Plötzlich fiel ihm der letzte Streit ein, mit allen Einzelheiten. Sie hatten sich für ein politisches Bankett zurechtgemacht, er im Smoking, Colleen in einem silberfarbenen, von schwarzen Fäden durchzogenen engen Gewand mit tiefem Rückenausschnitt. Mit ihrem offenen Haar sah sie einfach wundervoll aus. Und alles fing so harmlos an. Der Vollmond hatte ihren kleinen Brillantanhänger am Hals zum Glitzern gebracht.

„Neben wem sitzen wir denn?" hatte sie gefragt.

„Senator Baker."

„Oh, Himmel, der stellt wieder taktlose Fragen, weil er nicht begreift, wieso wir noch keine Kinder haben."

Ihm wurde leicht fröstelig zumute. „Wir erzählen ihm eben, dass die Starreporterin des Jahrzehnts für so etwas keine Zeit habe."

Colleen drehte sich heftig um. „Wieso sagen wir ihm nicht, dass deine Karriere wertvoll sei und meine nicht?"

„Was ist denn los mit dir?"

„Mit mir? Ich denke eher, das ist dein Problem."

Die Erinnerung daran tat weh. Bret sah alles klar vor sich. Es waren oft nur die kleinen Worte. Warum hatte er nicht geantwortet: „Lass uns noch einmal richtig darüber reden?" Dann wäre vielleicht alles anders gekommen. Von dem Abend an war nämlich so einiges schief gelaufen.

Er hatte falsch reagiert und sie mit ihrer angeblichen ‚Karrieresucht' gehänselt und damit, dass er sich wohl eine andere Frau hätte suchen sollen, weil sein Wunsch nach Kindern bei ihr auf taube Ohren stieße. Sie hatten sich dann so gestritten, dass sie getrennt losgefahren waren.

Bret stöhnte auf. Er hatte sich wirklich sehr ungeschickt verhalten! Und das nur, weil er unbedingt eine Familie haben wollte und sich nicht vorstellen konnte, dass Colleen das nicht irgendwann auch wollte. Warum schlug man nur so blindwütig drein, wenn man sich verletzt fühlte?

Eine Woche später schien der Streit vergessen. Aber wahrscheinlich war es nicht so. Ihre Ehe war zwar daran zerbrochen, dass er ihr die Titelgeschichte weggenommen hatte, aber das war nur der Auslöser gewesen, und viele kleine Zwischenfälle hatten das mitverursacht. Dinge, die sie beide hätten ausdiskutieren sollen!

Monatelang hatte er sich eingeredet, dass sie ihn nicht wirklich geliebt habe, sonst wäre es ihr nicht möglich gewesen, die Scheidung einzureichen. Womöglich erschien es ihr jetzt, dass er in ihr Leben zurückgekommen war, um ihr wieder etwas wegzunehmen.

Vielleicht hatte er ihr auch nicht genug gezeigt, dass er sie liebte – wie Carly meinte. Nicht dass er sie je betrogen hätte. Das würde er nicht in tausend Jahren tun, denn niemand konnte das bieten, was Colleen bot. Aber brauchte nicht jeder von Zeit zu Zeit Bestätigung? Colleen wohl besonders. Sie hatte ihre Eltern so jung verloren und war vermutlich gar nicht so stark und unabhängig, wie sie sich immer gab.

Dabei war sie äußerst tüchtig. Aber auch unglaublich eigensinnig. Was immer auch passierte, er musste sie unbedingt finden. Und sicherstellen, dass sie heil aus dieser Sache herauskam.

Nachdem er den Kaffee aus der Küche geholt hatte, läutete das Telefon. Er riss den Hörer von der Gabel. „Colleen?"

„Nein, ich bin's nur, Carly. Ich habe Sandy Tyrells Adresse für dich. Du solltest gleich zu ihr fahren. Soll ich mitkommen? Ich könnte dich so in zehn Minuten mit dem Ferrari abholen und dir gleich ein paar Sachen mitbringen. Okay?"

„Ja, tausend Dank, Carly."

Zehn Minuten. Zeit genug, den Kopf unter kaltes Wasser zu halten und einen Kaffee zu trinken.

Carly war nach genau zehn Minuten da. Er rutschte auf den Beifahrersitz und ließ Bret ans Steuer. Nach einer Viertelstunde hielten sie vor Sandy Tyrells hübscher Stadtvilla.

„Ziemlich früh für einen Besuch", meinte Carly und stieg aus.

„Es sei denn, Colleen hat gelogen", meinte Bret. „Miss Tyrell soll angeblich nichts dagegen haben, wenn ich bei der Geschichte beteiligt bin. Mein Anblick dürfte sie also nicht schockieren."

Carly klingelte. Sie warteten eine Zeit lang. Dann klopfte Bret ungeduldig an die Tür.

„Hey, nicht so heftig", warnte Carly, „nachher denkt sie, ein Verrückter stehe vor der Tür."

„Zu dem macht sie mich auch gleich", brummte Bret. Aber schon hörten sie eine sanfte Frauenstimme. „Wer ist da?"

„Miss Tyrell? Ich bin Bret McAllistair, Colleens Mann."

Nichts. „Hören Sie, ich weiß, es ist noch sehr früh, aber ich muss mit Ihnen sprechen. Ich mache mir Sorgen um Colleen."

Sie hörten die Kette klirren, dann öffnete sich die Tür, und Sandy trat zurück. Sie hielt eine Art Chiffontuch an sich gepresst und starrte Bret mit großen Augen an. Am liebsten hätte er einen bewundernden Pfiff ausgestoßen. Sie sah trotz ihrer Verschlafenheit bezaubernd aus.

„Oh, wer ... wer ist denn das?" fragte sie und wies auf Carly.

„Carly, Carlton Fuller, unser Chefredakteur, Miss Tyrell. Er ist absolut zuverlässig."

„Kommen Sie herein." Nervös fingerte sie an ihrem Hals. „Möchten Sie einen Kaffee?"

„Das wäre wunderbar", antwortete Bret, obgleich er am liebsten gleich losgelegt hätte. Aber mit Sandy musste man anscheinend vorsichtig umgehen. Er folgte ihr vom Flur in die Küche und sah sich unterwegs um. Alles war in Chrom, Glas und hellen Farben eingerichtet: weißer Teppich, weißes Sofa und Lederstühle, nur die Bilder an der Wand sorgten für etwas Farbe.

Bret machte Sandy ein Kompliment über ihr schönes Haus, das sie mit einem warmen Lächeln quittierte. Dann begann er Fragen zu stellen: „Sandy, Colleen ist seit heute Morgen verschwunden, und ich ..."

„Also mitten in der Nacht?" unterbrach sie ihn.

„Ja, äußerst früh. Hören Sie, ich bin sehr beunruhigt. Colleen ist zwar intelligent, aber ich habe den Eindruck, dass diese Sache eine Nummer zu groß für sie ist. Wissen Sie – abgesehen von den Puzzle-Steinen – etwas, das mir weiterhelfen könnte? Haben Sie eine Idee, wohin sie gefahren sein könnte?"

Sandy senkte den Kopf, sodass ihre Haare seidig über ihr feines Gesicht fielen. Sie schien blass geworden zu sein.

„Nehmen Sie Zucker, Mr. McAllistair?"

„Nein, danke. Sandy..."

Ihre Hände zitterten, als sie den Kaffee eingoss. Carly nahm ihr vorsichtshalber die Kanne ab. „Miss Tyrell, bitte, Sie müssen uns helfen. Colleen könnte in Gefahr sein."

Sandy schwieg.

„Bitte!" sagte Bret eindringlich.

Sie sah hoch. „Ich glaube, sie ist nach Marokko geflogen."

„Marokko?" brachten Bret und Carly gleichzeitig heraus.

Sandy nickte unglücklich. „Ich ... ich ahnte nicht, dass sie sofort handeln würde." Ihr Gesicht war sehr blass, und ihre Augen füllten sich mit Tränen. „Ich habe Angst!"

„Miss Tyrell", sagte Carly leise, aber im entschiedenen Ton. „Die einzige Art, Angst zu überwinden, ist, ihr auf den Grund zu gehen. Bret und Colleen könnten Ihnen helfen. Im Augenblick braucht Bret allerdings erst einmal Ihre Hilfe."

„Marrakesch", murmelte Sandy. „Ich glaube, sie ist nach Marrakesch geflogen. Ins Hotel ‚Bête Noire'. Um dort einen Mann namens Eli Alibani zu finden. Das ist der Mann, mit dem Rutger Kontakt hatte, um die Generäle MacHowell und Holfer zu finden."

„Oh, nein", stöhnte Bret. Colleen hatte mehrere Stunden Vorsprung und kannte niemanden in Marrakesch, der ihr helfen könnte.

„Dürfte ich Ihr Telefon benutzen?" fragte Carly.

Noch ehe Sandy reden konnte, war Carly dabei, alle Fluglinien anzurufen und herauszufinden, ob Colleen reserviert hatte. Bret beobachtete ihn mit wachsender Nervosität und atmete erleichtert auf, als Carly nickte. Gleich anschließend buchte er auch für sich und Bret einen Flug nach Marrakesch.

Sandy räusperte sich. „Bitte buchen Sie für mich mit. Ich werde Sie begleiten. Vielleicht bin ich schuld daran, dass Colleen in Schwierigkeiten gerät, und kann wenigstens helfen, diesen Eli zu finden." Ihre Unterlippe zitterte. „Und Mr. Füller hat Recht. Wenn ich nicht versuche, auf den Grund der Dinge zu gelangen, werde ich nie wieder ohne Angst leben."

Beide Männer nickten verständnisvoll.

„Wir müssen uns beeilen, Bret, wir haben nur eine halbe Stunde, um zum Flughafen zu kommen."

Sandy ging, um rasch ein paar Sachen zu packen.

„Marrakesch!" explodierte Bret, sobald sie aus dem Zimmer war. „Carly, wenn ich Colleen erwische, werde ich sie ..." Er knurrte wütend.

Aber sogleich überwog die Sorge um sie seinen Groll.

7. KAPITEL

Endlich in Marrakesch! Die Stadt war wunderschön, war aufregend! Ein Farbenrausch, ein unglaubliches Gemisch von Menschen – europäisch oder arabisch gekleideten, tief verschleierten Frauen. Alte Lehmhäuser, enge, kaum passierbare Straßen, einige Hochhäuser und dazwischen viele Moscheen mit Minaretten, die den Himmel zu berühren schienen. Colleen verstand nun, warum es ‚die Stadt der Moscheen' hieß.

Endlich war sie hier! Und nach dem endlosen Flug wirkte das Menschengewimmel belebend wie Sekt. Im Flugzeug hatte sie kaum geschlafen, zu viel war ihr durch den Kopf gegangen. Selbst im Halbschlaf hatte sie noch an Bret gedacht, an ihre Hochzeitsnacht, an das fröhliche Lachen, das sie geteilt hatten, die Küsse ... all die schönen Momente. Selbst daran, wie sie am Vorabend versucht hatte, ihn zum Einschlafen zu bringen, und dann selbst verführt wurde.

Aber auch Bedrückendes fiel ihr ein. Wie kalt sein schönes Gesicht wirken konnte, wie gleichgültig. Als wäre die gemeinsame Zeit nichts als ein Zwischenspiel gewesen. Und das Essen bei dem Senator, bei dem sie Bret zusammen mit dieser jungen reichen Witwe sah. Colleen hatte sich damals gefragt, ob diese Frau ihm den Wunsch nach Kindern erfüllen würde.

Nein, es war richtig gewesen, die Scheidung einzureichen. Das hatte Bret durch sein rücksichtsloses Verhalten geradezu provoziert. Er hatte ihr einen Auftrag weggenommen und war nur wiedergekommen, um ihr erneut einen wegzunehmen!

Dabei liebte sie ihn so, dass es ewig gedauert hatte, um zu begreifen, dass er sie wirklich verlassen hatte.

Sie hatte gelernt, ohne ihn zu leben. Und nun, nach einer einzigen Nacht mit ihm, war der Schmerz wieder da! Bret hatte nichts erklärt, nichts geradegestellt, nichts gefragt und nicht über die Scheidung gesprochen. Sex allein machte keine Ehe aus! Vermutlich passten sie überhaupt nicht zusammen.

Auf dem Flug war sie zwischen Wut und Tränen hin und her gerissen gewesen. Sie hatte kaum an ihre journalistische Aufgabe, deretwegen sie nach Marrakesch gekommen war, denken können. Sie musste sich auf ihre Arbeit konzentrieren. Nur die allein würde sie auch das zweite Mal von ihrem privaten Kummer ablenken.

Als Reporterin spürte Colleen dann auch schnell die Faszination, die von dieser Stadt ausging, und sie ahnte, dass diese Geschichte – falls sie der Wahrheit auf die Spur käme – mit zu den besten ihrer Karriere zählen würde.

Sie ließ den Duft gebratenen Lammfleischs von den Straßenständen, das Klingeln der Eselsglöckchen, das heisere Schreien der Verkäufer und der Muezzins, die die Gläubigen aus der Höhe der Minarette zum Gebet in die Moschee riefen, die Atmosphäre einer alten Kulturstadt auf sich wirken. Überall waren Menschen und Tiere. Ziegen, Hühner, Schafe, übervolle Busse, an deren Fenstern und Türen die Menschen wie Trauben hingen.

Ihr Taxifahrer, ein junger Mann namens Ben Arafa, sprach recht gut Englisch und bot sich gleich als Reiseführer an. Er war sehr freundlich und bemüht, sodass Colleen bald Vertrauen zu ihm fasste. „Marrakesch ist nur eine von vielen marokkanischen Großstädten", erklärte er, „da gibt es noch Rabat, Fez und Meknes. Der König ist verpflichtet, alle zu besuchen, wenn der Regierungssitz auch in Rabat ist. Aber Marokko ist ein Land mit sehr unterschiedlicher Bevölkerung und Landschaft, dafür mit alter Tradition. Marrakesch ist für mich die schönste Stadt."

Colleen betrachtete den Torbogen, unter dem sie hindurchfuhren. Nach dem modernen Viertel befanden sie sich nun wieder in einem alten Stadtteil. Eine Gruppe von Männern in ‚Kumsans', den langen, weiten Gewändern, schlenderte vorbei. Ben erzählte in drolligem Sprachgemisch unermüdlich von der Stadt und war stolz auf seine Kenntnisse westlicher Lebensart. Er drehte sich dabei oft nach Colleen um, die wegen des Verkehrsgewühls in den engen Straßen ganz nervös wurde.

In einer düsteren, von einem Torbogen überspannten Gasse hielt Ben an, weil ein Eselskarren den Weg versperrte. Er schrie etwas auf arabisch, ein anderer brüllte zurück. „Zu dumm, zu dumm!" schimpfte er auf Englisch, als der Esel sich auch noch hinlegte. Colleen wurde unruhig, als ein großer Mann mit einem finsteren Narbengesicht und einem Schwert an der Seite auf einem Pferd angeritten kam, sich in den Streit einmischte und dabei so heftig wurde, dass er das Schwert zog und damit in der Luft herumfuchtelte.

„Ben, wir können doch etwas warten", schlug Colleen vor.

„Berber!" verkündete Ben entrüstet. „Pferdehändler, die hier verkaufen wollen. Die sollen doch in der Wüste bleiben!"

Der Finstere näherte sich auf seinem Pferd. „Kommen Sie lieber in den Wagen zurück!" rief Colleen.

Ben sagte etwas auf Arabisch, was schon viel freundlicher klang.

Der Berber beugte sich herunter und schaute ins Taxi, wo er Colleen mit abschätzendem Blick musterte. Sie hatte plötzlich das Gefühl, alle Männer starrten sie an, und versuchte, ein hoheitsvolles, strenges Gesicht aufzusetzen.

Der Reiter lachte und sagte etwas zu Ben.

„Was ist los?" wollte Colleen wissen.

„Er findet, dass Sie hübsch sind", erklärte Ben, „und fragte, ob Sie Amerikanerin seien. Was ich ihm bestätigte."

„Und was noch?" hakte sie nach.

„Er, äh, er bot mir für Sie eine Herde Schafe und drei Goldketten, um Sie einmal nackt zu sehen. Sind Sie interessiert?"

„Wie bitte?" Colleen war empört. Der Berber lächelte noch immer. Colleen versuchte sich klar zu machen, dass das Angebot nicht so beängstigend war, wie es klang. Aber natürlich durfte ihre Antwort nicht beleidigend ausfallen.

„Sagen Sie ihm, dass ... ich verheiratet sei."

Ben übersetzte, und der Berber schüttelte bedauernd den Kopf. Er sagte noch etwas, verbeugte sich, stieg wieder auf das Pferd. Mit einem gellenden Schrei brachte er den Esel dazu, aufzustehen, und verschwand. Erleichtert lehnte Colleen sich zurück.

Ben erklärte: „Er meinte, Ihr Mann sei ein Dummkopf, dass er Sie nicht von Kopf bis Fuß verschleiere und Sie in einem Zelt verborgen halte."

„Da bin ich aber froh, dass er nicht mein Mann ist."

Ben blickte sie forschend an. „Wenn Sie wirklich einen Ehemann haben, warum hat er Sie allein hierher kommen lassen?"

„Ben, ich möchte nicht unhöflich sein, aber würden Sie bitte weiterfahren?"

Auf einmal entgegnete er mit großer Leidenschaft, dass er sie nicht zu diesem Hotel „Bête Noire" bringen könne. Das sei kein gutes Haus. Mit ziemlich üblen Leuten, nicht so ehrlichen wie dem Berber gerade eben, falls sie verstünde. „Da gibt es Drogendealer und Zuhälter, die Kinder zur Prostitution zwingen. Wir haben Gesetze und Polizei, aber trotzdem passieren schlimme Dinge, verstehen Sie."

Colleen war zuerst überrascht, dann gerührt, dass der junge Mann so um ihre Sicherheit besorgt war. Und er hatte sicher recht, es war riskant von ihr, allein hergekommen zu sein. Aber nun war sie einmal hier, und vielleicht lag die Erklärung für das vierzigjährige Geheimnis und für Rutgers Tod in Greifweite. Immerhin war es helllichter Tag. Und es gab eine Polizei, wie Ben versichert hatte.

„Warum sind Sie überhaupt hier?“ unterbrach Ben ihre Gedanken mit einem verzweifelten Ton in der Stimme.

„Ich, nun, ich suche einen Mann.“

„Ihren Ehemann? Hat er Sie verlassen? Etwas Illegales getan? Ist er im Drogenhandel und versteckt sich in Marrakesch?“

„Nein!“

„Hat er jemanden umgebracht?“

„Nein, nein.“ Colleen seufzte.

„Ich kann Ihnen helfen“, versprach Ben. „Ich kenne mich mit Amerikanern aus. In New York habe ich einen Cousin und war schon mal dort. Und ich spreche auch Französisch und Spanisch und ...“

„Ben, warten Sie, ich bin sicher, Sie wissen alles über Amerikaner, aber ich möchte niemanden sonst mit einbeziehen.“

„Sind Sie Reporter?“

Colleen stutzte. „Wie kommen Sie darauf?“

Er lachte. „Nur eine Frau als Reporterin ...“ er zögerte, „wäre dumm genug, allein hierher zu fahren“, beendete er mutig.

Colleen war zu müde, um sich darüber zu ärgern. Wahrscheinlich hatte er recht. Sie war, um Bret zuvorzukommen, vermutlich etwas voreilig gewesen. „Vielen Dank“, sagte sie trocken.

Ben schwieg einen Moment. „Ich könnte Sie zu einem guten Hotel bringen. Und dann für Sie Nachforschungen nach dem Mann anstellen.“

„Erst einmal sollten wir aus dieser Straße heraus, okay?“

„Laden Sie mich dafür zu einem Drink ein?“

Colleen lachte. „Wie alt sind Sie denn?“

Er lächelte charmant. „Alt genug. Zwanzig. Und Sie?“

„Also wirklich, so etwas fragt man eine Dame nicht.“

„Sie haben mich doch auch gefragt."

„Das stimmt", gab Colleen zu. Sie mochte Ben. Mochte seine Begeisterung, seine Fürsorglichkeit. „Ich bin sechsundzwanzig", erklärte sie, während sie durch die enge Straße wieder auf eine belebtere Straße fuhren.

„Das ist ja auch noch jung", fand er.

„In letzter Zeit fühle ich mich aber nicht mehr so."

„Kümmert Ihr Mann sich nicht genug um Sie?"

„Das muss er ja nicht."

„Natürlich muss er das! Genauso, wie Sie sich um ihn kümmern müssen."

„Sagen Sie, Ben, sprechen Sie mit all Ihren Kunden so?"

„Nein, nur wenn es eine schöne Frau ist."

„Hmm. Na ja, ich weiß ohnehin im Moment nicht, was ich tun soll. Fahren Sie mich zu einem anständigen Hotel, und dann lade ich Sie zu einem Drink ein."

Eine halbe Stunde später nahm sie ein Zimmer in einem hübschen, modernen Hotel, das zu einer amerikanischen Kette gehörte und passend „The Marrakech" hieß. Sie duschte schnell, zog schwarze Jeans und eine Bluse an und fand Ben in der Bar wieder.

Die Gäste waren aus aller Herren Länder, der Barkeeper Marokkaner, der die traditionellen Kamits trug, dazu einen roten Fez, die für die Gegend typische randlose Kappe.

Ben, der die Leute mit dem gleichen Interesse musterte wie Colleen, erzählte ihr einiges über marokkanisches Brauchtum, kam dann aber wieder auf seine Frage von vorher zurück.

„Wo ist Ihr Mann?"

„Zu Hause." ‚Hoffe ich', fügte sie im Stillen hinzu. Oder war er ihr etwa schon auf den Fersen? So wie sie ihn kannte, ja!

Vielleicht wäre es sogar besser, wenn Bret die Sache übernähme, dachte sie. Der hätte keine Schwierigkeiten, zum „Bête Noire" zu gehen, und müsste keine heiklen Angebote von Pferdehändlern ablehnen!

Ben lehnte sich vor und sprach leiser. „Sie brauchen keine Angst vor mir zu haben. Ich bin Marokkaner und kenne mich in der Stadt aus, weiß, wie man mit den Leuten umgehen muss und Gefahr meidet. Ich könnte diesen Mann für Sie ausfindig machen."

„Ich glaube nicht ..."

„Hören Sie", sagte er aufrichtig, „ich musste für mich selbst sorgen, seit ich ein kleiner Junge war, musste betteln und stehlen. Ich schwöre, dass ich diesen Auftrag erledigen kann."

„Aber warum sollten Sie?" fragte Colleen zweifelnd.

„Weil ich Sie mag. Und Sie werden mich dafür bezahlen, oder?"

Colleen musste lachen. „Ah, ja, natürlich."

„Und Sie vertrauen mir, weil Sie auch allein zurechtkommen mussten, richtig?"

„Wie kommen Sie darauf?" fragte sie überrascht.

Er grinste. „Sie sehen so aus."

Colleen nippte an ihrer Cola. „Ich habe niemals gebettelt oder gestohlen", gab sie lächelnd zu bedenken.

„Aber Sie mussten kämpfen. Und das sieht man einer Person an."

„Vielleicht. Aber ich weiß nicht, ob ich wirklich kämpferisch bin. Im Vergleich zu vielen anderen ist mein Leben äußerst bequem verlaufen."

„Mein Vater starb, als er unter Pferdehufe geriet. Drei Monate später starb meine Mutter bei einer Totgeburt. Ich war zwölf", sagte er. „Und wie war es bei Ihnen?"

Colleen zögerte. Da war er wieder, der vertraute Schmerz. Zeit heilte viel, aber nicht alles. „Sie starben beide, als bei einem leichten Erdbeben ein Balken brach und das Dach herabstürzte. Ich war gerade draußen, um die Post zu holen."

„Wie schrecklich. Wie alt waren Sie?"

„Siebzehn. Also nicht so jung wie Sie. Nun gut", brach sie das Gespräch lieber ab, „was machen wir nun?"

„Sie geben mir Anweisungen, dann fahre ich zum ‚Bête Noire'."

„Das kann ich nicht. Ich möchte nicht verantwortlich sein ..."

„Ich sagte Ihnen doch, ich kenne den Bezirk. Ich war ein guter Dieb, bevor ich anständig wurde."

Wäre Colleen nicht so müde gewesen, hätte sie sicher klarer denken können. Aber Ben klang so überzeugend und selbstsicher. Und vermutlich hatte er recht: Er war ein Mann, Einheimischer dazu und konnte vielleicht schadlos die Fühler ausstrecken. Er schien sich ja seit langem allein durchgeschlagen zu haben.

„Also gut, Ben“, beschloss sie. „Ich versuche einen Mann namens MacHowell zu finden. Da soll es einen Mittelsmann geben, der über den Besitzer des ‚Bête Noire‘ kontaktiert werden kann. Der heißt Eli Alibani. Versuchen Sie, etwas herauszufinden. Aber bitte, das meine ich ernst, bringen Sie sich nicht unnötig in Gefahr.“ Sie zögerte. „Ben, der Mann, der versucht hat, ihn ausfindig zu machen, wurde in den USA umgebracht.“

„Umgebracht?“ fragte Ben entsetzt. „Und Sie sind hinter ihm her – allein?“

„Ja, und ich sollte Sie wohl nicht in die Sache mit hineinziehen. Vergessen wir das lieber.“

„Ich brauche etwas Geld. Dieser Eli Alibani will sicher für die Information im Voraus bezahlt werden. Einhundert amerikanische Dollar.“ Colleen sah ihn zweifelnd an. Er stand grinsend auf. „Keine Sorge, ich schaffe das schon, schließlich bin ich ein Dieb aus Marrakesch. Aber ich werde nach Hause fahren und arabische Pumphosen und ‚Dschellabah‘ anziehen, das lange Gewand. Später komme ich zu Ihnen ins Hotel zurück und melde mich bei Ihnen. Aber Geld müssen Sie mir jetzt geben.“

Und dann würde er sicher damit verschwinden! Er hatte doch gerade erzählt, dass er ein Dieb sei! Nun ja, das Risiko musste sie nun eingehen. Wenn er nicht wiederkäme, würde sie entweder ganz aufgeben oder erst einmal alles gründlich überschlafen.

Sie gab ihm das Geld. „Seien Sie vorsichtig“, warnte sie.

Er berührte seine Stirn und verbeugte sich. Sobald er gegangen war, dachte Colleen, sie hätte einen ungeheuren Fehler gemacht, aber nun war es zu spät. Sie bezahlte die Rechnung, ging in ihr Zimmer, wo sie sich bleiern vor Müdigkeit und ohne sich auszuziehen unter der kühlen Brise des Ventilators aufs Bett legte und traumlos einschlief.

Das Telefon hatte wohl mindestens zehnmal geklingelt, bis es in ihr Bewusstsein drang. Colleen riss die Augen auf und sprang erschrocken auf. „Hallo?“

„Ich habe ihn gefunden!“ verkündete Ben triumphierend.

„MacHowell?“ fragte Colleen.

„Nein, Eli. Aber ich habe schon ein Treffen mit MacHowell arrangiert, und zwar sehr geschickt!“ berichtete Ben stolz. „Ich habe ihm gesagt, es müsse in der Öffentlichkeit stattfinden, irgendwo, wo viele Leute sind.“

„Sehr gut“, murmelte Colleen. „Und wann?“

„In der Abenddämmerung, auf dem Souk in der Ost-Medina.“

„Dem Souk in der Ost-Medina?“

Er lachte kurz. „Ja, Medina nennt man die alt-arabischen Stadtteile. Und der Souk ist der Markt im Freien. Das ist sehr lustig, immer voller Leute. Kann Ihnen nichts passieren. Außerdem werde ich auch da sein und Sie beschützen, mit meinem Leben, wenn es sein muss.“

Colleen rührte seine – wenn auch etwas dramatische – Fürsorge. „Ich hoffe, das wird nicht nötig sein, aber vielen Dank, ich bin gleich unten.“

Eilig machte sie sich zurecht. Vielleicht würde sie MacHowell bald sehen! Der wusste vielleicht, wo Holfer sich befand.

An der Tür zitterte sie plötzlich. Ihr fiel ein, dass Rutger brutal ermordet worden war, vermutlich im Auftrag eines der Männer, die sie so dringend suchte. MacHowell und Holfer! Sie war ja verrückt, sich darauf einzulassen!

Aber so dicht davor würde sie nicht aufgeben. Und Ben würde sie notfalls beschützen. Solange sie sich klug verhielt, konnte eigentlich nichts passieren. Zumindest nicht in der Öffentlichkeit. Energisch hängte sie ihre Schultertasche um und ging. Bald würde sie einem Jahrzehnte gehüteten Geheimnis auf die Spur kommen, die Wahrheit herausfinden!

Im Flur blieb sie noch einen Augenblick stehen. Wollte sie damit Bret – und sich selbst – beweisen, dass sie genauso tüchtig war wie er?

Nie hatte sie ihr Leben so in Frage gestellt wie in den letzten Tagen. Bret hatte gegen ihren Entschluss, sich von ihm zu trennen, weder protestiert noch versucht, sie zu sehen, weil ihm nichts daran lag. Ihm ging es nur um seine beruflichen Ziele, nichts anderes. Ohne Rücksicht auf Verluste.

Ihre letzte Liebesnacht bedeutete ihm vermutlich nichts. Er hatte vor ihr Frauen gehabt und vermutlich auch seit ihrer Trennung. Sie hatte sich ihm ja förmlich angeboten, welcher Mann hätte bei so etwas nein gesagt? Gegen eine kleine Romanze vor der nächsten Affäre hatte auch Bret sicher nichts einzuwenden!

Hinter ihren Augen brannte es heiß, aber energisch drückte sie die Tür hinter sich zu. Sie würde es ihm schon zeigen, und das hieß: Augen auf, Colleen!

Ben erwartete sie mit türkischem Kaffee an der Bar. Sobald er Colleen entdeckte, stand er so abrupt auf, dass er beinahe das nebenstehende Tischchen umwarf. „Ich begleite Sie, okay?"

Colleen sank erst einmal in einen Sessel. „Ich wüsste ja gar nicht mehr, was ich ohne Sie tun sollte."

„Sagen Sie mir bitte: Worum geht es überhaupt? Und wenn Sie die Geschichte schreiben, erwähnen Sie dann auch meinen Namen?"

„Wenn ich alles herausfinde, was ich suche, warum nicht! Sie sind schließlich eine wichtige Hilfe."

Ben sah sie freudig erregt an. Beim Kaffee erklärte Colleen, worum die ganze Sache ging.

„Na ja, aber dieser MacHowell wird Ihnen sicher nicht einfach eine Ladung Diamanten überlassen", sagte Ben zweifelnd.

„Das erwarte ich auch nicht. Die Steine würden auch gar nicht mir zustehen, sondern der französischen Regierung."

Ben wiegte den Kopf. „Mit so vielen Diamanten hätten Sie doch für Ihr Leben ausgesorgt."

Colleen verbarg ein Lächeln. „Gegen Geld habe ich auch nichts, Ben, aber nur, wenn es mir auch zusteht. Müssen wir nicht allmählich gehen? Es ist schon fast sieben Uhr."

„Ja, vielleicht sollten wir uns auf den Weg machen."

Nach zwanzig Minuten in Bens Taxi erreichten sie den Souk. Wie Ben vorausgesagt hatte, war Colleen begeistert von den Straßenrestaurants, den einfachen Verkaufsständen, dem Markthändlergeschrei, den Tierlauten und den vielfältigen Gerüchen. Kunsthandwerker boten verziertes Naturleder an, Schmiede hämmerten auf Kupfer und Silber, Weihrauchdüfte schwängerten die Abendluft. Es gab Lampen, Kerzen, Waschzuber und gewebte Teppiche zu kaufen, und die Händler, die in Colleen eine Käuferin mit Geld witterten, gaben sich alle Mühe, ihre Ware anzupreisen.

Ben blieb wie ein freundlicher Wachhund an ihrer Seite, und Colleen war froh über seine Anwesenheit, zumal ihr bewusst wurde, dass Frauen in einem moslemischen Land eine Hintergrundrolle zu spielen hatten.

Die Sonne ging gerade unter und gab allem Farbigen den letzten Glanz. Wie schade, dass ich das alles nicht zusammen mit Bret genießen kann, ging es Colleen wehmütig durch den Kopf.

„Hier entlang", erklärte Ben und führte sie unter einem Torbogen hindurch in eine einsamere, dunkle Straße, deren Häuser mit feinen Mosaiken belegt waren. Colleen war etwas unbehaglich zumute. Ben zeigte auf einen alten Mann, der Gebetsteppiche verkaufte. „Das ist Mohammed Kenezer. Zu dem sollen wir gehen."

Die Gasse, die parallel zur belebten Marktstraße verlief, führte an einer Moschee entlang. Colleen beobachtete die beweglichen Schatten hinter den Torbögen, als plötzlich ein Mann von hinten an sie herantrat.

Ein typischer Marokkaner mit rotem Fez, sehr dunkler Haut, schwarzen Augen, schwarzem Haar und magerem Gesicht. Er hätte gut ausgesehen, wäre da nicht dieses böse Glimmen in seinen Augen gewesen. Aber vielleicht urteile ich vorschnell, ermahnte sie sich, und es ist nur die etwas unheimliche Atmosphäre.

„Das ist Eli", flüsterte Ben gespannt.

„Ich denke, ich soll MacHowell treffen", sagte Colleen irritiert.

„Das dachte ich auch."

Der Marokkaner näherte sich ihnen. Er war groß und schlank.

„Wo ist General MacHowell?“ fragte Colleen scharf.

Der Marokkaner verbeugte sich lächelnd, sodass seine weißen Zähne blitzten. „Sie werden ihn sehen, Miss, aber der General hat viele Jahre lang zurückgezogen gelebt und möchte erst wissen, was Sie von ihm wollen.“

„Ich kann Ihnen versichern“, antwortete Colleen vorsichtig und genauso misstrauisch Eli gegenüber, wie er es ihr gegenüber zu sein schien, „dass ich keinerlei Absicht habe, dem General Schaden zuzufügen. Ich möchte mit ihm über die Vergangenheit reden. Es könnte um sein Leben gehen.“

„Bitte!“ der Marokkaner sah gequält drein, und mit einem Blick zu Ben: „Darüber werden wir allein sprechen.“

„Ich werde sie nicht allein lassen!“ protestierte Ben.

Eli lächelte. „Ich verstehe. Wir sollten nur ein paar Schritte beiseite gehen, dort, unter den Torbogen.“

Colleen nickte. Dort wäre sie höchstens sechs Meter von Ben entfernt.

Eli nahm sie beim Arm und führte sie hinüber. „Sie begreifen sicher, dass der General Angst hat“, sagte er.

Colleen stand im Schatten. „Wenn er Angst hat, sollte er kooperativ sein.“

„Wie kann ich wissen, dass Sie nicht die Absicht haben, ihm zu schaden?“

Colleen schaute unruhig zu Ben hinüber. Der war nicht weit weg, aber ein Silberschmied schob gerade seine Karre dazwischen. „Ich kann Ihnen aufrichtig versprechen ...“

Plötzlich war das Lächeln aus dem finsteren Gesicht wie weggewischt, und blitzartig presste Eli einen süßlich riechenden nassen Lappen auf Colleens Mund. Und noch bevor sie schreien konnte, wurde ihr schwarz vor den Augen. Bevor sie zusammensackte, spürte sie noch, wie Elis sehnige Arme sie packten und ein dunkles Tuch über sie geworfen wurde.

Noch ein Gedanke durchzuckte sie: War sie von Ben in eine Falle gelockt worden?

Bret verschwendete keine Zeit, sobald sie Marrakesch erreichten. Carly, Sandy und er machten sich sogleich auf den Weg zum „Bête Noire". Er nahm nichts von seiner Umgebung wahr, wollte nur zu diesem verdammten Hotel, um Colleen wiederzufinden. Seine Nerven waren aufs Äußerste gespannt.

Der lange Flug hatte ihn nicht beruhigen können. Sandy Tyrell war hübsch und lieb, aber auch wie eine Klette. Sie hatte Angst vor dem Fliegen, vor dem, was sie erwartete, vor allem, und er musste sie stundenlang beruhigen. Sie beschrieb ihm die Puzzle-Teile genau, erzählte ihm von der Bitterkeit ihrer Kindheit wegen des Gerüchts um ihren Großvater, aber ihn interessierte das alles herzlich wenig, weil er nur an Colleen dachte. Carly, der Glückliche, hatte fast den gesamten Flug schlafen können.

„Ici, voilà", sagte der Taxifahrer, der kein Englisch sprach.

„Oh, du lieber Himmel, wir steigen hier ab?" stöhnte Sandy und krallte ihre langen Nägel in Brets Arm.

„Das Taxi könnte Sie zu einem ordentlichen Hotel bringen ..." begann Bret, dem das Hotel auch nicht gerade gefiel.

„Nein, nein! Ich will nicht allein sein!"

Bret atmete tief durch. Er schuldete ihr seine Geduld. Ohne sie hätte er nicht gewusst, wo Colleen abgeblieben war. „Okay, wir lassen das Taxi warten", sagte er zu ihr und traf mit dem Chauffeur in seinem holperigen Französisch die entsprechende Vereinbarung.

„Was hoffst du, in diesem Hotel finden zu können?" fragte Carly ihn.

„Nun, ich werde einige Fragen stellen. Und wenn ich keine Antwort bekomme, werde ich einen Riesenkrach machen."

„Großartiger Plan", murmelte Carly.

Das Hotel war ein altes Lehmgebäude mit einer Rundbogenfassade, deren Farbe verblasst war. Es gab keine Eingangstür, nur einen Treppenaufgang zu einer Art Empfangsraum. Das Ganze wirkte wie eine üble Spelunke. Frauen waren nicht zu sehen, es gab nur Gruppen von Männern, die an einzelnen Tischchen Tee tranken. Sandy hielt sich an Carly fest. Bret ging zur ganz im Dunkeln liegenden Bar, hinter der ein Mann mit schadhaften Zähnen stand und mit einem schmuddeligen Lappen ein Glas auswischte.

„Ich suche nach einem Mann", sagte Bret auf Englisch.

Der Barkeeper zuckte mit den Schultern. „Hier sind viele Männer. Schauen Sie sich um."

Bret beherrschte sich. „Haben Sie Bier?"

Der Mann servierte ihm ein lauwarmes, bräunliches Bier. Bret fragte sich, welche Krankheit er davon bekommen würde. Die Männer an den Tischen hörten auf, sich zu unterhalten, und starrten zu ihnen herüber. Das Gefühl, das Bret dabei hatte, war nicht gerade angenehm.

„Der Mann, den ich suche, heißt Eli", sagte Bret laut und drehte sich so, dass er den Raum übersehen konnte. „Er kennt einen Engländer namens MacHowell ..."

Sandy stieß ihm warnend in die Rippen und starrte in den rückwärtigen Teil des Raums. Von dort kam ein weißhaariger alter Mann mit zerfurchtem Gesicht, grünen Augen und in europäischer Kleidung auf sie zu.

„Ich bin MacHowell", sagte er schlicht. „Was wollen Sie von mir?"

Noch bevor Bret etwas sagen konnte, stürzte sich ein junger Marokkaner auf MacHowell. „Wo ist sie?" kreischte er.

„Was zum Teufel ..." begann MacHowell.

Bret warf sich dazwischen und konnte gerade noch verhindern, dass der Jugendliche auf MacHowell einschlug.

„Er hat sie! Er hat Mrs. McAllistair in der Gewalt!" schrie der junge Mann. „Sie sollte ihn im Souk treffen. Stattdessen war Eli da. Er hat irgendwas mit ihr gemacht!"

„Was ...?" fing Bret an.

„Junger Mann, ich habe nicht die leiseste Ahnung, wovon Sie sprechen!" sagte MacHowell verwirrt. „Ich habe Eli seit Wochen nicht gesehen. Er ist ein fieser Mann, dem ich niemals vertraut habe. Der tut für ein paar Pfund alles."

„Wohin hat Eli sie gebracht?" schrie Bret.

Bevor der alte Mann antworten konnte, gab es wieder einen

Tumult. Ein Mann war vom Tisch aufgesprungen und stürzte davon. Auf dem Weg nach draußen stieß er mit Sandy zusammen, die aufschrie. Er stieß sie beiseite und war draußen.

„Ihm nach!" schrie MacHowell. „Er ist ein Freund von Eli!"

Bret brauchte nicht mehr zu hören. Er rannte hinterher. In einer schmalen Gasse hatte er den Mann eingeholt. Bret schmiss sich auf den Marokkaner, der sofort anfing, sich heftig zu wehren und auf Arabisch zu jammern.

„Wo ist sie? Wo ist meine Frau?" verlangte Bret zu wissen. Der Mann wehklagte noch immer in seiner Sprache. Bret packte ihn an den Schultern und schüttelte ihn. „Meine Frau. Wo ist sie?"

Er hörte nicht die Schritte hinter sich, aber MacHowells Stimme drang schließlich in sein Bewusstsein. „Er versteht kein Wort Englisch, junger Mann. Lassen Sie mich das machen."

Bret biss die Zähne zusammen und schluckte schwer, ehe er den Marokkaner losließ. MacHowell fing an, auf Arabisch Fragen zu stellen. Der Marokkaner antwortete nicht. Bret ballte schon drohend die Faust. Der Marrokaner riss wie schützend die Hände vor das Gesicht, begann aber zu reden.

„Wenn Sie Ihre Frau zurückwollen, müssen wir sofort handeln", sagte MacHowell zu Bret.

„Wo ist sie?"

„Wenn wir Glück haben, ist sie noch in einem kleinen Dorf in den Bergen, in der Gewalt des Emirs, einem widerlichen alten Mann, dem nicht über den Weg zu trauen ist."

„Gütiger Himmel", stöhnte Bret.

„Es wird noch schlimmer", warnte MacHowell. „Dieser Mann, Hassan, ist bekannt dafür, dass er bei Geschäftsabschlüssen gewisse ‚Annehmlichkeiten' anbietet. Sobald er selbst fertig ist mit einer neuen ..." MacHowell zögerte. „... Eroberung, hält er die Frau gefangen. Und bietet sie dann seinen Geschäftsfreunden an."

Mit einem Satz war Bret aufgesprungen. „Wo liegt dieses Dorf?"

Der andere junge Marokkaner, der vorhin im Lokal MacHowell angegriffen hatte, war dicht hinter ihnen. „Ich weiß, wo es ist, und ich habe mein Taxi gleich hier“, rief er. „Im Namen Allahs, fahren wir los!“

In Sekundenschnelle waren alle im Taxi: Bret, MacHowell, Carly, Sandy und Ben. Brets Herz hämmerte. Sandy war wie hypnotisiert. Selbst von Carly kam kein Ton. Bret fragte schließlich den Marokkaner: „Wer zum Teufel sind Sie eigentlich?“

Der Marokkaner begann zu erklären. Danach fragte Bret MacHowell aus. Etwas anderes war im Moment nicht zu tun. Sie hatten eine Dreistundenfahrt vor sich, und Bret wusste, dass er seine fünf Sinne irgendwie zusammenhalten musste.

8. KAPITEL

Colleen wusste nicht, wann sie aus ihrer Bewusstlosigkeit erwacht war. Mit geschlossenen Augen spürte sie, wie ihre Finger etwas Kühles, Seidiges berührten. Sie hatte keine Angst, fühlte sich nur wie eingewickelt in einen weichen Nebel. Sie spürte ihren Körper in jeder Faser, hatte aber andererseits auch den Eindruck, sich außerhalb seiner zu befinden. Alles war grau und fließend und ihre Augenlider bleischwer.

Erst als ihr ein stechender Geruch in die Nase stieg, schlug sie mühsam die Augen auf und sah undeutlich die Silhouette eines Mannes und ein grinsendes, maskenhaft dunkles Gesicht unter einem Fez. Das war Eli, der sie hinterhältig und belustigt ansah.

Selbst in ihrem Halbdämmer begriff Colleen, dass Eli sie in eine Falle gelockt hatte. Mit Hilfe von Ben? Oder hatte General MacHowell das alles geplant?

„W...was ...?“ versuchte sie herauszubringen.

„Mrs. McAllistair, Sie sind bei uns. Willkommen in der bescheidenen Wohnstätte von Hassan Idh Rabak. Hassan erwartet Sie schon ungeduldig.“ Er lächelte ein fieses Lächeln, das Colleen die Nackenhaare hochstehen ließ. Sie begriff, dass sie sich in echter Gefahr befand, weit weg von Gesetz und Ordnung und Menschen, die ihr helfen konnten.

„Für ... wen ... arbeiten Sie?" Ihre Stimme klang ganz verzerrt. Alles schien so unwirklich zu sein. Sie musste gegen diesen Nebel ankämpfen, um die Realität zu erkennen. Wenn sie nur richtig sprechen könnte! „General MacHowell ...?"

„Es tut mir Leid, Sie werden MacHowell nicht treffen, Mrs. McAllistair. Ich fürchte, Sie haben hier nur mich. Einen Vermittler." Seine Finger berührten ihre Wange. Er lachte, als Colleen versuchte, ihr Gesicht wegzudrehen. „Ah, ja, es wäre sicher ein Vergnügen mit Ihnen, aber alles ist leider schon anders geplant." Er trat einen Schritt zur Seite, und Colleen merkte, dass sie auf einer Art tief liegendem Bett lag und dass hinter Eli noch jemand stand. Es war ein kräftiger Mann in weitem Hemd und Hose, mit einer Hakennase und zahnlosem Lächeln. Er hatte die Statur eines japanischen Sumo-Ringers.

„Ich hoffe, Sie werden viel Spaß mit Hassan haben. Er spricht leider kein Wort Englisch, so werden Klagen also nichts nutzen. Und ich habe ihm eine Notlüge erzählt, sodass er Ihr Verhalten nicht so ganz verstehen wird."

„Notlüge?" Colleen verstand nichts. Aus diesem Alptraum würde sie hoffentlich gleich aufwachen.

„Alles ist verkäuflich, Mrs. McAllistair. Selbst amerikanische Reporterinnen. Hassan jedenfalls glaubt, Sie hätten sich selbst verkauft. Er glaubt auch, dass Sie amerikanische Männer zu weich finden. Uns war klar, dass Sie mit unserem Arrangement nicht unbedingt einverstanden sein würden, verstehen Sie? Er hat versprochen, dass er ... wie ist das Wort? ... Macho! Oh ja, das ist es. Dass er Macho mit Ihnen sein wird. Falls Sie schreien und sich wehren, wird er denken, Sie genießen jede Minute mit ihm."

Colleen bemühte sich verzweifelt, endlich klar denken zu können. Und allmählich klärte sich ihr Kopf, auch wenn ihre Glieder sich wie Blei anfühlten. Sie begann, ihre Situation nur allzu gut zu verstehen. Wie ein blutiger Amateur war sie in die Falle gelaufen! Leicht und völlig ausgetrickst und hereingelegt. Sie war betäubt worden und an ein zahnloses Monster verkauft.

„An Ihrer Stelle wäre ich nett zu Hassan, Mrs. McAllistair", riet Ali. „Irgendjemand hat eine Menge gegen Sie, hasst Sie sogar. Das werden Sie später noch verstehen. Im Augenblick ..." Er zuckte mit den Schultern. „... ist Ihr Leben, wenn auch nicht Ihre Tugend, sicher, solange Sie bei ihm sind."

Er verschwand, und wieder legte sich grauer Nebel über Colleens Verstand, bis da nur noch Finsternis war.

Minuten – oder waren es Stunden? – später, kam Colleen wieder zu Bewusstsein. Diesmal war es anders. Sie nahm Dinge auf eine sehr reale Weise wahr. Sie wusste sofort, dass sie sich in einer äußerst beklemmenden Situation befand. Sie biss die Zähne zusammen, um nicht zu schreien, eine mögliche Flucht nicht zu gefährden.

Vorsichtig hob sie den Kopf und sah sich um. Der Raum war völlig dunkel. Kerzen brannten auf niedrigen Tischchen am Fußende der flachen Bettstatt. Es wehte eine sanfte nächtliche Brise. An den Rundbogenfenstern bauschten sich feine Voile-Vorhänge in zarten Pastellfarben.

Im Raum gab es tatsächlich eine Art Nebel, der – wie ihr nun klar wurde – von Weihrauchstäbchen stammte, die süßen Jasminduft verströmten. Die Wände waren korallenfarbig, der Boden mit kostbaren Teppichen ausgelegt.

Als Colleen plötzlich neben sich den zahnlosen Hassan entdeckte, der sie grinsend ansah, stieß sie beinahe einen lauten Entsetzensschrei aus. So schnell sie sich mit ihren noch immer leicht betäubten Gliedern bewegen konnte, rollte sie sich zur Seite, so weit weg von dem Mann wie möglich. Er freute sich darüber wie ein Kind, klatschte in die Hände und sagte etwas auf Arabisch.

Colleen schüttelte den Kopf und hielt sich ein Seidenkissen schützend vor die Brust. Es war einfach schrecklich: Sie wusste nicht, wo sie war, und dieser schwachsinnige Riese glaubte, sie hätte sich für diesen Abend an ihn verkauft. Sie war kurz davor, hysterisch zu werden, aber das durfte nicht sein! Denn wenn Eli nicht gelogen hatte, würde dieser Hassan glauben, dass das zum Spiel gehörte! Also musste sie ruhig bleiben und ihm klar machen, dass sie nicht freiwillig hier war! Lieber

Himmel! Warum hatte sie sich ohne Bret in ein solches Wagnis gestürzt? Bret hätte die Gefahr gespürt. Er wäre niemals so blind hineingetappt!

Hassan sagte etwas und lachte wieder. Er streckte die Hand nach ihr aus, und Colleen musste sich beherrschen, um ihm nicht auf seine Hand zu schlagen. Hastig stand sie auf.

„Hassan", sagte sie fest und versuchte, sowohl empört wie würdevoll auszusehen. „Hören Sie, das hier ist ein großes Missverständnis. Ich bin Reporterin. Und Amerikanerin. Ich bin kein Callgirl. Nicht käuflich. Verstehen Sie?"

Er beobachtete sie mit diesem unerschütterlichen Grinsen und verstand offenbar gar nichts. Nervös strich Colleen sich die Haare zurück. Die Tür war etwa sechs Meter vom Bett entfernt. Was würde geschehen, wenn sie sie erreichte? War das Haus voller Diener? Was wäre, wenn sie zum Fenster liefe und um Hilfe schrie? Würde irgendjemand sie hören? Sich überhaupt darum kümmern?

Hassan erhob sich schwerfällig. Colleen wich zurück in Richtung Fenster und hielt abwehrend die Hand ausgestreckt. „Hassan! Hören Sie. Sie könnten in arge Schwierigkeiten geraten. Sie könnten verhaftet werden. Für Jahre im Gefängnis verschwinden. Allgütiger! Warum spreche ich kein Arabisch? Parlez-vous français?"

Offensichtlich sprach Hassan kein Französisch. Er grinste nur – und kam näher.

Colleen gab auf und rannte zum Fenster. „Hilfe, Hilfe! Kann mir jemand helfen?"

Sie blickte hinaus in die Dunkelheit. Das nächste Haus schien Meilen entfernt zu sein. Niemand war auf der Straße. Der Boden war tief. Sie wirbelte herum. Hassan hatte sie beinahe erreicht. Seine stark beringten Finger streckten sich nach ihr aus.

Colleen duckte sich unter seinem Arm weg und rannte zur Tür. Er lachte in sich hinein. Es klang gutmütig. Sie drehte den Messingknopf, die Tür flog auf, und Colleen sah sich zwei dunkelhäutigen Männern gegenüber. Sie starrte die beiden an. Sie versuchte zu lächeln. „Wenn Sie nichts dagegen hätten, möchte ich jetzt gehen."

Den Satz hatte sie kaum zu Ende gesprochen, als sich zwei riesige Hände fest um ihre Taille legten und sie hochhoben. Colleen schrie auf und versuchte, seine Hände wegzureißen, aber auch als sie zornig auf ihn einschlug, ignorierte er das völlig.

Die Tür wurde geschlossen, während Hassan sie zurücktrug und mit dem Gesicht zuerst aufs Bett warf, sodass ihr die Luft wegblieb. Hassan stand mit verschränkten Armen am Fußende.

Ganz ruhig, befahl sie sich. Sei vernünftig. Denke nach. Wenn Eli nicht gelogen hatte, war Hassan nicht gewalttätig, sondern nur auf ein abendliches Vergnügen aus.

„Oh, Hassan! Bitte! Verstehen Sie mich nicht? Bitte versuchen Sie es! Eli ist ein schlechter Mensch. Das ist nicht ..."

Sie hielt abrupt inne, weil Hassan auf sie zukam. Plötzlich packte er ihre Hand.

„Nein ..." Verzweifelt schüttelte sie den Kopf. Bedeutete das nicht dasselbe in jeder Sprache? „Se habla espanol, Hassan? Wie wäre es mit Italienisch? No, non, njet!"

Er zog sie quer durchs Zimmer, wo sich in den Schatten hinter einem Paravent eine riesige Badewanne befand.

„Nein, nein, nein", schrie Colleen.

Hassan nickte, schien sehr zufrieden mit sich selbst.

„Nein!" Er verstand einfach nicht. Colleen entwand ihm endlich ihre Hand und trat mit aller Kraft nach ihm.

Hassan verzog vor Schmerz das Gesicht, dann starrte er sie mit Respekt an, obwohl sein Grinsen endlich verschwand. Wieder kam er auf sie zu. Und wieder wich Colleen zurück.

„Wenn ich nein sage, meine ich auch nein!" warnte sie und stieß im Rückwärtsgehen beinahe gegen das Bett. Hassan folgte ihr. Colleen bemerkte, dass er barfuß war und auch seine Zehen edelsteinberingt waren.

„Hassan!" Als sie wieder zum Fenster stürzte, packte Hassan sie am Rand ihrer Jeans, riss sie hoch und ließ sie wieder wie ein Spielzeug in die Kissen fallen. Er wurde allmählich ärgerlich, stemmte die Hände in die Hüften und schimpfte auf Arabisch. Dann stampfte er auf den

Boden, wies auf die Badewanne, nahm einen Seidenkaftan und warf ihn ihr zu.

Verzweifelt überlegte Colleen, was sie noch tun könnte. Hassan ließ eine Kanonade von Worten los und ruderte mit den Armen, zeigte auf den Paravent, stieß noch einen wütenden Satz aus, riss die Tür so heftig auf, dass Colleen dachte, sie würde aus den Angeln krachen, und verschwand.

Sie sollte also erst baden und sich dann umkleiden. Das bedeutete eine Gnadenfrist! Sie blickte sich hastig um. Doch es gab keinen Ausweg. Die Tür bot keine Möglichkeit, dahinter standen die beiden Aufpasser. Colleen riss das Fenster auf. Die Lehmwände waren von Weinranken überwuchert. Vielleicht konnte sie sich daran hinunterhangeln? Sie zog an einer, aber der Zweig brach sogleich ab! Es musste einen Fluchtweg geben!

Bettlaken! Eilig zog sie das Bett ab – nur um feststellen zu müssen, dass es am Fenster keine Vorrichtung gab, woran sie es hätte festknoten könnten. Tränen stiegen ihr in die Augen. Bret würde niemals in der Lage sein, ihr zu helfen. Er wusste ja nicht einmal, wo sie war! Warum war sie so dumm gewesen, so entschlossen, alles allein zu tun! Er wäre nicht in die Falle gestolpert.

Am offenen Fenster, mit dem Laken in der Hand, sehnte sie sich mehr denn je nach ihm. Sein wacher Verstand, sein eisgrauer Blick, seine breiten Schultern, an die sie sich gern gelehnt hätte. Sie sehnte sich sogar nach seinen Launen, seiner spitzen Zunge, seiner manchmal so kühlen Distanziertheit ...

Aber er war nicht da, um ihr zu helfen. Sie musste sich zusammenreißen und etwas tun. Auf Bret wütend zu sein, erschien ihr für den Augenblick am leichtesten. Alles war seine Schuld! Wenn er ihr nicht die Titelgeschichte weggenommen hätte, wäre sie jetzt nicht hier! Sie hätte nicht das Gefühl, sich beweisen zu müssen. Und wäre jetzt nicht in den Fängen eines zahnlosen, juwelengeschmückten Wildschweins!

Colleen ließ das Laken fallen und blickte sich im Zimmer um. Neben der Badewanne stand eine riesige Vase. Wenn sie die Wachen dazu brachte hereinzustürmen, könnte sie ihnen die Vase über den Kopf schlagen und flüchten. Aber wie sollte sie zwei Männer auf einen Schlag überwältigen? Es war unmöglich.

Es brauchte nicht unmöglich sein. Es war ihre einzige Chance.

Verzweifelt fasste sie einen Plan. Die Vase stellte sie neben die Tür und hielt das Laken an eine der Kerzen, bis es kokelte. Dann legte sie es neben den Wandschirm und betete inbrünstig, dass ihr Plan klappte und nicht ersticken zu müssen!

Das Feuer erlosch sogleich wieder. Tränen hingen an ihren Wimpern, als sie es ein zweites Mal versuchte. Sie schickte ein Stoßgebet zum Himmel, damit das Laken Feuer finge. Sie wartete, bis es richtig brannte, dann rannte sie schreiend zur Tür und packte die Vase sowie im Vorübergehen ein Laken vom Bett.

Eine Sekunde später wurde die Tür aufgerissen. Die zwei Wachen kamen laut rufend hereingestürmt. Colleen wartete, bis sie an ihr vorbei waren und im Qualm anfingen zu husten. Dann machte sie einen Satz nach vorn und warf ihnen das Laken über die Köpfe. Fast im gleichen Augenblick schlug sie mit aller ihr zur Verfügung stehenden Kraft die Vase auf das, was sie für die Köpfe hielt.

Es war ein Kopf. Colleen hörte ein Stöhnen und den dumpfen Laut eines fallenden Körpers. Der zweite Mann kämpfte noch mit dem Laken. Colleen zögerte, versuchte zu entscheiden, ob sie dem mit dem Restteil der Vase noch eins auf den Kopf geben sollte. Sie hörte eilige Schritte und wütende Schreie. Sie musste hier schnell hinaus!

Als Kompromiss gab sie der kämpfenden Figur unter dem Laken einen heftigen Stoß, beförderte sie zu Boden. Als sie ihr eigenes Gleichgewicht wiedergefunden hatte und gerade zur Tür hinaus wollte, tauchte Hassan keuchend und mit mordlüsterner Miene auf. Inzwischen brannte der Paravent lichterloh, und der Rauch war überall.

Mit einem Aufschrei rannte Colleen in Richtung Bett zurück, stolpernd folgte Hassan ihr. Gerade versuchte sie, an ihm vorbei zur Tür zu kommen, als etwas Warmes, Atmendes, Lebendiges, das durchs Fenster hereingeflogen zu sein schien, auf sie prallte.

Sie stürzte zu Boden – und begriff, dass das nicht Hassan sein konnte, denn der hatte sich aufs Bett geworfen. Das hier war – kein Gegenstand, sondern ein Mann, einer, der nun über Hassan gebeugt stand, ihn anschrie und drohte, sich wie ein Tiger auf ihn zu stürzen.

Colleen blieb vor Verblüffung der Mund offen stehen. Bret!

Und noch jemand stürmte ins Zimmer, ein junger Mann. Colleen stieß überrascht seinen Namen aus: „Ben!"

Mühsam kam sie auf die Beine, während Bret versuchte, Hassan an seinem Hemd auf die Beine zu ziehen.

„Hören Sie auf!" schrie Ben. „Wir müssen hier raus!" Hassan und er brüllten sich etwas auf Arabisch zu. „Mr. McAllistair, lassen Sie ihn, der Mann hat keine Schuld. Er hat nur für den Deal bezahlt. Raus hier, bevor seine Freunde auftauchen!"

Bret hatte noch immer Mordlust in den Augen und hielt Hassan einen Moment lang fest gepackt. Dann ließ er ihn los und eilte zu Colleen, um ihr aufzuhelfen. Sie konnte es noch gar nicht fassen, dass er hier war. In Marokko! Und Ben bei ihm!

Sobald sie heranstürmende Schritte hörten, machten sie, dass sie wegkamen, Ben vorneweg. Bret zog Colleen hinter sich her. Außerhalb des Hauses kamen sie an tief verschleierten Frauen vorbei, die mit Wassereimern und nassen Tüchern ins Zimmer eilten.

Sie liefen an einer Mauer entlang, durch eine menschenleere Straße, wo Colleen in der Ferne ein großes schwarzes Auto entdeckte, dessen Motor sogleich gestartet wurde.

Colleen bekam kaum noch Luft, vom Laufen hatte sie Seitenstiche, und in ihren Augen brannten Tränen. Bret war bei ihr! Und sie war von Hassan befreit! Ben hatte sie nicht betrogen, sondern irgendwie Bret getroffen und ihn mit hergebracht, um sie zu retten! Gütiger Himmel! Sie war so dankbar, so erleichtert.

„Du verdammte Idiotin!" brüllte Bret sie auf dem Weg zum Wagen an. „Allmächtiger, du hast wohl keinen Funken Verstand in deinem Kopf, was?"

Die kühle Verachtung in seinen Worten ließ die Dankbarkeit von Colleen abfallen wie einen weggeworfenen Mantel. Ben rannte um den Kühler herum.

„Idiotin?“ Wütend stieß Colleen Brets Hand weg. „Und du bist wohl so eine Art Erroll Flynn, oder was? Ich war hier, bevor Mr. Wunderbar überhaupt in Erscheinung trat!“

Im Mondlicht blitzten seine Augen sie zornig an. „Du undankbare kleine Hexe! Das nächste Mal, wenn du dich umbringen willst, werde ich dir garantiert nicht heraushelfen!“

„Bitte“, rief Ben, „steigen Sie ein!“

Als sie sich kurz umsahen, entdeckten sie, dass Hassans Leute hinter ihnen her waren wie ein Schwärm schwarzer Krähen.

Colleen wurde in den Wagen geschoben, wo zu ihrer Überraschung Sandy Tyrell saß und an deren Seite ein würdevoller älterer Herr.

„Hallo, Sandy.“

„Ist alles in Ordnung?“ fragte Sandy besorgt. „Ich musste einfach mitkommen, nachdem ich erkannte, in welche Gefahr ich Sie gebracht habe.“

Ben fuhr mit quietschenden Reifen davon, sodass die Verfolger von einer Staubwolke eingehüllt wurden.

Colleen klammerte sich am Sitz fest. „Mir, äh, geht es gut ...“

„Was du nicht verdient hast!“ unterbrach Bret ihr Gespräch barsch.

„Na, hör mal!“

„Bret, bitte“, sagte eine vertraute Stimme von hinten.

„Carly!“

„Hallo, Süße“, sagte Carly freundlich. „Ich konnte das nicht verpassen.“

Bret knurrte etwas. Er klang wie ein aufgebrachter Dobermann.

Colleen ignorierte ihn und sah den älteren Herrn an. „Guten Tag. Darf ich wissen, wer Sie sind?“

Er lachte leise in sich hinein. „General James MacHowell.“

„MacHowell?“ wiederholte Colleen. „Sie haben mich in eine Falle gelockt. Was tun Sie hier?“ Colleens Stimme zitterte vor Empörung.

„Colleen!“ fuhr Bret dazwischen. „Wenn der General nicht gewesen wäre, hätten wir dich vermutlich gar nicht gefunden!“

„Das stimmt, mein Liebes", bestätigte Carly.

„Aber Eli war der Kontaktmann! Ihr Freund!"

MacHowell schüttelte traurig den Kopf. „Eli ist ein freier Agent. Er wusste zwar, wo er mich finden konnte. Aber er arbeitet immer für den, der gerade am meisten bietet."

„Und du, Colleen, hast den Hang, ein Idiot zu sein", setzte Bret trocken hinzu.

Im Dunkeln war nur der Schatten seines Profils zu erkennen. Es genügte, um ihr seinen Zorn zu zeigen. Er hatte sein Kinn wütend vorgestreckt. Und sie hatte sich so nach ihm gesehnt. Sie hatte so sehr bedauert, wie alles gekommen war ... Und jetzt benahm er sich wie ein Spieß auf dem Kasernenhof! Sie blinzelte die Tränen hinweg. „Bret, ich wiederhole, es wäre auch ohne dich gegangen. Mit oder ohne deinen dramatischen Auftritt war ich schon fast wieder draußen."

Er drehte sich so heftig um, dass er Ben erschreckte, der mit dem schlingernden Wagen kämpfte.

„Fast wieder draußen! Und wohin? Wie weit wärest du mit Hassans Leuten auf den Fersen gekommen? Und, Mrs. McAllistair, Hassan war eine mindere Marter. Eine Nacht der Unbehaglichkeit. Den hättest du zumindest überlebt!"

Colleen fiel Elis Satz ein: ‚Es gibt jemanden, der Sie hasst'. Ihr Mund wurde trocken. „Ich ... ich weiß nicht, was du meinst."

„Du warst auf dem Weg, ein Star des Ostens zu werden, Colleen. Hassan ... benutzt Frauen für seine Geschäftsabschlüsse."

„Was? Du bist verrückt! Laut Eli dachte er, ich sei eine Prostituierte. Er hätte ..."

Bret wandte sich ab und beendete damit das Gespräch. General MacHowell sagte es zartfühlender, als Bret es gekonnt hätte. „Er hätte Sie an einen oder mehrere seiner Partner weitergegeben, Mrs. McAllistair. Solche Praktiken sind hier üblich, und Frauen haben wenig Rechte. Sie wären einfach verschwunden, ob Sie nun Amerikanerin sind oder nicht. Solange Sie attraktiv und verwendbar sind, hätten Sie überlebt. Wenn Sie Probleme gemacht hätten, wären Sie vermutlich in einen Kanal gefallen oder so etwas Ähnliches."

Ungewollt stöhnte Colleen entsetzt auf und fürchtete, sich gleich übergeben zu müssen.

Sandy drückte ihr mitleidig die Hand, alle anderen schwiegen. Dann wendete Colleen sich noch einmal an MacHowell. „Ich verstehe das nicht, wenn Sie es nicht waren, der mir eine Falle gestellt hat, wer dann?"

MacHowell schüttelte den Kopf. „Ich weiß es nicht."

„Da ist nur noch eine Partei übrig", schnaubte Bret.

„Holfer? Rudi Holfer?" flüsterte Colleen.

„MacHowell glaubt, der sei ebenfalls hier", sagte Bret steif. „Auch wenn er ihn bislang nicht gesehen hat."

Colleen zitterte. Was musste das für ein kaltblütiger, berechnender Mensch sein, der so etwas inszenierte. Und dazu den Mord an Rutger.

Der einzige Verdächtige, der übrig blieb, war Rudi Holfer, der Deutsche, der kurz vor ihrem Verschwinden noch zur Elite-Truppe des Dritten Reichs, der SS, eingezogen wurde.

„O Himmel", flüsterte sie noch einmal.

Bret explodierte wieder: „Idiotin ... Verdammter Dickkopf!"

„Kinder, bitte!" mahnte Carly. „Bret, ich denke, wir haben genug Aufregung für diesen Abend gehabt. Der arme Ben ist schon völlig genervt und muss uns noch lange fahren."

„Sie kommen am besten alle mit zu mir", sagte MacHowell, „da können wir dann die ganze Sache besprechen." Er sah Colleen an. „Im Krieg, meine Liebe, lernt man, dass auch die schlimmste Schlacht, wenn sie erst einmal überstanden ist, eine gewonnene Schlacht ist." Er lächelte. „Ihnen ist doch klar, dass wir nun immerhin schon drei Puzzle-Teile zusammenhaben. Wir werden uns ausruhen und morgen früh alles vom Schlaf gestärkt überdenken."

Morgen früh. Es ist schon beinahe morgens, dachte Colleen. Und Bret war bei ihr. Und sie hatten bereits drei Teile des Puzzles.

Der Himmel war rosa gefärbt, als sie Marrakesch erreichten. MacHowell wohnte am Stadtrand, aber erst musste noch Colleens Gepäck vom Hotel abgeholt werden. Bret und sie bemühten sich, so wenig wie möglich miteinander zu sprechen. Beide waren in schlechter Verfassung und bemüht, sich nicht wieder vor den anderen anzubrüllen.

Nachdem sie Colleens Koffer hatten, fuhr Ben sie zu MacHowells Haus. Er war wortkarg, bis MacHowell ihn aufforderte, ebenfalls bei ihm zu wohnen, da er ja nun ohnehin schon so weit in die Sache verwickelt sei.

Gegen sieben Uhr morgens fuhren sie durch mehrere schmiedeeiserne Tore hindurch und näherten sich einem großartigen zweistöckigen Landsitz in dem hier üblichen Muschelrosa. Er hatte arabische, mit Mosaiken verzierte Torbögen, umlaufende Balkone und Türmchen, und der Eingang war aus Marmor. Colleen fragte sich, ob MacHowell die Diamanten nicht bereits vor Jahren gefunden hatte. Dieses Anwesen musste ein Vermögen gekostet haben.

MacHowell hatte ihren Blick bemerkt. „Familiengeld, meine Liebe", erklärte er. „Nach dem Krieg verkaufte ich alles, was ich in England besaß. Für England empfand ich nur noch Schuldgefühle. Dann kam ich nach Marokko und kaufte eine Fliesenfabrik."

Colleen wusste nicht, ob sie ihm glauben sollte oder nicht.

Eine schlanke Frau im Kaftan und ein Mann in langem Gewand eilten die Treppe herunter. MacHowell sagte etwas auf Arabisch. Die beiden nickten und verschwanden eilig im Haus.

„Fatima und Abhad werden in wenigen Minuten die Gästezimmer für Sie vorbereitet haben. Inzwischen nehmen wir einen Kaffee im Hof."

Dort sahen sie sich bewundernd um. Der Boden war gefliest. In der Mitte befand sich ein Springbrunnen, der leise plätscherte und in dessen Wasser sich die aufgehende Sonne spiegelte. An der Seite führte eine breite Treppe in die Wohnräume hinauf. Carly meinte, dass dieses Palais allein schon eine Reportage wert sei.

MacHowell ließ ihnen Kaffee in feinen Porzellantassen servieren. Ben lehnte sich gegen eine Säule und blickte sich bewundernd um. Carly wanderte herum, Sandy und MacHowell saßen sich an einem Tischchen gegenüber und begannen, leise miteinander zu sprechen. MacHowell erklärte ihr, wie gut er über ihren Großvater dachte.

Colleen bemühte sich, Abstand von Bret zu halten. Seine Augen waren vom Mangel an Schlaf rot gerändert, sein Haar ungekämmt und sein Kinn dunkel vom nachwachsenden Bart. Noch konnte sie ihm nicht ihre Dankbarkeit zeigen, ihre Gefühle waren vom Überstandenen und seiner schroffen Behandlung noch zu gemischt. Außerdem waren sie beide total übermüdet und brauchten erst einmal Ruhe.

MacHowells Diener Abhad kehrte zurück, um zu melden, dass alle Zimmer bereit seien. Colleen war froh, sie fürchtete, gleich zusammenzubrechen, und hoffte, dass sie es noch bis in ihr Zimmer schaffen würde. Sie dankte MacHowell mit leiser Stimme, nickte allen zu und stimmte dem Vorschlag zu, sich um drei Uhr nachmittags im Hof wiederzutreffen, bevor sie die Stufen hinaufstieg.

Aber sobald sie oben an der Treppe angelangt waren, wurde ihr klar, dass sie in der Klemme steckte. Abhad öffnete die Tür zu einem riesigen, luftigen Raum mit Blick auf die Berge in der Ferne und ließ Bret vorangehen.

Der packte Colleens Handgelenk und sagte: „Danke. Meine Frau und ich werden uns hier sehr wohl fühlen."

Colleen war viel zu mitgenommen, um sich dagegen zu wehren. Noch dazu vor den anderen.

„Bret, wir sind beide wohl viel zu erschöpft, um ..." Sie mochte nicht weitersprechen und daran erinnern, dass sie schließlich in Scheidung lebten!

Er lächelte noch süßlicher als sie und schnurrte geradezu: „Liebling, ich lasse dich nie wieder aus den Augen."

Er schob sie einfach ins Zimmer und wünschte den anderen eine gute Nacht. „Dann bis heute Nachmittag um drei."

Dann schloss er die Tür, lehnte sich dagegen und schaute sie an wie die Katze, die den Kanarienvogel gefangen hat.

9. KAPITEL

„Bret, ich schlafe nicht im selben Zimmer mit dir!"

„Warum nicht? Neulich hattest du auch keine Probleme damit."

„Ich hatte nicht vor ..."

„Das weiß ich. Du hattest nur vor, mich völlig zu betäuben, und sonst nichts. Aber ..." Er hob die Arme in hilfloser Geste, „die schönsten Pläne von Menschen und Mäusen schlagen manchmal fehl, wie Robert Burns, glaube ich, einmal gesagt hat." Bret wirkte höflich, beinahe verständnisvoll.

Geradezu ekelhaft verständnisvoll. Und lehnte noch immer lächelnd an der Tür. „Und dein Plan schlug fehl, oder?"

„Mein Plan?" wiederholte sie leicht. „Ich weiß nicht, was du meinst. Du warst derjenige, der sich den ganzen Tag bei Carly mit Whisky hat voll laufen lassen. Damit hatte ich nicht das Geringste zu tun."

„Ach so. Das Abendessen, der Whirlpool, der Wein ... das alles geschah nur, weil du so großzügig und gastfreundlich bist, oder?"

„Ja, warum nicht?" fragte Colleen bewusst ahnungslos. Verdammter Kerl, dachte sie. Da spießte er sie gnadenlos auf, dabei sah er so gut aus. So verdammt gut. Unrasiert, ungekämmt, müde um die Augen und dennoch hinreißend. Und – was auch immer sein Motiv gewesen war – er war gekommen, hatte sich durch ein Glasfenster gestürzt, um für sie zu kämpfen. Außerdem hatte er natürlich recht: Wie weit wäre sie wohl nach der Flucht gekommen? Colleen schluckte bei dem Gedanken daran, was passiert wäre, wenn sie von den Verfolgern erwischt worden wäre. Bei Hassan ausgeliefert und weitergereicht, sobald der sich mit ihr genügend amüsiert hätte ... Wenn Bret sie nur nicht so angegiftet hätte, so feindselig wäre, so gemein.

Dauernd stritten sie sich, dauernd gingen sie in verschiedene Richtungen, dauernd kämpften sie gegeneinander. Und fast immer gewann er. Heute Abend würde er auch gewinnen. Nun gut, nicht ohne Kampf! Nicht, wenn dieses kleine Zwischenspiel von ihm ihr wieder seelische Schmerzen verursachen würde.

Er rieb sein stacheliges Kinn und zog ein Gesicht. „Ich weiß, Colleen, du warst äußerst charmant und hast nur aus Versehen vergessen mir zu erzählen, dass du vorhattest, am nächsten Morgen zu verschwinden. Ausgerechnet nach Marrakesch. Ein Mann ist bereits umgebracht worden. Und du musstest ausgerechnet nach Marrakesch. Ein kleiner Schnitzer, nichts weiter."

Colleen ging zum Fenster. Vor ihr lag eine fruchtbare, palmenbestandene grüne Oase, und ganz in der Ferne erhoben sich die Berge, die in der Morgensonne goldfarben schimmerten. Der Boden des Zimmers war wunderschön gefliest und mit kostbaren Teppichen belegt. Das riesige Bett war mit handgewebtem Brokat bedeckt. Kommoden, Stühle und Tischchen waren niedrig und nach arabischer Art reich geschnitzt. Durch die offene Tür konnte man ins Bad sehen, das ockerfarben gekachelt war, gewölbte Fenster hatte und eine schwere runde Badewanne mit Krallenfüßen.

Groß genug für zwei Personen.

Colleen schloss die Augen. Sie war ja verrückt, dass sie es dazu hatte kommen lassen, Bret wieder so nahe zu sein. Nahe genug, um mit ihm zu schlafen. Verrückt genug, um wieder eine Annäherung zu riskieren, die garantiert für sie schmerzvoll enden würde. Und das kurz vor dem Ende ihrer Ehe vor dem Scheidungsrichter!

Sie drehte sich um. Bret stand immer noch an der Tür und beobachtete sie aus halb geschlossenen Augen. Wie ein Kater, der erst mit dem Kanarienvogel spielen würde – bevor er ihn erledigte ...

„Bret, bitte denk einmal über die Situation nach. Es wäre das Beste, wenn wir nicht im selben Bett schliefen."

„Du kannst dich ja auf den Boden legen."

„Wie bitte?"

„Ich zerre dich nicht gegen deinen Willen ins Bett, Colleen, selbst wenn du eine kleine Dosis deiner eigenen Medizin gebrauchen könntest: ein bisschen altmodischer Betrug. Aber ich bin viel zu müde, um Spiele zu spielen. Ich werde weder über dich herfallen noch dich verführen oder auch nur berühren. Andererseits werde ich dich auch nicht mehr aus den Augen lassen."

Colleen wusste nicht, ob sie erleichtert, beleidigt oder unglücklich sein sollte. Sie war zu erschöpft und den Tränen nahe und hatte nur noch das Bedürfnis, getröstet zu werden. Selbst wenn das eine fromme Lüge sein sollte.

Aber Bret wollte sie ja gar nicht.

„Also?" fragte er. „Was ist? Erst einmal Waffenstillstand? Ich würde liebend gern ein Bad nehmen und mich ausruhen, aber wenn du mir nicht versprichst, hier zu bleiben ..."

Das klang schon wieder drohend.

Colleen lehnte ihr Gesicht ans Fenster und zog ein spöttisches Gesicht. „Was dann?"

Bret schien darüber nachzudenken und ging im Zimmer herum, während er sich das Hemd über den Kopf zog. Colleen konnte nicht anders, sie musste ihn dabei beobachten, seine gebräunten Schultern anschauen, seinen breiten Rücken, die schmalen Hüften, das gekräuselte blonde Haar auf der Brust.

„Hmm", murmelte er, warf das Hemd ans Fußende des Bettes und stemmte die Hände in die Seiten. Dann sah er sie mit schief gelegtem Kopf an, als studiere er ein Computerprogramm, und zuckte mit den Schultern. Seine schlechte Laune schien vergangen zu sein. Er wirkte eher amüsiert.

„Wenn du nicht artig bist – und weiß der Himmel, bei dem, was du angerichtet hast, hast du allen Grund dazu – muss ich den verlockenden Gedanken an ein gemütliches warmes Bad verschieben, und wir strecken uns eben einfach so auf dem Bett aus. Da es ziemlich brutal, geradezu altmodisch wäre, dich ans Bett zu fesseln, muss ich allerdings die Arme fest um dich legen, damit du mir nicht wieder abhanden kommst."

„Ah, ich denke, du wolltest mich nie wieder berühren?"

„Nur wenn du darauf bestehst. Ich würde dir allerdings dein Versprechen abnehmen, auch wenn das ziemlich sinnlos wäre."

„Du bist ja so charmant, Bret. Wie konnte ich nur ohne deine honigsüße Zunge auskommen?"

Er grinste. „Du magst meine Zunge?"

„Ach, zum Teufel mit dir!" rief Colleen empört, um sich durch sein Lachen nicht wieder aus der Ruhe bringen zu lassen.

Sie eilte an ihm vorbei zum Bett. „Ich gebe dir mein Wort, dass ich bleibe. Aber du schläfst auf dem Boden."

„Auf keinen Fall, meine Liebe. Ich bin völlig erledigt. Nun komm schon, Colleen, ich habe immerhin dein Leben gerettet und dich aus den Armen eines fetten, perversen ..."

„Vielleicht mag ich ja fette Perverse", unterbrach sie ihn. Dabei hatte er natürlich recht, sie hätte jetzt tot sein können!

Und sie sehnte sich nach freundlichen Worten, nicht nach höhnischen Bemerkungen und launischem Gehabe.

„Colleen ..."

„Nun nimm schon dein Bad. Vor mir aus kannst du darin ertrinken, ich verschwinde jedenfalls nicht."

„Versprichst du mir das?"

Sie blickte auf ihre Hände. „Ja."

Er drehte sich um und ging. Eine Minute später hörte sie das Wasser rauschen.

Sie ließ sich aufs Bett fallen und legte den Arm über die Augen. Ihr Seufzen drohte in ein Schluchzen auszuarten. Bret war da, keine zehn Meter von ihr. Sie liebte ihn so sehr, konnte aber nichts tun. Sie fühlte sich am Ende. Wenn sie ihm vergeben und zu ihm gehen könnte, vielleicht würde er dann seinen Zorn darüber vergessen, dass sie ihn ausgetrickst hatte, dass sie ...

Dass sie bald geschieden waren.

Und vielleicht könnte sie vergessen, dass, so sehr sie ihn auch liebte, es nicht ausreichte, um die Ehe funktionieren zu lassen, und dass es nicht gleichzeitig hieß, dass er sie auch liebte. Mehr als seine Arbeit. Mehr als eine Titelgeschichte!

Mit wohligem Behagen ließ Bret sich ins warme Badewasser sinken. Vielleicht hörte nun endlich das Zittern auf. Noch nie in seinem Leben hatte er solche Angst ausgestanden, und das, obwohl er durch seine Jobs so manchem Grauen begegnet war! Aber er hatte in seinem Leben gelernt, dass man das Unglück der Menschen nicht abschaffen, sondern dass man nur in Einzelfällen helfen konnte – wobei man einen gewissen Abstand wahren musste, damit es einen nicht mitriss. Aber sobald es Colleen betraf, war er kurz davor, die Fassung ganz zu verlieren! Dabei war sie durch ihre eigene Dummheit beinahe ins Verderben gelaufen.

Andererseits mangelte es ihr auch an Erfahrung, mit skrupellosen, gewissenlosen Menschen umzugehen.

Eigentlich hätte er sie nur im Arm halten wollen, sie überall berühren und sich vergewissern, dass kein Millimeter von ihr Schaden genommen hatte. Stattdessen war er völlig außer sich gewesen, hatte seinen Zorn nicht bremsen können und das Gefühl gehabt, auseinander zu fallen, sobald er sie anfassen würde.

Er ließ sich tiefer ins Wasser sinken, schloss die Augen und spritzte warmes Wasser über sein Gesicht. Das alles musste endlich aufhören, und zwar schnell. Diese Art von Angst um jemanden konnte er nicht aushalten. Er wollte nicht weiter fürchten müssen, dass jemand hinter Colleen her war, weil sie zu viel wusste.

Diese Sorge um sie war da, sobald sie nicht in seiner Nähe war, er sie nicht neben sich hatte, im Arm ...

Gerade öffnete er die Augen, um die Seife zu nehmen, als Colleen plötzlich in der Tür stand, eingewickelt in ein dickes weißes Badetuch, über das ihre schwarzen Locken herabrieselten. Den Kopf an den Türrahmen gelehnt, sah sie ihn mit großen Augen und sanftem Lächeln an.

„Ich könnte auch ganz gut ein Bad gebrauchen. Hättest du etwas dagegen?"

Bret lehnte sich tief atmend zurück, lächelte und sagte mit einladender Geste: „Die Wanne ist groß genug."

Zögernd näherte Colleen sich. Als sie sich hinabbeugte, fuhr Bret mit der Hand in ihre Haarmähne, streichelte ihren Nacken darunter und zog sie dichter an sich. „Na, komm schon", flüsterte er. „Komm näher."

Und Colleen gehorchte. Bret küsste sie und spürte wohlig ihre warmen Lippen. Als sie die Arme um ihn legte, glitt das Handtuch herunter. Sie fuhr mit ihren langen Fingern durch sein Haar, über seine feuchten, nassen Schultern. Um sie herum war alles dunstig und dampfend, ihre Tränen schmeckten salzig.

Bret erhob sich vorsichtig und zog Colleen an sich, wobei er gleich die Weichheit ihrer Brüste fühlte. Er setzte sich, zog sie ins Wasser und auf seinen Schoß, raunte ihr Zärtliches zu, streichelte ihren Bauch, presste sie mit dem Rücken an seiner Brust eng an sich. „Weißt du es nicht ... Weißt du es nicht?“ flüsterte er. „Ich bin fast verrückt geworden, Colleen, ich flehe dich an, tu mir so etwas nie wieder an.“

Colleen wendete sich ihm zu, umschlang ihn und barg ihren Kopf an seiner Brust. „Es tut mir so Leid, Bret. Ich hatte solche Angst, halt mich fest, Liebling.“

Und das tat er.

Er streichelte sie behutsam. Und auf einmal hatte er das Gefühl, als wäre alles so wie früher, als sie noch richtig miteinander verheiratet waren, ihre Nacktheit etwas völlig Natürliches und mit jemandem zusammen zu sein, den man gut kannte, ein einziger Genuss.

Gleichzeitig war es erotisch und aufregend, wie es immer gewesen war. Ihre vollen Brüste schmiegten sich in seine Hand, und er konnte gar nicht anders als sie zu liebkosen, die sich verhärtende Knospe zu spüren und die eigene heiße Erregtheit. Er stöhnte leise, senkte den Kopf, berührte die Spitze mit der Zunge und nahm sie saugend in den Mund. Und Colleen stöhnte ebenfalls auf und bog sich sehnsuchtsvoll zurück.

„Weißt du, was du da mit mir machst?“ fragte er atemlos. Ihre halb geschlossenen Augen wirkten goldfarben wie die einer Tigerin. Noch immer glänzte ein Rest Tränen in ihnen.

„Ich glaube, das tust du eher mit mir“, verbesserte sie ihn und schmiegte sich mit sinnlichen Bewegungen an ihn.

„Du kleine Hexe“, knurrte er und bog den Kopf zurück, um sie besser ansehen zu können.

„Wenn wir zusammen baden, schlafen wir auch im selben Bett“, warnte er sie und schob ihr behutsam die Hand zwischen die Schenkel. Colleen atmete scharf ein und lächelte mit feuchten Lippen so herausfordernd wie einladend.

„Muss ich warten, bis wir im Bett sind?“ Und ihre schlanken Finger umfingen ihn auffordernd, sodass es ihn wie ein heißer Strahl durchfuhr und er glaubte, nicht mehr atmen zu können.

Colleen schob sich geschmeidig über ihn, ihre weichen Schenkel schlossen sich um seine Hüften.

„Ich sagte ja schon, die Wanne ist groß genug.“

Seine Hände umfingen ihre Taille, führten sie, halfen ihr, den fiebrigen Rhythmus gemeinsamer Lust zu finden. Er streichelte ihren Rücken, ihren Po, ihre Brüste, genoss den Anblick ihres schönes Gesichts, ihres rabenschwarzen Haares, das sich um ihre Schultern wölkte, Federn gleich und wild wie die Glut ihrer Leidenschaft. Und die war süß und drängend und steigerte sich mit jedem Atemzug, mit jedem Stoß, und verschmolz sie beide zu einem zärtlichen Ganzen, so wunderschön ...

Bis zum Höhepunkt, dem unglaublichen Moment, als der Glanz ihrer Körper sich nicht mehr abhob vom Schimmer des Wassers und sich ihre Lust in heftigem Ausatmen Bahn brach und Colleen mit einem unterdrückten Schrei auf Bret niedersank.

Sie schloss die Augen und gab sich in der Wärme des Wassers ganz dem Gefühl der Erlösung hin. Sie spürte die Nachglut der Leidenschaft durch sich hindurchströmen, als wäre sie ein Zeichen der großen Liebe, wie sie zwischen ihnen hätte entstehen können.

Bret hielt Colleen zärtlich fest und knabberte an ihrem Ohrläppchen. „Das heißt nicht, dass du nicht auch das Bett mit mir teilen wirst“, sagte er heiser.

„Du scheinst unersättlich zu sein“, murmelte sie.

„Das bin ich“, flüsterte er.

Dagegen hatte sie nichts einzuwenden.

Schließlich bemerkten sie, dass das Wasser kalt wurde, und sie lachten, als sie sahen, dass sie den Boden neben der Wanne mit vielen kleinen Pfützen übersät hatten.

„Wir sollten das gleich aufwischen", sagte Colleen.

„Das kann warten." Bret stieg aus der Wanne und hielt ihr das große Laken hin, das sie vorhin abgelegt hatte. „Für dich, meine Venus", sagte er grinsend, „noch bin ich in Erroll-Flynn-Stimmung."

Colleen musste lachen. „Ich habe Angst, auszurutschen und mir das Genick zu brechen."

„Seien Sie unbesorgt, Madame", meinte er, wickelte sie ins Badelaken und hob sie auf die Arme.

„Gleich rutschst du im Nassen aus, und dann brechen wir uns beide das Genick!" warnte sie kichernd.

„Musst du denn immer alles kommentieren?"

Das tat sie nicht mehr, sobald er sie Sekunden später auf das Bett legte und sie erneut mit Küssen bedeckte.

Colleen hielt den Atem an, als er sie streichelte, liebkoste, an ihrer Brust saugte und flüsterte: „Ich liebe ..."

Noch ein Kuss folgte, und Colleen dachte nur: ‚Sag es doch, oh, bitte sag es'.

„Ich liebe es ... mit dir zu schlafen."

Ihr schossen die Tränen in die Augen. Das war nicht der Satz, nach dem sie sich verzehrte, und doch musste er genug sein. Sie hatte ja gewusst, dass seine Liebe nicht ewig dauern würde.

Sie nahm sein Gesicht in die Hände und sah ihm tief in die Augen, küsste ihn gierig und zärtlich und flüsterte ihm zu, dass sie es auch liebte, mit ihm zu schlafen.

„Was wir getan haben, war unrechtmäßig, das ist unbestreitbar", meinte James MacHowell zu Colleen.

Sie saßen allein im Hof. Colleen war vor Bret aufgewacht und hinuntergegangen, weil sie hungrig gewesen war. MacHowell gab gerade seinem Diener Anweisungen, und sobald er sie entdeckte, bestellte er für sie ein typisch englisches Frühstück mit Tee, Kuchen und Fleischpasteten. Ihr exotischer Geschmack liege daran, dass sie aus Lammfleisch hergestellt seien und mit marokkanischen Gewürzen versehen, erklärte MacHowell.

Colleen war so hungrig, dass sie mehrere davon aß, bevor sie sich seufzend und mit dem Tee in der Hand zurücklehnte.

MacHowell hatte begonnen, von der Vergangenheit zu sprechen. Seine grünen Augen waren verhangen, als sähe er eine andere Zeit vor sich und als hätte er sie sich schon öfter wieder in Erinnerung gebracht.

„Ja, wir wussten, dass wir etwas Unrechtes taten. Aber ..." Er zuckte mit den Schultern. „... es kam uns damals nicht so unrecht vor, wie es heute erscheinen mag. Wir wussten nicht, wie viele sterben würden ..."

Sein Gesichtsausdruck war schmerzerfüllt. „Es war gegen Ende des Krieges, und wir waren alle erschöpft. Vor Frankreich war ich in Italien gewesen. Einen Tag nahmen wir eine Stadt ein, den nächsten eroberten die Deutschen sie zurück. Wir wussten nie, was passieren würde. In Frankreich war es noch schlimmer. Erst dachte man, man sei in Sicherheit, könne endlich mal in einer verlassenen Scheune schlafen, legte sich hin ... und dann war das Heu vermint."

Er zögerte kurz. „Ich diente mich bis zum General hoch, obgleich ich das nie vorhatte. Ich wollte nur nach Hause, war es Leid zuzusehen, wie junge Männer, die gerade noch gelacht hatten, in Stücke gerissen wurden."

Er nippte am Tee und seufzte. „Die ganze Sache kam auf, weil Holfer und ich versuchten, eine Schlacht zu verhindern. Die Geschichte hat uns gelehrt, dass der Krieg 1945 zu Ende ging. Wir wussten damals nicht, wie nahe das bevorstand. Wir dachten, er würde nie zu Ende gehen. Holfer war gerade von der russischen Front gekommen, wo er Zeuge schlimmster Dinge gewesen war, und hatte längst genug von allem. Die Deutschen gelten immer als die Bösen des Zweiten Weltkriegs und Hitler als Verrückter. Aber Holfer befehligte ganz normale Infanteriesoldaten, die nur ihre Pflicht taten und nichts von Politik wussten und von KZs."

MacHowell holte tief Luft. „Das ist immer die Tragik des Krieges, junge Frau. Unschuldige junge Männer müssen kämpfen, während Politiker alles vom Schreibtisch aus lenken. Paff, schon ist wieder eine Schwadron hinüber. Politiker sehen weder Blut noch Sterben. Ich will mich gar nicht entschuldigen – oder einen von den drei anderen –, wir haben alle mitgemacht."

MacHowell fuhr sich über die Stirn. „Dieser französische Partisan erzählte uns, er wisse, wo die Heimond-Diamanten versteckt seien, diese sagenumwobenen Steine, die irgendwann einmal einer deutsch-französischen Familie gehört hatten, und nun gehörten sie der französischen Regierung. Mit ihnen könnte man – zu mehreren – dem Krieg entkommen, sich mit neuer Identität ein neues Leben schaffen."

Seine Stimme wurde leiser. Mit zitternden Fingern zündete er sich eine Zigarre an. „Na ja, den Rest kennen Sie. Während wir, die Generäle, die Diamanten stahlen, brach draußen die Hölle los, und Tausende starben."

Colleen empfand Mitleid mit MacHowell. Dass Sam Tyrell hingerichtet worden war, schien angesichts seiner Gewissensqual die mildere Strafe. Er schien seitdem jeden Moment seines Lebens die Schuld tragen zu müssen. Dennoch wusste sie nicht recht, wie sie ihn trösten konnte. Denn Unrecht blieb es für alle Zeiten.

„Und was passierte danach, General? Ich habe, wie Sie wissen, mit Rutger gesprochen. Er sagte mir, dass er und Rudi Holfer nach der Schlacht über die Schweiz nach Österreich entkamen. Und was geschah mit Ihnen?"

MacHowell lächelte bitter. „Sobald ich den Lärm hörte, wusste ich, dass etwas Schreckliches im Gange war, und rannte mitten hinein. Nicht aus Mut, sicherlich, eher aus Entsetzen. Verzweifelt wollte ich etwas tun ... tat dann aber gar nichts, denn ich bekam sofort einen Granatsplitter in die Schulter und dachte, ich müsse sterben. Stattdessen wachte ich in einem Lazarett auf, ohne den Makel, vor das Kriegsgericht zu müssen. Stattdessen war ich plötzlich sogar eine Art Kriegsheld."

„Warum hat Sam sich denn ..."

MacHowell schüttelte sein weißes Haupt. „Sam war vermutlich der Unschuldigste von uns. Aber er floh mit den Diamanten. Und die Amerikaner ... Nun ja, zu der Zeit galten patriotische Gefühle eine Menge ... Also, Amerikaner betrogen niemanden, und Sam wurde zum

Sündenbock für alles, was schief gelaufen war, für alle, die im Krieg etwas noch so Nebensächliches verbrochen hatten. Er wurde ohne Prozess verurteilt."

MacHowell bot Colleen eine Zigarette aus einem Elfenbeindöschen an. Sie nahm dankend an, ließ sie sich anzünden, lehnte sich zurück, atmete den Rauch aus und sah MacHowell wieder an. Er tat ihr Leid, unendlich Leid. Die Gier eines Augenblicks hatte sein Leben ruiniert, ihm die Hölle auf Erden beschert.

„General, wieso haben Sie nie versucht, die Diamanten zu finden? Wieso haben Sie sich hier verkrochen?"

„Nach dem, was passiert war, wollte ich sie nicht mehr. Und mit dem Bewusstsein, dass ich vielen meiner Landsleute Schreckliches angetan hatte, mochte ich nicht mehr in England leben." Er zog an seiner Zigarre. „Ich weiß, wo die Diamanten sind. Zumindest in welchem Land."

„Das wissen Sie?" fragte Colleen atemlos.

Aus der Brusttasche nahm er ein zerknittertes altes Papier, das Colleen sofort erkannte, da sie schon zwei ähnliche gesehen hatte.

Die Puzzle-Teile von Rutger und Sandy waren sicher in ihrem Büro verwahrt. Die Kopien davon befanden sich oben in ihrem Gepäck. Sie war also dicht davor, den kompletten Plan zu sehen! Und sobald das Rätsel gelöst war, wären sie und Sandy Tyrell wieder in Sicherheit!

„Darf ... darf ich es mal sehen?" fragte Colleen vorsichtig.

„Natürlich."

MacHowell entfaltete es und glättete es auf dem Tisch. Colleen schaute aufmerksam darauf. Auf diesem Teil gab es keinerlei Text, sondern nur ein riesiges, mittelalterliches Wappen.

„Was ist das?" fragte sie MacHowell.

„Ein Städtewappen. Das von Wien."

„Die Diamanten sind also in Wien?"

MacHowell schüttelte den Kopf. „Nein. Zumindest glaube ich das nicht. Tyrell, der vor allem etwas gegen mich hatte, weil ich eine Art Held geworden war, während ihm der Tod drohte, schickte mir das.

Wohl, um mich in die Irre zu führen. Bald darauf wurde er von der Militärpolizei in Österreich verhaftet, was darauf hinweist, dass die Diamanten irgendwo dort sind."

„Vielleicht, General ..." Die Worte kamen von jemandem hinter Colleen, und sie drehte sich sogleich um.

Bret stand am Fuße der Treppe an die Wand gelehnt und beobachtete sie kühl, wer weiß, wie lange schon. Er näherte sich. „Wenn Sie sich die Puzzle-Teile anschauen, die wir haben, können Sie sie vielleicht eher deuten als wir."

Er legte die Kopien aus Colleens Gepäck auf den Tisch. Colleen war empört. Er hatte also ihre Sachen durchwühlt!

MacHowell schien die neu aufkeimende Feindseligkeit zwischen beiden nicht wahrzunehmen. Er breitete alle Papiere aus. „Die Berge ... ah, ja. Ein Ski-Lift. ‚Die Erde ist die Mutter'. Ja, das macht Sinn. Sie sind also irgendwo in den österreichischen Bergen in der Nähe eines Ski-Lifts versteckt. Vermutlich in der Umgebung von Salzburg. ‚N'oubliez pas' – vergessen Sie nicht? Das verstehe ich allerdings nicht."

Er sah zu Bret hoch. „Tut mir Leid, aber mehr kann ich nicht dazu sagen. Es ist mir auch egal, ob die Diamanten gefunden werden oder nicht. Sie bedeuten nichts als Unglück. Am besten vergisst man sie."

„General", sagte Bret eindringlich und beugte sich über den Tisch, „die Diamanten dürfen nicht vergessen werden. Es handelt sich nicht mehr allein um ein Geschehnis vor vierzig Jahren, sondern auch um eins der Gegenwart. Ein Mann wurde ermordet, auf grausame Weise. Nicht vor vierzig Jahren, sondern jetzt. Und es ging dabei ganz offensichtlich um die Diamanten. Ihretwegen sind auch andere in Gefahr. Tyrells Enkelin – Colleen – ich selbst. Und selbst Sie, General."

MacHowell streifte sorgfältig und mit zitternden Fingern die Asche seiner Zigarre ab. „Ich bin ein alter Mann, McAllistair, und bin nicht mehr wichtig."

„Jedes Leben ist wichtig", widersprach Bret. „Rudi Holfer muss ebenfalls alt sein. Aber anscheinend noch nicht zu alt, um nicht jemanden umbringen zu lassen. Offenbar lebt er und sucht die Diamanten.

Wir schulden es sowohl Rutger als auch Tyrell und uns selbst, die Sache weiterzuverfolgen."

MacHowell schaute Bret mit trübem Blick an. „Ja, vielleicht haben Sie Recht. Was können wir also tun?"

„Zwei Dinge", antwortete Bret. „Ich denke, Ben und ich sollten heute Abend versuchen herauszufinden, wer Eli angeheuert hat. Rudi Holfer muss in der Nähe sein. Wenn wir ihn hier nicht finden, sollten wir nach Österreich fahren."

„Dann führen wir Holfer doch direkt zu den Diamanten", warf Colleen scharf ein.

„Das glaube ich nicht", widersprach Bret, goss sich Tee ein und biss in eine Pastete. „Wie können wir ihn hinführen, wenn wir selbst nicht wissen, wo die sind? Und wir werden uns trennen. Ich kenne jemanden bei der amerikanischen Botschaft in Wien, einen gewissen Bill Dwyer. Mit dem werde ich Kontakt aufnehmen. Du, Carly und ich werden vielleicht nach Niederösterreich fahren. MacHowell und Sandy könnten in Tirol beginnen. Und Dwyer muss dafür sorgen, dass sie einen Schutz bekommen."

„Und was ist mit uns?" wollte Colleen wissen.

„Oh, wir natürlich auch."

„Und was soll das alles bringen?" fragte Colleen zweifelnd.

„Das weiß ich selbst noch nicht", gab Bret zu. „Aber Holfer kann nicht beiden Gruppen gleichzeitig folgen. Wir werden getrennt reisen und uns dann nach einigen Tagen in Salzburg treffen."

„Und dann?"

„Hoffen wir, dass einem von uns etwas Großartiges passiert."

Colleen konnte nicht antworten, da Carly plötzlich auftauchte. „Also, was ist? Was wollen wir tun?"

Sobald er am Tisch war, erklärte Bret ihm die Karten und den Plan. Colleen entdeckte, dass Sandy – noch immer blass und mitgenommen – ebenfalls im Hof war. Genau wie Ben, der müde gähnte. „Und mit wem zusammen gehe ich?" fragte er.

„Wie bitte?" fragte Bret überrascht zurück. „Ben, Sie waren großartig, aber mit dieser Sache haben Sie nichts zu tun."

„Sie werden mich brauchen, um Eli zu finden", entgegnete er trotzig. „Ich besitze Pass und Reiseerlaubnis, und ich habe doch längst mit dieser Sache zu tun! Bitte, Mr. McAllistair, ich könnte Ihr Chauffeur sein. Ich bin der beste Führer der Welt und spreche viele Sprachen und ..."

„Er kann mitmachen", mischte Sandy sich plötzlich ein, die sich vorwurfsvoll an Bret wendete: „Wenn wir uns aufteilen, kann Ben mitkommen. Dann sind wir ebenfalls zu dritt." Sie schluckte. „Ich hatte nicht erwartet, dass wir uns aufteilen würden. Bitte, lassen Sie Ben mitkommen. Der General ist alt, und ich habe Angst. Mit Ben würde ich mich sicher fühlen."

Bret hob die Hände. „Okay, Ben, Sie sind dabei." Spielerisch drohte er: „Dann müssen Sie sich aber auch mit dem Essen beeilen, ich möchte nämlich in die Stadt zurück zur Polizei fahren, um etwas über Elis Bekanntenkreis zu erfahren."

Ben lächelte glücklich und aß schnell sein Frühstück. Colleen, die sich noch immer darüber ärgerte, dass Bret, ohne etwas zu sagen, ihre Sachen durchsucht hatte, fragte ihn kühl: „Wann wollen wir los?"

Er zog fragend die Brauen hoch. „Wohin?"

„Zum Polizeirevier. Um Eli zu finden."

„Du kommst nicht mit."

„Wieso, ich ..."

„Mach doch nicht immer alles so kompliziert, Colleen. Du bleibst hier."

„Ich bin doch diejenige ..."

„Die in der größten Gefahr ist, ja. Wenn wir uns deinetwegen jede Sekunde zu Tode ängstigen müssen, wie um alles in der Welt sollen wir dann Eli finden?"

Colleen wollte etwas entgegnen, aber Carly legte ihr die Hand auf die Schulter. „Er hat Recht, Colleen."

Schließlich nickte sie einlenkend, ärgerte sich aber noch immer insgeheim über Brets Indiskretion. Sobald er nur in ihrer Nähe war, gab es Probleme mit ihm!

Carly tätschelte sie väterlich. Als sie nach unten blickte, fiel ihr plötzlich auf, dass Sandys beigefarbene Sandalen völlig verschmutzt waren. „Ihre Schuhe sind ja ganz feucht!"

Sandys Gesicht rötete sich. Wenn sie verlegen ist, wirkt sie besonders hübsch, dachte Colleen. „Ja, ich wollte gern die Berge anschauen und ein bisschen Luft schöpfen, aber als ich draußen herumlief, bekam ich auf einmal Angst und rannte nach Hause. Dabei gehe ich so gern spazieren und schaue mir alles an ..."

Bret ging zu ihr und nahm ihre Hand. „Kommen Sie, dann begleite ich Sie, bis Carly und Ben fertig gefrühstückt haben."

Sandy strahlte dankbar, und die beiden gingen davon. Colleen setzte sich wieder an den Tisch, lächelte zwar mühsam, dachte aber, dass die Flamme, mit der sie sich eine Zigarette anzündete, nicht heißer sei als die, die gerade innerlich in ihr emporgezüngelt war. Am liebsten hätte sie Sandy geohrfeigt und Bret die Augen ausgekratzt!

Dabei hatte sie gar kein Recht darauf, eifersüchtig zu sein! Er war jetzt ein freier Mann. Sie hatte schließlich die Scheidung eingereicht!

„Eine Sache macht mir Sorgen."

„Wie?" Colleen wurde sich bewusst, dass sie dem General gar nicht richtig zugehört hatte.

„Was ist mit Holfer?" fragte Carly, der seinen Stuhl heranzog und sich Tee nachschenkte.

MacHowell wiegte nachdenklich den Kopf. „Nie hätte ich von ihm gedacht, dass er Rutger so brutal umbringen könnte."

„Ich glaube nicht, dass er das selbst getan hat. Er hat sicher jemanden dafür bezahlt", warf Colleen ein. Was war nur mit ihr? Das hier war nun wirklich schlimm und betrüblich, und alles, woran sie denken konnte, war Bret! Voller Eifersucht und mit dem vollen Bewusstsein dessen, dass sie ihn noch immer liebte ...

„Das kann ich mir nicht vorstellen." MacHowell zündete sich seine Zigarre wieder an. „Ich habe ihn zwar seit vierzig Jahren nicht mehr gesehen, aber ..."

„Er war doch gerade bei der SS eingetreten", erinnerte Carly ihn.

„Nicht freiwillig. Verstehen Sie nicht, das war einer der Gründe, warum er die Diamanten brauchte. Als wir in den Keller dieser französischen Kirche stiegen, hat er mir voller Abscheu erzählt, dass er dieses angeblich so glorreiche Korps, in das er eintreten sollte, für eine Ansammlung feiger Gesellen halte. Er war ein Kämpfer, ein Soldat. Kein Mörder."

„Dennoch, MacHowell, Sie kannten ihn ja kaum", sagte Carly.

Der General zuckte mit den Schultern. „Das stimmt. Dennoch ... Ich glaube, keiner kann wirklich in das Herz eines anderen sehen, oder?"

Er nippte nachdenklich am Tee, und die anderen schwiegen ebenfalls.

Nein, dachte Colleen traurig, keiner kann ins Herz des anderen sehen. Bret zum Beispiel war unberechenbar. Erst verletzte er sie, brachte sie zur Weißglut – und dann rührte er sie wieder ... Und sorgte dafür, dass sie nie vergaß, wie sehr sie ihn liebte. Auch wenn sie ihn nie ganz durchschauen würde.

Und nun war da auch noch Sandy!

Sie versuchte, sich klar zu machen, dass es lächerlich sei und dass die beiden schließlich nur einen Spaziergang machten. Nun, sie würde Bret zwar dafür zur Rede stellen, dass er an ihre Sachen gegangen war, aber ansonsten versuchen, sich nichts anmerken zu lassen. Über etwaige Eifersucht würde er sich nur amüsieren!

Aber bis sie mit ihm allein war und ihm sagen konnte, wie ihr zumute war, würde sie nervös und unglücklich sein.

„Können Sie es?"

„Entschuldigen Sie, was soll ich können?"

„Schach spielen?" fragte MacHowell.

„O ja."

„Sehr gut. Dann haben wir etwas, womit wir uns inzwischen ablenken können."

Nichts wird mich je von Bret ablenken, dachte Colleen.

Dennoch fiel ihr etwas ein, sobald sie dem alten Herrn am Schachtisch gegenübersaß.

Sein Haus war wirklich stattlich, geradezu prunkhaft. Und garantiert hatte es viel Geld gekostet. Was wäre, wenn er, was Holfer betraf,

Recht hatte und Holfer kein Mörder war? Was wäre, wenn General James MacHowell derjenige war, der zu unglaublichem Betrug fähig wäre? Dann waren sie alle Gäste eines Mörders!

Ein wahrhaft bestürzender Gedanke.

10. KAPITEL

Bret war offenbar erst spät zurückgekommen, denn Colleen war beim Warten auf ihn eingeschlafen und hatte nicht einmal gemerkt, wie er sich neben sie ins Bett legte. Als sie schläfrig die Augen öffnete, wurde ihr klar, dass schon der Morgen dämmerte und sie mit dem Rücken an ihn gelehnt dalag. Fast erschrocken drehte sie sich um.

Er war bereits wach, lag mit hinter dem Kopf verschränkten Händen da und starrte ins Leere. Ohne Colleen anzusehen, sagte er: „Eli ist tot."

„Was! Tot?" fragte sie entsetzt.

„Die Polizei fand ihn gegen Mitternacht auf dem Boden eines Brunnens."

„Und?" flüsterte Colleen.

„Mit aufgeschlitzter Kehle."

„Oh, Himmel ..." Ihr wurde ganz übel, und sie raffte das Laken enger an sich.

Bret schwang die Beine aus dem Bett, blieb aber noch sitzen und sah Colleen ernst an. „Auf den brauchst du wirklich keine Sympathie zu verschwenden, der hätte seine eigenen Kinder verkauft. Wenn man so lebt wie er, muss man damit rechnen, dass es einen mal erwischt."

Colleen nickte. Sympathie empfand sie auch nicht für diesen Mann. Er hatte schließlich auch ihren Tod mit einkalkuliert. Es war nur insgesamt so beängstigend. Erst Rutger und nun Eli. Irgendjemand spielte da mit enormem Einsatz. Die Diamanten waren offenbar Grund genug!

„Alles in Ordnung mit dir?“ fragte Bret.

„Ja.“

„Gut.“ Er stand auf und hob seine Jeans vom Boden auf. Er hatte in weißen Boxershorts geschlafen und musste plötzlich kurz lächeln, als ihm einfiel, dass er bunt gemusterte Unterwäsche hasste, Colleen ihm aber einmal am Valentinstag welche mit kleinen Herzen drauf geschenkt hatte. Er hatte nur einen Blick draufgeworfen, gelacht und geschworen, sie nie anzuziehen. Was er dann auch nie getan hatte.

„Ich gehe nach unten, um mir Kaffee zu holen. Soll ich dir welchen mitbringen?“

„Oh ja, bitte.“

Schon war Bret verschwunden. Müde kletterte Colleen aus dem Bett, zog schnell das riesige T-Shirt aus, in dem sie geschlafen hatte, wusch sich hastig, zog schmale Hosen und ein Baumwollhemd an und wartete. Bret hatte distanziert gewirkt. Freundlich, aber distanziert.

Eine halbe Stunde später war er noch immer nicht zurück. Colleen hatte inzwischen gelüftet, das Bett gemacht, im Bad aufgeräumt und einen kleinen Tisch am Fenster zum Kaffeetrinken vorbereitet, aber Bret kam nicht. Gerade wollte sie hinuntergehen und nachsehen, als er endlich auftauchte: barfüßig, mit nackter Brust und einem Silbertablett mit Kaffeekanne und Tassen aus zartem Porzellan.

Als er ihren Gesichtsausdruck bemerkte, entschuldigte er sich. „Sandy war unten und musste ein bisschen getröstet werden.“

„Ach, tatsächlich? Und du warst zur rechten Zeit da. Wie praktisch!“ erwiderte Colleen.

Sie nahm ihm das Tablett ab, stellte es auf den kleinen Tisch, goss sich eine Tasse voll, nahm einen Schluck und setzte sich.

Bret war abrupt stehen geblieben. Nachdem er ihr einen prüfenden Blick zugeworfen hatte, schenkte er sich ebenfalls Kaffee ein und setzte sich ihr gegenüber. Colleen tat so, als interessiere sie der Sonnenuntergang über den Bergen. Bret zündete sich eine Zigarette an und fragte mit einer Mischung aus Neugier und Belustigung: „Höre ich da einen Hauch von Sarkasmus?“

„Nein, wie kommst du darauf?“ Sie sah ihn mit unschuldigen Augen an. „Die arme Sandy. Wir müssen uns nur – neben so vielem anderen – dauernd um sie kümmern."

Bret beugte sich ein wenig vor. „Sie hätte nicht mitzukommen brauchen, verstehst du? Sie tat es, weil der Gedanke sie nicht losließ, dass du durch ihre Schuld in große Schwierigkeiten kommen könntest."

„Hmm", murmelte Colleen vage.

Bret lachte auf. „Bist du etwa eifersüchtig?"

„Ganz bestimmt nicht", widersprach Colleen. „Warum sollte ich das wohl sein?" Sie schob ihren Stuhl zurück, ging zum Fenster und starrte hinaus. „Was geht mich Sandy an? Ich hatte seit Monaten keine Ahnung, wo du gewesen bist – und mit wem."

„Und das stört dich nicht?" fragte er ruhig.

Verzweifelt suchte Colleen nach einer Antwort und stieß überrascht den Atem aus, als sich plötzlich seine Arme von hinten um sie legten und er ihr ins Ohr flüsterte: „Nein?"

Am liebsten hätte Colleen ihm gesagt: „Doch, es stört mich wahnsinnig." Dass sie nächtelang wachgelegen habe und von der Vorstellung gequält worden sei, dass er seine Zeit mit einer anderen Frau verbrachte.

Aber das verkniff sie sich. Sie drehte sich aus seiner Umarmung, ging zum Tisch zurück und goss sich Kaffee nach. „Bret, in wenigen Wochen bist du gesetzlich vogelfrei, dann kannst du so viele Frauen haben, wie dein Herz begehrt und welcher Art auch immer."

„Ach, ich dachte immer, ich hätte, was Frauen betrifft, einen ganz guten Geschmack." Er stand wieder hinter ihr und fuhr ihr so herausfordernd durchs Haar, dass Colleen dachte, er würde sie gleich daran erinnern, dass er sie schließlich geheiratet hatte.

Aber das tat er nicht. Stattdessen setzte er sich wieder ihr gegenüber und lächelte. „Sandy ist sehr hübsch."

„Ja, das finde ich auch. Wobei dieser nervöse, magere, empfindliche Typ ja eigentlich nichts für dich ist."

Bret lachte. „Hmm. Aber Jerry ist vermutlich ein wahres Geschenk des Himmels für eine allein stehende Frau, was?"

Colleen ignorierte den Einwurf. „Ich kann mir nicht vorstellen, dass sie etwas für dich ist. Keine Hüften, kein bisschen Typ ‚Mutter Erde'."

„Ach, ich weiß nicht. Ich habe schon ganz dünne Frauen mit Horden von Kindern gesehen."

„Du willst eine ganze Horde?"

„Eins oder zwei. Vielleicht drei."

„Auf einmal? Was für ein Chaos."

„Du bist tatsächlich eifersüchtig."

„Bin ich nicht!"

Er zog eine Augenbraue hoch, zündete sich eine weitere Zigarette an und grinste. „Na ja, dann habe ich eben ein Chaos. Und was wirst du tun? Dir ein Enkelkind mieten, wenn du einmal zu alt bist, um als Journalistin herumzureisen?"

Colleen erwiderte sein kühles Lächeln. „Nein, ich werde sie erfinden. Vom Rollstuhl aus in den Computer eingeben."

Er wurde ernst. „Zu schade, Colleen, dass du niemals jemand dicht an dich heranlässt. Vermutlich hängt das mit deinen Eltern zusammen. Sie starben, als du noch zu jung und hilflos warst. Das ist dir sicher gar nicht bewusst, aber ich glaube, du lebst mit der Angst, immer gerade den zu verlieren, dem du dich aufschließt, und dann ganz verloren zu sein. Darum trennst du dich lieber gleich von ihnen und machst alles kaputt, damit es nicht zu wehtun kann."

Colleen versuchte, ihre Betroffenheit nicht zu zeigen. „Das stimmt nicht, Bret. Ich bin sehr daran interessiert, jemanden zu lieben. Jemanden, der die Welt als solche nicht wichtiger findet als sein Zuhause. Ich habe nichts kaputtgemacht, das warst du."

„Du kleine Hexe!" explodierte er und stellte die Tasse so heftig auf den Tisch, dass der Kaffee überschwappte. Gerade wollte er ihre Hand berühren, ließ es dann aber doch. „Ach, was soll's, es ist ja auch ganz egal. Dieser Streit führt zu nichts."

„Allerdings." Colleen versuchte, ihren Kummer nicht durchklingen zu lassen. „Wir wollen offenbar nicht dieselben Dinge, nicht wahr?"

„Anscheinend nicht", murmelte Bret. „Entschuldige, Colleen, ich wollte nicht laut werden."

„Oh, das bist du doch oft, Bret. Das macht auch nichts. Ich wollte nur ... wir würden uns nicht so häufig streiten."

Er schob den Stuhl vom Tisch weg und ging, die Hände tief in die Hosentaschen gesteckt, hin und her. Plötzlich stand er wieder hinter ihr, fuhr sanft mit den Knöcheln seiner Hand über ihre Wange und sagte: „Das wollte ich auch."

Colleen, der beinahe die Tränen kamen, nahm seine Hand und küsste die Innenseite. „Aber es ist doch ganz schön, dass wir noch ein bisschen zusammen sind, nicht?"

Er legte die Arme um sie und das Kinn auf ihren Kopf. „Das gefällt dir? Dabei hast du dich so darüber aufgeregt, mit mir im selben Zimmer schlafen zu müssen, erinnerst du dich?"

„Ja, aber ..."

Sie wagte nicht, ihn anzusehen, um nicht die Fassung zu verlieren. „Es wäre albern zu behaupten, dass ich dich nicht mag, dass ich dich nicht körperlich begehre. Ich habe versucht, mir das einzureden, aber es ging nicht. Das wurde ja auch ziemlich klar, als wir zu Hause zusammen waren."

„Du hast mich begehrt?" Er fuhr sacht mit dem Kinn durch ihr Haar. „Ich war mir nicht sicher, ob du mich wolltest oder nur vorhattest, mich auszuschalten."

„Nun ja, da hatte ich mich in meiner eigenen Falle gefangen."

Bret schwieg einen Moment. „So etwas kommt vor." Er richtete sich wieder auf, ließ sie los und ging zur Tür. „Vielleicht solltest du dich fertig machen, Colleen. Jetzt, da Eli tot ist, haben wir keine Möglichkeit, den Mann aufzuspüren, der ihn dazu anheuerte, dich zu entführen. Wir können uns genauso gut gleich aufteilen und schon heute nach Österreich fahren."

Colleen war einverstanden. „Sag mal", fiel ihr plötzlich ein, „wo sind denn die Puzzle-Teile?"

„Die habe ich. Wieso?" Seine Kiefer mahlten.

„Ich wollte nur wissen, wo sie sind. Im übrigen freut es mich, bei dieser letzten gemeinsamen Sache dabei zu sein, aber es gefällt mir überhaupt nicht, dass du an meine Sachen gehst!“

Er seufzte. „Colleen, du warst verschwunden, während ich schlief. Wir brauchten sie, und ich fand sie. Wenn du anständig gewesen wärest und brav neben mir geschlafen hättest, hätte ich dich einfach nach ihnen fragen können. Aber als ich aufwachte, wusste ich ja nicht einmal, ob du dich noch im selben Land aufhieltest wie ich.“

„Bret ...“

„Keine Sorge, ich gehe nie wieder an deinen Koffer.“ Er grinste. „Lieber an dich selbst.“

Und schon war er weg und die Tür hinter ihm zu. Colleen saß eine ganze Weile am Tisch und malte mit der Fingerspitze Kringel darauf. Immerhin hatten sie die Situation diesmal etwas besser im Griff. Die Anziehungskraft zwischen ihnen war noch immer enorm, und mehr oder weniger deshalb hatten sie beschlossen, im Augenblick zusammenzubleiben.

Aber wenn sie sich gegenseitig so begehrten, wieso konnten sie daraus keine lebenslange Beziehung machen? Wieso funktionierte ihre Ehe nur nicht?

Wenn sie jetzt nicht aufstand, würde sie noch anfangen zu weinen. Also begann sie, ihre Sachen zu packen.

Das Zimmer war wunderschön ... Und Hintergrund für einige schöne Momente zwischen ihnen. Die würde sie nie vergessen.

Den großen Blonden sah sie das erste Mal am Flughafen. Bret, Carly und MacHowell kümmerten sich um die Tickets, und Ben unterhielt Sandy mit Erklärungen des marokkanischen Lebensstils. Colleen hatte scheinbar interessiert zugehört, fühlte sich aber dazu nicht in der Stimmung. Denn trotz Brets Optimismus hatte sie die Vorahnung, dass diese ganze Geschichte ein tragisches Ende nehmen würde. Genau wie ihre Ehe.

Sie wanderte ein wenig herum und schaute durch eine große Fensterscheibe. Und dort sah sie ihn. In der Spiegelung. Er war so groß wie Bret, mit extrem kurzem, platinblondem Haar. Selbst in der

Scheibe konnte sie diese merkwürdige Haarfarbe erkennen und den durchdringenden Blick seiner hellen blauen Augen. Er trug einen Anzug, war breitschultrig und schlank und wirkte wie ein nordischer Athlet.

Colleen bemerkte, dass sein Blick unverwandt auf ihr ruhte, und drehte sich abrupt um. Er ging nicht. Stattdessen näherte er sich ihr.

„Frau McAllistair", begrüßte er sie. In der Hand hielt er einen länglichen, weißen Umschlag, den er Colleen mit abrupter Bewegung in die Tasche schob. „Ich würde gern mit Ihnen sprechen." Er wies mit dem Kinn zu den anderen. „Sie sollten niemandem trauen. Ich werde Sie finden, sobald die Zeit dafür richtig ist. Wenn wir miteinander sprechen können. Allein."

Damit drehte er sich abrupt um und ging davon. Colleen war viel zu überrascht, um ihm nachzulaufen, zumal er mit langen Schritten davoneilte. Ihr Herz klopfte. Wer zum Teufel war er? Holfer konnte das nicht sein, der musste zumindest um die Siebzig sein. Dieser Mann war jung, so etwa zwischen dreißig und vierzig. In Brets Alter.

„Colleen! Verdammt, wo bleibst du? Ich kann dich ja keine Sekunde aus den Augen lassen! Wohin wolltest du?"

Colleen biss die Zähne zusammen. Brets Haare waren so zerwühlt, als wäre er sich ständig nervös hindurchgefahren. Er hatte sich vermutlich Sorgen um sie gemacht, das musste sie ihm zugestehen. Aber andererseits war er schuld daran, dass sie den geheimnisvollen Blonden nun nicht mehr finden würde.

Spontan beschloss sie, diese merkwürdige Begegnung für sich zu behalten – jedenfalls so lange, bis sie mit Bret und Carly allein sein würde – und setzte ein harmloses Gesicht auf.

„Tut mir Leid, ich ... ich suchte nach der Damentoilette."

Bret sah sie fassungslos an, als ob er so viel Dummheit nicht begreifen könnte. Er öffnete den Mund, um es zu kommentieren, kam aber nicht mehr dazu, weil Sandy sich einmischte.

„Oh, gut! Dann gehen wir zusammen." Sie sah Bret mit ihren blauen Porzellanaugen an. „Sie haben doch nichts dagegen einzuwenden, oder?"

Er murmelte etwas vor sich hin und hob die Hände. „Also gut, ab zur Damentoilette."

Die Männer warteten vor den Toiletten auf sie. „Ich bin sicher, er meint es nicht so unfreundlich", sagte Sandy weich, sobald sie mit Colleen allein war. „Er macht sich nur Sorgen um Sie. Und nicht ohne Grund. Sie wurden entführt, vergessen Sie es nicht."

Colleen lächelte dünn. Sie war nicht in der Stimmung, hinsichtlich Bret Ratschläge zu hören, auch wenn das nett gemeint war. Dazu kannte sie ihn gut genug. Doch sie fühlte sogleich einen Anflug von schlechtem Gewissen. Immerhin war Sandy freiwillig mitgekommen und nur, um ihr und Bret zu helfen.

„Schon gut", beruhigte sie Sandy, „ich bin an seinen Ton gewöhnt." Dann hakte sie sich bei Sandy ein, und beide gingen hinaus.

Bret reichte Sandy einen Zettel. „Hier, das ist die Anschrift von Bill Dwyer bei der amerikanischen Botschaft, der mir letztes Jahr schon einmal bei einer Sache geholfen hat. Er wird Sie in Tirol treffen und sich mit der dortigen Polizei in Verbindung setzen. Noch Fragen?"

Sandy schüttelte den Kopf. Es war Zeit, Abschied zu nehmen. Sie umarmte Bret, danach Colleen und Carly. Und auch Ben und James MacHowell taten das.

„Es war mir ein Vergnügen, meine Liebe, Sie haben so viel für mich getan."

„In spätestens einer Woche sind wir wieder zusammen, General", erinnerte Colleen ihn.

Er sah sie wehmütig an. Dann wurden ihre Flüge aufgerufen, und Colleen, Bret und Carly eilten davon.

„Setz dich nicht wieder ab!" warnte Bret, sobald sie im Flugzeug saßen.

„Das wäre zu riskant", bemerkte Carly ebenfalls.

Zur Hölle mit euch beiden, dachte Colleen aufgebracht, entschuldigte sich dann aber höflich. Dann ging sie zur Bordtoilette und entfaltete den Zettel, den sie in der Tasche hatte. Darauf stand:

Liebe Mrs. McAllistair!

Ich bin nicht der Bösewicht, für den Sie mich halten. Ich habe von Rutgers Tod gehört. Das war nicht meine Schuld. Jemand anders will die Diamanten. Ich weiß nicht, wer, verstehe alles nicht. Ich helfe Ihnen, so gut ich kann. Entweder ich oder mein Sohn Gerhard. Wir müssen Sie sprechen. Allein. Ich weiß nicht, wer gefährlich ist. Bitte glauben Sie mir, dass ich nicht der Mörder bin, nur das Opfer von Gier.

Ihr Rudolf Holfer.

Colleen klopfte das Herz. Mit zitternden Fingern schloss sie die Kabinentür wieder auf und eilte so schnell den Gang hinunter, dass sie beinahe auf Carlys Schoß landete. „Colleen!"

Beide Männer sahen sie erst irritiert, dann neugierig an.

„Seht mal, hier!" sagte sie aufgeregt.

Bret nahm den Zettel und fragte scharf: „Von wem hast du den? Und seit wann?"

„Am Flughafen. Ich versuchte, ihm nachzulaufen ..."

„Wem nachzulaufen?" warf Carly ein und griff nach dem Papier.

„Du hast versucht, Holfer nachzulaufen? Bist du völlig von Sinnen?" stieß Bret hervor.

„Holfer?" hakte Carly nach.

„Nicht Rudi Holfer. Es war sein Sohn Gerhard."

„Und du hast versucht, ihn einzuholen? Meine Güte, Colleen, wann wirst du endlich dazulernen! Du wärest draußen gelandet und mitgeschleift worden!"

Colleen packte seinen Arm. „Oh, verdammt! Hast du denn nicht die Nachricht gelesen? Er ist unschuldig! Es ist jemand anders!"

„Ach, Colleen!"

„Es könnte doch stimmen! Bret, ich bin es Leid, dass du einfach jedes Wort von mir in Frage stellst."

Die Stewardess, die mit geübtem Lächeln vor ihnen stand, um ihnen den Lunch zu servieren, unterbrach das Gespräch. „Bret, Holfer könnte doch unschuldig sein!" sagte Colleen, sobald die Stewardess die Tabletts vor jedem von ihnen platziert hatte. Wobei ihr gleich einfiel, dass sie James MacHowell auch sehr sympathisch fand, der aber genauso schuldig sein könnte wie Holfer und womöglich alles inszeniert hatte, um über sie an Informationen über den Verbleib der Diamanten zu kommen.

„Bret, dieser Landsitz, den MacHowell hat, muss ein Vermögen gekostet haben. Vielleicht ist er ..."

„Dann hätte er doch kein Interesse mehr an den Diamanten", wendete Carly ein.

„Vielleicht hat er sie ja schon vor Jahren gefunden."

„Warum hätte er dann Rutger umbringen sollen?" fragte Bret.

„Keine Ahnung", gab Colleen zu, „vielleicht aus Rache? Vielleicht hielt er Rutger für den allein Verantwortlichen." Sie spürte Brets Blick auf sich. „Ich glaube nicht, dass Holfer es war", wiederholte sie. „Im übrigen bin ich es Leid, dass ihr meinen Argumenten nie Glauben schenkt!"

„Das tun wir durchaus", entgegnete Bret. „Aber es ist doch eine Tatsache, dass wir einfach nicht wissen, wer schuldig ist und wer nicht. Und darum war es äußerst dumm von dir, allein jemandem nachzulaufen!"

„Am Flughafen wimmelte es von Menschen!" verteidigte Colleen sich so heftig, dass ihr Essenstablett auf seinem Schoß landete.

Bret schnappte nach Luft, als der heiße Kaffee sich über sein Bein ergoss, sprang auf und unterdrückte mühsam ein Fluchen.

„Oh, Bret, es tut mir Leid!" sagte Colleen zerknirscht und pickte die Fleischbrocken von seiner Hose.

Die Stewardess kam mit Servietten herbeigeeilt, während Bret noch mit zusammengebissenen Zähnen dastand.

„Meine Güte", stöhnte Carly, „ihr zwei seid ziemlich entnervend."

„Ich habe das doch nicht mit Absicht getan!" protestierte Colleen.

„Wenn du verhindern willst, dass ich irgendwann Vater werde, hättest du nicht besser treffen können", kommentierte Bret.

„Bret, ich sagte bereits, dass es mir Leid tut!"

„Nicht so Leid, wie es mir tut", fuhr er sie an. „Entschuldigt mich." Er stieg über beide hinweg. „Ich stecke mir hinten im Flugzeug eine Zigarette an."

Colleen schloss seufzend die Augen. Carly grinste amüsiert. „Eigentlich war es recht komisch", fand er, und beide brachen in Lachen aus.

Dann wurde Colleen wieder ernst. „Oh, Carly! Warum streite ich mich nur dauernd mit Bret? Ich kann kaum einen Schritt machen, ohne dass er mir an die Kehle geht."

„Vielleicht liebt er dich", antwortete Carly.

Colleen blickte aus dem Fenster auf die weißen Wolken, die vorbeistrichen. „Weißt du, Carly, ich glaube, dass er mich mag. Nur nicht genug."

Carly seufzte. „Genug wofür, Colleen? Genug, um sich Sorgen um dich zu machen?"

„Das ist es nicht, Carly, und das weißt du. Seine Karriere steht immer an erster Stelle. Nein, nicht einmal seine Karriere wirklich. Es ist der Reiz der Erregung oder so etwas Ähnliches. Carly, du weißt, dass er mich verlassen hat, und der einzige Grund, warum er jetzt zurückgekommen ist ..."

„Glaubst du wirklich, dass es nur wegen der Story ist? Ihr beiden seid wie Streichholz und Zunder, sobald ihr zusammen seid. Und ich rede nicht von Launen."

„Carly, ich gebe zu, es ist schön, mit ihm zusammen zu sein. Aber ich bin nicht so naiv zu glauben, dass damit unsere Ehe zu kitten ist. Wenn er die Ehe wirklich wollte, würde er mich doch nicht dauernd anbrüllen."

Carly lachte. „Okay, er sollte nicht brüllen. Aber vielleicht wenn ihr mal miteinander redet ..."

„Wir streiten."

„Darf ich am Fenster sitzen, Colleen?" bat Carly plötzlich und kletterte auf ihr Nicken an ihr vorbei. Als er sich setzte, zog er ein Gesicht. „Der Sitz ist noch voller Kaffee. Ist ja herrlich, ich bin der Chefredakteur eines der anspruchsvollsten Nachrichtenmagazine der Welt und laufe mit nasser Hose herum."

Colleen kicherte. „Tut mir wirklich Leid."

Er stupste sie am Ellbogen. „Sag ihm das."

Bret war zurück, und Carly sah taktvoll aus dem Fenster. Zu Colleens Überraschung glitt Bret neben sie, legte den Arm um ihre Schultern und flüsterte ihr zu: „Tut mir Leid."

Colleen musterte ihn misstrauisch, denn er sah keineswegs so aus, als täte ihm irgendetwas Leid.

„Alles in Ordnung mit dir?" fragte sie mitfühlend. „Ich hoffe, ich habe keinen ernsthaften Schaden angerichtet?"

„Na ja, es hat schon wehgetan. Aber du kannst es mit einem Kuss wieder gutmachen – wenn auch nicht in der Öffentlichkeit!"

Colleen musste lachen und lehnte sich zufrieden an seine Schulter. Er duftete so gut und fühlte sich warm und stark und wunderbar an. Wenn sie sich doch nur vertragen könnten ...

Um 8 Uhr 30 Ortszeit erreichten sie Wien und nahmen ein Zimmer im „Sacher-Hotel", das Bret den anderen als Treffpunkt genannt hatte. Was für ein schönes Hotel, dachte Colleen bewundernd. Diese altmodische Pracht mit all dem blank polierten Mahagoni, den Kristall-Lüstern, dem europäischen Charme.

Sie aßen im kleinen Restaurant und probierten gleich alle typischen Dinge wie Wirsingkohl, Krenfleisch, Schnitzel, Tafelspitz und Bauernbrot aus und tranken Bier dazu. Danach gab es Einspänner – einen Kaffee mit einem dicken Häubchen Schlagsahne drauf. Trotz ihrer Sättigung sprachen sie ihren Auftrag mit allen Details noch einmal durch.

Colleen war erleichtert, weil sie das in sachlichem Ton schafften und Bret ihr zuhörte, ohne sie zu unterbrechen.

„Wer ist eigentlich dieser Bill Dwyer?" wollte sie noch wissen, als sie nach oben in ihr Zimmer gingen.

„Ein Attaché beim diplomatischen Dienst", erklärte Bret. „Ich kenne ihn nur flüchtig, aber er ist sehr nett und hat mir schon einmal spontan geholfen. Diesmal habe ich ihn auch nur um Polizeischutz für Sandy und MacHowell gebeten. Und da er anscheinend nicht ausgelastet ist, war er gleich ganz hilfsbereit."

Bret legte sich aufs Bett, verschränkte die Arme hinter dem Kopf und sah Colleen lächelnd an. „Willst du nicht schon duschen, während ich auf Dwyers Anruf warte?“

„Ja, warum nicht?“

Kaum war sie unter der Dusche, kamen ihr erotische Gedanken. Sie kämmte ihr Haar, bis es glänzte, benutzte duftenden Puder und ein paar Tropfen Parfüm, wickelte sich in ein großes Badetuch und ging erwartungsvoll ins Zimmer zurück.

Aber Bret telefonierte. Er warf ihr einen Blick zu, gab ihr ein distanziertes Lächeln, dann starrte er auf den Bleistift, den er müßig gegen den Nachttisch klopfte. Er sprach offenbar mit Sandy, wie Colleen seinen Worte entnahm.

Und er redete und redete, er tröstete, beruhigte, ermutigte. Es würde alles in Ordnung gehen und sie würden bald alle wieder zusammen sein. Sie sollte sich beruhigen und ihm vertrauen. Ja, natürlich, er vermisse sie auch.

„Wie bitte?“ fuhr Colleen dazwischen.

Bret winkte ihr ungeduldig zu und sprach weiter. Schließlich legte er auf, blickte Colleen an und lächelte.

„Wie rührend“, sagte sie süß.

Er zog ein Gesicht. „Sie braucht viel Zuspruch.“

„Hmm.“

„Aber jetzt geht es ihr besser. Dwyer ist bei ihr, und anscheinend mag sie ihn.“

„Wie nett.“

„Bist du bereit, mich jetzt für die schmachvolle Behandlung im Flugzeug zu entschädigen?“ scherzte er und streckte die Hand nach ihr aus.

Colleen entzog sich ihm. „Das bin ich. Es heißt, dass man Verbrennungen am bestem mit kaltem Wasser kuriert.“ Und damit leerte sie den Eimer mit Eiswasser, den sie sich inzwischen geholt hatte, über ihm aus.

„Colleen!“ Er sprang auf die Füße und packte sie diesmal so schnell, dass sie sich nicht in Sicherheit hatte bringen können. Er zog sie fest an sich, sodass sie unter der nassen Kleidung deutlich seine Muskeln spürte. Sie hob das Kinn, noch immer lächelnd.

„Sandy braucht nicht so viel Zuspruch, wenn das von meiner Zeit abgeht", erklärte sie. Aber Bret ließ sie nicht los und sah sie mit funkelnden Augen an. „Schon gut, ich bin ja bereit!" protestierte sie. Seine Arme schlossen sich noch fester um sie, und Colleen spürte durch den Stoff, wie erregt er war. Er knabberte an ihrem Ohrläppchen und flüsterte: „Du wirst es also wieder gutmachen?"

„Ja, ich werde dich überall küssen", versprach sie atemlos.

„Versprochen?" Er strich ihr über den Rücken, liebkoste ihre Kehrseite und hob sie hoch. Sekunden später lag sie auf dem Bett und er neben ihr. Colleen begann, sein Hemd aufzuknöpfen, und küsste seine Halsgrube dort, wo sie den Puls pochen spürte. Dann schaute sie ihn an. „Waffenstillstand", sagte sie feierlich. „Ich verspreche ..." Aber sie sprach nicht weiter, denn sie befürchtete, das Versprechen nicht halten zu können.

11. KAPITEL

Als Erstes rief Bret morgens das zuständige Polizeirevier in Kalifornien an, um zu hören, ob inzwischen etwas Neues über Rutgers Tod herausgefunden worden war. Leider gab es keinen einzigen Hinweis auf den Mörder. Alles war sehr professionell ausgeführt worden: keine Fingerabdrücke, keine Waffe, nichts, was hätte weiterhelfen können.

Mit Ausnahme vielleicht der Geheimnisse aus der Vergangenheit.

Carly rief kurz in der Redaktion an, ob dort alles wie gewohnt laufe, dann fuhren sie in einem gemieteten VW auf die Autobahn in Richtung Westen. Gegen Mittag nahmen sie bei Melk die Ausfahrt, fuhren an einem riesigen, düsteren Kloster vorbei und waren eine halbe Stunde später in Dernstein, wo die Ruine des Schlosses, in dem Richard Löwenherz von Leopold V. von Österreich gefangen gehalten worden war, zu der Hauptattraktion gehörte.

Es war ein herrlicher Ort, direkt an der Donau gelegen. Und obgleich es von Touristen wimmelte, schafften sie es, einen Restauranttisch direkt am Wasser zu ergattern. Die Donau, an diesem Tag eher grau als von poetischem Blau, floss in majestätischer Breite vorbei, und hoch oben standen die Ruinen wie Wachsoldaten da.

Sie bestellten Sauerbraten und Bier und sprachen darüber, wie sie die Story im Heft präsentieren würden – wenn sie die Story bekämen. Mitten im Gespräch wandte Bret sich ziemlich ungeduldig an Colleen. „Was ist los? Du seufzt vor dich hin und zeigst die Begeisterung eines nassen Bettlakens!"

Colleen nippte am Bier, verschluckte sich beinahe und hustete. „Die ganze Sache ist mir irgendwie unheimlich. Hier ist es so schön, dass man am liebsten Ferien machen und den ganzen Tag auf die Donau schauen möchte. Aber wir sind nicht zum Spaß hier, und ich weiß nicht, wozu das alles gut sein soll. Glaubt ihr im Ernst, dass jemand, der uns auf den Fersen ist, denkt, wir seien nichts als herumstreunende Touristen?"

Bret zuckte mit den Schultern. „Womöglich nicht. Aber ich habe im Augenblick einfach keine bessere Idee. Du vielleicht? Wir können ja bei der Suche nach den Diamanten schlecht jeden Berg auseinander nehmen. Sobald du im Westen des Landes bist, gibt es eine ganze Bergkette. Es ist doch, als suchten wir die Nadel im Heuhaufen."

„Wenn wir Holfers Puzzle-Teil hätten, wüssten wir es vielleicht", erwiderte Colleen.

„Und es ist meine Schuld, dass wir es nicht haben, weil ich dich daran gehindert habe, hinter dem großen Blonden herzujagen, nicht wahr?"

„Kann sein", sagte Colleen. Was hatte sie ihm nur von Gerhard Holfer erzählt? Sie versuchte, sich zu erinnern. Ja, sie hatte ihn als auffallenden, gut aussehenden Mann mit hellblondem Haar beschrieben. War Bret etwa eifersüchtig? Das wäre ja mal etwas anderes!

Aber auch darüber, dass die zarte, elegante Miss Tyrell im Moment nicht bei ihnen war, war Colleen ganz froh.

„Und da ist noch etwas", verkündete sie, bevor Bret antworten konnte. „Ich weiß nicht recht, was ich von deinem Freund Bill Dwyer halten soll. Er sollte in Wien sein, aber anstatt auf dich, Carly und mich zu warten, traf er sich mit Sandy und MacHowell. Wäre es nicht sinnvoller für ihn gewesen, zuerst mit uns zu sprechen?"

„Erstens ist Dwyer kein Freund, sondern nur ein Bekannter von mir", erklärte Bret, „und wir müssen froh sein, überhaupt Hilfe von ihm zu bekommen. Zweitens hält er MacHowell anscheinend für wichtiger als einen von uns. Und außerdem ..." Er sprach nicht weiter, sondern grinste amüsiert.

„Außerdem?"

„Vielleicht hat er von Sandy Tyrell gehört. Die ist ja ziemlich attraktiv, weißt du, und Bill ist jung und allein stehend und wollte ihr eine starke Schulter zum Anlehnen bieten."

„Bist du eifersüchtig?" fragte Colleen süßlich.

„Würdet ihr beiden bitte einen Spaziergang machen und da etwas Energie ablassen?" schlug Carly vor. „Bis zu den Ruinen dort oben ist es nicht weit, und der Blick ist einfach atemberaubend. Unterwegs wird euch bald die Puste ausgehen, dann könnt ihr nicht mehr streiten, und meine armen Ohren haben mal Ruhe."

Colleen lehnte sich seufzend zurück und blickte Bret an. Seine Augen waren steingrau wie die Donau. Beinahe hätten sie wieder einen wüsten Krach vom Zaun gebrochen, und ihr war klar, dass sie so etwas genauso verursachte wie er. Aber warum nur? Es war wirklich entmutigend. Sie versuchte einzulenken.

„Das könnten wir wirklich tun, wo wir schon einmal hier sind. Carly, bist du sicher, dass du nicht mitkommen möchtest?"

„Oh, nein, danke, da war ich schon 1965, während ich in Garmisch-Partenkirchen stationiert war. Ich werde hier auf euch warten. Außerdem könnte es ja sein, dass unsere Freunde aus Tirol anrufen. Dann kann ich an der Hotelrezeption hinterlassen, wo ich zu erreichen bin."

Colleen und Bret wanderten durch die engen, winkeligen Gassen voller Blumen und Läden, die zu den Ruinen hinaufführten. Auf einem mehrsprachigen Schild stand, dass es ein Zwanzig-Minuten-Fußweg sei. „Bist du sicher, dass du das schaffst?“ erkundigte Bret sich bei Colleen und blickte auf ihre hochhackigen Sandaletten.

„Na klar.“

Eine Viertelstunde lang ging sie sogar schneller als Bret. Manchmal gab es Treppen, dann wieder nur Sand und Steine. Bald konnte Colleen fühlen, dass es recht steil bergauf ging. Sie atmete mühsamer, hielt sich manchmal kurz am Gebüsch fest und blieb schließlich stehen, um ihren Herzschlag wieder zu normalisieren.

Der Ausblick war bereits atemberaubend. Sie konnte hinuntersehen auf die Stadt, auf ihre Dächer und Turmspitzen und die Donau, die im Sonnenlicht schimmerte. Wolken ballten sich zusammen, die über den Bergen einen leichten Nebel bildeten.

Bret pustete hinter ihr. Colleen schnalzte missbilligend mit der Zunge. „Du rauchst zu viel“, tat sie besorgt.

„Du wohl nicht?“ kam es zurück.

„Nein, ich mäßige mich weit mehr. In allem.“ Sie klopfte ihm die Wange und machte sich wieder auf den Weg.

„Der Meinung bin ich nicht.“ Eine Sekunde später hatte er sie eingeholt.

Kurz danach kam ihnen ein Paar entgegen, dass schon beim Abstieg war und sie freundlich auf Deutsch begrüßte. Colleen und Bret hatten sich an den Wegrand gestellt, um die beiden an sich vorbeizulassen, und Colleen war überrascht, als Bret sie am Arm ergriff und wieder auf die Mitte des Weges zog. „Gib Acht“, sagte er.

„Wenn ich schon so dumm bin, hochhackig hier hinaufzulaufen, kann ich auch selbst auf mich aufpassen“, entgegnete sie nicht ohne Einsicht.

Er ließ sie wieder los, und sie wanderten weiter. „Zwanzig Minuten muss bei den Österreichern eine andere Bedeutung haben, auch wenn es in Englisch geschrieben steht“, murmelte er.

Colleen stimmte ihm im Stillen zu. Der Wanderweg war schön, aber er war zu lang.

Endlich hatten sie das Plateau erreicht und einen Teil der Mauern. „Wir sind da!“ rief Colleen fröhlich.

Bret schüttelte den Kopf. „Nein, wir hätten dort ankommen sollen." Er zeigte weiter nach oben, wo die Überreste von Mauern, Torbögen und Brüstungen zu sehen waren. Er legte Colleen den Arm um die Schulter. „Aber wir sind dicht dran."

Der Pfad, der hinaufführte, war voller Geröll. Colleen war froh, dass Bret sie bei der Hand nahm. Kurz darauf waren sie oben angelangt, wo sie ein angenehmer leichter Wind umwehte. Die Ruinen anzuschauen und sich vorzustellen, dass hier Menschen gewohnt hatten, dass es Burgfrauen, Knechte, Herrscher und Diener gegeben hatte, war faszinierend.

Colleen blieb vor einer massiven Wand mit einem riesigen gotischen Fenster stehen. Bret kletterte noch weiter hoch, durch einen Torbogen bis zu einer Art Brüstung. Er atmete tief durch und genoss den Ausblick. Dann, plötzlich und völlig unerklärlich, stellten sich ihm die Nackenhärchen hoch und ihn fröstelte.

Er schloss die Augen und lauschte. Dann hörte er es, es war ein Geräusch wie von sich verschiebenden Steinen, als ob jemand hier mit ihnen wäre.

Aber da war niemand. Seit ihnen das deutsche Touristenpaar entgegengekommen war, waren sie niemandem begegnet.

Er öffnete die Augen. Es war noch lange bis zum Hereinbrechen der Nacht, aber ein heraufziehendes Gewitter hatte den Himmel verdüstert. Die schweren, dunklen Wolken hingen tief, und der Wind wurde heftiger. Weit unten hatte sich die aufgewühlte Donau zu einem düsteren Graulila verändert.

Er hörte es wieder: das Auseinanderstieben von Kieselsteinen. Hier gab es keine Geländer mehr, keine Schutzabsperrungen. Ein Schritt in die falsche Richtung ... Unter ihnen nichts als zackige Felsspitzen, Hunderte von Metern tief.

Bret drehte sich in aufkommender Panik um. Er konnte Colleen nicht sehen. „Colleen!"

Der Wind schien seine Stimme wegzureißen. Plötzlich hörte er den Fall von etwas Schwerem, kein Steinchen, sondern ein großer Felsbrocken. „Colleen!" Halb stolpernd rannte er zu dem Torbogen, an dem er sie zurückgelassen hatte. Das Herz pochte heftig. Hier gab es endlose Möglichkeiten für jemanden, sich zu verstecken ...

„Colleen!" Er blieb zwanzig Schritte vor ihr stehen, atmete erleichtert auf. Ihr fehlte nichts. Der Wind wehte ihr Haar wie einen schwarzen Vorhang über ihr feines Gesicht, und ihre großen Augen glänzten in den letzten Sonnenstrahlen.

„Bret! Das hättest du sehen sollen! Ich hatte Todesangst! Dieser Felsbrocken kam da gerade ..."

Er packte ihre Hand und zog sie in Richtung Abstieg. „Komm, wir steigen wieder hinunter."

„Bret, ich ..."

Diesmal hörten sie es beide: das Schurren im Sand und im Geröll. Bret starrte Colleen kurz an. In ihrem hellen Sommerkleid sah sie so zart aus. Frisch und feminin und zerbrechlich und vollkommen verwundbar.

„Komm schnell", sagte er und zog sie hinter sich her.

Es wurde stockdunkel. Bäume und Büsche schienen nach ihnen zu greifen. Die Steinstufen waren feucht und rutschig. Sie gingen eine breite Mauer entlang. Eine Zeit lang gab es keine Hindernisse auf dem Weg. Die Lichter der unten liegenden Stadt schienen näher zu kommen.

Dann, nach einer Wegbiegung, endeten die Stufen und wurden von einem steinübersäten Pfad abgelöst. Als Bret sich gerade umdrehte, um der rutschenden Colleen zu helfen, sah er, wie hinter ihnen ein dunkler Schatten hinter einem Busch verschwand.

„Schnell!" bat er, aber Colleen stolperte wieder ... zwei Schritte zur Linken, und sie wäre abgestürzt.

„Ein Haus!" rief sie kurz darauf erleichtert aus, und auch Bret war froh, es zu entdecken. In der Nähe einer menschlichen Behausung würde es einen ‚Unfall' nicht ohne Zeugen geben.

„Beeil dich", mahnte er. Die Schritte hinter ihnen waren nicht mehr heimlich. „Lauf!" rief Bret Colleen zu und drehte sich um, um den möglichen Angreifer abzuwehren.

Mit leicht gebeugten Knien und geballten Fäusten stand er abwartend da ... und dann wurden seine Augen groß vor Überraschung, sein Körper entspannte sich, und er begann zu lachen. Eine Sekunde später war Colleen an seiner Seite, legte ihm den Arm um die Taille, und beide prusteten los.

Ihr ‚Angreifer' stand in voller Sicht vor ihnen. Er konnte nicht älter als zehn Jahre alt sein, und er schaute sie beide an, als hielte er sie für völlig verrückt. Mit einem freundlichen „Guten Tag" ging er an ihnen vorüber.

Bret legte den Arm um Colleens Schulter, und sie folgten dem Jungen in müßigem Tempo.

„Mir reicht es allmählich", stöhnte Bret.

„Du bist gut! Mein Kleid ist zerrissen, meine Beine sind zerkratzt, und mein Herzschlag wird sich wohl nie wieder normalisieren!"

„Schlägt es denn sonst normal?"

„Was?"

„Dein Herz. Ich meine, es ist meistens frostig."

„Hey, du bist derjenige, der aus Stein gemacht ist."

„Bin ich das?" Er blieb stehen. „Da oben habe ich noch gedacht, dass es nett wäre, dich in einen dieser hohen Turme einzusperren, wo du in keine Schwierigkeiten geraten könntest."

„Hmm, wo ich dann immer wäre und du gelegentlich hereinschneien und mich besuchen könntest und dann, während du ganz nach Belieben durch die Welt streifst, vergessen könntest, dass ich überhaupt existiere."

„Du scheinst wirklich niemandem mehr zu vertrauen, Colleen, und reagierst immer so scharf. Deine Eltern haben dich nicht verlassen, sondern sind gestorben, verstehst du, und ..."

„Ich reagiere scharf?" protestierte sie und kämpfte mit den Tränen. Bret hätte sie am liebsten tröstend in den Arm genommen, wagte es aber nicht, aus Furcht, weggestoßen zu werden. „Du bist derjenige, der immer ..." Sie sprach nicht weiter, sondern starrte an ihm vorbei.

„Was ist da?" fragte Bret angespannt.

„Carly. Er sitzt auf dem kleinen Friedhof am Anfang des Pfades."

Bret folgte ihrem Blick. Sie hatte Recht.

„Was macht er da wohl?" murmelte Colleen neugierig.

„Nun, ich glaube nicht, dass er für die Toten betet", erwiderte Bret. „Er wartet auf uns. Irgendetwas muss passiert sein. Komm, beeilen wir uns."

Der Boden war eben genug, sodass sie laufen konnten. Carly musste sie gehört haben, denn er erhob sich und kam ihnen durch das schmiedeeiserne Tor entgegen.

„Was ist los?" fragte Bret. Nicht nur allein Carlys Anwesenheit, sondern sein düsterer Gesichtsausdruck warnte sie, dass etwas Schlimmes geschehen war.

Colleen, die wegen ihren mangelnden Sympathie für Sandy ein schlechtes Gewissen hatte, flüsterte: „Es ist doch nichts mit Sandy? Ist ihr etwas passiert?"

„Nein, nein, der geht es gut. Ich meine, ihr ist nichts passiert, aber ..." Er zögerte. „Es ist etwas mit MacHowell."

„MacHowell?" wiederholte Bret.

„Er ist tot", sagte Carly.

„Was? Wieso? Seit wann?"

Carly schüttelte den Kopf. „Ich sprach kurz mit Bill Dwyer. Er sagte, er würde uns die Details geben, sobald wir uns treffen. Sandy war bei ihm, und Dwyer musste ihr ein Beruhigungsmittel besorgen. Wir müssen gleich los. Wir treffen sie heute Abend beim Schlosshotel außerhalb von Salzburg."

Um Colleen schien sich alles zu drehen. Sie hatte das Gefühl, gleich in Ohnmacht zu fallen.

MacHowell! Sie musste daran denken, wie er sie angesehen hatte, als sie sich verabschiedeten, was er gesagt hatte. Dennoch – sie hatte ihn auch verdächtigt. Und nun war er tot!

Was nur noch einen Verdächtigen hinterließ. Rudi Holfer. Und sie hatte kurz davor gestanden, dessen Sohn vertrauensvoll hinterherzulaufen!

„Colleen, alles in Ordnung?"

Bret nahm sie in die Arme und hielt sie, warm und stark. Sie nickte.

Bret. Er war immer für sie da. Und vielleicht hatte sie Unrecht. Vielleicht hatte sie wirklich Angst gehabt, ihrer Liebe für ihn nachzugeben. Wenn sie nur alles hinter sich lassen konnte und ihm das glauben, was er vielleicht sagen würde, wenn sie es zuließe ...

„Wir müssen gehen", sagte er leise.

Colleen nickte. Irgendwann würden sie wieder Zeit haben, sich um ihre Beziehung zu kümmern. Aber nicht jetzt. MacHowell war tot. Es war einfach unfassbar. Der Sinn der Worte nicht zu begreifen.

Erst nach Mitternacht erreichten sie den Stadtrand von Salzburg. Colleen saß unbequem auf dem Rücksitz des VWs und machte sich Gedanken darüber, ob Rudi Holfer oder James MacHowell der Drahtzieher wäre. Dabei war General MacHowell so sympathisch gewesen!

Und nun war auch er tot. Ihre Menschenkenntnis ließ wohl zu wünschen übrig. Nun blieb nur Holfer übrig.

„Wir sind da." Carly tippte ihr auf die Schulter, da Colleen gar nicht mitbekommen hatte, dass sie nicht mehr fuhren. Steif und müde streckte sie sich. Carly half ihr aus dem Auto. Bret war schon dabei, die Stufen zum Schlosshotel hinaufzulaufen.

Colleen massierte ihren Nacken und blickte sich um. Das Haus wirkte ein wenig wie ein Märchenschloss. Die Umgebung war grün, die Luft frisch und kühl. Breite Steinstufen führten zur Eingangshalle hinauf, und durch die großen Fenster konnte Colleen in einen der Gesellschaftsräume schauen. In einer Ecke brannte ein helles Kaminfeuer, an der Wand standen Skier aufgereiht, an Holztischen um das Feuer herum saßen Gäste in Pullovern und Parkas bei dampfenden Getränken. Gelächter war bis nach draußen zu hören.

„Eine Ski-Lodge?" erkundigte Colleen sich bei Carly.

„Wir suchen ja einen bestimmten Ski-Lift", erinnerte Carly sie.

„Ja, natürlich." Colleen blickte sich um. Mondlicht umspielte die Bergflanken hinter dem Hotel. Der Anblick war herrlich. Obgleich es Sommer, war, waren die Gipfel mit glitzerndem Schnee bedeckt.

Bret kam die Treppe herunter, hinter ihm ein uniformierter Page.

„Emil wird sich um unser Gepäck kümmern“, erklärte er Carly und Colleen. „Sandy, Ben und Dwyer sind schon hier. Sie erwarten uns in einem kleinen Aufenthaltsraum.“

Colleen folgte Bret durch die Eingangshalle, die mit Fahnen und alten Wappenbildern geschmückt war, vorbei an der fröhlichen Gästeschar, die um den Kamin herum saß, in ein kleineres Zimmer daneben. Auch dort gab es einen Kamin. Sandy, Ben und ein Mann, der Bill Dwyer sein musste, saßen bei einem Drink an einem runden Tisch.

Sandy entdeckte sie zuerst. „Oh, ihr seid da.“ Sie sprang auf und umarmte Bret. „Ich freue mich so, dass ihr da seid!“

Ben nickte Colleen und Carly lächelnd zu. Bill Dwyer stellte sich vor. „Tut mir Leid, dass wir uns unter solchen ernsten Umständen kennen lernen“, sagte er bedauernd.

Er war etwas kleiner als Bret, hatte freundliche braune Augen und hellbraunes Haar. Der typische Amerikaner, dachte Colleen. Angenehme Stimme und Manieren, die seinem Beruf entsprachen, sachlich, ohne allzu ernst zu sein, und sichtlich daran gewöhnt, Verantwortung zu tragen. „Ich habe, so gut ich das von hier aus konnte, alles veranlasst, damit der Tote in seine Heimat überführt werden kann“, erklärte er.

Colleen kamen die Tränen. Sie war nicht sicher, ob General MacHowell es gewollt hätte, per Schiff in seine Heimat überführt zu werden. Sein wirkliches Zuhause war so viele Jahre lang Marokko gewesen.

„Wollen wir uns nicht setzen?“ schlug Bill Dwyer vor. Er musterte Colleen nachdenklich. „Haben Sie zu Abend gegessen? Sie sehen aus, als könnten Sie etwas Warmes zu trinken gebrauchen. Hier gibt es eine wunderbare Spezialität: Kaffee mit Blaubeerlikör und Sahne. Darf ich Ihnen das bestellen?“

Colleen sah ihn dankbar an und sank in einen Stuhl neben Ben. Der wirkte so deprimiert, dass sie ihm aufmunternd die Hand drückte. „Wie ist das alles passiert?“ fragte sie Carly, der neben ihr saß.

Sandy hing noch immer an Brets Arm und flüsterte ihm etwas ins Ohr.

Ben schüttelte den Kopf. „Keine Ahnung. Wir wurden getrennt, wenn auch nur für eine Minute. Mr. MacHowell wollte die Aussicht genießen. Mr. Dwyer war bei uns. Wir dachten, wir seien völlig sicher."

„Ja, aber ..." Colleen unterbrach sich, weil ein Kellner kam, mit dem Dwyer deutsch sprach. Er erklärte dann, dass er auch etwas zu essen bestellt habe, da sie vermutlich seit Stunden nichts zu sich genommen hatten. Die Unterhaltung ließ nach, nachdem serviert war. Es gab kalte Salate, warmes Bauernbrot und Kalbsbraten. Auch die Getränke wurden gebracht. Besonders der würzige Kaffee schmeckte Colleen.

Inzwischen hatte Sandy sich etwas beruhigt. Sie saß mit der Tasse in der Hand neben Bret und begann auf sein Drängen hin zu erzählen, was passiert war.

„Ich weiß nicht, was ich von alledem halten soll. Die ganze Umgebung, die herrlichen Berge, alles war wunderschön. Überall blühten Blumen ... und General MacHowell wollte draußen sein. Er sagte, er habe sich schon lange nicht mehr so gut gefühlt. Wir fuhren mit dem Wagen zu einem Aussichtspunkt und ..." Sandy schien mit den Tränen zu kämpfen. „Bill und ich..." Sie warf dem Diplomaten einen scheuen Blick zu. „... diskutierten gerade über die Puzzle-Teile. Er kennt die Gegend hier, wissen Sie, ich versuchte also, ihm alles zu erklären. Wir waren etwas vom Weg abgekommen, als uns auffiel, dass der General nicht mehr dabei war. Wir riefen und suchten ihn überall."

„Und dann entdeckten wir ihn im Abgrund", fuhr Dwyer fort.

Bret schaute zu Ben hinüber. „Und wo waren Sie?"

„Ich bin beim Wagen geblieben, um ihn gegen ein Abrutschen zu sichern. Fragen Sie Sandy oder Mr. Dwyer, ich habe mich von dort keinen Schritt wegbewegt!"

„Ich dachte schon ..." Sandys Stimme klang gepresst, „außer uns war niemand da oben. Und der General wirkte den ganzen Tag so merkwürdig, so still, so traurig."

Bill Dwyer räusperte sich. „Ich glaube, was Sandy sagen will, Bret, ist, dass sie denkt, der General könnte es absichtlich getan haben."

„Selbstmord?" entfuhr es Colleen.

Sandy sah sie mit großen Augen an und nickte.

„Das ... das glaube ich nicht!" protestierte Colleen. „Er wollte uns unbedingt helfen und sagte, dass er sich seit Jahren nicht besser gefühlt hätte."

Am Tisch herrschte Schweigen. Carly seufzte und bedeckte Colleens Hand mit seiner. „Colleen, wer von uns weiß, was wirklich in seinem Herzen vorging? Es schien ihm gut zu gehen, aber er hatte all diese Jahre mit dem Bewusstsein gelebt, dass seine Männer sinnlos umgekommen waren."

Sandy atmete zitternd ein. „Einmal hat er mir gesagt – dass ich mir wegen Rutger nicht zu viele Gedanken machen solle. Dass Rutger jetzt da sei, wo nur Gott sein Richter sei und ihm vielleicht die Vergebung gewährleistet werden könne, die er auf Erden nicht fand."

Colleen senkte den Kopf. Vielleicht hatten die anderen Recht. Sie hatte den Mann ja nicht sehr gut gekannt. Keiner von ihnen.

Aber irgendetwas in ihr sträubte sich dennoch gegen den Gedanken. MacHowell war so daran interessiert gewesen, gemeinsam mit ihnen die Wahrheit über Rutgers Ermordung herauszufinden, so, als stellte das eine Art Sühne dar.

„Was machen wir nun?" wollte Ben wissen.

Colleen wartete gespannt auf Brets Antwort.

Der lehnte sich zurück, schob seinen Teller weg und zündete sich eine Zigarette an. „Wir sind im Zentrum des Ski-Gebiets. Ich denke, wir sollten erst einmal ausschlafen und dann morgen früh darüber diskutieren."

„Ski-Abhänge gibt es hier überall", meinte Sandy. „‚N'oubliez pas' und ‚Die Erde ist die Mutter' ... was ist damit?"

Bret blickte Dwyer an. „Sie kennen die Gegend, Bill, haben Sie irgendeine Idee?"

Der schüttelte den Kopf. „Ich fürchte, nein. Aber wir könnten uns hier einmal umhören. Vielleicht gibt es jemanden, dem diese Ausdrücke etwas sagen."

Bret nickte. Ben wirkte erschöpft, sein dunkles Gesicht war blass, und er hatte tiefe Ringe unter den Augen. „Ben", sagte Colleen, „Sie können natürlich nach Hause fahren, wenn Sie wollen."

Schnell setzte er sich wieder gerade hin. „Nein, nein, ich will das hier mit Ihnen bis zu Ende durchstehen. Bitte schicken Sie mich nicht weg."

„Niemand schickt Sie weg", versicherte Carly, „aber jetzt sollten wir Sie wohl zu Bett schicken. Ich denke, ich gehe auch schlafen. Auch wenn ich für morgen schon eine Idee habe."

Alle schauten ihn hoffnungsvoll an. „Ich denke, wir sollten Ski laufen gehen", sagte er lächelnd, „und die Leute hier herum fragen, ob sie zum Beispiel etwas über einen ‚nicht vergessenen' Abfahrtshang wissen. Was haltet ihr davon?"

Bret lachte leise. „Die beste Idee seit Jahren, Carly. Treffen wir uns um zehn?"

„Um zehn im Frühstücksraum."

Ben folgte Carly. Auch Colleen wurde bewusst, dass sie die Augen kaum noch offen halten konnte. „Ich gehe auch schlafen", sagte sie zu Bret.

„Ich glaube, ich kann noch nicht schlafen", meinte Sandy.

„Es ist schon ziemlich spät", fand dagegen Bill.

„Keine Angst, Sandy, wir werden Sie nicht alle verlassen", sagte Bret mit dieser heiseren Stimme, die Colleen immer so sexy fand. „Ich bleibe auch noch ein bisschen. Der Kaffee hier ist hervorragend. Aber du", er sah zu Colleen hinüber, „siehst aus, als könntest du Erholung gebrauchen."

Eifersucht war ein hässliches Gefühl, wusste Colleen. Sie überlagerte sogar ihren Kummer über den Tod von MacHowell. Die hübsche, freundliche, feminine Sandy, die sich an Bret hängte ...

Und der schien darauf einzugehen.

Colleen lächelte gequält. „Nun, dann: gute Nacht, alle zusammen."

Bill stand ebenfalls auf. „Ich werde Sie bis zu Ihrem Zimmer begleiten und prüfen, ob Sie dort auch sicher verwahrt sind."

„Wie nett", sagte Colleen freundlich. Hoffentlich bekam Bret mit, dass auch um ihre Sicherheit jemand besorgt war.

Aber Bret sagte nur „Gute Nacht“, ohne sie dabei anzusehen.

Am liebsten hätte sie etwas Giftiges erwidert, beherrschte sich aber.

Bill Dwyer brachte sie zum Fahrstuhl. „Wirklich nett von Ihnen, dass Sie sich neben Ihrer Tätigkeit die Mühe machen, sich um Reporter zu kümmern.“

Er lachte höflich. „Meine Pflichten erscheinen mir im Moment ziemlich eintönig. Die Beziehungen zwischen den USA und Österreich sind entspannt. Ich kümmere mich nur gelegentlich um ein paar verirrte Touristen oder hier und da einen drogensüchtigen Jugendlichen aus den USA, das ist alles. Das mit diesem netten alten Mann tut mir wahnsinnig Leid, aber mich in dieser Sache um Sie zu kümmern, ist auch sehr aufregend.“

Im Fahrstuhl des zweiten Stocks unterhielt Bill sie mit einer Geschichte über das Hotel. „Der Erbauer wollte, dass es wie ein richtiges Schloss aussah. Ihnen ist sicher aufgefallen, dass alles ziemlich gut gelungen ist. Aber dann machte er aus dem Frühstückssaal plötzlich eine Diskothek und verdarb mit seinem schlechten Geschmack beinahe alles.“

Danach verschwand Colleen in ihrem Zimmer. Sie hörte noch, wie Bill den Flur hinunterging.

Trotz ihrer Erschöpfung war ihr plötzlich nicht mehr nach Schlafen zumute. Die Puzzle-Stücke gingen ihr im Kopf herum, und ständig sah sie James MacHowells Gesicht vor sich.

Und Bret, der Sandy seine starke Schulter zum Anlehnen bot.

„Und was habe ich gegen die starke Schulter von Bill Dwyer einzuwenden?“ fragte sie laut.

Sie duschte heiß und zog ein Nachthemd mit Spitzenbordüren an – ohne gleich mit Sandy konkurrieren zu wollen. Bret war noch immer nicht da. So kroch sie allein unter die frisch bezogene Federdecke. Aber sie konnte nicht einschlafen. Sie starrte dauernd auf den Wecker.

Die Minuten verrannen. Am liebsten hätte sie Bret in kleine Stücke zerrissen! Dabei war ihre Scheidung ja bald durch ...

Erst um fast fünf Uhr morgens kam er. In Colleens Augen brannten Tränen. Sie hörte ihn lange im Badezimmer rumoren. Musste er etwa Sandys Duft von sich abwaschen?

Kurz darauf landete er neben ihr im Bett. Sie spürte seine Hand auf ihrer Schulter, warm und fest. Nur nicht darauf reagieren, nahm sie sich vor.

„Colleen?"

„Bret, lass mich in Ruhe, ich schlafe."

„Tust du nicht. Ich möchte mit dir reden, dir erklären ..."

„Hör zu, Bret, da ist nichts zu erklären. Du bist ein freier Mann und schuldest mir keine Erklärung. Und ich will auch keine. In wenigen Wochen sind wir geschieden und werden unsere eigenen Wege gehen, unser eigenes Leben leben. Ich bin todmüde. Bitte lass mich in Ruhe."

Er gehorchte. Auf dem Rücken liegend starrte er im Dunkeln an die Decke.

Colleen presste ihr Gesicht ins Kissen. Sie war unglücklich wie schon lange nicht mehr und hoffte inständig, endlich einzuschlafen. Der Abstand zwischen ihnen war größer, als er je gewesen war.

12. KAPITEL

Irgendwann schlief Colleen ein, aber als sie wieder aufwachte, wunderte sie sich, dass sie das überhaupt gekonnt hatte. Hinter den Vorhängen dämmerte es, aber noch war alles still, und unter der Federdecke war es warm und gemütlich.

Bret schlief noch. Er hatte ihr den Rücken zugedreht, nur sein Haarschopf war über der Decke zu sehen.

Colleen versuchte weiterzuschlafen. Vergeblich. So stand sie leise auf, duschte und zog sich an. Als sie sich zurechtmachte und ihr Gesicht im Spiegel sah, schüttelte sie den Kopf. Sie hatte dunkle Ränder unter den Augen, und sie war blass. Ganz sicher gab sie nicht das Bild von Energie und zerbrechlicher Schönheit ab.

Sich übers Aussehen zu grämen, hatte wenig Zweck. Ein heißer Kaffee würde sie vielleicht in eine bessere Stimmung versetzen.

Bret schlief noch immer, als sie das Zimmer leise verließ. Es war erst ein Viertel nach acht. Bei einem Frühstück konnte sie alles Bisherige in Ruhe überdenken.

Das Frühstückszimmer befand sich im dritten Stock. Wie Bill schon vorgewarnt hatte, war es nicht besonders geschmackvoll eingerichtet. Während sie darauf wartete, einen freien Tisch zugewiesen zu bekommen, bemerkte sie Emil, der hier Dienst hatte. Er lächelte herüber.

„Guten Tag. Möchten Sie draußen auf der Terrasse sitzen? Von dort aus können Sie das echte Schloss sehen."

„Gern", sagte Colleen und folgte ihm zwischen den Tischen hindurch bis zur gläsernen Terrassentür. Draußen war alles in Weiß gedeckt, und am Geländer hingen mit Geranien gefüllte Blumenkästen. Auf einem der schneebedeckten Berge in der Ferne war tatsächlich ein Schloss zu erkennen.

„Kann man es besichtigen?" fragte sie Emil.

„Nein. Es gehört einem alten Mann, einem Deutschen, heißt es. Den kennt allerdings niemand, und das Anwesen ist von hohen Gittern und Hunden geschützt. Er soll eine Art Einsiedler sein. Unser Schloss bietet aber einen herrlichen Anblick, nicht wahr?"

Colleen nickte zustimmend, und Emil verschwand.

Während sie an ihrem Kaffee nippte, betrachtete Colleen gedankenverloren das Schloss. Die Turme hoben sich nur schemenhaft aus dem Morgendunst. Selbst zu dieser Jahreszeit gab es dort oben eine leichte Schneedecke.

Sie dachte wieder über die merkwürdigen Begriffe „N'oubliez pas" und „Die Erde ist die Mutter" nach, kam aber zu keinem sinnvollen Ergebnis. Und bald fiel Bret ihr wieder ein und der Schmerz, den sie seinetwegen empfunden hatte. Sie musste es lernen, Abstand von ihm zu halten, auch innerlich.

Colleen blickte erschrocken auf, denn auf einmal stand ein Mann vor ihr: groß, blauäugig, mit schönem Gesicht – und platinblondem

Haar. Er lächelte, zog seine Handschuhe aus und setzte sich, ohne Colleens Einladung abzuwarten, ihr gegenüber.

„Guten Tag, Frau McAllistair. Ich sagte Ihnen ja, dass ich Sie finden würde."

Colleen saß vor Schreck wie festgefroren da. Rutger war tot. Und Eli. Und James MacHowell. Und dieser Mann hier, der Sohn von Rudi Holfer, hatte sich einfach so – fast auf Tuchfühlung – neben sie gesetzt!

Er blickte sie spöttisch an. „Was geht Ihnen wohl jetzt durch den Kopf? Glauben Sie, dass ich Sie hier in aller Öffentlichkeit erdrosseln werde? Und dann drei Stockwerke hinunterrenne, um zu entkommen?"

„D...das glaube ich nicht", stotterte sie.

Er beugte sich vor und lächelte grimmig. „Ich habe nicht die Absicht, irgendjemanden zu verletzen. Genauso wenig wie mein Vater. Ich weiß, dass Sie mir nicht glauben, und doch muss ich dabei bleiben. So wie die Dinge liegen, sind Sie zu unserer Eingangstür gekommen."

„Ihrer Eingangstür?" wiederholte Colleen benommen.

Er zeigte auf das Schloss weit oben in den Bergen. „Das gehört meinem Vater. Er sieht kaum einen Menschen und verlässt selten sein Heim. Seit Jahren lebt er da wie eingekerkert. Aber er würde Sie gern sehen."

‚Das war es!' dachte Colleen aufgeregt.

„Sehr gut", erklärte sie. „Um zehn Uhr treffen wir uns alle hier oben. Wir werden uns freuen, Ihren Vater kennen zu lernen."

„Nein, nein!" widersprach Gerhard Holfer ungeduldig. „Verstehen Sie nicht? Man kann niemandem trauen!"

„Mr. Holfer, unter diesen Umständen wäre ich doch vollkommen verrückt, allein mit Ihnen zu gehen."

Er erhob sich und griff nach seinen Handschuhen. „Dann kann ich nichts weiter für Sie tun – so lange, bis Sie mir vertrauen. Einen schönen Tag, Frau McAllistair."

„Warten Sie ..."

Aber er war schon gegangen. Colleen sah ihm verwirrt nach, dann fiel ihr Blick auf den Zettel, den er dagelassen hatte – und sie hielt den Atem an: Es war das vierte Puzzle-Teil! Vergilbt und zerknittert, aber in ihrer zitternden Hand!

Sie faltete es auseinander. Auf der Zeichnung war eine Art Kiste mit einer grob skizzierten Figur darin. Darüber war ein Schreibtisch, an dem eine weitere Figur saß. Colleen strengte sich an, um mehr zu erkennen. Auf dem Hemd der Figur am Schreibtisch war ein Hakenkreuz gezeichnet.

„Möchten Sie noch Kaffee?"

Colleen schrak zusammen. Emil stand mit einer Kanne vor ihr.

„Entschuldigen Sie, ich wollte nur ..."

„Oh, Emil, tut mir Leid, Sie haben mich erschreckt. Ich nehme gern noch welchen."

Der junge Mann schenkte ihr nach und sah dabei die vor ihr liegende Zeichnung. „Komisch, das sieht ja wie ein Bunker aus."

„Ein Bunker?"

„Ja, Bunker. So etwas, wie Hitler in Berlin hatte."

Colleen fragte interessiert nach. „Sagen Sie, gibt es solch einen Bunker auch in dieser Gegend?"

„Nein", meinte er, und sie war schon enttäuscht. „Oder doch, vielleicht doch."

„Was meinen Sie mit ‚vielleicht doch'?" hakte sie aufgeregt nach.

„Da ist die Oubliette. Aber die wurde noch vor Kriegsende verschlossen. Und", er lachte, „wie passend: Man hat sie tatsächlich vergessen."

Colleen packte ihn am Arm und zog ihn näher an sich heran. „Emil, was genau ist das, die Oubliette?"

Der junge Mann zuckte mit den Schultern. Diese Amerikanerinnen waren an merkwürdigen Dingen interessiert! „Ich weiß es nur noch vage aus meiner Schulzeit, und das auch nur, weil ich hier aufgewachsen bin. Das war so eine Art Kabinett für hochrangige deutsche Offiziere, verstehen Sie. Aber viele Österreicher haben im Untergrund gearbeitet."

„Für die Alliierten? Wie Partisanen?"

„Ja, oder wie Spione. Und wenn sie bei Verhören nichts aussagten, sperrte man sie in die Oubliette, in einen tief gelegenen quadratischen Raum, der nur oben eine Luke hatte. Wenn sie aussagten, ließ man sie wieder nach oben. Wenn nicht ..." Er zog ein Gesicht. „Nach mehreren Tagen ohne Wasser redeten die meisten. Und nach dem Verhör wurden sie vermutlich erschossen."

Colleen ahnte, dass das hier alles von enormer Bedeutung für ihre Suche war. „Emil, wo ist dieses Verlies?"

„Ich weiß es nicht so genau. Der Eingang ist vor langer Zeit verschlossen worden und der Lift gesperrt."

„Der Lift?"

„Ja. Der Berg selbst bot ehemals ein prima Abfahrtsgelände. Aber dann wurden immer mehr Ski-Hotels gebaut, die Abhänge verändert, und der Lift war nicht mehr zeitgemäß. Ich zeig's Ihnen mal", er nahm ihre Papierserviette und begann darauf zu zeichnen. „Hier liegt Esk, ein kleines Dorf direkt an der Straße. Von Esk führt eine andere Straße zum alten Ski-Lift. Sie können ihn gar nicht verpassen, und die Oubliette liegt irgendwo in der Nähe."

Colleen beugte sich vor und gab ihm spontan einen Kuss. „Tausend Dank, Emil!" Eilig nahm sie einen Geldschein aus ihrem Portemonnaie und gab ihn ihm. Er blickte erstaunt darauf. „Das ist aber zu v..."

„Nichts da, Sie haben mir sehr geholfen!"

Colleen hastete die Treppen hinab, aber ihr Zimmer war verschlossen. Ungeduldig klopfte sie. Keine Antwort. Es war schon fast zehn Uhr, Bret konnte doch nicht noch schlafen!

Sie nahm ihren eigenen Schlüssel und schloss auf. Bret war nicht da, auch nicht im Bad, sein Bett war sogar schon gemacht.

„Was ist denn?"

Colleen fuhr herum. Bill Dwyer stand in der Tür.

„Ich suche meinen Mann", erklärte Colleen.

Bill antwortete nicht.

„Was ist denn los?" fragte Colleen nach.

„Äh, ich wollte Ihnen gerade sagen, dass Ihr Mann weggegangen ist."

„Wie bitte? Wir wollten uns doch alle um zehn Uhr treffen."

„Das stimmt, aber Ihr Chef musste hinüber in ein anderes Hotel, um einen Anruf aus Amerika zu erwidern, da hier das Telefon nicht funktionierte. Heute Morgen war hier schon allerhand los." Bill sagte das so entschuldigend, als hätte er das verursacht.

Colleen wunderte sich. „Und wo ist Bret nun hin?"

Wieder wirkte Bill verlegen. „Miss Tyrell war heute Morgen noch immer ziemlich aufgeregt. So ist Ihr Mann mit ihr zum Polizeirevier gefahren, will aber bis zum Nachmittag wieder zurück sein."

Colleen ließ sich aufs Fußende des Bettes sinken. Wie konnte er ihr das antun? Ihr Gefühl hatte sie also nicht getrogen. Bret bemühte sich so sehr um sie, dass er es nicht einmal für nötig gehalten hatte, Colleen selbst zu informieren. In ihren Augen brannten Tränen.

„Kann ich etwas für Sie tun?" fragte Bill mitfühlend.

Colleen lachte bitter. „Ich glaube, ich habe gerade die Lösung für alles gefunden, und niemand ist da, um sie zu hören."

„Wie bitte?"

„Das ist eine lange Geschichte. Ich glaube, ich weiß jetzt zumindest, wo wir die Diamanten suchen müssen."

Bill trat ins Zimmer, seine Augen blitzten vor Aufregung wie bei einem aufgeregten kleinen Jungen. „Also dann ..." Er setzte sich neben sie. „Wieso tun wir das nicht gleich selbst?"

Sein Eifer steckte Colleen an. Auf Bret musste sie nicht warten. Er war ohne sie losgegangen. „Bill, ich weiß nicht recht, es ist schon so viel Schreckliches passiert."

Er blickte fast beleidigt drein. „Ich sehe zwar nicht wie Muhammad Ali oder Joe Frazier aus, aber so schwach bin ich nun auch wieder nicht! Außerdem besitze ich eine Waffe."

„Eine Waffe?"

„Mit Waffenschein", beruhigte er sie. „Und ich bin ein hervorragender Schütze. Colleen, wer weiß, wann die anderen zurück sind, bedenken Sie doch: Wir könnten es selbst machen! Wenn sie nach Hause kommen, sitzen wir hier bei einem Scotch auf Eis und servieren ihnen die Lösung des Geheimnisses!"

Er redete immer weiter. Aber eigentlich brauchte er das nicht. Denn Colleen hatte ihre Entscheidung getroffen und unterbrach ihn. „Ich versuche nur, Ben zu finden."

„Ben ist mit Ihrem Boss weggegangen. Ich hinterlasse an Sandys Tür eine Nachricht. Vermutlich werden sie zuerst in Sandys Raum zurückkehren."

Vermutlich in Sandys Raum zurückgehen? Wusste hier jedermann etwas, was Colleen noch nicht wusste?

„Ich bin gleich zurück. Mit der Pistole – falls Holfer irgendetwas versuchen sollte."

„Holfer?" murmelte Colleen.

„Ja, Holfer. Er muss der Mörder sein, oder?"

Colleen schüttelte den Kopf. „Dank Holfer weiß ich ja erst, wo die Diamanten sind. Oder zumindest, ich vermute, wo sie sein könnten. Sein Sohn gab mir das letzte Puzzle-Teil."

Dwyer zögerte. „Das bedeutet gar nichts, sondern könnte auch heißen, dass Sie ihn zu den Diamanten führen sollen. Immerhin, sein Puzzle-Stück allein würde nicht viel bedeuten. Ich bin gleich zurück."

Colleen nickte. Obwohl ihre Begeisterung schwand wie die Sonne in der Dämmerung. Eigentlich bedeuteten ihr die Diamanten nichts. Es waren Steine, die jemand anderem gehörten. Sie waren nur wichtig, weil sie das Finale eines menschlichen Dramas einleiten könnten.

Und das würde ein anderes Finale bedeuten. Das von Bret und ihr.

„Gehen wir", sagte sie entschlossen.

Bill stand wieder an der Tür, seine Augen blitzten vor Energie und Begeisterung. Colleen steckte Geld und Zimmerschlüssel in die Tasche und folgte ihm.

Nach einer halben Stunde hatten sie Esk erreicht, nach weiteren fünfzehn Minuten waren sie auf halber Berghöhe. Nach noch einmal fünf Minuten konnten sie den verlassenen Ski-Lift sehen.

Bill stapfte fröhlich durch den Schnee hinauf. „Ich kenne diese

Ecke hier von früher. Es gab Beschwerden über den Lift, weil er nicht mehr funktionierte. Aber man hat ihn noch immer nicht abgebaut."

Der Lift war verrottet und erinnerte an das Gestänge eines Käfigs. Die Kabel, die noch herunterhingen, sahen gefährlich aus. „Sie sollten sich darum kümmern", sagte Colleen zu Bill.

„Das werde ich tun", versprach er.

Sie stapften durch den Schnee, der weiß und hübsch war, aber tief. Colleen wünschte, sie hätte sich wärmer angezogen. Die Sonne schien hell, aber die Luft war scharf und sauber und kalt, und ihr Atem dampfte in der Kälte.

„Wonach suchen wir eigentlich?" fragte Bill höflich.

„Nach Brettern. Es muss da irgendwo den Eingang zu einem Bunker geben, den man Oubliette nannte und in dem Gefangene ..."

„Ich kann mir vorstellen, was das war", unterbrach Bill sie. Er schnaufte ebenfalls. Der zurückgelassene Wagen war schon weit hinter ihnen. „Der ist sicher vor langer Zeit versperrt worden."

„Ja, vor Kriegsende", bestätigte Colleen.

„Das erklärt, warum ich noch nie etwas davon gehört habe", meinte Bill. „Wir müssen wahrscheinlich den ganzen Schnee wegschaufeln, bevor wir den Eingang finden."

Colleen zog ein Gesicht. „Das fürchte ich auch." Sie hatte nicht einmal Handschuhe dabei. Dennoch begann sie, im Schnee zu graben, aber nach kurzer Zeit brannten ihre Hände vor Kälte. „Ich hole mir garantiert Frostbeulen", jammerte sie.

„Ich grabe, und Sie schauen zu", schlug Bill vor. „Uns ist niemand gefolgt, ich habe aufgepasst. Aber vielleicht sollten wir ein bisschen vorsichtig sein."

„Sie haben doch Ihre Pistole."

„Stimmt. Aber Sie überwachen besser die Straße, okay?"

„In Ordnung." Während sie die im Auge behielt, musste sie wieder an Bret denken. Wäre er doch nur hier! Und hätte sie doch nur den Mut, ihm zu sagen, dass sie ihn noch liebte, und ihn zu fragen, warum zum Teufel er sie nicht auch liebte? Und was lief da zwischen ihm und Sandy?

Das wusste Bret selbst nicht. Sie war – so hübsch und zerbrechlich und schutzbedürftig – bei ihm aufgetaucht, nachdem er gerade geduscht hatte. Er fragte sich, wieso sie gerade ihn zu ihrem Vertrauten machen wollte.

Irgendetwas war merkwürdig. Sandy wollte dauernd mit ihm zusammen sein, sprach aber kaum, sondern ließ ihn immer reden. Genoss sie die Spannung, die über dem Ganzen lag, oder was sonst?

Irgendwann würde er das noch herausfinden und das leichte Unbehagen klären, das er empfand. Irgendwie schien es etwas mit MacHowell zu tun zu haben.

Er sah sie von der Seite an, als er den VW wieder in Richtung des Hotels lenkte. Die Polizei war keine große Hilfe gewesen. Sie glaubte nicht an alte Pläne zur Schatzsuche. Der Zweite Weltkrieg war Vergangenheit, von der man lieber nichts mehr wissen wollte. Österreich blickte in die Zukunft.

Dennoch war Bret ganz froh, dass sie Kontakt mit den Behörden aufgenommen hatten. Und Sandy war freundlich und ruhig: „Ich habe völliges Vertrauen zu Ihnen", sagte sie lächelnd.

„In welcher Beziehung?"

„Dass Sie imstande sind, die Diamanten zu finden."

„Und damit den Mörder?"

Sie sah ihn mit großen Augen an. „Ja, auch den."

„Erzählen Sie mir noch etwas über MacHowell, Sandy", bat er.

Ihre Unterlippe zitterte. „Das habe ich Ihnen doch schon alles gesagt, immer wieder."

„Wirklich? Wie weit waren Sie und Bill von ihm entfernt? Waren Sie zu dem Zeitpunkt mit Bill zusammen?"

„Ich glaube ... oh, bitte!" Sie bedeckte das Gesicht mit den Händen. „Ersparen Sie es mir, das wieder und wieder zu sagen ..."

Bret seufzte. Was hatte er denn erwartet? Er konnte sein Gefühl nicht recht deuten. Aber irgendetwas an Sandy war ...

„Da sind wir", sagte er und hielt vor dem Hotel. „Mal sehen, ob wir die anderen finden. Vielleicht haben wir doch noch Zeit, auf die Berge zu gehen, falls auch Carly und Ben zurück sind."

Im Fahrstuhl sah Sandy Bret bedeutungsvoll an. „Es ist wirklich schade ..." Sie brach ab.

Was soll schade sein? fragte er sich. Dass er verheiratet war? Irgendetwas an Sandy war seltsam.

„Ich sehe einmal nach, ob Colleen im Zimmer ist", sagte er, sobald sich die Fahrstuhltür öffnete.

„Bitte, Bret, würden Sie mich zuerst zu meinem Zimmer begleiten?" bat sie ängstlich.

Das tat er natürlich. So entdeckten sie den Zettel an ihrer Tür.

„Oh! Hier ist eine Karte von Bill und Ihrer Frau, wo sie hingegangen sind!" rief Sandy aufgeregt. „Und wir sollen ihnen folgen. Also gehen wir!"

Der Gedanke, dass Colleen ohne ihn irgendwohin gegangen war, missfiel Bret. Er hätte sich wirklich die Zeit nehmen sollen, vorher mit ihr zu sprechen! Aber sie war seit dem vorigen Abend so kühl und distanziert gewesen, dass er gar nicht die Möglichkeit gehabt hatte, ihr sein ungutes Gefühl zu beschreiben.

„Gut, gehen wir", sagte er. Seine Hände fühlten sich feucht an. Etwas war nicht in Ordnung. Er wusste nur nicht, was. „Ich hole mir nur eben noch meine Jacke, okay?" Sandy schien auf einmal gar nicht mehr ängstlich zu sein.

Hastig schrieb er eine Notiz, um sie Carly unter die Tür zu schieben. Sein Instinkt warnte ihn, Sandy etwas davon zu sagen.

Dann eilten sie wieder hinunter zum Wagen. Sandy war während der Fahrt nach Esk schweigsam. Vielleicht war es ihre Schweigsamkeit, die ihm schließlich die Gewissheit brachte, dass sie selbst der Schlüssel war!

Nein, das konnte nicht sein. Oder? Aber diese sanfte Art, ihre Schönheit, die ewige Unsicherheit, das alles zusammen verstärkte bei ihm den Verdacht, dass sie ein Spiel spielte. Sandy hatte mit Rutger Miller zu tun gehabt und war wegen ihrer Vergangenheit äußerst verbittert.

Anstatt weiter den Berg hinaufzufahren, hielt Bret auf dem Seitenstreifen an und fragte Sandy direkt: „Ich wüsste doch gern, wie Sie es eigentlich geschafft haben, James MacHowell zu töten, obgleich Bill Dwyer in der Nähe war."

Er hatte damit gerechnet, dass Sandy alles empört von sich wies. Stattdessen fiel das ganze Gehabe der zerbrechlichen Frau wie ein zu schwerer Mantel von ihren Schultern. „Bill macht mit", erklärte sie schlicht.

„Moment mal!" sagte Bret überrascht. „Ich habe ihn doch angerufen!"

„Hätten Sie es nicht getan, würde ich es getan haben." Sie lächelte sanft und hob ihre Handtasche hoch, unter der ein kleiner Revolver lag. „Fahren Sie weiter, Bret. Im Augenblick scheint Ihre Frau die bessere Spürnase zu haben."

„Sandy, Sie werden doch nicht ..."

„Bret, Sie irren sich, wenn Sie glauben, ich würde die Waffe nicht benutzen."

Er stellte den Motor wieder an. „Sie brauchen keine Gewalt anzuwenden, ich fahre schon deshalb, um meine Frau zu finden. Ihr darf nichts passieren!"

„Nun, ich hoffe, wir finden sie. Lebend natürlich, so lange es dauert. Sie werden sicher noch ein letztes Mal miteinander sprechen wollen."

„Ich habe ihn gefunden!" rief Bill aufgeregt, und Colleen eilte zu ihm. Er hatte eine Art Eingang freigelegt, der direkt in den Berg hineinzuführen schien und mit Brettern vernagelt war.

„Wie kommen wir hinein?"

„Ich habe ein Messer dabei", erklärte Bill, „und die Bretter sind schon ziemlich morsch. Wenn ich nur ..." Er zwängte die Schneide dazwischen, und bald stand ihm der Schweiß auf der Stirn.

Das Holz gab splitternd nach. „Sie haben es beinahe", sagte Colleen, „nur noch ein bisschen weiter ..."

Da war ein Krachen und Bersten. Eins der Bretter brach in der gesamten Länge durch. Bill schob die Hand durch den Spalt und packte zu. „Ich kann den Riegel spüren!"

Noch einmal knirschte es so laut, dass es widerhallte, dann gab die alte Holztür ächzend nach.

„Das ist es!" rief Bill triumphierend, bahnte sich vorsichtig einen Weg und zog Colleen an der Hand hinter sich her. Sie mussten sich erst an die Dunkelheit gewöhnen und begannen, wegen des Staubes und der vielen Spinnweben zu niesen. Nur wenig Tageslicht drang von außen herein.

Aber bald hatten sich die Staubwolken wieder gelegt, und man konnte besser sehen. Colleen stieß erfreut einen kleinen Laut aus: Es war genau wie auf der Zeichnung! Einige Meter vom Eingang entfernt stand ein alter Schreibtisch, auf dem sich vergilbte und zerfledderte Papiere türmten. Etwa drei Meter vom Schreibtisch entfernt war eine Falltür im Boden.

„Die Oubliette", murmelte Bill. „Ob die Diamanten da unten sind? Denn hier oben sieht nichts aus wie ein Safe."

Colleen kämpfte erneut gegen den Niesreiz an. „Ich glaube nicht", antwortete sie. „Auf der Skizze ist nur der Schreibtisch ..."

Beide sahen sich an, dann eilten sie zusammen zum Schreibtisch. Sie gingen die Schubladen durch, fanden aber nur weitere Stapel Papiere. Frustriert fingen sie an, die Schubladen wieder zu durchsuchen. Colleen stieß einen kleinen triumphierenden Schrei aus. An der Hinterwand einer Schublade entdeckte sie einen kleinen Hebel. Sie drückte ihn herunter. Die Metallwand gab nach, und dahinter fand sie ein Kästchen, das sie herauszog. Es war etwa so groß wie ein Zigarrenbehälter, mit Leder bezogen und Metallverschlüssen.

„Oh, Bill, ich glaube ..."

„Lassen Sie mich." Er griff danach, aber da der Behälter alt und verrostet war, gab das Schloss erst nach kurzer Gewalteinwirkung nach. Bill stellte die Schatulle auf den Tisch und öffnete sie.

Beide hielten hörbar die Luft an: Sie war mit atemberaubend schönen Diamanten gefüllt, die trotz des schwachen Lichtes in allen Farben funkelten. Brillanten, Smaragde, Saphire, Schmuckstücke in allen Formen und Größen.

„Die sind ja unglaublich schön!" brachte Colleen heraus. Sie musste sie unbedingt berühren, nahm einen feinen diamantenen Ohrring und hielt ihn gegen das Licht, war sich kaum bewusst, dass Bill sich einen Schritt hinter sie gestellt hatte.

„Legen Sie ihn bitte wieder zurück, Mrs. McAllistair!"

Sein Ton ließ sie erschrocken innehalten.

Bill Dwyer hatte seine Waffe auf sie gerichtet, eine mit langem Lauf und Schalldämpfer.

„Sie waren also hinter den Diamanten her?" fragte sie ungläubig.

„So ist es. Und ich habe schon Jahre für die Sache geopfert."

Colleen fühlte sich wie betäubt, zu bestürzt, um die ganze Realität ihrer Situation zu begreifen. Bill Dwyer wirkte so nett, so sympathisch, so harmlos.

Sie schüttelte den Kopf. Ihre Stimme klang ihr selbst fremd in den Ohren, als sie sagte: „Wenn Sie mich umbringen, werden Sie nicht davonkommen. Mein Mann findet Sie!"

„Oh, das glaube ich nicht." Er neigte den Kopf zur Seite und wies mit dem Kinn zur Tür. „Ich glaube, er ist bereits hier."

Es stimmte: Bret war da. Gebückt stieg er gerade in den Bunker, richtete sich wieder auf und blinzelte im fahlen Licht. Er schien den kleinen Raum mit seiner Anwesenheit auszufüllen, und in diesem Augenblick wurde ihr wieder bewusst, wie sehr sie ihn liebte.

Er sah Dwyer. Dann entdeckte er Colleen. Sie bemerkte, wie erleichtert er auf einmal wirkte, und liebend gern wäre sie zu ihm gelaufen und hätte sich in seine Arme gestürzt.

„Ah, McAllistair, Sie haben es also geschafft", sagte Dwyer.

Und dann musste Colleen begreifen, dass Bill Dwyer eine Waffe hielt und Bret nicht.

13. KAPITEL

„Bret!“ rief Colleen glücklich, aber ihre Freude wurde sogleich wieder gedämpft. Denn er war nicht allein, und Sandy, die hinter ihm stand, hielt ihm eine kleine Pistole in den Rücken.

„Sandy“, entfuhr es ihr eher erstaunt als entsetzt.

„Natürlich, wer sonst?“ sagte die schnippisch. „Wem sonst stehen die Diamanten denn zu? Es sind meine. Mein Großvater hat dafür sein Leben gelassen, meine Mutter ihretwegen ein trauriges Leben gehabt, und ich habe es satt zu leiden. Ich bin keine Märtyrerin, oder bin ich das, Bill?“

Bill Dwyer lachte. Er schien die Situation zu genießen, als wäre sie ein köstlicher Scherz. „Kein bisschen, Darling. Märtyrer sind ja auch langweilig.“ Mit der freien Hand gab er Sandy ein Zeichen, dass sie Bret einen Stoß in Richtung Colleen geben sollte. Das tat sie, und Bret nahm die zitternde Colleen beschützend in die Arme – allerdings nicht, ohne die Augen von Dwyer und Sandy zu lassen.

„Sie haben Recht“, sagte Bret so ruhig und lässig zu Sandy, dass Colleen innerlich betete, etwas von seiner Stärke möge auf sie übergehen. „Jetzt ist mir alles klar. Da gab es vieles, was ich hätte ahnen müssen. Zum Beispiel: Als wir drüben in den Staaten Ihr Haus verließen, sagten Sie, Sie brauchten noch fünf Minuten für ein paar Anrufe. Sie waren zum Beispiel dafür bestimmt, Eli auf Colleen anzusetzen, oder?“

„Richtig erkannt, McAllistair. Nur leider zu spät.“

„Was geschah mit Rutger?“ fragte Bret sie.

„Für den habe ich einen Profi engagiert“, gab sie zu und schaute Colleen verächtlich an. „Mit genug Geld kann man alles kaufen, auch einen Killer.“

„Und Eli haben Sie ebenfalls umgebracht!“ entfuhr es Colleen. „Als wir bei General MacHowell waren, fiel mir auf, dass Ihre Füße nass waren. Da hatten Sie nicht die Aussicht bewundert, sondern waren hinter Eli her gewesen.“

„Kluges Kind, nicht wahr?“ sagte Sandy kichernd zu Bill. Colleen fröstelte. Und diese Frau hatte sie für so zerbrechlich und empfindsam gehalten, so charmant, so schön! Schön war sie noch immer mit ihrer eleganten Figur, ihren ebenmäßigen Zügen und ihren kastanienbraunen Locken. Aber auch so harmlos wie eine Kobra! Und ihr Gesichtsausdruck spiegelte das nun eindeutig: Ihr Blick war kalt, spöttisch, überlegen.

„Ich habe Jahre gewartet, Colleen, um an die Diamanten zu kommen und meine Rache durchzuführen. Das können Sie sicher nicht nachempfinden, was? Rache nach über vierzig Jahren! Ja, sie waren alle entkommen: Miller, MacHowell und Holfer. Nur Sam Tyrell starb als Verräter.“

Sandy lächelte. „Sam habe ich nie kennen gelernt, aber ich erlebte, wie meine Mutter allmählich seelisch zerstört wurde. Sie war jung und naiv, als mein Vater sie verführte, und dann verließ er sie, als er entdeckte, dass sie die Tochter des berüchtigten Sam Tyrell war. Ich bin nicht so schwach wie sie, sondern habe meine Zeit dazu genutzt, die Rache zu planen.“

„Und dann sind da natürlich noch die Diamanten“, brachte Bill Dwyer ruhig in Erinnerung.

„Ja, natürlich, Liebling, die Diamanten! Und unsere kleine Spürnase hat dich direkt zu ihnen geführt, nicht?“

Sandy stand neben Bill und sah Bret und Colleen mit einem beinahe entschuldigenden Blick an, als müsste sie ihre Aufmerksamkeit mal eben von ihren Gästen abwenden.

Und selbst sie hielt dann die Luft an, als sie die Diamanten sah. Trotz des Staubes und des schwachen Lichts blitzten und funkelten die Heimond-Diamanten in der mit schwarzem Samt ausgeschlagenen Schatulle – an Armbändern, Ringen, Broschen, Ketten und Diademen.

„Sieh sie dir nur an, Sandy!“ sagte Bill bewundernd und fuhr mit den Fingern durch die Schmucksammlung. „Goldfarbene, bläuliche, leuchtend rote und grüne Steine, sogar schwarze! Sandy, ist dir klar, wie wertvoll die sind? Und der exquisite Schliff!“

Sandy sah zu Bret hinüber. „Möchten Sie sie nicht mal berühren?

Sie waren doch so dicht dran." Sie schnurrte förmlich. „Sie ahnten schon alles, nicht?"

Colleen sah Bret überrascht an. Der schob seine Finger durch ihre und zog Colleen mit hinüber zu den Diamanten. Weiterhin ganz ruhig sagte er zu Sandy: „Hmm-hmm, ich wurde misstrauisch, als MacHowell starb. Das kam mir reichlich merkwürdig vor." Er nahm einen Anhänger hoch und pfiff bewundernd. „Dieser Stein muss an die zehn Karat haben. Und das Blau ist beinahe lupenrein, nicht wahr, Dwyer?" Er sah den jungen Mann an. „Auf die Idee, dass Sie in die Sache verwickelt sein könnten, bin ich leider nicht gekommen. Was hat Sie beide eigentlich zusammengebracht?"

Dwyer runzelte die Brauen. „Ihre Fragen muss ich nicht beantworten, McAllistair!"

Aber Sandy mischte sich ein: „Sei doch nicht so, Bill, die beiden haben uns doch immerhin jahrelanges Suchen erspart!" Sie lächelte Colleen fröhlich zu. „Bill und ich kennen uns vom College. Ich sagte Ihnen ja schon, dass ich seit langem an dieser Sache arbeite. Ich hatte schon immer die Vermutung, dass die Diamanten in Österreich wären. So sorgte Bill dafür, dass er hierher berufen wurde. Aber dann ging es nicht so recht weiter."

Sie lachte. „Rutger, MacHowell und Holfer schienen unauffindbar. Dann erfuhr Bill über diplomatische Kanäle, dass Rutger sich in den Staaten aufhielt. Ich schaffte es, mit ihm Kontakt aufzunehmen, als das tränenreiche, traurige Opfer natürlich. Und dann erfuhr ich, dass er vorhatte, Ihnen alles zu berichten. Zuerst war ich entsetzt. Doch als Bill mir von Brets großartigen detektivischen Fähigkeiten erzählte, begriffen wir, dass es uns enorm helfen würde, Sie beide mit einzubeziehen."

„Wie Spürhunde", setzte Bill höhnisch hinzu.

„Und als solche haben wir dann ja auch gearbeitet, nicht wahr?" bemerkte Bret trocken. „Wir führten Sie auf direktem Weg zu MacHowell und beschafften Ihnen auch noch die Möglichkeit, ihn umzubringen. Und dann brachten wir Sie zu den Diamanten. Beinahe perfekt. Aber was ist mit Rudi Holfer und seinem Sohn?"

„Ich kann nicht alles zugleich tun", sagte Sandy lachend.

„Sobald wir Sie erschossen haben, kümmern wir uns um die Holfers", sagte Dwyer kühl.

„Und um Ihren Chefredakteur", seufzte Sandy. „Er ist eine Komplikation, mit der ich nicht gerechnet hatte." Sie schaute Bill an. „Wir können sie ja nicht alle erschießen, Darling, damit würden wir deinen Posten riskieren. Erst einmal müssen wir unser Verschwinden gut vorbereiten. Tahiti ist schön, nicht wahr, Bret? Trotz der vielen Touristen."

„Sie werden schon etwas Hübsches finden, Sandy", sagte Bret in seiner gewohnt trockenen Art.

„Wir werden bis zur Dunkelheit warten und McAllistair dann mit dem alten Ski-Lift ins Tal befördern. Was hältst du davon?" fragte Bill.

„Ausgezeichnet. Was machen wir bis dahin?"

„Hör mal, die beiden sind doch verheiratet." Bill lachte in sich hinein. „Wir könnten sie ja die letzten Stunden damit verbringen lassen, ihre Sünden zu beichten. Unten in dem Verlies!"

„Das hört sich gut an", fand Sandy, „so romantisch! Das todgeweihte Liebespaar klammert sich bis zum letzten Moment aneinander, und wir können hier sitzen und die Diamanten bewundern."

„Gehen wir, McAllistair", befahl Dwyer.

Bret lachte. „Sie haben doch gerade begriffen, dass Sie uns nicht erschießen können. Warum sollte ich Ihnen also gehorchen?"

„Falls Sie uns zwingen, Sie zu erschießen, Bret, fangen wir mit Ihrer Frau an", entgegnete Sandy eiskalt. „Und das machen wir schön langsam. Zerschossene Kniescheiben sind äußerst schmerzhaft. Und der Tod durch einen Bauchschuss, an dem man schließlich verblutet, dauert auch seine Zeit."

Colleen hatte das Gefühl, dass ihr Gesicht ganz grün wurde. Die Luft im Bunker schien immer knapper zu werden. Sie fürchtete, ohnmächtig zu werden, noch ehe sie den Bunker verließen.

„Wohin sollen wir also?" fragte Bret kurz angebunden.

Bill Dwyer ging zur Bodenluke. „Hier hinab, McAllistair. Und zwar schnell. Ihre Frau zuerst." Er schwenkte die Waffe.

„Nein, ich zuerst", entgegnete Bret.

„Lass ihn zuerst!" rief Sandy. „Ist doch egal."

Colleen ballte die Hände zu Fäusten, während Bret begann, die morsche Leiter aus Tauen in die Finsternis hinabzusteigen.

„Und nun Sie", sagte Dwyer. Er blickte Colleen an, seine Augen verrieten kein Gefühl.

Colleen bemühte sich, ihr Zittern zu unterdrücken, um nicht abzurutschen. Sie wusste, warum Bret darauf beharrte, als erster hinunterzuklettern. Das Seil war so mürbe, dass es jederzeit reißen konnte. Er könnte sie notfalls auffangen. Es war so finster, dass sie nicht sehen konnte, wie weit sie schon unten waren.

„Die Oubliette, Colleen. Ein vergessener Ort für vergessene Seelen!" rief Sandy über ihr. „Viel Spaß!"

Als Antwort schrie Colleen laut auf: Das Seil war gerissen, und sie stürzte, aber landete nicht auf hartem Zement. Bret bremste mit seinem Körper ihren Fall. Der Boden war kalt und feucht.

„Sollen wir ihnen Licht geben?" hörten sie Sandy über sich.

„Wozu?" fragte Bill. Er knallte die Bodenluke zu und löschte alles Licht aus.

Colleen war dankbar, Bret warm und stark neben sich zu spüren. Als er den Arm um sie legte, stiegen ihr Tränen in die Augen. Sie liebte ihn so sehr! Und sie begriff plötzlich, dass er ihr immer hatte einen Schritt voraus sein wollen, um einen möglichen Sturz zu bremsen.

All ihre Streitereien schienen nun so unsinnig zu sein, so überflüssig. Nur sich selbst hatten sie noch inmitten des Modergeruchs und der Gespenster der Vergangenheit. Ob Bret sie jemals wirklich geliebt hatte oder mit ihr bis ans Lebensende zusammengeblieben wäre, spielte keine Rolle mehr. Colleen hatte nur noch das Bedürfnis, ihm zu sagen, dass sie sich geirrt habe, dass sie ihn liebe, und zwar vorbehaltlos.

„Es tut mir so Leid, Bret", jammerte sie.

„Schhht ... Colleen", flüsterte er, setzte sich auf und zog sie eng an sich. Dann hakte er nach: „Was wolltest du sagen?"

„Dass ich dich liebe!" Sie legte ihm die Arme um den Hals und streichelte sein Haar. „Ich liebe dich so sehr! Es war dumm von mir, die Scheidung einzureichen. Ich dachte nur, du wolltest sie. Weil du gegangen bist. Aber jetzt denke ich ... dass du nur verhindern wolltest, dass mir etwas passiert. Bret, ich glaube, ich würde alles, alles tun, um es noch einmal versuchen zu dürfen. Ohne all diese Missverständnisse, mit einer Familie."

„Wie?" Er zog Colleen so eng an sich, dass sie sich kaum noch rühren konnte. Sie konnte den Blick seiner silbergrauen Augen nicht sehen, aber sie wusste, wie fordernd und zärtlich er sie ansah. „Colleen", sagte er heiser, „Kinder schafft man sich nicht als Ehekitt an, sondern weil man sie haben möchte."

„Ich wollte immer Kinder", sagte sie, verwundert über seine scharfe Reaktion, besonders unter diesen Umständen. „Du warst derjenige, der keine wollte, jedenfalls nicht mit mir."

„Was hast du dann in jener Nacht auf dem Bankett gemeint?"

„Nur dass ich es hasse, neugierig ausgehorcht zu werden."

Trotz der Situation, in der sie sich befanden, musste Bret lachen. Er küsste Colleen auf die Wange, ihren Hals, dann auf den Mund. Seine Lippen waren warm und leidenschaftlich und liebevoll. Es war erregend und traurig zugleich. Colleen kamen die Tränen, als er sich kurz von ihr löste, um sie dann wieder an seine Schulter zu betten.

„Oh, Bret! Wir hatten alles. Alles. Und ich habe alles weggeworfen. Und nun ... nun ist es zu spät!"

„Hey, Schäfchen, gib niemals vor dem Ende auf", mahnte er. „Niemals. Aber da wir schon einmal beim Thema sind ..." Er hob ihr Kinn. Sie konnte sein Profil kaum erkennen.

„Sweetheart, du musst nicht allein beichten, Liebes. Ich weiß, dass ich viel zu aufbrausend bin und zu selten versucht habe, deine Gefühle zu verstehen. Ich habe auch viele Fehler gemacht, Babe. Ich bin weggegangen, ohne dass du den Grund verstehen konntest, habe viel zu oft Druck ausgeübt oder sarkastische Antworten gegeben, anstatt nachzufragen. Und du warst davon überzeugt, dass es mir nur um die Titelgeschichte ging. Colleen, ich bin Journalist wie du, aber nichts, nichts in meinem Leben war mir je wichtiger als du. Ich liebe dich, und ich habe nie aufgehört, dich zu begehren, und Monate damit zugebracht, mir eine Möglichkeit auszudenken, wie ich dich an einer Scheidung hindern könnte."

„Stimmt das?" flüsterte Colleen. Sie konnte Bret nicht sehen, sich aber genau sein wehmütiges Lächeln vorstellen.

„Oh, Bret!" stöhnte sie und lehnte sich an ihn, nahm seinen Duft war, und berührte ihn, als könne sie die Erinnerung an die Wärme seiner kraftvollen Muskeln mit in die Ewigkeit nehmen.

Er küsste sie zärtlich. Dann legte er plötzlich die Hand auf ihre Kehrseite und gab ihr einen Klaps. „Auf!" sagte er mit heiserer Stimme.

„Wie bitte?" Sie verstand nicht ganz. Aufstehen? Sie sollten sich aneinander festhalten, zusammen beten, sprechen, solange ihnen noch Zeit blieb ...

„Auf. Wir müssen versuchen, hier herauszukommen. Hey, Lady, glaubst du, ich entlasse dich aus einem Lebensauftrag, wo ich gerade ein solches Geständnis gehört habe? Niemals! In weniger als zwei Wochen ist unser Prozess. Wir müssen den Anwälten noch sagen, dass sie sich zum Teufel scheren sollen. Komm!"

Er war bereits aufgestanden.

„Bret, warte! Was machst du denn? Hier unten könnten Ratten, Schlangen, Spinnen sein ..."

„Dazu ist es hier viel zu kalt. Komm mit!"

Sie hörte, wie er die Wände nach einer Öffnung absuchte. Colleen blieb erst unsicher stehen und streckte dann die Hände aus, bis sie eine Wand berührten.

„Wenn ich eine Ratte oder Spinne anfasse, reiß ich dir eine deiner hübschen Locken aus!" warnte sie ihn.

Bret lachte. „Das ist mein Mädchen", sagte er. Aber nach einiger Zeit verließ auch ihn der Mut. Es war tatsächlich ein vergessener Ort. Kalte Wände und kalter Boden und sonst nichts.

„Gib nicht auf", mahnte er, als er Colleen wieder in den Arm nahm und ihre Verzweiflung spürte. „Noch haben wir eine Chance. Vergiss nicht, die beiden sind nicht so abgebrüht, wie sie tun."

„Nicht abgebrüht! Und sind in drei Morde verwickelt!"

„Dwyer ist ein Tölpel", erklärte Bret, „Sandy ist der Kopf. Aber keine begabte Mörderin. Für so etwas hatte sie Leute angeheuert, zumindest in einem Fall."

„Sie hat MacHowell offenbar selbst umgebracht."

„Die Gelegenheit bot sich ihr ja auch auf dem Silberteller."

„Aber die Waffen ..." wiederholte Colleen mutlos.

Bret fuhr nachdenklich durch ihr Haar. „Wir sind intelligenter", sagte er optimistisch. „Und nach deinem wundervollen Geständnis habe ich nicht die Absicht, dich wieder zu verlieren! Wir werden lernen müssen, ein liebevolles Paar zu werden, das miteinander spricht – und zu Kompromissen bereit ist!"

Colleen konnte nicht anders, sie musste lachen. „Ich glaube, wir werden uns ewig streiten. Falls wir noch Gelegenheit dazu haben ..." Sie erstickte ein Schluchzen in der Kehle.

„Wir werden die Gelegenheit dazu haben", sagte er ernst. „Und streiten werden wir auch. Ich glaube, ich habe ein gerütteltes Maß von männlichem Beschützerinstinkt ..."

„Du liebst es, den Boss zu spielen." Colleen schniefte.

„Nun, vielleicht. Aber du hast dafür die Neigung, alles gleich hinzuwerfen."

„Habe ich nicht!"

„Oh, doch!"

„Nun ja, vielleicht", gab sie zu.

„Und ich spiele nur den Boss, wenn ich das Gefühl habe, dass das in Gefahr ist, was ich am meisten liebe: nämlich du."

„Oh, Bret!"

Sie küsste ihn zart, wobei sich ihre Tränen mit in den Kuss mischten, und drängte sich eng an Bret, als könne sie ihn so für alle Zeiten festhalten.

„Wir hätten mehr Zeit im Bett verbringen sollen. Da streiten wir uns nie, ist dir das auch schon aufgefallen?"

„Oh, Bret!" Es war ihr nicht möglich, mehr zu sagen. Es war alles so schön und zu spät.

Die Luke über ihnen öffnete sich plötzlich. Bret und Colleen blinzelten im Licht und hörten, wie oben gestritten wurde.

„Ich sage, wir können sie einfach da unten lassen“, sagte Bill energisch.

„Sei kein Dummkopf“, protestierte Sandy. „Holfer ist uns vermutlich auf den Fersen. Wenn er sie oder diesen Redakteur oder den herumschnüffelnden Araber findet, werden sie uns verraten. Das Ganze muss wie ein Unfall aussehen, und dafür ist der Ski-Lift genau richtig.“

„Und wie willst du wissen, ob der auch abstürzt?“

„Die Kabel sind doch total brüchig! Schon das Gewicht einer Ratte wäre zu viel!“ Sandy blickte in die Tiefe. „Los, raus da!“

Bret grinste zu ihr hinauf. „Tut mir Leid, Sandy, die Leiter ist gerissen, erinnern Sie sich?“

Sandy stöhnte verärgert. Kurz darauf ließ sie ein dickes Seil zu ihnen herab. „Ich war nie besonders gut im Tauklettern“, sagte Colleen skeptisch.

„Du musst dich nur an das Seil klammern, ich hänge mich gleich dahinter.“

Bret hob Colleen hoch, aber sie war so nervös, dass sie mehrmals mit den feuchten Händen abrutschte.

„Zur Not erschieße ich Sie“, warnte Sandy.

„Was sollte da der Unterschied sein?“ murmelte Colleen, die schließlich das Seil zu packen bekam. Bill Dwyer zog sie nach oben, und ihr kam der Gedanke, ob sie ihn in die Tiefe stoßen sollte. Sie hatte keine Chance.

Sandy drückte ihr die Waffe ins Kreuz. „Los, Beeilung, McAllistair“, rief sie nach unten. „Du kümmerst dich um sie“, wies sie Bill an und zeigte auf Colleen, sobald Bret oben war. „Mit ihm gibt’s größeren Ärger.“

„Du traust mir wohl nicht“, murmelte Bill und schob Colleen zum Ausgang. Sie hatte nicht einmal Gelegenheit, sich umzublicken. Von Bill festgehalten, kletterte sie ins Freie. Der Himmel war dunkel, nur die Sterne und die Sichel des Mondes beschienen die weiß verschneite

Landschaft – und den rostigen Ski-Lift, der am Abhang zu erkennen war.

Bill schubste Colleen in dessen Richtung. Es kam ihr seltsam vor, dass sie trotz allem die kalte Luft genoss und das Gefühl, durch den knirschenden Schnee zu stapfen. Sobald sie den Lift erreicht hatten, öffnete Bill die Tür, packte Colleens Arm, befahl: „Einsteigen!" und stieß sie hinein.

Sie war noch nicht ganz im Lift, als es hinter ihr einen Tumult gab. „Verdammter Mistkerl!" schrie Bill, als er entdeckte, dass Sandy mit dem Gesicht im Schnee lag und Bret auf ihn zustürmte.

„Bret!" Er trug seine eigene Waffe. Wo hatte er sie her? fragte Colleen sich vage. Bill Dwyer brüllte erneut, aber seine Hand zitterte zu sehr, um zielen zu können. Bret warf sich auf Bill, und beide Männer landeten im Schnee. Colleen fing an, erleichtert aufzuschluchzen, als sie blankes Entsetzen packte. Da war ein kreischendes Geräusch, ein schreckliches, schrilles Echo in der Stille der Berge. Nur undeutlich registrierte ihr Bewusstsein, dass Bill Dwyer den Hebel des Ski-Lifts gelöst hatte, der sich zitternd und quietschend in Bewegung setzte.

„Bret!" schrie Colleen in Panik.

Er hatte sie gehört, kämpfte sich auf die Füße und versuchte verzweifelt, den Hebel zu erreichen. Doch Bill Dwyer war gleich darauf aufgesprungen und warf sich auf Bret. Die beiden stürzten wieder in den Schnee. Sandy war ebenfalls wieder auf den Beinen, stolperte hinter ihnen her und versuchte, die Waffen im Schnee zu finden.

„Oh, nein!" flehte Colleen tonlos. Sie blickte auf zum Dach, das durchgerostet war. Sie konnte die dünnen, zerfaserten Kabel erkennen, die über die Seilrolle liefen und die Kabine wackelnd und schlenkernd voranbewegten. „Nein!" schrie sie erneut und rüttelte verzweifelt an der Tür, die nicht nachgab.

Der schneebedeckte Boden unter ihr war keine drei Meter entfernt. Wenn sie jetzt springen könnte! Aber bald würde sie schon dreißig Meter hoch sein, dann fünfzig Meter ...

Sterne und die Mondsichel beschienen das Zentrum eines verzweifelten Kampfes zwischen Bret und Bill, der mittlerweile Unterstützung von Sandy bekam.

„Nein!“ Sie rüttelte am Gitter und riss sich die Haut an den abgefrorenen Händen auf. Sekunden verrannen zu Minuten.

Eine Bewegung unten an der Straße weckte ihre Aufmerksamkeit. Eine schwarz gekleidete Figur mit schwarzer Ski-Maske eilte quer über den Schnee auf die Gruppe zu.

Colleen klopfte das Herz bis zum Hals herauf. Wer war es? Ein dritter Komplize? Jemand, den Sandy angeheuert hatte?

Als der Mann auf Dwyer losging, war Bret so überrascht, dass er einem Angriff von Bill nur mit knapper Not ausweichen konnte. Die schwarze Gestalt sandte Bill Dwyer mit einem Kinnhaken zu Boden, wo er bewusstlos liegen blieb. Gerade hatte Bret sich aufgerappelt, als Sandy sich auf ihn warf wie ein rasendes wildes Tier.

Bret, der begriff, dass Colleens Chancen zum Überleben sich von Sekunde zu Sekunde verringerten, war so außer sich, dass er Sandy am liebsten auf der Stelle umgebracht hätte.

„Schnell!“ rief der Mann in Schwarz, der Bret inzwischen erreicht hatte und Sandy aus der Umklammerung riss. „Retten Sie Ihre Frau!“

Eilig kämpfte Bret sich durch den Schnee und war sich nur vage bewusst, dass mehr Leute aufgetaucht waren. Bis er Carlys vertraute Stimme hörte: „Los, Junge, mach!“

Es war Carly, der Bret die Zuversicht gab, es zu schaffen. Mit aller Kraft durchpflügte er den verharschten Schnee. Der Lift ... in wenigen Augenblicken würde er sich über dem Abgrund befinden. Und wenn die Kabel rissen, bedeutete das den sicheren Tod für Colleen!

Auch Colleen begriff die Gefahr. Verzweifelt versuchte sie weiter, die Kabinentür zu öffnen. Hysterie stieg in ihr auf, die sie paralysierte. Sie war rettungslos verloren! Man würde nur noch ihren Schrei hören, sobald sie in die Tiefe stürzte!

Dann hielt sie den Atem an. Zwei Hände klammerten sich um den metallenen Boden des Lifts. Sie sah Brets Gesicht, das vor Anstrengung glänzte, als er mit aller Kraft versuchte, sich hochzuhangeln.

„Bret!“ schrie Colleen erleichtert, entsetzt. Falls er es nicht schaffte, würde auch er sterben!

„Mach dich zum Sprung bereit!“

Springen! Der Boden war so weit entfernt!

„Colleen! Hör mir zu!“

Bret hatte die Kabine erklommen und machte sich mit seinem Taschenmesser an der Tür zu schaffen. Die gab nach und flog quietschend auf, sodass Bret beinahe hinausstürzte.

„Deine Hand! Colleen! Gib mir deine Hand!“

Panik übermannte sie. Der feste Boden entfernte sich immer weiter.

„Los, Colleen!“

Sie streckte die Hand aus und spürte seine warmen Finger, die sich stark und sicher um ihre legten. „Los!“

Colleen schloss die Augen und sprang.

Beide schlugen hart auf dem kalten Boden auf, und Colleen bekam einen Moment lang keine Luft, weil der Schnee in Nase und Augen drang. Sie hatte das Gefühl zu ersticken, und ihre Lungen schienen zu bersten. Aber dann konnte sie auf einmal wieder atmen, öffnete die Augen, versuchte, sich zu bewegen – und es ging! Sie war ganz steif und kalt, und alles tat weh, aber sie schien sich nichts gebrochen zu haben.

Ein schepperndes Krachen zerriss die Nacht und hallte in ihren Ohren wider. Der Ski-Lift war in den Abgrund gestürzt. Wäre Bret nicht gekommen, hätte sie in diesem Moment der Tod ereilt.

„Colleen?“ Bret stand vor ihr. An seinen Mundwinkeln klebte Blut, und seine Wimpern waren weiß von Schnee.

„Alles in Ordnung, Liebes?“

Sie nickte, konnte noch nicht sprechen. Er umschmiegte ihr Gesicht mit den Händen, küsste sie zart, und beide zitterten.

Colleen umschlang ihn. „Oh, Bret ...“

Er barg ihren Kopf an seinem Hals, flüsterte zusammenhanglos vor sich hin, und Colleen ging es genauso. Sie waren am Leben! Alle beide! Alles war wunderschön und kostbar: der Mond, die Luft, selbst der eiskalte Schnee. Und Bret! Seine Nähe! Seine Lippen! Seine Körperwärme, seine Berührungen ...

Sie vernahmen Schritte im Schnee. Bret versuchte, Colleen auf die Füße zu helfen, stolperte aber dabei. Erschrocken wich Colleen vor dem Mann in Schwarz zurück, der sich eilig näherte. Dann zog er die Ski-Maske vom Gesicht.

„Gerhard! Dem Himmel sei Dank!"

Colleen sank beinahe vor Erleichterung zurück, aber Gerhard half ihr wieder auf. Der Wind fuhr durch sein platinfarbenes Haar, und selbst im Dunkeln waren seine Augen strahlend blau. „Frau McAllistair, ist alles in Ordnung mit Ihnen?" fragte er besorgt.

Bret stand inzwischen wieder und legte schützend den Arm um Colleens Schulter. Er streckte Gerhard die Hand entgegen. „Wir sind Ihnen zu tiefstem Dank verpflichtet", sagte er feierlich. „Wären Sie nicht gewesen und hätten mir Sandy vom Leib gehalten ..."

Er sprach nicht weiter, da Carly, der sich seinen Weg zu ihnen bahnte, fluchend im Schnee gelandet war. Bret musste lachen, und Gerhard und er halfen Carly, der Schnee ausspuckte, wieder auf die Beine. Colleen umarmte ihn so stürmisch, dass er beinahe wieder zu Boden gegangen wäre.

„Was ..." begann sie, „wie ..."

Gerhard beantwortete statt seiner die Fragen: „Ihr marokkanischer Freund fand mich, nachdem alle verschwunden waren. In seinem Zimmer entdeckte er den Zettel mit dem Hinweis auf das Verlies. Da ich hier lebe, kannte ich es, und dann konnte ich Mr. Füller ausfindig machen, der darauf bestand, dass wir sofort hierher eilten."

„Gott sei Dank!" sagte Bret.

Gerhard zeigte zu den Bergen hinauf. „Die Polizei wird sich um die beiden kümmern." Er schüttelte ungläubig den Kopf. „Tyrells Enkelin ... wer hätte das gedacht ... Nun ja. Mein Vater wartet im Wagen an der Straße. Er möchte Sie gern kennen lernen. Sind Sie damit einverstanden?"

„Und ob", rief Bret. „Herr Holfer, wären Sie nicht gewesen ..."

„Das Leben stellt die Belohnung dar, nicht wahr, Herr McAllistair?“ Gerhard Holfer wendete sich an Carly. „Sie sind alle unsere Gäste im Schloss, wenn es Ihnen recht ist.“

„Gern“, antwortete Carly, dem noch die Erleichterung über den Ausgang des Ganzen im Gesicht stand. „Gehen wir.“ Sogleich folgte er Gerhard den Abhang hinunter.

Bret drückte Colleens Hand und zog sie noch einmal an sich. Sie schlang die Arme um seine Taille und hielt ihn ganz fest. Im Stillen sprach sie ein Dankgebet. Sie waren beide am Leben!

Und die Zukunft lag wieder vor ihnen!

„Du hast mir vorhin so einiges versprochen, Lady“, flüsterte er ihr ins Ohr.

„Ich weiß.“

„Und? Hast du deine Meinung geändert?“

„Kein bisschen. Wieso?“

Er sah ihr tief in die Augen, dann wies er mit dem Kinn auf Gerhard. „Nun ja, ich war wohl doch nicht der große Held. Ohne Gerhard Holfer hätte ich es nicht geschafft. Groß, sportlich, blauäugig und offensichtlich von dir begeistert. Du weißt wohl gar nichts von ihm, oder?“

„Hmm.“ Sie gab vor, über seine Worte nachdenken zu müssen.

„Hey!“

Colleen versuchte, unschuldig mit den Wimpern zu klimpern, aber das misslang, weil sie schneeverklebt waren. Sie musste lachen – was nach dem überstandenen Schrecken aber noch ein bisschen unsicher klang. „Woher hattest du eigentlich plötzlich die Waffe?“ fragte sie.

„Die hatte ich die ganze Zeit bei mir. Aber die waren ja zu zweit. Sandy konnte ich damit überraschen und in Schach halten, aber mit Bill ging das wegen der mangelnden Reichweite nicht, außerdem riskierte ich, dich zu treffen.“

Zitternd und glücklich hing sie an seinem Hals. „Zur Not würdest du sie aber benutzen?“

„Zur Not?“

„Für ein Lebenslänglich?“ flüsterte Colleen.

Bret lächelte und versuchte, ihr den Schnee vom Gesicht zu wischen. Blass und erschöpft, aber strahlend schaute sie ihn an, und Bret begriff, wie sehr er sie liebte und dass sie sein Leben bedeutete.

„Lebenslänglich. Und versuche ja nicht wieder, mich loszuwerden", flüsterte er zärtlich.

„Nie wieder", versprach sie.

Zwei Stunden später waren alle im Schloss von Rudi Holfer versammelt, hatten geduscht und sich umgezogen, saßen am knisternden Kaminfeuer und tranken Blaubeerlikör. Carly schauderte es noch immer bei dem Gedanken, dass seine beiden Star-Reporter beinahe Opfer von Sandys Rachefeldzug geworden wären. Und er war glücklich darüber, dass sie sich wieder versöhnt hatten.

Ben war ebenfalls da. Er war ganz beeindruckt von dem Schloss und sah sich schweigend und bewundernd um.

Rudi Holfer – schon achtzig, aber noch wachen Verstandes und voller Humor – saß im Rollstuhl, auf den Beinen hatte er eine dicke Wolldecke ausgebreitet. Arthritis hatte ihn verkrüppelt.

Gerhard besaß das kantige Gesicht und die blauen Augen seines Vaters, der trotz aller Falten und Sorgen, die sich in die Züge gegraben hatten, noch sehr interessant aussah.

„Ich habe mich so sehr bemüht, Sie zu erreichen, ohne Sie zu ängstigen", erklärte er, die schmalen Hände im Schoß. „Und dennoch ..." Er seufzte, und Gerhard berührte tröstend seine Schulter. „Ich sah keine Möglichkeit, Ihnen klarzumachen, dass ich nicht der Täter sein konnte." Er sprach Englisch mit deutschem Akzent, aber fließend und ohne Probleme. „Wer hätte ahnen können, dass Tyrells Enkelin ..."

Er hob die Hände. „Diese verfluchten Diamanten haben so viel Unglück gebracht! Wollte der Himmel, wir hätten sie nie erblickt, nie von ihnen gehört! Wollte der Himmel, ich hätte diese Tat irgendwie sühnen können!"

Colleen glitt vom Sofa und nahm eine seiner zitternden Hände in ihre Hände. „Herr Holfer, durch Ihren Einsatz haben Sie dafür gesorgt, dass Gerhard meinem Mann und mir das Leben gerettet hat. Ich weiß nicht, was das im Vergleich zur Vergangenheit bedeutet, aber für mich ist es äußerst wertvoll, und ich bin Ihnen sehr dankbar. Ich bedaure, dass wir Sie so lange in Verdacht hatten."

Holfer berührte Colleens Wange. „Na ja, das ist ja verständlich, nicht wahr? Wenn man den Krieg bedenkt, kann man die Deutschen ja nur für die Übeltäter schlechthin halten."

„So ist es wohl", sagte Bret leise.

„Vielleicht muss meine Generation die Schuld für alles auf sich nehmen. Wir sind schließlich auf die Versprechungen eines Verrückten hereingefallen." Holfer sah Colleen an. „Es war ein schlimmer Krieg. Aber alle Kriege sind schlimm. Sie zerstören Jugend und Schönheit, mähen Männer nieder wie Getreide. Aber Sie müssen mir glauben, dass wir nicht alle schlechte Menschen waren, sondern vor allem Soldaten, die für ihr Land kämpften. Ein Land, das ich wohl nie wiedersehen werde. Und die Diamanten ..."

Er zuckte mit den Schultern. „Ich wurde der SS überstellt, ohne dass ich mich dagegen wehren konnte. Zu dem Zeitpunkt hatte ich längst genug, durchschaute alles, begriff die Sinnlosigkeit des Sterbens. Und die Diamanten boten uns die Möglichkeit zu entkommen. Wir vier Männer waren Beweis dafür, dass der Normalbürger keinen Krieg will. Wir bekämpften uns nicht. Im Krieg tötet man Fremde. Aber wir waren keine Feinde mehr. Dafür haben wir büßen müssen, unser ganzes Leben lang. Es gibt keine Entschuldigung, aber ich möchte, dass Sie mir glauben, dass ich dieses ganze entsetzliche Geschehen nicht gewollt habe."

„Das glaube ich Ihnen, Herr Holfer", antwortete Colleen. „Die Welt ist nicht nur gut oder böse."

„Die Diamanten wollte ich allerdings stehlen", gab Holfer zu. „Umbringen wollte ich jedoch niemanden."

„Das wissen sie, Vater", beruhigte Gerhard ihn.

„Und wir sind Ihnen auf ewig dankbar", fügte Bret hinzu. „Obgleich wir Sie verdächtigten, haben Sie sich weiter um unsere Rettung bemüht." Sein Blick war voller Wärme.

„Immerhin haben Sie jetzt eine gute Geschichte für Ihre Zeitung, denke ich", sagte Rudi zu Carly. „Und ich werde alles tun, um Ihnen bei der Wahrheitsfindung behilflich zu sein."

„Vater, du solltest dich jetzt ausruhen", mahnte Gerhard.

„Tyrell, Rutger, MacHowell sind tot. Bald wird es mich auch nicht mehr geben. Dann ist alles nur noch Geschichte."

„Sie haben doch noch Jahre vor sich", protestierte Colleen.

Holfer schüttelte den Kopf. „Mein Herz ist schwach und müde. Vierzig Jahre Schuldbewusstsein waren schwer zu ertragen. Wenn es an der Zeit ist, werde ich bereit sein. Aber vorher müssen Sie noch alles aufschreiben. Und nun, gute Nacht allerseits."

Gerhard nickte allen zu und schob seinen Vater hinaus. Noch bevor er ganz draußen war, berührte Bret seine Schulter. „Auch Ihnen unseren tief empfundenen Dank!"

Bret legte die Arme um Colleen, die vorm Kamin stand. „Ich kann ihm gar nicht genug danken", sagte er heiser.

Carly räusperte sich mit einem Blick auf die beiden. „Ben, kommen Sie, wir gehen auch zu Bett."

Der seufzte. „Für alle gibt es ein Happyend, außer für mich!" klagte er. „Ich muss zurück und wieder Taxi fahren."

„Was meinst du, Bret, der Junge scheint ein Faible für Amerika zu haben", sagte Carly lachend. „Meinst du, wir könnten ihm ein Einreisevisum verschaffen?"

„Na klar, das versuchen wir."

Ben jubelte, umarmte Bret und Colleen und dann auch noch Carly so fest, dass der aufschrie.

„Junge, wenn du dich so benimmst, überlebe ich nicht, um dich einstellen zu können! Komm, wir lassen die beiden allein."

Colleen und Bret waren so miteinander beschäftigt, dass sie gar nicht bemerkten, dass alle gegangen waren. Bret hob sie auf und setzte sie vorsichtig auf den Boden. Das Kaminfeuer prasselte, und seine Wärme umhüllte sie.

Colleen legte die Handknöchel an seine Wange. „Bret, bitte verlass mich nie wieder." Er wollte etwas entgegnen, aber sie legte ihm die Finger auf die Lippen. „Ich weiß, du wirst immer wieder auf Reisen gehen müssen, genauso wie ich. Immerhin sind wir beide Journalisten. Was ich meine, ist ... was immer auch passiert, ob wir verärgert sind, verletzt oder besorgt, bitte lass uns darüber reden, damit wir uns nie wieder auf die Weise trennen, wie wir es getan haben."

Er nahm ihre Finger und küsste sie zart. Dann fuhr er sanft mit den Zähnen darüber, sodass Colleen einen erregenden Schauer empfand und leise aufseufzte.

Er legte sich neben sie, strich über ihre Wange und sah sie mit unendlicher Zärtlichkeit an. „Colleen, ich habe mit Carly gesprochen. Wir werden versuchen, als Team zu arbeiten. Es gibt sicher gelegentlich wieder unangenehme Situationen, die wir nicht umgehen können, aber wir sollten uns vornehmen, uns nie wieder unnötig in Lebensgefahr zu begeben."

Er beugte sich vor, um sie zu küssen, und sprach dicht an ihren Lippen weiter. „Der heutige Abend hat mich Jahre meines Lebens gekostet! Unsere nächste Geschichte schreiben wir über das Weltraumprogramm, und zwar vom Boden aus!"

Colleen kuschelte sich an ihn und fuhr mit den Fingern durch sein Haar. „Ich bin gar nicht so sicher, ob wir am Boden bleiben werden", flüsterte sie geheimnisvoll.

„Wieso?" Er runzelte die Stirn.

„Ich fühle mich schon jetzt zehn Fuß darüber, McAllistair", flüsterte sie. „So oft passiert es mir nicht, in ein Schloss eingeladen zu werden. Schon gar nicht zusammen mit einem so attraktiven Beinahe-Helden, der zufällig auch noch mein Ehemann ist. Würdest du mich bitte nach oben tragen und Liebe machen mit der Person, die du vorgibst, so sehr zu verehren?"

Bret lachte, stand auf, zog Colleen hoch und in die Arme. „... die du vorgibst, so sehr zu verehren. Warte nur, bis du siehst, wie sehr ich dich verehre!"

„Ich warte darauf und bin voller Optimismus."

Als sie das Zimmer verließen, blieb Bret einmal kurz stehen. „Beinahe-Held hast du gesagt?"

„Nein, ein wirklicher Held", sagte sie aufrichtig.

„Danke, das klingt schon viel besser ... und das wird dir einen Hochgenuss bis zum frühen Morgen sichern."

Er beugte sich zu ihr hinunter, doch es wurde kein flüchtiger, sondern ein inniger, langer Kuss.

Als sie sich schließlich voneinander lösten, wiederholte Bret ernst: „Das, Mrs. McAllistair, wird Ihnen einen wunderbaren, geradezu göttlichen Genuss sichern – und meine tief empfundene Liebe für den Rest des Lebens."

„Mehr wünsche ich mir nicht. Und ich verspreche, das alles aufs innigste zu erwidern."

Bret lächelte glücklich, legte Colleen den Arm fest um die Schultern und lief mit ihr – immer zwei Stufen auf einmal nehmend – die Treppen hinauf.

– ENDE –

Heather Graham

Schneesturm

Roman

Aus dem Amerikanischen von
Wolfgang Thon

MIRA®

PROLOG

Justin Magnasun stand am Fenster seines Arbeitszimmers und schaute hinaus. Das Mondlicht schimmerte auf dem Schnee wie Feuer, es sah so aus, als ob er brennen würde. Snowfire. Schneefeuer? Das Wort war so schön und trügerisch wie die Figuren in seinem neuen Theaterstück. Schneefeuer. Es war ein sehr passender Titel.

„Justin!" Die Stimme klang weich und sinnlich.

Justin wusste, dass Myra in der Tür stand. Aber er war hierher gekommen, um allein zu sein. Um Myra und ihrer endlosen Party zu entfliehen. Sie war ihm gefolgt, und Justin brauchte sich nicht umzudrehen, um zu wissen, dass sie ihn mit einem atemberaubenden erotischen Blick ansehen würde, der ihm ihr Begehren zeigen sollte.

Myra Beaufort war selbst dann eine Schauspielerin, wenn sie nicht mehr auf der Bühne stand.

Er richtete sich unwillkürlich auf. „Was möchtest du, Myra?" fragte er, ohne sich umzuwenden.

„Artie hat mir gesagt, dass du nicht mit nach New York zurückkommst."

Justin betrachtete den wunderschönen kristallinen Schnee dort draußen und wünschte sich, Myra möge ihn endlich in Frieden lassen. Doch Myra war anscheinend nicht gerade in friedlicher Stimmung. Sie war nie in friedlicher Stimmung.

Justin ging um seinen Schreibtisch herum und setzte sich auf seinen Stuhl. Dann erst schaute er Myra an. Sie sah genauso aus, wie er erwartet hatte. Verführerisch, aufregend und gekünstelt. Ihr Kleid hatte einen langen Schlitz am Schenkel, und sie hatte sich so hingestellt, dass der Stoff einen großen Teil ihres Beins entblößte. Ihre Augen waren blau, und sie sorgte dafür, dass ihr langes Haar, das sie elegant über eine Schulter zurückgeworfen hatte, immer hellblond war.

Während Justin dieses Bild in sich aufnahm, sagte er sich, dass Myra immer noch so schön war, wie er sie einmal gefunden hatte. Und das war seltsam. Denn ihm fiel es schwer, diese Faszination heute nachzuvollziehen. Ihre weiche Stimme erregte ihn nicht mehr. Das Einzige, was ihn noch berührte, war die Angst, die er manchmal in ihren Augen sah. Sie ist noch so ein Kind, dachte er. Sie hatte ihn benutzt, ausgenutzt, aber dennoch hasste er sie nicht. Sie tat ihm einfach nur Leid. Sie fürchtete sich sehr vor der Zukunft, vor dem Altern, davor, die Bewunderung der Massen zu verlieren.

Früher einmal hatte er geglaubt, sie zu lieben. Und er fühlte sich immer noch verantwortlich für sie. Sie war seine Frau, auch wenn er es kaum erwarten konnte, dass ihre Ehe endlich aufgelöst wurde.

„Artie hat Recht", bestätigte er schließlich und lehnte sich zurück. „Ich werde nicht mit nach New York kommen."

Myra verzog schmollend den Mund. Ihr Bedauern wirkte sehr echt und hätte sicherlich jeden anderen Mann erweicht. Aber Justin lächelte kaum darüber. Er kannte es viel zu gut.

Myra ging auf ihn zu und setzte sich auf eine Ecke des Schreibtischs. Aber auch diese herausfordernde Pose wirkte nicht. „Justin", hauchte sie verführerisch und strich ihm durchs Haar. „Hallo, du großer und schöner Mann! Du musst mitkommen. Ich werde dafür sorgen, dass es sich lohnt."

Einen kurzen Moment zögerte Justin. Er hatte Myra geheiratet und sie für ebenso wundervoll, leidenschaftlich und unglaublich gehalten, wie der Rest der Welt es tat. Und sie hatte auch in ihm etwas gefunden. Sie hatten sich gleichermaßen angezogen. Sie mochte große, dunkle und maskuline Männer, Naturburschen, obwohl sie die Natur hasste.

Als er sie geheiratet hatte, hatte er sie geliebt und geglaubt, dass die Ehe ewig halten würde. Und Myra klang in diesem Moment fast so, als würde sie immer noch wünschen, dass es funktionierte, dass sie es wirklich versuchen wollte.

‚Ich liebe dich nicht mehr', dachte er. ‚Aber vielleicht kann man die Liebe ja wiederbeleben'. Doch als er Myra anschaute, wusste er, dass das nicht klappen würde. Sie war nicht für die Ehe geschaffen. Jedenfalls nicht für ihn. Er hatte daran geglaubt, dass sie eine gewisse Verantwortung füreinander hätten, aber Myra hatte ihn immer wieder mit unzähligen Männern betrogen. Selbst jetzt kursierten Gerüchte, dass sie mit den beiden männlichen Hauptdarstellern von „Snowfire" gleichzeitig ein Verhältnis hatte. Er hatte das Stück für sie geschrieben, weil sie ihn gebeten hatte, ihrer Karriere wieder neuen Schwung zu geben.

Justin lächelte. Er hielt die Klatschgeschichten für ziemlich unwahrscheinlich. Jack Jones, der jugendliche Held, sah zwar sehr gut aus, konnte sich aber nicht zwischen Männern und Frauen entscheiden. Harry Johnston hingegen war zwar ein begnadeter Charakterschauspieler, aber er hatte ein derartiges Alkoholproblem, dass die Produzenten und Regisseure ihn hatten fallen lassen. Und er war ebenfalls zu Justin gekommen, um ihn um Hilfe zu bitten. Justin hatte dafür gesorgt, dass der Regisseur von „Snowfire" ihm eine Chance gab.

Justin hoffte, dass Harry Johnston seine Sache gut machen würde, denn man hatte diesem angedroht, ihn sofort hinauszuschmeißen, wenn er auch nur einen Tropfen Alkohol anrührte.

Justin seufzte. Was für ein mieses Spiel. Jeder war hinter irgendetwas her und wollte etwas beweisen. Jack, wie männlich er sein konnte, Harry, dass er wieder trocken war, Myra, dass sie nichts von ihrer Attraktivität eingebüßt hatte. Und Roxanne, die schöne, junge Neuentdeckung, wollte berühmt werden.

Sie war feminin, schlank und wunderschön - ein Barrakuda! Justin hätte fast erneut gelächelt. Möglicherweise habe ich auch Myra eine Lektion erteilen wollen, als ich Roxanne für die Rolle vorgeschlagen habe, dachte er. Sie verkörpert all das, was Myra wiedergewinnen will, und sie ist blutjung.

Und all diese Menschen waren jetzt in seinem Haus. Nicht in seinem New-Yorker Penthouse, sondern in seinem eigentlichen Heim auf dem Land in New England. Myra hatte die Leute eingeladen. „Snowfire" hatte nach der Uraufführung hervorragende Kritiken erhalten und war bereits jetzt ein sehr großer kommerzieller Erfolg. So hatten alle an ihrem freien Tag ein kleines Flugzeug gechartert und waren hierher geflogen. Und seitdem hatten sie nichts weiter getan als gefeiert.

Plötzlich kam Justin ein unangenehmer Gedanke: Myra hasste das Haus, aber dennoch hatte sie alle hierher eingeladen. Den Kritiker und seine Frau, Christina, seine eigene Agentin, und Artie Fein, Myras Manager. Artie war wie immer ein wenig besorgt, und Justin empfand Mitleid für ihn. Außerdem hatte sie die ganze Crew mitgebracht.

‚Aber ich habe nicht das Recht, sie zu verurteilen', schalt er sich im Stillen. Er war nur verärgert, weil sie eine Show abzogen hatte und er mehr wollte. Er wollte, dass das Haus eine Zuflucht war, er wollte ...

‚Was will ich? Ich weiß es nicht. Doch', verbesserte er sich, ‚ich weiß es. Ich möchte einer Frau in die Augen sehen können, und dort Wärme statt Berechnung erkennen'. Er wollte Liebe und, was noch wichtiger war, Vertrauen.

Er wünschte Myra nichts Böses, aber er wollte von ihr weg.

Myra lehnte sich zu ihm hinüber und musterte ihn eindringlich. Natürlich klaffte ihr Kleid über der Brust auseinander. „Justin ...?" Ihre Stimme war ein leises und aufreizendes Flüstern.

Er lächelte nur und schüttelte den Kopf. Er erwiderte unerschütterlich ihren Blick, und seine dunkelblauen Augen wirkten kobaltfarben, fast schon schwarz. „Tut mir Leid, Myra", sagte er. „Ich habe mich bereits entschieden. Ich gehe nicht zurück."

Ihre Stimme veränderte sich schlagartig. „Verdammt, Justin, du musst zurückkommen. Dein Name ist in aller Munde ..."

„Moment mal!" unterbrach er sie. „Mein Pseudonym ist in aller Munde, Myra, aber dein Name ebenfalls." Er beugte sich vor. „Wir sollten den Tatsachen ins Auge sehen. Was ist von unserer Ehe übrig geblieben? Du hast mich verlassen, du hast mit jedem Mann in Hollywood geschlafen, du hast diesen schrecklichen Film gemacht."

„Ich habe nicht mit jedem geschlafen!"

Justin warf ihr nur einen Blick zu, und sie errötete.

„Ich habe mich aber jetzt nur für dich entschieden, Justin. Ich werde nie wieder ..."

„Wenn du zu mir zurückkommen willst, wirst du dann auch hier leben wollen?" fragte er sie leise. „Wenigstens zeitweilig? Wirst du dann auch wirklich ruhiger werden? Willst du ein Baby haben?"

„Was?" Sie versuchte, ihre erschreckte Ablehnung zu verbergen.

„Sicher, Justin, bald. Aber erst muss ich meine Karriere wieder flottmachen. Ich will ..."

„Myra", unterbrach er sie ruhig, „ich muss mein eigenes Leben wieder flottmachen. Ich habe ein Theaterstück für dich geschrieben, und es ist wundervoll. Du bist wundervoll. Nun bin ich dran. Ich werde morgen die Scheidung einreichen ..."

„Nein! Das werde ich nicht zulassen, Justin. Ich brauche dich!"

„Du brauchst mich nicht!" erwiderte er erbost. Allmählich verlor er die Beherrschung. „Du denkst, du brauchst meinen Namen! Und du glaubst, dass es für deine Karriere vorteilhaft wäre, wenn man uns beide gelegentlich Arm in Arm fotografiert."

Myra sprang von seinem Tisch herunter. „Du bist ein Mistkerl, Justin. Ich brauche wenigstens ein Jahr! Dann werde ich genug Erfolg haben. Gib mir dieses eine Jahr!"

„Myra, ich gebe dir bis morgen Zeit, aus diesem Haus zu verschwinden. Das ist alles, was du bekommst!"

Myra war stark, schnell und wie besessen. Justin wollte ihr nicht wehtun. Aber sie hatte lange Fingernägel, mit denen sie ihm das Gesicht zerkratzte. Er packte sie bei den Schultern und schleuderte sie von sich fort. Sie prallte gegen den Türrahmen.

„Hör auf damit!" warnte er sie. Er zitterte am ganzen Körper, und von seiner Lippe tropfte Blut. Mit der Hand wischte er es weg.

„Dafür wirst du bezahlen, Justin!" drohte sie. Sie war wuterfüllt und nichts an ihr war schwach. Doch als Artie Fein unvermittelt kam, schien sie plötzlich zu taumeln.

Artie fing sie auf. „Hey", sagte er und schaute zwischen Myra und Justin hin und her. „Was geht hier vor?"

Myra brach in Tränen aus. „Oh!" stieß sie schluchzend hervor, „wie konntest du das tun, Justin!" Ihre Stimme gellte durch das ganze Haus.

Gleich darauf drängten sich die anderen Gäste in sein Zimmer.

„Was geht hier vor, zum Teufel?" wollte Roxanne wissen und schaute Myra misstrauisch an.

„Nichts ..." begann Justin wütend, aber Myra hatte jetzt ihr Publikum und spielte ihre Rolle.

„Oh, Justin ist so furchtbar gewesen. Er hat gedroht, mich umzubringen."

„Was?" Justin verlor vollends die Fassung. „Myra, verschwinde hier. Mach, dass du rauskommst!"

Sie wandte sich um und verließ den Raum. Dann ertönte ein dumpfes Geräusch, gefolgt von einem kläglichen Winseln. Justin presste die Lippen zusammen, und sein Gesicht wurde weiß vor Wut.

Er wusste, dass Myra Jugs, seine Promenadenmischung, ebenso hasste wie das Haus, und es hatte sich ganz so angehört, als hätte sie Jugs soeben einen derben Tritt versetzt.

Das reichte! Justin bahnte sich einen Weg durch die Leute vor seiner Tür und ging ins Wohnzimmer. Er liebte diesen Raum. Glastüren führten hinaus zum Pool. In der behaglichen Atmosphäre, die die mit Natursteinen verkleideten Wände und die rustikale Einrichtung verbreiteten, konnte man sitzen und draußen das Wasser und den Schnee sehen, der nun beinah unirdisch weiß zu sein schien.

Aber Myra zerstörte die Harmonie. Sie schaute Justin schadenfroh an. Sie hatte seinem Hund wehgetan, um ihn zu verletzen. Justin versuchte, sie zu verstehen.

Und er war bemüht, seine Wut unter Kontrolle zu halten.

‚Ich habe alles für sie getan', sagte er sich. Ich habe ihr alles verziehen und sie wieder auf die Füße gestellt. Doch das Problem war, dass sie noch nicht mit ihm fertig war. Sie wollte ihn zwar nicht, hatte ihn eigentlich nie richtig gewollt, aber sie konnte es nicht verwinden, von ihm verlassen zu werden.

Justin bemerkte, dass sein Hund zum Pool humpelte und dass Joseph Banks, der Kritiker, und seine Frau ihn unbehaglich musterten. Doch es kümmerte ihn nicht.

Er packte Myras Schultern. „Es ist vorbei, verstehst du? Vorbei! Und wenn du diesen armen Hund noch einmal verletzt, Myra, nun, dann werde ich dich vielleicht wirklich erwürgen!"

Er ließ ihre Schultern los, weil er sie so fest drückte, dass er Angst hatte, ihr die Schlüsselbeine zu brechen. Rasch drehte er sich herum und bemerkte Josephs mitleidigen Blick.

„Es tut mir Leid, Joseph“, begann er, doch dann merkte er, dass es nichts weiter zu sagen gab. „Ach, verdammt!“

Er stürmte durch die Eingangshalle, nahm sich irgendeinen Mantel von der Garderobe und lief in den Schnee hinaus.

Die Kälte draußen umfing Justin und tat ihm gut. Er ging langsam die Auffahrt zur Straße hinunter. Als er dort war, schaute er sich um. Hier draußen herrschte friedliche Stille. Das nächste Haus war Meilen entfernt. Er mochte diese Einsamkeit. Und er mochte auch seine Nachbarn, die diese Ruhe ebenfalls zu schätzen wussten.

Aber da war eben Myra ...

Justin blickte zum Mond hinauf. ‚Ich habe es versucht‘, dachte er. ‚Ich habe es wirklich versucht. Ich habe für sie alles getan, was ich konnte‘. Es klang fast wie ein stummes Gebet.

Er bekam keine Antwort. Oder vielleicht doch. Der Schnee beruhigte ihn, ließ ihn sich friedlicher fühlen. Er und Myra mussten jeder seine Probleme selbst lösen. Inzwischen ging die Party weiter, er hatte Gäste.

Justin drehte sich um und kehrte zum Haus zurück. Während seiner Grübeleien war er weiter gegangen, als er eigentlich beabsichtigt hatte, und befand sich jetzt auf dem kleinen Hügel an der Rückseite des Hauses. Deshalb durchquerte er den Garten, und näherte sich dem Haus von hinten. Der Schnee reichte ihm fast bis zu den Knien.

Auf dem schmalen Weg zwischen der Garage und dem Haupthaus hielt Justin plötzlich inne. Ein unbehagliches Gefühl beschlich ihn. Irgendetwas lag dort im Schein der Garagenbeleuchtung und störte das unschuldige Weiß des Schnees ...

Einen Moment lang blieb er unbeweglich stehen, unfähig einen klaren Gedanken zu fassen, dann rannte er los.

Es war ein Körper, der dort lag. Myras Körper!

„Myra!“ Neben ihr angekommen, ließ er sich auf die Knie fallen und nahm sie hoch.

Sie trug weder Hut noch Mantel, nur ihr Abendkleid und ... ihren langen roten Schal, der fest um ihren Nacken geschlungen war. Justin bemühte sich, ihn zu lockern. Sie war kalkweiß, bis auf eine schmale, blaue Spur. Und sie war tot.

„Mein Gott!" murmelte er, während er nervös den Schal in den Fingern wand. Myra war tot.

Justin empfand Trauer. Er hatte sie zwar nicht mehr geliebt und war sehr wütend auf sie gewesen, aber er hatte sich dennoch um sie gesorgt. Und es tat ihm auch um die sinnlose Verschwendung eines Lebens leid, um ihre Schönheit und die Träume, die mit ihr gestorben waren. Er nahm sie in die Arme.

„Justin!"

Jack Jones stand hinter ihm. Und dahinter Harry Johnston. Christina und Roxanne stürzten aus dem Haus. Roxanne stieß einen entsetzten Schrei aus.

„Du hast sie umgebracht!" rief Artie vorwurfsvoll. „Justin, du hast sie umgebracht!"

„Unsinn! Verdammt, ich habe sie nicht getötet! Ich habe sie nur gefunden!" protestierte Justin.

Dann schaute er in die Gesichter der Menschen, die ihn umstanden. Und wieder auf Myra. Jemand hatte sie getötet. Die arme, teuflische Myra. Seine Ehe war nun endlich zu Ende.

Und wie sie prophezeit hatte, würde er bezahlen müssen.

Justin schloss die Augen und hielt Myras kalten Körper an sich gepresst. Sie würde nie erfahren, wie schnell ihre Worte zur grausamen Wahrheit werden würden. Lange bevor er die Sirenen der Polizeiwagen hörte, wusste Justin, dass er ganz sicher würde bezahlen müssen.

1. KAPITEL

„Schneeschauer!" Kristin Kennedy sprach dieses Wort laut und verächtlich aus. Sie wurde von den großen Schneeflocken, die vor ihr auf die Straße wirbelten, beinah geblendet. Nervös nahm sie eine Hand von dem Lenkrad ihres Wagens, um eine dunkle Haarsträhne zurückzustreichen. Sie versuchte, sich erneut auf die Straße, oder vielmehr auf das, was die Straße sein musste, zu konzentrieren.

Der Sprecher von der Wettervorhersage in Boston hatte leichte Schneeschauer fürs Wochenende angekündigt, aber Kristin konnte sich beim besten Willen nicht vorstellen, dass man dieses heftige Schneetreiben Schauer nennen konnte. Innerhalb von einer halben Stunde hatte sich der Himmel von Silbergrau in dunkles Anthrazit verfärbt, und große Schneeflocken fielen wie verrückt auf ihren roten Cherokee-Jeep.

Jetzt war es zu spät, um wieder umzudrehen. Viel zu spät. Sie wusste noch nicht einmal, ob sie würde wenden können, selbst wenn sie es wollte. Außerdem war sie sich auch nicht sicher, ob sie auf der richtigen Straße war. Falls sie überhaupt auf einer Straße war. Sie kannte zwar die Strecke, denn sie hatte ihren Cousin Roger und dessen Frau Sue schon mehrmals besucht, aber niemals in einem derartigen Schneetreiben. Zu allem Überfluss war es hier draußen sehr einsam, und dann auch noch dieser Sturm ...

‚Habe ich mich verirrt?' fragte sie sich, ohne sich darauf eine Antwort geben zu können. Sie hatte bisher nur wenige Häuser gesehen und fuhr sehr langsam, weil sie befürchtete, jeden Moment ins Schleudern zu geraten. Wenn sie sicher gewesen wäre, dass sie sich auf einer Hauptstraße befand, hätte sie angehalten. Irgendein Rettungswagen würde bestimmt an ihr vorbeifahren, aber sie war sich eben nicht sicher. Hier draußen gab es keine Fernstraßen, und sie konnte nicht anhalten, weil vielleicht tagelang niemand vorbeikommen würde.

Obwohl New England wegen seines schlechten Wetters berüchtigt war, hatte es hier seit Jahren keinen solchen Winter gegeben. Kristin konnte sich jetzt noch an den letzten schlimmen Winter vor einigen Jahren erinnern, als ganze Gemeinden eingeschneit und von der Außenwelt abgeschnitten waren. Die Menschen waren sogar in ihren Wagen erfroren.

Trotz der gut funktionierenden Heizung in ihrem Jeep erschauerte Kristin bei diesem Gedanken. Sie hatte damals einen Artikel über dieses Unwetter geschrieben und in den Krankenhäusern Leute mit Erfrierungen interviewt.

„Schneeschauer!" schimpfte sie erneut laut. Sie wollte sich damit Mut machen und die wachsende Angst verdrängen. Ihr Wagen hatte Vierradantrieb und Winterreifen. Außerdem war sie seit ihrem sechzehnten Lebensjahr auf Schnee gefahren, und jetzt war sie fast achtundzwanzig. Sie konnte es. Sie war klug. Und sie wäre niemals aufgebrochen, wenn sie etwas Schlimmeres als Schneeschauer erwartet hätte. Leichte Schneeschauer!

Sie dachte daran, dass der Meteorologe im Radio gescherzt hatte, dass sich das Wetter in New England sowieso jeden Tag ändern würde. Aber sie glaubte nicht, dass das hier morgen anders werden würde. Dieser Schneeschauer war ein ausgewachsener Schneesturm, um das zu erkennen, brauchte sie keinen Meteorologen.

Kristin bremste ab, als eine Wand aus Schnee gegen die Windschutzscheibe geweht wurde. Dabei würgte sie den Motor ab. Ungläubig blieb sie einen Augenblick sitzen und versuchte dann, ihn erneut zu starten. Der Motor orgelte, und dann wurde das Geräusch schwächer. Sie verwünschte ihn ausgiebig.

Erneut drehte sie den Zündschlüssel und war froh, als der Motor endlich hustend ansprang. Doch dann kehrte zu ihrem Entsetzen wieder Ruhe ein. Nervös biss Kristin sich auf die Unterlippe.

Denk nach, ermahnte sie sich, und verfall nicht in Panik! Sie beugte sich vor und spähte hinaus. Dahinten war ein Haus! Auf dem Hügel oberhalb der Straße, aber es war da. Und dann bemerkte Kristin, dass sie beinah direkt vor der Auffahrt stand, die zu dem Haus führte.

Alles, was ich tun muss, dachte sie erleichtert, ist, an die Tür zu klopfen und einen Abschleppdienst anzurufen. Es gibt also überhaupt keinen Grund, in Panik auszubrechen. Wenn sie sich verirrt haben sollte, würde man ihr schon den richtigen Weg weisen.

Kristin musste gegen den Wind ankämpfen, bis sie es endlich schaffte, die Wagentür zu öffnen. Der Sturm hätte sie fast umgeworfen, aber sie stemmte sich dagegen. Das Wetter wurde immer schlechter.

Als sie zu dem Gebäude hinaufschaute, merkte sie, dass es mehr ein Landhaus war. Es war groß, massiv und hatte eine wunderschöne Silhouette. Die imposante Front aus Holz und Steinen schien fast mit der Landschaft zu verschmelzen.

Roger hatte ihr immer erzählt, dass sie es sich nie träumen lassen würde, wie viele reiche und berühmte Leute hier auf dem Land ihre Häuser hatten. Sie würde ihm zustimmen müssen, wenn sie ihn sehen würde. Falls sie ihn wiedersehen würde.

Der Wind toste um sie herum, und Kristin fürchtete, dass sie es noch nicht einmal bis zum Haus schaffen würde, wenn sie sich nicht beeilte. Sie presste die Lippen zusammen und machte sich auf den Weg.

Wer auch immer hier lebt, sagte sie sich, mag anscheinend keine Gesellschaft. Aber er wird mich hoffentlich wenigstens sein Telefon benutzen lassen!

Entschlossen zog sie den Parka enger um sich, senkte den Kopf und stapfte die Auffahrt hinauf.

Justin schrieb an seinem neuen Theaterstück „Frühlingsgeflüster". Er machte gerade eine Pause, als er sah, wie eine Frau sich die Auffahrt hinaufkämpfte.

Er stieß eine Verwünschung aus. Er hatte sich gut gefühlt, richtig gut, seit langer Zeit endlich wieder. Er arbeitete, und das war schön.

Schon früher hatte er versucht zu arbeiten, doch die Jahre waren hart und bitter gewesen. Da war der Prozess, in dem sogar seine eigenen Anwälte ihm nicht geglaubt hatten. Überall hatte er den Zweifel gespürt. Sogar Christina, die ihm versichert hatte, dass sie ihm glaubte, hatte ihn mit anderen Augen als vorher betrachtet. Nur hier in seinem Haus hatte er Ruhe gefunden. Er hatte gelernt, seine Privatsphäre und die Anonymität noch mehr zu schützen als je zuvor.

Und jetzt ...

Es war wirklich unglaublich! Diese Frau kam doch tatsächlich seine Auffahrt herauf! Zunächst war Justin nur empört darüber, dass jemand, aus welchem Grund auch immer, so verrückt war, ihn ausgerechnet heute aufzusuchen, dann wich sein Ärger jedoch blinder Wut.

Verdammt sollte sie sein! Sie und alle Reporter!

Vor noch nicht einmal zwei Stunden hatte er diese Journalistin eines neuen Magazins davor gewarnt, zu ihm zu kommen. Aber sie hatte darauf bestanden. Obwohl er ihr immer wieder versichert hatte, dass er sie nicht empfangen würde, hatte sie behauptet, keine Sensationsgeschichte schreiben zu wollen. Er hatte erwidert, dass es ihm völlig gleichgültig wäre.

Justin schaute zum Kamin hinüber auf die Stelle, wo früher immer Jugs zusammengerollt gelegen hatte. Nun war Jugs nicht mehr da, woran ebenfalls ein Reporter schuld war.

Er fluchte und blickte erneut aus dem Fenster. Die Reporterin war dennoch gekommen. Sie vermutete wohl, dass er gezwungen sein würde, sie wegen des Wetters hineinzulassen.

Nun, er würde sie jedoch auf keinen Fall ins Haus bitten! Auf gar keinen Fall!

Lange bevor Kristin das Haus erreicht hatte, sah sie dort eine Bewegung. Die Tür wurde geöffnet, und ein großer Mann in Schneestiefeln und Parka stürmte heraus. Sie blieb stehen und beobachtete ihn zögernd. Er bewegte sich rasch und sehr geschmeidig.

Obwohl sie bemerkte, dass nur das dichte Futter seines Parka ihn so groß erscheinen ließ, hatte sie sekundenlang den Eindruck, dass ein Neandertaler auf sie zustürmte.

Hier. In diesem Albtraum von endlosem Weiß und ...

Dabei will ich nichts weiter als nur die Erlaubnis, das Telefon benutzen zu dürfen, wunderte sie sich. Warum vermittelt der Mann mir dann dieses unangenehme Gefühl?

Er musterte sie durchdringend. Er war groß, weit über einen Meter und achtzig. Seine Augen blickten eiskalt, scharf und wütend und schauten sie direkt an. „Machen Sie, dass Sie wieder in Ihren Wagen kommen!“ fuhr er Kristin an.

„Ich ... ich ...“ Es war absurd. „Mein Wagen springt nicht an“, gab sie schließlich erbost und mit etwas mehr Würde zurück. „Ich wollte nur Hilfe rufen ...“

Aber er war bereits an ihr vorbei auf den Wagen zugegangen. Er öffnete rasch die Tür des Jeeps und schwang sich auf den Fahrersitz.

Kristin eilte hinter ihm her und versuchte, den Mann in ihrem Wagen näher zu betrachten. Aber sie konnte nur wenig mehr als seine Augen erkennen. Er hatte eine Schneekappe tief in die Stirn gezogen, und ein Schal bedeckte das Kinn und den Mund. Aber das verbarg nicht den Ausdruck von Härte und Wut in seiner Stimme.

„Verdammt, solche Tricks ziehen bei mir nicht, Lady. Ich habe Ihnen gesagt, dass Sie nicht kommen sollen."

„Was?" Kristin starrte ihn verblüfft an.

„Ich habe Sie gewarnt. Von mir aus können Sie hier im Schnee erfrieren, bevor ich Sie an mich heranlasse!" Seine Stimme war tief und klangvoll, aber sie war auch so voller Wut, dass Kristin unwillkürlich erzitterte.

Doch sie hatte nicht vor, vor einem halb verrückten Fremden klein beizugeben, auch wenn er wie ein Kleiderschrank gebaut war. Sie stapfte um den Wagen herum auf die Fahrerseite. „Ich weiß nicht, wer Sie sind", schrie sie, „und ich will Sie auch nicht kennen lernen oder etwa Ihre Zeit beanspruchen. Ich habe nur meinen Wagen abgewürgt, das ist alles!"

Justin schaute mit einer genervten Geste gen Himmel. „Sie Närrin! Sie würden alles tun, um eine gute Story zu bekommen, was?" Er packte ihren Arm.

Kristin fühlte seine behandschuhten, kräftigen Finger und hätte fast geschrien. Sie waren allein hier in dieser Einöde. Er würde ihr die Kehle durchschneiden, sie berauben oder noch Schlimmeres mit ihr anstellen und ihren Leichnam dann hier auf der Straße liegen lassen. Ihr Blut würde den Schnee rot färben ...

„Verschwinden Sie!"

Der Mann schleuderte Kristin von ihrem eigenen Wagen weg in den Schnee. Sie stürzte in eine Schneewehe, aber er schaute noch nicht einmal zu ihr hin. Wütend richtete sie sich wieder auf.

Anscheinend war der Tag bis jetzt noch nicht schlimm genug, dachte sie. Warum hatte sie nicht eine nette weißhaarige Lady treffen können? Nein, es musste ein Verrückter sein. Nun, sie wusste, dass die Welt für eine allein stehende Frau hart und gefährlich war, und dass sie aufpassen und klug sein musste. Man musste immer mit einem Verrückten rechnen ...

Und dieser Mann war eindeutig übergeschnappt, wenn auch vermutlich kein Gewaltverbrecher. Immerhin hatte er ihren Arm losgelassen, als befürchtete er, sich durch die dicke Lederpolsterung hindurch mit einer gefährlichen Krankheit zu infizieren.

Anscheinend wollte er sie nur loswerden. Er verstand einfach nicht, dass der Wagen nicht anspringen würde.

Doch zu Kristins Verblüffung schaffte er es, den Wagen schon beim ersten Mal anzulassen. Er stieg aus und baute sich vor ihr auf. Sie kam sich trotz ihrer Größe von fast einem Meter und siebzig klein vor.

„Ärger mit dem Wagen, ja?“ fragte er ironisch.

„Er ist ausgegangen ...“

„Jetzt verschwinden Sie hier endlich, und kommen Sie nie wieder zurück. Sie sind gewarnt. Und ich werde Sie erfrieren lassen, bevor ich Sie ins Haus lasse, glauben Sie mir!“

Er drehte sich auf dem Absatz um und ging den Weg zu seinem Haus zurück. Verblüfft und wütend schaute Kristin hinter ihm her. „Danke, dass Sie ihn wieder gestartet haben!“ rief sie ihm nach.

Sie bekam jedoch keine Antwort und hatte auch keine erwartet.

„Mistkerl!“ schimpfte Kristin laut, während sie hinter das Steuer ihres Wagens glitt. Sie wusste, dass der Wind ihre Verwünschungen übertönte. „Verrückter!“ fügte sie hinzu. Sie erschauerte, froh über die Wärme im Inneren des Wagens, und schloss eilig die Tür. Sie wollte so rasch wie möglich von hier weg. Die Erinnerung an den wütenden Blick des Mannes brachten sie dazu, kräftig auf das Gaspedal zu treten. Der schwere Wagen geriet fast sofort ins Schleudern. Kristin schimpfte vor sich hin, vermied es aber zu bremsen. Als die Räder wieder Halt gefunden und der Cherokee sich stabilisiert hatte, gab sie behutsam Gas. Sie musste so schnell wie möglich zu Roger und Sue.

Kristin bereute es jetzt, den beiden ihre Ankunft nicht ausdrücklich angekündigt zu haben. Aber sie hatte nicht genau gewusst, wie ihre Pläne aussahen, und sie hatte sie nicht beunruhigen wollen.

Aber jetzt wäre sie froh gewesen, wenn die beiden sich Sorgen um sie gemacht hätten. Dann hätten sie nämlich sicherlich schon längst die Polizei benachrichtigt.

Noch nie hatte Kristin sich nach dem Anblick eines Polizisten so gesehnt wie jetzt.

In dem Moment rutschte der Wagen über eine Eisschicht. „Oh nein!“ rief Kristin aus, als sie merkte, dass der Jeep begann, wild über die Straße zu schlingern. Sie umklammerte das Steuer und zwang sich dazu, nicht zu bremsen. Aber obwohl das Auto Vierradantrieb und Winterreifen hatte und sie selbst alles richtig machte, hörte er nicht auf zu schleudern. Es war einfach spiegelglatt, das war alles.

Der Wagen drehte sich um die eigene Achse, und Kristin verlor die Orientierung. Der Schnee war wie eine weiße Wand, und der Wagen geriet völlig außer Kontrolle.

Sie stieß eine laute Verwünschung aus, aber das half ihr auch nichts mehr. Mit einem Ruck rutschte der Wagen dann plötzlich in einen hohen Wall aus Schnee an der Straßenseite, und Kristin war darunter begraben.

Erschrocken schaute Kristin auf das Weiß, dann hörte sie, wie der Motor mit einem letzten Aufheulen erstarb.

Sie schrie ihn an. Wie konnte ihr Wagen ihr das antun? Sie war vorsichtig gewesen und hatte alle Vorsichtsmaßnahmen beachtet! Und trotzdem hatte der Jeep sie im Stich gelassen! Erneut drehte sie den Schlüssel im Zündschloss, lobte den Cherokee, als der Motor stotterte, und verwünschte ihn dann erneut, als nichts weiter passierte. In einem jähen Aufwallen von Wut warf sie die Schlüssel auf den Beifahrersitz.

Doch das schleichende Gefühl von Unbehagen verschwand dadurch auch nicht. ‚Du kannst hier draußen umkommen‘, sagte sie sich. Der Schneesturm hatte die Stärke eines Blizzards erreicht, und sie befand sich in einer so abgelegenen Gegend, dass hier bestimmt keine Hilfe von irgendwelchen staatlichen Räumkommandos zu erwarten war. Und bis zum Haus ihres Cousins waren es mindestens noch zwanzig Meilen.

Die Ortschaft, in der sie momentan feststeckte, war nicht besonders groß. Sie vermutete, dass sie ein paar Hundert Einwohner hatte. Und die waren sicherlich über etliche Quadratkilometer verteilt.

Es gab nur sie ...

Und diesen Verrückten!

Der Irre. Kristin schaute sich um. Sie sah nichts weiter als den Schneewall und die Schneeflocken, aber sie konnte nicht besonders weit gefahren sein. Das Haus dieses Ausgeflippten musste irgendwo da hinten liegen. Wenigstens würde es dort warm sein. Wenn das Wetter nicht so schlecht wäre, würde es auch nicht lange dauern, dorthin zu laufen.

Aber es schneite noch heftiger als vorher. Und der Wind war ebenfalls stärker geworden.

Kristin stieß eine verzweifelte Verwünschung aus. Das Heulen des Sturms wurde wie zur Antwort noch lauter, und eine neue Böe schlug gegen die Wagentür und den Wall.

Kristin wurde klar, dass es in ein paar Minuten keine Rolle mehr spielen würde, ob jemand vorbeikommen würde oder nicht. Der strahlend rote Cherokee würde bis dahin vollkommen unter den Schneemassen begraben sein. Und dann würde sie langsam erfrieren.

Sie hatte vor Jahren einen Artikel darüber geschrieben und wusste, wie das war. Wenigstens würde sie keine Schmerzen erleiden müssen.

„Was ist mit mir los?“ fragte sie sich laut. „Ich kann nicht im Wagen bleiben, er wird bald eingeschneit sein.“ Sie musste hinaus, und es blieb ihr keine Wahl, als sich zu dem Haus durchzukämpfen, ganz gleich, wie widerlich der Mann sein würde, der dort lebte.

Aber er ist nicht nur widerlich gewesen. Er ist verrückt, erinnerte sie sich. Sie stemmte sich gegen die Wagentür und geriet fast in Panik, als es ihr kaum gelang, sie aufzustoßen. Endlich hatte sie sie einen Spalt geöffnet und zwängte sich hindurch.

Kristin spähte angestrengt durch das Schneetreiben. Sie konnte kaum die Lichter des Hauses ausmachen, und es kam ihr unglaublich weit bis dorthin vor. ‚Ich werde es niemals schaffen!‘ sagte sie sich entmutigt, nicht, wenn der Wind so stark bleibt. Doch sie hatte keine Wahl. Sie musste es schaffen!

Kristin senkte den Kopf, um ihr Gesicht gegen den peitschenden Schnee zu schützen, und begann, die Straße zurückzugehen. Sie rutschte aus und kämpfte um ihr Gleichgewicht. Der Wind drückte sie fast zurück, obwohl sie sich mit aller Kraft gegen ihn anstemmte. Selbst ein paar Schritte schienen ewig zu dauern. Sie stolperte erneut und fiel mit dem Gesicht in den Schnee. Sie rappelte sich wieder hoch und stapfte weiter. Ihre Füße waren trotz der Lederstiefel und der warmen Socken taub. Und die Hände ...

Kristin verbarg sie schützend unter den Armen.

Sie konnte ihre Nase ebenfalls nicht mehr fühlen. ‚Eigentlich fühle ich überhaupt nichts mehr', gestand sie sich ein. Sie musste das Haus erreichen, auch wenn der Mann ihr gedroht hatte, dass er sie eher erfrieren als in seine Nähe lassen würde.

„Wer, zum Teufel, will schon in deine Nähe?" flüsterte sie in den Wind. Der Mann war schließlich übergeschnappt.

Aber es war egal, was sie von ihm hielt, er würde sicher nicht zulassen, dass sie erfror, oder?

Vielleicht hat er ja einen Schuppen, in dem ich Schutz finden kann, sagte sie sich. Ich kann mit ihm reden, ihm versprechen, ihm nicht zu nahe zu kommen und kein Wort mit ihm zu wechseln.

Er hatte so gewalttätig gewirkt, so gefährlich ...

Möglicherweise war es besser, im Schnee zu sterben. ‚Nun werde du nicht selbst verrückt!' warnte sie sich im Stillen.

Endlich konnte Kristin zu ihrer Rechten die Umrisse des Hauses erkennen. Das Licht drang durch die Fenster. Mit einem tiefen Seufzer der Erleichterung betrat sie die Auffahrt, die sich den Hügel hinaufschlängelte.

Anscheinend gab es einen Kamin in dem Haus. Ein Feuer, das Wärme gegen die Unbilden des Wetters bot. Voller Sehnsucht nach dieser Geborgenheit beschleunigte Kristin ihre Schritte. Erneut fiel sie hin und richtete sich wieder auf. Mit den behandschuhten Händen schützte sie ihre Wangen. Sie konnte nichts fühlen ...

Sie stolperte voran und dachte, dass sie wie ein Schneemann aussehen musste. Und dann sah sie, wie sich weit entfernt eine Tür öffnete.

Eine Garagentür, stellte sie fest. Ein Mann trat ins Freie. Er trug etwas, was sie nicht genau erkennen konnte, weil die Schneeflocken ihr ins Gesicht wehten. Es war lang und dunkel ...

Ein Gewehr?

Kristin bemerkte, dass der Mann zu ihr herüberschaute. Selbst auf diese Entfernung spürte sie seinen durchdringenden Blick, und sie hatte das Gefühl, dass seine Wut bis zu ihr herüberdrang.

Erschrocken blieb sie stehen. Sie war sicher, dass der Mann ihr etwas antun wollte. Es kümmerte sie nicht mehr, dass sie fror. Sie wusste nur noch, dass sie fliehen musste. Hastig wandte sie sich um und stürmte los.

Sie spürte keine Schmerzen in den Füßen, während sie rannte, nur den Widerstand des Schnees gegen ihre Knie. Sie war überall von Schnee umgeben und konnte nichts mehr sehen, also lief sie blindlings los. Ihre Lungen schienen zu platzen, ihr Atem wurde in der kalten Luft zu Nebel, und in ihren Ohren dröhnte der Herzschlag. Plötzlich bemerkte sie, dass sie die Orientierung verloren hatte. Um sie herum erstreckte sich endloses Weiß. Der Schnee reichte ihr zunächst bis zu den Knien, dann bis zur Taille. Ihr Pulsschlag wurde immer heftiger, und der pfeifende Laut war nicht der Wind, sondern ihr Atem.

„Idiotin!" hörte sie eine Stimme rufen. „Dummkopf!"

Seltsamerweise wurde der Schnee vor ihr mit einem Mal dunkel, fast schwarz. Ich werde ohnmächtig, dachte sie.

„Sie Verrückte, bleiben Sie stehen!"

Aber Kristin blieb nicht stehen. Dazu hatte sie zu viel Angst. Doch selbst während sie sich weiter durchkämpfte, erkannte sie, dass sie im Schnee mit ihren Jeans und dem roten Parka ein leichtes Ziel abgeben musste. Wenn er wirklich hätte auf sie schießen wollen ...

Doch dann wurde die Dunkelheit um sie herum immer tiefer. Sie taumelte und stürzte. Es war kalt, sehr kalt, und sie tauchte tief in die Kälte und die endlose Schwärze hinein ...

Benommen fühlte Kristin, wie sich etwas bewegte. Arme schlangen sich um sie. Sie versuchte, die Augen zu öffnen, aber die Lider waren zu schwer. Sie schienen zusammengefroren zu sein. Schließlich schaffte sie es, sie zu öffnen.

Kristin schaute direkt in seine Augen. Sie waren dunkelblau und sehr tief. Sie hätten aus Obsidian sein können, aber niemand konnte solche Augen haben. Nein, sie waren blau und schauten sie scharf und vorwurfsvoll an.

Er hält mich in seinen Armen, dachte sie. Er trägt mich!

„Nein!" murmelte sie undeutlich.

„Ich hätte Sie dort draußen lassen sollen!" knurrte er erbost.

„Ich werde gehen, ich verspreche es!"

„Und wie wollen Sie jetzt verschwinden? Ich hätte Sie wahrhaftig dort draußen erfrieren lassen sollen. Sie waren gewarnt!"

„Nein, nein, Sie haben mich nicht ..."

„Ich habe Ihnen gesagt, dass Sie nicht kommen sollen!"

Sie schüttelte den Kopf und bemühte sich, bei Bewusstsein zu bleiben und ihn zu verstehen. Und sie wollte, dass er sie ebenfalls verstand.

„Sehen Sie, ich kenne Sie nicht", flüsterte sie. „Ich weiß überhaupt nicht, wovon Sie reden."

„Ach, halten Sie doch den Mund, ja?"

Kristin bemerkte, dass die Schneekappe aus seiner Stirn gerutscht war und seine Brauen enthüllte. Sie waren hochgebogen und ebenholzschwarz. Sein Schal hatte sich ebenfalls gelockert. Das Kinn war fest und breit, seine Wangen schmal und glatt rasiert. Sein Mund war breit, und beim Sprechen sah Kristin die weißen Zähne.

Doch wenn er schwieg, presste er seine Lippen entschlossen zusammen. Es sah beunruhigend aus. Kristin dachte erst, dass der Mann noch jung wäre, doch dann korrigierte sie sich. Er war den vierzig näher als den dreißig.

Beim Laufen konzentrierte er sich ganz auf den Weg vor ihm. Er trug sie, als wäre sie eine Einkaufstasche, und schien ihr keinerlei Beachtung zu schenken. Doch unvermittelt sah er Kristin an, und sein Blick drang in sie ein wie kaltes Eis. „Warum sind Sie weggelaufen?"

Kristin klapperte so sehr mit den Zähnen, dass sie schon fürchtete, sie könnte nicht antworten. „Sie ... Sie wollten mich erschießen!"

„Was?"

„Sie waren dabei, mich zu erschießen."

„Womit?"

„Ich sah Sie mit dem Gewehr ..."

„Sie haben mich mit einer Schaufel gesehen!" Erneut stieß er leise Verwünschungen aus und schalt Kristin eine Närrin, die eine Lungenentzündung verdient hätte. „Und glauben Sie mir, Lady, Sie werden nichts von mir bekommen."

„Ich will auch gar nichts von Ihnen!" rief sie aus.

„Wenn Sie noch weiterlügen, werde ich Sie einfach in den Schnee werfen!"

„Würden Sie mir vielleicht endlich einmal zuhören? Ich schwöre Ihnen, dass ich nicht weiß, wovon Sie reden! Wer auch immer die Schuld an diesem Missverständnis trägt, ich bin es jedenfalls nicht!" Kristins Stimme versagte ihr den Dienst. Sie schloss erschöpft die Augen. Sie konnte einfach nicht länger gegen die Ohnmacht ankämpfen. Und gegen diesen Mann ebenfalls nicht.

Sie überließ sich willenlos der Ohnmacht, ja, sie begrüßte sie sogar. Es war so leicht, sich von dieser wundervollen Schwerelosigkeit davontragen zu lassen und sich endlich nicht mehr wehren zu müssen.

Justin erreichte die Haustür und stieß sie auf. Der Wind riss sie ihm aus der Hand und hätte sie beinah aus den Angeln gehoben. Der Himmel war schwarz, gefährlich schwarz, und der Wind war mittlerweile schneidend geworden.

Es war einer der heftigsten Stürme, die Justin je erlebt hatte. Vermutlich war er aus Kanada gekommen und hatte sie alle überrascht.

Justin schaffte es, ins Innere des Hauses zu gelangen und die Tür zuzuschlagen. In der Halle stampfte er mit den Füßen auf und schüttelte, so gut es ging, den Schnee von sich und der Frau in seinen Armen ab, dann trug er sie ins Wohnzimmer.

Er schaute ihr ins Gesicht. Es war fast so weiß wie der Schnee.

Kleine Eispartikel hatten sich an ihren langen Wimpern festgesetzt. „Sie kleine Idiotin", sagte er leise. „Es ist kaum zu glauben, was die Leute für eine Story alles riskieren. Sie haben Ihr Leben aufs Spiel gesetzt, obwohl ich Sie vorher gewarnt hatte."

Dann bemerkte er, dass sie ihn nicht hören konnte.

Justin hätte sie am liebsten geschüttelt, damit sie wieder zur Vernunft kommen würde. Sie war kalt, und ihr Puls ging nur noch schwach. Er wunderte sich erneut über ihren bodenlosen Leichtsinn, denn vermutlich hatte sie Erfrierungen erlitten. Irgendwie musste er sie aufwärmen.

‚Danach kann ich sie schließlich immer noch umbringen!' dachte Justin grimmig.

Nachdem er Kristin die Wintersachen ausgezogen hatte, schaute er ihr ins Gesicht und hielt unwillkürlich inne. Er konnte sich nicht erinnern, jemals makellosere Haut gesehen zu haben. Ihr Mund war schön geschnitten und voll, wenn auch ihre Lippen im Moment bleich waren. Aber Justin hätte jede Wette abgeschlossen, dass sie normalerweise rosa waren.

Sie hatte kein Make-up aufgelegt, was sie auch nicht brauchte. Ihre Wimpern waren so lang und dicht, dass sie fast wie künstliche wirkten. Die junge Frau war einfach bezaubernd.

Justin presste die Lippen zusammen, als er sich fragte, was sie ihm wohl für diese Story angeboten hätte. Schließlich galt er in den Augen der meisten Menschen als Mörder! Was war mit ihr los?

Seufzend erinnerte er sich daran, dass er sie aufwärmen musste. Er hätte sie zwar am liebsten in der Kälte liegen lassen, aber das hatte er dann doch nicht übers Herz gebracht. Im Gegensatz zu der öffentlichen Meinung über ihn war er nämlich kein Mörder.

Als Justin sie vor dem Kaminfeuer entkleidete, stellte er fest, dass Kristin nass bis auf die Haut war. Sie musste mehrmals in den Schnee gefallen sein. Er zog ihr Socken, Jeans und Pullover aus, einen Büstenhalter trug sie nicht.

Ihr Körper stand ihrem schönen Gesicht um nichts nach. Ihr Hals war lang und schlank, ihre Brüste waren weder zu schwer noch zu klein, sondern fest und perfekt geformt. Die Brustspitzen hatten sich in der Kälte verhärtet. Trotz der schlanken Figur wies sie genau an den richtigen Stellen Kurven auf. Nicht zu viel, sondern sehr sinnlich und sexy. Und unter dem winzigen seidenen Slip konnte Justin das Dreieck erkennen, das genauso dunkel war wie das Haar auf ihrem Kopf.

Erneut stieß er einen Fluch aus, weil ihn ihre Schönheit so beeindruckte. Nachdem er sie in den Hirtenteppich gewickelt hatte, trug er sie so dicht wie möglich ans Feuer und hoffte, dass es warm genug sein möge. Er rieb ihre Füße. Schließlich half das gegen Erfrierungen, oder? Selbst ihre Füße waren schön und die Zehennägel sorgfältig manikürt.

Dabei stellte er fest, dass sie immer noch kalt war.

Justin trug sie zurück durch die Eingangshalle und dann hinauf in sein großes Schlafzimmer. Von dort aus gelangte er durch den angrenzenden Wohnraum ins Bad. Während er Kristin festhielt, drehte er den Wasserhahn des Whirlpools auf, sorgsam darauf bedacht, dass das Wasser nicht so heiß war, dass es ihrer Haut schaden würde.

Vorsichtig ließ er sie hineingleiten, wobei er darauf achtete, dass die Schultern und ihr Kopf auf dem Rand lagen. Der Whirlpool war groß genug für zwei, aber obwohl Justin selbst ebenfalls nass und durchgefroren war, dachte er nicht daran, zu ihr ins Becken zu steigen. Allmählich machte er sich darüber Sorgen, was sie von ihm halten würde. Es gab keine Möglichkeit, ein Krankenhaus oder einen Arzt zu erreichen, er konnte noch nicht einmal nach Hilfe telefonieren. Der Strom war zwar noch da, aber das Telefon war unmittelbar nach Einsetzen des Sturms ausgefallen.

Justin blieb neben ihr sitzen und passte auf, das Kristin nicht ins Wasser rutschte. Langsam kehrte die Farbe in ihr Gesicht zurück. Ihre Wangen wurden rot, und auch ihre Lippen nahmen wieder ihre natürliche rosa Färbung an. Er griff ins Wasser und berührte ihren Fuß, der genauso warm war wie ihre Hände. Sie wachte zwar nicht auf, sah aber viel besser aus als vorher, und auch ihr Puls schlug wieder stärker.

Erleichtert seufzte Justin auf und ließ sie wieder los. Die Frau hatte keine Erfrierungen oder Unterkühlungen davongetragen, dessen war er sich sicher. Dann stieg erneut der Zorn in ihm hoch. „Unschuldig, was?“ brummte er. „Nun, Miss Unschuldslamm, du wolltest es so haben, also werden wir es jetzt auch zu Ende spielen, von mir aus sogar auf deine Art. Ich bin schon neugierig, wie du jetzt weitermachen willst, nachdem du es geschafft hast, ins Haus zu gelangen.“

Kristin bewegte sich leicht, und ihre Miene verdüsterte sich einen Augenblick. Dann lag sie wieder reglos da.

Justin hob Kristin aus der Wanne und wickelte sie in ein großes flauschiges Badetuch. Er trug sie zu seinem Bett, schlug die Tagesdecke und die Zudecke zurück, legte sie hin und trocknete sie ab. Dabei bemühte er sich, das Gefühl ihrer nackten Brüste an seinen Armen zu ignorieren. Unschuldig! Hah! Sie war gebaut wie die Verführung in Person, wie die leibhaftige Sünde ...

Nun, er hatte nicht umsonst gelernt, was sich hinter einem engelsgleichen Gesicht wie dem ihren verbergen konnte. Er zog das Badehandtuch unter ihr hervor und entschloss sich nach kurzem Zögern, ihr den nassen Slip auszuziehen. Nachdem er das getan hatte, wollte er sie eigentlich sofort zudecken. Aber er tat es nicht, sondern trat einen Schritt zurück und betrachtete sie.

Diese langen, wohl geformten Beine, die Wimpern, die die Wangen berührten, die Brüste, die Hüften ... das dunkle Dreieck zwischen ihren Beinen ...

Justin schüttelte heftig die Zudecke aus und warf sie über Kristin. Sie rutschte über ihr Gesicht. Lass es so, sagte er sich, doch dann wurde ihm klar, dass sie darunter schlecht atmen konnte.

Mit einem grimmigen Lächeln zog er die Decke zurecht. Er war bereits einmal des Mordes beschuldigt worden, was ja auch der Grund dafür war, dass sie hier war. Und er wollte nicht wegen einer neugierigen Reporterin erneut in Schwierigkeiten geraten. Aber er würde das Spiel so spielen, wie sie es wollte, und das konnte ziemlich aufregend werden. Er hüllte Kristin in die Decke ein.

Die Heizung funktionierte noch, und außerdem hatte Justin vor einiger Zeit ein Feuer im Kamin angezündet. Er ging hinüber und legte noch ein paar Scheite nach. ‚Vielleicht hilft es‘, dachte er.

Dann kehrte er zum Bett zurück und schaute auf Kristin hinab. Ihre Schönheit beeindruckte ihn, und überrascht ertappte er sich dabei, wie er unwillkürlich ein paar Wassertropfen von ihren Augenbrauen abtupfte. Er fragte sich, wie lange sie wohl so tief schlafen würde. Jedenfalls atmete sie jetzt ruhig, und auch ihr Puls ging regelmäßig und stark.

Justin wandte sich ab. Er brauchte selbst eine Dusche, und danach würde er versuchen, sie mit einem Schluck Brandy zu wecken. Sie will spielen, nun, lass uns das Spiel beginnen.

Doch selbst als bereits das heiße Wasser auf ihn niederprasselte, fühlte er ein Zittern in sich und ein heißes, heftiges Begehren. Es würde ein ziemlich gefährliches Spiel für alle Beteiligten werden. Verdammt gefährlich sogar.

2. KAPITEL

Kristin fühlte sich warm und sehr gemütlich. Das Bett, auf dem sie lag, war hart, aber dennoch bequem. Es war unbeschreiblich gemütlich. Die Laken und Kissen dufteten nach Frühling, und die Decke war himmlisch warm. Sie wollte diesen wundervollen, trägen Dämmerzustand nicht beenden, doch sie erwachte trotzdem.

Vorsichtig öffnete sie die Augen einen Spalt breit. Alles um sie herum war schwarz. Erst jetzt bemerkte sie, dass die weichen Laken, auf denen sie lag, aus schwarzer Seide waren.

Ich besitze doch gar keine schwarzen Seidenlaken! Und Roger und Sue auch nicht! Im gleichen Moment überflutete sie die Erinnerung an den schrecklichen Tag.

Die Schneeflocken. Der Sturm. Der Mann.

Oh nein, der Mann!

‚Wie, zum Teufel, komme ich auf diese schwarzen Seidenlaken? Wo bin ich?' Ihre Gedanken überschlugen sich, und sie schaute sich um, während ihre Finger sich in das Kissen gruben.

Vor dem Bett bedeckte ein creme- und mauvefarbener Perserteppich den Holzboden. In der Ecke war ein Kamin, in dem ein Feuer brannte. Der Raum war hübsch eingerichtet und wirkte angenehm in der Kombination aus naturfarbenem Holz, Schwarz und Beige.

Aber das schleichende Gefühl von Panik blieb. Wo war sie? Sie schaute auf ihre Finger, die gegen das schwarze Kissen plötzlich sehr klein und sehr blass wirkten. Blass, verletzlich und nackt.

Nackt. Ihr wurde plötzlich bewusst, dass sie die Seide des Lakens an ihrem ganzen Körper fühlen konnte. Am ganzen Körper! Sie war nackt und lag in einem fremden Bett.

‚Oh nein!' dachte sie. ‚Es ist nicht einfach nur irgendein fremdes Bett. Es ist das Bett dieses Verrückten!' Sie richtete sich schnell auf. Sie hatte Angst, und ihre Zähne klapperten trotz der Wärme. Und dann schrie sie erschrocken auf.

Sie war nicht allein hier. Er war auch hier in diesem Zimmer! Der Verrückte ...

‚Er ist da, und ich liege völlig nackt in einem schwarzen Bett. Er hat meinen Schlaf beobachtet und mich die ganze Zeit betrachtet, seit ich wach geworden bin.'

„Es ist alles in Ordnung, Miss ..." begann der Mann.

Kristin schrie erneut auf. Sie presste die Decke vor ihre Brust und rutschte auf dem Bett so weit von ihm weg wie nur möglich.

„Heh!" sagte er.

„Nicht!" rief sie und starrte ihn entsetzt an. Sie versuchte, logisch zu denken, aber das Einzige, was ihre Gedanken beherrschte, war ihre stetig wachsende Angst.

„Was soll das denn?" fragte Justin verärgert. „Würden Sie bitte damit aufhören? Ich bin noch nicht mal in Ihrer Nähe!"

Jetzt erst wurde es Kristin so richtig bewusst, dass er sich gar nicht bewegt und auch nichts getan hatte, was sie als Bedrohung hätte auffassen können.

Der Mann saß einfach nur in einem Ledersessel neben dem Kamin. Offensichtlich hatte er gelesen und darauf gewartet, dass sie endlich aufwachte. Er trug schwarze Jeans und ein kariertes Flanellhemd, wie ein Holzfäller. Und zum ersten Mal sah Kristin ihn ohne die dicken Wintersachen.

Er wirkt dennoch bedrohlich, fand sie. Obwohl er keine einzige Bewegung gemacht hatte, sah er sehr männlich aus. Sehr ungezähmt. Ein bisschen wie der große böse Wolf. ‚Meine Fantasie geht mit mir durch. Ich muss mich beruhigen', redete sie sich gut zu. Aber das war nicht gerade einfach, wenn man nackt zwischen schwarzen Seidenlaken lag und einem Fremden ins Gesicht schaute. Sie versuchte, den Mann gelassen zu betrachten.

Er war nicht so schwer, wie sie gedacht hatte. Trotz seiner Größe und den breiten Schultern war er schlank und gut gebaut. Und es war nichts Wildes oder Verrücktes an ihm. Sein schwarzes Haar war sorgfältig gekämmt, und seine Gesichtszüge waren zwar streng, aber edel geschnitten. Er hatte einen breiten Mund, volle Lippen, eine gerade Nase und intelligent blickende große Augen.

Er sieht sogar ausgesprochen gut aus, stellte Kristin überrascht fest, und als er sie jetzt anlächelte, musste sie zugeben, dass sein Lächeln durchaus charmant war.

„Es geht Ihnen wirklich gut", sagte Justin.

„Mir geht es gut?"

„Ja."

„Mir geht es überhaupt nicht gut!" rief sie. „Ich bin verwirrt, ich fühle mich elend, und ich bin ... nackt!"

Er schloss kurz die Augen, und Kristin merkte, dass er sich über sie amüsierte. Als er sie wieder anschaute, lächelte er. „Ja, das stimmt. Ich bitte um Verzeihung ..."

„Verzeihung?" ‚Anscheinend hat er vor, mit mir Katz und Maus zu spielen', dachte Kristin ärgerlich.

„Wenn Sie nur ..."

„Was ist hier los?" wollte sie hitzig wissen.

Sein Blick verdüsterte sich, und Kristin rief sich ins Gedächtnis, dass auch attraktive Männer verrückt sein konnten. Und der hier schien wirklich nicht ganz normal zu sein. Allerdings hätte er ihr schon längst etwas antun können, wenn er es vorgehabt hätte. ‚Nun, du weißt ja auch nicht, was schon passiert ist!‘ rief sie sich in Erinnerung.

Justin ließ die Zeitung sinken und beugte sich vor, während er die Hände verschränkte und ihr in die Augen schaute. „Was hier los ist?“ wiederholte er. „Das sollte ich Sie fragen. Schließlich sind Sie zu mir gekommen, erinnern Sie sich?“

„Ich habe mich nicht in dieses Bett gelegt!“

„Ich versuche ja gerade, Ihnen einiges zu erklären, aber vielleicht sollten Sie mir lieber etwas erzählen, Miss ...“

„Was denn, zum Beispiel?“

„Ihren Namen, für den Anfang.

„Den kennen Sie nicht?“

„Wenn ich ihn wüsste, würde ich nicht fragen.“

„Nun, Sie benehmen sich auf alle Fälle so, als wüssten Sie sonst alles!“ meinte sie patzig.

Er presste die Lippen zusammen und wandte den Blick nicht von Kristin. „Ich kennen Ihren Namen nicht. Wie heißen Sie?“

‚Es kann nicht schaden, wenn ich ihn ihm nenne‘, dachte sie, ‚aber ich muss vorsichtig sein. Er benimmt sich zwar fast normal, und er sieht auch sehr gut aus, aber ich bin immer noch nackt. Und auch gut aussehende Männer können Verrückte sein. Nur weil er jetzt etwas höflicher ist, macht das sein vorheriges Verhalten noch längst nicht wett. Und er schaut mich immer noch kalt und scharf an‘. Kristin sah, dass es draußen schneite, und es erschien ihr plötzlich das Beste, ihm zu antworten.

„Kristin. Kristin Kennedy.“ Sie zuckte zusammen, als er sich bewegte, was er mit einem ebenso überraschten wie grimmigen Lächeln quittierte. „Und wenn Sie mir nicht sagen, was passiert ist ...“

„Sie wissen genau, was passiert ist!“ unterbrach er sie wütend. „Sie haben so getan, als wäre Ihr Motor abgestorben ...“

„Ich habe nicht so getan!“ protestierte sie empört. „Und darüber rede ich auch gar nicht. Ich meine ...“ Sie verstummte und strich mit der Hand über die Laken. Kristin fühlte, wie ihr Gesicht vor Wut rot anlief.

Sie hatte keine Chance zur Flucht. Draußen tobte der Blizzard, und deshalb musste sie sich dieser Situation hier stellen.

„Aha“, sagte er leise, als er sah, wie ihr die Röte in die Wangen stieg. „Lassen Sie uns noch einmal von vorn anfangen, Kristin. Das war doch Ihr Name, nicht wahr?“

„Allerdings. Nur, dass Sie mich Miss Kennedy nennen sollten.“

„Wir sind doch längst über diese Formalitäten hinweg, finden Sie nicht?“

Am liebsten hätte Kristin laut aufgestöhnt.

Justin, der ihre Reaktion beobachtet hatte, lachte. „Entspannen Sie sich, Miss Kristin Kennedy. So vertraut waren wir nun auch wieder nicht.“

Entspannen? Er riet ihr tatsächlich, sie sollte sich entspannen? Aber ihr war die Situation immer noch viel zu intim. Was machte sie in seinem Bett, und warum war sie nackt?

„Dann ...“ begann sie, aber ihr fielen einfach nicht die richtigen Worte ein.

„Sie sind ohnmächtig geworden“, erklärte er. „Und ich habe befürchtet, dass Sie Erfrierungen oder sogar eine tödliche Unterkühlung davontragen könnten. Deshalb habe ich Sie ausgezogen und in die Badewanne mit heißem Wasser gelegt.“

„Was haben Sie?“

„Nun stellen Sie sich nicht so prüde an.“

„Prüde? Ich bin wütend. Sie hatten kein Recht ...“

„Sie hatten nicht das Recht, hier zu sein“, unterbrach er sie. „Ich habe nur versucht, Ihr Leben zu retten. Und dabei haben Sie mir kein bisschen geholfen. Sie sind nicht gerade ein Leichtgewicht“, fügte er anzüglich hinzu.

Das war zu viel.

„Oh! Ich bin also kein Leichtgewicht! Das ist alles, was Sie zu sagen haben, nachdem Sie ...“

„Ich habe das nicht beleidigend gemeint. Sie haben einen nahezu perfekten Körper.“

„Oh!“ Kristin stöhnte auf. „Sie wollen wohl nicht ernst sein.“

„Ich bin ernst, aber Sie sind es nicht, Miss Kennedy. Sie hätten sterben können!“

Das stimmte. Einen Moment schwieg sie und zog dann die Decke enger über ihre Schultern. „Wie lange habe ich geschlafen?“

Er schaute auf seine Uhr. „Es war ungefähr mittags, als Sie vor mir und meiner Schneeschaufel davongelaufen sind. Jetzt ist es fast vier Uhr, also haben Sie ein paar Stunden geschlafen.“

Stunden. Wenigstens hatte sie nicht Tage verloren. Obwohl es ihr fast vorkam, als wäre dies der Fall.

Kristin war es gewöhnt, dass sie mit schwierigen Situationen in ihrem Leben allein fertig wurde. Aber so etwas hatte sie noch nie erlebt. Nicht mit einem Mann wie diesem. Immerhin schien er ihr im Moment nichts Böses antun zu wollen. Wahrscheinlich hatte er ihr sogar das Leben gerettet.

Sie war in einer sehr misslichen Lage, und das wusste er. Allerdings unternahm er nicht die geringste Anstrengung, um es leichter für sie zu machen. ‚Vermutlich findet er es außerordentlich nobel, dass er mich aus der Kälte gerettet hat‘, dachte sie. ‚Er hat alles Notwendige getan, um mein Leben zu retten.‘

Aber warum benahm er sich dann so seltsam? Warum hatte er sie vorher so abweisend behandelt? Hinter der Furcht machte sich bei Kristin langsam Neugier breit. Sie war ihm gegenüber zwar nach wie vor misstrauisch, aber sie war immer noch unversehrt, und er war jetzt beinah höflich zu ihr.

Erneut lachte Justin auf, und Kristin stellte fest, dass er sehr charmant sein konnte, wenn er es wollte. Das Lächeln erhellte seine Züge und ließ seine Augen faszinierend schimmern. Es wirkte irgendwie ... irgendwie sexy.

Ja, gab Kristin im Stillen zu. Er ist ein sehr sinnlicher Mann. Dieser Gedanke steigerte ihre Verwirrung nur noch mehr.

„Ich war vier Stunden in diesem Bett, mit Ihnen hier allein.“

„Ja ...“

„Oh nein!“

„Sie waren nicht mit mir im Bett. Ich meine, ich war hier in diesem Zimmer mit Ihnen. Ach, was soll's? Ich drücke mich ohnehin nur missverständlich aus. Es tut mir Leid, aber ich habe wirklich nur versucht, Ihr Leben zu retten. Und hören Sie endlich auf, mich so anzustarren. Ich würde Sie zwar momentan am liebsten erwürgen, aber abgesehen davon bevorzuge ich es, wenn die Frauen, mit denen ich schlafe, wach sind. Sehr wach und sehr leidenschaftlich. Also brauchen Sie sich wegen dieser kleinen Fantasien, die Ihnen durch den Kopf gehen, nicht weiter zu beunruhigen."

„Ich habe keine Angst vor Fantasien ..."

„Sie lügen!" erwiderte er grob. „Es macht Sie nervös, dass Sie sich fragen müssen, was mit Ihnen in meinem Bett passiert ist, richtig?"

„Hören Sie auf!" rief Kristin. Sie fürchtete, dass er vielleicht Recht hatte. Die Zudecke rutschte etwas herunter, und sie zog sie rasch wieder über ihre Brüste. Dabei warf sie Justin einen Blick zu, der ihn eigentlich auf der Stelle hätte töten müssen. „Ich bin keine Lügnerin, und ich versichere Ihnen, dass ich wirklich keine Ahnung habe, wovon Sie reden."

„Gut. Sie sind also keine Reporterin?"

Kristin fühlte sich sekundenlang unbehaglich. Sie war Reporterin. Aber woher wusste er das? Anscheinend nahm er an, dass er vorher bereits mit ihr gesprochen hatte, dabei war das völlig ausgeschlossen. Sie würde sich sicherlich an ihn erinnern, wenn sie es getan hätte. Aber ihr war klar, dass sie nicht zugeben durfte, dass sie Journalistin war. Vielleicht würde sie sich andernfalls im Schnee wiederfinden.

„Ich schwöre Ihnen, dass ich nicht weiß, wovon Sie reden." Das war keine Lüge.

„Ich habe Sie also nicht davor gewarnt, mich aufzusuchen?"

„Ich hätte Sie niemals gebeten, kommen zu dürfen!" erwiderte sie erbost. „Ich brauche Ihre Erlaubnis nicht, um auf öffentlichen Straßen fahren zu dürfen. Ich wollte zu meinem Cousin, das ist alles. Verstehen Sie das?"

„Ja." Justin stand auf und blickte sie derart verächtlich an, dass sie sich schämte. Eigentlich hatte sie keinen Grund, ihm zu glauben, aber sie tat es dennoch. Sie wusste, dass er sie nur aufgewärmt hatte, obwohl ihr nicht klar war, weshalb sie das eigentlich glaubte. Die Möglichkeit, dass er trotzdem verrückt war, war immer noch sehr groß. Aber sie war überzeugt, dass er sie nicht verletzen würde.

„Entschuldigung“, murmelte sie.

„Haben Sie wirklich so viel Angst vor mir?“ fragte er neugierig. Seine Stimme hatte fast einen traurigen Unterton.

„Nein“, erwiderte sie kopfschüttelnd, „Aber eigentlich sollte ich es.“

Kristin wäre fast aufgesprungen, als er sich mit dem Knie auf das Bett stützte. Er beugte sich gefährlich nah zu ihr herüber. Seine Augen funkelten lebhaft, und sein Lächeln war beinah teuflisch. Er strahlte eine starke Spannung aus.

„Warum sollten Sie Angst haben?“

„Weil Sie mich bedroht haben“, stieß sie hervor.

„Das stimmt. Sie dachten, meine Schaufel wäre ein Gewehr, nicht wahr?“

„Nun, ich habe mich durch den Schnee gekämpft ...“

„Ich habe Ihnen gesagt, Sie sollten wegfahren.“

„Sie Dummkopf! Ich habe versucht, wegzufahren!“ Sie hätte vor Verzweiflung fast aufgeschrien. „Ich weiß nicht, weshalb Sie mir unterstellen, ich hätte zu Ihnen gelangen wollen. Aber nichts auf der Welt wäre das wert!“

„Noch nicht einmal die heißeste Geschichte des Jahrzehnts?“ fragte er höflich.

„Noch nicht einmal ein Exklusiv-Interview mit dem Allmächtigen!“ versicherte Kristin ihm. Aber gegen ihren Willen und trotz seines Verhaltens musste sie zugeben, dass sie langsam neugierig wurde.

Justin schaute sie zwar ungläubig an, aber seine Anspannung schien nachgelassen zu haben, und er lächelte. Es war ein faszinierendes Lächeln. Zögernd, sinnlich und gefährlich. Kristin merkte, dass er gut roch. Unparfümiert. Er roch einfach sauber, wie frisch geduscht. Und das hat er auch, stellte sie nach einem kurzen Blick auf seine feuchten Haare fest.

„Nun, das ist schade“, sagte er sehr leise. Seine Stimme war heiser, sehr heiser. Ihr Klang verursachte warme Schauer auf ihrem Rücken.

„Denn es scheint ganz so, als würden Sie hier eine Weile festsitzen“, fügte er gelassen hinzu.

Er stand auf, ging zum Fenster hinüber und schob die cremefarbenen Vorhänge beiseite. Es schneite immer noch sehr stark, und der Himmel war dunkelgrau. Der Schnee musste fast meterhoch auf der Straße liegen. „Ja, Sie sitzen hier fest.“

Sie saß fest? Kristin schaute Justin an und stellte überrascht fest, dass dieser Gedanke sie weit weniger ängstigte, als sie es eigentlich erwartet hatte. Im Gegenteil! Sie merkte, dass dieser Mann sie mehr faszinierte, als gut war. ‚Sei wachsam!‘ ermahnte sie sich. Er schien kein Wort von dem zu glauben, was sie erzählte.

„Darf ich Ihr Telefon benutzen?“ fragte sie.

Er machte eine gleichgültige Geste. „Herzlich gern. Aber es wird Ihnen nichts nützen. Es ist unmittelbar nach dem Beginn des Sturms ausgefallen.“

„Oh.“ Kristin blickte auf die Lampe. Erneut lächelte er, diesmal aber deutlich ironisch, als würde er merken, dass sie ihm nicht glaubte.

„Ich denke, dass der Strom ebenfalls bald ausfallen wird“, meinte er. Er ging um das Bett herum, nahm den Hörer des Telefons ab, das auf dem Nachttisch stand, und hielt ihn ihr ans Ohr. Kristin hörte nichts. Die Leitung war tot. Sie schaute Justin an, der laut lachte.

„Ich habe den Stecker nicht herausgezogen, Miss Kennedy. Ich habe versucht, Sie loszuwerden, nicht, Sie hier einzusperren.“

„Ich habe auch nicht behauptet, dass Sie lügen“, erwiderte sie mit scheinheiliger Höflichkeit. „Dessen haben Sie mich bezichtigt.“

„Ich bin kein Lügner, sondern nur ein gefährlicher Wüstling, nicht wahr?“

„Sie sind einfach unglaublich rüde“, entgegnete sie ruhig.

Er lachte wieder, und diesmal klang es locker und belustigt. „Nun, dann ... entschuldigen Sie, Miss Kennedy.“

„Ich gebe mir alle Mühe.“

„Es ist mein Haus“, erinnerte er sie.

„Das stimmt. Und da Sie mich beschuldigt haben, so dumm zu sein, durch einen Schneesturm zu fahren, nur um Sie zu sehen, könnten Sie mir eigentlich auch verraten, warum Sie glauben, dass irgendjemand das tun würde."

„Ich bin noch nicht überzeugt, dass Sie das nicht doch getan haben", sagte er, aber sein Ton blieb freundlich.

„Ich glaube, Sie sind egozentrisch."

„Immerhin, das klingt schon besser als verrückt."

„Nun, ich glaube, diese Bezeichnung passt auch auf Sie", brach es aus Kristin heraus.

„Allerdings. Einer dieser Verrückten, die mit einer Schaufel schießen, richtig?" Kristin errötete. Es hatte keinen Sinn, das abzustreiten.

Justin wechselte das Thema. „Hat Ihr Cousin Sie erwartet?" fragte er plötzlich.

„Möglicherweise. Ich habe ihm nicht genau gesagt, wann ich kommen würde. Noch wird er wegen meiner Verspätung nicht die Nationalgarde rufen oder etwas Ähnliches unternehmen."

„Gut", meinte er sehr leise.

Kristin fragte sich ärgerlich, warum sie das zugegeben hatte. Sie hätte behaupten sollen, dass Roger die Wälder nach ihr durchkämmen würde!

„Es würde mir nicht gefallen, wenn einer Ihrer Verwandten sein Leben riskierte, um in diesem Sturm nach Ihnen zu suchen", erklärte Justin trocken.

Er stand direkt hinter ihr, und sie fuhr herum. Sie spürte plötzlich ein heißes Kribbeln auf ihrem nackten Rücken. Anscheinend glaubt er mir kein Wort, dachte sie. Aber er lächelte immer noch. Und der Blick seiner blauen Augen und seine gekräuselten Lippen wirkten immer noch sehr charmant.

„Möchten Sie etwas essen?" wechselte er unvermittelt das Thema.

„Bitte?"

„Ich habe Sie gefragt, ob Sie Appetit haben. Möchten Sie etwas essen?"

Ihr wurde plötzlich klar, wie ausgehungert sie war. „Wow! Sie wollen mich wirklich durchfüttern? Sie haben mich doch schon in Ihr Haus gelassen. Wollen Sie etwa noch gastfreundlicher werden?"

„Ich habe Sie bereits in mein Haus, meine Wanne und mein Bett gelassen", verbesserte er sie und schmunzelte, als diese Bemerkung Kristin erneut erröten ließ. „Sie sind immer noch skeptisch, ja? Nun, vermutlich ist es besser für uns beide, wenn wir wachsam bleiben."

Kristin musste zugeben, dass der Mann Würde besaß. „Ich habe Ihnen gesagt, Sir, dass ich wirklich nicht weiß, wovon Sie reden. Außerdem haben Sie mich vermutlich gerettet, und dafür bin ich Ihnen dankbar. Was auch immer es kostet, ich liebe es zu leben."

„Oh, oh", meinte er spöttisch, „das klang ja fast wie ein Dankeschön. Von einer Reporterin. Was für eine Überraschung."

„Reporter sind auch Menschen", sagte Kristin kühl.

„Nicht nach meiner Erfahrung." Seine Worte klangen kalt und hart.

„Das hört sich ja an, als wären Sie das Opfer von irgendwelchen Skandalblättern ..."

„Ein Reporter ist ein Reporter. Es ist daher ganz gleich, von welchem Blatt Sie kommen, Miss Kennedy ..."

„Mich hat niemand hierher geschickt!" unterbrach sie ihn aufgebracht.

„Nun, da Sie denn schon mal hier sind, werde ich Ihnen eine Mahlzeit anbieten. Ich habe nämlich Hunger. Und auch wenn ich rüde bin, will ich dennoch nicht vor Ihrer Nase allein essen. Und da der Strom vermutlich auch bald ausfällt, werde ich lieber hinuntergehen und etwas kochen. Sie können mir jederzeit folgen."

Er wollte den Raum verlassen, und Kristin war unversehrt und am Leben. Sie drückte die Decke fester vor die Brust. „Warten Sie!" rief sie. „Bitte, wo sind meine Sachen? Ich kann nicht so herumlaufen."

Justin war an der Tür stehen geblieben und musterte sie kurz von oben bis unten. Sein Blick war nicht begehrlich, aber dennoch hatte Kristin das Gefühl, dass er sich sehr gut an ihren Körper erinnern konnte.

„In dem Schrank dort sind einige Morgenmäntel. Nehmen Sie sich, was Ihnen gefällt. Ihre Kleidung ist immer noch nass. Ich habe nicht daran gedacht, sie in den Trockner zu stecken, aber ich werde das jetzt machen." Er zögerte. „Das Bad ist dort." Er deutete auf die Tür. „Es gibt dort eine Tür zum Flur. Und unter dem Waschbecken ist ein kleiner Schrank mit Toilettenartikeln. Fühlen Sie sich wie zu Hause."

„Vielen Dank", erwiderte Kristin verwirrt. Er war so anders als zuvor. „Wirklich, vielen Dank, Mr. ..." Sie brach ab, als ihr auffiel, dass sie seinen Namen nicht kannte. „Tut mir Leid", sagte sie. „Ich habe noch nicht einmal nach Ihrem Namen gefragt."

„Nein?" Er lächelte, aber irgendwie war es ein misstrauisches Lächeln. „Ich heiße Magnasun. Justin Magnasun."

„Vielen Dank, Mr. Magnasun."

Er schaute sie aufmerksam an, als wüsste sie, was mit seinem Namen los war. Als wartete er darauf, dass sie einen Kommentar dazu abgab. Aber der Name sagte Kristin nichts.

„Justin", meinte er schließlich freundlich. „Schließlich sind wir hier nah zusammen."

„Justin." Kristin merkte, dass er sie provozieren wollte, aber sie würde ihm diesen Gefallen nicht tun. „Vielen Dank, Justin", wiederholte sie mit einem hinreißenden, unschuldigen Lächeln.

„Mein Name sagt Ihnen nichts?"

„Nein. Sollte er das?"

„Man kennt ihn in bestimmten Kreisen."

„Nun, offenbar verkehre ich nicht mit diesen Leuten." Sie lächelte wieder. „Darf ich Ihnen ein Dinner zubereiten? Ich koche gut."

„Das würde Ihnen nichts ausmachen?"

„Nun, es hat Ihnen auch nichts ausgemacht, mein Leben zu retten."

„Nicht im Geringsten", versicherte er ihr mit einem ironischen Lächeln. „Anscheinend haben wir große Fortschritte gemacht, Kristin", meinte er, bevor er die Tür hinter sich schloss.

Kristin schaute ihm nach und atmete langsam aus. Eilig stand sie auf, ging zu dem Schrank, den er ihr gezeigt hatte, und öffnete die Tür. Es war ein begehbarer Kleiderschrank, der randvoll mit geschmackvoller Garderobe war. Darin roch es angenehm nach Zedernholz.

Sie strich über die erlesenen Stoffe, während sie etwas Passendes für sich selbst aussuchte. Schließlich entdeckte sie einen weißen Frotteemantel, der Justin sicher gerade bis zum Knie reichte. Bei ihr bedeckte er fast die Knöchel. Sie schlüpfte hinein und band den Gürtel zu.

Es ist seltsam, dachte sie. Sehr eigenartig. Sie erschauerte und fragte sich, ob die Kälte nicht ihren Verstand beeinträchtigt hatte. Justin Magnasun war Furcht einflößend. Er verdächtigte sie, eine Reporterin zu sein, die mutig die unglaublichsten Abenteuer ausgestanden hatte, um bis zu ihm vorzudringen. Die Ironie des Schicksals war nur, dass sie tatsächlich eine Reporterin war. Nicht die, die er erwartete, aber ...

Sie erinnerte sich an den Ton seiner Stimme, als er erklärt hatte, dass für ihn Reporter keine Menschen wären. Es war das Beste, wenn sie ihm gegenüber verschwieg, womit sie ihr Geld verdiente.

‚Dummkopf!‘ schimpfte sie mit sich. Er kennt wahrscheinlich überhaupt keine Journalistin! Sie war eine sehr gute Reporterin, und sie war stolz darauf. Was sie bisher geleistet hatte, konnte sich sehen lassen und hatte auch schon einige Beachtung gefunden. Und ihre Kollegen waren zum größten Teil hart arbeitende, intelligente und verantwortungsbewusste Menschen.

‚Aber warum denkt er, dass ich seinen Namen kenne?‘ überlegte Kristin. Doch auch wenn sie noch so angestrengt nachdachte, sagte der Name ihr nichts. Überhaupt nichts.

Sie seufzte und beschloss, vorsichtig zu sein, ganz gleich, wie charmant sein Lächeln auch sein mochte. Sie berührte ihre Wangen und stellte fest, dass sie warm waren. Er hat mich ausgezogen und mich ins Bett gebracht, dachte sie. Er war zwar sehr gelassen, als er es erzählt hat, aber er hat immerhin festgestellt, dass ich perfekt gebaut bin ...

„Hör auf!“ schalt sie sich laut.

Sie schloss den Wandschrank, ging ins Bad und blieb wie angewurzelt stehen. Es war ein außergewöhnliches Badezimmer. Wie das Schlafzimmer war es ganz in Schwarz und Beige gehalten, mit einigen roten Akzenten. An der gegenüberliegenden Wand befand sich ein großer Whirlpool. In der Ecke stand eine Duschkabine mit Rauchglastüren, und die beiden Waschbecken standen unter einem Oberlicht. Jetzt war es zwar grau draußen, aber der Eindruck von diesem Raum war dennoch überwältigend. Mr. Magnasun musste schon ziemlich bedeutend sein, wenn er sich so etwas leisten konnte.

Kristin gab sich einen Ruck und begann ihre Toilette. Doch immer wieder hielt sie inne und fragte sich, wer er wohl sein mochte. Die Neugier nagte immer stärker an ihr. Er war reich und beeindruckend, hatte ein heftiges Temperament und konnte im nächsten Moment so galant sein wie Cary Grant. Und er war sicher, dass sie eine Reporterin war, die hinter einer Story herjagte.

Das bedeutete, dass es eine Story gab.

Und er wollte nicht, dass diese Geschichte enthüllt wurde, was es auch für eine war. Aber sie musste herausfinden ...

‚Nein. Das musst du nicht! Du musst vorsichtig sein', sagte sie sich, ‚bis der Schneesturm zu Ende ist, bis du wegkannst.' Schließlich war sie nicht hier, um irgendetwas von ihm zu bekommen. Sie war in Schwierigkeiten geraten, und Justin Magnasun hatte ihr trotz seines Verdachts geholfen. Sie würde sich nicht in sein Leben einmischen. Nein.

Doch.

Seufzend suchte sie nach einer Haarbürste, und als sie keine fand, ging sie wieder ins Schlafzimmer. Dort entdeckte sie eine auf einer Kommode aus schwarzem Walnussholz. Vor dem Feuer begann sie, sich die Haare zu kämmen. Doch plötzlich hielt sie inne.

Sie fühlte sich hier geborgen. ‚Du fühlst dich sicher in dem Schlafzimmer eines Fremden, vor dem warmen Kaminfeuer, in seinem wunderschönen Badezimmer!' sagte sie sich. ‚Du fühlst dich sogar so wohl, dass du einfach seine Haarbürste genommen hast, um dich zu kämmen!'

Kristin legte sie rasch auf die Kommode zurück. Sie wollte nicht darüber nachdenken, wie leicht sie es akzeptierte, dass sie sich sehr vertraut mit dem Fremden fühlte.

Energisch zog sie den Gürtel noch enger und verließ das Zimmer. Sie gelangte in einen Wohnraum, der ebenfalls wunderschön möbliert war. Er war mit Bücherregalen, einem Kamin und zwei schwarzen Lederarmsesseln eingerichtet, die sich gegen die dichten, cremefarbenen Teppiche abhoben. Außerdem gab es noch eine Stereoanlage und einen

Fernseher. Kristin stellte sich vor, wie zwei Menschen nebeneinander auf den Teppichen lagen und fernsahen oder der Musik lauschten.

‚Pass lieber auf!' ermahnte sie sich. ‚Du bist dabei, dich in ein Haus zu verlieben!' Dabei sollte sie es lieber so rasch wie möglich verlassen!

Sie öffnete die Tür und betrat den Flur, der zu der Treppe führte, über die sie ins Untergeschoss kam. Sie ging auf den Haupteingang zu und an dem großen Wohnzimmer vorbei. Dort blieb sie erneut stehen. Durch die hohen Fenster hatte sie einen wundervollen Blick auf einen großen türkisfarbenen Swimmingpool. Um das Becken herum standen Holzstühle und ein Grill, und an einem Ende plätscherte das Wasser aus einem höher gelegenen Whirlpool in eleganten Kaskaden in das Bassin zurück. Vor der Dunkelheit und dem Schnee draußen hob sich der Pool wundervoll ab.

„Mögen Sie es?"

Kristin wirbelte herum. Justin Magnasun stand in der Tür am Ende des Wohnzimmers und beobachtete sie neugierig.

„Sie haben ein sehr schönes Haus."

„Vielen Dank", erwiderte er fast ein wenig schroff. „Kommen Sie. Zur Küche geht es hier entlang."

Sie folgte ihm durch die Tür in eine Küche, die ein wahrer Traum war. Das Zentrum bildete eine Kocheinheit, und die übrige Einrichtung war im Stil New Englands gehalten. Töpferwaren hingen an Haken von der Decke.

Hinter der Küche lag ein großer Raum, der ringsum verglast war. Von dort konnte man auf das Grundstück sehen. ‚Ohne den Schnee müsste man endlos weit schauen können', dachte Kristin.

„Das ist wundervoll", rief sie und wandte sich begeistert um. „So zurückgezogen, mit allem Komfort ..." Sie brach ab, als sie seinen forschenden Blick bemerkte. „Es ist eine großartige Küche", sagte sie dann. „Und das alles nur für Sie."

Justin antwortete nicht.

Kristin ahnte, dass sie keine Antworten von ihm bekommen würde, jedenfalls jetzt noch nicht. Sie hatte keine Fragen zu stellen. Nun, seine verdammte Geschichte interessierte sie auch nicht, schließlich war sie nicht wegen einer Story hier.

Sie musterten einander sekundenlang, dann drehte Justin sich um.

„Möchten Sie Weiß- oder Rotwein, Miss Kennedy?" fragte er schließlich gelassen.

„Das weiß ich nicht. Was soll ich kochen?"

Seine Verärgerung schien rasch zu schwinden. Vielleicht nahm er sie auch nur auf den Arm. Er lächelte ihr kurz zu und deutete auf den Kühlschrank. „Was Sie wollen."

Sie ging an ihm vorbei und öffnete den Schrank. Er war gut gefüllt, und an der Wand hing ein gut sortiertes Gewürzregal. Also konnte sie sich etwas einfallen lassen.

Sie lächelte ihn an. „Gewürzfleisch mit Gemüse", erklärte sie. „Ein Burgunder würde gut dazu passen."

„Nun", sagte Justin zögernd, „wenn Sie so gut kochen können, wie es klingt, hat es sich vielleicht doch gelohnt, Sie vor dem Schneesturm zu retten."

„Es wird besser schmecken, als es klingt", behauptete Kristin.

Justin trat dicht neben sie, um aus einem Einbauregal eine Weinflasche zu nehmen. Dabei nahm sie erneut seinen Duft wahr. Er roch sauber und männlich. Sehr schlicht und trotzdem sehr anziehend.

‚Du willst kochen!' erinnerte Kristin sich. Sie durfte sich nicht zu sehr auf diesen Mann einlassen, sondern musste wachsam und misstrauisch bleiben! Schließlich interessierte er sie nicht im geringsten – er war viel zu barsch gewesen. Und außerdem beobachtete er sie die ganze Zeit, weil er überzeugt war, dass sie jemand anders war.

Eine Reporterin. Kristin wurde plötzlich klar, dass es für sie hier sehr gefährlich war.

„Gewürzfleisch ..." murmelte sie vor sich hin. Sie holte sich aus dem Kühlschrank die notwendigen Zutaten und sortierte alles auf der Anrichte. Als sie sich umdrehte, bemerkte sie, dass Justin hinter ihr stand. Er hatte den Wein eingeschenkt und reichte ihr ein Glas.

Kristin griff danach und berührte seine Hand. Er lächelte. Sie standen einander so dicht gegenüber, dass sie sich fast berührten und Kristin die Wärme fühlte, die er ausstrahlte.

„Cheers, Miss Kennedy", sagte er und trank einen Schluck. Kristin nippte an ihrem Glas. Der Wein war ebenfalls warm. Sehr warm. Er schien in ihr Hitze auszulösen. Eine Hitze, die zwischen ihnen hin und her strahlte, die sie dazu brachte, sich Justin immer mehr zu nähern.

Doch plötzlich trat er einen Schritt zurück, als hätte er es ebenfalls gespürt. Er schaute sie an, und ihr wurde bewusst, dass er ihr gegenüber im Vorteil war. Schließlich hatte er weit mehr von ihr gesehen als sie von ihm. Er hatte sie sogar perfekt genannt ...

„Ich lasse Sie mit diesem kulinarischen Meisterwerk allein, Miss Kennedy. Ich warte im Arbeitszimmer. Wenn Sie mich brauchen, rufen Sie." Er wandte sich ab und ging, aber die Wärme seiner Nähe schien in der Luft zu bleiben. Sie glitt langsam Kristins Rücken hinab und setzte sich irgendwo in ihrem Inneren fest. Tief in ihrem Inneren.

Wer bist du? hätte sie ihm gern hinterhergerufen. Und warum misstraust du uns Reportern so sehr? Aber diese Fragen würden sie nirgendwohin führen, das wusste sie. Draußen schneite es immer noch unverändert stark. Kristin wusste, dass sie in einem Blizzard war. Sie hatte noch Stunden oder vielleicht sogar Tage vor sich, in denen sie ihre Entdeckungen machen konnte.

Tage ...

Sie erschauerte plötzlich und fragte sich, ob sie sich vor der vor ihr liegenden Zeit mit Justin fürchtete, oder ob sie sich wünschte, dass sie recht lange dauern möge.

3. KAPITEL

Obwohl Kristin befürchtet hatte, dass der Strom ausfallen könnte, hielten die Leitungen so lange, bis sie mit der Zubereitung des Essens fertig war.

Da ihr unfreiwilliger Gastgeber verschwunden war, konnte sie sich frei in der Küche bewegen. Anscheinend war Justins Haushalt perfekt ausgestattet. Es gab sogar eine Eis- und eine Espressomaschine. Nachdem Kristin das Fleisch geschmort hatte, bereitete sie Bratreis zu. Dann trat sie ans Fenster. Der Himmel war schwarz, und mittlerweile war die Nacht hereingebrochen. Selbst den Schnee konnte man in der Dunkelheit kaum noch erkennen, außer wenn die Flocken ans Fenster schlugen. Leichte Schneeschauer, dachte sie ironisch.

Als das Essen fertig war, überlegte Kristin, wo Justin wohl essen wollte, und welches Geschirr sie nehmen sollte. Er hatte sie kein einziges Mal gestört. Doch gerade als sie ihn suchen wollte, erschien er in der Tür. Fast, als hätte er sie beobachtet.

‚Vielleicht hat er das ja auch', sagte sie sich, ‚und ich habe ihn nur nicht gesehen.' Er konnte sich sehr leise bewegen, und das machte sie nervös.

Aber Justin schien keineswegs verärgert zu sein. Er warf ihr einen kurzen, misstrauischen Blick zu, während er selbstbewusst am Türpfosten lehnte. Ihr wurde auf einmal klar, dass er dort schon länger gestanden haben musste.

Er lächelte. „Ist das Dinner bereits fertig?"

„Alles fertig."

„Lassen Sie uns im Wohnzimmer essen", schlug er vor. „Der Wetterbericht kommt gleich."

„Gut. Welches Geschirr soll ich nehmen?"

„Ich glaube, ich habe Dutzende von Tellern im Schrank."

„Ja", stimmte sie ihm zu und errötete leicht. „Aber ich weiß nicht, welche Sie zu solch einer Gelegenheit wünschen. Ich meine, Sie haben vielleicht besonders wertvolle Stücke, die Sie nicht jeden Tag benutzen."

Er schaute sie belustigt an. „Wenn es im Schrank ist, Miss Kennedy", meinte er beinah freundlich, „dann soll es auch benutzt werden. Ich glaube nicht daran, dass man Dinge nur um des Besitzes willen haben sollte."

Sie lächelte unwillkürlich. Irgendetwas hatte er an sich. Nicht, dass sie ihm trauen wollte, nicht im Mindesten. Sie würde ihre Wachsamkeit nicht verlieren. Aber sein Lächeln war so unglaublich charmant, und seine Stimme konnte so einen heiseren, tiefen Klang annehmen. Wenn sie ihn unter anderen Umständen getroffen hätte, hätte es sie glatt umwerfen können.

„Das ist schön“, sagte sie leise. „Ich glaube auch nicht daran.“

„Es freut mich, dass Sie das auch so sehen.“ Einen Augenblick standen sie nur da und schauten sich an. Justin wollte ihr nicht trauen und tat das auch nicht, aber trotz allem hatte er sich zu ihr hingezogen gefühlt, als er sie die ganze Zeit beobachtet hatte.

‚Rein körperliche Lust‘, sagte Kristin sich, die das Gleiche empfand. Das erklärt diese Faszination. Sie fand ihn sinnlich, sehr sinnlich und verführerisch. Und das war gefährlich.

Und auch wenn er sie nicht mochte und ihr nicht traute, schien er sich doch ebenfalls zu ihr hingezogen zu fühlen. Kristin verspürte plötzlich den verzweifelten Drang wegzulaufen.

Doch in diesem Moment redete Justin und brach damit den Zauber, der zwischen ihnen herrschte. „Gut“, erklärte er, „ich mache Ihnen einen Vorschlag. Ich suche das Geschirr aus.“

Während er die Teller auswählte, nahm er den Duft des Fleisches wahr, das Kristin zum Abkühlen in eine Tonform gestellt hatte. „Wenn es so gut schmeckt, wie es riecht, können Sie wirklich kochen“, bemerkte er.

„Ich versuche es“, entgegnete sie gleichgültig.

„Und was versuchen Sie noch?“

„Wie bitte?“ Sie bemühte sich, gelassen zu bleiben, denn seine Frage hatte sie erschreckt. Was sollte sie auch darauf antworten? Er hasste Reporter leidenschaftlich, und sie war sicher, dass er ihr etwas vorspielte, denn er hatte gewiss nicht ein einziges Wort von dem geglaubt, was sie ihm erzählt hatte.

Und er konnte immer noch ein Verrückter sein. Ein sinnlicher, beeindruckender Verrückter, aber eben verrückt.

Justin schmunzelte über ihre Reaktion. Sie konnte die Bedeutung dieses Lächelns nicht ergründen. „Was tun Sie, Miss Kennedy? Wovon leben Sie?“

„Oh, ich mache einige Sachen. Im Moment habe ich gerade den Beruf gewechselt", wich sie aus und lenkte ihn hastig ab. „Beeilen Sie sich mit dem Tischdecken, sonst wird das Essen kalt."

Er füllte die Teller auf. „Der Wein steht bereits vor dem Kamin. Nehmen Sie nur Ihr Glas mit."

Ein paar Minuten später saßen sie am Feuer und sahen die Nachrichten in dem großen Fernsehgerät. Kristin hatte sich auf dem Boden niedergelassen, und Justin saß auf dem Sofa hinter ihr. Das Feuer knackte behaglich, und der Wein war gut temperiert und trocken und wärmte ebenfalls.

‚Ich könnte mich zufrieden und entspannt fühlen', dachte Kristin.

Aber das durfte sie nicht, denn sie kannte Justin nicht und wusste auch nichts über ihn. Sie war sich seiner Gegenwart sehr bewusst, weil er so dicht hinter ihr saß, dass er nur die Hand hätte ausstrecken müssen, um sie zu berühren. Eine erregende Vorstellung, fand Kristin, und ihr Herz klopfte schneller. Justins Hände waren faszinierend. Sie waren gepflegt, kräftig und braun gebrannt, und Kristin malte sich unwillkürlich aus, wie sie sich wohl auf ihrer Haut anfühlen mochten. Das Kribbeln in ihrem Inneren nahm an Stärke zu, und sie beschloss, nicht mehr an ihn zu denken. Sie richtete ihre Aufmerksamkeit auf das Essen und auf den Wetterbericht, der jetzt Meldungen über das Chaos brachte, das der Schneesturm in der Stadt verursacht hatte.

Mittlerweile tobte ein ausgewachsener Blizzard, und überall in New England waren Autos liegen geblieben. Das Telefonnetz war zusammengebrochen, und auch die Elektrizität war in einigen Gebieten ausgefallen. Es konnte Wochen dauern, bis die Straßen in den entlegeneren Gegenden wieder frei waren.

„Warum hat er denn nicht gesagt, dass diese Schneeschauer sich zu einem ernsthaften Schneesturm entwickeln könnten?" wollte Kristin wissen. Es war der gleiche Meteorologe, der auch am Morgen den Wetterbericht gesprochen hatte.

„Er sagt, er hätte es getan", meinte Justin leichthin.

„Das hat er keineswegs!" Kristin fuhr kriegerisch herum. Der Wein verlieh ihr Mut. Sie stellte den Teller ab, stand auf und stemmte die

Hände in die Hüfte. „Ich will Ihnen mal etwas sagen, Mr. Magnasun, ich bin nicht von Boston aus losgefahren, um genau vor Ihrem Haus eine Panne vorzutäuschen! Ich müsste eine Närrin sein, wenn ich das hätte tun wollen! Wenn mein Wagen nun eine Meile früher oder später ausgefallen wäre? Dann hätte ich mein Leben riskiert!"

„Es gibt Leute, die glauben, dass eine gute Story das wert ist", antwortete er und schaute sie ruhig an.

„Ich liebe aber zufällig das Leben", erklärte sie ihm. Sie drehte sich um, nahm ihren Teller und das Weinglas und ging mit wehendem Haar in die Küche. Als eine Hand auf ihrem Arm sie aufhielt, sog sie scharf den Atem ein und wirbelte herum.

Justins Augen waren leuchtend blau, und sein gebräuntes Gesicht verriet seine Anspannung. „Schwören Sie es?" wollte er wissen.

Kristin blickte von seinen Augen auf seine Finger, die ihren Arm fest umklammerten, und wieder in seine Augen. Ihr eindringlicher Ausdruck ging ihr durch und durch und brachte ihr Blut in Wallung.

„Was soll ich schwören?" fragte sie.

„Dass Sie zufällig hier sind! Dass Sie nicht die Skandalreporterin sind, mit der ich am Telefon geredet habe."

„Das schwöre ich!" stieß sie hervor. Seine Berührung jagte ihr plötzlich Angst ein. Nicht, weil er ihr wehtat, sondern wegen des prickelnden Gefühls, das er in ihr auslöste.

Sie riss sich los und ging in die Küche zur Spüle. Erschreckt bemerkte sie, dass er hinter ihr stand.

„Ich erledige den Abwasch, Miss Kennedy."

„Ich mache das gern."

„Was Sie machen, machen Sie perfekt", sagte er leichthin. „Aber Sie haben gekocht, und ich wasche ab."

„Sie haben mein Leben gerettet, erinnern Sie sich? Das ist ein bisschen Küchenarbeit wert."

„Ich erinnere mich sehr gut daran, dass ich Ihr Leben gerettet habe. Das werde ich nicht vergessen." Seine Stimme klang heiser.

Kristin spürte seine verwirrende Nähe überdeutlich. Sie hörte seine vibrierende Stimme und fühlte die Wärme seines Körpers.

Dann trat er zurück. „Gut, dann waschen wir gemeinsam ab. Im Fernsehen gibt es einen alten Krimi. Es könnte ein schöner Abend werden."

Justin wartete ihre Antwort nicht ab. Während sie abwusch, reinigte er den Wok. Nach ein paar Minuten waren sie fertig, und Justin schaute zu, wie Kristin das Handtuch zusammenfaltete.

„Möchten Sie etwas Heißes?"

„Etwas Heißes?" Sie blickte ihn verwundert an. Manchmal schien es ihr, dass es nichts Heißeres gab als ihn.

„Kaffee oder Cappuccino?"

„Wenn Sie ebenfalls einen nehmen, dann gern", erwiderte sie nervös.

„Gehen Sie schon vor. Ich bin in einer Minute fertig."

Kristin sah ihn herausfordernd an. „Also haben Sie beschlossen, mir zu glauben?"

Er öffnete den Mund, wollte etwas sagen, schwieg dann aber doch. Schließlich lächelte er gequält. „Nicht wirklich."

„Dann ..." begann sie wütend, doch er unterbrach sie.

„Moment! Sagen Sie mir erst, ob Sie mir vertrauen."

„Ich habe Sie nicht beschuldigt!"

„Nicht mit Worten. Aber ich habe Ihren Blick gesehen. Sie unterstellen mir alle Dinge, die man einem Mann unterstellen kann. Vertrauen Sie mir nun plötzlich? Vollkommen?"

„Nein", erwiderte sie nach kurzem Zögern ehrlich.

„Nun, anscheinend werden wir langsam etwas aufrichtiger miteinander. Lassen Sie uns Waffenruhe schließen, einverstanden?" Er trat auf sie zu und drehte sie an den Schultern zu sich herum.

Kristin versuchte, ihren Groll und ihre Zurückhaltung ihm gegenüber aufrechtzuerhalten. Aber beides verflog rasch, viel zu rasch. Sie mochte seine Berührung, und er roch so gut. Es machte sie vollkommen nervös, dass er ihr so nahe war.

„Ich habe mich noch nicht bei Ihnen für das Essen bedankt, nicht wahr?" flüsterte er.

Sie konnte es kaum hören. Sein warmer Atem streifte ihr Ohr und verursachte ein Prickeln auf ihrer Haut. Nein, mehr als das. Sein bloßes Flüstern ließ sie sich Dinge vorstellen, an die sie besser nicht denken sollte.

„Das Dinner war ... köstlich", fügte er hinzu. Es klang so, als wäre dieses Essen eine höchst sinnliche Angelegenheit gewesen.

‚Er versucht, mich zu ködern', dachte sie. ‚Ich muss vorsichtiger sein.'

Doch dann gab Justin ihr einen sanften Stoß und schob sie aus der Küche. Kristin ging ins Wohnzimmer zurück und zog den Morgenmantel fester um sich. Sie setzte sich wieder auf den Boden und konzentrierte sich auf das Fernsehprogramm. Der Film, den Justin erwähnt hatte, war ein alter Hitchcock, genau der richtige Streifen, um ihn vor einem gemütlich brennenden Kamin in einer verschneiten Nacht anzuschauen.

Kurze Zeit später erschien Justin ebenfalls. Er trug zwei Becher mit zwei großen Stücken Kandis an kleinen Holzstäben. Er setzte sich neben Kristin auf den Boden und reichte ihr einen Becher. „Cappuccino. Ich habe ihn einmal mit diesem Kandis probiert und trinke ihn seitdem immer so."

Kristin kostete. Es schmeckte großartig. „Kochen Sie viel?" fragte sie neugierig.

„Nein. Ich mache Espresso und Cappuccino, aber das auch nur, weil die Maschinen es fast allein zubereiten."

Kristin trank noch einen Schluck. Sie hatte ihn zwar nicht ausfragen wollen, aber sie konnte sich diese Gelegenheit einfach nicht entgehen lassen. „Sie haben eine perfekte Einrichtung hier. Leben Sie mit jemandem zusammen?"

Er lächelte. „Nein, ich lebe allein."

„Aber ..."

Sein Blick hielt ihren fest. „Warum sind Sie so neugierig, Miss Kennedy? Schreiben Sie ein Buch?"

„Nein, Mr. Magnasun. Wenn ich ein Buch über Sie schreiben würde, hätte ich auf so einfache Fragen bereits die Antwort." Sie merkte, dass er sie missbilligend musterte, und ihr wurde klar, wie sie geklungen haben musste. „Tut mir Leid, ich habe vergessen, dass wir ja Waffenstillstand haben."

„Allerdings. Wir haben uns darauf geeinigt, einander zu vertrauen."

Sie lächelte, denn er war so unglaublich misstrauisch! Aber er war auch plötzlich der vollendete Gastgeber. Und je näher sie ihm kam, desto mehr wuchs die Anziehungskraft, die er auf sie ausübte. Die Locke seines schwarzen Haares, die ihm in die Stirn hing, sein männlich sauberer Duft, und seine wundervollen blauen Augen ... All das faszinierte sie.

‚Du willst ihm vertrauen!' stellte Kristin unvermittelt fest. ‚Und du fühlst dich zu ihm hingezogen, mehr, als zu jedem anderen Mann seit ... seit endlosen Zeiten. Sei vorsichtig!'

Aber die Zeit schien rasch zu verfliegen, während sie vor dem Feuer saß und Justin zuhörte, seinen Frotteemantel trug und seinen wundervollen Cappuccino trank.

‚Er ist derselbe Mann, der dich draußen im Schnee bedroht hat', erinnerte sie sich. ‚Der Verrückte, der dich aus deinem Wagen gezerrt hat und der immer noch überzeugt ist, dass du eine Reporterin bist, die für eine Story über ihn ihr Leben riskiert hat.'

Was konnte das nur für eine Geschichte sein? Sie sollte sich besser nicht zu viel darum kümmern, wenn ihr ihre Gesundheit etwas wert war, aber sie musste es einfach herausfinden.

Aber nicht heute Nacht, beschloss sie. Der Meteorologe im Fernsehen berichtete gerade, dass ein ausgewachsener Blizzard über New England tobte. Kristin war klar, dass sie eine lange Zeit hier bleiben musste. Sie konzentrierte sich wieder auf Justins Worte.

„Andererseits", fuhr er gerade fort, „sind Sie eine sehr talentierte Köchin. Es war ein wundervolles Essen, das Sie da in ein paar Minuten gezaubert haben."

Sie lächelte. „Mein Großvater war Küchenchef, und er war sehr gut. So ist er in dieses Land gekommen."

„Aus Irland?"

„Wie mein Name schon sagt. Kennedy", stimmte sie lachend zu.

„Großvater ist 1929 als Koch einer großen Hotelkette herübergekommen und hat gearbeitet, bis er gestorben ist. Und ich habe als Kind oft in seiner Küche gesessen und ihm zugesehen. Vermutlich habe ich mir dabei eine Menge Kenntnisse einfach durchs Zuschauen angeeignet."

„Wollten Sie selbst jemals Köchin werden?"

„Nein", sagte sie. Doch dann fiel ihr ein, dass sie ihm ihren Beruf nicht verraten durfte. „Nun, manchmal koche ich für größere Gesellschaften", erzählte sie. Und das war fast die Wahrheit. Wenn ihre Familie ein Fest feierte, kamen schließlich leicht über fünfzig Personen zusammen.

„Sie sind wohl ein Hansdampf in allen Gassen, nicht?"

„Ich kenne mich in einigen Berufen aus, ja. Oh, der Film beginnt." Kristin atmete erleichtert auf, denn Justins Blick war ihr viel zu aufmerksam. Sie trank einen Schluck Cappuccino, der einen feinen Beigeschmack von Mandeln hatte.

Justin schien ihre Frage zu ahnen. „Amaretto", meinte er. „Nur ein Hauch. Es kam mir hier vor dem Feuer passend vor, und keiner von uns muss noch fahren."

Nein, sie würden wahrhaftig nirgendwo hinfahren. Aber Kristin musste ihre Sinne zusammenhalten. „Es schmeckt gut", sagte sie, und als Justin lächelte, schaute sie rasch woanders hin.

Dann konzentrierten sie sich auf den Film, und Kristin fühlte sich ausgesprochen wohl neben Justin auf dem Boden. Sie nutzten das Sofa als Rückenlehne. In einer besonders dramatischen Szene des Films knabberte Kristin an ihrem Kandis. Im gleichen Moment spürte sie, dass Justin sie beobachtete. Sie schaute ihn an. Ihre Zungenspitze berührte gerade den Kandis, und Kristin hielt unwillkürlich mitten in der Bewegung inne.

Dann merkte sie, wie ihr unter seinem Blick langsam heiß wurde, und zwar überall, vom Kopf bis zu den Zehen. Sie fühlte ein Beben in ihrem Bauch, das sich langsam ausdehnte, als er sie weiterhin unverwandt anschaute. Er berührte sie nicht mit den Händen, nur mit seinem Blick.

Aber Kristin hatte noch nie eine sinnlichere Liebkosung auf ihrer Haut gespürt. Noch nie. Sie hatte sogar vergessen, Luft zu holen, und atmete schließlich tief ein.

Im nächsten Moment legte Justin seine Finger auf ihre Hand. Er nahm ihr die Kandisstange weg und stellte sie in die Tasse. Dann streichelte er ihre Wange.

‚Er wird mich küssen', dachte Kristin. Das erkannte sie an der Art, wie er sie betrachtete, und an der unglaublichen Spannung, die zwischen ihnen knisterte. Und sie wusste es, weil sie noch nie in ihrem Leben etwas so sehr herbeigesehnt hatte.

Eigentlich hätte sie protestieren müssen, aufspringen und weglaufen sollen. Sie hätte ihn aufhalten müssen. Es war verrückt.

Aber sie wollte es ... Sie wollte seine Lippen fühlen, die leidenschaftliche Glut seines Kusses und die Zärtlichkeit seiner Berührungen. Endlich legten seine Lippen sich auf ihren Mund.

Angst, Misstrauen und Begehren vermischten sich in ihr. Aber die Faszination, die sich stetig in ihr aufgebaut hatte, verdrängte alle anderen Gefühle. Du bist eine Närrin! sagte etwas in ihr, aber diese Worte stillten nicht ihr Verlangen nach seiner Nähe. Kristin protestierte nicht.

Justin strich ihr über die Wange, und seine Lippen teilten die ihren. Mit der Zungenspitze fuhr er zwischen sie. Zunächst vorsichtig, dann tiefer und forschender.

Kristin drängte sich ihm entgegen. Sie genoss diese Intimität. Erregt spürte sie, wie Justin mit den Fingern ihr Gesicht liebkoste und sanft durch ihr Haar strich. Schwer atmend lösten sie sich voneinander.

Und dann schaute sie in Justins Augen, die so faszinierend blau waren und etwas zu suchen schienen.

Kristin merkte, dass er sich ebenso zu ihr hingezogen fühlte wie sie zu ihm. Und dass er sich fragte, wieso.

Sie befeuchtete mit der Zunge ihre Lippen, weil Justin sie unablässig forschend betrachtete. Plötzlich kam sie wieder zu Bewusstsein und sprang auf die Füße. Bestürzt tastete sie mit der Hand über ihre brennenden Lippen. „Wir können das nicht tun!" murmelte sie.

„Warum nicht?"

„Ich kenne Sie noch nicht einmal."

„Ich Sie auch nicht."

„Aber Sie halten mich für jemanden, den Sie verachten!" Als Justin betreten schwieg, wusste Kristin, dass sie Recht hatte. Er glaubte ihr immer noch nicht, obwohl Waffenstillstand zwischen ihnen herrschte.

„Wie konnten Sie das tun!" fuhr sie ihn wütend an. „Wie konnten Sie mich küssen, wenn Sie mich so verurteilen, so hassen ...!"

„Ich hasse Sie nicht", erwiderte er barsch. Er war ebenfalls aufgestanden, hatte die Hände auf die Hüften gestützt und schaute sie quer durch den Raum hindurch an.

„Sie glauben mir nicht!"

„Schon möglich!" erwiderte er sehr leise. „Aber ich begehre Sie trotzdem."

Wenigstens war er in diesem Punkt ehrlich. Und Kristin stellte fest, dass seine Worte sie noch wütender machten, als sie ohnehin schon war. Sie hätte heucheln müssen.

Langsam schüttelte sie den Kopf. „Nun, begehren Sie mich lieber nicht, Mr. Magnasun. Sie sollten nicht ..."

„Sie sind aber ziemlich bereitwillig darauf eingegangen!" erklärte er durch die zusammengebissenen Zähne.

„Das stimmt, aber es wird nicht wieder passieren. Ich gebe zu, dass Sie etwas ... an sich haben. Dennoch ist das nicht so einfach. Begehren bedeutet auch, dass man den anderen respektiert. Sich mit ihm freut, mit ihm lacht und ihm vertraut ..."

„Es bedeutet nichts von alldem", unterbrach er sie ruhig. „Das kommt alles mit den Gefühlen, die dem vielleicht folgen. Aber Begehren, nun, das geschieht einfach."

Es war einfach passiert. Kristin hatte ihn begehrt. Aber sie musste einfach daran glauben, dass es mehr war. Und vielleicht war es das sogar. Sie musste widerstrebend einräumen, dass sie Justin mochte. Und obwohl es eigentlich hätte schwierig sein sollen, stellte sie erstaunt fest, wie leicht es ihr fiel, ihm Vertrauen schenken zu wollen.

Mit einer Handbewegung forderte er sie auf, wieder Platz zu nehmen. „Wollen wir uns den Rest des Films ansehen? Setzen Sie sich da drüben hin. Nein, lieber dort hinten." Er schmunzelte, und obwohl Kristin wütend gewesen war, musste sie ebenfalls lächeln. Es war gut, Abstand zwischen sich und ihn zu legen.

Sie lehnte sich gegen einen Stuhl. Justin warf ihr ein Kissen zu und machte es sich bequem, während er auf den Bildschirm schaute. „Es ist gar nicht so einfach, Sie zu ignorieren", sagte er nach einer Weile.

Kristin antwortete nichts, sondern konzentrierte sich auf den Film und lauschte dem Knacken und Knistern des Feuers.

„Justin ...," sagte sie nach einer Weile zögernd, „warum haben Sie nur für sich allein eine so großartige Küche?"

„Nun", erwiderte er bedächtig, „als ich dieses Haus plante, wollte ich alles haben. Ich dachte, dass es eines Tages ein wirkliches Heim für zwei Menschen werden könnte."

„Waren Sie ... verheiratet?" forschte Kristin weiter. „Oder wollten Sie heiraten?" Sie bemerkte seine abwehrende Reaktion und bekam unwillkürlich Angst. „Es tut mir Leid, ich ..."

„Nicht jetzt." Auf ihren ratlosen Blick hin fügte er barsch hinzu: „Ich bin nicht verheiratet und habe auch nicht vor zu heiraten."

„Ich wollte Sie nicht beleidigen."

Er schaute sie scharf an. „Und Sie? Sind Sie verheiratet, oder leben Sie mit jemandem zusammen?"

„Nein", antwortete sie leise und etwas verlegen.

„Gut", meinte er. „Wenigstens ... wenigstens wird in das, was zwischen uns passiert, niemand anders hineingezogen." Bevor Kristin sich über diese Bemerkung wundern konnte, deutete er auf den Bildschirm. „Lassen Sie uns den Film zu Ende ansehen, ja? Gleich wird der Mörder entlarvt."

„Aber ich kenne das Ende. Es ist einer meiner Lieblingsfilme."

„Meiner auch, neben ‚Arsen und Spitzenhäubchen'."

„Und ‚Mein Freund Harvey'."

Kristin war begeistert, als sie fortfuhren, sich gegenseitig ihre Lieblingsfilme aufzuzählen. Und dann erstreckte sich das Gespräch auf immer neue Themen. Müde schloss sie die Augen. Sie fühlte sich wohler, als sie eigentlich sollte.

Plötzlich spürte sie, wie sie hochgehoben wurde, und öffnete rasch die Augen.

„Keine Angst“, sagte er beruhigend, als er ihren erschreckten Blick sah. „Sie sind eingeschlafen. Ich bringe Sie nur ins Bett. Allein“, fügte er lächelnd hinzu.

„Ich ... ich kann allein gehen. Sie brauchen mich nicht die Treppe hochzutragen.“ Es war ihr viel zu intim, aber andererseits auch so unglaublich gemütlich. Ungeachtet ihrer Worte schlang sie die Arme um seinen Hals. Sein Duft und das Gefühl seiner starken Schultern verzauberten sie, und es wäre sehr einfach, zu ...

„Es macht mir nichts aus.“

„Sie haben doch selbst gesagt, dass ich nicht gerade ein Leichtgewicht bin.“

„Nun, vielleicht habe ich ein bisschen übertrieben.“

„Wohin bringen Sie mich?“

„In mein Schlafzimmer.“ Sein Lächeln vertiefte sich, als er ihre Miene sah. „Keine Sorge. Ich werde im Gästezimmer übernachten.“

„Ich kann doch dort schlafen. Ich will Sie nicht aus Ihrem Zimmer vertreiben.“

„Das tun Sie auch nicht.“

„Aber ich sollte nicht ...“

„Es macht nichts.“

„Sie wollten mich vor ein paar Stunden noch draußen im Schnee erfrieren lassen“, erinnerte sie ihn.

„Das war vor ein paar Stunden. Jetzt ist jetzt.“

Justin trug sie die Treppe hoch und stellte sie erst im Flur wieder auf die Füße. „Ich schlafe am Ende des Korridors, wenn Sie mich brauchen. Gute Nacht.“ Er stand dicht neben ihr. Sehr dicht.

„Warten Sie“, sagte Kristin, als er sich abwandte. Sie zögerte, aber ihre Neugier war stärker. „Was ist das für eine Geschichte, für die ich angeblich so viel riskiere?“

Er schaute sie nur an, drehte sich dann um und ging weg.

„Justin!"

Er hielt kurz inne und sagte leise etwas über die Schulter. Sie hatte es nicht verstehen können, aber es war eine Antwort gewesen.

Kristin richtete sich auf. „Warten Sie!" rief sie. Justin lief den Flur entlang und öffnete eine andere Tür. „Warten Sie!" wiederholte sie und eilte ihm nach. „Was haben Sie gesagt?"

Er musterte sie eindringlich. „Sie haben mir geschworen, dass Sie nicht wegen der Geschichte hergekommen sind."

„Das stimmt auch! Aber Sie haben etwas gesagt ..."

„Ich sagte Mord."

„Was?"

„Ich sagte, dass es sich bei der Story um einen Mord dreht", erklärte er ihr barsch.

Kristin traute ihren Ohren kaum. Sie hatte zwar am Anfang gedacht, dass Justin sich seltsam verhielt, aber ... nein, er würde niemals einen Mord begehen! ‚Aber du kennst ihn doch gar nicht!' ermahnte sie sich.

Irgendwie kannte sie ihn doch. Sie hatte den Abend mit ihm verbracht und nacheinander seine Leidenschaft und Selbstbeherrschung erlebt. Auch wenn sie ihm nicht hundertprozentig vertraute, wusste sie, dass er niemals ein Mörder sein konnte.

Woher weißt du das? Du solltest lieber weglaufen und dich im Schlafzimmer einschließen. Du solltest ...

„Mord an wem?"

„Ich werde Ihnen heute Nacht nichts mehr erzählen", erklärte er.

„Aber Sie können doch nicht so etwas andeuten und dann einfach zu Bett gehen!" protestierte sie.

„Das kann ich und das werde ich auch", erwiderte er entschlossen. „Und wenn Sie jetzt gestatten würden ..."

Kristin hatte die Hand gegen die Gästezimmertür gelegt. Er nahm sie behutsam weg, sodass er die Tür schließen konnte.

„Aber ... aber ..."

Er lächelte sie kalt an. „Sie denken, dass ich vielleicht ein Mörder sein könnte, nicht wahr? Sie haben diesen Verdacht, seit Sie hier sind. Besonders, seit Sie geglaubt haben, dass ich Sie mit meiner Schaufel erschießen würde. Gute Nacht, Miss Kennedy."

Er schloss die Tür und ließ Kristin verwirrt im Flur stehen. Er hatte sie ausgeschlossen, dabei hätte sie ihn ausschließen müssen!

„Wie können Sie es wagen, mich derartig zu erschrecken, Justin!"

Er öffnete die Tür. „Ich darf Sie nicht so erschrecken? Nun, Miss Kennedy, ich möchte Sie darauf hinweisen, dass Sie hier schreiend vor meiner Tür stehen! Gehen Sie schlafen und lassen Sie mich allein." Erneut schloss er die Tür und ließ Kristin verblüfft zurück. „Gute Nacht!" Seine Stimme drang dumpf durch das Holz.

Kristin wandte sich um und lief durch den Flur und das Wohnzimmer ins Schlafzimmer. Sie ließ die Tür hinter sich ins Schloss fallen und lehnte sich mit klopfendem Herzen dagegen.

Natürlich kam Justin nicht hinter ihr her. Er hatte sie schließlich gerade hinausgeworfen. Dennoch schob Kristin den Riegel vor die Tür und eilte zum Bett. Dort kauerte sie sich zusammen und zog die Decke über sich. Sie lag da und zitterte.

Sie kam sich ein bisschen wie eine Närrin vor. Justin wollte sie gar nicht töten. Wenn er sie hätte verletzen wollen, dann hätte er den ganzen Abend über Gelegenheit dazu gehabt.

Justin ist kein Mörder! Aber woher weißt du das? Sie seufzte. Sie konnte es nicht wissen. Aber ihr Instinkt sagte ihr, dass er ein guter Mensch war. Und das hatte nichts mit der Anziehungskraft zwischen ihnen zu tun, es war mehr. Es war Intuition. Er konnte niemanden umbringen.

Kristin war klar, dass sie nichts von ihm wusste, und dass sie allen Grund hatte, nervös zu sein. Aber jetzt brauchte sie einfach nur Schlaf, sonst nichts. Doch wie sollte sie Ruhe finden? Sie war mit einem Mörder zusammen in einem Haus ... Nein!

Sie fühlte, dass sie ihm vertrauen konnte, auch wenn es verrückt war. Seufzend und müde schloss sie die Augen und spürte, wie die Anspannung langsam nachließ, und nach ein paar Minuten war sie eingeschlafen.

Auch Justin konnte nicht schlafen. Nicht etwa, weil er nicht in seinem eigenen Bett lag, er konnte normalerweise überall schlafen, wenn er auf Reisen war. Und der Sturm hielt ihn auch nicht wach. Es war diese Frau. Kristin. Diese dunkelhaarige Schönheit, die in seinem Bett schlief.

Er schloss die Augen und sah sofort ihr Bild vor sich, wie sie mit seinem weißen Frotteemantel in der Küche gestanden hatte. Er war viel zu groß gewesen, und sie hatte darin sehr sexy gewirkt. Unglaublich sexy.

Gegen den weißen Stoff hatte ihr Haar sehr dunkel gewirkt, es war voll und hatte einen seidigen Glanz. Und erst ihre Augen! Taubengrau, sie schauten offen und wichen ihm nicht aus. Ihr Blick war so aufrichtig gewesen, und ihre Wimpern so lang und dicht und ließen sie so scheu erscheinen ...

Sie war wundervoll. Das hatte er vom ersten Moment an gespürt. Er mochte die Art, wie sie angeboten hatte, für sie beide zu kochen, von dem köstlichen Mahl ganz zu schweigen. Und er mochte ihr Lachen und ihre Grübchen. Justin hatte es genossen, zusammen mit ihr den Film anzusehen. Und sie hatte sich gut angefühlt ...

Der Kuss hatte eine verzehrende Hitze in seinem Körper entfacht. Es war ein himmlisches Feuer gewesen, und es war schön gewesen, es zum Leben zu erwecken.

Aber Justin hatte mehr gewollt als nur einen Kuss!

Obwohl er davon überzeugt gewesen war, dass sie eine großartige Lügnerin war, eine bessere Schauspielerin selbst als Myra, hatte er diese Anziehung gespürt. Er konnte sich nicht erinnern, jemals eine so starke Leidenschaft empfunden zu haben. Er seufzte.

Sein Theaterstück „Snowfire“ würde bald wieder gespielt werden, und die Reporter würden bald überall herumschnüffeln. ‚Warum soll ich nicht nachgeben, wenn eine wundervolle Frau mit mir wegen der Story schlafen will?‘ fragte er sich missmutig.

‚Weil du mehr von ihr willst‘, gestand er sich ein. Er wollte, dass sie ihm die Wahrheit sagte.

Zum ersten Mal seit ihrer Ankunft überlegte er sich, ob sie nicht doch die Wahrheit sagte. Ihre erschrockene Reaktion auf das Wort „Mord“ war sehr spontan gewesen. Konnte er sich geirrt haben?

Justin drehte sich mit einem Seufzer herum und beschloss, endlich zu schlafen. Er konnte nicht wegen einer Fremden die ganze Nacht wachliegen. Aber genau das tat er.

Er stieg aus dem Bett und trat ans Fenster. Der Schnee fiel immer noch mit unverminderter Kraft. Justin liebte Stürme, er liebte auch den heftigen Schneefall und den scharfen Wind. Irgendwie beruhigte das seine Seele.

Aber heute Nacht konnte ihn nichts beruhigen. Er hatte eigentlich herausfinden wollen, wie weit sie ihr Spiel treiben würde. Stattdessen hatte er sie in seine Arme gezogen. Und sie war erschrocken gewesen, als er den Mord erwähnt hatte. Hatte sie das wirklich spielen können? Wenn ja, würde sie eine großartige Schauspielerin abgeben.

Justin zog seine Jeans an, öffnete die Tür, ging auf den Flur und von dort aus durch den kleinen Salon ins Bad. Vor seinem Schlafzimmer bemerkte er zu seiner Überraschung, dass Kristin nicht abgeschlossen hatte. Vermutlich hat sie den Eingang vom Bad vergessen, dachte er.

Er zögerte einen Moment und trat dann ein.

Vor dem Bett blieb er stehen. Der Anblick irritierte ihn. Kristin schlief wie ein Baby. Die dunkle Bettwäsche ließ ihre Haut rosa erscheinen, und ihre rotlackierten Fingernägel hoben sich ebenso wie ihre roten Lippen zart gegen die schwarze Seide ab.

Sie war ein Bild der Unschuld, wie eine Märchenprinzessin.

Aber das Leben ist kein Märchen, dachte er. Aber er hoffte sehr, dass diesmal das Gute siegen würde.

Justin berührte sanft ihre Wange und fühlte ihre Zartheit. „Hoffentlich sind Sie wirklich, Miss Kennedy“, flüsterte er. „Bitte, sei wahr!“

Das plötzlich aufkeimende Verlangen trieb kleine Schweißperlen auf seine nackte Brust, und er trat rasch einen Schritt zurück. Mit zusammengepressten Lippen kehrte er durch das Bad zurück in das Gästezimmer. Dort zog er sich wieder aus und ging ins Bett.

‚Du hast keinen Grund, ihr zu vertrauen', sagte er sich. Nur, er wollte es. Aber er wäre ein Narr, wenn er es täte. Er hätte seine Lektion lernen sollen. ‚Schlaf endlich!' ermahnte er sich. ‚Du brauchst Schlaf.' Er schloss fest die Augen, aber es dauerte noch lange, bis er endlich einschlief.

4. KAPITEL

Justin wachte von einem zarten, aufregenden Duft auf, der bis zu ihm drang. Sekundenlang war er verwirrt, dann erinnerte er sich daran, dass er ja einen Gast im Haus hatte. Einen bezaubernden Gast.

Er duschte sich rasch, zog Jeans an und lief dann barfuß mit einem Baumwollhemd über den Schultern ins Erdgeschoss.

‚Anscheinend ist Kristin Frühaufsteherin', dachte er, und es scheint ihr überraschend gut zu gehen, wenn ich bedenke, wie sie mich gestern Nacht verlassen hat.'

„Guten Morgen", begrüßte sie ihn, als sie ihn bemerkte. „Der Strom funktioniert immer noch. Ist das nicht ein Wunder?"

„Allerdings." Der Schinken lag bereits auf einer Servierplatte, und Justin beugte sich vor, um ein Stück zu stibitzen.

Kristin trug immer noch den weißen Morgenmantel, und sie hatte ebenfalls geduscht. Ihr Haar war immer noch nass, sie hatte es einfach aus dem Gesicht zurückgekämmt. Obwohl sie auf Make-up verzichtet hatte, tat das ihrer Schönheit keinen Abbruch.

Justin hätte nie gedacht, dass der Duft reiner weiblicher Haut so betörend sein konnte. ‚Es gibt keinen Grund, ihr zu vertrauen', sagte er sich. ‚Vielleicht verführt sie dich ja doch wegen dieser Geschichte, und sie macht das verdammt gut.'

Aber dennoch ...

Kristin bereitete unterdessen das Frühstück weiter zu. Sie hatte bereits Kaffee aufgebrüht und goss nun Saft in zwei Gläser.

„Haben Sie gut geschlafen?" fragte er sie.

„Wundervoll. Abgesehen davon, dass ich mich schrecklich fühle, weil ich Sie aus Ihrem Zimmer vertrieben habe. Sie haben das bequemste Bett, in dem ich je geschlafen habe."

„Vielen Dank." Er nahm noch ein Stück Schinken und ging um die Theke herum, um sich Kaffee einzuschenken. Dabei legte er das Hemd auf eine Ecke.

Kristins Blick glitt schnell über seine nackte Brust, und sie errötete leicht. Dann schaute sie ihn an und lächelte. „Ein Glück, dass der Strom noch funktioniert. Es täte mir wirklich Leid, wenn Sie frieren müssten."

„Die Heizung arbeitet mit Öl." Er erwiderte ihr Lächeln. Er hatte nicht gedacht, dass sie einen Mann mit nackter Brust überhaupt registrieren würde. ‚Vielleicht fühlt sie sich sogar ein wenig unbehaglich', dachte er. Als er sie gestern geküsst hatte, hatte er die Leidenschaft gespürt, die tief in ihr verborgen schlummerte.

Aber nicht nur Kristin fühlte sich unbehaglich. Während Justin sie betrachtete, wie sie so da stand, mit feuchten Haaren, den Blick ihrer grauen Augen auf ihn gerichtet, spürte er, wie ihm selbst sehr warm wurde. Bedächtig verzehrte er ein weiteres Stück Schinken. Er war immer noch misstrauisch ihr gegenüber. Sehr misstrauisch. Schließlich hätte sie doch nervös sein müssen, da sie als Fremde in einem Haus war, in dem das Wort „Mord" gefallen war. Stattdessen wirkte sie heute Morgen so gelassen wir nur möglich.

„So." Er beugte sich über die Theke. „Sie haben also wirklich gut geschlafen?"

„Wie ein Stein. Jedenfalls nach einer Weile", gab sie zu.

Er lächelte. „Aha, jetzt sagen Sie die Wahrheit. Also haben Sie bis heute Morgen wachgelegen und gegrübelt?"

„Nein, nicht so lange."

„Wie kommt das? Ich habe Ihnen erklärt, dass ich des Mordes verdächtigt worden bin. Waren Sie nicht überrascht?"

„Sie wissen genau, dass ich überrascht war."

„Ich weiß nur, dass Sie eine verdammt gute Schauspielerin sein könnten."

Kristin stieß ungeduldig die Luft aus. „Ob ich eine Schauspielerin bin oder nicht, Justin Magnasun, anscheinend fange ich an, Ihnen zu vertrauen. Immerhin habe ich Ihre Gesellschaft vorgezogen, statt in den Schnee hinauszuflüchten."

„Und warum?"

Kristin zögerte. „Zugegeben, Sie waren sehr rüde mit mir. Aber dann haben Sie mich gerettet. Ich habe einige Stunden bewusstlos oder schlafend da gelegen und bin unversehrt wieder aufgewacht. Sie haben mir Ihre Sachen zur Verfügung gestellt ..."

„Mörder können sehr höflich sein, Miss Kennedy."

„Ich habe nicht behauptet, dass Sie höflich waren. Ich denke nur, dass ein Mann, der so viele Prinzipien hat wie Sie, trotz seiner schlechten Manieren kein Mörder sein kann. Nun, Sie sind ein freier Mann und laufen herum. Wenn Sie vor Gericht gestanden haben, muss eine Jury Sie freigesprochen haben."

„Zu diesen Schlüssen sind Sie gelangt, obwohl ich Ihnen nichts gesagt habe", meinte Justin amüsiert. „Darüber haben Sie also gestern kurz nachgedacht und sind dann zu Bett gegangen. Sind Sie nicht neugierig?"

„Natürlich bin ich neugierig. Ich habe Sie über den ganzen Flur gejagt, aber Sie haben mir die Tür vor der Nase zugeschlagen."

„Das ist wohl wahr." Er seufzte. „Kaum zu glauben, dass ich das mit einer wunderschönen Frau gemacht habe, die nur mit einem Morgenmantel bekleidet in mein Zimmer zu kommen versuchte."

Sie warf ihm einen tadelnden Blick zu und nahm dann eine Waffel aus dem Waffeleisen. „Danke schön", sagte sie.

„Wofür?"

„Sie haben mich wunderschön genannt."

„Oh, haben Sie das noch nie vorher gehört?"

Sie lächelte, ohne den Blick von dem Gerät zu nehmen. „Als wir uns gestern das erste Mal begegnet sind, waren Sie nicht besonders beeindruckt. Sie wollten mich draußen erfrieren lassen."

„Da hatte ich Sie noch nicht näher betrachtet."

Kristin schaute ihn rasch an, da ihnen beiden plötzlich klar wurde, wie „nahe" diese Betrachtung gewesen war. Justin hob entschuldigend die Hände. „Ich habe das nicht so gemeint, wie es geklungen hat. Ich meinte ... ach, zum Teufel! Ich meinte, dass ich Ihr Gesicht noch nicht gesehen hatte", schloss er schließlich ungeduldig.

Kristins Wimpern senkten sich über ihre Augen. „Können Sie mir einen Teller geben?"

Das tat er und schenkte dann Kaffee ein. „Wollen wir auf der Sonnenterrasse essen? Nicht, dass es da viel Sonne gäbe ..."

Mit den Kaffeebechern in der Hand durchquerte Justin die Küche und setzte sich auf einen der Stühle neben dem Fenster. Kristin brachte die Teller und den Saft und nahm neben ihm Platz.

Sie saßen so dicht nebeneinander, dass sein Knie ihren Schenkel berührte.

Justin stellte verwundert fest, dass er es genoss, mit Kristin zusammen zu sein. Er begehrte sie, wie er noch nie eine Frau begehrt hatte. Aber das war nicht alles. Er mochte auch ihr Lächeln, ihre Stimme, ihre Gesten.

‚Sei vorsichtig!' ermahnte er sich plötzlich. ‚Sie kann nicht so unschuldig sein, wie sie vorgibt.'

Er lehnte sich zurück und schaute auf den Schnee, während er seinen Kaffee trank. Der Sturm hatte nichts von seiner Kraft verloren. Aber von dem Fensterplatz aus sah es schön aus. Der Himmel war immer noch dunkel, während die weißen Schneeflocken unaufhörlich zur Erde wirbelten.

Dann bemerkte er, dass Kristin ihn musterte, und lächelte. „Ich mag Stürme."

„Ich auch. Es sei denn, dass ich deshalb irgendwo festsitze."

„Ich finde nicht, dass es hier so ungemütlich ist."

Kristin schüttelte lächelnd den Kopf. „Ich fühle mich hier auch nicht schlecht. Aber gestern habe ich Angst gehabt."

‚Also kommen wir wieder auf das Thema zurück', dachte er. ‚Fragt sie mich unauffällig aus, oder ist es nur ein ganz normales Gespräch?' Er hatte gestern Abend den Köder ausgeworfen, weil er wollte, dass sie ihn aushorchte. Er wollte reden und herausfinden, ob sie ihm wirklich die Wahrheit gesagt hatte.

„Habe ich Sie so sehr erschreckt?"

„Allerdings."

„Weil ich Sie mit meiner Schaufel erschießen wollte?"

„Sie waren ziemlich stürmisch", erwiderte Kristin verlegen.

Justin stellte seinen Kaffeebecher ab und griff nach seinem Teller. Er biss in seine Waffel und beobachtete dabei, wie Kristin eine Erdbeere aß. Eine plötzliche Erregung durchfuhr ihn. Der Anblick war sehr erotisch.

‚So kannst du nicht weitermachen!' ermahnte er sich und widmete sich seiner Waffel. Kristin hätte seiner unbeweglichen Miene niemals entnehmen können, dass ihn irgendetwas störte. Sie war außerdem völlig damit beschäftigt herauszufinden, warum dieser Mann sie dermaßen verwirrte.

Sie war in ihrem Leben schon oft am Strand gewesen, wo sie viele Männer mit nackter Brust gesehen hatte. Aber an diesem hier war etwas Besonderes ...

Sie war sich nicht sicher, woran das lag. Aber von dem Moment an, als er heute Morgen in der Küche aufgetaucht war, hatte er ein Prickeln in ihr ausgelöst, das bisher noch nicht wieder verflogen war. Justin war frisch rasiert und hatte geduscht. Er hatte breite, muskulöse Schultern, und sie ahnte, dass er diese Muskeln nicht in einem Fitnessstudio gezüchtet, sondern sie hier antrainiert hatte, durch Holzhacken und andere Arbeiten, die er erledigte, weil er sich gern hier draußen in der freien Natur bewegte. Sie mochte seine Brust. Sehr sogar. Und sein Bauch war flach und behaart. Die Spur der Haare verschwand im Bund seiner Jeans ...

Kristin wandte den Blick ab, als sie das Gefühl hatte, dass er sie erneut ertappt hatte. Doch Justin schaute aus dem Fenster und plauderte weiter über das Wetter.

Kristin befeuchtete die Lippen. Er schaute sie wieder an und stand auf, um seinen leeren Teller in die Küche zu bringen. Dabei streckte er die Hand nach ihrem Geschirr aus.

„Sind Sie fertig?“

„Ja. Ja“, stimmte sie heiser zu.

Er nahm den Teller und deutete auf den Rest der Waffel darauf. „Sie sind nicht besonders hungrig gewesen.“

„Ich habe gegessen.“

„Ja, das habe ich gesehen. Erdbeeren.“

Sein Blick war irgendwie seltsam und erzeugte Wärme in ihr. Nein, keine Wärme, er erhitzte sie regelrecht.

„Möchten Sie ... noch Kaffee?“ fragte sie und sprang auf. Sie nahm ihr leeres Saftglas und ging in die Küche. Justin folgte ihr und stellte die Teller ins Waschbecken. Währenddessen holte Kristin die Kaffeebecher und füllte sie neu. Als sie sich umdrehte, stand Justin direkt vor ihr.

„Nun, wir haben gefrühstückt, und Sie haben noch kein Wort über letzte Nacht verloren“, meinte Justin.

Kristin schaute zu ihm hoch und bemerkte seinen gespannten Blick. „Nein“, flüsterte sie. „Sie haben mir letzte Nacht die Tür vor der Nase zugeschlagen.“

„Das war gestern. Jetzt ist heute.“

Sie fuhr sich mit der Zungenspitze über die trockenen Lippen. Wie sollte sie ihm ihre Gefühle erklären? „Sind Sie beschuldigt worden, jemanden umgebracht zu haben?“

„Ja“, erwiderte er schlicht. „Aber ich kann mir nicht vorstellen, dass Sie das nicht schon letzte Nacht herausgefunden haben. Ich habe erwartet, dass Sie sich heute Morgen in meinem Schlafzimmer verbarrikadiert haben. Stattdessen haben Sie das Frühstück zubereitet. Warum?“

„Nicht, weil ich eine Reporterin bin, die hinter Ihrer Story her ist!“ fuhr Kristin verärgert auf. Sie hätte ihn am liebsten zurückgestoßen, aber er stand unverrückbar wie ein Felsen vor ihr.

„Warum dann?“

„Wenn Sie mich hätten umbringen wollen, hätten Sie das schon oft tun können“, sagte sie aufgebracht.

„Das stimmt.“ Sein Blick richtete sich fest auf ihre Augen. „Aber vielleicht mag ich es ja, die Dinge zu verzögern. Vielleicht spinne ich ein Netz von Sicherheit um Sie herum, und dann ..."

„Vielleicht!" unterbrach Kristin ihn kalt. Doch dann ging das Temperament mit ihr durch. „Warum spielen Sie so mit mir?"

„Warum sollten Sie mir vertrauen?"

„Weil ich darüber nachgedacht habe. Und ich glaube einfach nicht, dass Sie ein Mörder sind. Das ist kein Grund für Sie, nicht wahr? Es gibt keinen vernünftigen Grund! Vertrauen entsteht nicht dadurch, dass man etwas weiß!" rief sie. „Ich spüre es einfach. Letzte Nacht hatte ich Angst! Sie wollten mir Angst einjagen, und das ist Ihnen auch gelungen. Aber dann habe ich gemerkt, dass ich mich gar nicht vor Ihnen fürchte. Und zwar nicht mehr, seit ich aufwachte und feststellte, dass ich sicher war. Sie waren ehrlich mit mir. Aber das ist auch nicht der wahre Grund. Ich vertraue Ihnen einfach, das ist alles. Ich glaube, dass Sie niemanden umbringen können."

Kristin brach erschöpft ab. Er schaute sie immer noch an, und sein Blick war gespannt. Sein Puls pochte deutlich in der Ader an seinem Hals. Sie fragte sich, ob er überhaupt Luft holte. Dann atmete er tief aus und schaute sie kurz von oben bis unten an.

„Ich habe niemanden ermordet. Reicht Ihnen das?"

„Was meinen Sie?"

„Wenn ich Ihnen nicht mehr sagen würde, würden Sie mir dennoch weiterhin vertrauen?"

Kristin schaute ihn finster an, nickte aber langsam. „Das habe ich Ihnen ja schon erklärt. Daran wird sich auch nichts ändern."

Sie reichte ihm den Kaffeebecher, den er fest umklammerte. Dann legte sie ihre Hand auf seine nackte Schulter und schob ihn von sich fort. Ihre Handfläche schien zu brennen, als sie zum Spülbecken ging. Aber Justin stand sofort neben ihr.

„Das mache ich", meinte er.

„Nein, ich will das machen", widersprach sie.

„Ich habe gesagt ..."

„Müssen wir uns immer über den Abwasch streiten?" fragte Kristin gereizt. Sie wollte nichts weiter, als Abstand zu ihm halten. Sie wollte sich nicht mit ihm streiten, weil das ihre Lust, ihn zu berühren, nur noch steigerte.

„Lassen Sie diesen verdammten Abwasch doch einen Moment stehen!"

„Einverstanden."

Sie musterten einander kampflustig.

„Was wollen Sie tun?" erkundigte sie sich.

Justin presste die Lippen zusammen. Er konnte ihr nicht sagen, dass er sich am liebsten auf sie stürzen und sie hier auf der Stelle lieben wollte. Nein, er hätte sie am liebsten geschüttelt. Er wollte herausfinden, ob sie ihre Worte über das Vertrauen wirklich ernst gemeint hatte. Und er wollte verzweifelt glauben, dass sein eigenes überwältigendes Verlangen, ihr zu vertrauen, kein Fehler war.

„Ich werde etwas Musik anmachen", sagte er.

„Das klingt gut", stimmte Kristin zu. „Während Sie die Musik auswählen, wasche ich kurz ab."

„Großartig."

Er verschwand, und wenig später hörte sie angenehme Musik über sich. Offenbar hatte er auch Lautsprecher in der Küche installiert. Sie stellte die letzten Teller in das Abtropfbecken und drehte sich um. Justin stand bereits wieder hinter ihr.

„Und was jetzt?" fragte er. Er wirkte angespannt wie eine Raubkatze. Kristin fühlte diese Spannung auch bei sich selbst.

Sie hob eine Hand. „Ich könnte mich wieder in Ihr Zimmer zurückziehen, wenn ich Ihnen im Weg bin."

„Wollen Sie sich einschließen?"

„Das habe ich nicht gemeint."

„Sie sind mir nicht im Weg."

„Dann ...",

„Wir könnten schwimmen gehen", schlug er leise vor.

„Ich habe keinen Badeanzug, selbst wenn ich an mein Gepäck käme. Schließlich habe ich nicht damit gerechnet, im Winter zu schwimmen." Justin schaute sie immer noch an. „Ich habe nichts zum Anziehen dabei."

„Das brauchen Sie auch nicht", begann er, verbesserte sich dann aber heiser: „Doch, das brauchen Sie."

„Wirklich, ich ..."

„Schach? Spielen Sie Schach?"

„Ja."

„Gut. Ich hole das Schachbrett und Sie den Kaffee."

Kristin trank den kalten Kaffee aus und ging in die Küche, um frischen zu holen. Dann trug sie die beiden Becher in das große Wohnzimmer, wo er das Schachbrett bereits auf dem kleinen Tisch vor dem Kamin aufgebaut hatte. Und vom Sofa hatte er zwei große Kissen geholt, gegen die sie sich lehnen konnten.

Justin gewann die Wahl der Farben und eröffnete die Partie. Kristin zog ebenfalls, und er konterte umgehend mit einem aggressiven Zug seines Springers.

Kristin war vorsichtiger, aber Justin schickte als Nächstes die Dame ins Gefecht. Wenn sie nicht langsam etwas für ihre Verteidigung tat, würde er sie schlagen, bevor sie überhaupt richtig angefangen hatten.

Er spielte sehr schnell. Zu schnell, entschied Kristin. Seine Schwäche lag in seiner Rastlosigkeit. Wenn sie ruhig blieb, konnte sie es schaffen.

„Sie denken nicht viel über Ihre Züge nach", meinte Kristin nach fünfzehn Minuten.

Justin schaute sie kurz an. „Ich habe eigentlich keine große Lust zu spielen", gestand er.

„Nun, wir müssen nicht spielen", sagte Kristin förmlich.

„Doch, das müssen wir", widersprach er. „Wir müssen etwas tun, was unsere Hände und unsere Gedanken ablenkt. Sie sind am Zug."

„Ich kann mich nicht konzentrieren, wenn Sie mich drängen", fauchte sie ihn an. Doch dann entdeckte sie eine Möglichkeit, seine Dame zu bedrohen. Es war ein sehr geschickter Zug, aber sie hatte ihn schon lange nicht mehr benutzt. Ihr Cousin Roger hatte ihn ihr beigebracht. Und Roger war der Einzige, mit dem sie sonst Schach spielte. Sie lächelte zufrieden und machte den Zug.

Wenigstens schaute Justin jetzt auf das Brett. Er lag ausgestreckt neben dem niedrigen Tisch und hatte sich auf einen Ellbogen gestützt. Das flackernde Kaminfeuer warf sinnliche Schatten auf seine nackte Brust.

Kristin hob den Frotteemantel von ihrem Nacken und biss sich auf die Unterlippe. Sie hätte schreien mögen. Was machte diesen Mann nur so unglaublich attraktiv? Sie wollte ebenfalls kein Schach mehr spielen. Die Musik interessierte sie auch nicht besonders, und das Geschirr war vollkommen unwichtig. Sie wollte etwas tun, um die wachsende Spannung in sich abzubauen, etwas gegen den unbändigen Drang unternehmen, die Hand auszustrecken und sein Gesicht zu berühren. Und diese Brust.

„Sie sind dran“, erinnerte er sie und schaute ihr direkt in die Augen. Dann wanderte sein Blick tiefer auf ihre Lippen und dann noch tiefer.

Sie beugte sich vor und machte ihren Zug, indem sie seine Dame schlug.

Verwirrt richtete er sich auf und starrte auf das Brett. Kristin befeuchtete die Lippen mit der Zunge, ohne Justin dabei anzusehen, und lächelte.

„Wo haben Sie diesen Zug gelernt?“ fragte er.

„Roger“, erwiderte sie und hob den Kopf. Die Art, wie er sie ansah, brachte sie dazu, rasch weiterzureden, obwohl sie ihm keinerlei Erklärung schuldete. „Mein Cousin Roger Doria hat mir Schach beigebracht. Er spielt ausgezeichnet, und wir kennen uns gut.“ Sie holte tief Luft, bevor sie nervös fortfuhr: „Ich bin ein Einzelkind, aber ich habe viele Cousins und Cousinen. Roger hat sozusagen die Rolle eines großen Bruders übernommen. Würden Sie mir bitte etwas sagen? Warum starren Sie mich so an?“

„Roger Doria!“ rief er.

Kristin nickte und fragte sich, wieso das bei Justin eine derartige Reaktion auslöste.

„Ihr Cousin ist Roger Doria?“ fragte er noch einmal.

„Ja.“ Sie nickte.

„Roger Doria aus Warwick, Massachusetts?"

„Ja", gab Kristin zurück. Der Blick, den er ihr zuwarf, verblüffte sie.

„Warum haben Sie mir das nicht erzählt?"

„Aber das habe ich doch! Ich habe von Anfang an gesagt, dass ich meinen Cousin besuchen wollte ..."

„Aber Sie haben nie erwähnt, wer er ist!"

„Sie haben mir nicht geglaubt, und Sie haben mich auch nicht gefragt", erinnerte sie ihn. Sie bebte beinah. Er war immer noch so gefühlsbetont ... so gespannt. ‚Was hat Roger ihm nur getan, dass die Erwähnung seines Namens eine solche Reaktion hervorruft?' überlegte sie ratios. Roger war nett, und seine Frau Sue ebenfalls. „Ich ... ich nehme an, Sie kennen meinen Cousin?"

Einen Moment lang glaubte sie, er würde das Schachbrett durch die Luft werfen. Dann begann er laut zu lachen. „Allerdings kenne ich Roger."

„Hat er Ihnen etwas getan? Stimmt etwas nicht mit Roger?" Sie wurde von Minute zu Minute verwirrter.

Justin schüttelte den Kopf. Sie hatte seine Augen noch nie so leuchtend und seine Miene so gelöst gesehen. „Oh nein, ich mag die beiden."

Kristin schaute ihn an, als habe er jetzt endgültig den Verstand verloren. Und dann verstand sie plötzlich: Jetzt hatte Justin endlich den Beweis dafür, dass sie nicht log. Sie stieß verärgert die Luft aus. „Ach so, das ist es."

„Was ist was?"

„Sie sind jetzt endlich bereit, mir zu glauben, Sie Scheusal!"

„Ja, ich glaube Ihnen. Jetzt kann ich Ihnen tatsächlich glauben. Was ist daran so furchtbar? Sie haben mir endlich etwas gesagt, was ich glauben kann ..."

Kristin schüttelte den Kopf. Ihre plötzliche Wut wunderte sie selbst. „Aber Sie haben mir bisher noch keine schlagenden Beweise geliefert, Mr. Magnasun. Ich habe Sie beobachtet und meine eigenen Schlüsse gezogen. Bis jetzt haben Sie mir nicht eine Minute vertraut.

Sie haben gedacht, ich wäre wegen irgendeiner sensationellen Geschichte hinter Ihnen her. Sie haben nicht geglaubt ..."

„Nun übertreiben Sie aber! Immerhin habe ich an meiner Meinung gezweifelt, und ich wollte ..."

„Das haben Sie nicht!"

Ihr Zorn amüsierte ihn anscheinend. Sein Lachen war sehr locker und charmant. „Ehrlich. Ich habe gezweifelt. Es ist einfach nur schön zu wissen, dass Roger Ihr Cousin ist."

„Ich habe Ihnen vertraut!"

„Nun", sagte er leise. „Vielleicht haben Sie noch nicht so viel erlebt wie ich."

Kristin schaute wieder auf das Schachbrett. Ihre Gefühle drohten sie zu überwältigen. Dann zog sie rasch. „Schach!"

Justin konterte, und Kristin spielte jetzt selbst hektisch. Sie konnte es nicht ertragen, neben Justin zu sitzen, während er so gelassen blieb. Seine Gegenwart ließ ihr heiß werden, und sie ärgerte sich.

Sie wollte vor ihm weglaufen, und gleichzeitig wollte sie näher bei ihm sein. Nachdem er einen ihrer Bauern geschlagen hatte, blickte sie auf das Schachbrett. „Okay, Sie haben gewonnen."

„Ich habe noch nicht schachmatt gesagt."

„Es ist ein albernes Spiel, und Sie haben gewonnen."

Justin schaute sie schmunzelnd an. „Wirklich?"

Sie wusste selbst, dass sie noch einen Zug hatte, aber der half ihr auch nichts mehr. Sie konnte sich einfach nicht konzentrieren, wenn Justin sie beobachtete. Und sie konnte den Blick einfach nicht von seiner nackten Brust abwenden, die von dem Feuerschein in bronzenes Licht getaucht wurde.

„Jetzt sind Sie schachmatt", erklärte er schließlich selbstzufrieden.

„So ist es."

„Möchten Sie eine Revanche?" erkundigte er sich. Seine Augen strahlten hell, und seine Haut schimmerte verführerisch.

„Nein." Sie konnte seine Wärme fast spüren. Auch wenn er sie nicht berührte, schien er ihr nah zu sein. Er musterte sie eindringlich. „Möchten Sie einen Film sehen?"

„Nein."

Justin lächelte wehmütig. Das Blau seiner Augen wurde noch intensiver. „Möchten Sie mit mir schlafen?"

Kristin hielt verblüfft die Luft an. Wie konnte er so etwas Verrücktes mit einer derartigen Gelassenheit aussprechen? Aber es hatte schon lange in der Luft gelegen, schon vom ersten Moment an.

Er lächelte immer noch wehmütig, aber sein Blick war angespannt. Das Feuer knackte und knisterte.

‚Du kannst ablehnen', dachte sie. ‚Es ist ganz einfach. Du brauchst nur die Wahrheit zu sagen.' Aber sie wollte mit ihm schlafen. Es war ganz genau das, was sie wollte.

Justin schob das Schachbrett weg und stand auf. Er ging um den Tisch herum und trat hinter Kristin, ohne sie aus den Augen zu lassen. Seine Bewegungen waren so geschmeidig wie die einer großen Raubkatze. Er legte die Hände auf Kristins Schultern, während er neben ihr niederkniete und das Gesicht in ihrem Haar verbarg. Sie fühlte die federleichte Berührung seiner Lippen an ihrem Ohrläppchen.

„Es ist nur eine Frage", raunte er. „Sie können Nein sagen."

Sag Nein, flehte eine Stimme in ihrem Inneren. Du kennst ihn kaum, und man hat ihn des Mordes beschuldigt. Aber sie vertraute ihm trotz allem. Es war eben Intuition. Und Verlangen ...

Justin tupfte winzige heiße Küsse auf ihren Nacken und ihr Ohr, bevor er mit den Lippen wieder ihren Hals entlangglitt. Kristin blieb still sitzen, während wundervolle Empfindungen in ihr hochstiegen. Seine Berührungen lösten ein süßes Feuer in ihrem Inneren aus, das von den Stellen, an denen er sie küsste, ausging und langsam ihren ganzen Körper erfasste.

„Kristin ...?" flüsterte er. Seine Stimme klang heiser und rau und ließ sie erbeben.

Sie drehte sich zu ihm um und schlang die Arme um seinen Hals. „Ja!" sagte sie. „Das ist genau das, was ich jetzt gern tun würde. Ganz genau das."

Justin küsste sie, und die Spannung, die sich schon den ganzen

Morgen zwischen ihnen aufgebaut hatte, entlud sich in diesem Kuss. Er schien eine zentnerschwere Last von ihr zu nehmen, während er gleichzeitig alle möglichen Empfindungen in ihr weckte.

Kristin hatte noch nie einen Mann wie Justin getroffen, war noch nie jemandem wie ihm so nahe gewesen. Die Intensität seiner Leidenschaft war fremd für sie und erzeugte in ihr ein Gefühl, das schnell immer stärker wurde.

Und dabei küsste er sie nur. Er drang mit der Zunge tief in ihren Mund ein, und erstaunt spürte sie, wie die Hitze in ihrem Inneren sich noch steigerte. Er unterbrach den Kuss, um dann erneut seine Lippen auf die ihren zu pressen. Mit der Zunge zeichnete er die Konturen ihrer Lippen nach, spielte dann mit ihrer Zunge, streichelte und umschmeichelte sie, um sie im nächsten Moment wieder fordernd zu bestürmen.

Der Morgenmantel war Kristin von den Schultern gerutscht, und Justin küsste ihre nackte Haut, wo er sie erreichen konnte. Der Stoff glitt immer tiefer herunter, und Kristin fühlte seine nackte Haut auf ihrer. Es durchrieselte sie gleichzeitig kalt und heiß. Sie presste ihrerseits den Mund gegen die pochende Ader an seinem Hals und reizte sie mit der Zunge.

Schließlich fiel der Mantel raschelnd zu Boden, und Justin nahm sie in die Arme, während er sie anschaute.

„Lass uns hinaufgehen“, murmelte er. „Ich möchte beim ersten Mal nicht auf dem Boden mit dir schlafen.“

Sie lächelte insgeheim über seine Rücksichtnahme. „Das würde mir nichts ausmachen“, meinte sie.

„Aber mir“, erwiderte er.

Vielleicht machte es wirklich einen Unterschied. Sie schmiegte sich an ihn, während er sie die Treppe hinauftrug, und schaute ihm in die blauen Augen.

Kristin sagte sich, dass sie ihm vielleicht besser nicht vertrauen sollte, aber sie tat es. Und sie wusste auch, dass sie Recht hatte. Es war einfach eine Ahnung ...

Ebenso sicher war sie, dass es richtig war, mit ihm zu schlafen. Justin konnte zwar barsch und rüde sein, aber ebenso unfehlbar wusste sie, dass er auch zärtlich sein konnte. Und sie begehrte ihn. Sie war so fasziniert von diesem Mann, dass sie alles von ihm kennen lernen wollte.

Sie erreichten das Schlafzimmer. Justin betrat es und ließ Kristin sanft auf das Bett heruntergleiten. Die kühle Glätte der schwarzseidenen Laken war jetzt noch aufreizender auf ihrer Haut und erregte Kristin noch mehr.

Sie hörte das Geräusch des Reißverschlusses, als Justin sich seiner Jeans entledigte. Im nächsten Moment lag er neben ihr. Aufstöhnend zog er sie in seine Arme, und sie rollten beide aneinander geschmiegt über das Bett. Er bedeckte ihre Lippen erneut mit seinem Mund und entfachte so ein Feuer in Kristin, das durch ihren Körper bis zu ihren Schenkeln strömte.

Justin presste sich gegen Kristin und verflocht seine Finger mit ihren. Sie glaubte, in einem Meer aus schwarzer Seide zu versinken. Seine Brust rieb sich gegen ihre Brüste, und seine Hüften drängten gegen ihre.

Justin küsste sie unablässig, so, als ob er nicht genug von dem Geschmack ihrer Lippen bekommen könnte. Schließlich löste er den Mund von ihrem, um Atem zu schöpfen und sie liebevoll zu betrachten. Mit der Fingerspitze berührte er zärtlich ihre Wangen und fuhr dann über ihren Hals und ihre Schultern. Sanft strich er über die Wölbung ihrer Brüste.

Kristin holte tief Luft. Sie spürte die Reaktion auf diese Liebkosung tief in ihrem Inneren, spürte, wie ihre Brustspitzen sich verhärteten. Die Kreise, die Justins Finger zeichnete, wurden immer enger und aufreizender. Mit der Zungenspitze massierte er sanft die rosigen Knospen, bevor er sie schließlich ganz in den Mund nahm.

Kristin flüsterte seinen Namen und vergrub tief aufseufzend ihre Finger in seinem Haar. Die Empfindungen waren so unglaublich erregend, so süß ...

Sie wusste nicht, ob sie ihn von sich wegschob oder ihn dichter zu sich heranzog. Aber das machte auch keinen Unterschied. Justin ging nicht weg, aber er ließ sich auch nicht hetzen. Mit Mund und Zunge liebkoste er sie langsam, ausgiebig, ja, beinahe andächtig, bis Kristin das Gefühl hatte, schreien zu müssen. Gleichzeitig streichelte er ihre schmale Taille, ihre Hüften, die empfindsamen Innenseiten ihrer Arme. Seine Hände schienen überall und nirgends zu sein.

Beinahe zögernd glitt er tiefer, sehr viel tiefer. Über ihren flachen Bauch hinunter bis zu dem dunklen Dreieck zwischen ihren Schenkeln. Seine Zärtlichkeiten wurden immer intimer.

Plötzlich drang sein Finger in sie ein. Kristin stieß überrascht die Luft aus, als sie ihn in sich spürte. Die Stärke dieses Gefühls überwältigte sie fast.

Justin bewegte rhythmisch seine Hand, während er ihre Brüste mit immer stärkerem Verlangen küsste.

Kristin flüsterte jetzt nicht mehr seinen Namen. Sie schrie ihn förmlich heraus, und unvermittelt legte Justin sich auf sie. Sein Blick hielt ihren gefangen. Er war leidenschaftlich und fordernd, und vielleicht immer noch ein wenig fragend ...

Er lag nun vollkommen auf ihr und murmelte ihren Namen. Aufstöhnend küsste er die samtweiche Haut ihres Halses.

Kristin umschlang ihn mit beiden Armen und zog ihn fest an sich. „Bitte“, flüsterte sie und fuhr mit den Fingern wieder in sein Haar und glitt dann über seinen Rücken. Er fühlte sich gut an, und sie wollte ihn einfach nur anfassen.

Erneut strich Justin über ihren Körper, diesmal mit der flachen Hand. Er berührte ihre intimste Stelle und streichelte sie dort zärtlich. Schließlich drang er in sie ein, ohne den Blick von ihr abzuwenden. Langsam, vorsichtig. Kristin erzitterte, als sie seine Berührung fühlte, und dann erbebte auch Justin, während er sich bewegte und tiefer in sie hineinglitt.

Kristin nahm plötzlich nichts anderes mehr wahr als nur noch seine Stärke und das Gefühl, ihn ganz in sich zu spüren.

Sie seufzte leise auf, als er begann, sich langsam und rhythmisch auf ihr zu bewegen. All ihre Sinne waren lebendig und auf Justin konzentriert, auf das Gewicht seines Körpers auf ihrem. Die Welt war davon ausgeschlossen.

Schließlich schrie Kristin laut auf und umklammerte ihn fester, zog ihn zu sich herab. Mit dem Mund und der Zunge liebkoste sie sein Ohrläppchen und massierte seinen Nacken. Sie biss leicht in seine Schulter, küsste die Stelle anschließend, schmiegte sich an ihn und gab sich schließlich dem fiebernden Rhythmus hin, der so alt war wie die Menschheit.

Sie rollten über die seidenen Laken, und schauten sich dabei in die Augen, doch plötzlich konnte Kristin nichts anderes mehr tun, als nur noch Justins Blick zu erwidern. Die Spannung ließ ihren Körper in wilde Zuckungen verfallen, und der Raum schien sich um Kristin zu drehen. Das Verlangen in ihrem Inneren steigerte sich ins Unermessliche. Es war herrlich und angsteinflößend zugleich. Sie sehnte sich verzweifelt danach, Erlösung zu finden. Sie rief laut seinen Namen. Justin packte ihre Hände und presste sie auf das Bett, während seine Stöße immer tiefer und heftiger wurden.

Kristin schrie auf, als sie fühlte, wie er in ihr zu explodieren schien. Diese Berührung löste in ihr selbst den Gipfel der Leidenschaft aus, der wie eine feurige Woge über sie hinwegrollte. Wundervolle Gefühle überschwemmten sie und hüllten sie ein. Dann schien sich Schwärze um sie herum auszubreiten.

Sie schloss die Augen, während die Nachwirkungen ihres Höhepunktes sie in kleinen Wellen der Lust durchströmten. Ermattet sank Justin in die Kissen, und Kristin erbebte erneut, als er sich von ihr trennte.

Justin legte sich neben sie, und Kristin öffnete die Augen. Es war immer noch alles schwarz. Es war eine Welt aus schwarzer Seide. Dieses Gefühl würde sie niemals vergessen.

Justin berührte ihr Kinn, und sie schaute ihn an. Er beugte sich zu ihr herüber und berührte leicht und zärtlich ihre Lippen mit seinem Mund. Mit einem viel sagenden Schmunzeln betrachtete er ihre schlanke Gestalt. „Das war wesentlich besser als eine Partie Schach.“

Als sie errötete, lachte er leise und küsste sie.

„Justin ...“ begann sie, doch er unterbrach sie.

„Ich habe dir noch nicht erzählt, dass du eine außergewöhnlich wundervolle Frau bist, nicht wahr?"

Sie lächelte und senkte den Blick. Justin war ein ebenso außergewöhnlicher Gastgeber. Selbst hier versuchte er noch, es ihr so behaglich wie möglich zu machen. Allerdings fühlte sie sich keineswegs unwohl. Schließlich war sie ihm freiwillig gefolgt und hatte jede Sekunde genossen.

Justin musterte sie eindringlich. „Ich meine, du siehst wirklich hinreißend auf schwarzer Seide aus", erklärte er mit belegter Stimme.

„Dir steht schwarze Seide ebenfalls", erwiderte sie. Sie streckte eine Hand aus, um ihn zu berühren. Es gab so viel, was sie an ihm mochte. Seine Brust, zum Beispiel.

Dieser großartige Brustkorb mit den dunklen Haaren, den festen Muskeln und dem erregenden Umfang. Oder seine Beine mit den durchtrainierten Schenkeln und Waden. Sie liebte ebenfalls seine Hände. Er hatte lange schlanke Finger, und Kristin wusste, wie erfahren und kühn sie sein konnten.

Sie lächelte verführerisch. „Deine Augen heben sich wundervoll gegen schwarze Seide ab."

„Wirklich?" fragte er ironisch.

„Wirklich."

„Du bist eine unglaubliche Frau."

Kristin spürte, dass es ihm ernst war. Es klang aufrichtig, und sie merkte auch, dass ihr das sehr viel bedeutete.

„Sagst du das ... oft?" Sie hatte diese Frage beiläufig gestellt. Schließlich hatte sie nicht nach irgendwelchen Versprechen gefragt. Und er auch nicht. Sie hatten einfach nur das Bedürfnis gehabt, sich näher zu kommen.

‚Aber je näher wir uns kommen', dachte Kristin, ‚desto wichtiger scheint es zu werden.'

„Ich habe das noch nie zu jemandem gesagt", antwortete Justin.

„Nie?" flüsterte sie.

„Nie", wiederholte er.

Er hob ihre Hand an seine Lippen und küsste ihre Fingerspitzen.

Dann nahm er nacheinander die Spitze eines jeden Fingers in den Mund und streichelte ihn mit der Zunge. Kristin hielt den Atem an und drängte sich ihm unwillkürlich entgegen.

„Gib es zu", forderte er sie auf, „das war viel besser als Schach."

„Es war viel besser als Schach", stimmte sie zu.

„Gut", meinte er. Dann ließ er sich langsam auf sie herabsinken. „Möchtest du noch eine Partie?"

„Schach?"

Er antwortete ihr nicht, aber Kristin wusste natürlich genau, dass er etwas ganz anderes gemeint hatte. Dann küsste er sie, und das leidenschaftliche Spiel begann erneut.

5. KAPITEL

Am nächsten Morgen fiel endgültig der Strom aus. Justin hatte ein kleines batteriebetriebenes Fernsehgerät, sodass sie wenigstens die neuesten Nachrichten über den Sturm verfolgen konnten. In New England war alles zum Erliegen gekommen, als der Blizzard eingesetzt hatte.

„Es wird noch Tage dauern, bis du hier wegkannst", stellte Justin zufrieden fest.

Kristin lachte. Sie freute sich ebenfalls darüber, denn hier schien sie einen kleinen Flecken vom Paradies gefunden zu haben. Dabei saß sie hier mit einem Mann fest, der am Anfang wild entschlossen gewesen war, sie um jeden Preis loszuwerden.

Es ist ein Paradies für Verrückte, sagte sie sich. In ihrem ganzen Leben hatte sie noch nie jemandem so bereitwillig vertraut. Sie war noch nie einem Mann, geschweige denn einem Fremden, so sehr verfallen. Aber sie wollte darüber jetzt nicht nachgrübeln. Sie wollte an nichts anderes denken als an die Beziehung, die sie beide hatten. Kristin hatte sich noch nie zuvor so gefühlt, sie war auch noch nie in einer ähnlichen Situation gewesen. Hier waren sie völlig isoliert von der Außenwelt, und dadurch schienen einige Dinge selbstverständlich zu sein.

Sie hatten beide geschlafen, waren aufgewacht, zusammen in den Whirlpool gestiegen, hatten geplaudert und sich erneut geliebt. Dann war Justin hungrig geworden, aber sie hatten beide keine Energie gehabt, etwas zu kochen. Deshalb hatten sie Früchte und Käse vor dem Kamin im Wohnzimmer gegessen. Und dort hatten sie sich erneut geliebt, nachdem Kristin Justin deshalb geneckt hatte, dass er das vorher nicht hatte machen wollen.

„Das galt nur für das erste Mal", hatte er lachend erklärt. „Jetzt steht uns das ganze Haus zur Verfügung."

Danach waren sie wieder ins Schlafzimmer gegangen und waren auf den Seidenlaken eingeschlafen. Als Kristin später aufgewacht war, hatte Justin sie beobachtet. Er hatte mit dem Finger zärtlich kleine Muster um ihre Lippen gezogen und hatte sie gefragt, wie sie lebte. Kristin erinnerte sich noch sehr genau an dieses Gespräch.

„Du warst nie verheiratet? Das ist kaum zu glauben. Irgendein junger Mann muss doch versucht haben, dich einzufangen."

Sie lächelte, aber ihr war nicht ganz wohl bei seinen Worten. „Ich war verheiratet. Drei Jahre lang, aber das kommt mir schon wie eine Ewigkeit vor." Sie erzählte ihm, dass sie noch viel zu jung zum Heiraten gewesen war. Und dann hatte sie ihren Mann mit einer anderen Frau erwischt. Sie hatte das Haus verlassen und war nie wieder zurückgekommen.

„Ich bin zu meiner Mutter zurückgegangen", berichtete sie. „Meine Eltern waren großartig. Sie haben mir keine Fragen gestellt, sondern mir einfach nur Platz zum Bleiben angeboten."

„Hast du nie mit deinem Ehemann darüber geredet?"

Sie schüttelte den Kopf. „Ich war zutiefst verletzt, da gab es nichts zu bereden. Ich hätte ihm nie wieder vertraut, und dann ist eine glückliche Beziehung nicht möglich."

„Aber du vertraust mir", sagte er leise.

Kristin schaute ihn aufmerksam an. „Ich wollte nie die ganze Welt verurteilen, nur weil ich einen Betrüger gekannt habe. Inzwischen habe ich wesentlich mehr zuverlässige und vertrauenswürdige Menschen kennen gelernt."

„Nun“, erwiderte Justin bitter, „diese Erfahrung habe ich nicht gemacht.“

„Du scheinst niemandem zu trauen.“

„Die Menschen kümmern sich nur um sich selbst. Vor allem Frauen und ... Reporter.“

Kristin hatte ein schlechtes Gewissen. Sie musste ihm die Wahrheit über sich erzählen, aber sie brauchte die passende Gelegenheit dafür. Jetzt konnte sie es nicht sagen. Er war momentan zu verbittert.

‚Aber du hast ihm doch vertraut!‘ sagte sie sich. ‚Obwohl du eigentlich Angst vor ihm hättest haben müssen, und obwohl das, was er von sich erzählt hatte, sehr zum Fürchten war.‘

Gegen alle Vernunft hatte sie ihm vertraut, und sie wünschte sich, dass das umgekehrt auch so wäre.

Dann hatte Justin ihr gesagt, dass sie vielleicht ein wenig zu vertrauensselig wäre, aber Kristin hatte protestiert.

„Ich bin zwar vertrauensvoll, aber ich traue nicht jedem.“

„Du hast mir vertraut. Nachdem ich dich fast mit einer Schaufel erschossen hätte.“

Kristin hatte gelächelt. „Ich vertraue dir“, hatte sie schlicht erwidert.

„Du hast schon einmal einen Fehler gemacht.“

„Meine Instinkte sind seitdem besser geworden.“

Da hatte Justin gelächelt und sie in die Arme genommen.

Und jetzt, am nächsten Morgen, fühlte Kristin sich immer noch wie in den Flitterwochen. Sie hatten ihr Frühstück beendet und saßen jetzt auf dem Sofa und beobachteten das Feuer im Kamin. In silbernen Leuchtern brannten Kerzen, während draußen der Himmel immer noch dunkel war. Zeit hatte wenig Bedeutung für sie, denn hier drinnen waren sie geborgen.

Kristin stellte ihre Tasse ab und lehnte den Kopf gegen Justins Schulter. ‚Ich will gar nicht fort‘, gestand sie sich selbst ein. ‚Ich will für immer bei ihm bleiben.‘

Und dabei wusste sie so gut wie nichts von ihm.

Justin bewegte sich und schaute ihr in die Augen. „Du hast mir immer noch keine Fragen gestellt", sagte er.

„Ich werde nicht riskieren, dass du mir den Kopf abreißt und mich in den Schnee wirfst."

„Denkst du noch, dass ich das tun würde?"

„Ja!" behauptete sie.

„Anscheinend hast du dich mir wirklich anvertraut", meinte er. „Und das nach alldem."

Sie nickte und lächelte, doch dann wurde sie schnell wieder ernst. „Ich weiß nicht, was passiert ist, aber es muss wirklich furchtbar für dich gewesen sein. Was ist geschehen, und warum hat man dich beschuldigt?"

Er schaute sie lange an. „Du weißt wirklich nicht, wer ich bin?"

Kristin schüttelte den Kopf. „Bist du nicht Justin Magnasun?"

„Doch, der bin ich", erwiderte er gereizt. „Aber in der Theaterwelt kennt man mich unter einem anderen Namen. Jon Mountjoy."

Sie stieß die Luft aus und sah ihn zunächst ungläubig, dann verstehend an. Jon Mountjoy ...

Sie kannte zwar nicht die Einzelheiten, aber sie wusste alles über den Skandal. Er war wegen Mordes an seiner Ehefrau, Myra Beaufort, verhaftet worden. Sie war ein wunderschöner und sehr lebenshungriger Film- und Bühnenstar gewesen. Und der Mord war hier, in diesem Haus passiert. Man hatte Justin verdächtigt, sie hier umgebracht zu haben.

„Oh mein Gott!" stieß Kristin hervor.

„Vertraust du mir immer noch?" fragte er spöttisch.

„Ja, das tue ich."

„Es fällt mir sehr schwer, das zu glauben", murmelte er.

Kristin schüttelte den Kopf. Eine überwältigende Zärtlichkeit durchströmte sie. „Das ist nicht schwer", gab sie leise zurück.

„Ich bin ziemlich schwer enttäuscht worden."

„Ich auch."

Er schüttelte den Kopf, während er sie scharf beobachtete. „Nicht so wie ich", versicherte er ihr.

Jon Mountjoy ... wiederholte Kristin im Stillen. Wenn sie auch nur den geringsten Gedanken daran verschwendet hätte, hätte sie ihn erkennen müssen. Sein Bild war oft genug in den Zeitungen gewesen. Seine Theaterstücke waren ausnahmslos Erfolge, und die Kritiker hatten sich vor Lob beinah überschlagen.

Auf den meisten Fotos hatte er das Gesicht abgewandt, weil er das Licht der Öffentlichkeit anscheinend scheute. Und bei Premieren war er immer im Smoking erschienen.

Niemals in Jeans und Flanellhemd. Oder nackt.

Kristin hatte angenommen, dass Jon Mountjoy älter sein musste. Sie erinnerte sich, dass sie ihn kurz bei der Berichterstattung zu dem Mordprozess gesehen hatte. Er hatte in den Medien nie auch nur den kleinsten Kommentar abgegeben, was einige Reporter anscheinend so geärgert hatte, dass sie sehr nachteilig über ihn berichtet hatten. Und gleichzeitig hatte die Presse Myra Beaufort so makellos dargestellt, wie kein lebender Mensch sein konnte. Aber sie ist wirklich hinreißend gewesen, erinnerte Kristin sich.

„Ich kann deinen Verstand arbeiten hören, Miss Kennedy“, unterbrach Justin Kristins Gedanken. Er trug wieder kein Hemd, sondern nur Jeans, und lehnte sich bequem auf dem Sofa zurück. Die bloßen Füße hatte er auf die Sitzfläche gelegt und die Hände zwischen den Knien gefaltet.

Seine Haut wirkte wie Bronze in dem Licht des Feuers, und die Schatten der Flammen tauchten sein Gesicht in Dunkelheit. Er wirkte so, als fühle er sich wohl, aber Kristin ahnte, dass er äußerst angespannt war. Er war misstrauisch und wartete darauf, wie sie reagierte.

„Kennst du den Namen?“

Sie nickte. „Natürlich. Ich liebe deine Stücke. ‚Mitternacht und Spitzen‘ war mein Lieblingsstück. Leider habe ich ‚Snowfire‘ nie ...“ Sie brach ab. „Schneefeuer“ war gerade angelaufen, als Myra Beaufort ermordet worden war. Sie war die Hauptdarstellerin gewesen, und das Stück war nach ihrem Tod abgesetzt worden.

Justin lächelte bitter, und Kristin ärgerte sich, weil sie so unbedacht reagiert hatte.

„Mich interessiert nicht, was du über meine Arbeit denkst", sagte er trocken. „Außerdem bin ich sicher, dass mein Name durch den Skandal bekannter geworden ist als durch die Theaterstücke."

Kristin schüttelte empört den Kopf. „Ich hätte mich an deinen Namen in jedem Fall erinnert."

Justin stand auf und lief wie ein gefangenes Raubtier im Zimmer auf und ab. Schließlich ging er zum Kamin hinüber, stützte sich auf dem Granitsims ab und starrte in die Flammen. „Du liebst das Theater?" fragte er scheinbar gelassen.

„Ja", sagte sie schlicht.

Er wirbelte herum. „Du hast keine Angst, nicht wahr? Tatsächlich nicht. Man nimmt an, dass ich sie mit einem Schal und meinen bloßen Händen erwürgt hätte!"

Kristin schaute ihn ruhig an. „Du bist von der Mordanklage freigesprochen worden."

„Wegen Mangels an Beweisen. Das genügt den meisten Menschen nicht."

Kristin machte eine wegwerfende Handbewegung. „Das alles ist vier Jahre her ..."

„Fünf", verbesserte er.

„Was macht das für einen Unterschied?" fuhr sie ihn an. „Du hast gesagt, du warst es nicht."

„Glaubst du mir so einfach?"

‚Glaube ich ihm wirklich so einfach?' fragte Kristin sich selbst. Ja. Sie hatte es getan, seit sie hier war. Sie war nackt und verwirrt in einem fremden Bett aufgewacht, und sie hatte ihm geglaubt. Sie glaubte an ihn.

Dennoch überlief es sie eiskalt. Sie war hier im Schnee in einem Haus mit einem Mann eingeschlossen, der angeblich seine Frau mit bloßen Händen erwürgt hatte. Er hatte kräftige Hände. Kristin wusste es, denn sie hatte sie oft genug gefühlt. Sie kannte sie genau. Schöne Hände mit langen, schlanken Fingern. Sie waren sehr stark.

Aber Justin war kein Mörder, davon war sie überzeugt. Gelassen schaute sie ihn an. „Willst du mir erzählen, was damals vor fünf Jahren passiert ist?"

Er lächelte grimmig. „Sicher. So lange du nichts darüber schreibst."

Natürlich nicht, dachte sie. Aber erneut überfiel sie ein plötzliches Gefühl von Schuld, und sie musste sich zwingen, weiterzulächeln. ‚Du musst ihm die Wahrheit über dich gestehen', ermahnte sie sich. Sie hätte es schon längst tun sollen, aber jetzt ging es nicht. „Ich ... ich habe dir immerhin auch mein Herz ausgeschüttet", meinte sie schließlich leichthin.

Justin schwieg einen Moment. „Ich weiß nicht, ob man das mit einem Mord vergleichen kann", antwortete er dann barsch.

„Meinst du, dass mein Leben nicht so wichtig ist wie deins?" fuhr sie ihn an. „Dein Selbstbewusstsein ist wirklich beachtlich." Kristin war plötzlich sehr nervös und darauf bedacht, sich von ihm fern zu halten. Sie wusste, dass sein Temperament jederzeit mit ihm durchgehen konnte, ganz gleich, wie ruhig sie jetzt redeten. Und sie konnte nirgendwohin fliehen, außer in den Schnee. Sie fühlte sich verletzt und unbehaglich.

‚Und wenn er erst herausbekommt, welchen Beruf ich habe ...' dachte sie. Würde er ihr glauben, dass das nur ein Zufall war? Dass sie wirklich nicht diese Skandalreporterin war?

„Lass es!" fauchte sie wütend. „Erzähl mir nichts. Ich will es gar nicht wissen!" Sie sprang auf und wirbelte herum, obwohl sie keine Ahnung hatte, wohin sie sich wenden sollte. Im Moment war es einfach nur wichtig, dass sie von ihm fort kam.

„Kristin!"

Sie blieb nicht stehen, sondern lief auf die Treppe zu, während sein Bademantel ihr um die Knie schlug.

Doch am Fuß der Treppe hatte Justin sie eingeholt und drehte sie zu sich herum. „Ich habe dir gesagt ..."

„Nein!" Sie schaute nur auf seine Hand, ohne sich überhaupt zu bemühen, vor ihm zurückzuweichen.

„Verdammt, dann ...!"

„Ich will einfach nicht in deiner Nähe sein!" rief sie.

Der Griff seiner Hand wurde fester. Kristin konnte ihm nicht entrinnen, solange er es nicht wollte. Aber er ließ sie los.

Kristin drehte sich um und eilte die Treppe hinauf in Justins Schlafzimmer. Minutenlang saß sie zusammengekauert auf dem Bett und schaute in das Feuer. Dann ließ sie sich auf die Laken zurückgleiten. Jon Mountjoy, dachte sie und erschauerte.

Er hatte nicht übertrieben. Es war die größte Story des Monats. Vielleicht sogar die Geschichte des Jahres. Denn das Stück „Snowfire" wurde gerade am Broadway neu aufgeführt. Sie schloss die Augen und versuchte, sich an das genaue Datum der Premiere zu erinnern. Irgendwann vor Weihnachten. In den Fachzeitschriften wurden neben der Vorankündigung auch kurze Erinnerungen an Myra Beaufort veröffentlicht, an die wundervolle Myra, die in der Blüte ihrer Jahre dahingerafft worden war ...

Kristin musste zugeben, dass Myra wunderschön gewesen war. Sie war groß, schlank und blond gewesen und hatte große blaue Augen gehabt. Myra und Justin waren maßlos ineinander verliebt gewesen. Jedenfalls am Anfang, schränkte Kristin ein. Schließlich hatten sie sich getrennt, und zwar kurz vor der Uraufführung von „Snowfire".

Kristin erschauerte und zog den Mantel fester um sich. Dann stand sie auf, wärmte sich die Hände am Feuer und ging anschließend zu dem großen Spiegel. Sie betrachtete ihr Spiegelbild. Ihre grauen Augen wurden von schwarzen Wimpern eingerahmt, und ihr schmales Gesicht von dichtem dunklem Haar. Sie trug kein Make-up. Konnte sie sich mit Myra Beaufort messen?

‚Du musst tatsächlich verrückt sein, wenn du jetzt auch noch eifersüchtig auf einen Geist bist', dachte sie. Plötzlich ergriff sie eine innere Unruhe, und sie begann, ruhelos in dem Zimmer auf und ab zu gehen. ‚Warum bist du hier?' fragte sie sich.

Vielleicht hatte sie Angst, jetzt, wo sie wusste, wer er war. Wie würde er reagieren, wenn er erst die Wahrheit über sie herausfand? Er hatte ihr als Mensch vertraut. Vielleicht schaffte sie es, es ihm verständlich zu machen.

„Kristin!" Die Schlafzimmertür wurde geöffnet, und Justin stand im Raum. Er hatte die Hände zu Fäusten geballt, und seine Anspannung war an den hervortretenden Muskeln an seinem Hals deutlich sichtbar.

„Kristin", wiederholte er, diesmal etwas leiser.

Sie schaute zu ihm hinüber, sprang auf und lief auf ihn zu, um sich in seine Arme zu schmiegen. Ich liebe dich ...

Die Worte lagen ihr auf der Zunge, als sie ihn umarmte und das Gefühl seines Körpers an ihrem genoss. Aber sie konnte sie nicht laut aussprechen. Noch kannte sie ihn nicht gut genug.

Justin hob Kristin vom Boden hoch und hielt sie fest. Dann ließ er sie langsam wieder herunter auf ihre Füße. „Wenn du Angst vor mir hast, wenn du dich jemals vor mir fürchten solltest, dann werde ich dich allein lassen", stieß er rau hervor.

„Ich habe keine Angst."

„Warum bist du dann ...?"

„Ich habe mein ganzes Leben vor dir ausgebreitet", meinte sie, „und du hast das auf die leichte Schulter genommen."

Er lächelte bedauernd. „Ich habe nie behauptet, dass dein Leben auch nur einen Hauch weniger wichtig ist als meins. Aber das Bekenntnis einer gescheiterten Ehe ist nicht dasselbe wie der Verdacht, ein Mörder zu sein."

„Du hast aber nicht zugegeben, dass du ein Mörder bist."

„Glaubst du mir, dass ich sie nicht umgebracht habe?"

Sie lächelte. „Das weiß ich."

„Woher?"

„Ich vertraue dir."

„Du hast Recht. Ich habe Myra nicht getötet. Willst du die ganze Geschichte hören?"

„Nur, wenn du sie mir erzählen willst."

„Ich glaube, das will ich", meinte er leise. „Kristin, ich kann nichts dafür, entschuldige. Ich hasse einfach alle Reporter. Und bis du Roger erwähnt hast ... Nun, ich kann niemandem nur auf meinen Instinkt hin vertrauen. Das habe ich noch nie gekonnt. Ich habe gedacht, dass du die Reporterin wärst, mit der ich telefoniert habe, und die so entschlossen war, mich zu sehen.“ Er seufzte. „Kristin, als ich freigesprochen wurde, bin ich hier jeden Tag von der Presse belagert worden. Ich hatte meine Wohnung in Manhattan aufgegeben und bin ganz hierher gezogen. Deshalb sind sie mir alle aufs Land gefolgt. Einer dieser Journalisten war so wild auf die Geschichte, dass er meinen Hund dabei überfahren hat.“ Der Blick seiner Augen war stahlhart, aber Kristin bemerkte den Schmerz, der sich dahinter verbarg. „Nun, ich fürchte, ich bin nicht sehr vernünftig in diesem Punkt.“

Kristin schaute ihn schweigend an. Jetzt war vermutlich die letzte Gelegenheit, ihm zu beichten, dass sie Reporterin war, aber sie wusste nicht, ob sie das schaffen würde.

„Lass uns wieder hinuntergehen“, bat er leise.

Sag es ihm! drängte sie eine innere Stimme. Bist du verrückt? Nicht jetzt! Es ist noch zu früh, widersprach sie ihr.

Justin ergriff ihre Hand und verschränkte seine Finger mit ihren. Kristin folgte ihm schweigend ins Wohnzimmer, wo das Kaminfeuer hell brannte. Sie setzte sich hin, während Justin wieder unruhig auf- und abging.

„Hast du sie geliebt? Warst du verrückt nach ihr?“ fragte Kristin impulsiv.

Er schien lange zu überlegen und schüttelte schließlich den Kopf. „Früher einmal ... nehme ich an. Ich war von ihrer Schönheit gefesselt, aber das war, als wir uns das erste Mal getroffen haben. Ich war jünger als sie – und das hat sie wahrscheinlich fasziniert. Sie war damals dreißig, und ich habe noch niemanden getroffen, der so besessen von seinem Alter war. Vielleicht war sie zu sehr von ihrer Schönheit abhängig, oder sie hat sie nie richtig genießen können, weil sie sich sicher war, dass sie eines Tages vergehen würde.“ Er machte eine gleichgültige Bewegung und schaute sich im Zimmer um.

„Myra hat dieses Haus nie gemocht. Sie war zweimal hier und hat erklärt, dass sie sich nicht in der Provinz vergraben wollte. Ich hatte sie auch nicht gebeten, ständig hierzu leben, aber ich liebe das Land, und ich mag diese Gegend. Mir gefällt der Wald und die Ruhe. Es ist eine wundervolle Gegend, um zu schreiben.“

Roger hat ähnliche Argumente angeführt, als er und Sue hierher gezogen sind, dachte Kristin. Sie konnte das gut verstehen, seit sie Roger und Sue ein paar Mal besucht hatte. Die Landschaft war wundervoll, und Kristin liebte sie ebenfalls.

Myra Beaufort hatte sie anscheinend verabscheut. Und sie war hier gestorben.

„Aber du warst mit ihr verheiratet ..."

„Aber von dem Moment an, als wir die Ringe gewechselt hatten, waren wir nicht mehr glücklich. Ich glaube nicht, dass sie das gewollt hat, genauso wenig wie ich. Wir haben uns bei einer Premiere kennen gelernt, und sie kam mir vor wie ein frischer Frühlingswind. Dann haben wir uns häufiger getroffen. Myra konnte sehr charmant sein, wenn sie wollte. Nun, wir redeten plötzlich über die Ehe, und da wir zufällig in Las Vegas waren, ging alles sehr schnell. Ich glaube, sie hat mich damals geliebt, so gut sie jemanden lieben konnte, und ich war in die schönste Frau der Welt verliebt. Jedenfalls dachte ich das."

„Und was geschah dann?" fragte Kristin leise.

„Nun, plötzlich wurde es ernst. Ich bin Schriftsteller, und ich hasse das Scheinwerferlicht. Myra hingegen liebte es. Wir haben uns kaum noch gesehen. Sie war ständig auf Partys oder unterwegs, und ich habe die unglaublichsten Geschichten über sie gehört. Schließlich bin ich nach Hollywood geflogen. Meine Freunde haben mir erzählt, was sie tat. Sie haben mich damit nicht verletzt, denn damals liebte ich sie schon längst nicht mehr genug, um betroffen zu sein. Ich sagte ihr, es wäre aus. Sie machte mir eine lautstarke Szene und weinte herzzerreißend. Aber sie blieb in Hollywood, während ich nach New York zurückkehrte. Dann hat sie einen weiteren Film gedreht, der ein Flop wurde."

„Ich erinnere mich daran", meinte Kristin. „Diese Komödie. Sie war wirklich schrecklich."

„Sie konnte auch nicht mehr Theater spielen, weil sie mittlerweile für die Rolle der naiven Unschuld zu alt war. Und ihre Karriere schien zu Ende zu sein."

Er atmete tief aus, und Kristin spürte etwas von dem Mitleid, das er für Myra empfunden haben musste. Er hatte sie zwar nicht mehr geliebt, aber sie war ihm dennoch nicht gleichgültig geworden.

„Sie kam zu mir, aber sie wollte nicht mit mir hier leben. Myra wollte, dass ich ihr ein Stück schrieb, aber sie wollte nicht hier bleiben, sie wollte zurück nach New York und ich wollte ihr helfen. Sie war noch meine Frau, auch wenn nichts mehr zwischen uns war. Also schrieb ich ‚Snowfire' für sie. Wir hatten eine rauschende Premiere, und das Stück wurde ein Riesenerfolg. Myra war so begeistert, dass sie eine Party hier draußen veranstaltete. Sie charterte eine Maschine und ließ alle Leute hierher fliegen. Es war eine wunderschöne Nacht, und in dieser Nacht ist sie gestorben."

„Warum hat man dich beschuldigt? Du warst doch nicht allein hier!" meinte Kristin verwundert.

Er lachte leise. „Meine Verteidiger waren nicht so engagiert! Vielen Dank. Nun, die Polizei verdächtigt vermutlich immer den Ehemann. Und jeder wusste, dass wir uns nicht mehr verstanden."

„Aber du hast ihr doch ein Stück geschrieben!"

Justin nickte. „Nun, ich war auch nicht wegen Mordes angeklagt, sondern wegen Totschlags aus Eifersucht." Er zögerte einen Moment. „In dieser Nacht hatten wir einen heftigen Streit. Ich habe ihr gesagt, ich würde sie hinauswerfen. Myra machte eine große Szene vor allen Leuten und behauptete, ich hätte gedroht, sie zu töten. Und dann hat sie meinen Hund getreten. Daraufhin habe ich sie gepackt und geschworen, sie umzubringen, wenn sie damit weitermachte."

Kristin überlegte fieberhaft und starrte kopfschüttelnd in das Feuer. „Aber wenn du sie nicht umgebracht hast, Justin, muss es jemand anderes gewesen sein."

„Das habe ich den Behörden auch erklärt, nachdem ich freigesprochen worden bin. Aber sie haben den Fall nicht weiterverfolgt."

„Warum denn nicht?"

Er zögerte erneut und seufzte dann. „Kristin, ich bin aus Mangel an Beweisen freigesprochen worden. Aber die Polizei hat nie an meine Unschuld geglaubt. Offensichtlich denken sie immer noch, dass ich es getan habe."

„Und was hast du unternommen?"

„Da gibt es nichts zu unternehmen. Es gibt einfach keinen eindeutigen Beweis. Jemand muss sie in dieser Nacht getötet haben, aber ich habe nicht die leiseste Ahnung, wer das gewesen sein könnte." Seine Stimme klang wütend.

„Wer war denn auf der Party?" wollte Kristin wissen.

„Die vier Mitglieder des Ensembles. Myra, Roxanne Baynes, Jack Jones und Harry Johnston. Außerdem noch Myras Agent Artie Fein und Christina Anderson, meine Managerin, Joseph Banks, der Filmkritiker, mit seiner Frau und die Aushilfskellnerin, die uns bediente. Banks hat das Sofa nicht verlassen, und die anderen sind alle irgendwann hinausgegangen. Myra war sogar mehrmals draußen. Und ich war auch draußen, weil wir uns gerade gestritten hatten. Ich wollte allein sein. Als ich zum Haus zurückkam, habe ich sie gefunden. Im Schnee. Und dann haben mich alle mit ihr gesehen."

„Was geschah danach?"

„Nun, ich habe natürlich die Polizei gerufen. Sie haben uns verhört, und alle haben gesagt, dass ich sie bedroht hätte. Man hat mich verhaftet, aber ich wurde auf Bewährung freigelassen. Anscheinend gibt es Leute, die glauben, dass Myra es verdient hätte, erwürgt zu werden. Und dann kam die Presse. Ich wurde vor Gericht gestellt und freigesprochen. Anschließend bin ich hierher zurückgekommen. Mit der Zeit haben die Leute mich vergessen, und auch die Presse hat mich in Ruhe gelassen. Nach zwei Jahren habe ich wieder angefangen zu schreiben. Dann kam ein alter Freund, der ein neues Stück von mir herausbringen wollte, aber zuerst wollte er ‚Snowfire' wieder aufführen. Es war ein gutes Stück, und der Agent war ein guter Freund. Außerdem konnte ich mich nicht die ganze Zeit hier verstecken. Schließlich stimmte ich dem Vorschlag zu."

Er zögerte, und Kristin forderte ihn auf weiterzureden.

„Nun, dann begann der ganze Presserummel von vorn. Die Journalisten riefen an, so wie diese Reporterin, der ich geraten habe, nicht zu kommen."

„Für die du mich gehalten hast?" fragte Kristin leise.

Er machte eine wegwerfende Handbewegung. „Sie war eine dieser freien Reporterinnen."

Kristin merkte, wie sich ihr Magen zusammenkrampfte. Das war sie ebenfalls. „Hast du jemals erwogen, Berufung einzulegen, damit alles noch einmal aufgerollt wird?" wollte sie wissen.

„Jedenfalls nicht so", erwiderte er.

„Nein, hör mir zu", bat sie beharrlich. „Wenn du mit jemandem darüber reden würdest, wie du mit mir darüber redest, würde die Polizei vielleicht ernsthaft daran denken, den Fall noch einmal zu untersuchen. Vielleicht finden sie dann den wirklichen Mörder."

„Und wie willst du sie dazu bringen?"

„Nun, es muss doch irgendeine Spur geben ..."

„Myra ist mit ihrem langen roten Schal getötet worden. Und es gab dort keine Fingerabdrücke, die nicht überall sonst ebenfalls gewesen wären. Der Mörder hat Handschuhe getragen, weil es Winter war."

„Aber wer hätte sie umbringen wollen?"

„Wenn man der öffentlichen Meinung und der der Polizei glaubt, ich", sagte Justin.

„Willst du das nicht herausfinden?" fragte Kristin enttäuscht.

„Doch, das will ich", erwiderte Justin seufzend. „Aber es wird jetzt nahezu unmöglich sein. Jeder war überall im Haus. Es war eine Party, Kristin. Die Leute waren nicht dauernd zusammen. Und Myra konnte sehr unangenehm sein, wenn sie es wollte. Jeder hatte ein Motiv, sie umzubringen. Und selbst Artie, ihr Agent, verdiente an den Misserfolgen mit ihr noch viel Geld. Sie war berühmt. Ich habe mich gefragt, ob dieser Jack Jones ..."

„Siehst du! Sie hatten eine Affäre!"

„Das reicht aber noch nicht für einen Mord."

„Wenn sie ihn bloßgestellt hat?"

„Wen würde das interessieren?"

„Und der andere Mann?"

„Harry Johnston. Er hat schon früher mit Myra gearbeitet. Sie waren befreundet. Er mochte sie."

„Und das Mädchen?"

„Roxanne? Warum hätte sie Myra töten sollen? Das Stück war ihr großer Durchbruch."

„Ach, ich weiß auch nicht!" rief Kristin enttäuscht. Sie warf ihm einen raschen Blick zu. „Du nennst mir immer nur Gründe, warum sie sie nicht umbringen wollten. Aber es muss ein Motiv geben, Justin, warum jemand sie getötet hat."

„Ich war es also nicht?" fragte er sie mit einem Lächeln.

„Nein, du nicht." Sie schüttelte den Kopf.

Justin stand auf, ging auf sie zu und nahm sie bei den Händen. Dann zog er sie hoch in seine Arme. „Du bist wirklich wundervoll, weißt du das?"

„Danke", meinte sie leise. „Ich bin zwar nicht Myra Beaufort ..."

„Sie könnte dir nicht das Wasser reichen", versicherte er und berührte behutsam Kristins Wangen. „Sie brauchte Make-up und das richtige Licht, um schön zu wirken. Und sie brauchte den Applaus. Wenn ihr all das fehlte, war sie wie ein verzogenes Kind. Ein einsames Kind. Ich habe sie bedauert. Aber du, Miss Kristin Kennedy, du bist wirklich wunderschön. Von deinen grauen Augen angefangen bis zu deinem Herz und deinem Wesen." Er küsste leicht ihre Lippen, und schaute sie dann wieder an. „Wir haben jetzt erst einmal genug Geständnisse gehört, findest du nicht?"

Kristin wusste, dass sie jetzt eine Beichte hätte ablegen und ihm sagen müssen, dass sie Reporterin war. Nicht die Reporterin, aber eine Reporterin. Sie hatte ein derart schlechtes Gewissen. Dabei hatte sie gar keinen Grund dafür! Es war eben nur ... Sie war Journalistin, und das konnte sie ihm nicht erzählen, nicht jetzt, es war nicht der richtige Augenblick. Doch wann war der richtige Augenblick? Sie musste es ihm bald gestehen.

Bevor es aufhörte zu schneien. Aber sie vertraute ihm, und sie wollte, dass auch er ihr vertraute. Sie wollte, dass er die Arme um sie legte so wie jetzt. Und sie wollte den Blick seiner blauen Augen zärtlich auf sich ruhen spüren.

Aber Justin hatte gar keine Antwort von ihr erwartet. „Bist du schon einmal im Schnee geschwommen?" wechselte er unvermittelt das Thema.

„Im Schnee geschwommen?" wiederholte sie ungläubig.

„Nun, nicht direkt im Schnee." Er lachte. „Im Wasser schwimmen, während es schneit."

Kristin schüttelte den Kopf.

Justin ergriff ihre Hand und zog sie hinüber zu den Glastüren, die zu der geschlossenen Terrasse des Swimmingpools führten. Er öffnete sie und führte Kristin hinaus. Das Becken schimmerte in allen Schattierungen von Türkis. Der Whirlpool am anderen Ende sprühte sein Wasser in Kaskaden hoch, die dann wieder in das große Bassin flossen.

Justin blieb hinter Kristin stehen und zog sich die Jeans aus. Danach streifte er ihr den Morgenrock von den Schultern.

Ohne Kristin weiter zu berühren, trat Justin an ihr vorbei an den Pool und sprang hinein. Sie beobachtete, wie sein nackter Körper das Wasser teilte.

Dann tauchte er auf und schaute zu ihr hinüber. „Es ist warm!" rief er ihr auffordernd zu.

Kristin spürte es. Vielleicht stammte die Wärme auch aus ihrem Inneren. Sie hatte noch nie nackt auf einer Terrasse wie dieser gestanden. Und sie hatte auch noch nie nackt gebadet.

Aber mit Justin kam es ihr plötzlich richtig vor. Und auch die Gewissheit, dass es nicht beim Nacktbaden bleiben würde, war völlig normal. Sie hatte sich noch nie so unbeschwert gefühlt. Oder so erhitzt von solch einfachen Dingen.

Kristin merkte, dass er sie beobachtete und dass sein Blick von ihren Augen langsam ihren ganzen Körper hinabglitt. Mit einem leisen Aufschrei lief sie los und sprang kopfüber in das Wasser. Sie schwamm eine Länge im Pool, bevor sie Justin am anderen Ende erreichte. Er hatte den Kopf gegen die Beckenkante gestützt und schloss Kristin in die Arme. Während er sie sinnlich und verführerisch streichelte, umschlang er sie mit den Beinen.

Kristin seufzte sehnsüchtig, als Justin sie lächelnd an sich zog und sie seine Erregung spürte. Aber er hatte keine Eile. Er deutete auf die Glasscheiben, die sie von der Außenwelt abschirmten. Der Schnee fiel immer noch, landete auf dem Dach und rutschte dann herunter. Mittlerweile lag er fast einen Meter hoch.

Es stieg heller Dampf auf, der zeigte, wie warm das Wasser war. Aber das war nichts gegen die Hitze, die Kristin in Justins Armen verspürte.

„Magst du es?“ fragte er sie.

„Oh ja“, sagte sie leise. Doch dann stieß sie sich von ihm ab und schwamm einmal durch den Pool. Auf der anderen Seite wartete sie auf Justin. Sie war zu ihm gekommen, nun musste er ihr folgen.

Und das tat er auch. Mit kräftigen Zügen näherte er sich ihr und presste sie gegen die gekachelte Wand. Mit beiden Armen hob er sie hoch, und als er sie wieder herabließ, drang er in sie ein.

Kristin hielt verblüfft die Luft an, doch dann begegnete sie Justins Blick. Er lachte. Im nächsten Moment schlang sie Arme und Beine um ihn, und er begann, sich zu bewegen. Mit jedem Stoß seines Körpers drang er tiefer in sie ein.

Der Wasserdampf stieg um sie herum auf. Justin presste seine Lippen auf ihren Mund und küsste sie leidenschaftlich. Ihre Körper waren nass und glatt und bewegten sich sinnlich an- und ineinander. Ein rastloses Begehren erfasste Kristin. Dann schien eine strahlende Helligkeit das Grau des Tages zu durchbrechen und mit einer gleißenden Hitze zu erfüllen, einer Flamme, die sie verzehrte ... sie beide verzehrte.

Kristin schmiegte ihre Wange an seine Schulter und holte tief Luft. Sie fühlte, wie ihr Höhepunkt langsam abebbte und sie mit kleinen Schauern durchströmte, immer und immer wieder.

Justin hielt sie fest und küsste ihre Schläfe. „Ich könnte anfangen, das zu lieben“, flüsterte er ihr ins Ohr.

„Dies ...?“

„Mit dir zusammen zu sein.“

Er zog sie noch enger in seine Arme und küsste sie erneut. Langsam diesmal, und dann löste er seine Lippen einen Atemzug lang von den ihren. „Mit dir zusammen zu sein“, wiederholte er heiser.

‚Außer uns hier gibt es nichts anderes auf der Welt', dachte Kristin. ‚Überhaupt nichts.' Sie waren in einem Paradies aus Schnee eingeschlossen, und es gab nichts, was sich zwischen sie stellen konnte. Gar nichts. Bis auf ihren Beruf. Und bis auf das Tauwetter ...

6. KAPITEL

Die Tage, an denen der Schneesturm tobte und die Feuer in den Kaminen des eingeschneiten Hauses flackerten, waren einfach himmlisch. Kristin konnte sich nicht daran erinnern, wann sie sich jemals mit einem Menschen so wohl gefühlt hatte. Vielleicht war „wohl fühlen" nicht das richtige Wort, denn Justin konnte auch sehr verwirrend sein. Gelegentlich trat er von hinten an sie heran und hob sie einfach von den Füßen. Gemütlichkeit war in diesen Momenten das Letzte, was sie im Sinn hatte. Er konnte sie erregen, wie noch kein anderer Mann das je vermocht hatte. Aber es war auch wundervoll, wenn er sie einfach nur festhielt. Wenn sie in der Dunkelheit vor dem Feuer saßen und zusahen, wie die Flammen loderten, und dem Knacken und Knistern des Holzes lauschten, war das wie ein Zauber.

Kristin wollte nicht, dass dieser Friede endete. Sie war eine Gefangene des Sturms, aber eine willige, in einem komfortablen Gefängnis. Justin und sie schafften es sogar, einige Partien Schach zu Ende zu spielen, auch wenn es ein paar gab, die sie nicht schafften. Doch das machte nichts. Kristin entdeckte schnell, dass sie mit Justin gut lachen konnte und dass sie in vielen Punkten mit ihm harmonierte.

Sie verbrachten viel Zeit mit Lesen, denn er hatte eine umfangreiche Bibliothek, und Kristin war fasziniert von den Originalmanuskripten seiner Theaterstücke, die er in seinem Arbeitszimmer aufbewahrte. Im hinteren Teil des Hauses gab es ein Spielzimmer mit einem Billardtisch und einer Tischtennisplatte. Außerdem blieb ihnen immer noch der Swimmingpool.

Sie liebte es, wenn sie in Justins Arme zurücksank, während das warme Wasser sie umflutete, der Dampf hochstieg und das Glas der Fenster beschlagen wurde. Doch hinter diesem Nebel war immer noch die Außenwelt in ihrem makellosen Weiß zu erkennen.

Und sie waren so allein.

Vom Pool brauchten sie nur ein paar Schritte bis zum Kamin zu gehen. Sie legten sich davor, mit einer warmen Decke, ein paar Kissen und einer Flasche Wein. Als sie eines Nachts dort aufwachten, küsste Justin Kristin zart aufs Ohr.

„Ich will nicht, dass es aufhört zu schneien. Ich will, dass es ewig dauert."

Sie wandte sich zu ihm um und schaute ihn an. „Aber irgendwann werden alle deine Batterien verbraucht sein und auch das Gas für den Herd, und die Heizung wird ausgehen. Es muss irgendwann einmal enden."

„Und was wird dann passieren, Miss Kennedy?" fragte er.

Sie lächelte. „Nun, ich denke, du wirst bei Roger zum Essen vorbeischauen müssen. Aber du kannst mich begleiten."

„Vielen Dank. Soll ich dann so tun, als ob nichts zwischen uns geschehen wäre? Reichen Sie mir doch bitte die Erbsen, Miss ... wie heißen Sie doch gleich? Ach ja, Kristin."

„Sei nicht albern. Ich würde dich nicht zum Essen mitbringen, wenn du meinen Namen nicht kennen würdest."

„Und wie steht Roger zu deinem Liebesleben?"

„Er ist mein Cousin, nicht mein Vater."

„Aber ..."

Kristin seufzte. Sie fragte sich, ob er den besorgten Unterton in ihrer Stimme bemerkt hatte. „Gut, er denkt, er sei mein großer Bruder. Wir müssen vorsichtig mit ihm sein."

„Und wenn er ein Gewehr holt?" neckte Justin sie. Er hatte die Augen halb geschlossen und betrachtete sie wie eine träge Katze.

„Ein Gewehr?"

„Ja. Und fordert, dass ich ihm Genugtuung gebe?"

„Ich glaube nicht, dass er so dramatisch ist. Vermutlich hat er noch nicht einmal ein Gewehr."

Justin rollte sich zu ihr hinüber. „Im Ernst. Was passiert, wenn du gehst? Wohin gehst du?"

„Nun, zu Roger."

„Ich meine später. Wo lebst du, was machst du? Du weißt alles von mir, ich bin ein offenes Buch für dich. Du weißt alles von mir, und ich weiß immer noch nichts von dir, außer, dass du Rogers Cousine bist. Wo lebst du?"

„In Boston."

„Mitten in der Stadt?"

„Ja."

„Arbeitest du da?"

Kristin nickte. Ihr Herz schlug heftig, und ihr Atem ging schneller. Jetzt hatte sie die Gelegenheit. Es war das perfekte Stichwort. Sie musste ihm sagen, welchen Beruf sie ausübte.

„Würdest du dir überlegen, einmal aus der Stadt wegzuziehen?"

Sie nickte erneut und schlang die Arme um seinen Nacken. Sag es ihm! Aber sie konnte es nicht, weil ein warmer Schauer sie durchrieselte. Justin sprach gerade so über ihre Zukunft, als würde er sie lieben. Sie wollte jetzt nicht reden, nichts erklären.

„Magst du das Land hier?"

„Sehr", erwiderte sie.

„Ich bin sehr, sehr glücklich darüber."

Statt einer Antwort bedeckte Kristin seinen Mund mit ihren Lippen und reizte ihn mit ihrer Zungenspitze. Justin vertiefte den Kuss und öffnete ihren Mantel. Dann glitt er mit dem Mund tiefer, zwischen ihre Brüste und noch weiter hinunter. Sie hielt den Atem an, und ihre Gedanken fingen an zu kreisen.

Kristin sagte es Justin nicht. Nicht, während sie sich liebten, und auch später nicht, als sie in der Küche standen und eine Dose Oliven öffneten. Sie nahm eine heraus und steckte sie Justin in den Mund. Als sie sich abwenden wollte, schloss er sie in die Arme und strich ihr zärtlich und leidenschaftlich durchs Haar.

„Ich glaube wirklich, dass ich dich liebe, Kristin. Ich liebe es, bei dir zu sein und dir zu vertrauen. In meinem ganzen Leben habe ich noch niemanden wie dich getroffen. Alle anderen haben immer nur an sich selbst gedacht. Du bist etwas ganz Besonderes."

Vertrau mir nicht! hätte sie am liebsten gerufen, aber stattdessen presste sie ihr Gesicht gegen seine Brust. Sie brachte die Worte einfach nicht über die Lippen.

„Ich war mir so sicher, dass du nicht wirklich sein könntest", fuhr Justin leise fort. „Dass du nur wegen der Geschichte gekommen bist. Und ich habe sogar befürchtet, dass du nur wegen der Story mit mir geschlafen hast."

Kristin fühlte, wie ihr die Luft wegblieb. Sie musste es ihm jetzt sagen. Sie musste nur den richtigen Moment finden, um ihm alles zu erklären. Am besten vor dem Kamin. Nachdem sie gegessen hatten.

Aber nach dem Essen schauten sie zusammen den Wetterbericht an, dann einen anderen alten Spielfilm, und Kristin schlief in Justins Armen ein, ohne mit ihm darüber geredet zu haben.

Später wurde sie vor Erregung wach. Justin küsste sie heiß am ganzen Körper. Sie flüsterte seinen Namen und wollte ihn an sich ziehen, aber er hielt ihre Hände fest. Sein Körper rieb erotisch gegen ihren, während er langsam tiefer glitt, immer weiter herab. Sein Kuss reizte die empfindsame Innenseite ihrer Schenkel, und seine Zunge wanderte unaufhaltsam ihrer intimsten Stelle entgegen, bis Kristin schließlich alles andere vergaß. Sie vergaß die ganze Welt und fühlte nur eine Explosion der Sinne, als Justin sie endlich ganz berührte ...

Es schien eine Ewigkeit zu dauern, bis sie wieder klar denken konnte. Als Justin sich von ihr weg rollte, war Kristin so erschöpft und befriedigt, dass sie erneut einschlief und erst am nächsten Morgen wieder die Augen öffnete.

Justin war bereits aufgestanden und angezogen. Lächelnd kam er auf sie zu und hielt ihr Jackett, Stiefel und die anderen Sachen entgegen. Draußen schien endlich wieder die Sonne. Es war ihm gelungen, die Tür zu öffnen, und nun wollte er das Winterwunderland mit Kristin bestaunen.

Es hatte fünf Tage lang ununterbrochen geschneit, und es lag meterhoher Schnee. Aber jetzt fielen die Flocken nur noch spärlich. Als Kristin auf die Veranda hinaustrat, atmete sie die kalte Luft ein, die schmerzhaft in ihrer Lunge brannte.

Justin legte ihr die Hände auf die Schultern. „Ist es nicht wundervoll?"

Es war tatsächlich wunderschön. Alles lag unter einer weißen Decke. Der Himmel hatte sein endloses Grau verloren, und es zeigten sich einige helle, blaue Flecken. Die Landschaft war vollkommen weiß, und die Straße war nicht mehr zu erkennen. Selbst die Bäume und Hecken glitzerten in strahlendem Weiß.

„Lass uns versuchen, ob wir deinen Wagen finden können", schlug Justin vor.

Kristin stimmte zu und machte einen Schritt vorwärts. Sie lachte, als sie durch den kniehohen Schnee stapfte, und stolperte langsam vorwärts, bis sie beinah die Balance verlor.

Doch Justin fing sie auf, bevor sie fallen konnte. Sie drehte sich lachend in seinen Armen herum. „Es ist richtiger Tiefschnee", rief sie.

„Oh, das ist nicht so schlimm", erwiderte er. Er nahm sie an die Hand und ging mit ihr los.

Als sie neben ihm herlief, merkte Kristin, dass es wirklich nicht schlimm war. Sie ließ seine Hand los, und er ging voraus. Gerade, als sie dachte, dass sie gut vorwärts kam, fiel sie der Länge nach hin. Ihre Lippen, die Nase, selbst Stirn und Haare waren voller Schnee.

Justin drehte sich um und brach bei ihrem Anblick in schallendes Gelächter aus.

„Das ist nicht nett!" tadelte sie ihn, während sie sich aufrichtete.

„Es ist nur ... du siehst aus wie ein Eiszapfen", meinte er.

Kristin schien nichts anderes übrig zu bleiben. Sie formte mit ihren behandschuhten Händen einen großen Schneeball. Er war nass und schön locker. Dann stand sie auf und warf. Sie traf Justins Gesicht mit der Präzision eines Baseball-Werfers der Nationalliga. Begeistert von ihrer Zielsicherheit stieß sie einen triumphierenden Schrei aus.

„Du möchtest es also auf die harte Tour, ja?" fragte Justin, während er sich den Schnee aus dem Gesicht wischte. Dann bückte er sich, und Kristin versuchte, etwas Abstand zwischen sich und ihn zu bringen.

Sein erstes Geschoss flog harmlos an ihr vorbei. Sie blieb stehen und machte einen weiteren Schneeball, doch Justin bückte sich rasch. Dann lächelte er zufrieden, und kam langsam auf sie zu.

Kristin stieß einen Schrei aus und rannte weiter durch den Schnee. Sein Wurf landete direkt auf ihrem Rücken, und sie drehte sich lachend um. Justin hatte sie schon eingeholt, und der glänzende Blick seiner blauen Augen verriet, dass er bereit zum Kampf war.

„Nein, Justin, nein!“ bat sie und ging rückwärts, während sie selbst in den Schnee griff und einen neuen Ball formte. Sie versuchte, ihn nach Justin zu werfen, doch der sprang plötzlich gegen sie. Sie fielen beide in den Schnee und rollten sich darin herum.

Kristin landete auf dem Rücken, während Justin auf ihren Hüften saß, den Schneeball immer noch in der Hand. Er lächelte sie herausfordernd an.

„Wage es nicht!“ warnte sie ihn.

„Willst du mir drohen?“ meinte er spöttisch. „Du solltest lieber nett zu mir sein.“

„Also gut, bitte, wage es nicht!“

Er lächelte und streute etwas Schnee über ihr Gesicht. Sie versuchte, sich unter ihm zu befreien und aufzustehen.

„Schön brav, du bist meiner Gnade ausgeliefert.“

„Ich bin immer deiner Gnade ausgeliefert gewesen“, behauptete sie zuckersüß.

„Das hast du schön gesagt“, erklärte Justin selbstgefällig. Viel zu selbstgefällig. Er erwartete keinen Widerstand mehr.

Kristin packte seine Hand und versuchte, den Schneeball in seine Richtung zu drücken. Obwohl er nicht ganz unachtsam war, trafen ihn ein paar Flocken. Doch er hatte die Situation rasch wieder unter Kontrolle, nahm den Ball und presste ihn ihr ins Gesicht.

Sie schrie protestierend auf und lachte. „Ich friere!“

„Ich werde dich wieder aufwärmen“, versprach er ihr. Und Kristin wusste sehr gut, dass er das konnte. Er küsste sie, und ihr war, als würden ihre Lippen brennen. Sie fassten sich bei den Händen und blieben in dem nassen Schnee liegen. Es war kalt, doch da war der Kuss ...

„Justin?" ertönte plötzlich eine männliche Stimme. „Justin, bist du das? Ich will dich nicht stören, aber ich vermisse eine Verwandte."

Kristin hörte das Knirschen von Schritten.

Justin war von ihr zurückgewichen und schaute auf sie herunter. Als ihre Blicke sich begegneten, löste das ein heftiges Zittern in ihr aus. Er lächelte sie unmerklich an. Es war ein bedauerndes Lächeln.

Es war vorbei. Die wundervolle Zeit, die sie beide zusammen gehabt hatten, war vorbei. In gewisser Weise hatten sie das Paradies verloren. Roger war gekommen.

Sie hatten beide gewusst, dass es irgendwann enden musste, dass die besondere, unbeschwerte Zeit, die sie miteinander verbracht hatten, nicht von Dauer sein würde. ‚Aber es ist zwischen uns nichts vorbei', dachte Kristin. ‚Wir lieben uns. Justin muss das Gleiche empfinden wie ich.' Aber der besondere Zauber war vorbei, und sie hatte nicht erwartet, dass es so bald zu Ende gehen würde.

„Justin ..."

Justin stand auf und zog Kristin mit sich hoch. „Du hast eine Verwandte verloren?" fragte er leichthin. „Das ist sehr unaufmerksam von dir, Roger. Aber ich glaube, ich habe sie gefunden."

Roger Doria trug Jeans und eine Lederjacke. Er war etwas größer als Kristin und hatte die gleichen grauen Augen und ebenso dunkles Haar wie sie. Er war schlank und attraktiv und hatte sehr viel Humor. Roger war immer schon ihr Lieblingscousin gewesen. Bis jetzt.

Er schaute sie verblüfft an und richtete den Blick dann wieder auf Justin. „Du bist ja völlig mit Schnee bedeckt, Kristin", bemerkte er finster. „Und du auch, Justin."

Kristin hätte lachen müssen, wenn Roger nicht so beunruhigt gewesen wäre. „Wir haben gerade eine Schneeballschlacht gemacht", erklärte sie ihm.

„Das sehe ich."

Kristin wusste, dass er das, was er zu sehen glaubte, nicht mochte.

Nun, sie war achtundzwanzig, und er war ihr Cousin, nicht ihr Vater. „Wie hast du mich gefunden?“ Sie wollte das unbehagliche Schweigen durchbrechen, das sich zwischen ihnen aufbaute. „Und wie bist du hierher gekommen?“

„Mit einem Schneemobil“, sagte er kurz und wies auf das, was vermutlich die Straße vor Justins Haus war. „Zwei Jugendliche haben das Dach deines Cherokees entdeckt.“ Er musterte Justin immer noch eindringlich, der nicht die geringsten Anstalten machte, etwas zu erklären. Er mochte Roger vielleicht, aber im Moment waren die beiden offensichtlich Gegner.

Kristin fröstelte. Sie war durchnässt von dem Schnee, und im Moment gab es nichts mehr, was sie hätte aufwärmen können. „Der Cherokee ist auf dem Weg zu dir ausgefallen. Justin hat mich aus dem Sturm gerettet.“

„Verstehe.“

Justin schwieg weiter.

„Können wir hineingehen? Mir ist kalt“, meinte Kristin.

„Sicher“, ließ Justin sich vernehmen, schaute Roger aber immer noch missmutig an.

Es erwies sich als Fehler, ins Haus zu gehen. Sie konnten nicht einfach in der Eingangshalle stehen bleiben, und Roger schien das Haus zu kennen. Er betrat das Wohnzimmer und rieb sich die Hände, um sie aufzuwärmen. Dazu steuerte er zielstrebig den Kamin an.

Doch davor lagen immer noch die Decke und die Kissen, eine leere Flasche Wein und zwei Gläser standen daneben. Und auf dem Kachelboden neben der Tür zum Pool lagen Handtücher.

Roger schaute von der Decke und den Handtüchern zu Kristin, die nur mit den Schultern zuckte. Dann blickte er Justin an. „Du hast meine kleine Cousine verführt, Justin!“ stellte er ruhig fest.

„Er hat mich nicht verführt!“ protestierte Kristin. „Und ich bin nicht deine kleine Cousine, ich bin erwachsen.“

„Sie ist allerdings erwachsen, und ich glaube auch nicht, dass ich sie wirklich verführt habe. Ich hatte eher den Eindruck, dass es auf Gegenseitigkeit beruhte“, erwiderte Justin.

Roger schaute zwischen den beiden hin und her und schüttelte den Kopf. „Kristin, weißt du, wer er ist?“ Aber er ließ sie nicht zu Wort kommen. Mit gerötetem Gesicht wandte er sich Justin zu. „Verdammt, es tut mir Leid, Justin, ich meinte das nicht so. Ich wollte nur, dass sie Bescheid weiß, verstehst du?“

„Sicher. Ich verstehe.“ Justin nickte.

„Ich weiß genau, wer er ist“, sagte Kristin.

„Ja, dann ...“ Roger ließ sich auf der Graniteinfassung vor dem Kamin nieder und sah Justin an. „Hast du ein Bier?“

„Ja. Ich habe ein paar kalt gestellt. Ich hole welche.“

„Ich kann auch ...“ begann Roger und stand auf.

„Ich hole sie“, meinte Justin ruhig.

Roger setzte sich wieder hin und schaute durch den Raum auf Kristin. „Warst du hier eingeschneit?“ fragte er, als die Tür hinter Justin ins Schloss gefallen war.

„Ich habe Glück gehabt, dass ich hier stecken geblieben bin!“ rief sie aus. „Roger, der Sturm kam so plötzlich. Wenn er mich in meinem Wagen überrascht hätte, wäre ich sicherlich erfroren.“

„Ich weiß, ich war fast krank vor Sorge. Gut, also, du hast Glück gehabt, dass du hier eingeschneit warst. Aber musstest du ... dich hier so einlassen?“

„Ich wusste nicht, dass du ihn kennst, aber nach der Art, wie er über dich geredet hat, habe ich angenommen, dass ihr Freunde wärt.“

„Das sind wir auch. Deshalb rede ich nie über ihn“, erklärte Roger. „Justin will seine Ruhe, und ich habe nie erwähnt, wo sein Haus ist. Er hat lange genug die Neugier der Medien ertragen müssen.“

„Wenn er dein Freund ist ...“

„Seine Frau ist hier ermordet worden, Kristin.“

„Aber nicht von ihm.“

„Wie kannst du dir dessen so sicher sein?“

„Weil ich eben wirklich seine Freundin bin“, behauptete Kristin eigensinnig.

Roger betrachtete sie unwillig, dann lächelte er plötzlich. „Ich lasse mich gern belehren. Aber es ist trotzdem hier passiert, Kristin. Und er ist Bühnenautor!"

„Gibt es etwas, was ich über Bühnenautoren im Allgemeinen wissen sollte?" fragte sie ihn rasch. Sie sah, wie Justin von der Terrasse zurückkam.

„Nein! Aber er war mit Myra Beaufort verheiratet, der wahrscheinlich schönsten Frau der Welt. Und Theaterleute leben ein anderes Leben", stieß Roger warnend hervor.

„Das hoffe ich!" entgegnete Kristin. Sie erinnerte sich daran, wie sie sich früher bei Roger ausgeweint hatte, weil sie mit ihren Eltern nicht über ihr Leben reden konnte. „Ist er dein Freund oder nicht?"

„Er ist ein großartiger Mann."

„Also, was ist dann?"

„Er ist mein Freund! Aber du gerätst da in viel mehr hinein."

„Ich weiß, was ich tue."

Roger konnte nicht mehr antworten, denn Justin kam mit drei Bierflaschen in der Hand zurück. „Roger." Er warf ihm eine zu, die Roger auffing. Dann schaute Justin zu Kristin. „Kristin?"

Sie schüttelte den Kopf. „Es friert. Und ihr trinkt kaltes Bier?" „Das scheint im Moment das Richtige zu sein." Justin zog seinen Mantel aus und legte ihn auf die Couch. Seine Kleidung war jener sehr ähnlich, mit der sie ihn das erste Mal gesehen hatte. Diesmal war das Hemd blauschwarz kariert, und die Farbe passte zu seinen kobaltblauen Augen.

„Ich nehme sie in dem Schneemobil mit mir", erklärte Roger. „Sue wird sie gern sehen wollen."

„Ich bin sicher, dass die Straßen in ein paar Tagen geräumt werden. Warum warten wir nicht solange?" schlug Justin vor. „Ich hole dann ihren Wagen aus der Schneewehe und sorge dafür, dass er wieder läuft."

„Aber meine Frau wird sich Sorgen machen."

„Nicht, wenn du ihr erzählst, dass es Kristin gut geht."

„Wartet mal einen Moment! Beide!" protestierte Kristin. „Ihr redet über mich, als ob ich nicht da wäre. Ich habe dazu auch noch etwas zu sagen!"

Die Männer schauten sie an, als hätte sie sie mit ihrem Einwand verletzt.

Kristin hob die Hände hoch. „Na gut, alles in Ordnung. Ich mache Kaffee. Und ich werde vermutlich einen sehr großen Schluck Brandy hineintun."

„Das klingt gut", bemerkte Justin.

„Besser als Bier."

„Warum machst du nicht einfach drei?"

„Na klar", murmelte Kristin. „Zu schade, dass es nicht auch noch ein Footballspiel im Fernsehen gibt." Vielleicht gab es sogar ein Spiel, und sie war froh, dass sie nicht laut geredet hatte.

Sie ging in die Küche und stellte die Kaffeemaschine an. Während sie zusah, wie der Kaffee durchlief, lief es ihr plötzlich eiskalt über den Rücken. Die beiden sind da draußen allein, dachte sie. Roger, der alles über mich weiß, der mein ganzes Leben kennt, und Justin. Justin, der mir vertraut ... Und der nichts über meinen Beruf weiß ...

Sie kehrte rasch ins Wohnzimmer zurück. Die beiden Männer hatten sich nicht von der Stelle gerührt. Roger saß immer noch auf dem Granitsims, und Justin stand neben der Couch. Sie schauten Kristin an und lächelten.

Kristin atmete erleichtert auf. „Der Kaffee ist fast fertig", meinte sie gezwungen.

Roger nickte. „Großartig." Es klang fast herzlich.

Kristin fühlte sich besser. Dann jedoch bemerkte sie, dass Justin sie ansah, als würde er am liebsten eine Steinmauer zertrümmern.

„Aber wir müssen nach dem Kaffee aufbrechen", fuhr Roger fort. „Sue wird sich Sorgen machen."

„Roger, du vergisst, dass ich selbst entscheiden kann, was ich mache." Kristin schaute ihren Cousin an und bemerkte plötzlich die Spannung, die über dem Zimmer lag. Roger schien nichts davon zu spüren, aber Justin tat es. Er erzeugte sie. Sie stieß die Luft aus und wandte sich nervös um. Er weiß etwas, dachte sie. Und er nimmt sich so gut wie möglich zusammen, um nicht vor Roger die Beherrschung zu verlieren.

„Ich werde dir helfen“, erklärte Justin.

Kristin blieb stehen. Sie fürchtete sich davor, mit ihm allein zu sein. „Traust du mir nicht, wenn ich in der Küche bin?“ fragte sie leichthin. Sie wusste sofort, dass das die falschen Worte waren. Ihr Herz klopfte heftig, als sie bemerkte, dass Justin sie wie seinen schlimmsten Feind musterte.

Er ging durch den Raum und blieb neben ihr stehen. Seine Stimme war ruhig und leise, aber eiskalt. „Ich traue dir nirgendwo, Miss Kennedy.“ Er machte ein paar Schritte auf die Küche zu.

Kristin rührte sich nicht von der Stelle. „Wenn du den Kaffee selbst holen möchtest ...?“ Ihre Stimme versagte ihr den Dienst.

Justin war stehen geblieben und drehte sich steif um. Er lächelte Roger freundlich zu, trat einen Schritt zurück und packte Kristins Arm. „Oh nein. Wir werden den Kaffee zusammen holen, du süßes kleines Ding, du.“

Er stieß sie so hart, dass Kristin beinah nach vorn geflogen wäre. Roger schaute sie beide an, und Kristin bemühte sich, ihm ebenfalls zuzulächeln.

Dann standen sie in der Küche und hatten die Tür hinter sich geschlossen. Im selben Moment ließ Justin ihren Arm los. Unter seinem Blick wäre Kristin am liebsten im Erdboden versunken.

„Hast du bekommen, was du wolltest, Miss Kennedy?“

„Ich weiß wirklich nicht, wovon du redest ...“ begann sie.

„Oh, ich glaube, das weißt du“, sagte er leise. Gefährlich leise. „Wenn ich Roger richtig verstanden habe, dann bist du die gerissenste Reporterin, die ich kenne. Das Ass!“

„Warte ...“

„Bist du keine Reporterin?“ Er musterte sie verächtlich.

„Ich bin Reporterin, aber ...“

„Was für ein Narr bin ich gewesen!“ rief er. Seine Stimme wurde nicht lauter, sie wurde wütender. „Ich habe nicht damit gerechnet, dass jemand es so weit treiben würde, wie du es getan hast.“

Kristin fühlte, wie sie ebenfalls ärgerlich wurde. „Du Idiot!“ fuhr sie ihn an, aber Justin schien sie nicht einmal zu hören.

„Und ich bin auf alles hereingefallen. Dieser Artikel wird Dynamit, dessen bin ich mir jetzt schon sicher.“

„Ich schreibe keinen Artikel ...“

„Du bist nur über mich gestolpert?“

„Ja!“

„Und du hast mir in dieser ganzen Zeit nicht erzählt, womit du dein Geld verdienst, weil du es vergessen hast?“

„Wenn du mir nur vertrauen würdest ...“

„Lady, ich würde von dir noch nicht einmal ein Glas Wasser nehmen, wenn ich am Verdursten wäre.“

Das war das Ende. Kristin hatte gewusst, dass er wütend werden würde. Deshalb hatte sie so lange gezögert, ihm die Wahrheit zu gestehen. Aber sie hatte es ihm wirklich sagen wollen. Sie hatte ihm vertraut, selbst als er nur das Wort „Mord“ als Erklärung genannt hatte. Vielleicht verlangte sie zu viel, aber irgendwie erwartete sie ebenfalls Vertrauen von ihm.

„Entschuldige“, sagte sie kühl und wollte die Küche verlassen.

Kristin kam nicht weit. Justin packte ihren Arm und schaute sie mit einem eiskalten Blick an. „Dich entschuldigen?“ fragte er leise. „Der gute Roger ist hier, und nun ist es Zeit zu gehen. Das ist auch ganz gut so. Du hast ja alles bekommen, was du wolltest, nicht wahr? Ist es so?“

Kristin hatte das Gefühl, als müsste sie ersticken. Die Luft zwischen ihnen schien vor Spannung und Ärger zu vibrieren, und Justins Griff um ihren Arm wurde immer fester.

„Lass mich gehen.“

„Dich gehen lassen? Ich habe so sehr versucht, das zu tun.“

„Mach das nicht!“ bat sie. Die Distanz und der Spott in seiner Stimme taten ihr weh. „Nach allem, was wir hatten, ist das das Einzige, was du noch siehst? Du hast mir gesagt ...“

„Was habe ich gesagt?“

„Du hast so geklungen, als würde dir wirklich etwas daran liegen, als wäre es dir wichtig ...“

„Oh, das muss dir sehr gefallen haben. Nun, du hast deine Vorzüge, und du weißt sie zu nutzen.“ Er schloss einen Moment die Augen, presste die Lippen zusammen und lehnte sich zurück. Dann schaute er Kristin wieder an, und sein Blick schien wie ein blaues Feuer zu brennen. „Und Roger hat mich gefragt, ob ich dich verführt hätte!“

Kristin versuchte verzweifelt, sich aus seinem Griff zu befreien, aber er zog sie stattdessen noch dichter an sich heran.

„Du bist gut“, sagte er heiser. „Ich finde sogar, verdammt gut. Du hast es geschafft, mit deiner kleinen Komödie hier hereinzukommen, und hast so getan, als wärst du die Unschuld in Person. Aber um alles zu erfahren, musstest du mir näher kommen. Reporter! Verdammt sollen sie sein! Sie machen alles, aber du hast den Vogel abgeschossen. Es gibt doch nichts Besseres, als mit einem Mann zu schlafen, um an sein Herz zu kommen, nicht wahr?“

Kristin hatte eine Hand frei und ohrfeigte ihn. Sie war zu schnell, als dass Justin sie hätte aufhalten können. Der Schlag klang laut in der Küche, und die Abdrücke ihrer Finger zeichneten sich rot auf seiner Wange ab.

Einen Moment lang dachte sie, er würde sie ebenfalls schlagen. Doch stattdessen gab er sie unvermittelt frei und ließ die Arme kraftlos sinken.

„Verschwinden Sie, Miss Kennedy. Seien Sie bitte nicht beleidigt, wenn ich nicht lesen werde, was Sie schreiben.“

„Ich habe nicht die Absicht, etwas über Sie zu schreiben, Mr. Magnasun“, erwiderte sie eisig. „Ich finde Artikel über eingebildete, egoistische Theaterautoren äußerst langweilig.“ Sie wirbelte herum und verließ die Küche mit wehenden Haaren. Die Tränen stiegen ihr in die Augen, und sie konnte kaum sehen, wohin sie ging. Aber Justin hielt sie erneut auf. Er packte sie und drehte sie zu sich herum.

Kristin stieß eine Verwünschung aus und trommelte mit den Fäusten gegen seine Brust. Er zog sie noch dichter an sich und presste sie gegen sich. Sie versuchte, vor seinen Lippen zurückzuweichen, aber sie legten sich auf ihren Mund und hielten sie mit einer verzehrenden Hitze fest. Es war ein Kuss voller Leidenschaft und Wut. Die Hitze erfüllte sie vollkommen und forderte eine Reaktion. Kristin versuchte erneut, sich von Justin zu lösen und gegen seinen Kuss anzukämpfen.

Aber er ließ sie nicht los. Schließlich öffnete sie die Lippen unter seinen, der Druck seiner Finger wurde schwächer. Er fuhr mit den Fingern durch ihr Haar, massierte ihren Nacken. Dann legte er die Hand auf ihre Wange und hielt sie fest.

„Du bist wirklich sehr gut", flüsterte er so dicht an ihrem Mund, dass Kristin ein paar Sekunden brauchte, bis sie begriff, was er sagte. „Ich kann dich kaum gehen lassen, obwohl ich die Wahrheit über dich kenne."

Sie fragte sich, ob seine Stimme spöttisch oder wütend klang. „Und wie lautet diese Wahrheit?" wollte sie wissen, während sie heftig versuchte, sich von ihm loszumachen. „Ich habe dir schon gesagt, dass ich nichts über dich schreibe."

„Warum nicht? Du wirst dafür bezahlt." Sein Blick glitt herausfordernd über sie. „Vielleicht warst du es sogar wert. Irgendjemand wird die Geschichte sowieso schreiben."

Als Kristin sich diesmal von ihm wegstieß, ließ er sie los. Ihr war gar nicht bewusst gewesen, wie wütend sie eigentlich war, bis sie erneut versuchte, ihn zu schlagen.

Doch diesmal fing er ihre Hand ab. „Einmal ist genug, Miss Kennedy. Du hast hier genug Schaden angerichtet."

Sie schaute auf seine Finger. „Dann nehmen Sie Ihre Hände weg, Mr. Magnasun."

Er ließ sie los. Sie ging zur Tür und drehte sich dort um. „Ich wollte keinen Artikel über dich schreiben, Justin. Ich habe dir nur nicht erzählt, dass ich Reporterin bin, weil ich den richtigen Moment nicht finden konnte. Ich wollte zwischen uns nichts zerstören. Ich habe mich in dich verliebt."

Er wollte auf sie zugehen.

„Aber du, Sir, nun, du hast das Schönste kaputtgemacht, was du jemals in deinem Leben gehabt hast!“ rief sie. „Und bitte mich niemals, dir zu verzeihen ...“

„Das ist das Letzte, was mir in den Sinn gekommen wäre.“

„... weil ich es nicht tun werde“, beendete sie ihren Satz. „Selbst wenn du fünf Meilen durch den Schnee kriechen würdest, würde ich dir nicht vergeben!“ Mit diesen Worten stürmte sie hinaus und stieß im Flur mit Roger zusammen, der gerade in die Küche gehen wollte, um herauszufinden, warum die beiden so lange brauchten.

„Kristin, wo willst du hin?“

„Raus!“

Mittlerweile war Justin hinter ihnen aufgetaucht. Seine Augen funkelten, und seine Miene war gespannt. „Kristin ...“

„Ich will nicht mit dir reden!“ wehrte sie aufgebracht ab. Sie würde gleich in Tränen ausbrechen, wenn sie nicht hier fortkonnte. „Ich will dich auch niemals wiedersehen. Ich werde mir noch nicht einmal irgendein Stück von Jon Mountjoy ansehen!“

„Aber das wird dich nicht daran hindern, über Jon Mountjoy zu schreiben, nicht wahr?“ schrie er zurück.

„Nun“, sagte Roger leise. „Ich vermute, das bedeutet, es gibt keinen Kaffee?“

Sie starrten ihn beide wütend an, und er lächelte schwach.

Kristin stürzte aus dem Haus, und Roger folgte ihr unmittelbar. Sie lief durch den Schnee auf das Schneemobil zu, stürzte hin, rappelte sich wieder auf und stolperte weiter, bis sie es endlich erreicht hatte. Roger klopfte ihr fürsorglich den Schnee von der Kleidung. Dann entfernte er eine Flocke von ihrer Nase.

„Kristin ...?“

„Lass uns einfach nur fahren, Roger. Bitte!“

Er seufzte auf. „Gut, wie du möchtest. Aber Justin ...“

„Nicht. Erwähne nicht einmal seinen Namen!“

„Kristin ...“

„Ich will weg hier!“

„Schon gut. Ist ja gut. Wir werden fahren.“

Kristin kletterte auf den Rücksitz des Schneemobils, und Roger ließ den Motor an. Sie hatte nicht geweint, nicht einmal, als ihr die Tränen in den Augen gestanden hatten. Doch als das Schneemobil losfuhr, strömten ihr die Tränen über die Wangen. Es waren kalte Tränen, und sie schienen sofort auf der Haut festzufrieren. Sie waren heiß und gleichzeitig kalt. Fast ein bisschen wie Schneefeuer. Snowfire ...

7. KAPITEL

„Ich habe Justin immer gemocht", sagte Sue und nippte versonnen an ihrem Kaffee.

Kristin hatte am Morgen das Frühstück für sie drei auf dem Gasherd zubereitet. Sie hatte eigentlich nicht über Justin reden wollen, aber letzte Nacht hatte sie Sue gegenüber ein paar Andeutungen gemacht. Sue war sehr verständnisvoll gewesen. Sie war eine ausgesprochen schöne Frau mit warmen braunen Augen und rötlichbraunem dichtem Haar. Sie und Roger schienen sich schon seit der High School geliebt zu haben. Seit damals hatten sie, Roger und Kristin alles Mögliche zusammen erlebt.

Außerdem hätte ich sowieso nicht über Justin schweigen können, dachte Kristin. Roger wusste ja, wo sie gewesen war und was sie gemacht hatte. Er hatte vor seiner Frau keine Geheimnisse, und Sue war wie eine Schwester für sie. Kristin hätte keine Chance gehabt, vor den beiden etwas zu verbergen.

„Ich kann mir nur nicht vorstellen, dass er so grausam sein konnte", beendete Sue ihren Satz. „Andererseits gibt es Leute, die es für ein Glück halten würden, dass du sein Haus lebend verlassen hast."

Kristin wollte lieber an etwas anderes denken. Sie war wütend auf sich, weil sie auf dem Weg zu Roger und Sue geweint hatte, und sie war fest entschlossen, wegen Justin nie wieder auch nur eine Träne zu vergießen. Um sich abzulenken, dachte sie an den Verkehr in Boston, an ihre Arbeit, an das Dinner mit einem Rennfahrer nächste Woche in einem Bostoner Restaurant. Es war ein Essen, das eine Initiative „Mütter gegen Alkohol am Steuer" veranstaltet hatte. Das Leben ging weiter.

Sie konnte sogar mit dem jungen Anwalt ausgehen, den ihr Vater ihr letzte Woche vorgestellt hatte. Er war ihr damals ganz attraktiv vorgekommen.

Aber neben Justin Magnasun verblasste er zur Bedeutungslosigkeit wie jeder andere auch. Sie konnte sich jetzt einfach mit niemandem mehr verabreden, es war sinnlos, sich in diesem Punkt etwas vorzumachen. Zuerst musste sie versuchen, über das hier hinwegzukommen. Denn sie liebte Justin wirklich. ‚Närrin!' schalt sie sich. ‚Du kennst ihn doch kaum.'

Aber sie kannte ihn sehr gut. Sie wusste, wie er lachte und wie sein Blick sich veränderte, wenn er misstrauisch wurde. Sie kannte seine Wut, seine Drohungen, und sie wusste sogar, dass er sich um sie gekümmert hatte, damit ihr nichts geschah, als er ihr am meisten misstraut hatte. Er hatte sie nie übervorteilt. Sie wusste, wie warm sich seine Arme anfühlten, kannte seine Küsse und erinnerte sich daran, wie es war, wenn er sie liebte.

Sie hatten noch nicht einmal eine Woche miteinander verbracht, aber diese Tage zählten mehr als ein ganzes Jahr mit jemand anderem. Obwohl sie wütend auf ihn war und ihn nie wiedersehen wollte, hatte sie nicht aufgehört, ihn zu lieben.

„Er hat seine Frau nicht umgebracht", sagte Kristin zu Sue. „Ich weiß es."

„Ich habe nie geglaubt, dass er es gewesen ist", stimmte Sue ihr zu. „Aber ..." Sie zuckte mit den Schultern. „Ich habe die beiden häufiger zusammen gesehen, und irgendjemand muss Myra schließlich getötet haben."

Kristin fuhr mit dem Finger über ihren Becher. „Du hast sie zusammen gesehen?"

„Tut mir Leid. Ich habe vergessen, dass du nicht über ihn reden wolltest."

„Sprich nur weiter. Ich will etwas darüber hören", versicherte Kristin ihr. „Ich kann immer noch nicht fassen, dass Justin all die Jahre euer Nachbar war und ihr mir nie etwas erzählt habt."

„Wir sind hier sehr verschwiegen in New England, denke ich", meinte Sue. „Aber wir waren keine engen Freunde. Justin hat seit seiner Hochzeit mit Myra die meiste Zeit in New York verbracht. Roger hat ihn häufiger auf dem Postamt getroffen. Er hat uns zum Abendessen eingeladen. Ich weiß noch, wie höllisch aufgeregt ich war, weil ich Myra Beaufort treffen sollte. Aber es war eine riesige Enttäuschung!"

„Warum?"

„Nun, sie verachtete uns ‚Spießer'. Sie hasste sogar dieses wundervolle Haus, das er gebaut hatte." Sie seufzte. „Der Pool ist fantastisch." Sie schaute auf Kristin. „Habt ihr auch ... in diesem wundervollen Pool ...?"

„Sue!" Kristin fühlte, wie sie errötete.

„Wie romantisch!" Sue seufzte erneut. „Das ist wirklich ein Traum. Ich habe mich immer gefragt, wie es sein würde, wenn draußen der Schnee fällt und ..."

„Du warst gerade dabei, über Myra Beaufort zu reden!"

„Nun, da gibt's nicht viel zu erzählen. Sie war ein Biest, und dieses Essen war ein Fiasko. Als wir eintrafen, stürmte sie gerade die Treppe herunter und behauptete, sie müsste sofort nach New York zurück. Sie hat uns kaum wahrgenommen. Als Justin ihr erklärte, dass er uns eingeladen hätte, erwiderte sie nur: ‚Wie drollig.' Wir kamen uns vor wie die Kleinbürger schlechthin."

Kristin beugte sich lächelnd vor. „Und was hat Justin daraufhin gemacht?"

„Oh, er hat sich nichts bieten lassen. Er hat ihr gesagt, sie solle sich nicht aufhalten lassen und nach New York fahren, denn wenn sie noch einmal so unhöflich wäre, würde er sie hinauswerfen. Wir haben sie erst später am Abend wiedergesehen."

„Es muss schrecklich gewesen sein."

„Eigenartigerweise war es das aber nicht. Wahrscheinlich weil Justin uns gegenüber so unglaublich zuvorkommend war. Sie hatten damals einen Koch, und das Essen war vorzüglich. Ich habe niemals einen charmanteren Mann getroffen. Er hat uns das schlechte Benehmen seiner Frau völlig vergessen lassen."

„Und wann ist Myra wieder aufgetaucht?"

„Gegen Mitternacht, kurz bevor wir gehen wollten. Ich habe noch nie eine Frau getroffen, die in Jeans und T-Shirt so hinreißend ausgesehen hat. Sie war nett, aber es war nur aufgesetzt. Das komische war nur ..." Sue zögerte.

„Was denn?" fragte Kristin drängend. „Was, sag es mir!"

„Nun, das Seltsame war, dass sie ihn irgendwie sehr geliebt hat. Aber sie haben sich kurz danach getrennt. Sie lebte nicht in der wirklichen Welt, und er war nicht der Typ Mensch, der das akzeptieren konnte. Verstehst du das?"

Kristin nickte. „Ich glaube schon."

Sue seufzte leise. „Ich hätte ihn geliebt."

„Wie bitte?"

Sue schaute Kristin schuldbewusst an. „Ich meine es nicht so, wie es geklungen hat. Ich bete Roger an, das weißt du. Ich habe das immer getan, und das werde ich auch immer tun. Aber Justin ist ... beeindruckend, findest du nicht? Natürlich findest du es. Er hat großartige Augen und einen fantastischen Körper, aber wem erzähle ich das? Du musst ihn besser kennen als ich ..."

„Sue!"

„Entschuldige." Sue lächelte. Aber sie konnte nicht anders und beugte sich über den Tisch. „Aber ich will es wissen", sagte sie schelmisch.

„Und ich will wissen, was du über den Mord weißt", konterte Kristin.

„Ach das", meinte Sue. „Ich kann mir vorstellen, dass du darüber auch mehr weißt als ich. Ich habe erst danach einiges gehört. Der Sheriff war nicht besonders glücklich darüber, Justin verhaften zu müssen, denn er kannte ihn ebenfalls recht gut. Aber alle anderen Gäste haben ausgesagt, dass Justin gedroht habe, Myra umzubringen, und alle wussten, dass sie andere Männer hatte. Sie war immer noch seine Frau, auch wenn sie sich getrennt hatten. Ich persönlich ..."

„Was denn?" hakte Kristin nach, als Sue verstummte.

„Nun, ich glaube nicht, dass er sie noch geliebt hat. Meiner Meinung nach konnte sie ihn nicht mehr so eifersüchtig machen, dass er sie hätte umbringen wollen."

„Aber wenn sie so wunderschön war ..."

Sue schüttelte den Kopf. „Du verliebst dich vielleicht in jemanden, weil er oder sie schön ist. Aber du kannst jemanden nicht ausschließlich deswegen lieben. Jedenfalls nicht auf Dauer. Es ist zwar hart, das zu sagen, aber Justin brauchte mehr von einer Frau, als Myra vermutlich geben konnte. Es war eine sehr traurige Angelegenheit. Roger und ich hätten für ihn ausgesagt, aber er hat uns nicht gefragt, und es war auch nicht nötig. Sie konnten es ihm nicht beweisen."

„Und all das ist bei euch um die Ecke geschehen, ohne dass ich etwas davon geahnt habe", stellte Kristin fest.

„Du hast dich damals gerade scheiden lassen und uns nicht besucht", erinnerte Sue sie. „Und wir haben später nicht über Justin gesprochen, weil er hier seine Ruhe vor all dem Rummel finden wollte. Und du warst auch nie eine Sensationsreporterin. Ich hätte nie gedacht, dass du etwas wegen Justin unternehmen wolltest."

„Wie schade, dass du das nicht Justin klar machen kannst."

„Oh, nun, das kann ich ihm sagen. Ich werde ihm sogar gern erzählen, dass ..." begann Sue.

„Nein! Ich habe ihm nichts mehr zu sagen. Absolut nichts."

„Kristin, wenn das nur Stolz ist ..."

„Es ist kein Stolz. Es ist eine Frage des Überlebens", entgegnete Kristin fest. „Ich habe ihm vertraut, Sue, sogar, als er erwähnte, dass er wegen Mordes angeklagt worden ist!"

Sue schüttelte den Kopf. „Betrachte es doch einmal von seiner Warte aus. Eine Reporterin hat ihn angerufen, um ein bisschen Klatsch zu erhaschen. Und dann erscheint diese junge, attraktive Frau vor seiner Tür. Sie verführt ihn ..."

„Ich habe ihn nie ..."

„Okay, aber so klingt es besser", beschwichtigte Sue sie. „Sie hat ihn nicht verführt, aber sie hat ihn dazu verführt, sie zu verführen."

„Es war eine gegenseitige Entscheidung bei einem Schachspiel."

Sue warf ihr einen zweifelnden Blick zu und fuhr dann fort: „Gut, also sie haben sich gegenseitig verführt, eine gegenseitige Entscheidung beim ‚Schach', und dann hat er ihr alles von sich erzählt. Danach entdeckte er, dass sie eine Reporterin ist. Was erwartest du von ihm?"

„Ich hätte erwartet, dass ich dir beigebracht habe, besser Schach zu spielen", ertönte plötzlich eine dunkle Stimme vom Eingang.

Kristin fuhr herum.

Roger lehnte am Türrahmen. „Dann wäre es nämlich gar nicht erst dazu gekommen", fügte er hinzu.

„Wie lange hast du schon zugehört?" wollte Sue wissen.

„Nur den Teil über Schach, mehr habe ich nicht gehört", meinte Roger wehmütig. „Stell dir vor, ich wäre ein besserer Lehrer gewesen, dann hättest du ihn schachmatt gesetzt, und ihr hättet Backgammon spielen können, statt Sex zu machen."

Kristin stöhnte leise auf. „Wenn ihr nicht bald ein Herz für mich habt, werde ich heimfahren, das schwöre ich."

„Die Straßen sind noch nicht frei", entgegnete Roger. „Darling, wir versuchen nur, dich aufzuheitern", setzte er tröstend hinzu.

Kristin hob lächelnd den Kopf. „Ich weiß." Sie seufzte und richtete sich auf. „Wisst ihr was?"

„Was?" fragten Roger und Sue gleichzeitig.

„Ich werde eine Story über Justin Magnasun schreiben."

„Nun, dann wird er dir ganz bestimmt vertrauen", sagte Roger ironisch.

Kristin schüttelte den Kopf. „Es macht jetzt nichts mehr aus, nicht wahr? Was wichtig ist, ist ..."

„Was? Was ist wichtig?" fragte Sue.

Kristin lächelte, als sie merkte, dass sie ebenfalls mitten im Satz abbrach. „Nun, der wirkliche Mörder ist ja anscheinend niemals entlarvt worden. Vielleicht stoße ich auf etwas, ein Motiv, einen Beweis gegen jemand anderen."

„Vielleicht ist der Mörder irgendjemand, der sich zufällig in der

Gegend aufgehalten hat", erklärte Roger. „Sie konnten nicht einmal die Fußspuren sicherstellen, weil es zu viele gab."

„Roger, glaubst du wirklich, dass ein Mörder zufällig durch diese Stadt kommt und eine Frau auf einem abgelegenen Anwesen umbringt?" fragte Kristin ihn.

„Nein, das nicht. Aber es wäre theoretisch möglich."

„Aber es ist viel wahrscheinlicher, dass es jemand von hier gewesen ist. Ein Motiv, Roger, das ist es, was wir brauchen."

„Das führt uns wieder zu Justin."

„Nur weil der ganze Fall nicht richtig untersucht worden ist." Kristin fühlte, wie ihr Interesse an diesem Fall wuchs. Natürlich hatte sie Justin gesagt, dass sie ihn nie wiedersehen wollte, weil sie unglaublich wütend auf ihn gewesen war. Sie war immer noch unglaublich wütend auf ihn. Aber sie schuldete ihm etwas. Er hatte ihr das Leben gerettet. Wenn sie im Wagen geblieben wäre, dann wäre sie erfroren. Selbst wenn er ein unfreiwilliger Gastgeber gewesen war, hatte er sie immerhin nicht sterben lassen. Und dafür würde sie seine Unschuld beweisen, ganz gleich, was er von ihr halten mochte.

Kristin wusste, dass sie ihn immer noch liebte. Noch nicht einmal die Tatsache, dass sie zutiefst von ihm verletzt worden war, konnte dieses Gefühl verschwinden lassen.

Alle drei schraken hoch, als plötzlich ein lautes Geräusch von draußen zu hören war.

„Schneepflüge", sagte Sue kurz. „Die Straßen werden bald wieder frei sein."

„Dann können wir nach deinem Wagen sehen."

„Oh", rief Kristin erschrocken. Ihr Wagen stand ihr viel zu nah an Justin Magnasuns Haus. „Roger, könntest du nicht einfach ..."

„Nein, du wirst mit mir kommen."

„Du bist grausam."

„Nein, das bin ich nicht. Aber ich kann keine zwei Wagen zurückfahren." Er lächelte und ging hinaus.

„Sue ..." begann Kristin, aber die schüttelte den Kopf. „Ich finde auch, dass du gehen solltest, Kristin. Du hast doch keine Angst vor ihm, jedenfalls nicht diesbezüglich, oder?"

Kristin registrierte den gewollt unschuldigen Unterton sehr gut. „Ich habe keine Angst vor ihm", behauptete sie.

Sue streckte eine Hand über den Tisch aus und legte sie auf Kristins Finger. „Kristin, ich glaube, du bist verrückt. Bitte untersuch den Fall nicht weiter. Erstens könntest du verletzt werden, weil der wirkliche Mörder nicht erwischt werden will. Und außerdem gibt es da noch Justin und dich ..."

„Nein", widersprach sie leise. „Sue, ich habe schreckliche Sachen zu ihm gesagt. Wirklich schreckliche Dinge."

„Nun, Roger hat mir auch schon ein paar Kränkungen an den Kopf geworfen, und ich ihm sicherlich auch. Aber ich liebe ihn, und ich weiß, dass er mich auch liebt. Ergreif deine Chance, Kristin! Du hast seit deiner Scheidung niemandem mehr vertraut, und zwischen dir und Justin war etwas. Etwas sehr Wichtiges."

„Ich kann ihm nicht verzeihen, und außerdem will er das auch gar nicht. Er hat nicht den geringsten Versuch gemacht, mir zu folgen."

„Was erwartest du? Dass der Märchenprinz dich in einer Kutsche abholt?"

„Vielleicht, ich weiß es nicht. Oh Sue, ich verlange nicht alles auf einmal. Aber ich will, dass er kommt und mir versichert, dass er all das, was er in der Zeit, die wir gemeinsam verbracht haben, sagte, auch so gemeint hat. Er soll mir glauben, dass ich die Panne nicht vorgetäuscht habe, um ihn auszuspionieren. Eigentlich müsste er wissen, dass ich so etwas niemals tun würde."

„Vielleicht weiß er das ..."

Kristin schüttelte entschieden den Kopf. „Nein!"

Sue seufzte. „Nun, jedenfalls wirst du deinen Wagen brauchen, um Nachforschungen anzustellen."

„Du willst ihn wirklich nicht für mich holen?"

„Du hast wirklich keine Angst vor Justin?"

„Oh!" Kristin warf erbost die Hände in die Luft. „Was ist, wenn ich sage, ich habe Angst vor ihm?"

„Dann würde ich dir antworten, du brauchst keine zu haben", erwiderte Sue selbstzufrieden. Sie stand auf und sammelte das restliche Frühstücksgeschirr zusammen, das noch auf dem Tisch stand. „Zumindest bin ich fast sicher, dass du keine Angst haben musst."

„Du klingst fast wie Roger. Er denkt, Justin sei kein Mörder."

„Wir halten eben zu ihm."

„Nein", widersprach Kristin. „Ich weiß, dass er kein Mörder ist. Das ist ein großer Unterschied."

Sue lächelte. „Dann hast du bestimmt keine Angst vor ihm. Also zieh dich um und geh deinen Wagen holen."

„Kann ich mir von dir etwas zum Anziehen leihen?" bat Kristin.

„Fühl dich wie zu Hause. Mein Schrank ist dein Schrank", sagte Sue.

Kristin akzeptierte, dass ihre Galgenfrist abgelaufen war, und ging sich umkleiden.

Selbst die starken Schneepflüge schafften es an diesem Tag nicht, sämtliche Straßen zu räumen, und Kristin konnte erst am nächsten Morgen mit Roger aufbrechen, um den Cherokee aus der Schneewehe herauszuholen.

Als sie sich Justins Anwesen näherten, bewunderte Kristin die klare und schöne Architektur des Hauses. Sie hatte es von außen bisher nicht richtig wahrgenommen. Jetzt sah sie die Glasscheiben der Küche und erinnerte sich daran, wie sie zusammen mit Justin dort gesessen und das Schneegestöber beobachtet hatte. Es war sehr warm gewesen. Die Küche schien wie für sie geschaffen zu sein, da sie doch so gern kochte, und sie hatte sich dort sehr wohl gefühlt.

Auch wenn Justin es nie ausgesprochen hatte, konnte Kristin jetzt verstehen, dass dieses Haus sein Traum gewesen war. Es war der Ort, an dem er mit jemandem leben wollte, den er liebte, mit dem er die langen Winternächte verbringen und mit dem er zusammen kochen und heißen Kaffee trinken konnte.

Myra hatte andere Träume gehabt. Aber für Kristin war das Haus perfekt gewesen. Sie hatte es geliebt, jeden Zentimeter davon, und sie hatte sich wohl gefühlt. Zu Hause. In dem Haus, aber auch bei Justin ...

Sie presste die Lippen zusammen und schaute weg, als Roger seinen Wagen abbremste. Sie dachte an den Tag zurück, als sie angekommen war. Sie hatte gedacht, dass sie von der Stelle, an der der Wagen zuerst liegen geblieben war, noch ein ganzes Stück zurückgelegt hätte. Aber das stimmte gar nicht.

Sie hatte es gerade bis zu einer Kurve geschafft, die nicht weit von dem Haus entfernt war. Die Schneewehe um ihren Wagen herum war von einem Räumfahrzeug so weit wie möglich beseitigt worden, aber die Schnauze des Cherokee steckte immer noch tief im Schnee fest. Das Heck war frei, und Kristin sah, dass all ihre Habe noch da war. Ein Koffer hatte sich geöffnet, und ein Teil ihrer Unterwäsche und ein cremefarbenes Nachthemd lagen direkt an der Scheibe.

„Wie ich sehe, packst du immer noch sehr sorgfältig", stichelte Roger.

„Ach, halt doch bitte den Mund!" bat Kristin ihn.

„Gut, ich hole ein Abschleppseil", meinte Roger gelassen, „und werde sehen, ob mein Blazer deinen Wagen herausziehen kann."

„Wie kann ich dir helfen?"

„Am besten, indem du mich einen Moment allein lässt", erklärte er freundlich.

Kristin schnitt ihm eine Grimasse und lehnte sich gegen die Seite ihres Wagens. Sie schaute auf den Wald jenseits der Straße und schlug fröstelnd die Arme um ihren Körper, um sich zu wärmen. Es hatte zwar aufgehört zu schneien, aber es war immer noch sehr kalt. Von vielen Bäumen hingen Eiszapfen, aber wenigstens kam gelegentlich die Sonne durch. Der Himmel war blaugrau, und es war immer noch ein Winterhimmel. Der Schnee schimmerte strahlend weiß wie in einem Märchenland, und es war Justins Welt ...

Und es war außerdem der Ort, an dem Myra Beaufort gestorben war. Sie hatte die Schönheit des Winters gehasst. Justin hat es nicht getan, dachte Kristin. Sie war sich dessen sicher. Gleichzeitig ärgerte sie sich darüber, dass sie so fest an seine Unschuld glaubte.

Er war nicht so überzeugt von ihr wie sie von ihm.

Sie schloss sekundenlang die Augen und stellte sich die Party vor. Es war Winter gewesen wie jetzt. Der Boden war bestimmt mit Schnee bedeckt gewesen und die Luft schneidend kalt. Myra liebte Justin immer noch, auf ihre Weise eben, aber er sie nicht mehr. Dennoch hatte er für sie ein Theaterstück geschrieben, in dem sie wieder groß herauskommen sollte. Und die Schauspieler, die die anderen Hauptrollen spielten, waren ebenso wie die Agenten hier versammelt gewesen, um den großen Erfolg des Stücks zu feiern.

Wer konnte Myras Tod gewünscht haben? War es ein Verbrechen aus Leidenschaft gewesen, oder hatte es jemand sorgfältig geplant? Worüber hatten sie sich in dieser Nacht unterhalten? Und was war sonst noch an diesem Abend passiert?

Es musste eine recht bunte Gesellschaft gewesen sein. Die schöne Myra, die spürte, dass sie unaufhaltsam älter wurde, die andere Frau, Roxanne Baynes ... Wie war sie gewesen? Sie war jung und stand am Anfang ihrer Karriere. Sie war sicherlich noch nicht so ausgebrannt gewesen wie Myra. Hatte sie vielleicht sogar eine Bedrohung für sie dargestellt?

Myra ist gestorben, rief Kristin sich ins Gedächtnis. Nicht die hübsche Nachwuchsschauspielerin. Sie musste den Täter also woanders suchen.

Was war mit den Männern? Dieser attraktive Hauptdarsteller, Jack Jones. Vielleicht war er in Myra heimlich verliebt gewesen. Vielleicht hatte sie ihn schrecklich eifersüchtig gemacht.

Und der Kritiker? Vielleicht hatte er Myra erpresst?

Es ist hoffnungslos, dachte Kristin. Ich kenne niemanden von ihnen, und ich kann mir einfach kein Motiv für einen Mord vorstellen. Aber was ist mit der Frau des Kritikers?

Plötzlich ertönte eine Stimme, und Kristin fuhr erschreckt hoch. „Soll ich diese Haken an der Stoßstange befestigen?“ Es war Justins Stimme, die Kristin hörte, und sie sah ihm mit einer gewissen Nervosität entgegen, als er mit Rogers Abschleppseil in der Hand die Straße überquerte. Er trug eine Skijacke, die seine Schultern noch betonte und ihn größer machte, als er war. Da er auf Hut oder Mütze verzichtet hatte, fiel sein dunkles Haar über die Stirn. Seine Augen leuchteten strahlend blau, und Kristin fühlte, wie sich ihr Magen und ihr Herz zusammenkrampften. Sie presste die Lippen aufeinander und ignorierte die aufkeimende Zuneigung, die sie fast wehrlos zu machen drohte.

Sie wollte ihn hassen, wirklich ernsthaft hassen. Sie wollte ihren Ärger am Leben erhalten, weil es ihr so wichtig war, dass Justin ihr glaubte.

Es war keine zwei Tage her, seit sie ihn das letzte Mal gesehen und keine acht Tage, seit sie ihn das erste Mal getroffen hatte. Aber in dieser Zeit war er ihr Leben geworden ...

Justin blieb stehen und schaute sie an. „Guten Morgen, Miss Kennedy", sagte er. Seine Stimme klang heiser. Und sie löste Schauer der Erregung aus, die Kristin über den Rücken liefen. Sie wartete.

8. KAPITEL

Aber Kristin wartete vergeblich. Justin ging ohne ein weiteres Wort an ihr vorbei, kauerte sich hinter den Cherokee und befestigte die Haken an der Stoßstange. Als er aus Kristins Blickfeld verschwand, wurde sie von einer unvernünftigen Wut erfasst. Sie lief zu dem Heck ihres Wagens.

„Ich brauche deine Hilfe nicht!"

Justin schaute erstaunt zu ihr hoch. „Ich helfe auch nicht dir, sondern Roger."

„Ich will nicht, dass du meinen Wagen anfasst!"

„Und ich will nicht, dass dein Wagen vor meinem Haus steht!" Er hatte inzwischen die Haken befestigt und stand auf. Sein Blick fiel auf Kristins Sachen im Heck des Wagens. „Kleider?" fragte er ironisch und sah sie wieder an. „Wie nett. Anscheinend hattest du tatsächlich vor, welche zu tragen."

„Du wirst mich ganz gewiss nie wieder ohne Kleidung sehen", konterte sie zuckersüß.

„Schon möglich, aber bestimmte Dinge werden immer in Erinnerung bleiben", erwiderte er leichthin. Bevor sie etwas antworten konnte, hatte er bereits die anderen Gepäckstücke entdeckt. „Ist das vielleicht ein Schreibcomputer? Und ein Drucker? Besuchst du deine Verwandten immer so, indem du deine Arbeit mitnimmst oder sie unterwegs recherchierst?"

„Du kannst wirklich mit Worten umgehen", entgegnete sie. „Allmählich begreife ich, warum du so ein brillanter Drehbuchautor und ein derart erfolgloser Ehemann bist."

Justin versteifte sich und sein Lächeln schien einzufrieren. „Ich kann es kaum erwarten, deinen Artikel zu lesen. Ich kann gut verstehen, warum du eine sehr erfolgreiche Klatschreporterin bist."

„Ich habe noch nie für Klatschblätter gearbeitet, Mr. Magnasun. Über Leute wie Sie schreibe ich nicht." Sie schaffte es, ihr Lächeln trotz der Wut, die in ihr tobte, beizubehalten.

„Gut zu wissen", sagte er. Er schaute sie immer noch an, aber in diesem Moment rief Roger nach ihr. Justin wandte sich zu dem Blazer um. „Übrigens, die mauvefarbene Unterwäsche würde ich bei deinem nächsten Opfer benutzen. Du wirst damit Erfolg haben."

In ihrem ganzen Leben war Kristin noch nie so wütend gewesen. Sie bückte sich und warf mit aller Kraft einen Schneeball nach ihm. Erst als er seinen Hinterkopf traf, erinnerte sie sich daran, dass sie genau das gemacht hatten, bevor sie sich getrennt hatten.

Aber diesmal war es anders. Es war eine Kriegserklärung.

Justin blieb stehen und drehte sich langsam um. Und trotz ihres Wagens, trotz Roger, trotz der ganzen Umstände beschloss Kristin, dass es vielleicht klüger wäre wegzulaufen. Vor allem, als sie seinen Blick bemerkte. Sie rannte los.

Sekunden später stürmte er ihr in dem Schnee hinterher. Sie hörte seine Schritte hinter sich. Da sie wusste, dass sie nie bis zu dem Wäldchen kommen würde, lief sie in Richtung des Hauses. Kristin schaffte es hineinzulaufen und hatte die Tür fast zugeschlagen, als Justin sie aufstieß und sie beinah umwarf. Mit aller Kraft stemmte sie sich dagegen.

„Was machst du da eigentlich?" rief er.

„Ich sperre dich aus!"

„Es ist mein Haus!"

„Aber du willst mich ..." Sie brach ab. Umbringen, hatte sie sagen wollen. Die Worte klangen zweideutig, und Kristin brachte sie einfach nicht über die Lippen. „Du ... du willst etwas mit mir anstellen", schloss sie lahm.

„Ich will etwas mit dir machen, richtig", stieß er düster hervor. „Öffne die Tür! Es ist mein Haus!"

„Versprich mir, dass du nicht ..."

„Was?"

„Einen Schneeball nach mir wirfst."

„Ich verspreche, dass ich keinen Schneeball nach dir werfen werde. Und nun mach die Tür auf!"

Doch Justin wartete nicht darauf, bis Kristin geöffnet hatte, sondern stemmte sich mit der Schulter dagegen. Eine Sekunde später hatte er ihren Arm gepackt und zog sie in den Schnee zurück.

„Du hast es versprochen!" erinnerte sie ihn.

„Es hat verdammt wehgetan!"

„Das wollte ich nicht ..."

„Du meinst, der Schneeball ist von allein an meinen Kopf geflogen?"

„Nein, ... ich ..." Sie wich vor ihm zurück. Er sprang auf sie zu wie ein Footballspieler. Kristin landete auf dem Rücken im Schnee, und Justin kauerte sich über sie.

„Du hast versprochen ..."

„Ich habe gesagt, dass ich keinen Schneeball nach dir werfen würde. Dieser hier fällt nur zufällig auf deine Nase."

„Aber du hattest es verdient, dass ich ihn werfe."

Justin hatte ihn verdient und nicht sie. Sein Gesicht war dicht vor ihrem, und seine Hände lagen auf ihr. Seine Hüften waren dicht an ihre gepresst, während er die Schenkel um sie schmiegte. Heiß und fest. Kristin atmete schnell, und ihr Herz schlug heftig. Sie befeuchtete die

Lippen, die plötzlich trocken schienen, und sie sah, dass er seinen Blick nicht von ihrem Mund ließ. Kristin dachte, dass Justin sie küssen wollte, und sie sehnte sich so sehr danach. In ihm war Wärme, viel Wärme.

„Ich habe es verdient?" wiederholte er. Er ließ den Schneeball nicht auf sie fallen. Seine Finger verschränkten sich mit ihren, während er sie in den Schnee hinunterdrückte. Justin war ihr so nah, und seine Lippen berührten fast die ihren. Sein Atem strich über ihre Wange, und Kristin drängte sich ihm entgegen, nur um trotz der dicken Kleidung mehr von seinem Körper zu fühlen.

Sie fühlte, dass er sie begehrte, genauso wie sie ihn begehrte, trotz all ihrer Worte. Die Spannung wuchs, und beide versuchten, etwas zu sagen, aber sie schienen die Sprache verloren zu haben.

„Was, Miss Kennedy?" fragte er schließlich heiser. „Haben Sie noch etwas vergessen, was Sie für Ihre Geschichte brauchen?"

„Ich könnte jetzt schon schreiben, was für ein Mistkerl du bist", fauchte sie. ‚Du darfst nicht vergessen, was er dir an den Kopf geworfen hat', mahnte sie eine innere Stimme.

„Dein Computer ist da drüben im Wagen!" meinte er herausfordernd.

„Und dein Lebenslauf liegt in jedem Zeitungsarchiv!" erinnerte sie ihn leidenschaftlich. Wenn nur sein Mund nicht so verlockend nah gewesen wäre.

„Aber du willst mehr als das, nicht wahr?"

Viel mehr, hätte sie am liebsten ausgerufen, aber er hätte es nicht verstanden. „Geh bitte von mir herunter."

„Aber ich rede mit dir."

„Ich habe dir schon gesagt, dass ich nie wieder mit dir reden will, selbst wenn du fünf Meilen durch den Schnee zu mir hergekrochen kommst. Ich werde dir nie verzeihen. Erinnerst du dich?"

„Das wird niemals passieren, Miss Kennedy."

„Steh endlich auf, bitte!"

Aber Justin bewegte sich nicht, sondern betrachtete sie nur. Während er ihr in die Augen sah, verstärkte er den Griff seiner Finger. Er wird mich küssen, dachte Kristin, die sich nach dieser Liebkosung sehnte ...

„Was soll denn das nun schon wieder? Also wirklich!" Roger beugte sich über sie und schaute sie vorwurfsvoll an. „Justin, sie ist meine Cousine. Wenn ihr euch jetzt schon wieder Hals über Kopf in diese Geschichte stürzen wollt, sagt mir Bescheid, und ich verschwinde. Aber wenn du sie den Schneeheiligen opfern willst, werde ich dich daran hindern."

Justin presste die Lippen zusammen und erhob sich, während er Kristin mit sich hochzog. Sie schauten sich erhitzt an.

„Nun", meinte Roger, „falls sich jemand dafür interessiert: Ich habe den Cherokee wieder gestartet."

„Ich interessiere mich dafür", versicherte Kristin hastig. Sie warf Justin einen kurzen Blick zu, bevor sie sich umdrehte und über den verschneiten Rasen lief. Eilig kletterte sie in den Wagen und blieb mit zitternden Händen hinter dem Lenkrad sitzen. ‚Ich wäre bereit gewesen, ihn wieder zu küssen', dachte sie.

‚Nein', verbesserte sie sich, ‚ich wäre für alles bereit gewesen.' Sie legte den Gang ein und fuhr zu Roger und Sues Haus.

Am nächsten Morgen war der Himmel vollkommen blau. Es war zwar noch kalt, aber wunderschön, und sogar Strom und Telefon funktionierten wieder.

Roger war nach Athol gefahren, wo er unterrichtete, und Sue hatte einen Termin beim Arzt. Kristin war froh darüber, weil sie dadurch eine Auseinandersetzung mit den beiden vermied. Sie hatte nämlich vor, das Zeitungsarchiv der kleinen Stadtbibliothek aufzusuchen.

Es gab dort eine einzige Angestellte, eine freundliche, ältere Frau. Obwohl Kristin nicht genau sagte, was sie suchte, wusste die Frau dennoch sofort, worauf es ihr ankam.

„Ach, der Mord? Natürlich!" meinte die Frau selbstgefällig. „Nun, mehr ist hier draußen auch nicht passiert, deshalb erkundigen sich alle Leute danach. All diese berühmten Leute! Mr. Magnasun wohnt immer noch hier, aber wir reden nicht darüber. Jedenfalls meistens", fügte sie hinzu, als sie bemerkte, dass sie doch darüber klatschte. „Er scheint ein feiner Kerl zu sein, wirklich. Er war immer freundlich, hilfsbereit und so natürlich. Aber sie ... nun, sie war ganz anders. Man könnte ihm keinen Vorwurf machen, wenn er sie umgebracht hätte. Er war zwar attraktiv, aber auch sehr kräftig, verstehen Sie?"

„Ja, natürlich", erwiderte Kristin leise.

„Und alle waren da. Wussten Sie übrigens, dass diese Roxanne ... wie heißt sie noch gleich? Na, macht nichts. Jedenfalls die junge Schauspielerin von damals spielt auch in der Wiederaufführung die Hauptrolle."

„Nein, das wusste ich nicht."

„Das Stück hat dieselbe Besetzung, bis auf Myra Beaufort natürlich. Es gibt jetzt auch neue Spekulationen über den Mord, aber anscheinend lieben die Leute Skandale. Es hat jedenfalls Mr. Magnasuns Karriere nicht geschadet."

„Ja, das weiß ich."

Da die Bibliothekarin nun schon einmal wusste, was gewünscht wurde, nannte ihr Kristin die genauen Jahrgänge der Zeitungen, die sie brauchte. Dann setzte sie sich damit vor ein Lesegerät. Nach kurzer Zeit kam die Bibliothekarin und fragte sie, ob sie eine Tasse Tee wollte. Kristin nahm dankbar an, aber die Frau ließ sich nicht dafür bezahlen.

„Nein, nein, Sie sind Sue und Rogers Cousine. Die beiden bringen mir auch oft etwas mit." Damit war sie verschwunden, und Kristin sagte sich, dass in der Kleinstadt eben alles anders war. Der Bibliothekarin machte es anscheinend nichts aus, dass sie ihr Reich unbeaufsichtigt ließ.

Kristin hatte mittlerweile die entsprechenden Artikel gefunden. Sie las sie rasch durch. Die Schilderungen des Sachverhalts waren interessant, aber über die Gäste wurde nicht viel erwähnt. Doch dann fand sie einige Interviews mit ihnen, und in einem war eine Porträtaufnahme von Roxanne Baynes.

Kristin holte ein Blatt Papier aus ihrer Tasche und begann, die Namen zu notieren. Justin hatte sie zwar aufgezählt, aber sie hatte damals nicht genug aufgepasst.

Da gab es die Stars von „Snowfire“: Roxanne, den attraktiven Jack Jones und den talentierten Harry Johnston. Der Filmkritiker Joseph Banks mit seiner Frau Sara. Er hatte zu dem Reporter gesagt, dass „Myra das Leben genauso dramatisch verlassen hat, wie sie es gelebt hat.“ Dann waren da noch Artie Fein, Myras Agent, und Christina Anderson, Justins Managerin. Sie war eine große schlanke Blondine.

Was für eine Agentin, dachte Kristin und bemerkte, dass sie beim Anblick von Christina eifersüchtig wurde. Sie hatte kein Recht, über Christina zu urteilen. Unter den Managern, die sie bisher getroffen hatte, waren viele attraktive junge Frauen gewesen.

Wo soll ich anfangen? überlegte sie. Zwei Agenten, drei Ensemblemitglieder, ein Theaterkritiker samt Frau und das Dienstmädchen Consuela. Die Letztere schied sicherlich aus dem Kreis der Verdächtigen aus. Es ging hier um mehr als verbrannte Brötchen!

Das einzige Foto, auf dem Justin zu sehen war, zeigte ihn gefasst und ruhig. Er wirkte keineswegs gebrochen, obwohl er gewusst hatte, dass er unter Verdacht stand. Kristin trommelte nervös mit den Fingern auf dem Schreibtisch und studierte dann erneut die Informationen über Roxanne Baynes. Etwas in dem Interview hatte ihre Aufmerksamkeit erregt, und sie fragte sich, was es war.

Dann fand sie in einem Artikel die Nachricht, dass Roxannes Heimatstadt Boston war. Sie werden sicherlich seit ein paar Wochen mitten in den Proben zu der Wiederaufführung des Stücks stecken, dachte Kristin, aber dennoch ...

Sie stand auf und suchte in ihrer Handtasche die Telefonkarte. Sie verzichtete darauf, ihre Sachen mitzunehmen, weil die Bibliothekarin ja auch alles unbewacht zurückgelassen hatte. Sie trat auf die Straße hinaus und entdeckte eine Telefonzelle vor einem Gebäude aus dem achtzehnten Jahrhundert am anderen Ende des Dorfplatzes.

Nachdem sie die Auskunft in Boston erreicht hatte, sagte sie sich, dass sie wahrscheinlich eine Närrin war. Sie war nicht einmal sicher, ob Roxanne Baynes überhaupt der richtige Name der Frau war, und hätte fast aufgelegt. Doch in diesem Moment meldete sich die Vermittlung am anderen Ende der Leitung, und Kristin erkundigte sich nach der

Nummer von Roxanne. Zu ihrer Überraschung existierte ein Anschluss unter diesem Namen.

Sie wählte sie, und zu ihrer noch größeren Überraschung teilte ihr der Anrufbeantworter eine Nummer in New York mit, die Kristin sofort wählte.

Kristin hatte Glück. Eine weibliche, heisere Stimme beantwortete den Anruf.

„Miss Baynes?" fragte Kristin.

„Am Apparat. Was kann ich für Sie tun?"

Kristin zögerte einen Moment. Sollte sie sich als Journalistin ausgeben? Doch dann entschied sie sich, ins kalte Wasser zu springen und herauszufinden, wo Roxanne stand.

„Mein Name ist Kristin Kennedy. Ich bin eine freischaffende Reporterin, Miss Baynes. Ich möchte etwas über die Wiederaufführung von ‚Snowfire' schreiben, und ich war überrascht zu hören, dass das Ensemble fast das gleiche ist, das schon einmal auf der Bühne stand."

„Nun, es ist ein guter Job."

„Macht es Ihnen etwas aus, mit mir darüber zu reden? Ich habe nicht damit gerechnet, so einfach zu Ihnen durchzukommen. Ich hatte befürchtet ..."

„Nun, ich bin kein Filmstar, sondern eine hart arbeitende Bühnenschauspielerin. Und es macht mir nichts aus, über ‚Snowfire' zu sprechen, solange Sie nette Dinge über mich schreiben."

Kristin lachte leise. „Nun, ich glaube nicht, dass es schwer ist, gute Kritiken über ‚Snowfire' zu bringen. Ich finde es hervorragend. Allerdings würde ich gern mehr über ..."

„Den Mord erfahren", unterbrach Roxanne sie.

„Ja."

Es gab eine Pause.

„Glauben Sie, dass Justin Magnasun schuldig war?" drängte Kristin.

„Wer weiß? Vielleicht ist Myra ja auch nur an ihrer eigenen Bosheit gestorben."

„War sie ... gemein zu Ihnen?“

„Myra konnte zu allen Leuten gemein sein, aber sie befand sich gerade im siebten Himmel, als sie gestorben ist. Das Stück war ein großer Erfolg, und ihre Kritiken waren sensationell. Ich muss mich beeilen, Miss Kennedy. Ich habe eine Probe.“

„Darf ich Sie später noch einmal anrufen?“

„Ich bin dieses Wochenende zu Hause in Massachusetts. Versuchen Sie es dann.“

„Großartig!“ sagte Kristin, bedankte sich und legte auf. Sie war aufgeregt, denn wenigstens war sie auf dem richtigen Weg. Lächelnd kehrte sie in die Bibliothek zurück.

Die Bibliothekarin war immer noch weg, und Kristins Sachen lagen genau da, wo sie sie gelassen hatte. Nachdenklich sichtete sie noch mehr Artikel. Es gab Bilder von Roxanne und Jack Jones. Und auch Myra war abgebildet, wie sie tot im Schnee lag. Während Kristin auf den Bildschirm des Lesegeräts starrte, merkte sie, wie ein Schatten darüber fiel. Ein großer Schatten. Und sie war allein in der Bibliothek, vollkommen allein.

Panik ergriff sie, und sie fuhr herum. Vor dem Kamin stand ein Mann. Er musste schon vorher auf einem der Stühle gesessen haben, aber Kristin hatte ihn bis jetzt nicht bemerkt. Doch nun war er aufgestanden. Er hatte die Hände auf die Hüften gestemmt und schaute sie an. Anscheinend hatte er sie beobachtet. Es war Justin.

Er kam zu ihr herüber, und Kristin fühlte sich unbehaglich. Seine Wut war unverkennbar, und der Blick, den er ihr zuwarf, verriet, dass er nur mit Mühe die Fassung behielt. „Du bist also nicht wegen einer Story gekommen?“ knurrte er. „Es hat dich nicht im Geringsten interessiert?“

„Ich ...“

„Erzähl mir nicht, dass du zufällig über diese Artikel gestolpert bist.“

„Wenn du nur ...“

„Wen hast du draußen angerufen?“ fragte er.

„Was?“ Sie fragte sich, wie viel er wusste. Wie hatte er sie hier gefunden?

„Wen hast du angerufen?"

„Das geht dich nichts an!" rief sie. Sie zitterte und versuchte, sich damit zu beruhigen, dass es keinen Grund zur Furcht gab. Schließlich hatte sie das Recht zu tun, was sie wollte.

Aber Justin stand ihr direkt gegenüber. Trotz allen Ärgers konnte sie nicht vergessen, wie nah sie sich einmal gewesen waren. Wie sich seine Lippen auf ihren angefühlt hatten, wie erregend seine Berührung sein konnte.

Er hat ein unberechenbares Temperament, rief sie sich ins Gedächtnis. Und sie war allein mit ihm in dieser Bibliothek. An seiner Schläfe pochte deutlich eine Ader. Dann streckte er die Hand nach ihr aus, und Kristin unterdrückte einen Schrei. Justin zog sie vom Stuhl hoch.

„Hinter was bist du her?" fragte er scharf.

„Du hast nicht das Recht ..."

„Ich habe jedes Recht! Und ich will wissen, wen du angerufen hast."

„Warum spionierst du mir nach?"

„Weil du deine Nase in mein Leben steckst, und weil ich schon einmal auf dich hereingefallen bin. Das war genug. Nun will ich wissen, was eigentlich los ist."

„Nichts!"

„Lass uns gehen", sagte er plötzlich. Er zog sie mit einer solchen Kraft hinter sich her, dass Widerstand zwecklos war.

„Warte, wo ..."

Justin drehte sich so schnell nach ihr um, dass sie gegen ihn prallte. Sie spürte erneut einen Anflug von Angst, weil er so wütend war.

„Wir fahren in mein Haus."

„Nein! Warte! Ich will nicht mit zu dir. Du hast dich nicht im Geringsten entschuldigt ..."

„Entschuldigen!" rief er laut aus und schaute auf den Bildschirm des Lesegeräts, der einen Artikel über Myras Tod zeigte.

Kristin errötete. „Du verstehst nicht ..."

„Und ob ich das verstehe!"

„Oh, du bist einfach unmöglich."

„Sehr richtig! Und ich werde noch viel unmöglicher sein, wenn das hier vorüber ist." Justin nahm ihren Mantel von der Stuhllehne, ergriff ihre Handtasche und warf sie ihr zu.

„Ich werde nicht ..."

„Mit mir kommen? Oh doch, das wirst du. Du willst eine Story, Miss Kennedy. Und ich will wissen, wen du angerufen hat und was du erreichen willst. Du wirst mich begleiten." Er hielt inne und schaute sie mit kalter Wut an. „Wir werden beide genau das bekommen, was wir wollen, Kristin. Das kannst du mir glauben! Wir werden es beide bekommen! Dafür werde ich schon sorgen."

9. KAPITEL

Bevor Kristin wusste, wie ihr geschah, hatte Justin ihr den Mantel angezogen und sie aus der Bibliothek gezerrt. „Ich kann nicht mit dir gehen", versuchte sie Justin zu erklären. „Die Bibliothekarin will mir einen Tee bringen."

„Oh nein, Miss Petrie wird dir keinen Tee bringen. Ich habe sie auf dem Weg zum Gasthof getroffen und deine Bestellung rückgängig gemacht." Mit der Hand hielt er ihren Ellbogen und drängte sie vorwärts.

Kristin blieb auf der Stelle stehen. „Du hast mir nachspioniert!"

Sie waren vor einem weißen Landrover stehen geblieben. Es war Justins Wagen, und er öffnete ihr die Beifahrertür. „Ich habe dir nicht nachspioniert. Ich lebe hier, erinnerst du dich? Miss Petrie war so nett zu erwähnen, dass eine wirklich sehr hübsche junge Reporterin in der Bibliothek sitzt und den Mordfall wieder ausgräbt."

„Nun, sie hat mir aber bereitwillig all die Unterlagen besorgt."

„Miss Petrie glaubt an mich. Sie weiß, dass du Rogers Cousine bist, und denkt sicher, dass du mich fair behandelst. Ich habe ihr nicht erzählt, wie nett du bisher zu mir warst."

Kristin hatte nicht vor, auch nur einen Fuß in den Wagen zu setzen. „Und was heißt das?"

„Das heißt, dass du die Leute unglaublich um den Finger wickeln kannst. Du willst eine Geschichte? Dann lass uns fahren!"

„Ich werde nicht mit zu deinem Haus kommen. Und ich habe auch nichts mit dir zu bereden. Ich sagte dir schon ..."

„Ich weiß. Ich soll fünf Meilen durch den Schnee kriechen, um dich um Verzeihung zu bitten. Weil ich dich verdächtigt habe, dass du eine Geschichte über den Mord an Myra Beaufort planst."

Kristin seufzte. „Ich bin nicht hergekommen, um eine Story über dich zu schreiben!"

„Aber anscheinend hat dir das Thema so gut gefallen, dass du es nicht lassen konntest, nachdem du die Idee gehabt hast, nicht wahr?"

Kristin drehte sich um und wollte gehen. Aber Justin hielt sie auf. „Wen hast du angerufen?"

„Meine Tante Lizzie in Tucson", erwiderte sie zuckersüß.

„Du könntest in Gefahr geraten, Kristin", sagte er. „Du solltest damit nicht spielen."

Kristin war sich nicht sicher, ob er besorgt war oder ob er ihr in seiner Wut nur Angst einjagen wollte. Oder ob er einfach etwas wusste, was er verheimlichen wollte. Sie schaute sich auf dem verschneiten Marktplatz um. Es war ein schönes Bild, und Kristin fragte sich, was jemandem hier schon passieren konnte.

Aber Myra Beaufort war hier ermordet worden.

Kristin schaute Justin an, der sie immer noch scharf und bitter betrachtete.

„Ich spiele mit nichts", erklärte sie.

„Was glaubst du dann, was du tust?" fragte er und beugte sich zu ihr herüber. „Wen hast du angerufen?"

„Du hast mir gesagt, dass du mir für diese Information eine Story erzählen würdest, die es wert wäre", meinte sie herausfordernd.

Justin sah so wütend aus, dass sie beinah zurückgezuckt wäre, als er sie plötzlich auf die Arme nahm, in den Landrover setzte und die

Tür schloss. Dann ging er um den Wagen herum und nahm hinter dem Lenkrad Platz.

Kristin wandte sich zu ihm um. „Ich komme nicht mit zu dir ..."

„Ich lade dich zum Essen ein, Miss Kennedy."

Kristin schwieg, während Justin Gas gab und die Straße entlangfuhr.

Seufzend lehnte sie sich zurück. Justin war nicht gesprächig. Er hatte das Radio angemacht und konzentrierte sich auf die Straße.

Dreißig Minuten später hielt er auf einem Platz vor einem alten Hotel mit einer hohen Veranda an. Justin stieg aus und öffnete Kristin die Tür.

„Wollen wir hier essen?"

„Hattest du an etwas anderes gedacht?" fragte er mit unbewegter Miene.

„Natürlich nicht! Ich habe nur überlegt, ob wir es schaffen, ein ganzes Mittagessen lang friedlich zu bleiben."

„Ich kann sehr friedlich sein. Ich beabsichtige nur nicht, fünf Meilen durch den Schnee zu kriechen, um dich um Vergebung zu bitten. Vor allem, seit du doch eine Geschichte schreibst."

„Ich habe nicht ..." begann Kristin. „Ach, was soll's!" sagte sie dann.

Er reichte ihr die Hand, und da keiner von ihnen Handschuhe trug, durchfuhr es Kristin bei der Berührung seiner Haut wie ein elektrischer Schock. Sie schaute ihm in die Augen, deren Blick Lebhaftigkeit und Aufruhr gleichzeitig verriet.

„Wollen wir hineingehen?" Er legte die Hand auf ihren Rücken, und trotz ihres Mantels konnte sie die Wärme seines Körpers spüren.

Sie gingen über die Straße und die Treppe zum Hotel hinauf. Kurz darauf befanden sie sich in einem warmen und eleganten Speisesaal, durch dessen Fenster man auf einen Marktplatz sehen konnte.

Justin nahm Kristins Mantel, rückte ihren Stuhl zurecht und fragte sie höflich um ihre Meinung, bevor er einen weißen Burgunder bestellte. Er verschränkte die Hände vor sich und schaute Kristin an, während er darauf wartete, dass die Kellnerin den Wein brachte.

„Bin ich so ruhig genug?"

„Du bist sehr höflich." Sie sah ihn an. Er trug einen Tweedpullover, der seine breiten Schultern und seine Brust zur Geltung brachte. Sein dunkles Haar hob sich wundervoll dagegen ab, und Kristin presste die Lippen zusammen. Sie musste gegen den Drang ankämpfen, sich über den Tisch zu beugen und seine Hand zu berühren. „Wie schade, dass du dich nicht entschuldigen kannst."

„Du schuldest mir eine Entschuldigung."

„Ich habe niemals etwas Schlechtes von dir angedeutet."

„Ich habe auch niemals etwas angedeutet. Ich habe es geradeheraus gesagt."

Kristin wollte aufstehen, aber er legte seine Hand auf ihre. „Wohin willst du? Wir sind eine halbe Stunde von meinem Haus entfernt. Du bist hier mit mir gefangen."

„Ich bin nie gefangen", widersprach sie ihm. Dann brach sie ab und blieb sitzen, weil die Kellnerin mit dem Wein kam. Sie wollte keine Szene machen.

Justin schlug Truthahn als Menü vor, und Kristin wollte erst aus Trotz etwas anderes bestellen. Aber es klang so gut, dass sie schließlich seiner Wahl zustimmte. Kaum war die Kellnerin verschwunden, beugte Justin sich über den Tisch.

„Wen hast du angerufen?"

„Das geht dich nichts an. Vielleicht habe ich heute Abend eine Verabredung."

„Vielleicht, aber du hast es nicht."

„Und warum nicht?"

Er beugte sich noch weiter vor, und seine Stimme war heiser. „Weil ich nicht glaube, dass du so einfach mit mir hättest schlafen können, um dann zu verschwinden und jemand anderen zu treffen."

„Warum nicht? Letztlich habe ich doch nur wegen der fantastischen Story mit dir geschlafen, nicht wahr?"

„War ich wirklich fantastisch?" fragte er.

Kristin trat unter dem Tisch nach ihm, aber Justin lachte nur und brachte seine Beine in Sicherheit. Sie fühlte, wie ihre Wut langsam stieg.

„Du warst allerdings fantastisch, Mr. Magnasun. Sowohl was deine Grobheit als auch was dein Ego betrifft!“

„Kristin ...“

„Nein! Erzähl mir lieber, warum du so überzeugt bist, dass ich heute Abend nicht verabredet bin? Schließlich hat doch eine Frau, nein, eine Reporterin wie ich überhaupt keine Moral.“

Er presste die Lippen zusammen. „Verdammt, Kristin ...“

Erneut stand sie auf und wieder hielt er sie fest. „Kannst du mir vielleicht mal eine Pause gönnen? Ich habe durch diese Journalisten eine Menge mitgemacht. Sie haben mich vom ersten Moment an einen Mörder genannt.“ Er holte tief Luft. „Es tut mir Leid.“

Kristin trank einen Schluck Wein und fühlte, wie seine Finger sich um ihre schlossen. Vor ein paar Minuten hätte sie ihre Hand noch weggezogen, aber jetzt hielt sie still. Sie spürte ihren Herzschlag bis in den Hals.

Justin musterte sie eindringlich. „Kristin, ich will nicht, dass du darin verwickelt wirst.“ Er zögerte einen Moment. „Meine Agentin ist heute eingetroffen. Christina und ich sind immer gute Freunde und Geschäftspartner gewesen. Anscheinend ist sie losgefahren, weil sie mich wegen des Sturms telefonisch nicht erreichen konnte. Die Medien haben das Unwetter wohl ein bisschen übertrieben dargestellt, und sie hat sich Sorgen gemacht.“

„Sie hat sich genug Sorgen gemacht, um von New York hierher zu kommen?“ fragte Kristin. Sie fühlte einen eifersüchtigen Stich in ihrem Inneren. „Ist sie ... bei dir zu Hause?“

„Nein“, antwortete er. Er betrachtete versonnen das Weinglas. „Sie ist im Hotel. Deshalb war ich auch in der Stadt. Zufällig habe ich deinen roten Cherokee vor der Bibliothek gesehen und bin Miss Petrie über den Weg gelaufen.“

Kristin nickte. Sie war erleichtert, dass seine Agentin wenigstens nicht in seinem Haus wohnte. Sie konnte sich an das Bild von Christina Andersen erinnern. Sie sah nicht nur gut aus, selbst ihr Name war hübsch. „Wie nett“, murmelte sie.

Er schaute sie an und lächelte dann zögernd. „Eifersüchtig? Das brauchst du nicht. Sie ist eine Freundin. Christina hat an mich geglaubt, als kein anderer es getan hat, und war die Einzige, die nicht auf mich gezeigt hat, als die Polizei gekommen ist. Aber da ist noch mehr."

Kristin versteifte sich und bereitete sich auf einen schmerzhaften Schlag vor. Das ist es, dachte sie. Vermutlich waren die beiden nicht immer nur gute Freunde gewesen, sondern hatten auch eine Affäre miteinander gehabt. Daraufhin ist Myra eifersüchtig geworden, und ist dann ...

... in den Schnee gelaufen und hat sich selbst erwürgt? beendete Kristin ihren absurden Gedanken. Ihre Vorstellungskraft ging mit ihr durch. „Was ist da mehr?" fragte sie so gelassen wie möglich.

„Die Schauspielerin, die Myras Rolle in der Wiederaufführung übernommen hat, musste das Ensemble verlassen. Es gibt eine neue Darstellerin, Maria Canova."

Kristin hob ihr Glas und schaute ihn gleichgültig an.

„Maria wird ebenfalls von Artie Fein gemanagt. Sie wollte mich treffen, und Christina sagte, dass Artie sie über das Wochenende mit hierher bringen würde."

„Na und?" meinte Kristin gespielt gleichgültig.

„Christinas Worten nach zu urteilen, hat Maria dem Rest des Ensembles davon erzählt, und die anderen haben sich spontan entschlossen, ebenfalls zu kommen. Ich weiß nicht, wann sie auftauchen werden – aber mir gefällt das nicht." Er trank einen Schluck Wein, während Kristin ihn fragend ansah. „Vielleicht reagiere ich auch übertrieben, ich weiß es nicht. Vielleicht werden auch gar nicht alle aufkreuzen, nach allem, was passiert ist. Aber einer von ihnen ist ein Mörder. Und es ist ähnlich wie die letzte Party. Ich will nicht, dass du darin verwickelt wirst."

Ich bin doch schon darin verwickelt! hätte Kristin am liebsten gerufen. Aber die Kellnerin brachte gerade das Essen, deshalb schwieg sie. Sie kostete einen Bissen und lächelte Justin zu. „Es schmeckt wirklich großartig."

Er stöhnte auf. „Hast du mir überhaupt zugehört?"

„Natürlich."

„Wen hast du angerufen?"

„Ich habe nur zu Hause angerufen, um zu sehen, ob Sue schon wieder da ist. Sie hatte einen Termin beim Arzt. Aber sie war noch nicht da."

Lächelnd lehnte er sich zurück. „Lüg noch einmal, und ich werde dir nie wieder ein Wort glauben."

‚Er weiß, dass ich geschwindelt habe', dachte sie unbehaglich. Aber sie konnte ihm die Wahrheit nicht erzählen. Er wollte sie nicht mit in die Sache hineinziehen, doch das war sie schon längst, ob er es wollte oder nicht.

„Welchen Unterschied macht das? Du hast mir noch nie geglaubt. Ich kann selbst noch nicht einmal glauben, dass ich hier mit dir sitze."

„Aber du wolltest eine gute Geschichte, nicht wahr?"

„Du hast mir bisher noch nicht viel für eine gute Story gegeben", erinnerte sie ihn.

„Gut", sagte er und beugte sich zu ihr hinüber. „Es gibt das Gerücht", begann Justin, „dass Myra ein Verhältnis mit Joseph Banks hatte. Sie hat anscheinend dem Erfolg des Stücks nicht getraut und so verzweifelt um ihr Come-back gekämpft, dass sie sichergehen wollte, von Joseph Banks unterstützt zu werden."

„Wirklich?" fragte Kristin.

Er nickte. „Was sonst? Jack Jones wollte angeblich eine Affäre mit Myra anfangen, um seine eigene Karriere voranzutreiben."

„Es gibt tatsächlich Motive genug."

Er lächelte. „Es gibt genug Gerüchte", verbesserte er sie. „Hier ist noch eins: Myra hasste Roxanne Baynes. Sie hat sie übel beschimpft, ihr die Show zu stehlen. Aber das Gerücht besagt, dass Roxanne Myra in Wirklichkeit einen Liebhaber gestohlen hat."

„Dann ..."

„Was ich dir noch erzählen kann, ist kein Gerücht, sondern ist auf der Party tatsächlich passiert."

„Und was?" Kristin hielt gespannt den Atem an.

„Der große Krach zwischen Myra und mir. Ich habe dir schon gesagt, dass ich wütend genug war, um sie umzubringen. Jeder hat gehört, wie ich es ihr angedroht habe. Sie hat eine große Show daraus gemacht, und sie hat Jugs, meinen Hund, getreten."

Kristin ließ die Gabel sinken und schaute Justin über den Tisch hinweg an. Er betrachtete sie eindringlich. „Also bist du hinaus in den Schnee gelaufen", sagte sie.

„Nun, es gibt viele Indizien, die mich belasten."

„Ja, das tun sie."

„Hast du Angst, mit mir nach Hause zu fahren?"

„Ich habe nie Angst vor dir gehabt. Außer, als ich dachte, dass du mich mit der Schaufel erschießen wolltest", verbesserte sie sich selbst.

Er lächelte. „Möchtest du Nachtisch?"

Sie schüttelte den Kopf, und Justin bezahlte. Dann half er ihr in den Mantel, und sie verließen das Restaurant.

Auf der Fahrt dachte Kristin lange über die verhängnisvolle Party in jener Nacht nach. Dann bemerkte sie, dass sie sich dem Marktplatz näherten und sie vielleicht nie wieder die Chance haben würde, Justin zu fragen, weil sie ihn vielleicht nie wiedersehen würde.

„Was ist noch in dieser Nacht passiert? Du und Myra, ihr habt euch gestritten, und was ist mit den anderen?"

Er zuckte mit den Schultern. „Ich erinnere mich wirklich nicht."

„Versuch es."

„Christina und Artie Fein haben die Verdienste der Schauspieler diskutiert. Joseph und Sara saßen auf der Couch am Feuer, und Myra flirtete ..."

„Mit wem?"

„Mit jedem. Falls sie nicht gerade mit mir stritt."

„Und die anderen?"

„Ich erinnere mich nicht."

„Du konzentrierst dich nicht genug."

Justin warf ihr einen kurzen Blick zu. „Und du hast mir immer noch nicht gesagt, wen du angerufen hast. Und beides sollte nicht wichtig sein, weil du ja keinen Artikel schreibst, nicht wahr?"

„Oh, ich habe vor, jetzt endlich einen Artikel zu schreiben. Ich werde die Wahrheit enthüllen, ob es dir gefällt oder nicht“, verkündete Kristin.

„Willst du der Gerechtigkeit zum Sieg verhelfen?“ fragte Justin lachend.

„Ich kann nicht glauben, dass dir das gleichgültig ist.“

„Das ist es auch nicht!“ versicherte er.

„Dann ...“

Er lenkte den Wagen auf den Bürgersteig. „Warum, glaubst du, habe ich zugestimmt, das Stück wieder aufzuführen? Warum habe ich wohl darauf bestanden, dass dasselbe Ensemble spielt? Ich wollte sie alle wieder zusammenbringen, um zu sehen, ob die Funken fliegen. Aber ich wollte nicht ...“ Er hielt kurz inne und schaute Kristin an. „Ich hatte nicht erwartet, dass eine neugierige Reporterin mit hineingezogen werden würde.“

„Ich kann auf mich selbst aufpassen.“

Er stieß einen missbilligenden Laut aus und fuhr weiter. Kristin merkte bald, dass nicht ihr Wagen, sondern sein Haus das Ziel war.

„Ich habe dir gesagt ...“

„Du hast mir gesagt, dass du nie wieder in mein Haus kommen würdest. Ich habe dir auch alles Mögliche gesagt. Und du solltest mir jetzt sagen, wen du angerufen hast.“

„Ich werde dir nicht ...“

„Du bleibst da, bis du es mir erzählt hast“, versprach er ihr leise.

Kristin wusste, dass er seine Worte wahr machen würde, als er den Wagen die Auffahrt zu seinem Haus hinauflenkte. Er hielt davor an, stieg aus und öffnete ihr die Tür.

Sie schaute ihn aufgebracht an.

„Du brauchst es gar nicht erst zu sagen. Wir können Schach spielen“, meinte Justin lächelnd.

„Ich werde nie wieder mit dir Schach spielen“, schwor Kristin.

Er lächelte immer noch. „Es ist sehr kalt hier draußen.“

Sie stieß eine leise Verwünschung aus und stieg aus. „Ich werde Roger anrufen.“

„Tu das. Lad ihn zum Essen ein. Anscheinend habe ich im Moment wieder eine Köchin hier."

Kristin stieß erbost die Luft aus und ging vor Justin auf das Haus zu. Er folgte ihr und öffnete die Tür.

Kristin ging durch die Halle ins Wohnzimmer. Trotz der Wärme fröstelte sie, durchquerte den Raum und sah hinaus auf den Pool. Sie erinnerte sich, was sie dort gemacht hatten. Doch das war keine gute Idee, und sie wandte sich rasch ab.

„Also willst du wirklich einen Artikel über die Wahrheit schreiben", sagte Justin leise hinter ihr.

Sie fuhr herum. „Ja."

Er lächelte sie zärtlich an. „Glaubst du immer noch, dass ich unschuldig bin?"

„Ja", erwiderte sie einfach.

Er kam auf sie zu, und Kristin fühlte deutlich seine Wärme. ‚Du bist verrückt', schalt sie sich. ‚Du solltest nicht hier sein. Du hast ihm geglaubt, aber er wird dir nie trauen.' Sie sollte weglaufen, aber sie saß in der Falle. Der Pool war hinter ihr, und Justin versperrte ihr den Fluchtweg zur Tür.

„Justin ..." flüsterte sie, doch da hatte er sie schon erreicht.

Er berührte ihr Kinn, hob es sanft an und schaute ihr direkt in die Augen.

„Nicht ..." protestierte sie schwach.

„Warum nicht?"

„Ich glaube an dich, aber du nicht an mich."

„Überzeuge mich", raunte er sanft.

Nein. Sie wollte dieses Wort aussprechen, aber es wollte nicht über ihre Lippen. Er bedeckte ihren Mund mit seinem und brachte die Gesetze der Logik damit zum Schweigen. Kristin legte ihre Hand auf seine Schulter, um ihn fortzustoßen, doch stattdessen packte sie sein Jackett.

Justin berührte ihre Wange, bedeckte sie mit der Hand. Mit der Zunge zeichnete er die Konturen ihrer Lippen nach, dann glitt er ihren Hals hinunter. Kristin zitterte, als er die zarte Haut ihres Nackens mit federleichten Küssen überzog. Ihr Mantel fiel zu Boden, und sie schlang die Arme um ihn.

Nach einer Ewigkeit drehte sie sich um und lehnte den Kopf gegen seine Brust.

„Ich würde dich niemals verletzen“, murmelte er.

„Aber das hast du schon getan. Du hast schreckliche Sachen zu mir gesagt.“

„Es tut mir Leid“, sagte er. „Es tut mir wirklich Leid.“

Dann hob er sie auf die Arme. Sie schaute ihm in die Augen, und er erwiderte den Blick, während er auf die Treppe zuging.

Kristin befeuchtete die Lippen. „Was machen wir jetzt?“

„Wir gehen nach oben ins Bett. Es sei denn, dass du lieber Schach spielen möchtest.“

Sie musste unwillkürlich lächeln. Trotz seiner Wut war Ersteres genau das, was sie gewollt hatte.

Sekunden später lag Kristin auf dem Bett. Erst fielen ihre Schuhe zu Boden, dann ihr Pullover und die Jeans. Justin zog seinen eigenen Pullover aus und legte sich neben sie. Er küsste ihren Mund, dann ihr Kinn und die pochende Ader an ihrem Hals. Er streifte den Träger ihres Spitzenbüstenhalters herunter und küsste ihre Schulter. Dann glitt er mit dem Mund tiefer zu ihren Brüsten.

Kristin holte tief Luft. „Du solltest eigentlich fünf Meilen durch den Schnee kriechen“, erinnerte sie ihn heiser.

„Ich weiß“, antwortete er mit den Lippen an ihrer Haut. Er richtete sich kurz auf. „Ich werde dich reichlich entschädigen, das verspreche ich dir“, meinte er mit einem verführerischen Lächeln.

Bevor Kristin wusste, wie ihr geschah, hatte er sie auf den Bauch gedreht. Sein Atem kitzelte ihr Ohr und sandte kleine Hitzewellen durch ihren Körper. „Ich werde nämlich fünf Meilen über deine Haut kriechen ...“

„Fünf Meilen!“ protestierte Kristin, doch dann entfuhr ihr ein Stöhnen. Er hatte die Reise bereits begonnen.

Justin strich ihr das Haar aus dem Nacken und küsste sie dort.

Dann glitt er mit der Spitze seiner Zunge langsam ihr Rückgrat entlang. Sehr langsam. Nachdem er jeden einzelnen Wirbel umschmeichelt hatte, küsste er ihre Hüften und Pobacken. Als Kristin sich umwenden wollte, hielt er sie fest. Er liebkoste sie weiter und behauptete, dass er noch lange keine fünf Meilen erreicht hätte.

Kristins Haut schien bereits zu glühen, und sie stöhnte leise seinen Namen. Sie wand sich in seinen Armen, bis sie wieder auf dem Rücken lag, und küsste ihn voller Verlangen. Mit den Fingern strich sie über seinen muskulösen Rücken, während sie gleichzeitig mit der Zunge seine Brustwarzen reizte. Dann wurde sie wieder in die Kissen gedrückt, und Justin wandte seine ganze zärtliche Aufmerksamkeit ihren Brüsten zu, deren rosige Knospen sich erwartungsvoll aufrichteten. Er streichelte sie unablässig, während Kristin ihn anflehte, zu ihr zu kommen.

„Fünf Meilen", flüsterte er rau.

Er küsste die empfindsame Stelle an ihrem Knie und die samtweiche Innenseite ihres Oberschenkels. Kristin grub voller Erwartung die Finger in die Laken. Sie wünschte sich, dass diese süße Qual nie enden möge, und sehnte sich gleichzeitig danach, dass er endlich zu ihr kam, um das Feuer, das in ihr brannte, zu löschen.

Schließlich wurde sie von ihren Empfindungen überwältigt und drängte sich dicht gegen ihn. Das heiße, verlangende Gefühl war mehr, als sie ertragen konnte, und sie schrie auf. Die Ekstase riss sie mit sich fort, und wie aus der Ferne hörte sie Justins heiseres Lachen. Endlich nahm er sie in die Arme. Kristin wollte ihm zuflüstern, dass er zu weit gegangen war, dass sie nicht mehr ertragen könnte, aber sie sprach diese Worte nie aus. Er vereinigte sich mit ihr, und zu ihrer Verblüffung wuchs ihre Leidenschaft noch mehr und trug sie in ungeahnte Höhen.

Später zog Justin Kristin fest an sich und küsste leicht ihre Stirn. „Ich habe dich vermisst", gestand er. „Mehr, als ich jemals gedacht habe, jemanden vermissen zu können."

„Ich habe dich auch vermisst", erwiderte sie leise und schmiegte sich an ihn. Mit dem Finger fuhr sie über seine Brust. „Du kannst dich sehr gut entschuldigen", erklärte sie.

Justin schwieg, und Kristin richtete sich plötzlich misstrauisch auf. „Du hast es nicht ehrlich gemeint!“ rief sie wütend.

Er schloss rasch die Augen, aber sie glaubte, die Wahrheit in seinem Blick gelesen zu haben. „Du hast es nicht ehrlich gemeint!“ wiederholte sie deshalb.

Justin öffnete die Augen und wollte sie ungeduldig in seine Arme ziehen. „Ich habe es so gemeint. Es tut mir Leid, dass ich dir nicht vertraut habe. Ich weiß, dass du nur mit mir geschlafen hat, weil du es wolltest, weil es wundervoll zwischen uns ist.“

„Und?“ drängte Kristin ungeduldig.

„Reicht das nicht?“

„Nein!“

„Dann hör auf, mich anzulügen!“

„Lügen?“ Empört sprang Kristin aus dem Bett und zog sich hastig an. Justin beobachtete sie einen Moment, dann erhob er sich ebenfalls und griff nach seinen Jeans. Kristin stand schon an der Tür, als er sie einholte.

„Kristin ...“

„Ich gebe auf! Ich werde nie wissen, worüber du redest. Vertrauen ist etwas, was für uns beide wichtig ist. Und immer bin ich es, die dir vertraut. Ich erwarte so wenig von dir, ich bitte dich um so wenig. Aber noch nicht einmal das kannst du mir geben.“

„Kristin.“ Justin legte ihr die Hände auf die Schultern und hielt sie fest.

„Lass mich gehen!“

„Ich versuche ja, dir alles zu geben, aber du ...“

„Versuchen! Das reicht nicht. Wenn du es versuchen musst, ist alles sinnlos!“ Sie spürte, dass ihr die Tränen in die Augen stiegen. „Lass mich los, Justin.“

„Wohin willst du? Ich habe dich hierher gebracht, erinnerst du dich?“

„Ich bin niemals gefangen, erinnerst du dich?“

Justin reagierte mit einem Stöhnen. „Ich will dich ja gar nicht fangen, ich will, dass du gehst! Du möchtest, dass ich dir vertraue, aber du sagst mir nie die Wahrheit. Warte einen Augenblick, dann bringe ich dich zu deinem Wagen." Er wandte sich ab und zog sich Socken und Schuhe an.

Kristin blieb an der Tür stehen und schaute ihn ratlos an. „Wobei habe ich gelogen?"

Er streifte sich den Pullover über den Kopf. „Der Telefonanruf", meinte er und schaute sie an.

Sie stieß die Luft aus. Das hatte sie vergessen, aber sie traute sich immer noch nicht, ihm die Wahrheit zu erzählen. „Ich habe dir gesagt ..."

„Eine Lüge."

„Vertrau mir ..."

Sie hörte, wie er mit den Zähnen knirschte. „Mit wem hast du telefoniert?"

„Was macht dich so sicher, dass der Anruf etwas mit dir zu tun hatte?"

„Nur die Tatsache, dass du zu der Zeit in meinem Leben herumgewühlt hast."

„Ich habe auch ein eigenes Leben, weißt du."

„Ja, aber im Moment scheinst du von meinem geradezu besessen zu sein."

„Im Moment bin ich überhaupt von nichts besessen", sagte sie freundlich. „Außer von dem Wunsch, zurück zu Roger und Sue zu kommen."

„Wir müssen darüber sprechen. Ich will wissen, wen du angerufen hast."

„Ich kann jetzt noch nicht darüber reden!" beharrte Kristin. „Ich muss gehen!"

Sie wandte sich um. Dass sie sich von Justin fahren lassen musste, machte ihr nichts aus, aber sie wollte das Haus verlassen. Draußen fühlte sie sich sicherer. Die Intimität drinnen war gefährlich. Gerade als Kristin den Fuß der Treppe erreicht hatte, hörte sie, wie die Türglocke klingelte und schaute auf die Tür. Es war Justins Haus, und sie wusste nicht, ob sie öffnen sollte oder nicht.

Doch in diesem Moment war Justin auch schon hinter ihr. Er trug Schuhe, aber kein Hemd. Er lief an ihr vorbei und sah sie an.

„Wer kann das sein?" fragte Kristin gespannt.

„Das werden wir erst wissen, wenn wir aufmachen", sagte er.

Vielleicht ist es Christina Anderson, seine Agentin, dachte Kristin. Oder Artie Fein, Myras Manager. Oder das neue Mitglied des Ensembles, Maria Canova. Gespannt beobachtete sie, wie Justin auf die Tür zuging. Ein seltsames Gefühl sagte ihr, dass die Dinge jetzt ins Rollen kamen.

„Justin!" Kristin hörte die weiche Stimme und lächelte zögernd. So viel zu ihren Vorahnungen und den Dingen, die ins Rollen kamen. „Justin, es tut uns Leid, dass wir dich behelligen müssen. Aber wir können Kristin nirgends finden, und ihr Wagen steht an der Bibliothek. Miss Petrie hat uns gesagt, dass du mit ihr gesprochen hättest."

Es war Sue. Und Roger hatte sie begleitet.

Justin lächelte, während er die Tür weit öffnete. Die beiden standen Hand in Hand nebeneinander wie Schulkinder und konnten Kristin jetzt ebenfalls sehen.

„Oh nein", stöhnte Roger. Er schaute von Justin zu Kristin und wieder zurück. „Sie sind schon wieder dabei, Schach zu spielen!"

„Anscheinend gibt es in dieser Familie keinerlei Geheimnisse", meinte Justin trocken. Er blickte Kristin an. „Hast du ihnen vom Schachspielen erzählt?"

„Roger!" stieß Kristin hervor.

„Nun, wollt ihr nicht hereinkommen?" fragte Justin höflich. „Es ist kalt draußen."

Roger wollte eintreten, doch Sue zog ihn zurück. „Wir wollten euch nicht stören. Wir haben uns nur Sorgen gemacht."

„Ist es schon so spät?" erkundigte sich Kristin.

„Nein, aber wir haben eine aufregende Neuigkeit für dich und ..."

Justin zog Sue an der Hand ins Haus, und Roger trat ebenfalls ein.

„Wir wollen dich nicht mit unseren Privatangelegenheiten belästigen, Justin ..." begann Sue.

„Nun, ihr wisst anscheinend alles übers Schachspielen. Ich bin geradezu begierig darauf, auch etwas Privates von euch zu hören."

Sue lächelte und drehte sich zu Kristin herum. „Du wirst es nicht glauben, nach all den Jahren! Wir bekommen ein Baby. Roger und ich bekommen ein Baby!"

„Oh Sue, das ist ja wundervoll!" rief Kristin und umarmte sie.

Justin gratulierte Roger. „Nun, das ist ein Grund zum Feiern", meinte er dann. „Ich hole eine Flasche Champagner."

„Wo wollen wir sie trinken?" fragte Sue.

„Hier", erklärte Justin. „Hier haben wir alles, was wir brauchen: Eine schöne Umgebung und die beste Küchenchefin der Gegend. Ihr beide setzt euch hin und macht es euch bequem, während die Küchenchefin hier ..." er deutete auf Kristin, „... und ich uns um alles kümmern."

Er lächelte Kristin selbstgefällig an. Jetzt musste sie bleiben, und er würde den ganzen Abend Zeit haben, die Antworten aus ihr herauszubekommen, die er haben wollte.

10. KAPITEL

„Roxanne", sagte Justin plötzlich.

Kristin, die gerade das Fleisch gewürzt hatte, hob verwirrt den Kopf. Sie bereiteten gemeinsam ein exquisites Dinner zu, und sie musste zugeben, dass Justin sehr feinfühlig war. Ohne lange Erklärungen hatte er verstanden, dass Roger und Sue schon fast die Hoffnung aufgegeben hatten, ein Kind zu bekommen.

Die werdenden Eltern saßen auf der Terrasse und tranken Champagner. Justin hatte einen runden Glastisch dort aufgebaut und mit einer roten Tischdecke, weißen Servierten, Kristallgläsern und einem dreiarmigen Leuchter gedeckt.

Danach war er in die Küche gekommen und hatte Kristin wortlos geholfen. Bis jetzt.

„Es war Roxanne", sagte er. „Du hast Roxanne angerufen. Antworte mir doch", bat er, als Kristin hartnäckig schwieg.

„Du scheinst es ja bereits zu wissen."

„Allerdings."

Kristin lächelte plötzlich und schaute ihn an. Er wusste es, und er wusste auch, dass sie den Mord untersuchte. Sie musste die Sache endlich offen legen. „Wenn du eine Stunde früher so gut geraten hättest, hättest du dir diesen Abend nicht verdorben."

„Oh, ich genieße diesen Abend. Ich mag Roger und Sue. Sie waren auch schon einmal zum Dinner hier."

„Ich weiß. Ich habe gehört, dass Myra nicht gerade besonders nett gewesen ist."

„Das war sie nicht. Aber sie waren nach Myras Tod noch einmal hier."

Kristin schaute ihn überrascht an. Justin schob sich eine Olive in den Mund, und sie wandte sich rasch wieder ab. „Sue hat nie erwähnt, dass sie mehrmals hier gewesen ist."

„Vermutlich ist ihr so etwas unwichtiges wie ein Dinner entfallen, nachdem du angefangen hast, Einzelheiten über unser Sexualleben zu schildern."

Kristin schnitt ihm eine Grimasse. „Ich habe keine Details erzählt. Es war eigentlich dein Fehler. Roger wusste ... ich habe nur erklärt, dass es auf Gegenseitigkeit beruhte."

Justin schwieg und musterte sie selbstgefällig, aber Kristin beschloss, ihn einfach nicht zu beachten.

„Es ist nett, was du für sie tust. Hier ist es für sie viel intimer als in irgendeinem Restaurant. Und Sue liebt dieses Haus, vor allem den Pool. Sie hat mich gefragt, wie es ist ..." Sie brach ab, als sie sich an das Gespräch erinnerte. Sue hatte sie nach Sex im Pool gefragt, und Kristin errötete.

„Wie was ist?" wollte Justin wissen.

„Nichts."

„Keine intimen Details, nein? Du hast ihr wirklich alles erzählt!"

„Nein", widersprach Kristin, doch Justin lachte.

„Wir sollten eigentlich verschwinden. Es wäre vielleicht sehr schön für die beiden, wenn sie im Pool ..."

„Nun, wir könnten ..."

„Nicht bevor wir gegessen haben", stellte Justin fest. „Ich will meinen Hummercocktail. Wir werden essen, plaudern, und dann gehen wir und sagen ihnen, dass wir lange wegbleiben werden. Wie findest du das?"

„Romantisch", sagte Kristin mit einem Lachen. „Vielen Dank, das ist wirklich sehr nett."

„Außer, dass du bei mir bleiben musst", warnte er sie.

„Bei dir?"

„Ja. Du hast mich gerade verlassen wollen, als Roger und Sue auftauchten, erinnerst du dich noch?"

„Ja. Aber was soll ich dir erzählen, wenn du mir nicht glaubst?"

„Das habe ich nie behauptet ..."

„Doch, das hast du. Und du hast gelogen."

„Ich habe nie gelogen."

„Oh doch. Du und deine fünf Meilen Haut."

„Nun, in der Hitze des Augenblicks ..."

„Du kannst jetzt die Filets aus dem Grill nehmen", unterbrach Kristin ihn.

„Heißt das, du hast keine Lust, ins Kino zu gehen?"

„Hier gibt es weit und breit kein Kino."

„Natürlich. Es gibt eins in Athol. Schließen wir für diesen Abend einen Waffenstillstand?"

Das hatte sie vergessen. Es war ein großer Abend für Roger und Sue. „Nur zu Ehren meiner zukünftigen Nichte oder meines Neffen", stimmte sie nach kurzem Zögern zu.

„Selbstverständlich." Pfeifend drehte er sich mit der Steakplatte um und trug sie auf die überdachte Terrasse.

Nach einer Stunde hatten sie alle gegessen und überlegten gemeinsam einen Namen für den kleinen Doria. Justin hatte für Roger und Sue Cappuccino gemacht. Schließlich versuchte Kristin beiläufig zu erwähnen, dass sie und Justin ins Kino gehen wollten.

„Wollt ihr nicht, dass wir mitkommen?" fragte Roger.

„Nein!“ erwiderte Kristin.

„Nun“, es klang ein wenig gekränkt, „dann gehen Sue und ich nach Hause ...“

„Oh du Dummkopf!“ rief Kristin. „Wir wollten euch nur einen romantischen Abend schenken!“

„Das ist ...“ Roger lief rot an, „das ist wirklich sehr nett, aber ...“

„Im Bad sind Handtücher“, sagte Justin, „falls ihr schwimmen gehen wollt. Wir werden wohl nach dem Kino noch irgendwo etwas trinken gehen und dann langsam zurückkommen. Es wird bestimmt ein paar Stunden dauern. Wir fahren nach Athol.“ Er stand auf. „Wir sehen euch demnächst, einverstanden?“

Roger stand ebenfalls auf. „Ihr beiden, das braucht ihr nicht zu tun. Wir haben auch ein Haus ...“

„Aber das hat nicht so einen Pool“, wandte Sue ein und zog ihn zurück. „Justin? Vielen Dank.“

Justin lächelte und nahm Kristins Hand. „Gehen wir.“

Ein paar Minuten später saßen sie in Justins Wagen. Kristin lächelte und lehnte sich in den Sitz zurück. Es war ein gutes Gefühl, den beiden einen Traum zu erfüllen. Sue und Roger waren seit zehn Jahren verheiratet, und liebten sich immer noch.

„Bist du glücklich?“ fragte Justin plötzlich.

„Ja. Sehr.“

„Ich nehme an, dass die beiden sich schon seit langem ein Kind gewünscht haben, nicht wahr?“

„Ja. Und sie haben sich dabei immer wieder gegenseitig getröstet und Mut gemacht.“

„So sollte eine Ehe auch sein“, sagte Justin leise. „Jetzt geht ihr Traum in Erfüllung.“

Kristin schaute ihn rasch an. Er hielt den Blick auf die Straße gerichtet, aber sie ahnte, dass er an Myra dachte. Ihre eigene Ehe war auch eine Katastrophe gewesen. Und Roger und Sue leben bereits ihre Fantasien aus, dachte sie.

„Welchen Film möchtest du sehen?“ erkundigte sich Justin.

„Haben wir eine Wahl?“

„Wahrscheinlich nicht."

Kristin lächelte, lehnte sich zurück und schloss die Augen. Das war ein Fehler. Innerhalb weniger Minuten war sie eingeschlafen. Als sie wieder aufwachte, strich ihr Justin über das Haar.

„Kristin."

Erschrocken fuhr sie hoch und merkte verblüfft, dass Justin sie trug. „Sind wir da? Wo ist das Kino?"

Er schüttelte den Kopf. „Ich bin zwar nach Athol gefahren, aber du hast so fest geschlafen, dass ich wieder umgedreht habe und zurückgefahren bin. Wir sind bei Roger und Sue."

„Oh!" Verwirrt schaute Kristin sich um und sah die Tür von Rogers Haus. „Du bist den ganzen Weg nach Athol und wieder zurück gefahren?"

„Sicher", bestätigte er gleichmütig.

Sie lächelte. „Komm mit herein. Ich werde versuchen, nicht wieder so hart zu dir zu sein."

Justin folgte ihr ins Innere des Hauses.

Es war ein altes Haus, aber gemütlich eingerichtet und makellos sauber, sodass alle Gäste sich auf Anhieb wohl fühlten. Auch Justin machte da keine Ausnahme. Während Kristin die Mäntel aufhing, ging er ins Wohnzimmer und betrachtete den Videorekorder. „Wenigstens haben wir hier eine Auswahl an Filmen", sagte er. „Was hältst du von ‚Lawrence von Arabien'? Der gibt ihnen ein paar Stunden Zeit."

Kristin lächelte. „Abgemacht."

Sie setzten sich nicht auf die Couch, sondern kuschelten sich instinktiv auf dem Boden aneinander. Sie schauten sich den Film eine Zeit lang schweigend an, dann fühlte sie, wie Justin sein Kinn auf ihren Kopf legte, und schmiegte sich enger an ihn.

„Was ist nach deiner Scheidung passiert?" fragte er sie ernst.

„Das habe ich dir doch erzählt", erwiderte Kristin gelassen. „Ich bin wieder zu meinen Eltern gezogen, bin wieder zur Schule gegangen, und dann habe ich hart gearbeitet."

„Reporterin?"

Kristin stellte fest, dass seine Stimme keinen abweisenden Unterton hatte. Sie drehte sich in seinen Armen um und sah ihn an. „Ja. Ich habe bei einer Tageszeitung angefangen, und dann bin ich zu einem dieser Nachrichtenmagazine gewechselt."

„Hast du nach deinem Ehemann keine anderen Beziehungen gehabt?"

„Ich ... war beschäftigt", sagte sie.

„Das freut mich."

„Warum?"

„Weil du sehr schön bist. Und du bist lustig. Und du kannst kochen. Und du spielst hervorragend Schach. Wenn jemand anders dich kennen gelernt hätte ..." Er zuckte mit den Schultern. „Nun, dann säßen wir nicht hier."

Es durchströmte Kristin warm. „Schon, aber ich bin ja wegen einer Geschichte hier, erinnerst du dich?"

„Ich tue mein Bestes, um dir eine gute zu liefern. Erst eine Zeitung, dann ein Magazin. Und dann hast du dich selbstständig gemacht?"

Sie nickte. „Das gab mir die Freiheit, selbst zu entscheiden, worüber ich schreiben wollte." Sie bemerkte das Aufblitzen seiner Augen. ‚Und ich habe mir ihn ausgesucht, denkt er sicherlich', sagte sie sich.

„Justin, ich habe nicht ..."

„Ich habe nur gedacht, dass du wirklich sehr viel Vertrauen in mich haben musst."

Sie lächelte. „Das habe ich auch."

„Du hast nie an mir gezweifelt."

„Nie. Erst war ich sicher, dass du ein Verrückter bist", erzählte sie ihm ernsthaft. „Dann habe ich einfach an dich geglaubt."

Er schaute sie lange an. „Wie Roger und Sue. Endloses Vertrauen. Und Unterstützung."

Sie beobachtete ihn schweigend.

„Daran habe ich auch einmal geglaubt ..." Er brach ab, beugte sich zu ihr hinüber und küsste sie zart auf die Lippen. „Kristin?"

„Ja?"

Er wollte gerade etwas sagen, als das Telefon klingelte. Justin wich zurück, und Kristin stand auf.

„Hallo?"

Zu ihrer Verwirrung war Sue am Telefon. „Gott sei Dank, dass ihr da seid", sagte sie. „Roger meinte, ihr würdet es niemals bis zu dem Kino schaffen, und dass ihr bei uns sein würdet."

Roger kennt mich viel zu gut, dachte Kristin etwas pikiert. „Was ist denn los?"

Justin war ebenfalls aufgestanden und schaute sie düster an.

„Es ist kein Traum, Kristin, es ist ein Albtraum. Hier sind irgendwelche Leute!"

„Was?"

„Eine Frau ist da, die sich als Justins Agentin ausgibt, und dann sind noch eine Menge anderer Gäste eingetroffen. Anscheinend ist es das Ensemble von Justins Stück. Im Wohnzimmer sitzen sechs Leute, und meine Strümpfe liegen immer noch über dem Jacuzzi. Meint ihr, ihr könntet kommen?"

Justin hatte das Gespräch mitgehört und stand bereits mit dem Mantel in der Hand im Flur. „Sag ihr, ich bin auf dem Weg."

Das tat Kristin und legte dann auf. Als er die Tür öffnen wollte, hielt sie ihn auf. „He. Du hast etwas vergessen. Mich."

Justin zögerte. „Du kommst besser nicht mit, hörst du?"

„Justin ..."

„Tut mir Leid", sagte er fast barsch. „Diese Story bekommst du nicht."

„Ich mache mir keine Sorgen um die Story ..."

„Und du wirst mich auch nicht besuchen."

„Du musst mich zu meinem Wagen bringen!" erinnerte ihn Kristin. Der Abend war so harmonisch gewesen. Sie war überzeugt, dass er ihr gerade seine Liebe hatte gestehen wollen. Außerdem hätte er wissen müssen, dass sie nicht einfach wegen einer Geschichte mit zu seinem Haus kommen wollte.

Aber jetzt erkannte sie den Mann vor sich kaum wieder. „Justin, du musst mich zu meinem Wagen fahren."

Er schaute sie an, drehte sich um und schlug die Tür hinter sich zu.

Kristin nahm ihren Mantel und folgte ihm. „Justin!“

Er saß bereits auf dem Fahrersitz des Landrovers und schrie sie an: „Es gibt heute Nacht keine Story, Kristin! Verstehst du? Egal, wie schön es auch ist, mit dir zu schlafen!“

Kristin schaute ihm zu, wie er den Motor anließ, und bevor sie es verhindern konnte, war Justin bereits losgefahren.

Das konnte doch nicht sein Ernst sein. Er war nur besorgt um sie. So musste es sein, nicht wahr?

Aber sie wusste es nicht genau. Wütend und verunsichert trat sie gegen einen Stein, doch das half ihr auch nicht. Taxis gab es hier draußen auch nicht, und für einen Fußmarsch war es zu kalt. Sie konnte nur eins tun: Wenn Roger und Sue zurückkamen, würde sie die beiden bitten, sie zu ihrem Wagen bringen. Aufgebracht kehrte Kristin ins Haus zurück.

Es dauerte noch über eine Stunde, bis Roger und Sue endlich zurückkamen. Aber da war es schon nach zehn Uhr, und Kristin war erschöpft. Sie hatte jedoch die Zeit dazu genutzt, sich zu duschen, sich umzuziehen und das Haar zu frisieren. Sie wollte nicht in Jeans bei Justin auftauchen. In Seidenstrümpfen, einem weichen schwarzen Kleid und Pumps fühlte sie sich sicherer.

Diese Sicherheit würde sie wohl auch brauchen, wenn sie in Justins Haus hereinplatzen wollte, obwohl er beschlossen hatte, sie nicht einzuladen.

Es gibt heute Nacht keine Geschichte, hatte er gesagt, ganz gleich, wie schön es ist, mit dir zu schlafen ...

Kristin hätte ihn am liebsten geohrfeigt oder ihn zumindest angeschrien und ihm ihre Meinung gesagt. Sie hatte allen Grund anzunehmen, dass er es auch wirklich so gemeint hatte. Deshalb musste sie einfach dorthin zurückgehen.

Als der Wagen die Auffahrt hinauffuhr, war Kristin fertig. Aber als Sue und Roger hereinkamen, wirkte ihr Cousin ebenfalls sehr entschlossen.

„Justin hat gesagt, du würdest dir unseren Wagen ausleihen wollen und hinüberfahren", meinte er.

„Was?"

„Kristin, es ist schon spät. Geh zu Bett", bat Sue.

„Ich werde nicht ins Bett gehen, und ich muss mir euren Wagen ausleihen, Roger. Nur, um meinen eigenen zu holen."

„Kristin, um diese Zeit kann ich dich nicht mehr fahren!" protestierte Roger.

Sue sah wütend aus. „Du wirst doch nicht wirklich dorthin wollen! Er flirtet bereits mit dieser blöden Blondine. Oh Kristin, es tut mir so leid. Ich mag Justin, und ich habe dich sogar ermutigt. Aber wie er sich im Moment verhält ... du wirst dir das nicht antun wollen!"

„Welche Blondine?"

„Diese Roxanne Baynes. Ehrlich, sie mag ja eine großartige Schauspielerin sein, aber sie ist erschreckend dumm. Sogar Roger hat das gesagt. Wie kann Justin nur ... es tut mir wirklich Leid, Kristin!"

„Sue, mach dir keine Sorgen. Du bist eine werdende Mutter, denk dran. Geh ins Bett, aber gestatte bitte, dass Roger mich zu meinem Wagen bringt. Oder soll ich laufen?"

„Sie würde es tun, nicht wahr, Roger?"

„Du kennst sie doch schon fast so lange wie ich. Natürlich wird sie es tun."

Sue seufzte. „Kristin, er wird dich nur demütigen. Er wird dich im Schnee stehen lassen."

„Sue, ich kann diesmal selbst auf mich aufpassen. Er wird mich nicht im Schnee stehen lassen, dessen bin ich mir sicher. Roger?"

Roger sah unglücklich aus, aber er küsste Sue auf die Wange und hielt Kristin die Tür auf.

Kristin küsste Sue ebenfalls. „Mir wird schon nichts passieren."

„Da bin ich mir nicht sicher, Kristin. Jemand hat Myra schließlich vor all den Jahren ermordet."

„Aber es war nicht Justin. Und ich werde ihm nicht von der Seite weichen."

„Er wird dich nicht ..."

„Ich werde ihm keine Wahl lassen."

Sie lächelte Sue verführerisch an und schob Roger zur Tür hinaus. „Ich will meinen Wagen nicht holen", sagte sie zu ihm, kaum dass sie in dem Blazer saßen. „Du kannst mich vor seinem Haus absetzen. Dann hat er mich am Hals."

„Kristin, denk darüber nach. Was ist, wenn ..."

Wenn Justin Myra ermordet hat? Kristin wollte nicht, dass Roger das aussprach.

„Es gibt kein ‚wenn'", behauptete sie. „Er war es nicht, ich weiß es."

Roger presste eigensinnig die Zähen zusammen. „Ich bringe dich hin und werde auf dich aufpassen."

„Das ist ausgeschlossen. Ich werde die ganze Nacht bleiben."

Roger stieß die Luft aus. „Verdammt, Kristin, du bist fast dreißig, und ich kann dir nicht vorschreiben, mit wem du eine Beziehung anfangen sollst oder nicht. Ich kann dir nicht in das Schlafzimmer dieses Mannes folgen. Bitte, mach keinen ..."

„Roger, ich werde schon auf mich aufpassen. Fahr mich einfach nur hin, bitte."

Das tat er, und während der Fahrt schwiegen sie. Als sie Justins Haus erreichten, parkte er hinter einigen anderen Wagen und half ihr dann beim Aussteigen.

„Ich werde warten", sagte er. „Für alle Fälle."

„Für welchen Fall?"

„Wenn er dich nicht hineinlässt."

„Roger, ich will das nicht."

„Ich werde trotzdem warten." Roger konnte genauso halsstarrig sein wie sie. Kristin wusste, dass er hinter ihr auf der Einfahrt stand und sie beobachtete. Ihr war auch klar, dass sie Schwierigkeiten bekommen würde, wenn sie klingelte. Aber vielleicht hatte sie Glück, und die Tür war offen.

Sie war offen. Kristin betrat das Haus, winkte Roger erfreut zu, als habe Justin ihr erlaubt einzutreten, und schloss die Tür leise hinter sich. Jetzt war sie in der Höhle des Löwen.

Sie stand eine Minute ruhig in der Eingangshalle und lauschte. Aus dem Wohnzimmer drang Gelächter, Stimmen und das Klirren von Gläsern, und aus der Stereoanlage kam leise Musik. Ganz offenbar fand dort eine Party statt.

‚Du kannst nicht die ganze Nacht im Flur stehen bleiben', dachte Kristin. Sie ging weiter, blieb aber noch von der Wand verborgen. Sie versuchte, von den Leuten in dem Raum so viel wie möglich zu sehen.

Christina Anderson erkannte sie sofort von den Fotos aus der Zeitung. Die Blondine wirkte mehr wie ein Modell als wie eine Agentin. Artie Fein war das glatte Gegenteil. Er war ein kleiner Mann mit ergrauendem Haar und ähnelte mehr einem Wirtschaftsprüfer. Er saß müde auf der Couch neben einer Frau, die nach Sues Beschreibung die „blöde Blondine" sein musste. Roxanne glich den Fotos nicht besonders. Sie war dünner und sah verletzlicher aus. Mit dem platinblonden Haar und den unschuldig blickenden blauen Augen war sie recht hübsch. Sie sah zwar nicht so gut aus wie Christina, aber sie war sehr hübsch. Und sie beobachtete Justin, der in einem Stuhl am anderen Ende des Raums saß, als wollte sie ihn auffressen.

Kristin versuchte, die Frau, die da vor ihr saß, mit der Stimme in Verbindung zu bringen, mit der sie telefoniert hatte. Es war schwierig. Am Telefon hatte sie sicher und selbstbewusst geklungen, während ihr Aussehen sehr weich wirkte.

Aber Kristin konnte sie nicht länger beobachten, weil ein gut aussehender junger Mann, der neben Christina stand, in ihre Richtung schaute und interessiert lächelte. Es war Jack Jones. Sie erkannte ihn ebenfalls von den Fotos.

„Wen haben wir denn da?" fragte er leise. „Kommen Sie herein, kommen Sie rein. Justin, du hast uns gar nicht erzählt, welche Schätze du hier auf dem Land versteckst."

Justin hatte heute Abend keinen „Schatz" erwartet, so viel war klar. Natürlich wusste er, dass es nur Kristin sein konnte, und zwar bevor er sich umdrehte und sie anschaute. Seine Miene war dunkel und gefährlich.

„Was zum Teufel tust du hier?" knurrte er.

„Kümmern Sie sich nicht um ihn", meinte Jack Jones und ging auf Kristin zu. Er nahm ihre Hand und betrachtete sie. Justin hatte gesagt, Jack wäre glücklich verheiratet, und er hatte auch erwähnt, dass er eine Affäre mit Myra gehabt hatte.

Kaum stand er vor ihr, senkte Jack die Stimme. „Seien Sie heute Abend meine Begleitung, ja? Meine Frau konnte nicht kommen, und diese Leute langweilen mich zu Tode. Und kümmern Sie sich nicht um Justins Schimpfen. Wer sind Sie übrigens?"

„Ihr Name ist – Krissy Doria", warf Justin hastig ein. Er wollte anscheinend nicht, dass irgendjemand ihre wahre Identität kannte. Er wusste, dass sie mit Roxanne telefoniert und vermutlich ihren Namen genannt hatte. „Sie ist eine ... Nachbarin", fügte er hinzu. „Kommen Sie herein." Er starrte Kristin immer noch wütend an, aber seine Stimme klang ruhig. Tödlich ruhig.

Dann stellte er Kristin allen vor, und sie lernte noch Maria Canova, die Heldin, und Harry Johnston, den Charakterdarsteller, kennen.

„Und was machen Sie, Miss Doria?" fragte Artie Fein interessiert. „Sie sind nicht zufällig eine begabte Nachwuchsschauspielerin?" Er stand auf und griff in seine Tasche. „Ich könnte Ihnen morgen früh einen Termin zum Vorsprechen bieten. Hier, nehmen Sie doch meine Karte ..."

„Artie!" unterbrach Christina ihn. „Justin ist mein Klient, und Miss Doria ist seine Freundin. Wenn sie eine Agentin braucht, kann sie mich anrufen."

„Entschuldigen Sie die beiden", sagte Jack Jones. „Sie neigen dazu, sich wie Kinder zu benehmen. Es ist schön, Sie kennen zu lernen. Sind Sie ein Starlet? Was machen Sie?"

Kristin hatte keine Chance zu antworten, denn Justin mischte sich ein. „Ich habe sie in der Bibliothek getroffen", sagte er. „Sie ist gern an diesem Ort, denn sie liebt die Forschung."

„Eine Bibliothekarin? Nun, Darling, schließen Sie sich nur mit Ihren Büchern ein. Damit machen Sie uns hier das Leben viel leichter." Roxanne warf ihr einen überraschend warmen und herzlichen Blick zu. Vielleicht hält sie mich nicht für eine ernsthafte Konkurrenz, dachte Kristin. „Doria!“ fuhr Roxanne fort. „Sie müssen mit diesem netten Pärchen verwandt sein, das wir vorhin gestört haben.“

„Ja“, sagte Kristin rasch. Sie wollte für sich selbst antworten. „Er ist mein Cousin.“

„Ein sehr netter Cousin“, sagte Roxanne leise.

„Nun, wir wollten sie sicher nicht stören, aber da Maria unbedingt sofort nach dem Sturm Justin sehen wollte, mussten wir alle zusammentrommeln. Und nun sind wir da!“

„Wie nett“, murmelte Kristin und wollte gerade weiterreden, als sie Justins Arm um sich spürte. Sehr fest um sich spürte. Sie drehte sich um und sah ihn fragend an.

„Gut, ich habe versucht, Krissy von gefährlichen Casanovas wie dir, Jack, und dir, Harry, fern zu halten. Ich habe sie vereist im Schnee gefunden, und sie ist ganz entzückend wieder aufgetaut. Sie spielt brillant Schach, und wir sind gute Freunde geworden. Aber es ist schon ziemlich spät für sie, und ich bin ebenfalls erschöpft. Ihr habt mich mit eurem Besuch heute Nacht überrascht. Wer bleibt hier, und wer schläft im Landgasthof?“

„Ich würde mir ein Zimmer mit Roxanne teilen“, erklärte Maria mit einer sehr heiseren, sehr sexy Stimme.

„Natürlich können Miss Doria und auch Christina gern bei uns schlafen“, bot Roxanne an.

Aber Christina hatte ein Zimmer im Gasthof, und Roxanne fragte Kristin.

„Miss Doria schläft bei mir“, sagte Justin entschieden, bevor Kristin antworten konnte.

Kristin hatte erwartet, dass sie auf alles vorbereitet wäre, was Justin heute Abend sagen würde, aber sie hatte sich getäuscht. Sie fühlte, wie sie errötete. Fast hätte sie nicht auf die Reaktionen der anderen geachtet. Schnell schaute sie sich um.

Jack Jones lachte laut auf, und Harry unterdrückte seine Verlegenheit. Artie schaute nur weg, und Maria blieb kühl.

Aber sowohl Roxanne als auch Christina schienen die Farbe zu wechseln. Doch sie behielten ihr Lächeln bei, und Kristin konnte aus ihren Reaktionen nicht viel entnehmen.

„Kann ich vielleicht meinen alten Raum wiederhaben?" fragte Jack Justin und brach damit das plötzliche Schweigen, das nach Justins Bemerkung eingetreten war. „Den am Ende des Flurs. Er hat ein Doppelbett. Harry, bleibst du auch? Oder Artie, du? Jeder scheint einen Zimmerpartner zu haben."

„Ich habe im Gasthaus ein Zimmer bestellt", erwiderte Harry. „Ich habe schon genug Zeit mit euch Halbstarken verbracht."

„Ich kann dich mitnehmen", bot Christina an.

„Ich bleibe hier", verkündete Artie.

„Gut", meinte Justin. Er hatte die Hände noch immer fest auf Kristins Schultern gelegt und hielt sie dicht gegen sich gepresst. „Macht es euch gemütlich und nehmt euch, was ihr braucht. Ihr kennt euch hier gut genug aus. Christina, du und Harry, ihr könnt ebenfalls herzlich gern bleiben. In den Schränken oben liegt frische Bettwäsche. Wenn ihr aber lieber aufbrechen wollt, dann findet ihr ja selbst hinaus. Wir schließen hier auf dem Land die Türen selten ab. Aber entschuldigt nun Krissy und mich, ja? Wir gehen zu Bett."

„Krissy" hatte keine Möglichkeit zu protestieren, denn Justin führte sie mit eisernem Griff zur Treppe und schob sie dann hinauf. Oben dirigierte er sie nach links in sein Wohnzimmer. Bis dahin hatte Kristin geschwiegen, doch kaum hatte er die Tür geschlossen, riss sie sich los und fuhr herum.

„Das reicht!"

„Das reicht allerdings!" wiederholte er aufgebracht. „Ich habe dir verboten zu kommen!"

„Wenn du mich nicht hier haben willst, weshalb zerrst du mich dann in dein Schlafzimmer?"

Justin trat einen Schritt zurück und lächelte spöttisch. Dann schaute er sie langsam von oben bis unten an. „Nun, Darling, wenn du schon da bist, könnte ich eigentlich auch etwas davon haben."

„Oh, du ... du Mistkerl! Du ..." begann Kristin.

Im gleichen Moment zog Justin sie in die Arme und legte ihr die Hand auf den Mund. „Leise!" flüsterte er ihr ins Ohr.

Sie hätte ihn gern getreten, aber sie fühlte seinen Herzschlag zusammen mit dem Druck seines Arms und hielt still. Dann hörte sie das leise Klopfen an der Tür.

„Justin! Justin, bist du da drin?"

„Ja. Ich komme gleich", rief er. „Und du bist still", flüsterte er warnend Kristin zu. „Lass dir nicht einfallen, dieses Zimmer zu verlassen. Ist dir nicht klar, dass du hier vielleicht in Gefahr bist? Geh ins Schlafzimmer."

„Das werde ich nicht ...!"

Justin nahm sie einfach über die Schulter, trug sie ins Schlafzimmer und legte sie dort nicht eben sanft aufs Bett. Kristin wollte sofort wieder aufstehen, aber er eilte bereits hinaus und schloss die Tür hinter sich.

Sie sprang hoch und lief durch den Raum. Dann legte sie ein Ohr gegen die Tür. Sie konnte Justin hören, der die Tür zum Flur geöffnet hatte.

„Roxanne! Was gibt es?"

„Justin, ich muss dir unbedingt etwas sagen. Deshalb bin ich gekommen. Eine Reporterin hat mich wieder wegen der Geschichte angerufen."

„Und?"

„Nun, sie versucht anscheinend, die alte Mordsache wieder aufzurühren. Justin, ich frage mich, was sie weiß. Ich habe keine Ahnung, was ich ihr erzählen und was ich verheimlichen soll."

Kristin lehnte sich gegen die Wand. ‚Ob ich was weiß?' fragte sie sich. Ihr Herz schlug heftig, aber sie blieb ruhig stehen. Was verheimlichte Justin?

„Danke für deine Mühe, Roxanne, aber es werden jetzt viele Reporter Fragen stellen, weil das Stück wieder aufgeführt wird. Rede mit ihnen, triff dich mit ihnen."

„Aber Justin ..."

„Was soll ich sonst sagen, Roxanne?"

Kristin wusste nicht, was er sagen sollte, denn Roxannes nächste Worte waren geflüstert. Und Justin antwortete ebenso leise.

„Oh Justin, ich würde alles für dich tun, alles. Das weißt du", versicherte Roxanne.

Kristin biss sich auf die Lippen. Sicher, Justin wusste bestimmt, was sie für ihn tun würde, und jetzt wusste sie, Kristin, das auch. Sie konnte es nicht glauben! Die Frau hatte doch gewusst, dass Justin bereits jemanden in seinem Schlafzimmer hatte!

Nicht, dass das etwas bedeutete. Jedenfalls nicht heute Nacht! Kristin hörte nur noch, dass sich die Tür leise schloss. Sie kehrte rasch wieder zum Bett zurück und setzte sich auf das Fußende. Doch dieser Platz gefiel ihr ebenfalls nicht, und sie lief zum Fenster. Sie hatte es gerade erreicht, als Justin hereinkam. Ihr Herz schlug immer noch heftig.

Er schaute sie wütend an. „Ich weiß genau, dass du an der Tür gelauscht hast. Setz dich und hol wieder Luft."

Kristin schüttelte den Kopf. Sie hatte ihren Atem noch nicht wieder genug unter Kontrolle, um reden zu können.

„Morgen früh gehst du sofort nach Hause", erklärte er. „Aber jetzt ab ins Bett."

„Ich schlafe lieber auf der Couch."

Kristin stieß heftig die Luft aus, als Justin ungeduldig aufstand, auf sie zukam, sie hochhob und zum Bett hinübertrug. Dort legte er sie hin und beugte sich über sie. „Ich weiß nicht, wie es dir geht, aber ich brauche Schlaf. Und ich kann nicht schlafen, wenn du auf einem Stuhl sitzt. Morgen früh fährst du sofort nach Hause."

Er begann, sich auszuziehen, und Kristin wandte ihm mit klopfendem Herzen den Rücken zu. Wenig später schloss er sie in die Arme und stieg zu ihr ins Bett. „Zieh dieses lächerliche Kleid aus", befahl er.

„Wie romantisch!" erwiderte Kristin sarkastisch und wich vor ihm zurück. „Du hast wirklich Stil im Umgang mit Frauen. Kein Wunder, dass sie sich dir alle an den Hals werfen, Mr. Magnasun. Oder bist du heute Abend Mr. Mountjoy? Führt überhaupt jemand in diesem Haus heute seinen richtigen Namen? Ist ‚Krissy Doria' mein Künstlername, falls ich zum Theater gehen sollte?"

Justin stöhnte, und bevor Kristin sich versah, hatte er sich auf sie gerollt. „Zieh dieses alberne Kleid aus!“ wiederholte er barsch und fügte dann langsam und liebevoll hinzu: „Das Kleid ist nicht lächerlich. Aber die Tatsache, dass du es in einem Bett trägst, in dem du mindestens ein Dutzend Mal nackt mit mir gelegen hast, ist lächerlich. Ich musste dir einen anderen Namen geben, und du weißt genau, warum.“ Er kauerte immer noch über ihr, hatte sich aber auf die Knie aufgerichtet und half ihr, das Kleid abzulegen. Ohne auf ihren Protest zu achten, zog er es ihr über den Kopf und ließ es dann einfach achtlos zu Boden fallen.

„Justin, wenn du glaubst ...“ begann sie wütend.

Doch er warf nur die Decke über sie und legte sich neben sie.

Kristin errötete. Er dachte gar nichts. Sie war diejenige, die annahm, dass sie miteinander schlafen würden, wenn sie nackt im Bett lagen.

„Ich denke, dass wir schlafen sollten und dass du morgen früh nach Hause fahren wirst.“

„Justin, ich könnte Dinge entdecken ...“

„Was, zum Beispiel? Was hast du heute Nacht erfahren?“

‚Nichts‘, gab sie vor sich selbst zu. ‚Außer, dass er vielleicht etwas vor mir verbirgt.‘

„Ich habe herausgefunden, dass Roxanne Baynes mit dir auch auf einer Nadelspitze schlafen würde“, sagte sie kühl und hielt die Decke gegen ihre Brust gepresst.

„Das macht sie noch nicht zur Mörderin.“

„Aber es gibt ihr ein Motiv. Sie wollte deine Frau loswerden.“

„Meine von mir getrennt lebende Frau.“

„Wo hat Myra geschlafen, als sie hier war und noch ...“

„Atmete?“ fragte Justin leise. „Sie hatte ihr eigenes Zimmer, am Ende des Flurs. Du hast nichts erfahren, nicht das Geringste.“

„Doch, das habe ich. Da der Kritiker, Joseph Banks, nicht gekommen ist, könnte ihn das aus dem Kreis der Verdächtigen entlassen.“

„Vielleicht. Vielleicht auch nicht. Er könnte auch nur klug genug sein, nicht an den Ort seines Verbrechen zurückzukehren.“

Kristin zog die Decke über die Schultern und drehte sich auf die Seite, so weit wie möglich von Justin weg.

„Ich weiß schon längst, wer es war", murmelte sie.

„Wer?"

„Der Butler. Es ist immer der Butler."

„Ich habe keinen Butler." Justin stand auf und löschte das Licht. Dann hörte sie plötzlich ein Flüstern an ihrem Ohr.

„Weißt du, wer in Krimis immer der Schuldige ist, wenn es nicht der Butler war?"

Kristin schrak zusammen und drehte sich in der Dunkelheit zu ihm herüber.

„Der Ehemann, Kristin. Dann ist es immer der Ehemann."

Kristin schluckte hart. Nicht diesmal, flehte sie im Stillen. Nein, diesmal nicht.

11. KAPITEL

Als Kristin erwachte, lag sie immer noch am Rand des Bettes und hatte die Decke fest bis ans Kinn gezogen. Sie wandte sich um. Justin lag auf der anderen Seite und hatte ihr seinen nackten Rücken zugewandt.

Einen Moment lang war sie versucht, ihn zu streicheln. ‚Ich liebe ihn wirklich', dachte sie. ‚Aber er ist nur abweisend und rüde zu mir. Er will, dass ich aus seinem Haus verschwinde. Aber er wird mich nicht los, egal wie schrecklich er sich benehmen wird', beschloss sie. ‚Er kann sagen, was er will.'

Sie war eigentlich nicht wegen einer Geschichte in diese Gegend gereist, aber jetzt würde sie eine bekommen. Und sie würde Justins Unschuld beweisen. Und dann konnte er durch den Schnee nach Boston kriechen und sie um Verzeihung bitten. Wenn er mich liebt.

Kristin biss sich auf die Lippe. Sie würde ihn jetzt nicht anfassen. Leise stand sie auf und ging auf Zehenspitzen ins Bad. Sie schaute nicht auf den Whirlpool, in dem sie sich so leidenschaftlich geliebt hatten, sondern duschte kalt, um wach zu werden. Anschließend hüllte sie sich in ein Handtuch und kehrte ins Schlafzimmer zurück. Justin bewegte sich nicht, während sie sich anzog.

„Wohin willst du?“ fragte er plötzlich, als sie die Hand auf den Türknopf legte.

„Nach unten. Ich brauche eine Tasse Kaffee.“

„Du fährst nach Hause. Trink ruhig deinen Kaffee. Ich werde in zehn Minuten fertig sein, um dich mitzunehmen. Sei dann fertig.“

Kristin hielt inne. Sie überlegte, ob sie nicht bleiben, sich an ihn schmiegen und ihn überreden sollte, sie bleiben zu lassen.

Nein. Er würde mit ihr schlafen und jede Minute genießen. Und dann würde er sie doch nach Hause bringen. Sie wollte ein paar Minuten allein sein.

Sie lief hinunter und hörte Stimmen in der Küche. Während sie dem Klang folgte, versuchte sie, einen Plan zu entwickeln. Das war nicht leicht, wenn man nur wenige Minuten Zeit hatte.

Improvisiere, machte sie sich selbst Mut. Eine fantastische Idee. Es ist ohnehin deine einzige Chance.

Kristin betrat die Küche. Maria saß mit Artie am Tisch, und Jack stand an einem der Fenster und schaute auf den Schnee hinaus. Roxanne schenkte sich gerade einen Kaffee ein, und Christina und Harry waren offenbar gerade erst eingetroffen. Sie zogen sich im Sonnenzimmer die Mäntel aus.

„Guten Morgen, Miss Doria!“ rief Christina ihr liebenswürdig zu. „Was seid ihr für Spätaufsteher! Ich hatte gedacht, dass wir ein wenig über Land fahren könnten, um ein Restaurant zu suchen, wo wir zu Mittag essen könnten. Stattdessen treffe ich euch beim Frühstück an. Sagen Sie, ist mein begabter junger Klient schon wach?“

„Ja, er ist wach. Er wird in ein paar Minuten unten sein.“

„Es ist noch viel zu früh für den Lunch“, beschwerte sich Maria gähnend. Sie schaute durchs Wohnzimmer auf den Pool und lächelte Kristin müde an. „Ich glaube, ich werde jetzt erst einmal schwimmen gehen. Ich bin im Winter noch nie geschwommen. Es ist fast ein wenig dekadent.“

„Das Wasser ist angenehm warm“, erwiderte Kristin gleichgültig. Sie war entschlossen, sich nicht provozieren zu lassen.

„Es muss teuer sein, das zu heizen“, überlegte Artie laut.

„Meine Klienten verdienen gut“, bemerkte Christina zuckersüß.

„Ich gehe spazieren“, verkündete Jack. „Die Landluft ist klar und frisch. Davon haben wir in der Stadt nicht viel, nicht wahr?“

Harry stieß einen missbilligenden Laut aus. „So schlimm ist es auch nicht. In Manhattan gibt es auch Tage wie diesen hier.“

„Ein eingefleischter New-Yorker“, erklärte Roxanne. „Harry stammt aus der Bronx.“ Sie reichte Kristin eine Tasse mit Kaffee. „Sie werden ihn nie überzeugen können, dass außerhalb Manhattans und den Vorstädten noch eine andere Welt existiert.“

„Ich bin absolut sicher, dass außerhalb New Yorks noch eine Welt existiert“, erwiderte Harry würdevoll und lächelte Kristin freundlich an. „Sehr sicher! Ich würde mich sogar freuen, mir Ihre kleine Bibliothek ansehen zu können, Miss Doria.“

‚Das ist meine Chance!‘ dachte Kristin. „Ich bin keine Bibliothekarin“, gestand sie, setzte sich an den Tisch und tat Zucker und Milch in ihren Kaffee.

„Nein?“

Sie schüttelte den Kopf. „Ich bin eine Reporterin.“

In der Küche herrschte einen Moment tiefes Schweigen. Kristin hätte eine Stecknadel fallen hören können, und sie war der Mittelpunkt der Aufmerksamkeit. Alle schauten sie an.

„Eine Reporterin?“ fragte Jack.

„Sie sind die Frau, die mich angerufen hat!“ rief Roxanne aus.

Kristin nickte.

„Aber Sie sagten doch, Sie hießen Kristin Kennedy?“

„Anscheinend benutzt sie ein Pseudonym“, sagte Christina leise. Kristin widersprach ihr nicht.

Jack lachte auf. „Willst du immer noch die Bibliothek besichtigen, Harry?“

„Einen Augenblick!“ rief Kristin. „Ich bin nicht hier, weil ich einem von Ihnen etwas Böses will. Aber Sie glauben ja anscheinend alle an Justins Unschuld, sonst wären Sie nicht hier."

„Nicht unbedingt", widersprach Jack trocken. „Vielleicht glauben wir auch, dass Justin allen Grund hatte, Myra umzubringen."

„Er hat sie nicht getötet", erwiderte Kristin.

„Und wir haben ein weiteres Mitglied seines Fan-Clubs", stellte Roxanne fest.

„Justin hat einfach eine unglaubliche Wirkung auf Frauen", sagte Christina leise.

‚Auf sie auch?' fragte Kristin sich. Vielleicht hatte sie einen Fehler gemacht, ihr Geständnis so lässig zu verkünden. Die anderen waren ein Team und kannten sich. Wenn sie auch sonst nichts miteinander zu tun haben mochten, wenn sie zusammen spielten, dann bildeten sie eine feste Gemeinschaft. Eine Gruppe, die zusammen war, als Myra ermordet worden war. Und einer von ihnen war der Mörder.

Kristin kam es ein bisschen so vor, als wären sie alle gegen Justins Frau gewesen. Plötzlich wurde ihr klar, dass es so war. Aber wie sollte sie dann herausfinden, wer Myra so gehasst hatte, dass er sie umgebracht hatte?

Es überlief Kristin kalt. Es könnte eine Möglichkeit geben, den Mörder aus der Reserve zu locken. Ein sehr gefährlicher Weg. Sie würde sich damit in Gefahr bringen, in ernste Gefahr. Aber gab es eine andere Möglichkeit?

„Sehen Sie", begann sie herausfordernd. „Ich glaube, ich kenne die Wahrheit. Ich habe Nachforschungen angestellt, sehr gründliche Nachforschungen. Justin hat mich dabei in der Bibliothek getroffen."

Erneut herrschte Totenstille.

„Und wer ...?" fragte Maria.

„Keiner von uns!" behauptete Jack.

„Sie wollen uns interviewen, nicht wahr?" sagte Harry. „Und herausfinden, ob Ihr Verdacht stimmt."

„Natürlich."

„Justin ist unschuldig", flüsterte Roxanne.

„Das ist richtig. Ich denke ..."

„Denkt, was ihr wollt!“ unterbrach sie eine männliche Stimme. Sie war kalt und barsch. Justin stand hinter Kristin und hielt ihren Mantel in der Hand. „Aber denkt es nicht hier. Verabschiede dich, Kristin. Ich bringe dich nach Hause.“

‚Wie viel hat er gehört?‘ fragte sie sich.

„Nun sei nicht so ungehobelt, Justin!“ tadelte Jack.

„Ungehobelt?“ fragte Roxanne.

„Jack hat wohl zu viel Shakespeare gespielt“, sagte Harry zu ihr. „Aber Justin, wir nehmen es Miss Doria, ehm, Miss Kennedy nicht übel, dass sie eine Reporterin ist. Wirklich nicht.“

„Aber ich tue es“, entgegnete Justin scharf. „Kristin, komm mit.“

Er packte ihre Hand, und Kristin merkte, dass er sie zur Not über der Schulter hinaustragen würde, wenn sie es hier auf eine Konfrontation ankommen lassen würde. Sie war ihm nicht gewachsen.

Mit einem charmanten Lächeln sprang sie auf. „Justin, du kannst wirklich ziemlich eklig sein, weißt du das? Ich kann jetzt nicht gehen. Ich ... ich muss erst noch ein paar Sachen holen. Aus dem Schlafzimmer. Entschuldigen Sie mich!“

Sie schaffte es, an ihm vorbeizuhuschen, ohne dass er sie erwischte, und lief die Treppe hinauf. Sie hatte kaum das kleine Wohnzimmer erreicht, als er sie eingeholt hatte.

„Justin ...“

Er stieß die Tür auf, und sie betraten beide den Raum. Dann warf er die Tür hinter sich ins Schloss und verriegelte sie. Er schaute sie an, als würde er sie am liebsten schütteln. Oder erwürgen.

Doch Kristin kannte sein Temperament. Sie stellte sich auf die Zehenspitzen und glitt mit den Fingern unter seinen Kragen. „Justin, ich musste mit dir allein reden. Gib mir eine Chance! Ich werde vorsichtig sein ...“ flüsterte sie verführerisch. Sie schmiegte sich dicht an ihn, um ihn zu reizen und zu quälen.

Und es schien zu wirken. Leise seufzend küsste er sie voller Leidenschaft. Es war diese Art Kuss, der einen heißen Schauer über ihren Rücken tanzen ließ.

Dann schob er sie von sich weg. „Nein!“ Er packte ihren Arm und zog sie hinter sich her aus dem Raum. Sie konnte kaum mit ihm Schritt halten, als er sie die Treppe hinunter zur Tür schob.

„Kristin?" Christina und Artie kamen aus der Küche. Die anderen waren ebenfalls alle da.

„Sag auf Wiedersehen, Kristin", befahl Justin.

Sie lächelte mit zusammengebissenen Zähnen. „Auf Wiedersehen. Es war nett, Sie alle kennen zu lernen. Ich bin sicher, dass wir uns wiedersehen werden."

„Oh, das werden wir bestimmt", versicherte Jack liebenswürdig.

Alle umarmten sie, als würden sie eine nahe Verwandte verabschieden, die nur zu einem kurzen Besuch gekommen war.

„Vielleicht erlaubt er Ihnen, morgen zum Frühstück wiederzukommen", meinte Artie. „Ich bin auch Agent für alle Arten von Literatur, wissen Sie."

„Nun, ich schreibe keine Romane ..."

„Vielleicht werden Sie es eines Tages tun."

„Ja. Der Mord an Myra würde sicher einen großartigen Krimi abgeben", pflichtete Jack ihm trocken bei.

„Vielleicht werde ich ein Buch schreiben ..." begann Kristin an Artie gewandt, aber Justin unterbrach sie.

„Jack, danke für deinen Vertrauensbeweis. Artie, Kristin nimmt dich auf den Arm. Darin ist sie verdammt gut."

„In anderen Sachen aber anscheinend auch", bemerkte Roxanne leichthin.

Kristin schaute sie an. Roxanne spielte wieder perfekt die Unschuld.

„Sei ein braves Mädchen und lass uns gehen. Vielleicht darfst du dann morgen früh zum Frühstück zurückkommen", meinte Justin.

Kristin ließ eine erneute Welle von Verabschiedungen und Küssen über sich ergehen. Plötzlich fühlte sie, wie jemand ihre Hand berührte und ein Stück Papier hineinschob. Sie schloss die Finger darum.

Justin half ihr in den Mantel und öffnete die Haustür. Roxanne schaute ihr zufrieden lächelnd hinterher, während sie das Haus verließ.

Justin zog Kristin durch den Schnee zu seinem Wagen. Er wartete kaum, bis sie eingestiegen war, schlug die Tür zu und ging zur Fahrerseite.

„Bring mich zu meinem Wagen", verlangte sie energisch.

„Nein. Ich fahre dich zu Roger."

„Dann wird Roger mich zu meinem Wagen bringen müssen. Du hast mich hinausgeworfen. Ich will mich wenigstens selbst fortbewegen können."

Er beachtete sie nicht. Innerhalb weniger Minuten standen sie vor Rogers und Sues Haus. Justin stieg aus und begleitete sie zur Treppe.

„Komm nicht wieder zurück!" befahl er ihr.

Kristin schloss die Finger fester um den Zettel in ihrer Hand und lächelte zurückhaltend. „Es wird eher in der Hölle frieren, als dass ich zu dir zurückkomme, Mr. Magnasun."

„Es waren in letzter Zeit ohnehin höllische Tage", fand er.

„Vielen Dank."

„Ich habe nicht dich gemeint! Ach, vielleicht doch. Nun, bleib zu Hause." Er warf ihr einen viel sagenden Blick zu. Kristin lächelte nur, und er wandte sich schließlich ab.

Sie wartete, bis der Landrover verschwunden war und schaute dann auf das Papier in ihrer Hand. Es war nur ein Stück einer Serviette. Aber darauf war eine Nachricht gekritzelt.

Treffen Sie mich in dem Wäldchen am hinteren Ende von Justins Garten. Heute Mittag. Allein. Ich könnte in Gefahr sein. Ich werde Ihnen die Geschichte erzählen.

Es gab keine Unterschrift, aber die Schrift war verschnörkelt, als hätte eine Frau es geschrieben. Roxanne? Kristin schloss die Finger wieder um das Papier und empfand gleichzeitig Aufregung und Angst. Sie war überzeugt, dass sie sehr bald wissen würde, wer Myra getötet hatte. Aber sie sollte allein kommen ...

Sie wäre eine Närrin, wenn sie allein hingehen würde. Doch wenn sie es nicht tat, würde sie niemals die Wahrheit herausfinden. Vielleicht konnte Roger ihr helfen ... Nein. Sue würde zu Recht einwenden, dass Kristin sie beide in Lebensgefahr bringen könnte. Und das stimmte auch. Und Rogers Baby würde keinen Vater haben.

‚Nein, ich kann Roger nicht mit hineinziehen', dachte sie. ‚Aber ich brauche meinen Wagen.' In Gedanken versunken sah sie, wie ein Wagen die Straße entlangfuhr. Sie trat näher an den Bordstein und schaute genauer hin. Dann lächelte sie und begann zu winken. Es war Miss Petrie. Die Bibliothekarin freute sich, Kristin zu ihrem Wagen mitnehmen zu können.

Nachdem er von Kristin zurückgekommen war, blieb Justin vor seinem Haus im Wagen sitzen und überlegte. Er tippte mit den Fingern gegen das Lenkrad.

Kristin. Was sollte er mit ihr machen? Sie war so unglaublich temperamentvoll, forderte so oft ihr Glück heraus. Und mit jeder Minute, die sie zusammen waren, merkte er mehr und mehr, wie sehr er sie liebte. Sie war wie ein Traum, sein eigener, besonderer Traum, der wahr geworden war. Sie gehörte in dieses Haus, und sie gehörte zu ihm. Mit ihrer unerschöpflichen Energie und ihrer endlosen Geduld, diesen schimmernden Augen, der Wärme, die sie ausstrahlte ...

Sie konnte in Gefahr sein, genauso wie er, denn der wahre Mörder war wahrscheinlich in seinem Haus.

Justin lehnte den Kopf zurück und schloss die Augen. In den letzten fünf Jahren hatte er immer und immer wieder darüber nachgedacht. Aber er hatte niemals herausgefunden, wer wohl wirklich der Mörder von Myra gewesen war.

Aber einer Sache war er sich sicher: Kristin hatte den Mörder durch ihr Verhalten und ihre Andeutungen nervös gemacht. Er stieg aus und ging ins Haus. Die Eingangshalle war leer, das Wohnzimmer und die Küche ebenfalls. Justin traf niemanden an, bis auf Maria Canova.

Sie lag auf einer Luftmatratze im Pool, trug einen Badeanzug und eine Sonnenbrille und nippte an einem Drink. Sie klopfte einladend auf die Luftmatratze, damit Justin sich zu ihr gesellte.

„Nein, danke", lehnte er ab.

„Das Wasser ist wundervoll", sagte sie.

„Das weiß ich. Es ist für mich nichts Neues mehr." Er hielt inne. „Wo sind die anderen?"

„Wen suchst du?" fragte Maria zurück. Ihre Stimme schien eine Oktave gesunken zu sein. „Ich meine, gab es einen besonderen Grund, dass du deine kleine Freundin so hastig nach Hause gebracht hast?"

„Allerdings. Ich liebe sie, und ich will nicht, dass ihr hier etwas zustößt", erwiderte er direkt.

„Nun, dann sollte sie besser aufpassen, was sie tut", meinte Maria gelangweilt.

„Was soll das heißen?"

„Sie hat heute Morgen verkündet, dass sie den wahren Mörder kennt."

„Entschuldige mich, Maria", bat Justin. „Ich habe noch ein paar Dinge zu erledigen."

Verwirrt und wütend wandte er sich ab und ging in das Innere des Hauses zu seinem Arbeitszimmer. ‚Du kleine Idiotin!' dachte er. Er setzte sich an seinen Schreibtisch und griff nach dem Telefon. Doch dann hielt er mitten in der Bewegung inne. ‚Du spielst mit dem Feuer, während ich nichts weiter tue, als dich zu beschützen!' dachte er. ‚Oh Kristin, pass auf dich auf! Ich liebe dich ...'

Und das war die Wahrheit. Er liebte sie. Der bloße Geruch ihres Parfüms konnte ihn erregen, der Glanz ihrer Augen konnte das Verlangen in ihm wecken, und ein Seufzer von ihr ließ die Welt sich für ihn drehen. Er begehrte sie so sehr, dass er letzte Nacht kaum fähig gewesen war, neben ihr zu liegen, ohne sie anzufassen. Er liebte sie.

In zwanzig Jahren würde er vielleicht nicht mehr diese Erregung verspüren wie jetzt noch, aber seine Liebe würde niemals altern. Und das war der Unterschied. Er liebte sie wegen ihrer grauen Augen, deren Blick man vertrauen konnte. Für die Art, was sie dachte, wie sie sprach. Wie sie zu ihm stand, und dafür, dass sie so eigensinnig war, und wie sie sich um ihren Cousin kümmerte.

Vielleicht war sie nicht immer vertrauensvoll, aber sie war immer ehrlich. Und er wusste, dass alles, was sie gesagt hatte, stimmte. Sie war nicht wegen der Geschichte gekommen. Sie war nur zufällig auf ihn gestoßen.

Und er auf sie. Seit Myra war er überzeugt gewesen, dass es keine Aufrichtigkeit mehr auf der Welt gäbe. Kristin war wunderschön, mit ihrem dichten dunklen Haar, ihren dunklen Wimpern und ihren weiblichen Formen. Aber sie hatte noch so viel mehr zu bieten.

„Ich hoffe, dass ich dir das alles erzählen kann", sagte er laut und griff nach dem Telefon. Er wollte es ihr nicht telefonisch sagen, sondern nur überprüfen, ob sie in Sicherheit war.

Sue hob ab.

„Hallo, Sue, ich bin's, Justin. Kann ich Kristin sprechen, bitte?"

„Was meinst du?" fragte Sue mit einem Anflug von Besorgnis.

„Sue, ich muss mit ihr reden ..."

„Sie ist nicht da. Ist sie nicht seit letzter Nacht bei dir?"

„Ich habe sie vor mehr als einer Stunde bei euch abgesetzt."

„Nun, sie ist nicht im Haus. Oh Justin ..."

„Mach dir keine Sorgen, Sue. Ich werde sie finden." Er legte auf, bevor sie mehr sagen oder sich weitere Sorgen machen konnte.

Kristin kann überall sein, versuchte Justin sich zu beruhigen. Sie hat wahrscheinlich jemanden gefunden, der sie zu ihrem Wagen mitgenommen hat. Sie ist so verdammt halsstarrig! Vermutlich ist sie auf dem Weg hierher und wird jeden Moment klingeln.

Nein, das würde sie nicht. Er konnte es selbst nicht erklären, aber plötzlich empfand er ein intensives Gefühl von Bedrohung, das ihn fast lähmte. Er stand auf, angespannt und fast verrückt vor Angst.

Sie ist in Gefahr! Es war keine Erkenntnis, es war eine Ahnung. Oder war es einfach nur das Wissen, dass sie mit einem Mörder spielte? Es war noch mehr. Wenn Kristin irgendwohin gegangen war, ohne es Sue oder ihm zu sagen, hatte sie wahrscheinlich gewusst, dass sie sie aufgehalten hätten. Sie musste also irgendwo sein, wo es gefährlich war.

Justin schaute in den Garten hinaus. Es schneite wieder. Große, weiche Flocken, die alle Fußspuren tilgten. Solche Flocken waren auch in der Nacht gefallen, in der Myra gestorben war.

Dann sah Justin, wie jemand durch den Garten auf das kleine Wäldchen im hinteren Teil zueilte. Vielleicht war daran nichts Schlimmes. Vielleicht ging nur jemand spazieren ...

‚Nein, irgendetwas stimmt da nicht!' sagte er sich. Keiner geht so rasch, mit zusammengesunkenen Schultern, und schaut sich dabei immer um, wenn er nicht irgendetwas im Schilde führt. Zum Beispiel ein geheimes Treffen.

„Verdammt!" stieß er laut hervor. Kristin war verschwunden und hatte vorher einen Köder ausgeworfen. Und es war durchaus möglich, dass sie sich jetzt mit irgendjemandem dort im Wäldchen traf.

Er nahm sein Jackett und lief zur Treppe. Rasch verließ er das Haus durch den Hintereingang.

„Hey!" rief Maria, als ein kalter Wind über den Pool wehte, aber Justin beachtete sie nicht.

Am Fuß des Hügels stand Kristins Cherokee. Und die Gestalt im Schnee war verschwunden. Wer auch immer es war, Kristin traf den Mörder. Justin begann zu rennen.

Verborgen unter den Bäumen konnte Kristin erkennen, wie die Gestalt immer näher kam. Zuerst hatte sie die Person kaum sehen können, weil es stark zu schneien begonnen hatte.

Sie war angespannt und hatte Angst und sie versuchte, die Größe der Person einzuschätzen. Sie selber war auch nicht gerade klein, und sie würde schon auf sich aufpassen können, wenn ihr Gegenüber nur nicht ... so stark wie derjenige war, der Myra Beaufort getötet hatte. Er würde nämlich der Einzige sein, der Lust haben könnte, jetzt sie umzubringen.

Aber die Person war klein, stellte Kristin aufatmend fest. Auf keinen Fall größer als sie selbst. Und dann tauchte sie vor ihr auf.

„Kristin!" Die Stimme war heiser und weich, und Kristin lief es kalt über den Rücken. „Kristin!" rief die Frau erneut.

Kristin trat aus der Deckung der Bäume und stand Roxanne Baynes gegenüber. „Ich bin hier“, sagte sie leise. Würde Roxanne versuchen, sie zu ermorden?

„Gott sei Dank!“ sagte Roxanne. „Und Sie sind auch wirklich allein gekommen!“

„Ja“, erwiderte Kristin misstrauisch.

Aber Roxanne schien noch nervöser zu sein als sie und schaute sich pausenlos um. „Ich musste Ihnen die Notiz so rasch schreiben. Ich habe das seltsame Gefühl gehabt, dass jemand mich dabei beobachtet hat, aber ich konnte niemanden entdecken. Und ich weiß auch nicht genau, ob jemand beobachtet hat, dass ich das Haus verlassen habe. Ich habe versucht, vorsichtig zu sein und darauf zu achten, dass mir niemand gefolgt ist.“

Kristin blickte sich ebenfalls um. „Vielleicht hätten wir uns nicht hier draußen treffen sollen.“

„Niemand darf erfahren, dass ich etwas weiß, bis ich es beweisen kann. Er würde mich ebenfalls umbringen!“

„Wer?“

„Jack. Jack Jones.“

„Jones? Warum? Hatte er wirklich eine Affäre mit Myra? Ich dachte, er wäre glücklich verheiratet.“

Roxanne schüttelte heftig den Kopf. „Jack ist nur glücklich, wenn viele Menschen um ihn herum sind, und er ist bestimmt kein wählerischer Liebhaber. Er nimmt alles, egal, ob es Männer oder Frauen sind. Ich kann es beweisen, aber ich habe Angst, es zu sagen. Wenn er Myra umgebracht hat, wird er nicht zögern, erneut zu morden!“

„Aber warum hätte er Myra töten sollen? War eine Affäre das wert?“

„Roxanne!“ Kristin und Roxanne zuckten zusammen, als jemand den Namen der Frau ausrief. Jemand kam durch den Schnee auf sie zugelaufen. Es war Jack Jones.

„Ich habe es nicht getan!“ schrie er und stolperte über die Bodenwellen. „Sie hat es getan!“ rief er Kristin zu. „Sie war es! Sie wollte unbedingt Justin haben, aber er war noch nicht von Myra geschieden. Und Myra konnte Menschen wütend machen!“

„Du hast mich also beobachtet, als ich die Notiz geschrieben habe!" sagte Roxanne.

„Ich habe deinen Zettel nicht gesehen, aber ich habe gemerkt, dass du aus dem Haus geschlichen bist. Mir war klar, dass du Miss Kennedy überzeugen wolltest, dass ich der Täter bin. Du hattest mehr zu gewinnen als ich."

„Jack Jones, ich war es nicht!" behauptete Roxanne entschieden. „Du warst es. Weil du es leid warst, dass Myra immer mehr Zeit mit deinem Liebhaber, Thomas Schiff, verbrachte! Myra hat dich erpresst und gedroht, dass sie deiner Frau alles ..."

„Meine Frau wusste alles!" erklärte Jack errötend. Er schaute auf Kristin. „Wir haben eine Abmachung getroffen. Weil wir Kinder haben, erhalten wir die Ehe aufrecht. Myra hat mich zwar erpressen wollen, aber ich habe sie nicht getötet."

‚Großartig', dachte Kristin. ‚Das ist also die große dramatische Konfrontation. Jetzt habe ich zwei Killer! Oder keinen!'

Nun, jedenfalls hatte sie hier ihre Zeit verschwendet. Doch dann bemerkte sie plötzlich tiefer im Wald einen Schatten. Stand da jemand hinter einem Baum? Um den Stamm herum sah sie Fußabdrücke. ‚Vielleicht hat ja noch jemand beobachtet, dass Roxanne den Zettel geschrieben hat', dachte sie. ‚Vielleicht ist er hierher gekommen, um herauszufinden, was los ist.' Sie schaute genauer auf den Schatten, und lachte dann erleichtert auf. Er war so seltsam geformt, weil der Baum krumm gewachsen war. Aber die Fußstapfen ... Wer war noch im Wald?

Weder Roxanne noch Jack Jones beachteten Kristin, als sie sich von ihnen entfernte. Sie hörte sie noch streiten, als sie schon dreißig Meter weit weg war. Vielleicht war der Nachmittag doch keine vertane Zeit, sagte sie sich. Sie wusste jetzt, dass sie zwei Verdächtige streichen konnte: Jack und Roxanne. Wenn einer von ihnen der Mörder gewesen wäre, wäre der andere schon längst tot.

Sie blieb vor den Fußabdrücken stehen. Sie waren zwar verwischt, aber dennoch konnte Kristin der Spur folgen. Sie wurde immer deutlicher, und Kristin folgte ihr in das Wäldchen. Neben einem Baum und einem sehr klaren Abdruck blieb sie stehen.

Die Kälte umhüllte sie, und sie fror auch innerlich, als sie den Abdruck betrachtete. Er stammte von einem sehr großen Schneeschuh. Ein Geräusch erschreckte sie. Es war ein Schniefen, und sie schaute hoch. Ein Schniefen ...?

Der Mensch, von dem der Fußabdruck stammte, stand immer noch hinter dem Baum, kaum zwei Meter von ihr entfernt. Es war der Mörder. Er hatte gesehen, wie Roxanne den Zettel geschrieben hatte, und er war jetzt hier. Kristin wusste, dass es der Mörder sein musste. Sie erkannte es an dem Blick seiner Augen, als er hervortrat und sie anschaute.

„Also sind Sie doch über mich gestolpert. Ich hatte gehofft, Ihnen nicht wehtun zu müssen", meinte der Mann bedauernd.

„Kristin!" Sie hörte, wie jemand ihren Namen rief, und schöpfte neue Hoffnung. Es war Justin.

Sie fuhr herum, um ihn auf sich aufmerksam zu machen, und stellte fest, dass sie sehr tief im Wald war. Sie hatte es nicht bemerkt. Aber Justin kam ihr zu Hilfe. Er lief über den Schnee, stolperte und rannte weiter. Obwohl er sie zwischen den Bäumen nicht sehen konnte, schien er zu spüren, dass sie irgendwo hier draußen war.

Er trug schwarze Jeans und eine schwarze Jacke und hastete über den Schnee. Fast hatte er schon Roxanne und Jack erreicht, und er war sehr nah bei ihr. Sie musste nur rufen, und er würde sie entdecken.

Aber sie kam nicht mehr dazu. Sie hatte den Mörder zwar gefunden, aber der Mörder hatte auch sie. Er warf ihr eine Jacke über den Kopf und umklammerte ihren Hals, um ihren Schrei zu ersticken. Kristin kämpfte verzweifelt, aber sie wurde tiefer in den Schatten der Bäume gezogen. Sie konnte kaum atmen. Voller Panik versuchte sie, Luft zu holen, und wehrte sich gegen den Griff, der ihren Hals umschlossen hielt.

Allmählich verlor sie das Bewusstsein. ‚Nicht!' befahl sie sich, ‚du darfst nicht ohnmächtig werden! Bitte nicht ...'

Justin hatte sie noch nicht einmal gesehen, und weder Jack noch Roxanne hatten darauf geachtet, wohin sie gegangen war. Sie musste weiterkämpfen, während sie durch den Wald geschleift wurde. Sie musste gegen die Ohnmacht angehen! Aber er war sehr stark ...

Sie legten eine lange Strecke zurück, und dann wurde Kristin hochgehoben und irgendwo hineingeworfen. Es musste ein Wagen sein, das merkte sie benommen. Der Mann presste immer noch das Jackett über sie und nahm ihr damit die Luft. Dennoch versuchte sie, mit den Fingern den Griff um ihren Hals zu lockern. Schließlich wurde ihr schwarz vor Augen.

12. KAPITEL

Kristin hatte sich in einem Punkt geirrt: Justin hatte sie entdeckt.

In einer Minute sah er, wie sie durch den Wald getragen wurde, dann, in der nächsten, war sie wie vom Erdboden verschluckt.

„Wo zum Teufel ist Kristin?" schrie er, als er Jack und Roxanne erreichte.

„Justin, sie ist ..." begann Roxanne und drehte sich um. „Nun, sie war hier."

„Nein, sie ist zu den Bäumen dort hinten gegangen. Sie scheint etwas gesucht zu haben", sagte Jack. „Justin, möchtest du, dass ich ..."

„Allerdings! Sucht nach ihr!" fuhr Justin ihn an. Er stürmte blindlings durch den Wald und blieb dann unvermittelt stehen. Sein Herz schlug heftig. Er rief ihren Namen und hatte dabei die Hände zu Fäusten geballt. „Kristin!" Aber er bekam keine Antwort, nur das scheinbar spöttische Flüstern des Winterwindes.

Dann bemerkte er vor sich die Fußspuren von zwei Menschen. Es waren zwei ...

Er begann, ihnen zu folgen, und lief dabei immer schneller. Von

Baum zu Baum. Plötzlich war eine Fußspur verschwunden. Es gab nur noch eine. Stattdessen entdeckte er eine tiefe Furche im Schnee, so, als hätte man etwas hinter sich hergezogen. Etwas oder jemanden. Justins Herzschlag beschleunigte sich, und er hätte Kristins Namen beinah herausgeschrien. Er hatte das Ende des Wäldchens erreicht. Dahinter verlief die Straße.

Und auf dieser Straße stand ein Fahrzeug.

„Justin!" Jack tauchte hinter ihm auf.

„Ruf den Sheriff an!" befahl Justin ihm.

Sie konnten beide Kristin sehen. Irgendjemand zerrte ihren leblosen Körper hoch und versuchte, ihn auf den Rücksitz des Wagens zu bugsieren.

‚Leblos! Mein Gott, nein!' dachte Justin. „Nein!" schrie er. Er flüsterte das Wort noch einmal in Todesangst, doch dann stürzte er wieder los. „Sag dem Sheriff, dass er nach dem Wagen suchen soll!" rief er Jack noch zu.

Der Killer saß bereits auf dem Fahrersitz und hatte den Motor gestartet.

Justin rannte ...

Der Wagen fuhr langsam los.

‚Du darfst ihn nicht aus den Augen verlieren!' ermahnte er sich. Es war die einzige Hoffnung, Kristin zu retten. Der Sheriff würde niemals rechtzeitig eintreffen.

Gerade als der Wagen um eine Ecke bog, sprang Justin mit einem Satz über den kleinen Graben und landete unsanft auf der Straße. Er fiel mit den Knien auf das eisglatte Pflaster.

Mit zusammengebissenen Zähnen rappelte Justin sich wieder auf. Er hatte seine Handschuhe verloren, und seine Hände bluteten heftig. Aber er ignorierte den Schmerz und begann, die Straße entlang hinter dem Wagen herzulaufen.

Er rannte im Schnee, dem blendenden, verwirrend weißen Schnee. Seine Lungen schienen zu bersten vor Anstrengung, und seine Augen brannten von der Kälte.

‚Bitte, lass sie am Leben sein!' flehte er im Stillen. ‚Lass mich sie noch rechtzeitig erreichen.' Er wusste, dass er nicht mehr allzu lange in dieser Geschwindigkeit weiterlaufen konnte.

Kristin erwachte aus der Ohnmacht und merkte, dass man sie schon wieder durch den Schnee schleifte. Sie öffnete sie Augen und schloss sie rasch wieder. Sie hatte keine Ahnung, wo sie war, aber wenn sie Bewusstlosigkeit vortäuschte, hatte sie vielleicht eine Chance, ihre Kräfte für eine Flucht zu sammeln. Doch diese Hoffnung zerstreute sich sehr schnell, als sie eine sympathische, würdevolle Stimme hörte. „Es wird Ihnen nichts nützen, Miss Kennedy. Ich weiß, dass Sie wach sind. Seit Sie heute Morgen diese Bemerkung gemacht haben, weiß ich, dass ich Sie zum Schweigen bringen muss. Erst dachte ich, Sie wären eine zweite Myra, und hoffte, dass man Sie auszahlen könnte. Aber ich habe mich zu lange erpressen lassen."

Kristin öffnete die Augen. Sie schaute in das seriös wirkende Gesicht von Mr. Harry Johnston, dem Charakterdarsteller. Er hielt sie an den Händen und zog sie rücklings über den Schnee. Als sie ihn ansah, blieb er stehen.

„Sie werden sich noch eine Weile schwach fühlen", warnte er sie. „Ich habe Sie eben fast umgebracht."

„Warum haben Sie es nicht getan?" Sie fühlte sich völlig ausgebrannt, und ihr Hals schmerzte. Außerdem tat ihr Körper weh, aber sie fragte sich, ob das jetzt noch wichtig war.

„Ich hatte nicht genug Zeit, um es sorgfältig zu erledigen", sagte Harry.

„Justin ..." Sie brach ab, weil ihr das Sprechen schwer fiel, „Justin hat gesehen, wie Sie mich weggeschleppt haben!" Es war zwar eine Lüge, aber vielleicht half es.

Er schüttelte den Kopf. „Tut mir Leid. Wir wissen beide, dass das nicht stimmt."

„Harry, Sie werden herausbekommen, dass Sie es diesmal waren. Alle anderen haben ein Alibi!"

„Sie brauchen aber Beweise", erwiderte er leise und setzte sich hinter ihr auf einen Felsen. Er schien es ehrlich zu bedauern. „Ich wollte

Ihnen nicht wehtun. Aber ich habe Roxanne dabei beobachtet, wie sie diese Notiz schrieb, und wusste, dass ich herausfinden musste, was sie Ihnen erzählen wollte. Ich hatte gehofft, dass Sie nur bluffen, aber dann habe ich Ihr Gesicht gesehen, und mir war klar, dass Sie eine Möglichkeit finden würden, es zu beweisen."

Kristin erschauerte, und er redete weiter. „Glauben Sie mir, Miss Kennedy, ich wollte Myra nicht töten. Aber sie wollte mich ruinieren. Schauspielerei ist schon ein harter Job. Und ich bin Alkoholiker."

„Aber warum haben Sie sich nicht helfen lassen? Warum haben Sie jemanden umgebracht?"

„Oh, für mich war es wirklich die letzte Chance. Der Regisseur von ‚Snowfire' hätte mich gefeuert, wenn ich während der Aufführung getrunken hätte. Ich bin einmal schwach geworden, und Myra hat das herausgefunden. Wenn sie es erzählt hätte, hätte ich nie wieder auf einer Bühne stehen können. Es war eine ernsthafte Sache. Myra hatte erfahren, dass ich eine Entziehungskur gemacht hatte. Natürlich brauchte sie kein Geld, sie liebte die Vorstellung, dass sie mich in ihrer Gewalt hatte. Außerdem hatte sie Justin verloren."

Er starrte versonnen für einige Sekunden auf den Schnee. „Zu diesem Zeitpunkt wollte ich sie noch nicht umbringen. Aber sie verspottete mich, und ich bin erst wieder zu Bewusstsein gekommen, als ich ihren Schal in der Hand hielt und sie ... Nun, der Rest ist Ihnen ja bekannt, nicht wahr?"

Er schaute Kristin an und lachte. „Sie wussten es nicht! Aber Sie haben mich davon überzeugt, dass Sie es wussten. Ich denke, es sollte mir Leid tun, und das tut es auch."

„Wie können Sie mich töten? Sie werden diesmal gefasst! Und Sie sind noch nicht einmal wütend auf mich. Wie können Sie so einfach jemanden umbringen?"

Wo war sie überhaupt? Harry hatte sie in seinem Wagen fortgeschafft. Aber wie weit waren sie gefahren? Und selbst, wenn er wirklich erwischt wurde, was nützte es ihr?

Sie hatte geahnt, dass das Treffen in dem Wäldchen gefährlich werden würde, und Miss Petrie gebeten, den Sheriff zu verständigen, weil sie Roger nicht hatte mit hineinziehen wollen. Aber anscheinend war das nicht genug gewesen ...

Offensichtlich würde sie jetzt trotzdem sterben ...

Alles, was Kristin sehen konnte, waren Felsen, Bäume und Schnee. Und von fern hörte sie Wasser rauschen.

„Sie können das Wasser hören", sagte er leise. „In der Nähe gibt es einen Fluss."

„Und?"

„Er fließt in einen hübschen und sehr tiefen Teich."

Kristin fühlte sich elend. Sie wusste, was er vorhatte. Er würde ihren Körper beschweren und in den See werfen, und dort würde er niemals wieder auftauchen.

„Wie können Sie das tun?" begann sie, aber er unterbrach sie.

„Ich denke, wir sind abgestumpft", sagte er. „Die Behörden werden nie beweisen können, dass ich Sie ermordet habe, Miss Kennedy."

„Wenn Sie mich wie Myra erwürgen ..."

„Man wird Ihre Leiche nie finden. Und ohne die gibt es keinen Fall."

Kristin war wirklich noch sehr schwach. Aber sie musste fliehen. Sie versuchte aufzustehen.

„Nein, nein, Miss Kennedy. Sie gehen nirgendwohin."

Harry zog eine Pistole aus der Tasche. „Ich bin immer gern vorbereitet. Das ist die beste Hilfe eines Schauspielers."

‚Und du hast nur eine chemische Keule in der Tasche', dachte Kristin. Das ist nicht fair. Aber das Leben war niemals fair. Es hatte Harry abgestumpft. So sehr abgestumpft, dass er glaubte, er könnte sie ohne Gewissensbisse ermorden. Harry hob die Waffe und richtete sie auf Kristin.

„Hey, Johnston! Harry Johnston!"

Kristin und Harry zuckten zusammen, als sie seinen Namen hörten. Harry schoss auf die Bäume, in die Richtung, aus der die Stimme kam.

„Vorbei, Johnston. Du hast dein Ziel verfehlt! Versuch's nochmal!" Harry feuerte erneut. Es war Justin, der da gerufen hatte. Sie wussten es beide. Justin war nah, sehr nah.

Und Harry schoss wieder, doch nur einmal. Dann sprang ein dunkler Schatten zwischen den Bäumen hervor und landete auf dem Arm, mit dem Harry die Waffe hielt.

Justin und Harry stürzten zu Boden. Sie rollten über den Schnee, und Kristin schaffte es mit letzter Kraft, sich aufzurichten. Sie sah etwas Schwarzes auf dem weißen Untergrund glitzern. Es war Harrys Pistole. Kristin kroch langsam darauf zu und schloss dann die Finger um die Waffe, während die beiden Männer immer noch miteinander rangen.

Nachdem Kristin die Pistole endlich in der Hand hatte, rollte sie sich erschöpft auf den Rücken. Plötzlich herrschte Ruhe, und sie schaute erschreckt hoch. Die Silhouette eines großen Körpers tauchte vor ihr auf.

„Es ist alles in Ordnung", versicherte Justin. Er beugte sich vor und nahm Kristin die Waffe aus der Hand, dann kniete er sich zu ihr und schloss sie in seine Arme.

Sie versuchte zu lächeln. „Was ist mit Harry?"

„Er ist bewusstlos."

„Und wenn er aufwacht?" fragte sie besorgt.

„Ich habe ihm die Hände mit seinem Gürtel gefesselt. Er kann nicht fliehen. Außerdem wird er es auch gar nicht versuchen. Er weiß, dass es vorbei ist."

„Aber was werden wir mit ihm machen?"

„Der Sheriff wird bald kommen. Ich habe Jack gesagt, dass er ihn holen soll."

„Er sollte schon längst hier sein", flüsterte Kristin schwach. „Ich habe Miss Petrie gebeten, ihn zu rufen, als sie mich an meinem Wagen abgesetzt hat."

Er lächelte. „Also warst du in diesem Punkt wenigstens vernünftig. Aber es war dumm, dass du nicht gewartet hast."

„Ich wollte nur Roxanne treffen", wandte sie entschuldigend ein.

„Ich musste erfahren, was sie zu sagen hatte! Und ich wusste, dass ich so stark war wie sie."

„Du warst dumm!"

„Ich habe nur versucht, zu dir zu halten und ..."

„Gut. Du warst loyal und dumm. Harrys Pistole war eine Überraschung, aber Roxanne hätte auch eine haben können. Du warst sogar unglaublich dumm!"

Nun ja, Justin hatte Recht. Und außerdem nahm die Wärme seines Körpers seinen Worten etwas die Schärfe.

„Vielen Dank", meinte Kristin und erschauerte. „Oh Justin, ich bin so froh, dass du mich gefunden hast ..."

„Ich bin auch froh, dass ich dich gefunden habe, Kristin."

„Wie hast du ...?"

„Ich bin Harrys Wagen zu Fuß gefolgt, bis ich auf die Spuren stieß, die hier ins Gebüsch führten. Und dann habe ich den Wagen gesehen." Seine Finger zitterten, als er ihr eine Strähne aus der Stirn strich.

Kristin ergriff seine Hand. „Du blutest ja!"

„Wirklich? Ich bin irgendwann einmal hingefallen."

„Oh Justin!"

„Das heilt schon wieder, Kristin. Harry hatte dich gerade hierhergebracht, als ich euch erreichte. Und dann habe ich versucht, sehr vorsichtig zu sein. Ich war so erleichtert, dass du noch am Leben warst. Ich habe Harrys Geständnis, dass er Myra ermordet hat, gehört. Während ich noch überlegte, wie ich dich am besten retten könnte, zog er bereits die Waffe. Also musste ich das Feuer auf mich lenken, wenigstens so lange, bis ich ihn überwältigen konnte."

„Und ich war dumm? Du hättest getroffen werden können."

„Ich kenne diese Wälder und weiß, wie man sich in ihnen bewegen muss. Ich war mir meiner selbst sicher."

„Er hätte mich fast zu Tode erschreckt", flüsterte Kristin.

„Du meinst, er hätte dich beinah umgebracht!" verbesserte Justin grimmig. Er nahm sie fest in die Arme und führte sie durch den Schnee. Sie hörte eine Sirene. Der Sheriff war anscheinend eingetroffen und fuhr direkt in das Wäldchen.

„Hallo, Bill", rief Justin, als der Beamte neben ihm stand. Er deutete auf den Pfad, den er und Kristin gerade genommen harten. „Unser Mörder liegt dahinten. Ich denke, er ist immer noch bewusstlos."

„Geht es euch beiden gut?" fragte der Sheriff. „Sind Sie okay, Miss Kennedy?"

„Ja, vielen Dank", antwortete Kristin.

„Ihr geht es überhaupt nicht gut", widersprach Justin missmutig. „Er hätte sie beinah erwürgt. Ich muss Ihnen eine Menge erzählen, Sheriff. Aber ich denke, das kann warten."

„Ich habe bereits eine Menge von diesem Mr. Jones erfahren", sagte der Sheriff etwas verlegen. „Ich bin froh, Justin, auch wenn ich nicht behaupten kann, dass ich immer an Sie geglaubt habe. Aber ich habe Sie immer gemocht, und ... nun, ich bin froh." Er senkte den Kopf und ging an ihnen vorbei.

Justin ging mit Kristin im Arm zu dem Jeep des Sheriffs und lehnte sich dagegen.

„Wenigstens hat er mich gefragt, wie es mir geht", sagte Kristin leise und schaute Justin an. „Mir geht es gut. Du kannst mich loslassen."

„Ich weiß, wie es dir geht", knurrte Justin und schüttelte den Kopf. „Ich werde dich bis zum Krankenhaus festhalten."

„Krankenhaus?"

„Dein Hals ist schwarz und blau, Kristin, er hätte dich fast erwürgt. Und du frierst. Du musst eine Nacht dort bleiben."

„Aber ..."

„Nur eine Nacht. Und ich werde da sein und dich nicht verlassen, das verspreche ich dir." Er lächelte. „Ich werde dich nie mehr verlassen. Du bleibst ja doch nicht dort, wo man dich hinbringt.

Sie lächelte ebenfalls und lehnte den Kopf gegen seine Brust. Das war zwar nicht, was sie eigentlich von ihm wollte, aber es war ein ganz netter Anfang.

Und Justin verließ sie wirklich nicht. Das Krankenhaus war schlimmer, als Kristin erwartet hatte, aber Justin bestand darauf, dass sie dort blieb. Und nachdem man sie untersucht hatte, wurden Roger und Sue ebenfalls hereingelassen.

Es war schön, weil sich alle um sie kümmerten. Kristin fühlte sich geborgen, weil Justin und sie sich gut verstanden und weil Roger und Sue sie besuchen kamen.

Als die beiden sich überzeugt hatten, dass es Kristin gut ging, beschlossen sie, wieder aufzubrechen. Justin gab ihnen die Schlüssel zu seinem Haus und bat sie, es sich dort heute Nacht noch einmal gemütlich zu machen.

„Ich werde nicht vor morgen früh nach Hause kommen", sagte er. „Einer muss ja auf Kristin aufpassen. Wahrscheinlich wird sie versuchen, nach Hause zu laufen, wenn ich sie nicht festhalte."

„Das stimmt", pflichtete Roger ihm bei. Er schaute Kristin ernst an, um sie daran zu erinnern, dass sie beide auch noch einiges zu klären hatten.

„Fühlt euch wie zu Hause", rief Justin ihnen nach, als sie Hand in Hand zum Auto gingen.

Kristin wollte mit Justin reden, aber sie kam nicht dazu. Ständig platzten irgendwelche Krankenschwestern herein, und schließlich schlief sie ein.

Als sie am nächsten Morgen aufwachte, stand Justin neben ihr und schaute sie an. Sie errötete, aber er hatte sie schließlich schon in einem schlimmeren Zustand erlebt.

„Wie geht es dir?" fragte er.

„Gut. Ehrlich. Mir geht es gut."

„Gut." Er musterte sie eindringlich und küsste sie schließlich zärtlich auf den Hals. „Ich werde jetzt hinausgehen. Die Ärzte kommen, um dich zu entlassen."

Nachdem die Visite vorbei war, kam Justin mit einer Einkaufstasche voller Toilettenartikel, die Sue gebracht hatte. Kristin ging unter die Dusche, wusch sich und machte sich fertig. Als sie das Bad verließ, saß Justin immer noch da.

„Ich dachte, du hättest es so wahnsinnig eilig, mich nach Hause zu bringen", sagte sie.

Er schüttelte ernst den Kopf. „Ich werde dich nie wieder nach Hause bringen."

„Was ...?"

„Du wirst nicht dableiben, wenn ich dich hinbringe. Aber ich habe eine Lösung gefunden. Ich werde dich heiraten. Und dann bist du bei mir zu Hause, sodass ich immer auf dich aufpassen kann."

„Was?"

Er lächelte. „Ich liebe dich, Kristin. Und das weißt du auch. Ich liebe dich über alle Maßen. Willst du mich heiraten?"

Sie legte die Arme um ihn und küsste ihn. Doch dann schob sie ihn weg. „Du hättest durch den Schnee kriechen sollen."

„Ich weiß. Aber ich werde nie wieder an dir zweifeln, das schwöre ich dir."

Er küsste sie sehr zärtlich. „Du hast nie an mir gezweifelt", sagte er heiser.

„Oh Justin, ich liebe dich." Sie erwiderte den Kuss. Es war so schön, dass sie die Welt um sich herum vergaß. Sie hätte sich zurücklehnen und den Dingen ihren Lauf lassen können ... Auf einem Krankenhausbett?

Kristin richtete sich auf. „Justin, ich will Roger und Sue die Neuigkeit sofort erzählen. Sofort. Macht es dir etwas aus?"

Er schüttelte missmutig den Kopf. „Wir können sowieso nicht hier bleiben."

Auf dem Rückweg diskutierten sie darüber, wo sie wohnen wollten, und Kristin schlug sein Angebot aus, nach Boston zu ziehen. Sie wusste, was das Haus für ihn bedeutete. „Ich fühle mich eigentlich ganz wohl auf dem Land", erklärte sie.

Als sie das Haus erreichten, sprang sie aus dem Wagen, klingelte und klopfte an die Tür.

Roger öffnete. Sein Haar war wirr und sein Blick verschleiert. Kristin lief an ihm vorbei und fand Sue auf der Terrasse. Sie saß dort in einem Bademantel vor dem Tisch, der mit edlem Porzellan gedeckt war. Daneben standen Saft und Champagner, und es spielte leise Musik.

„Oh", meinte Kristin leise.

„Ihr seid ziemlich früh", murmelte Sue nervös. „Kristin, es ist gerade sieben Uhr."

„Nun, ich wollte euch nur erzählen, dass ..."

„Was?" fragte Roger höflich.

Justin stand hinter ihm. Kristin eilte zu ihm und schlang ihre Arme um ihn. „Wir werden heiraten", verkündete sie.

„Das ist wundervoll", sagte Roger.

„Kristin!" Sue sprang auf.

Sie umarmten und küssen sich alle nacheinander, bis Justin Kristin erneut in die Arme nahm. Er hielt sie fest, und sie schaute in seine Augen.

„Ich liebe dich so sehr", flüsterte sie.

Roger zog sein Hemd an, und Sue schlüpfte in ihre Schuhe.

Kristin schaffte es, den Blick von Justin abzuwenden. „Oh, ihr beiden, es tut mir Leid, wir werden gehen ..."

„Nein, danke", lehnte Roger ab, „Sue und ich werden nach Hause fahren. Unser Schlafzimmer kommt uns allmählich wie das reine Paradies vor. Nun, wenigstens nicht wie die Grand Central Station."

Sue sammelte ihre Sachen ein und folgte ihrem Mann. „Das Frühstück ist fertig", sagte sie. „Das Wasser ist warm, und auf dem Boden liegen ... na, ihr seht ja. Auf Wiedersehen. Wir sehen uns heute Abend, ja? Wir können ja irgendwo essen gehen. Wenn ihr es schafft."

„Ich bin sicher, dass wir es schaffen", meinte Kristin verlegen.

Dann hörte sie, wie die Haustür ins Schloss fiel. Die beiden waren weg.

Justin lächelte sie an. „Ich liebe dich, Kristin. Du bist alles, woran ich aufgehört hatte zu glauben. Du hast mir alles wiedergegeben."

Kristin stellte sich auf die Zehenspitzen und küsste weich seine Lippen. „Das Wasser ist warm", lockte sie. „Und die Drinks sind ebenfalls fertig."

„Wir sollten sie nicht schal werden lassen. Das ist genau die richtige Atmosphäre für einen netten, heißen, wundervollen und leidenschaftlichen Sex, nicht wahr?"

„Hey." Kristin lachte heiser. „Das klingt ganz nach etwas für mich."

Justin nahm sie in die Arme und küsste sie, immer und immer wieder. Und es gab keinen Grund aufzuhören. Nicht den geringsten.

– ENDE –

Band-Nr. 25028
7,95 €
ISBN 3-89941-036-X

Nora Roberts

Love Affairs II

Tödlicher Champagner
Sechs Monate lang soll die schöne Pandora mit Michael Donahue, einem überaus sympathischen Drehbuchautor, zusammen wohnen. Gelingt es ihnen, fällt Onkel Jolleys gesamtes Vermögen an sie beide. Trennen sie sich, erben die anderen Verwandten – die neidisch auf das Scheitern des Traumpaars lauern ...

Spiel um Sieg und Liebe
Als Amy drei Jahre nach ihrer Trennung den Tennisprofi Tad auf einem Turnier in Rom wieder sieht, muss sie erkennen, dass sie damals einen großen Fehler gemacht hat: Wie konnte sie diesen Mann, den sie noch immer liebt, nur wegen eines anderen verlassen? Jetzt ist sie geschieden und wieder frei für Tad ...

Bei Tag und bei Nacht
Der unnahbare Grant Campbell, der zurückgezogen am Rande des Dorfes in einem Leuchtturm am Meer lebt, fasziniert die junge Malerin Gennie sofort. Sie schenkt ihm ihr Herz, und wie durch ein Wunder erwidert Grant ihre Gefühle. Doch trotz der sinnlichen Nächte, die sie miteinander verbringen, offenbart er Gennie nicht sein Geheimnis ...

MIRA®

Band-Nr. 25030
6,95 €
ISBN 3-89941-038-6

Sandra Brown

Palast der Liebe

Kaum ist Caren Blakemore, Sekretärin im Außenministerium, von einem Traumurlaub auf Jamaika zurück in Washington, beginnen die Probleme: Ihr wird vom FBI Spionage mit ihrem Urlaubsflirt, dem gut aussehenden Derek Allen, zur Last gelegt! Und plötzlich betritt Derek, den Caren noch auf Jamaika vermutete, den Raum. Allerdings trägt er jetzt arabische Tracht, und niemand will ihr glauben, dass sie nicht wusste, wer er wirklich ist: Prinz Ali-Al-Tasan, Sohn eines unermesslich reichen Ölscheichs, der gerade diplomatische Gespräche mit der amerikanischen Regierung führt. Eindringlich erklärt Derek, dass er nur einen Ausweg für sie sieht: Caren muss ihn heiraten und mit ihm auf sein herrschaftliches Anwesen ziehen ...

MIRA®

Sandra Brown
Bittersüßes Geheimnis
Band-Nr. 25005 · 5,95 €
ISBN 3-89941-005-X

Nora Roberts
Die Sterne Mithras
Band-Nr. 25007 · 5,95 €
ISBN 3-89941-007-6

Nora Roberts
Love Affairs
Band-Nr. 25009 · 7,95 €
ISBN 3-89941-009-2

Catherine Coulter
Traummänner
Band-Nr. 25021 · 6,95 €
ISBN 3-89941-021-1